팔메이로 장편소설

오/피/스
누/나/ 이/야/기

WHEN I SHINE UP LIKE A STAR

ON SUMMER DAYS

이 도서의 국립중앙도서관 출판시도서목록은 서지정보유통지원시스템 홈페이지(http://seoji.nl.go.kr)와 국가자료공동목록시스템(www.nl.go.kr/kolisnet)에서 이용하실 수 있습니다.

팔메이로 장편소설

오/피/스 누/나/ 이/야/기

WHEN I SHINE UP LIKE A STAR

ON SUMMER DAYS

목차

오/피/스
누/나/ 이/야/기

WHEN I SHINE UP LIKE A STAR
ON SUMMER DAYS

Prologue

저는 서른을 훌쩍 지나 나이 마흔을 향해 달리는 직장인입니다.

누구나 알 만한 적당히 큰 대기업에 다니며 흔히 말해 사진 박힌 사원증을 목에 걸고 아침엔 굳은 표정으로 출근하여 점심이면 커피 들고 햇볕을 쬐러 건물 밖으로 기어 나와 퇴근만 기다리며 하루를 보내는, 그런 흔해 빠진 소위 아재 직장인입니다.

결혼도 하고 가족도 이루며 회사에서 살아남으려 애쓰면서도 재테크는 어떻게 하나, 어디에 투자해야 하나, 동료들과 모여 "아, 그걸 샀어야 하는데!"라는 장탄식을 하며 현실 속의 하루를 잘 살아가고 있지만 때로는 마음이 동하여 싱숭생숭한 날이 있어 늦은 밤 혼자 술이라도 홀짝거리고 있으면 옛날의 기억이 떠오르고 꼭 누구에게라도 이야기를 털어놓고 싶어집니다.

오늘이 그런 날이고. 지금부터 제 인생이 빛나던 나날들에 대해, 그리고 저를 그렇게 빛내 주었던 한 사람에 대해 쓰기 시작하겠습니다.

1장

중력의 법칙

포옹은 2초, 손이 닿은 것은 1초
이끌림에도 법칙이 있다면.

몇 년 전, 그러니까 결혼하기 한참 전.

책임(일반 회사의 과장급)을 딱 달자마자 각 부서에서 차출되어 혁신 뭐시기 하는 TF[Task Force]에 끌려가게 되었습니다. 사업 규모가 큰 기업에 다니시는 분들은 알겠지만 '혁신'이니 '이노베이션'이니 '크리에이티브'니 하는 것들, 이름만 멋있지 결국 다 그냥 변죽만 울리는 TF라는 거 아실 겁니다. 일만 많고 자료 조사 죽어라 하고 파워포인트 슬라이드니 자료니 해서 열라 만들고 성과는 안 나고 끝나고 발표는 하지만 정작 뭐 나오는 것은 없는 그런 일.

저도 그 '스마트' 그리고 '크리에이티브'가 들어간 전혀 스마트하지 않고 크리에이티브하지 않은 TF에 난데없이 부서장으로부터 차출 명령을 받고 강제 징용에 끌려가듯 하기 싫다는 마음 100kg을 짊어지고 출근을 했습니다. TF에 들어가면 휴가 쓰기도 힘들어지고, 일은 고된 데다가 고과도 잘 받기 어려운 것이 사실입니다. 전 사실 TF가 처음이 아니었는데 과거의 TF에서 사람을 잘못 만나 그 좁은 TF

룸에 머문 몇 개월이 너무 괴로웠습니다. 오죽하면 군대 내무반이 떠올랐을까요.

TF에 끌려 온 첫날.

안내받은 회의실로 가니 TF룸이랍시고 PC도 이미 세팅되어 있고 화이트보드 몇 개를 가져다 놓았으나 정말 하나도 놀랍지 않게 끌려온 사람들 모두 표정이 썩어 있는 뭐 그런 분위기였습니다. 몇몇은 이미 아는 사람인지 인사를 하며 이거 도대체 뭐 하는 TF냐며 불평불만부터 쏟아내고 있었습니다. 원래 부서 일도 마무리 못 지었다면서 오자마자 PC를 켜고 메일을 쓰며 유난 떠는 이들도 몇 있습니다.

부서 복귀일을 따져 보니 TF 일이 고과로 잘 반영되지 않으면 올해는 그냥 죽으라는 것 아닌가 싶어 열댓 명 인원이 모두 무거운 분위기로 설왕설래하며 모여 있었습니다. 분위기가 얼추 정리가 되는 듯하자 TF장을 맡았다는 수석 한 명이 나와 자신을 소개하고 빠르게 자리를 정해줍니다.

"오늘부터 뭐 자료 만들고 그럴 건 아닌데 일단 머리 좀 말랑말랑하게 만듭시다. 아, 맞다. 조부터 나눠야 하는데. 말이 너무 딱딱한가. 셀이라고 합시다. 셀. 좋네. 요즘 조직 문화에서 유행하는 말이라던데."

TF장은 직무별로 분배했다면서 4명을 묶어 주었습니다. 하지만 특별히 외향적이지 않은 이상, 서로 모르는 사람들이 모이게 되면 어색합니다. 일단 얼추 자리에 앉자 TF 업무에 대한 간단한 설명이 이어지고 구성원 간에 인사도 하기 전에 TF장은 셀마다 10만 원짜리 직불카드를 난데없이 나눠주더니 갑자기 나가서 놀다 오라고 합니다.

"어. 혹시 모두들 에스노그라피Ethnography라고 아나? 몰라도 상관없는데 암튼 뭐 일단 나가서 뭐든 관찰하고 인사이트 얻어서 내일 이야기해

봅시다. 진짜 어이없는 것도 상관없으니까 그냥 거리에서 사람들 구경하다 오라고. 맨날 사무실에서 구글링해봤자 나오는 게 똑같아. 나갑시다, 나가요."

"그럼 내일 보고합니까? 분량은 얼마나?"

너무나도 전형적인 딱딱한 대기업 회사원 같아 불쌍한 우리 동료의 질문.

"하이고. 보고는 무슨. 그냥 구두로 합시다. 자료 같은 거 만들지 말고. 우리 그렇게 일하지 맙시다. 응? 뭐 아는 사람은 알겠지만. 에스노그라피는 관찰하는 거잖아, 관찰. 사람들이 뭐에 돈 쓰고 뭘 들고 다니는지 가볍게 관찰하고들 와 봐요. 요즘 낮에 시내 나가기 힘들잖아."

오. 재미있는 양반이네. 굳어 있던 표정들이 약간은 풀리는 것도 같습니다. 네. 보스가 괜찮으면 회사 생활이 험해도 할 만하지요. 물론, 이때까지만 해도 이 TF에서 제게 어떤 일이 일어날지 전혀 상상하지 못하고 있었습니다.

같은 팀으로 배정된 사람은 저와 남자 1명, 그리고 여자 2명이었습니다. 신입 사원도 아니고 이런 거 언제 해 봤나 모두 구시렁대고 있는 와중에 남자 선임 하나가 원 부서 전화를 받더니 "진짜 죄송. 원 부서에서 불러요." 하면서 갑자기 사무실로 가고, 다른 여자 선임도 "이렇게 밖으로 나가는 줄 몰랐어요. 제가 몸이 좀……." 이러면서 〈가을동화〉의 병든 송혜교 빰치는 창백한 얼굴로 쓰러질 듯 여직원 휴게실에 가 버렸습니다.

어- 황당. 아. 회사 다니는 성인들이 다들 왜 이래. 남은 여자 책임 한 명의 얼굴을 가만 바라보니……. 굳은 얼굴, 피곤한 기색, 어찌 보면 깐깐한 구석도 있어 보이는 인상. 괜히 마음이 어려워져서 머뭇거리자 이 여자 책임은 먼저 발걸음을 옮겨 TF룸을 나섭니다.

"안 가세요? 어디 갈까요?"

"어…… 그러게요. 어디 갈까요."

눈치 봄. 머뭇거림. 어색함. 이분이 어떤 사람인지 모르니 어떻게 행동해야 할지 잘 모르겠습니다.

"명동 가실래요? 거기 가면 사람은 많겠네요. 쇼핑이라도 하죠."

결국 둘만 회사를 나섭니다. 서로를 잘 알지 못하는 성인 남녀가 지하철역으로 발걸음을 옮기며 뻘쭘한 대화를 이어갑니다. 여전히 굳어 있는 얼굴 때문인지 이 사람의 속을 잘 모르겠습니다.

어디 부서에 계세요. 부서에서 무슨 일을 하시나요. 아, 거기에 누구 아는데. 오, 그래요……. 서로에 대한 이야기보단 일 이야기로 대화를 시작하는 이 불쌍한 회사원들의 일상. 그 와중에 머릿속에서 잡힐 듯 하면서도 잡히지 않는 의문이 꼬리를 뭅니다. 어디서 많이 보던 사람인데……. 많이 보던 사람인데.

우리는 할 말이 끊기자 어색하게 지하철에서 핸드폰만 쳐다보거나 멍하니 열차의 광고판을 바라보고 있었고, 저는 매우 괴로웠습니다. 이런 어색한 사람과 몇 개월을 일해야 한다니. 아이고.

지하철역을 빠져나와 명동 거리에 들어서자 이분은 힐이 너무 불편해서 도저히 걸을 자신이 없다며 우선 단화를 하나 사달라고 했습니다. 마침 가까운 곳에 신발 가게가 있어 단화 한 켤레에 5만 원을 내고 산 다음, 신고 있던 힐은 쇼핑백에 넣고 단화로 바꿔 신었습니다. 그러자 분위기가 조금 가벼워지는 듯했고 우리는 어이없게도 에스노그라피가 무슨 말이냐, 우린 그런 거 모른다 주의로 갑자기 길거리 음식에 돈을 쓰기 시작했습니다.

깔끔한 브이넥에 단정한 스커트를 입은 여자는 명동에서 파는 주전부리들을 무슨 먹방 하듯 하나둘 먹기 시작하더니 어느새 직불카드에는 딱 1만 원만 남게 되었고, 우리는 이걸로 시원하게 아이스커피를 마시며 마무리하기로 했습니다. 회사에서 출발할 때만 해도 인생이 무거워 보이는 굳은 표정이었는데 커피집에 들어서자 마치 시험이 끝나 신난 대학생 같았습니다.

그 책임님의 성은 안 씨였습니다. 안 책임.

처음엔 표정이 썩어 있었는데 여름날의 햇빛을 받아서인지 얼굴에 생기가 돌더니 커피집에 가서는 아이스 라떼를 그냥 후루룩 숭늉 마시듯 들이켜자 완전히 살아났습니다. 마치 마른 화분에 물을 주는 느낌이었달까요. 그렇게 커피를 들이켜던 안 책임님은 잠시 눈을 감고 긴 숨을 코로 후욱 내쉬더니 말을 꺼냈습니다.

안: 손 책임님. 고맙습니다. 오늘 아침 기분은 올해 최악이었는데 오후는 올해 최고의 낮이에요.

나: 어, 왜요?

안: 안 좋은 일도 겹치고 TF도 끌려오는 바람에 우울해서 진짜 울고 싶었는데, 이렇게 평일 오후에 도심을 활보할 줄 몰랐고. 신발도 하나 생기고. 남자랑 막 데이트한 것 같고. 흐흐흣.

오전에 딱딱하기만 하던 사람은 어디로 갔는지 이제는 여유 있게 넉살까지 부립니다. 어이구, 데이트라니. 난데없는 소개팅 분위기에 학번을 물어보다가 저보다 두 학번 위라는 걸 알게 되었습니다.

누님일 줄 알았어. 어쩐 넉살을 보니 연식이…….

사실 나이가 꽉 차거나 좀 넘어가 버린 미혼의 여자 과장, 책임들은 뭔가 가늠하기 힘들고 예민하여 대하기 어려운 사람들이 간혹 있는데 안 책임님은 그렇지 않고 되게 편한 느낌이 좋았습니다.

저도 오늘 재미있었네요, 라고 대답하는데 괜히 마음이 동했습니다. 늦은 오후의 볕이 노랗게 반사되어 안 책임님의 긴 머리를 반짝거리며 데우고 있었습니다. 갑자기 정말, 정말 예뻐 보였습니다.

그리고 아까부터 진짜 누구 닮았는데…… 누구더라……. 어디서 본 사람인가. 생각의 타래가 잘 풀리지 않습니다. 어쨌거나 대충 다 논 것 같고-라고 쓰고 일했다고 우기고- 회사로 복귀할 일이 생겨 지하철을 타는데 안 책임님도 회사로 돌아가야 한다고 합니다. 퇴근 시간이 임박해서 그런지 거리에 사람들이 조금 많아졌습니다.

나: 저는 전 부서에 가서 할 일이 좀 있긴 한데. 아까 수석님이 그냥 퇴근해도 된다고 하지 않으셨나요? 그냥 가셔도 될 거 같은데. 뭐, 자료를 만들라고도 안 했고요.

안: 아, 같이 가요. 회사에 가긴 가야 해요.

결국 같이 지하철을 타게 되었는데 퇴근 시간이 가까운 지하철은 벌써부터 만만치가 않습니다. 서로 모르는 사이도 아닌지라 일단 붙어는 있는데 환승역을 지나면서 사람이 많아지자 더 가까워지게 되어 버렸습니다. 모르는 사람이면 애초에 마주 볼 필요가 없고 친하면 말없이 어색하지 않게 그냥 서로 각자 핸드폰이나 보며 갈 수도 있을 텐데 서로 예의를 차리다 보니 어느덧 밀착이 되어 버렸습니다.

아. 샴푸 냄새.

아닌가? 샴푸 냄새가 아닌가?

비누? 향수? 무슨 냄새지?

생전 처음 맡아보는, 어떻게 형용하기 힘든 내음이 제 코를 거쳐 뇌에 깊숙이 박힙니다. 저도 모르게 그 냄새에 취해 눈을 살며시 감은 순간……. 몸이 기울며 어쩌다 보니 제 팔이 결국 여자의 얇은 블라우스와 가슴을 스치기 시작합니다. 제 팔꿈치는 너무 민감한 나머지 이 여자의 속옷 레이스 무늬도 그려낼 수 있을 거 같았습니다.

큰일이다. 꼭 요즘의 사회 분위기가 아니더라도 상대방의 불쾌함, 나의 민망함, 서로의 부끄러움을 복잡하게 생각하지 않을 수 없는 순간. 그 짧은 찰나에 갑자기 의문이 들었습니다. 왜, 이 사람은 굳이 몸을 안 빼는 걸까. 가슴이 크면 민감하지 않아서 모른다는데 정말 그런 건가. 내 앞에서 꼬리치는 건가. 날 시험하는 건가. 나중에 날 곤경에 몰아넣는 게 아닐까. 정말 별의별 생각의 꼬리를 무는 와중에.

아…….

그곳이.

대뇌의 신경 전달 물질에 의해 하체의 어느 곳, 해면체 모세혈관에 혈액이 모이고 말았습니다. 하필. 캐주얼 비즈니스로 셔츠를 바지 속에 다 넣은 차림에서. 부풀어 버리다니. 제가 아무리 내세울 만한 사이즈가 아니어도 75도짜리 곡사각은 젊고 쪽팔린 리비도를 보이기에 무리가 없었습니다. 그리고 이 흥분은 뇌의 기억과 자극의 시냅스들을 연결시키는데 성공했습니다.

아 생각났다. 닮은 사람.

순간 머릿속에 일본 AV 배우 한 명이 스쳐 지나갔습니다. 아이고……. 닮은 사람이라고 대뇌에서 매치시킨 사람이 AV 배우라니……. 수지나 태연 뭐 이런 연예인이 아니라 일본 AV 배우라는 사실에 깊은 자괴감과 황당함이 들었고, 이 사람이 내 생각을 읽기라도 하면 얼마나 나를 경멸하며 싫어할지…….

그런 생각을 하던 중, 드디어 내릴 역이 되었습니다. 저는 황급히 가방으로 하반신을 가리곤 가까스로 열차에서 내리면서 한 마디 던졌습니다. 약속 없으면 저녁 먹자고 할까 하는 복잡한 계산을 하면서.

나: 저는 사무실 올라가는데…… 안 책임님은 전 부서에 일 또 있

으세요?

하지만, 그녀의 답은.

제 흥분을 정상적이고 이성적인 상태로 모두 돌려놓았습니다.

안: 애 픽업 가야 해서. 애기가 회사 어린이집에 있거든요.

애기 엄마. 유부녀.

안 책임님의 성숙한 느낌이 좋았습니다. 예민한 여자 같지 않고 방어적이지 않아 제가 잠깐 매력을 느꼈는지도 모릅니다. 그래도 설마 했는데. 유부녀라니. 남편 이야기는 하나도 안 했구만……. 점점 저의 지하철에서의 흥분이 더없이 불쌍하고 한심해졌습니다. 결혼한 여자 앞에서 나는 도대체 어떻게 돼먹은 사람인가.

저를 잠시 홀렸던 AV 배우, 아니 안 책임님은 그렇게 회사 어린이집으로 총총히 사라졌습니다. 저는 사무실로 들어가기 전, 회사 빌딩 내 카페테리아로 들어가 저녁 혼밥으로 모래알 같은 볶음밥을 밀어 넣었습니다. 그리고 동시에 심야 이불 킥을 예약했습니다.

하지만, 애써 이 민망한 기억을 잊으려 했던 저는.

이 TF에서, 그리고 오피스에서.

평생 잊을 수 없는 새로운 시간과 기억을 선물 받습니다.

/

TF 둘째 날.

어제의 민망함과 쪽팔림은 쉽게 사라지지 않았습니다. 집에 가는 내내 머리를 쥐어뜯었고 침대에 누워 수없이 이불에 킥을 해댔습니다. 지하철에서 닿았던 감촉이 남아 있는 만큼 부끄러움과 쪽팔림도 그대로 남아 있었습니다. 이런 마음으로 안 책임님 얼굴을 어떻게 봐야 하나 싶었지만, 어쩔 수 없이 TF룸으로 출근을 하였습니다.

첫날엔 경황이 없어 몰랐는데 안 책임님이 제 옆자리였습니다. 아무런 분위기 없이 무채색 같던 사람이, 옆에 앉았는지도 몰랐던 사람이 왠지 오늘은 달라 보입니다. 밝은 표정으로 인사하는 안 책임님을 보니 어쩌면 어제 일과 감정은 쉽게 흘려보내어도 되겠다는 생각이 들었습니다.

노트북과 모니터 세팅을 마무리하고 필통을 책상에 올려둔 뒤 뭐라도 도울 일이 없을까 싶어 안 책임님의 자리를 힐끗 보게 되었는데 다른 레벨의 고수를 만난듯 눈을 뗄 수 없었습니다.

노트북에 가지런히 연결되어 제자리에 정확히 놓인 모니터와 키보드.

주문 제작한듯 케이블 타이로 깔끔하게 정리된 케이블.

프로의 냄새가 나는 정갈한 사각 노트.

색깔이 모두 같고 예리하게 깎인 연필.

고전적인 냄새가 나는 오래된 필통.

어쩌면 이렇게 사람이 말끔할까. 여자들이 귀엽다며 올려 놓는 흔한 작은 피규어 하나 없는 책상은 마치 솜씨 좋은 백전노장 셰프의 주방을 보는 듯했습니다.

안 책임님께 어제 잘 들어갔냐는 말을 건네며 “나머지 파트원들은 언제 오나요?”, “커피 드실래요?” 등의 말을 주고받던 중, 책상에서 고개를 드는 순간이었습니다.

베이지색 긴 치마에 흰색 라운드 넥 골지 티를 입은 그 모습에서…… 가슴이 정말 예쁜 겁니다. 목선이 부담스럽지 않게 티셔츠의 봉제선으로 이어지며 부드럽게 언덕을 이루다가 다시 떨어지면서 미세한 그림자를 만들어 냈고, 옷매무새는 전혀 골의 노출을 허용하지 않아 천박하지 않아 보이며 안정적인 곡선이 결코 무리한 보정이 아님을 이야기하고 있었습니다.

크다고 할 수 없었지만 어디 하나 흐트러짐 없이 잘 깎인, 르네상스 시대의 거장이 만든 조각 같은 몸 선. 20대의 발랄함과는 다른, 그렇다고 원숙하다고 하기엔 훨씬 다소곳한, 그러면서도 자신 있는 그런 몸이었습니다.

아. 정신 차려, 정신 차려.

팔에 닿았던 어제의 감촉과 AV가 또 떠오르자 손바닥으로 뺨을 몇 대 쳤습니다. 고만 좀 생각해. 변태냐. AV 배우를 닮았다고 떠올린 건 지하철에서의 흥분 때문이었던 것 같습니다. 다시 보니 배우 손예진이 떠오르기도 합니다. 어제 아침엔 누구인지 눈에 들어오지 않더니, 어제 오후엔 AV 배우가 떠올랐다가 이젠 또 손예진입니다.

어젠 차가워 보이면서도 굉장히 프로페셔널해 보이는 세미 정장이었는데 오늘의 캐주얼을 보니 옷의 차이가 사람을 이렇게 만드나 싶어 신기했습니다. 어쩌면 어제의 그 '나들이 아닌 나들이'가 사람을 좀 바꾸어 놓은 듯도 싶었습니다. 발군의 비주얼에-손예진이라니까요- 밝은 표정. 몸매가 드러나는 환하디환한 상의. 차분하지만 어둡지 않은 베이지색 긴 치마. 눈이 자꾸만 그녀의 어깨 아래로 이동합니다. 그리고 또 스스로 질책합니다. 정신 차려. 정신 차려. AV 배우를 빨리 머리에서 지우자…….

그러나 불현듯, 행복해졌습니다. 이런 분이 제 옆에 앞으로 3개월간 앉아 있을 것이라 생각하니. 그리고……. 제발 정신 차려, 정신 차려. 뭐 꼭 어떻게 사귀고 그래야 되나, 아재들만 득실대는 것보다는 훨씬 낫지 않은가. 이런 여러 생각이 커피 향과 함께 섞여 TF룸을 떠

돌아 제 주위를 맴돕니다.

안: 어제 다녀온 거 어떻게 정리할까요?

나: 무슨 형식이 필요하거나 자료 만들고 하는 건 아니라니까 같이 나가서 본 거랑 느낀 거 그냥 술술 이야기하면 어떨까요. 수석님도 그런 걸 원하는 거 같은데.

안: 그러면, 길거리에서 사 먹은 거 이야기해요. 난 문어 구운 거 이름이 뭐더라…… 그거 맛있더라. 포장도 인상적이었고요. 먹기 좋게 어쩜 그렇게 딱 접어서 주지.

나: TF 주제랑 맞을까요? 웬 먹거리냐고. 막 그러지 않…….

안: 이런 건 막 던지며 이야기하는 거예요. 무슨 스마트니 혁신이니 이런 말부터 꺼내는 거 얼마나 진부해요. 안 그래요?

나: 그러게요. 저부터 이야기해 볼 테니 옆에서 이런저런 말로 거들어 주세요.

안: 잘 이야기하면 참신할 거 같은데요? 프레시한 식음료 유통이랑 요즘 먹방 트렌드와 같이 엮어서 이야기하면 재미있을 거 같은데. 그냥 가볍게 풀어 봐요, 같이.

나들이에서 도망갔던 두 명을 포함하여 다른 TF 구성원들이 모두 출근하고 어제의 소회를 간단히 나누자, TF장 수석은 아니나 다를까 이번 TF는 새로운 서비스 기획 TF라면서 특별히 구성원도 다양하게 했고 각 부서에서 일 잘한다는 사람 중심으로 어렵게 꾸렸으니 성과를 꼭 내보자면서 독려했습니다.

저와 안 책임님을 포함해 어제의 멤버 그대로 4명이 같은 파트가 되었고 3개월을 함께한 뒤 상황을 봐서 연장한다고 합니다. 어제 도망갔던 사람들이 혹여나 책임감 없는 사람일까 걱정되긴 했지만 또

라이 총량의 법칙*도 있는 마당에 그런 사람은 어디나 있기 마련이니 어쩔 수 없는 것 같습니다.

애 엄마라는 걸 알고 엄청 김이 새버리긴 했지만 그래도 예쁜 사람 옆에 있으면 좋지 뭐, 라는 심정으로 3개월 잘 버텨 보기로 했습니다.

그리고 제 삶에 새로운 봄이 시작된다는 걸.

이때는 정말 몰랐습니다.

정말로요.

/

팀의 다른 한 명은 소프트웨어 개발자인 김 선임이란 사람이었고, 다른 한 명은 디자이너 홍 선임이었습니다. 한창 회사에서 일할 만한 직급으로, 인력 구성으로는 좋은 조합이었습니다. 그동안 해 오던 일에 대해 이야기해 보니 모두 성과도 좋아 일을 제법 할 줄 아는 사람들 같았습니다. 첫날부터 도망간 까닭에 앞으로 목덜미라도 잡고 끌어가야 하나 하는 걱정이 있었지만, 각자의 몫을 충분히 하고도 남을 사람들이었습니다.

사람만 괜찮아도 회사 생활은 할 만하다는 말도 있으니 어제의 갑갑했던 감정이 많이 누그러졌던 이튿날이었습니다. 무엇보다도 능력 있고 예쁘고 의지할 수 있는 좋은 누나 같은 사람과 같은 팀이 되었다는 사실에 기분이 좋았습니다. 누군들 손예진 같은 사람이 옆에 있으면 즐겁지 않을 수가 있을까요.

* 어떤 조직이든 일정량의 또라이가 존재함. 만약 그 조직에서 또라이를 찾지 못한다면 본인이 또라이일 가능성이 매우 높다고 함.

안: 스케일은 작아도 현업에서 열 명이 넘게 하는 일을 나눠야 하니 예리하게 롤을 나눠야 할 거 같아요. 손 책임님이 전체 매니지를 해 주세요.

나: 네? 제가요? 안 책임님이 더 선배이시지 않나요?

안: 어차피 네 명이면 리더란 게 별 의미 없어요. 모두 리더처럼 일해야지. 스케줄 매니지를 롤로 하시라는 뜻. 잘하실 거 같아요. 부탁드려요. 큰 일정 그려서 보고 일정 잡고 데드라인 정하고 그런 거요.

나: 어…… 네. 제가 해 볼게요.

이건 누가 하지. 해 주시면 안 되나요. 아니요, 님이 하세요. 당신 생각은 어떠세요……. 지겨운 핑퐁 없이 말끔히 딱딱 정리해 주는 사람이 있어 고마웠습니다. 그래, 이 사람만 따라가면 얼추 일은 되겠다. 그리고 옆에 있던 팀원 둘의 표정을 보니 저와 생각이 비슷한 듯합니다. 눈에는 이미 존경의 하트가 가득 담겨 있습니다.

하지만 좀 두렵기도 했습니다. 후배 사원 관리는 잘하는 편이 못 되었고, 늘 윗사람들에게 일정 관리 같은 걸 잘하지 못하면 성장하지 못한다는 지적과 조언을 받아 온 지라 무거워진 어깨를 있는 그대로 느끼며 퇴근하려던 길에 안 책임님에게서 메시지가 왔습니다.

[책임님. 매니저 하라고 부탁드려서 죄송해요. 근데 진짜 제가 하기 싫어서가 아니라 잘하실 거 같아서 그래요. 제가 많이 도울게요.]

도와준다.

도와준다, 라…….

마치 평강 공주를 만난 온달이 된 느낌이었습니다. 그동안 잘하지 못하는 일이라고 애써 외면했던 일이었지만 잘 해보겠다고 다짐했습니다. 이런 사람이 도와준다는데.

정말 잘 해보고 싶다. 정말로.

그런 마음이 들었습니다.

/

여기저기 연구소에서 오는 데이터들, 회사가 구독하고 있는 편당 몇천 불씩 하는 비싼 자료들과 자료 수집, 조사 연구 목적으로 붙은 외부 컨설턴트 몇과 함께 데스크 리서치를 죽어라 합니다. 정치가 붙지 않은 상태에서 일 잘하는 사람들과 함께하는 회사 일은 꽤 재미있습니다. 의미 없는 것들 속에서 의미를 만들고 이를 실체화하는 것이 비즈니스 아닐까요.

안 책임님은 분명한 발음과 매력적인 중저음의 소유자로 프레젠테이션 슬라이드 만들기와 발표에 천재였습니다. 저도 원래 부서에서 제법 한다고 했는데도 매일매일 배우는 처지였습니다. 격주로 발표를 했는데 모두들 안 책임님이 할 땐 올망졸망 앞에 모여 마치 TV쇼를 방청하듯 눈을 껌뻑이며 봤습니다.

너무 밝고 의욕적이면 대학생 같고, 딱딱하고 전형적이면 무슨 정부 부처 사무관 같기 마련인데 그 사이를 잘 타고 다니며……. 아, 이게 프로구나. 진짜 프로라는 말이 절로 나올 정도로 청중이 배경에 대해 잘 알 때와 모를 때를 구분해 가며 주제 한가운데로 이끌어 자료를 펼쳐 놓는 것이, 마치 무협지에서 명검으로 부드럽고 간결하지만 가공할 초식을 보여주는 듯했습니다. 특히 아무리 간단한 프레젠테이션이라도 슬라이드를 그대로 읽는 법 없이 내용을 완전히 외워 숙지

한 다음, 시선을 항상 청중으로 향해 몰입감을 가중시켰습니다.

조금 솔직해지자면, 아마도 많은 남자들은 안 책임님의 프로페셔널함에 더해진 외모에 반했겠지요. 사실 회사든 거리든 예쁜 여자는 많고, 의술의 힘을 빌리거나 안 빌리거나 소위 번호라도 묻고 싶은 사람은 많습니다. 안 책임님은 얼굴도 예쁘지만 같이 일을 하면서 몸매가 좋고 매력적이라는 느낌을 받았는데, 알고 보니 이분의 '자세'가 정말 좋다는 걸 깨달았습니다.

펴진 가슴, 당겨진 턱. 배와 허벅지부터 적당히 긴장감을 주어 구부정하지 않은 안정적인 걸음. 안 책임님은 가끔 구부정하게 앉아 있는 사람들에게 자세나 걷는 것에 대해 잔소리를 하며 걷는 법도 배울 필요가 있다고 한 적이 있는데 전 백 번 동의했습니다. 그분의 걸음걸이는 정말 다른 느낌이었습니다.

무엇보다도 몸이 정말 단단했습니다. 점심시간마다 같이 밥도 안 먹고 사라지기에 무슨 취미 활동이라도 하나 싶었는데 알고 봤더니 기를 쓰고 빌딩 내 피트니스로 뛰어간다는 것을 알았습니다. 심지어 주중 5일 동안 하루를 거의 안 빠지고 다녀서 나중엔 팀원들이 안 책임님과 점심 먹기 힘들다며 한번 같이 가보자고, 도대체 무슨 운동을 그렇게 하냐고 묻기도 했습니다.

안: 같이는 가지만 운동은 같이 못 할 텐데. 운동 좀 하세요?

김 선임: 어유. 저 한때 쇠질 좀 했는데! 근데 요즘 안 하다 보니 금방 살이 찌더라고요…….

홍 선임: 저 좀 가르쳐 주시면 안 돼요? 그냥 옆에서 따라 하면 안 돼요? PT는 좀 부담되는데 가르쳐 주세요!

안: 그럼 한번 같이 가요. 대신, 하는 거 그대로 따라와 보세요.

그날 우리는 점심시간에 죽음의 문턱에서 겨우 살아 돌아와 오후 내내 정신을 못 차리고 쓰러지는 사태를 맞이했습니다. 대체 안 책임님은 어떻게 이런 강도로 운동을 매일 하고 있는 걸까요.

그녀는 사십여 분을 쉬는 시간 없이 덤벨을 들고 트랙을 뛰며 버피니 푸시업이니 하는, 무슨 군대에서나 할 만한 것들을 거의 쉼 없이 하고 난 뒤 부랴부랴 샤워하고 머리를 십 퍼센트 덜 말린 채 샌드위치 집으로 뛰어가 포장해 와선 먹으면서 일하기 시작했습니다. 이런 걸 두고 자기 관리라 하는 것이구나 싶었습니다.

피트니스에 따라갔다가 안 책임님이 몸매가 드러나는 트레이닝 탑과 레깅스를 입고 놀랍게도 헬스 장갑까지 낀 채 쉴 새 없이 데드리프트, 스쿼트를 하고 뛰기까지 하는 모습에 저 멀리 트레드밀에서 몰래 안 보는 듯 그냥 쳐다만 보는 일이 간간이 생겼습니다.

어느 날 트레드밀에서 또 그렇게 TV를 켜두고 안 책임님을 멍하게 보는데 옆에서 누가 살짝 쳐서 봤더니 TF의 다른 팀원 고 선임이었습니다.

나: 어유. 놀래라.

고 선임: 뭘 그리 놀라세요. 흐흐, 안 책임님이랑 같이 오신 거예요?

고 선임이 트레드밀 너머의 안 책임님을 가리키자, 마음을 들킨 것처럼 너무 놀라 도리어 딴 곳을 쳐다보았지만 어색함이 감추어질 것 같지 않았습니다.

뭘 알고 이러나…….

나: 아니에요. 뭘 같이 와요. 그냥 난 어쩌다가.

고 선임: 안 책임님 운동 진짜 열심히 하시죠~. 전엔 그냥 운동 열심히 하고 몸매 좋은, 여기 빌딩 어딘가에서 일하는 분인가 했

는데 TF룸에서 보고 헉- 했잖아요. 여기 자주 오는 분들은 안 책임님 보고 손예진 닮은 분이라고 그래요. 전 사실 잘 모르겠는데.

나: 어 그러게요……. 어…… 나도 잘 모르겠는데. 그런가.

마음을 들킬까 애써 대화를 마무리합니다.

손예진 닮았다고 생각하는 것이 나만 그런 게 아니었구나. AV 배우 닮았다고 하면 멱살을 잡으려고 했다가 손예진이라고 해서 다행이다 싶었지만 갑자기 괜히 기분이 나빠졌습니다. 마치 나만 그렇게 생각해야 하고 나만 알고 있어야 한다는 듯. 헬스장에서 안 책임님에 대해 이야기했다는 사실만으로 왠지 모르게 그 사람들에게 화가 났습니다.

당신들이 안 책임님에 대해서 뭘 알아? 응?

/

TF는 즐겁게 흘러갔습니다.

TF장은 조 수석님이란 분이었는데 참 괜찮은 사람이었습니다. 첫날부터 뜬금없이 나갔다 오라고 해서 좀 다른 생각을 가진 사람인가 보다 생각했었는데 알고 보니 쓸데없는 일 안 시키고 보고 받을 땐 포인트와 정수를 잘 잡아내서 개떡같이 이야기해도 콩떡같이 정리해주는 사람이었습니다. 상사만 좋아도 회사 다닐 만하지요.

어느 날은 팀 아이디어 회의 중에 괜찮은 안이 나오자,

나: 오. 이거 좋은데요. 근데 시간이 없네. 언제 자료 만들어 보고

하지.

김 선임: 자료 만들고 그러면 너무 늦지 않아요? 모레 피칭인데. 그냥 이건 묵혀 두는 게 어때요?

안: 시간이 없으니까 지금 들고 가요. 조 수석님 스타일은 빠른 거 좋아하던데.

나: 음, 어떡하지요. 결정이 잘 안 되네. 아까운데.

안: 아유, 참. 그냥 들고 가요!

홍 선임: 어…… 슬라이드도 안 만들었는데…… 어떻게…….

안: 아이구, 이런 거로 안 혼나요. 걱정 마세요. 언제 자료를 만들고 앉았어요. 손 책임님. 이거 바로 들고 가요? 네?

그러고 나서 메신저로 TF장에게 시간 되냐고 묻곤 "지금 된대요! 가요!" 하더니 팀원들을 이끌고 책상으로 가 바로 노트에 그림을 그려가며 설명을 시작했습니다. 다른 팀원 두 명은 "아유- 이러면 안 되는 거 아니에요." 하고 있었지만 저는 알고 있었습니다. 이건 보통의 내공이 아니라는 걸.

그리고 결과는 당연하게도.

성공.

안 책임님 외 팀원들 모두 좋고 무난한 사람들이어서 좋은 시간이었습니다. 일과 시간 외에는 연락하는 법이 없고 심지어 회식도 점심에 모두 해결. 저녁에 술 한잔하는 일도 없어 좀 정이 없는 것 같다는 생각도 들었지만요.

팀이 구성되던 초반에 회식 자리를 마련해보려고 했는데 한번 타이밍을 놓치자 술 한잔 먹기가 쉽지가 않아졌습니다.

우린 많은 이야기를 하며 같은 공간과 시간을 공유했지만

생각보다 서로에 대해 잘 모르고

회사 밖의 영역에 대해서 조심스러워 했으며

소셜 네트워크로도 전혀 엮이거나 하지 않았습니다.

우리는 철저하게 회사에서만, 그것도 TF룸을 벗어나지 못하는 관계였습니다. 어쩌면 그냥 회사에서 좋은 사람, 덤으로 좀 예쁜 사람. 그리고 나보다 나이 조금 많은 선배, 누나를 알게 된 것으로 이 시간이 마무리되는 것 같았습니다. 그렇게 3개월이 흘러가고 있었습니다.

TF 기간 막바지에 이르자 저희 파트의 과제가 잘 진행되는 듯하여 TF 연장 결정이 났습니다. 연장이라고 해야 1개월 정도였지만 지금까지의 작업물로 중간 결과물을 내고 이를 동영상으로 제작하기로 했습니다.

나: 여기서 1개월을 더 있어야 한다니. 여름휴가는 TF 끝나고 갈 줄 알았는데 틀렸네요.

안: 얼른 다녀오세요. 얼마나 멀리 길게 갈라고……. 한 주 후딱 다녀오세요.

나: 아…… 그럴까. 그럼 안 책임님은요?

휴가 이야기를 꺼내 놓긴 했지만 사실 어디를 예약한 것도, 계획이 구체적으로 있던 것도 아니었습니다.

김 선임: 어. 그럼 저 가면 안 될까요? 저 진짜 이렇게 연장될 줄 모르고 다음 주에 예약해 놓은 게 있는데 말도 못 꺼내고 있었어요…….

나: 어 정말? 다녀와요 그럼. 어디 가요? 멀리?

홍 선임: 어- 저도 가면 안 될까요? 저도 계획을 잡긴 했는데…….

안: 아니 왜 이런 걸 눈치 보고 그래요. 신입 사원도 아니고.

김 선임: TF 마무리 시기라 가기 좀 그렇잖아요. 사람도 몇 안 되는데…….

안: 아니에요. 다들 그럼 다음 주에 가세요. 그래도 다다음 주나 마무리 주가 아니어서 다행이네요.

나: 안 책임님은요?

안: 전 여름 계획 딱히 없거든요. 다들 몰아서 가시는 동안 제가 그 사이 할 수 있는 일들 처리해 놓을게요. 뭐 챙길 거 있으면 미리 알려 주고 가세요.

홍 선임과 김 선임은 이미 예약도 해 놓은 거 같아 휴가를 다녀오라고 했지만 저는 그냥 가고 싶은 마음만 있을 뿐 굳이 부랴부랴 예약하고 같이 갈 사람을 찾고 싶지는 않았습니다. 더구나 팀에서 한 명만 달랑 남겨놓고 가기도 그랬습니다.

둘은 그렇게 휴가를 떠나게 되었고 저와 안 책임님만 남아 영상 작업을 하기로 했습니다. 제작사는 섭외가 미리 되었고 영상 감독과 만나 콘티를 짜며 빠르게 미팅을 한 뒤, 음성 녹음만 사내 녹음 스튜디오를 빌려서 하기로 했습니다. 영어로 진행한다고 하여 내레이터로 교포 영어 강사를 소개받아 약속을 했고, 저와 안 책임님만 TF룸에 남아 대본을 짜고 수정하곤 했습니다.

녹음 날이 되자, 녹음 스튜디오에 미리 들러 녹음 엔지니어와 인사를 하고 회사 빌딩 로비에서 내레이터를 기다렸습니다. 하지만 약속 시간이 되어도 오지 않았고 연락해 봤지만 연결이 되지 않았습니다. 한참 기다리던 녹음 엔지니어는 저에게 스튜디오로 오라고 하더니 직접 녹음을 하라고 합니다.

엔지니어: 책임님. 제가 조금 후에 회의가 있어 가 봐야 합니다. 제

가 없어도 할 수 있게 가르쳐 드릴게요.

나: 네? 이걸 제가 어떻게 해요.

엔지니어: 책임님. 이거 엄청 간단하거든요. 이거 레코드 버튼 있죠? 이거 누르고 말하고 그다음 스톱하고.

나: TV 보면 올리고 내리는 것도 있고 그러던데…….

엔지니어: 그런 건 요즘 기술이 좋아서 나중에 조절해도 돼요. 지금 한번 말해 보세요. 여기 불 들어오죠? 여기 게이지가 넘어가면 너무 소리가 크다는 거야. 그러면 이거 내리고요.

나: 봐요! 복잡하잖아요.

엔지니어: 어허. 레코드 앤 스톱만 누르면 된다니까.

나: 저 뭐 고장 내도 책임 안 집니다.

엔지니어: 이거 소리 너무 크거나 소리 안 나오는 것만 보면 돼요. 여기 빨간 불만 보세요. 아셨죠? 소리 너무 큰 거랑 안 나오는 거. 나머진 내가 알아서 할게요.

나: 그 두 개가 제일 어려워 보이는데요. 고장 나면 나 몰라요.

엔지니어: 에헤- 고장 안 나요. 일 생기면 부르시고. 저 전화 받을 수 있는 곳에 있을 거예요. 그럼 한번 해보세요! 기계나 컴퓨터 잘 다루실 거 같은데. 수고!

엔지니어는 전화기와 노트를 들고 후다닥 녹음실을 떠나버렸고 저는 안 책임님께 전화했습니다.

나: 책임님. 엔지니어분은 가 버리셨고 기계는 제가 만져야 한다네요.

안: 에? 그래도 돼요? 할 줄 아세요? 휴. 그건 그렇고 내레이터한테 문자 방금 왔는데 차 사고가 났대요. 정말 미안하다고 다시

스케줄 잡으면 안 되냐는데. 큰 사고인가 봐요. 일단 병원부터 가라고 해 놨는데 어떡하죠?

나: 어차피 녹음 엔지니어도 자리를 비웠는데, 다시 스케줄 잡을까요? 근데 일정이 되려나.

잠깐의 침묵. 결단이 필요한 때.

그리고 역시 안 책임님의 빠른 결단.

안: 우리가 해요. 기계는 책임님이 만지고. 대충 배우셨죠? 읽는 건 제가 할게요.

나: 우와. 정말요?

안: 일단 가서 이야기해요. 저 올라갈게요.

전화를 끊고 곧바로 올라온 안 책임님은 사실 몇 마디 되지도 않는 거에 돈 쓰며 섭외하기 좀 그랬다면서 자신이 직접 읽겠다고 합니다. 목소리가 좋다고 생각은 했지만 이런 걸 직접 할 생각을 하다니.

나: 연습 안 하셔도 돼요?

안: 연습으로 일단 한번 읽어볼게요. 근데 사실 이거 우리가 쓰고 수없이 읽어 본 거라 외울 수 있을 정도인데요, 뭐. 녹음해 보세요. 들어 보면서 또 녹음하고 수정하고 그래요.

안 책임님은 마이크 앞에 서서 준비되었다는 눈짓을 합니다. 제가 녹음 버튼을 누르자 안 책임님은 숨을 한번 고른 뒤 읽기 시작합니다. 안 책임님의 입술이 열리고, 스크립트의 첫 문장이 흘러나오는데. 아……. 목소리를 눈에 보이는 색깔로 말한다면.

이것은 바다처럼 짙고 깊은 파란색.

천박하게 아무렇게나 굴리지 않은,

중저음의 분명하고 차분한 영어.

단단하게 힘을 싣고 높낮이를 조절한 목소리.

저도 모르게 목소리가 너무 매력적이고 좋아서 휴대폰에 녹음을 했습니다. 몰래 하는 녹음은 추심 채무나 무슨 안 좋은 일에나 할 줄 알았는데. 아름다운 것을 보고 감탄하며 사진을 찍듯 아름다운 소리에 녹음을 하고 있다니……. 안 책임님. 당신은 어쩌면 이렇게 매력적인 사람입니까. 이렇게 가까이 있는데 닿지를 않네요. 아니 닿을 수가 없네요…….

3분 분량의 스크립트를 여러 번 잘라 녹음하고 모여 앉아 들어봅니다. 엔지니어가 후처리를 할 수 있도록 파일에 이름을 붙이고 잘못된 것을 지우며 작업을 이어나갔습니다. 녹음 스튜디오 같은 곳에 가 보신 분은 알겠지만 흡음 처리가 되어 있어 작은 소리에도 무척 예민한 곳이라 그런지 무언가 서로에게 엄청 집중되어 있는 느낌이었습니다. 외부와는 완전히 차단되어 있겠다, 시간 예약은 넉넉했습니다. 대략 작업이 끝나자 우리는 여유로운 마음에 뜻밖에도 개인적인 이야기를 시작했습니다.

나: 저는 안 책임님이 하신 게 저희가 섭외한 내레이터가 한 것보다 훨씬 좋다고 생각해요.

안: 에이. 그래도 그 사람은 프로인데.

나: 아니에요! 진짜예요. 그 사람은 그냥 무슨 영화에 나오는 발랄한 교포 여대생 같은데, 책임님은 아리랑 TV 아나운서인 줄 알았어요.

안: 아 진짜? 나 아나운서 해보려고 아나운서 스피치 학원도 진짜 잠깐 다녔었는데.

나: 우와. 정말이요? 왜 안 하셨어요?

안: 기자를 할까 아나운서를 할까 고민하다가 한번 뭔지나 보자 하고 다녀 본 건데 막상 시작하니 집에서 반대도 있었고……. 이런저런 일이 생겨서 하기 힘들었어요. 근데 서른이 넘어가고 마흔이 가까워지니 뭘 해도 더 힘드네.

녹음실 밖과 안은 어떤 빛도, 소리도, 심지어 공기까지도 차단된 것 같았습니다. 개미가 기어가면 그 발소리까지 들릴 수도 있을 것 같은 고요. 작은 들숨과 날숨도 느껴질 것 같은 조용한 시간. 그리고, 둘이 나란히 앉아 시작된 대화.

안 책임님은 조곤조곤 제 일상을 물어보더니 어느새 자신의 일상을 이야기했습니다.

안: 줄타기하는 것처럼 산다는 느낌이 들어요. 삐끗하면 어쩌나. 무엇 하나 잘못 돌아가면 순식간에 모두 다 엉망이 되는.

나: 진짜 바빠 보이세요. 이번 주말은 좀 쉬었네, 아파서 뒹굴거렸네, 이런 말 하신 적 한 번도 없는 거 같아요.

안: 와- 책임님. 어떻게 아셨어요?

그러게요. 좋아해서인가? 아. 무슨 소리를…….

나: 캘린더 보면 엄청 빡빡하고, 항상 시계 보며 뛰어다니고. 다들 어떤 드라마가 재미있다더라 이야기할 때 세상 돌아가는 거 하나도 모르고 애 데리고 달려오고 애 픽업하러 뛰어나가고.

안: 흠-. 내가 그래 보이는구나.

이래저래 이야기가 좀 깊어지게 되며 안 책임님은 이런 이야기를 들을 만한 사이인가 하는 의문이 들 만큼의 이야기들을 꺼냅니다.

안: 손 책임님. 내가 너무 점심시간마다 운동만 하고 다른 사람과

같이 점심도 안 먹고 해서 교류도 없이 좀 약아 보이나요?

나: 에. 아니에요. 책임님처럼 같이 이야기하면서 일하는 사람도 드문걸요. 혼자 꽁하게 일하는 사람이 천지 부지기수인데. 근데 운동은 어떻게 그렇게 열심히 하세요?

어디 아프셨던 적이 있냐고 덧붙여 물어보려다가 실례되는 말 같아 간신히 참았습니다.

안: 이해해 주셔서 고마워요. 전 운동을 살려고 하는 거예요.

역시. 전에 크게 아팠었나…….

안: 내가 아프고 힘들어하면 우리 애를 키울 수가 없거든. 내가 얼마나 긴장하며 사는지 몰라요. 난 진짜 피곤하고 아프면 안 돼요. 잘 버티려면 건강해야지.

나: 그러네요. 아프면 안 되겠네요.

안: 육아 도와주는 사람은 없냐고, 혼자 애도 돌보고 일도 하는 거 같다고 물어보고 싶지요?

나: 어- 그런 생각이 들긴 했는데, 그냥 그럴 수도 있다고 굳이 묻지는 않으려…….

안: 저 남편이랑 따로 살아요. 부모님이나 육아 도움받을 곳도 딱히 없고.

따로.

아. 이래서 늘 그렇게 뛰어다닌 거구나. 혼자. 외롭게.

아침에 애를 회사 어린이집에 데려다 놓고, 저녁엔 퇴근 후 기를 쓰고 데리러 가고. 집에 가서도 혼자 애를 돌보고, 혼자 전구도 갈아 끼우고, 차도 혼자 정비소에 갖다 놔야 하는, 싱글 맘 같은 삶. 매일 어린이집 픽업에 늦으면 안 되기 때문에 야근을 하지 않으려 매사 초집중 상태로 일할 수밖에 없었던 것이고, 아마 그 덕에 일하는 것도 엄청 빠르고 판단도 빠르게 된 것이 아닐까 싶었습니다.

대체 애 아빠는 어디에 있고, 무슨 일로 따로 사는 걸까. 궁금하지만 묻지는 못하겠습니다. 퇴근이 늦어지면 막내 이모님이 대신 아이를 픽업해 준다고 하는데 한 달에 한 번 쓸까 말까 한 찬스인 듯했습니다. 그러니까 저녁 회식도 못 했지.

안 책임님은 결혼도 안 한 남자 앞에서 힘든 일을 갑자기 털어놓기 시작합니다. 차가 고장 나서 고생했던 일. 넘어져서 다쳤는데 병원 갈 시간 없어 버티다가 더 크게 아팠던 일. 프린터를 샀는데 삼 일 밤낮 고생해서 설치했던 일. 수리 기사가 왔는데 고치고 나서도 안 나가고 있어서 갑자기 긴장했던 일. 그러다가 물리적으론 가깝고 마음으로는 불편한 시댁 이야기를 하려다 이 이야기는 남자 앞에서 할 이야긴 아닌 것 같다며 끊고……. 더불어 이혼에 대한 두려움을 이야기하다가 더더욱 내가 무슨 이야기를 하는 거지 하면서 또 끊고.

그렇게 힘든 이야기들을 더듬더듬 풀어 놓다가…… 당황스럽게 울기 시작합니다. 제 앞에서 여자가 운 건, 십 년도 전에 사귀던 애가 헤어지면서 운 것밖에 없었는데…….

안 그래도 이야기들 가운데 남편에 대한 내용은 많지 않아 궁금했었는데 물어서는 안 될 말이 튀어나오려 하고 있었습니다. 왜 이런 결혼을 하신 건가요. 왜 당신 같은 사람이 왜. 어리석은 욕망인지. 그냥 부주의한 선택이었는지. 아니면 이렇게 될 수밖에 없는 상황의 변화였던 건지. 저는 알 수 없었습니다. 그저 이렇게 집중하며 이야기 나눈 적이-사실 거의 들은 적이- 평생에 몇 번이나 있을까 싶을 정도였던 시간이었습니다.

당황한 마음에 "아아. 책임님. 왜 그러세요……."라고 하려다가 뭔가 이해가 되는 것도 같습니다. 부담이 되지 않는다고 할 수는 없지만 눈물이 나올 만한 이야기였습니다. 이혼 이야기를 자세히 하지는 않았어도 그 스트레스와 겪어내야 했던 어려움이 쉽사리 가늠되지 않았습니다. 겉에서 보기엔 매력적이고 명문 대학을 나와 남들이 선망한다는 월급 잘 나오는 좋은 회사에 다니는 아이 엄마에게 그 세상살이란 꽤 혹독해 보였습니다.

안: 정말 미안해요. 내가 왜 울고 있지.

나: 편하게 우세요. 제가 눈물이 없어서 같이 울지는 못하겠는데 마음으로는 울고 있습니다.

제가 생각해도 너무 멋있게 말하고 말았습니다. 그리고 제 손을 진짜 살짝 안 책임님 손 위에 얹었습니다. 꼭 쥐지 않고 닿을 듯 말 듯. 손의 무게가 느껴질 듯 말 듯.

아…… 이 사람. 이렇게 삶의 무게가 무거운 사람이구나. 좀 덜어주고 싶다. 어떻게든……. 눈물을 찍어내는 안 책임님을 가만히 보며 그저 한참을 함께 있었습니다. 머리라도 쓰다듬어 줄까 하다가 그건 아닌 것 같아 참았습니다. 잘 참은 거 같습니다. 한참을 운 안 책임님은 마음을 가라앉히고 훨씬 가벼워진 얼굴로 고마움을 표시했습니다.

안: 고맙습니다. 들어주셔서 고마워요, 진짜. 얼마 만에 울었는지 모르겠네요. 나 너무 이상하지요. 왜 갑자기 회사 사람, 그것도 나보다도 어린 남자를 앉혀 두고 이게 무슨…….

나: 아니에요. 말씀해 주셔서 저도 고마워요.

안: 저기……. 저 눈 좀 부었지요? 음. 같이 나가면 좀 이상할 거 같아서요. 제가 먼저 나가고 조금 뒤에 나와 주시면 어떨까요.

나: 네, 그럼요. 여기 제가 정리할게요. 먼저 나가세요.

폐쇄된 공간에서 일어난 남녀의 이야기치고 기대와 다를지 모르지만 우리는 이 일을 계기로 뭔가 동지가 된 것도 같고, 가족이 된 것도 같고, 친구가 된 것도 같은, 그런 사이가 되었습니다. 물론 여전히 업무 시간엔 미친 듯이 초집중 모드로 일만 했지만요.

그리고 그렇게 흘러가던 시간 속에서, 우리의 관계를 바꾼 일이 일어났습니다.

금요일 저녁.

일을 끝내려는 욕심에 조금만, 조금만 하다가 오후 일곱 시가 되어버렸습니다. 밥이나 먹고 퇴근하여 집에서 영화나 볼지 아니면 일을 바짝 더 할지 고민하며 책상에 앉아 있는데 외부 업체 미팅을 위해 외출을 나갔던 안 책임님에게서 전화가 옵니다.

안: 책임님. 혹시 사무실에 있어요?

나: 네. 사무실인데요.

안: 나 좀 도와줄 수 있어요? 지하 4층 주차장으로 좀 와 주실래요…….

어? 무슨 일인지 모르겠지만 다급하고 난처한 목소리였습니다.

나: 네. 뭐 무거운 거 들 게 있나요? 지금 내려가겠습니다.

일단 와 달라는 말에 내려가던 중, 메시지가 왔습니다.

[책임님. 하기 곤란하면 못한다고 이야기해 주세요. 진짜, 진짜 미안해요.]

응? 무슨 부탁이길래…….

[편의점에 가서 생리대랑 속옷, 물티슈, 진통제, 그리고 물 좀 사다 주실 수 있나요.]

머릿속이 복잡해지고 갑자기 피가 빠르게 돕니다.

[그리고 요 옆 블록 지하 쇼핑몰에 가서 여자 옷 파는 매장 아무데서 55사이즈 치마나 바지 좀 사다 줄래요? 그냥 회색이나 검은색으로. 근데 옷 파는 데가 있긴 한지 잘 모르겠네요…….]

아. 무슨 일인지 알겠다. 아무것도 물어보지 말고 시키는 대로 해야겠다. 하지만 왜 이런 걸 나한테. 난 남자인데 굳이. 이거 되게 하기 어려운 부탁 아닌가. 아니, 들어주기 어려워서가 아니라 여자로서 부탁하기 엄청 곤란한 상황 아닌가.

이런저런 생각에 멈칫하고 있는데 또 다른 메시지가 왔습니다.

[아니다. 오래 걸릴 것 같네요. 미안해요. 옷은 말고 앞에 것만 좀 빨리. 정말 정말 미안해요. 그리고 못 하겠으면 이야기해 주세요. 괜찮아요.]

안 괜찮아 보이는데. 오죽하면 나한테 이런 부탁을 할까 싶어 도와주고 싶었습니다. 뭔가 더 잘해 주고 싶었습니다. 갑자기 이 사람에게 뭔가 의미 있는 사람이 되고 싶다는 생각이 막 들었습니다.

[지금 뛰어가서 살게요. 사고 다시 전화 드릴게요.]

다행히 회사 빌딩에 약국이 있어서 부탁한 것들을 사는 것은 어렵지 않았습니다. 상당한 부담과 복잡한 심정으로 생리대를 달라고 말했지만 약사는 와이프가 심부름시켰나 싶은 심드렁한 표정으로 건네주었고, 사는 김에 TV 광고에 나오는 "맞다! 게□린!" 하는 진통제-내가 이걸 사게 될 줄이야-를 같이 샀습니다.

그리고 편의점-이곳에서 속옷을 파는지 몰랐음-에 들러 속옷과 물을 샀습니다. 왠지 여자 속옷을 고르고 있으면 젊은 점원이 변태로 몰까 싶어 아무거나 후딱 집었는데 오히려 점원은 무표정하게 바코드를 삑 찍더니 "봉투 필요하세요?"라는 말로 저를 당황시켰습니다.

어쨌거나 부탁한 것들을 모두 샀고 급히 지하 주차장에 도착하여 전화를 걸며 안 책임님의 차를 찾고 있는데 안 책임님이 "여기요!" 하고 부르는 소리에 "네네!" 하면서 뛰어갔습니다.

그런데 갑자기…….

안: 아니! 가까이 오지 마요! 아…… 어떡하지! 일단 와요……. 아…… 모르겠다.

상황 파악이 되는지라 울상이 된 안 책임님을 멀리 두고 침착하게 이야기했습니다.

나: 윈도 내리시면 딴 데 보면서 넘겨 드릴게요. 잘 받으세요.

안: 고마워요. 진짜 고마워요. ……남편에게도 이런 부탁을 한 적이 없는데…….

선팅이 된 윈도우 너머로 봉투를 넘기며 복잡한 심경에 애써 눈을 다른 데로 돌렸습니다. 전에 여자친구와도 이런 경험이 없었고, 이런 이야기도 나눈 적이 없었는데 이런 일이 안 책임님과…….

나: 근데 일단 차에서 나오셔야 하는 거 아닌가요. 이거라도 좀 도움이 된다면…….

급히 제가 아끼고 아끼는, 그래서 닳을까 봐 자주 안 입는 스트라이프 셔츠-흑. 미국 출장 가서 산 유명한 브랜드 셔츠인데-를 벗어서 넘겨주었습니다. 안에 그냥 흰색 기본 셔츠를 입고 있었지만 누가 봐도 이건 '이너웨어'였습니다. 속칭 러닝셔츠에 가까운.

안: 괜찮다고 말할 수가 없네요. 그리고 안 물어봐 줘서 고마워요.

나: 퇴근 안 하길 잘했네요.

안: 부탁할 만한 사람이 회사에 아무도 없었어요. 미팅한 곳에서 하필 파우치를 잃어버리는 바람에.

나: 설명 안 하셔도 돼요. 일단 뭐 어디든 편한 곳으로 가세요. 전 우선 사무실 좀 다녀올게요. 전화 주세요.

그렇게 아무렇지도 않은 척. 사실 누가 보면 조금 민망할까 싶어 뛰어가고 싶었지만, 아무 일도 없었다는 듯 엘리베이터로 걸어갔습니다.

사무실에는 다행히 여분의 티셔츠가 있었습니다. 회사 전체 워크숍 때 나눠준…… 팀 이름과 슬로건 그리고 회사 이름이 떡! 새겨진 원색의 노란 티셔츠. '혁신이 아니면 죽음을 달라!'라니. 세상에. 보통 용기가 아닌 이상 밖에서 입을 수 없는, 집에서만 입거나 아파트 옷 수거함에서 발견될 수밖에 없는 옷.

아무튼, 이거라도 입어야겠다 싶어 얼른 입고 내려가서 기다렸습니다. 엘리베이터에서 아는 회사 사람을 만났지만 애써 침착하게 굴었습니다. 회사 홍보물 촬영 중이라고 할까 하다가 그렇게 말하면 더 이상해진다는 걸 깨달았습니다. 그저 일부러 회사 로고를 가리키며 그냥 웃었더니 그 사람도 웃었는데 그 웃음이 무슨 의미인지는 모르겠지만 생각하지 않기로 했습니다.

다시 지하주차장에 갔지만 안 책임님은 없었습니다. 전화를 기다리고 있는데 몇 분 후, 제가 아끼는 셔츠를 허리에 두르고 나타난 안 책임님은-저 이상한 패션도 안 책임님이 하니 일부러 한 것처럼 멋있는- 뭔가 정신이 나가 있는 상태인 것 같았습니다. 제가 입은 노란 셔츠를 보고 농담이라도 던지며 뭐라고 이야기할 줄 알았는데 제가 무엇을 입고 있는지 전혀 인지하지 못하는 것 같았습니다.

안: 애 픽업해야 하는데…… 어쩌지. 언제 오냐고 연락 오는데…….

얼굴에 불안함이 가득합니다. 픽업 갈 생각은 못 하고 발만 동동 구르고 있는걸 보니 판단이 잘 안 되는 모양입니다. 제가 어떻게든 결정에 도움이 되어야 했습니다.

나: 아이는 제가 픽업할게요. 저, 아이 얼굴 알아요. 전에 인사도 한 번 했었잖아요. 근데 선생님이 제가 아이를 데려가게 해줄까요? 가족도 아닌데.

안: 아마 선생님도 애를 안 주실 거고 애도 안 간다고 하겠죠. 제가 전화해도 안 될 거예요.

나: 그러면 같이 올라가세요. 늦은 거면 조금이라도 빨리.

그 말에 안 책임님은 숨을 한번 들이쉬더니 어린이집에 전화를 걸어 지금 올라간다고 말한 뒤 종종걸음으로 엘리베이터로 향했습니다. 또각또각. 낮은 구두 굽 소리가 들리자, 그제야 안 책임님이 돌아온 듯했습니다.

어찌어찌하다 보니 함께 어린이집으로 가서 애를 픽업하게 되었습니다. 어린이집에 도착하자 8시가 가깝도록 혼자 남아 있던 안 책임님의 딸은 엄마를 보고 대성통곡을 했고, 사려 깊은 어린이집 선생님은 무슨 일이냐며 왜 늦었는지 굳이 묻지 않았습니다. 면바지에 스트라이프 셔츠를 허리에 두른 모습은 누군가 봐도 좀 이상했겠죠.

안 책임님은 아이를 안아 올리자 표정이 변했습니다. 조금 전까지의 난처함과 당황함은 없어졌고 "아유 엄마가 미안. 저녁은 많이 먹었어? 우리 뭐 사 먹고 들어갈까?" 하면서 딸에 대한 미안함으로 가득한 엄마의 표정이었습니다.

저는 뒤에서 가방을 대신 들고 적당한 거리를 둔 채 종종 따랐습니다. 누가 봐도 회사 티셔츠…… 쟤는 무슨 사연으로 저러고 다니나 싶은 차림이었지만 이상하게 부끄럽지 않았습니다. 제 안의 어떤 감정이 용기를 만들어 냈습니다. 심지어 위에 아무것도 안 입고 다닐 수도 있을 것 같았습니다. 다만, 엄마가 입고 있는 셔츠가 뒤에서 걷고 있는 이상한 노란 티를 입고 있는 아저씨의 것이라는 걸 추측하지 못하도록 꽤 거리를 유지하며 차로 따라갔습니다. 더군다나 회사 안이라면 더욱 그래야 했습니다.

나: 운전하실 수 있겠어요?

안: 운전은 하겠죠. 정말 고마워요. 셔츠는……. 휴우, 어쩌죠?

나: 지금 셔츠가 문제가 아니라…… 운전 제가 할게요. 뒤에 카시트 옆에 아이랑 같이 앉아 계세요.

안: 음, 그러면. 이왕 이렇게 된 거 부탁드릴게요. 이 아저씨가 오늘 우리 집에 데려다주신대! 오늘은 엄마가 옆에 앉아 갈게-. 좋지? 엄마 옆에 타고!

안 책임님은 급히 운전석 시트 위에 어지럽게 널브러진 휴지들을 치웠고 저는 그 휴지들을 애써 무시하며 아무렇지도 않은 듯 운전석에 앉았습니다. 지옥까지라도 운전해서 갈 수 있을 것 같은, 대체 어디서 온 것인지 모를 용기가 생깁니다. 마치 대리 기사인 것처럼, 혹은 택시 기사처럼, 무덤덤하게 내비게이션을 찍고 출발했습니다.

시동을 걸자 아이가 듣는 동요가 흘러나왔고, 우리는 별다른 이야기를 하지 않았습니다. 안 책임님은 아이의 손을 잡고 이따금 아이에게 조용히 이야기를 했습니다. 저도 룸미러를 통해 뒤를 흘끗 보지 않고 앞만 보며, '요즘 동요는 되게 음악이 세련되었네. 노래가 이리 신나.' 애써 이런 생각들을 하며 조용히 운전만 했습니다.

이십여 분을 달리자 안 책임님의 아파트 앞에 도착했고 안 책임님이 지시하는 곳에 주차를 했습니다.

안: 아이 앞이라 나중에 이야기할게요. 정말, 고마워요. 셔츠는 사 줄게요.

나: 아프신 거 아닌가요. 식사는 하셨어요? 뭐 좀 사다 드릴까요?

안: 아니에요. 오늘은 여기까지만 할게요.

여기까지.

불편한 상황에 있는 여자가 선을 긋자 저도 더 이상 선을 넘지 않았습니다. 이럴 때일수록 마주 보고 있는 시간을 줄여야 합니다……. 하여, 말을 빨리 매듭지어 간단히 인사를 하고 차 열쇠를 넘겨준 후 지하철을 탔습니다.

회사로 돌아가는 것이 더 멀어 방향을 집으로 틀었는데 지하철에는 사람이 제법 많았습니다. 노란색 티셔츠는 신경 쓰지 않기로 했습니다. 네, 아마도 티셔츠에 쓰여 있는 문구가 뭔지 모르는 외국 사람이라고 생각하겠지요. 아. 회사 이름이 영어로 쓰여 있는데.

집으로 돌아가는 내내, 집에 와서도, 씻으면서도 계속 생각에 잠겼습니다. 왜 나에게 연락했을까. 정말 곤란하면 남자에게도 연락할 수 있을 정도의 상황인가. 내가 해줄 만한 사람이니까 부탁한 걸까.

딸이 있는 아이 엄마.

별거 중. 이혼을 앞둠.

그리고 연상.

하지만 더없이 매력적임.

단순히 얼굴이 예쁘고 몸매가 좋아서 매력을 느끼는 건가? 손예진과 닮아서? 아니다. 끌어당기는 무언가가 있는데…….

저는 이 감정이 무엇인지 몰라 한참을 생각했습니다. 그러다 보니 늦게까지 잠이 오지 않아 TV로 유럽 축구를 보다 부엌을 뒤져 친구들이 놀러 왔다가 두고 간 위스키에 물을 타 몇 잔 털어 마시고 억지로 잠을 청했습니다.

/

주말을 지내고 다시 업무로 복귀했습니다. 모두들 휴가에서 돌아와 마무리까지 잘 달려보기로 의지를 다집니다. 그리고 안 책임님과 저는 이제 눈빛으로, 심정적으로는 확실히 가까워졌다고 느꼈습니다. 하지만 여전히 술은 고사하고 회사 밖에서 식사 한번 한 적이 없으며 TF 첫날 명동 나들이 간 걸 제외하곤, 그리고 지난주에 그 일을 겪고 집에 데려다준 것도 빼면 회사 밖에서 만난 적도 없습니다. 하여, 조금 더 가까워지고 싶은 마음에 용기를 내서 주말에 맛있는 걸 먹으러 가지 않겠냐고 데이트 비슷하게 제안하기로 했습니다.

나: 책임님. 어디 여의도에 □□ 식당 가 보셨어요? 아님 들어보셨어요?

안: 어. 이야기만 들어봤지. 자세히는 몰라요.

나: 주말에 시간 되시면 같이 먹으러 안 가실래요?

안: 아, 아쉽다. 미안해요. 주말엔 애랑 있어야 해서. 약속 만들기가 어려워요.

미소를 지으며 아쉽다고는 했지만, 철벽같은 느낌. 일말의 가능성도 남기지 않는. 아예 약속을 못 만든다고 못 박아버리는. 맞다. 분명히 이 사람은 결혼한 사람이구나. 별거 중이어도 명백히 남편이 있는 사람. 내가 이러면 안 되지. 무슨 데이트를 하자고…….

그런 생각을 했지만 여전히 회사 내에서 모종의 감정적인 연결은 즐기게 되었습니다. 이를테면 몰래 커피 한 잔이나 맛있는 쿠키를 책상에 올려놓는 식으로요. 안 책임님은 물티슈로 제 책상과 키보드를 몰래 닦아 놓곤 했습니다. 알고 보니 저나 다른 사람들보다 일찍 오게 되면 사람들 모르게 책상을 닦아 놓았었더군요.

이런걸 오피스 와이프라고 하나?

그렇다고 무슨 연애가 있는 것은 아니니 오피스 누나쯤 되나?

시간이 지나도 우리는 계속 서로를 회사 내 직함으로 불렀고 존대를 유지했습니다. 늘 회사 메신저만 썼고 전화는 물론 외부 소셜 네트워크로 따로 인사를 하거나 그 어떤 감정적인 밀회를 즐기지 않았습니다. 그럼에도 불구하고 전 우리가 가깝다고 느꼈습니다. 언제든 깊은 이야기를 할 수 있고 자신의 약한 모습을 보일지도 모르는 곤란한 부탁을 하게 될지도 모른다고요.

그리고 그렇게 여름날을 보냈습니다. TF는 결국 4개월을 넘겨 5개월이 가까워졌을 때 마무리가 되었습니다. 잘된 과제가 있어서 그걸 들고 TF장은 사업화를 추진하기로 했고, 우리 과제는 일단 보류 판정을 받았습니다. 다들 원래 부서로 갈 테니 보류는 뭐 접는 거랑 같은 이야기겠지요. 결과적으로 자료로만 남아 있게 되어서 좀 아쉽긴 했지만 회사 일이 언제나 그렇지 뭐 하면서 모두들 홀가분한 마음으로 작별하기로 했습니다. 몇몇 과제는 보류가 아쉽다며 아이템을 자신의 원 부서로 들고 가 보겠다는 사람들도 있었지만 저희는 그냥 여기에 남겨 두기로 했습니다.

안 책임님과도 헤어질 시간이 되었습니다. 8시 30분 출근, 6시 퇴근을 칼같이 하며 근무 시간 내 쉬는 시간 없이 초집중 모드로 미친 듯이 일만 하는 안 책임님을 따로 불러내 커피 먹을 짬을 내는 것은 그리 쉬운 일이 아니었습니다. TF에서나 일 얘기를 하면서 커피 마시는 게 가능했지 원 부서로 돌아가게 되면 만나기 힘들어 보였습니다. 애와 같이 출근하고 퇴근하니 회사 밖에서 만날 수도 없어 보입니다.

제 속에선 나름대로 감정 정리가 쉽게 되었는지, 아니면 좋아하는 감정이 아니었는지. 잘 모르겠습니다. 쉽게 지나간 감기와도 같은 감정이었나 싶었습니다. 어떻게 되었든 안 책임님은 결혼을 한 유부녀이니까요.

간단히 TF 종무식을 하고 마지막 회식 장소로 이동하는데 안 책임님은 아니나 다를까 양해를 구하고 저녁 회식에서 빠졌습니다. TF장인 조 수석님도 사정을 잘 아는지라 안 책임님과 다른 워킹맘들을 배려해서 그간 모든 공식 회식을 점심에 한 건 몇몇만 아는 사실이었습니다. 누구 차를 타네, 택시를 타네, 그냥 회사에 차를 놓고 가네 삼삼오오 옥신각신하는데 안 책임님에게서 메시지가 옵니다.

[자리 아직 정리 안 한 거죠? 노트랑 컴퓨터 다 그대로던데. 그럼 다시 오시죠?]

[네. 아마 내일 아침에 가서 정리할 거 같아요. 내일 안 오세요?]

[저는 지금 다 정리했어요. 사람들 없을 때 자리에 뭐 놔두고 가니

까 내일 출근해서 보세요.]

답을 쓰려는데 사람들이 빨리 출발하자고 재촉하는 바람에 결국 쓰지 못하고 택시부터 불렀습니다. 아, 뭘 놓고 간다는 걸까. 선물인가, 먹을거리인가.

하지만 생각할 겨를도 없이 어느새 회식 장소에 도착하게 되었고, 그간 고생했다며 모두들 시작부터 많이 먹기 시작합니다. 소규모로 맥주 한 잔 먹었을지 몰라도 전체 TF 단위로는 처음이자 마지막 공식 음주 회식이었습니다. 딱히 성과는 없었지만 저도 이 정도면 괜찮은 마무리다 싶기도 했고 좋은 사람들을 알았다는 생각에 기분이 나쁘지 않았습니다. 누군가 옆에 다가와 잔을 건네는데 고개를 돌려 보니 다른 팀의 고 선임이었습니다.

고 선임: 아이고 책임님. 고생 많았습니다. 어? 근데. 안 책임님은 안 오셨네요?

나: 네. 저녁 회식은 늘 참석하기 어렵다고 하더라고요.

고 선임: 아쉽네요. 제가 안 책임님 일하시는 거 보고 좀 배우고 싶었는데 줄이 잘 안 닿더라고요. 현업에서 뵈면 잘 부탁한다고 해야 하는데 좀 차가운 인상도 있고 그래서요. 좀 냉정하달까.

나: 에- 아니에요, 그런 분. 그분 삶이 엄청 바빠서 그러…….

저도 모르게 안 책임님의 일상을 이야기할 뻔했습니다. 술이 들어가고 말이 길어지면 실수하기 마련입니다. 가까스로 말을 끊어내고 나니 아까의 메시지가 생각났습니다. 답장을 하려고 확인하자, 한 개의 메시지가 더 와 있었습니다.

[전 내일 바로 복귀라 못 볼지도. 회식 때 과음하지 마시고요. 모두에게 특히 팀원들에게 미안하네요. 그럼 또 뵈어요.]

답이 늦진 않았을까 싶어 서둘러 메시지를 남겼습니다.

[네. 들어가세요. 당분간 보기 힘들겠지만 그래도 간간이 뵈어요. 커피라도 아니면 뭐 회사 식당 밥이라도.]

이렇게 썼지만 왠지 자주 보지 못할 것 같은 생각에 마음이 좋지 않아 조용히 인사를 하고 회식 장소에서 빠져나왔습니다. 더 마시다가는 실수할 것도 같고, 나름 열정을 불태운 TF룸과 작별하는 시간-사실 안 책임님 책상이라도 보면서-도 혼자 좀 갖고 싶고. 무엇보다도 안 책임님이 남겼다는 무언가가 무척 궁금했습니다.

다시 회사로 돌아가니 아홉 시가 갓 넘어 있었습니다. 아직도 일하고 있는 사무실의 몇몇과 눈인사를 하며 복도를 지나 TF룸에 들어가 불을 켜고 조용히 책상들을 둘러보다 제 책상 아래 있는 쇼핑백을 발견했습니다. 그 안에는 제 셔츠 사이즈와 똑같은 셔츠가 한 벌 있었고 봉투 안에는 자필로 가지런히 적은 편지글이 있었습니다.

[책임님. 고맙습니다. 책임님 같은 분이 옆에 계신 덕에 힘든 시기 잘 버텨 냈습니다. 안□□ 드림]

이건 무슨 마음일까.

난 이 사람에게 지난 5개월 동안 어떤 사람이었을까.

그리고.

이 사람은 지금 내 마음에 무엇을 남긴 걸까.

왜 이렇게 마음이 비어 있는 느낌인가.

말끔하게 정리되어 아무것도 없는 안 책임님의 빈 책상에 손을 얹어 기대며 혼잣말을 했습니다.

"안 책임님. 내일부터 옆에 없는 건가요. 왜. 벌써 보고 싶죠."

TF룸의 불을 끈 뒤 쇼핑백을 들고나와 마치 발바닥으로 온 지면을 느끼듯 천천히 뚜벅뚜벅 걸었습니다. 그리고 그 속도로 집으로 돌아와 괜히 안 책임님이 보고 싶은 마음에 손예진이 나오는 영화를 영상 서비스로 검색해 틀었지만 집중이 되지 않았습니다. 아. 저 사람은 안 책임님이 아니잖아. 안 책임님을 조금 닮았지만 느낌이 전혀 아니야. 전 어느새, 손예진에게서 안 책임님을 찾으려 애를 쓰고 있었습니다. 그렇게 한참 TV를 틀어 놓고 영화가 꿈인지 꿈이 영화인지 모르게 그냥 잠이 들었습니다.

하지만.

인연은 여기서 끝나지는 않으려나 봅니다.

/

뜨겁게 여름을 태운 TF를 끝내고 원 부서로 복귀했지만 적잖은 변화가 저를 맞이했고 이 때문에 제법 고생을 했습니다. 그 길지 않은 시간에 제가 있던 조직만 소규모 개편이 되면서 저와 잘 맞는 사람들이 다른 곳으로 많이 옮겨갔고, 전형적인 성과 제일주의자가 파트장으로 오는 바람에 줄곧 시달렸습니다.

만화 〈미생〉 다들 기억하시나요. 장그래와 오 차장이 떠난 후에 김동식 대리가 회사에 홀로 남아 쓸쓸해하며 힘들어하던 그 모습. 감정의 상세는 다르겠지만 제가 딱 그랬습니다. 가뜩이나 슬슬 재미없어진 회사가 TF에서 돌아온 후 더 재미없어졌고, 저는 새로운 부서 사람들에게 정을 잘 붙이지 못하고 예전 부서 사람들과 재미있게 일했던 TF 때를 자주 떠올렸습니다. 그리고, 안 책임님에게는 연락도 못

하고 괜히 눈치만 보고 있다가 사무실에서 딱 마주치게 되었습니다. TF 후 처음이었습니다.

안: 책임님!

사실 저 멀리 안 책임님이 있다는 사실을 인지했지만 짐짓 갑작스럽게 만났다는 듯 굴기로 했습니다.

나: 와! 오랜만이네요. 잘 지내세요?

……저도 모르게 '오랜만'이라고 인사했습니다. 사실 그렇게 오래된 건 아닌데.

안: 그렇게 오랜만인가. 복귀한 지 한 2주 정도 되지 않았나요? 하긴 매일 봤었으니까. 흐흣. 근데 7층에 계세요?

나: 아…… 어……. 원래 10층에 있었는데 부서가 통째로 이동했어요. TF 끝나고 팀이 이리저리 섞이고 합치면서 난리도 아니네요.

안: 아. 맞다. 거기 새 부서장, 저 누군지 아는데. 고생하세요. 힘들어도 그분 괜찮은 분이에요.

나: 아, 아세요? 전 아직 파악도 잘 안 되고 있네요.

안: 그나저나 식사 같이 안 하실래요? 그냥 회사 식당에서 같이 먹어도 괜찮죠? 주중에 시간 잡아서 한번 뵈어요. 제가 연락할게요! 그럼 들어가세요-.

TF 때와 같은 것 같기도 하고 다른 것 같기도 하고. 옆에 앉아 있던 사람 같기도 하고 그 사람이 아닌 것 같기도 하고.

어쨌거나 그 뒤로도 안 책임님과 마주치기도 하고 가끔 커피를 마시거나 회사 식당에서 점심을 먹곤 했습니다. 간간이 피트니스에서 마주치기도 했고요. 그런데 늘 옆에 있는 것이 아니라 떨어져 있다 어쩌다 만나고 하다 보니 마음이 옛날과 같지 않았습니다. 어쩌면 그때 마음이 그냥 잠깐 부는 봄바람이었던가 싶게, 쉽게 '정리'가 된 듯도 합니다.

안 책임님의 마음은…… 잘 모르겠습니다. 처음 만났을 때의 차가운 얼굴로 돌아간 것 같기도 했고, 예전처럼 심정적으로 가까움이 없어서 그런지 자기 이야기는 잘 안 하고 만나면 그저 회사 이야기만 할 뿐이었습니다. 하지만 저도 모르게 안 책임님을 만날 때면 신경을 쓰고 있었고 약속을 잡은 날에는 일부러 좋은 옷을 골라 입고 출근하기도 했습니다.

누나 같다는 생각에 회사 생활의 어려움을 토로하기도 했지만 어느새 약한 모습을 보이기 싫다는 마음에 센 척, 잘난 척도 했습니다. 외고 출신에 좋은 대학을 나온 안 책임님의 친구들은 소위 잘나가는 사람들이 많아 어쩌다 주위 친구 이야기를 할 때면 저도 모르게 괜한 허세를 부려 뭔가 맞춰보려 애를 써보기도 했습니다. 나중에 생각하면 부끄럽고 얼굴이 화끈거릴 일이었지만 말이지요.

그사이, 저는 소개팅도 하고 결혼 정보 회사를 통해 소개를 받아 사람을 몇 명 만나 보기도 했습니다. 가입비를 안 내도 좋으니 두어 번 일단 만나 보라는 매니저의 말에 촐랑촐랑 나가 보기도 했습니다. 사진과 그대로인 사람, 사진과 너무 다른 사람. 사진과 상관없이 너무 안 맞는 사람, 이 사람과는 누가 맞는 사람일까 싶은 사람. 어떤 사람과는 두어 번 애프터도 하고 그랬지만 그냥 둘 다 시큰둥…….

이 시기에 저는 회사가 너무 짜증 나기 시작했고 동문회에 나갔다가 MBA 학위를 받고 미국에서 일하는 선배를 만나 이야기를 듣고 '나도 MBA 할래! 미국 가서 폼 나는 데서 연봉 몇억씩 받아 보겠어!'

라는 마음이 생겼습니다.

선배: 야. 너 회사 생활 재미있냐.

나: 재미있을 게 있나요. 형은 어떻게 유학 나가게 되신 건가요. 시험도 보고 입학 준비가 만만찮다는데.

선배: 나도 아는 선배가 나가 보라고 추천해서 시작한 거야. 그 선배가 JP 모건 뉴욕 본사에 있었는데 내가 출장 갔다가 만났거든. 그 헤드 오피스 카페테리아에서 밥을 같이 먹었는데, 크으. 막 가슴이 뛰더라고…….

나: 오, JP 모건이요? 크으- 멋있네요. 뭐, 차원이 다르네-.

선배: 나도 다음 달에 메릴린치 뉴욕 오피스로 옮겨. 며칠 전에 오퍼 받았어. 아직 억셉트는 안 했는데 받은 숫자가 나쁘지 않아. 출장 간간이 오지? 너 미국 오면 밥 같이 먹자. 뉴욕이나 실리콘 밸리에서 일 좀 해봐야지. 너도 MBA 시작해. 지금이 딱이야. 폼 나게 살아야지!

선배가 막 JP 모건이니 메릴린치니 월가의 IB(투자 은행) 이야기를 하는데, 야-. 그 멋짐 폭발이란 이루 말할 수가 없습니다. 저도 모르게 혹하기 시작합니다. 가슴이 뜁니다.

나: 시험이나 인터뷰 같은 거 어렵지 않나요? 제가 할 수 있는 것일지 잘 모르겠네요.

선배: 야. 나도 했다니까. 나 학부 때 띵까띵까 논 거 몰라? 내 학점 잘 모르는구나?

아, 그래. 이 선배 엄청 놀았는데.

그 선배를 만나고 온 날로 MBA 유학 준비를 시작했습니다. 사실 고생스러운 걸 싫어해서 고시 공부를 하던 것도 순식간에 접었던 제가 무슨 바람으로 유학 준비를 시작한 건지 정말 모를 일이었습니다. 마음속에 무언가 꼬인 것 같은 게 있는데, 어떤 결핍이 있는데, 그게 무엇인지 잘 모른 채 꾸역꾸역 시험 준비를 했습니다. 와튼이니 컬럼비아니 하는 유명한 비즈니스 스쿨에서 합격장을 받아 주위에 자랑하는 모습을 떠올리며 주위의 부러움과 축하를 상상하면서.

GMAT(경영대학원 입학 자격시험) 주말 학원에 등록을 마친 뒤 칼퇴 후 회사로부터 도망쳐 매일 GMAT 공부와 에세이 쓰기 준비에 돌입했습니다. 회사에서 영어만큼은 좀 한다고 했는데 GMAT는 또 다른 레벨의 시험이었습니다. 회사에서도 몰래 단어장을 띄워 놓은 채 공부하고 음악 들으며 일하는 척하면서 영어 공부를 하고 있었습니다. 점심시간이면 빈 회의실에 들어가서 몰래 공부를 했고 식사는 샌드위치로 때웠습니다. 업무는 최소한의 시키는 것만 겨우겨우 구멍나지 않게, 모든 소셜과 취미 생활은 잠수 모드로 들어갔습니다.

그러던 어느 날, 안 책임님으로부터 메신저로 연락이 왔습니다.

[책임님. 요즘 되게 만나기 힘드네요. A 프로젝트 많이 바빠요? 부서장이 많이 쪼나?]

[우와. 먼저 연락을 다 주시고! 짬나면 잠깐 커피 되세요? 한 5분이라도…….]

[그래요. 지금 돼요? 오래는 안 되어서 밖으로 나갈 시간은 없고 그냥 사내에서 봐요. 괜찮죠?]

사내 자료 열람실의 구석에서 만난 안 책임에게 저는 MBA 가려고 한다고, 그래서 시험 준비하고 있다고 말을 했습니다. 누구나 들락날락할 수 있는 자료 열람실이지만 거의 들릴 듯 말 듯한 배경음악을 빼면 너무나도 조용해서, 일전에 이야기를 나누며 살짝 손을 잡게 되었던 녹음실이 떠올랐습니다.

나: 저. MBA 가려고요. GMAT 준비해요, 요즘. 한 2개월 되었나. 다음 달에 첫 시험 볼까 해요. 지금 준비하면 내년 가을학기 지원할 수 있을 거 같아요.

안: 아- 정말 잘했다. 지금 책임님 나이면 딱 좋지. 1~2년만 늦어도 좀 늦는다는 소리들 할걸요. 잘했어요. 나도 옛날에 공부하던 거 좀 있는데 자료 좀 줄까요? 근데 나도 생각해 보면 남이 만든 자료는 잘 안 보더라…….

놀라운 사실이었습니다. MBA 준비를 했었다니. 그럼 MBA 다녀왔나? 그런 이야기는 한 적이 없는데.

나: 책임님, GMAT도 공부하셨어요? MBA 하신 거예요? 몰랐어요! 세상에. 헐…….

제 호들갑에 안 책임님은 손사래를 칩니다.

안: 아이고 아니에요. 난 GMAT 시험만 보고 MBA는 못 갔어요. 사실 지원서까지 보내긴 했는데…… 이 이야기를 하려면 날 잡고 해야 해요.

그러더니 갑자기 긴 한숨을 내쉽니다. 무언가 생각하는 듯했지만 금방 다시 대화를 이어나갔습니다.

안: 책이나 자료 필요하면 이야기해요. 이미 공부 시작했으니까 자료는 더 이상 필요 없을 것 같기도 하고. 음. 책은 친정에 있을 거 같은데, 잘 모르겠다. 버렸나.

안 책임님은 눈을 가늘게 뜨면서 애써 친정집의 어딘가를 떠올리는 듯했습니다.

안: 잘 모르겠네요. 요즘 다 컴퓨터 자료로 보지 않나요. 시험이 트렌드가 다 있을 테니까. 아닌가 똑같으려나.

아…… 안 책임님. 당신은 참.
대단하기도 하고 비밀스럽기도 하고. 복잡하네요.
그래서인지 그 감정에 저는 이상한 부탁을 하고 말았습니다.

나: 시험 준비하는 사람 응원 좀 해주세요.
안: 홍삼이라도 한 상자 사 줘야 하나?
나: 뭐 파이팅! 이런 거라도 외쳐 주세요.
안: 뭐 귀요미송 같은 거라도? 내가 애교는 하나도 없다는 걸 알면서…….

저도 제가 뭘 원하는지 모르면서 응원해달라고 조릅니다. 하이파이브라도 하자고 했을까요. 그때 안 책임님의 핸드폰이 울리고 사내 메신저로 뭔가 막 날아옵니다. 아마도 부서에서 찾는 듯합니다.

안: 잠깐만요, 이것 좀. 아이고 얼마나 비웠다고. 뭐 물어보고 난리네요. 우리 또 이야기해요. 공부 열심히 하고!

안 책임님은 2~3초간 저를 지긋이 보더니 두 팔로 살짝, 안아 주고 등과 어깨를 쓸어 주었습니다. 너무 살짝 안아 주어서 애정이라기보다는 우정에 가까운, 마치 서양에서 친구 사이에 헤이~ 하면서 안아주는 그런 정도만. 그러나 여기서는 경험할 수 없는, 어떤 의미인지 잘 알 수 없는…… 포옹을 풀고 갑자기 제 머리를 쓰다듬더니 어깨를 탁! 치고는.

안: 시험 한 번에 딱 끝내요! 두세 번 이상 볼 시험은 아닌 것 같더라. 시험 끝나면 알려 줘요. 물론 그 전에 연락하지 말라는 건 아니고.

그리고 미소를 보입니다.

이 여자, 남자가 뭐에 자극받는지 잘 압니다. 진짜 아무것도 아닌 스킨십에 이렇게 마음이 찌릿하다니.

포옹은 2초.

그 사람 손이 내 등에 닿은 것은 1초.

얼굴이 닿은 것은 0.1초.

그리고 지금.

이 공간을 몰디브 푸른 바다로 만든 그녀의 샴푸 냄새.

그녀는 황급히 뛰어나갔지만 안 책임님의 향기가 남아 있는, 그나마 아보가드로*와 브라운 운동**에 충실한 분자의 확산에 따라 조금씩 희미해지는, 그 내음이 남아 있는 공기에서 떠나기 싫었습니다.

이 향기를 기억해야 한다.

잊기 싫다.

절대. 잊을 수 없다.

마치 빨리 들이쉬면 쉬이 없어져 버릴까 싶어 천천히 정말 천천히 들숨으로 그 향기를 코의 상피 세포를 통해, 감각 신경으로 보내, 뉴런에서 전기적 신호로 바꾸어 뇌 깊숙이, 그리고 제 마음에 기억시켰습니다.

* 기체가 뭐가 되었든 일정 부피 안에 들어 있는 입자 수는 같다는 아보가드로의 법칙 (일정 온도와 압력 안에서). 어쨌든 향기도 다 기체이니까.

** 액체나 기체에서 입자들이 불규칙적으로 움직이는 현상. 안 책임님의 향기를 결국 분자 운동으로 보자면 불규칙적으로 확산하며 안타깝게도 결국 옅어질 수 밖에 없음을 과학적으로 설명.

/

하지만 안타깝게도.

그 응원에도 불구하고 공부는 쉽지 않았습니다. 회사 일은 계속 바빴고 어머님이 잠시 입원하시는 등 공부에 집중하기 어려운 환경이었습니다. 그때가 서른 중반의 언저리였는데 MBA에 가기엔 또 애매한 나이일 수도 있다는 선배들 조언도 있어 이게 잘하는 것인가 하는 의심과도 싸워야 했습니다.

준비 초반의 의지와 기합은 어디로 가버리고 매일매일 스트레스만 늘어 제대 후 끊었던 담배도 다시 피우기 시작했습니다. 밝은 미래를 바라보고 준비해야 할 시험이 하루하루 절 죽이고 있었습니다. 상황에서 한 걸음 떨어져 보면 그저 놓으면 될 일인것을, 한 번 시작한 것을 놓지 못하고 질질 끌려가고 있었습니다. 무엇보다도 생각보다 난 그리 똑똑하거나 대단하지는 않은 것 같다는 자존감 하락이 가장 큰 문제였습니다.

괜히 시작했나 하는 낭패감을 느끼는 것도 잠시. 대망의 시험 날이 되었습니다. 전날 휴가를 내서 벼락치기를 했고 시험 날은 오전에 반차를 냈습니다. 무슨 자격시험을 벼락치기 하다니. 아니나 다를까. 시험 결과는 최악이었습니다. 퀀트Quantitative*는 나름 선전했지만 버벌Verbal**에서 죽을 쑤었고, 아날Analytical***에서는 아예 시험을 포기하는 모양으로 헛소리를 써 놓고 나와 그야말로 죽을 쒔다는 표현이 적절하게 창피한 점수가 나오고 말았습니다.

보통 GMAT를 위시한 유학에 필요한 진학용 시험들은 연속해서

* 수리 영역 ** 언어 영역 *** 분석 작문

한 번 더 보는 것이 일반적인 일인데 이쯤 되니 진짜 하기 싫어졌습니다. 아무리 첫 시험인 것을 감안하더라도 너무 엉망인지라 도저히 더 볼 의지가 생기지 않았습니다. 의지가 약하고 심지가 곧지 못하다는 것을 스스로 다시 한번 깨닫는 순간이었습니다. 그래, 내가 무슨 유학이냐. 그냥 회사에 잘 붙어 있으면서 월급이나 받고 살면 됐지.

공덕동 시험장을 나왔는데 피곤하다기보단 머릿속이 스트레스로 가득했습니다. 쉼 없이 난이도 극상의 시험을 세 시간 풀고 나와 망한 느낌, 아니 망한 결과를 두고 머릿속에서 회사로 돌아가야 한다는 생각조차 너무 하기 싫어 핸드폰을 쳐다보기도 싫었습니다. 뭔가 강하고 말초적인 자극이 필요했습니다.

시간은 정오를 막 지났는데 배가 하나도 고프지 않았습니다. 뭘 먹어도 기분상 모래알처럼 느껴질 것 같았습니다. 일단 타고 재만 남은 뇌를 어떻게든 달래야 했습니다. 시험장에서 나와 우선 담배 두 대를 찐하게 피우고 엄청 달고 쓴 커피가 먹고 싶어 커피집에 가서 카페 모카에 샷을 추가하고 사이즈 업을 시켜 무슨 보약 먹듯 얼굴을 잔뜩 찌푸리며 마구 들이켠 후에야 전화기를 켜 보았습니다.

역시 회사에서 온 연락으로 메신저에서 불이 납니다.

[손 책! 미안한데…… 오늘 출근하는 거죠? 세 시 반에 □□ 디자인팀 미팅 같이 들어가야 해요. 자료 보내놨으니까 보고 들어와요.]

[손 책임님. 어제 휴가셨나 본데 오늘 출근하시나요? 미주 사업자 검토 건 아직 답신 못 받아서요. 빨리 부탁드립니다.]

[책임님. 서비스 운영팀의 □□□입니다. 자리에 안 계시네요. 자리 오시면 연락 부탁드려요.]

아…… 난리네 난리.

그냥 반차가 아니라 연차를 낼 걸. 도망가고 싶다.

하지만 일말의 책임감이란 게 마음 한구석을 타고 올라와 지나가는 택시를 잡아탔습니다. 회사로 가는 길, 별의별 생각이 다 듭니다. 그냥 어디 적당한 데 내려서 PC방에서 좀 놀다 갈까. 그냥 아프다고 연차로 바꿔달라 할까. 어디 가서 낮술 마실 데 없나. 사우나 가서 좀 담그고 있으면 기분이 나아질까.

아. 뭘 해도 기분이 좋아지지 않을 것 같다. 뭐 할 게 없네, 할 게 없어. 마음이 도무지 잡히지 않고 짜증만 나 전화기만 만지작만지작하는데 몇 주 전에 주고받은 안 책임님 메시지가 딱 보였습니다.

[아까 7층 갔다가 책임님 자리 지나가면서 인사할까 했는데 주위가 부산해 보이고 사람도 많아서 그냥 지나갔어요. 건강 잘 챙기고. 시험 보고 연락 주세요.]

연락 주세요.

연락 주세요.

연락 달라고 했으니까 연락해야겠다! 그래, 안 책임님에게 연락해야겠다. 만나면 좀 징징대야겠다. 한낮에 징징댈 수 있는 분위기가 될까. 업무 중인데 안 책임님 시간은 되려나? 아니, 만나 주긴 하려나?

택시에서 내려 로비로 들어가기 전, 안 책임님께 바로 메시지를 보냈습니다.

[시험 보고 왔습니다.]

운동하고 있는지 답이 바로 안 옵니다. 내가 뭘 기대하고 시험 봤다고 연락을 한 건지. 괜히 바보짓을 하고 있다는 생각에 더 비참해졌습니다. 한 오 분정도 지났을까. 포기한 채 회전문을 열고 들어가 사무실로 발걸음을 옮기려는데, 전화기에서 진동이 울립니다.

[잘 봤어요? 고생하셨어요. 오늘 보신 거예요?]

[시험은 망했고요. 오전에 보고 지금 복귀하러 건물까지 왔는데 진짜 사무실로 들어가기 싫으네요.]

[시험 망했다는 말 진짜 오랜만에 들어보네요. ㅎㅎ 오늘은 그냥 쉬지 그랬어요.]

연락하랬잖아요. 아, 보자고 말하고 싶다.

[저도 그냥 쉴 걸 하고 후회 중입니다. 점심 드셨어요? 운동하세요?]

[아침을 늦게 먹는 바람에. 그리고 점심에 뭐 할 게 좀 생겨서 운동은 오늘 안 하기로 했어요…… 혹시 점심 아직도 안 먹었어요?]

밥 먹자는 건가. 같이 먹자고 해야 하나.

하지만 밥을 먹고 싶지도 않았고 번잡하기 그지없는 회사 식당도, 근처에 어느 식당에도 별로 있고 싶지 않았습니다.

그럼 안 먹는다고 해야 하나. 그럼 못 만날지도 모르는데.

[솔직히…… 배고프진 않은데 그냥 마음이 헛헛하네요.]

조금의 정적이 흐른 후 답장이 옵니다.

[지금 어디에요? 아래에서 잠깐 볼래요?]

그렇게 우리는 회사 지하 편의점 앞에서 만났습니다. 오늘따라 유난히 안 책임님이 너무 반가웠습니다.

지금. 너무 보고 싶었어요. 왜인지는 몰라요…….

저를 본 안 책임님의 표정은 '아이구 이 녀석아-.'였습니다.

안: 아이고. 얼굴 구겨지고 어깨도 처지고. 신림동 고시 폐인이 따로 없네. 많이 피곤해요? 피곤한 얼굴인가. 아니면 시험 망쳐

서 실망한 얼굴인가.

나: 휴, 그냥 머리나 마음이나 엉망이네요.

그러자 안 책임님은 제 앞으로 가까이 다가왔습니다.

안: 아유- 담배 냄새. 담배도 피웠어요? 세상에.

아. 혼나는 분위기다. 보자고 하는 게 아니었나.
할 말이 없다. 할 말이.

나: 저…… 시험을 보다 보니.

주머니에 있던 담배를 어디론가 숨기고 싶어졌습니다. 안 책임님은 저를 무슨 집 나간 동생을 PC방에서 발견한 듯, 한심 반 불쌍 반으로 잠깐 쳐다봅니다.

안: 시험 더 안 볼 거예요? 얼마나 못 봤길래…….

나: 그냥 시험 못 봐서도 있는데 그냥 왜 내가 시험을 보려고 했나 싶고. 복잡해요. 시험 한 번 보고 이러는 거 좀 웃기긴 한데…… 마음이 그러네요.

순간, 편의점에서 한 무리의 사람들이 왁자하게 이야기를 하며 쏟아져 나왔고 저와 안 책임님은 이곳이 이야기하기에 적당한 곳이 아니라는 것을 곧 깨달았습니다. 사람들이 너무 많이 돌아다녔고 심지어 그 옆 핸드폰 가게에서는 음악이 흘러나오고 있었습니다. 게다가, 회사 빌딩인 만큼 회사 사람들이 여기저기 돌아다니고 있었기에 언제 부서 사람들을 만날지도 모르는 일이었습니다.

부서 사람들을 만나면 왜 안 올라오냐고 그럴지도 모르고, 안 책임님과 이 표정으로 단둘이 있는 것도 좀 이상하고…… 빨리 어디로 가고 싶어졌지만 적당한 곳이 떠오르지 않았습니다.

안: 많이, 힘들어요?

불쌍한 강아지를 보듯 눈을 껌벅이며 올려다보는 얼굴. 하지만 정작 저는 말이 없습니다.

나: …….

안: 우리 다른 데 가서 이야기해요. 여긴…… 좀 그렇다.

안 책임님은 앞서서 지하 주차장으로 가더니 주차장을 가로질러 처음 보는 철문을 밀고 들어갑니다. 낯선 복도가 있고 옆으로 몇몇 사무실이 있는데 일부러 가보지 않으면 알 수가 없는 곳이었습니다.

안: 여기 어린이집 가는 지름길이라 애 엄마, 아빠들이나 아는 곳이에요. 손 책임님은 이런 곳이 있는 줄 몰랐죠? 저쪽 계단 올라가면 바로 어린이집이고, 이 옆 사무실들은 아마 빌딩 보안 요원들이 창고로 쓰는 곳 같은데 정확하게는 잘 모르겠네요.

나: 처음 와 보네요. 이런 데가 다 있고.

안: 대부분 회사 그만둘 때까지도 모를걸요. 그건 그렇고.

앞서 걷던 안 책임님은 복도가 꺾어지는 부분에서 걸음을 멈추고 제 앞에 섰습니다. 그리고 또 눈을 껌뻑껌뻑하더니 손을 비비며 가만히 저를 쳐다봅니다.

안: 마음에 뭐가 있구나. 술이라도 같이 먹어주고 싶지만 지금 그럴 수는 없으니.

안 책임님의 말에 저는 많은 이야기를 대중없이 꺼내 놓았습니다. 동문회에서 선배를 만난 일부터 선배를 보고 MBA 준비를 시작한 것.

중간에 공부가 안 되어서 낭패를 겪은 일. 남들에게 자랑하는 상상까지. 내 안에 뭔가 MBA를 가고 싶게 만든 것이 있는데 그게 정확하게 뭔지 모르겠다. 그냥 성공하고 싶은 건가. 잘 모르겠다. 그게 해결이 안 된 채로 공부하니까 집중이 안 되는 것 같다. 시험 결과를 보고 그걸 깨달은 거 같다, 등등. 안 책임님께 주절주절 말하면서 왜 그리 유난히 힘들었는지 마음 정리가 하나씩 되어 가다가 문득 깨달아 버렸습니다.

저는.

안 책임님에게 잘 보이고 싶었던 것이었습니다.

이른바 탑 비즈니스 스쿨에 당당히 합격해서 나 잘난 사람이라고 인정받고, 월가나 홍콩이나 실리콘 밸리에서 직장을 잡을 만한 퍼텐셜이 있는 남자라고. 이런 마음을 저 깊은 구석에서 안 책임님과 이야기하며 찾아냈지만, 차마 말할 수가 없었습니다.

안 책임님께 잘 보이고 싶었어요.

능력 있는 사람으로 보이고 싶었어요.

멋있어 보이고 싶었어요.

안 책임님에게요.

내 마음에, 이런 것이 있었구나. 난 안 책임님 때문에 시작한 것이었구나. 하지만 차마 이런 이야기는 하지 못하고 구차하게 온갖 이야기를 쏟아 놓았습니다. 집안도 힘들고 어머니도 편찮으시고 회사도 뭣 같고…….

안: 세세한 건 모두 이해 못 하지만. 그냥 힘들다는 감정은 이해해요. 정말 힘들겠다…….

이야기를 들어주는 그녀의 얼굴을 보니 누나 같다가도, 여친 같기도 하고, 베프 같은 여사친처럼 복잡한 표정입니다. 때론 가볍게 제 팔을 쓰다듬어 주기도 하면서 말입니다.

안: 아…… 뭐라도 해주고 싶네요. 내가. 뭘 해줄 수 있을까.

이 말에, 떠올랐습니다. 그때의 가벼운 포옹이.

하지만 그때처럼 좀 안아 달라는, 지금은 그게 가장 필요한 것 같다는 말을 차마 하지 못하고 그냥 입만 굳게 다문 채 땅만 보고 있었습니다. 그러자 안 책임님은 제 팔의 옷깃을 잡더니 갑자기 어린이집을 향해 올라가는 계단으로 저를 이끌었습니다.

나가서 뭐라도 사 주려나……. 커피는 먹었다니까……. 아. 어디 또 나가기 싫은데. 이런저런 생각들과 함께 안 책임님께 이끌려 겨우 몇 걸음을 옮기던 찰나. 앞서가던 안 책임님이 계단을 한 칸 먼저 올라가더니, 뒤를 돌아서서는…….

안: 눈 감아 봐요.

그리고.

두 손으로 제 볼을 살며시 잡더니

입술을, 포개었습니다.

시간이 정지한 듯.

다른 세상으로 이동한 듯.

지구의 지각과 맨틀과 핵을 뚫고 지구 반대편으로 이동한 듯.

뜨거운 입술과 혀가 닿자 그 작은 기관의 신경이 감각을 치열하게 온몸의 뉴런을 깨워 전달합니다. 그 순간, 속으로 다짐했습니다.

단 1g의 느낌도 놓치기 싫다. 몸의 모든 감각 기관이 지금을 느끼며 20XX년 10월 X일의 이 기억을 심장과 피가 흐르는 내 몸의 모든 곳에 단단히 기록해 놓겠다. 이 순간을 절대 잊지 않겠다. 평생. 절대 잊지 않겠다.

안 책임님은 두 손을 어찌해야 할지 고민도 할 틈을 주지 않고 포개었던 입술을 떼어 어깨에 손을 얹고 발뒤꿈치를 들더니 제 이마에 가볍게 키스를 합니다.

그리고, 한마디.

안: 오늘 지금 있던 일은 오늘로. 오늘의 감정도 오늘로. 지금까지 힘들었던 것도 지금까지만으로.

나: …….

그렇게 말을 끝낸 안 책임님은 팔을 풀고 옆으로 와서는 이제 가야 한다고 합니다. 방금의 키스에 취해, 그리고 향기에 취해 정신을 못 차리고 있는 와중에 안 책임님은 종종걸음으로 다시 반대편 주차장 쪽 문으로 가며 마지막으로 말을 남깁니다.

안: 손 책임님. 멋있는 사람이에요.

그리고 이어진 다음의 말에, 비천한 제 욕망이 모두 사라졌습니다.

안: MBA 가도 멋있지만 안 가도 멋있고 좋은 사람이에요.

쿵. 철문이 닫히고 복도엔 저 혼자 남았습니다. 방금의 키스 후에, 안 책임님의 향기와 오라Aura 속에서 허우적대며 그 감각을 잃지 않으려, 잊지 않으려 안간힘을 쓰던 저는…….

마지막 그 말을 듣고, 갑자기.

눈물이 나오기 시작했습니다.

계절의 바뀜은 저녁 햇살부터 앗아갔습니다.

빠르게 겨울이 찾아왔고 서둘러 옷장 깊숙한 곳에서 겨울옷을 꺼내 세탁소 비닐을 벗겨 내고 입기 시작했습니다. 달라진 옷의 무게만큼이나 11월은 무겁습니다.

기를 쓰고 공부를 이어 나가며 가을에 치룬 또 한 번의 GMAT 시험에서 목표했던 점수가 안 나오자 전 유학을 포기했습니다. 뭐- 어거지로 지원하면 어느 학교든 합격장을 받을 수는 있을 것 같았지만, 바라던 것은 미국 학교에 입학하는 것이 아니라 '좋은 학교'에 가는 것이었으니까요. 또 적잖은 돈이 들어가는 유학이었으니 되도록 좋은 학교를 가지 않으면 의미가 없기도 했습니다.

부모님에게 공부를 그만하겠다, 안 가기로 했다는 이야기는 따로 하지 않았지만 공부한다고 주말에도 집에 오지 않던 아들이 모습을 비추기 시작하는 모양새가 공부를 안 하는 것 같아 보였는지 어머니가 입을 먼저 떼셨습니다.

엄마: 아들. 공부 잘되어 가? 시험 끝낸 거야? 어째 뭐 잘 봤다, 못 봤다 이야기가 없어. 응?

나: 뭘 시시콜콜히 이야기해요. 공부 이제 안 해요.

엄마: 아니 왜? 시험은 끝난 거야? 그럼 원서 쓰고 그래?

나: 아니. 유학 안 간다고요. 난 한국이 좋아. 엄마.

엄마: 야. 뭐 그렇게 금방 그만두니. 원서라도 넣어 보지. 너 공부 요즘 안 하길래 짐작은 했다만……. 그래도 공부 한다, 안 한다 엄마랑 아빠한테 미리 이야기 좀 해.

나: 서른 넘어서 무슨 그런 사소한 것까지 이야기해요.

엄마: 그게 뭐가 사소해! 아빠는 너 유학 준비한다고 해서 여러모로 힘들겠지만 잘하고 있다고 막 응원했는데. 으이그…….

생각보다 미련은 없었고 영어 공부야 뭐 머리 어딘가에는 남는 거니 몇 달의 공부가 손해 본 건 아니라는 생각을 하고 있었는데 부모님은 꽤나 실망하신 것 같았습니다. 학부 시절에 고시 공부를 시작했다가 1차 낙방에 곧바로 포기했을 때 "저래 의지가 없어서 어따 쓰나." 하며 아버지께서 혀를 차셨는데 이번 역시 원서 지원도 안 하고 포기한 셈이니 실망하셨겠지요. 유학 가서 잘나가는 아들을 원하셨다기보다 아마도 '뭔가 해내는' 아들을 보고 싶으셨는지도 모르겠습니다.

그건 그렇고. 공부를 때려치우고 돌아온 회사에서의 일상은 또 너무 똑같아졌습니다. 그날의 키스 이후로 무언가 바뀔 것도 같았건만 그녀가 '오늘 일은 오늘로'라고 말한 이상, 그날의 감정을 함부로 꺼내올 수는 없는 일이었습니다.

게다가 아무리 'MBA에 안 가도 멋진 사람'이라고 말해 주었다 해도 이왕 시작한 공부, 좋은 결과 얻어서 자랑을 하거나 그녀에게 칭찬이나 인정을 받고 싶은 욕구도 여전히 남아 있었습니다. 어쩌면, '당신 덕에 해냈습니다!'라고 말하고 싶었는지도 모르겠습니다. 그래서 공부를 접은 것이 괜히 무안하기도 했습니다.

하지만, 안 책임님은 그날 이후로 시험, 유학에 대해 한마디도 꺼내지 않았습니다. 저 역시 시험을 접고 조용히 일상으로 복귀하면서 우리는 또 여전히 바쁘게 일하고 매우 제한적인 메시지를 보내며 가끔 점심을 먹고 커피를 마시고 안부를 묻고 그렇게 지냈습니다. 무엇보다도 안 책임님이 딸까지 있는 유부녀인 이상, 우리 사이는 이 이상 뭘 어찌할 수가 없는 사이였습니다.

마치 아무 일도 없던 것처럼.

/

그렇게 지내던 어느 겨울날. 제가 활동하던 대학교 동아리 OB의 소셜 페이지에 폭탄 하나가 떨어졌습니다. 바로 전 여친의 청첩장.

그녀와는 동아리 선후배로 만나 사귀게 되었지만 진짜 끈질기게 붙었다 떨어졌다를 반복하며 제 젊은 날의 감정을 소진시켰던 사람이었습니다. 그녀와는 군대 가기 전에 썸-그 옛날엔 그런 말도 없었지만- 탔다가 엉뚱하게 군대 가서 휴가 중에 고백해 사귀게 되었고, 제대하자마자 헤어졌습니다.

복학하고 다시 사귀게 되었다가 여친이 유학을 가게 되어 썸 관계로 남았지만 유학 중에 딴 남자를 만났다는 걸 알게 되었고, 저 역시 화가 나서 다른 사람과 연애를 했으나 나중에 오해라는 게 밝혀졌고 결국 울고불고하며 다시 사귀고……. 그러다 야, 우린 진짜 아니야! 하면서 최종 바이바이하고 연락이 끊어졌습니다.

하지만 둘 사이에 워낙 지인이 많이 겹쳐 소식을 안 들을 수가 없었고, 친구들은 이미 둘의 연애사를 다 알고, 심지어 모임에서 간간이 만나게 되니 어색하고. 이런 상황에 청첩장은 매우 불편하기도 하고 갑작스러운 결혼 소식의 충격은 제법 컸습니다. 좋아하는 감정은 전혀 없었는데 뭔가 젊은 날의 한 페이지를 완전히 접어야 하는 느낌과 비슷한…… 내 이십 대는 이제 진짜 과거다- 하는 느낌이 들었기 때문입니다.

아니나 다를까. 불길한 예감은 그대로 적중했습니다. 몇 년간 한 번도 걸려온 적이 없었던 전 여친의 번호가 떡하니 찍혔고, 놀란 마음을 가까스로 진정시키고 일부러 마음을 건조하게 만든 다음에 전화를 받았습니다. 번호를 지운 척, "누구세요?"라고 할까 1초 고민하다가 치사해 보이기 싫어서 그냥 인사하기로 했습니다.

나: 연희야, 이게 얼마 만이냐. 너 결혼 청첩장 올린 건 봤다.

연희: 어. 벌써 봤구나- 그럼 왜 전화했는지도 알겠네.

나: 으응?

설마. 만나자는 건가. 아니겠지. 결혼식 오라는 정도겠지.

나: 축하한다 야, 진짜.

연희: 청첩장 주고 싶은데 얼마 전 정기 모임에 오빠가 안 나와서 주질 못했네.

네가 청첩장 준다니까 안 나갔지…… 내가 그 자리에 왜.

나: 어. 요즘 세상에 종이 청첩장 꼭 받아야 하나, 뭐. 언제 어디서 하는지 알면 됐지.

연희: 혹시, 진짜 잠깐이라도 볼 수 있어? 나 오늘 오빠 회사 쪽 지나가는데 10분만. 딱 10분만.

얘가 미쳤나.

나: 야. 결혼 열흘도 안 남은 애가 전 애인과 만나는 거 진짜 이상한 거야-. 너 왜 그래-.

결국 과거의 관계를 꺼내고 말았습니다. 얘가 왜 이래 진짜. 무슨 일을 벌이려고 전 남친에게 청첩장을 주러 와.

연희: 밥 먹자는 것도 아니고 밤에 만나는 것도 아니고 잠깐만 시간 내줘! 이따 전화한다!

2차 대전 독일의 티거 전차마냥 무서운 속도로 동부 전선을 밀고 회사로 들어온 전 여친은 막무가내로 로비에 있으니 내려오라고 다시 전화했고, 로비에 도착하자 고집스럽게 청첩장을 제게 안겨 주며 꼭 와야 한다고 했습니다.

나: 야! 너 사진 찍을 사람 부족해? 음식 너무 많이 주문했어? 내가 왜 꼭 가야 하는데!

연희: 무슨 소리를 그렇게. 내가 사람 없어서 오빠 오라고 하는 거 같아? 농담도 왜 그렇게 해?

나: 야 그럼. 뭔데! 내가 어떤 얼굴을 하고 무슨 자격으로 가야 하는데!

잠시의 침묵…….

너무 소리를 질렀나. 그러나 전 여친은 아랑곳없이 비니 모자를 벗고 머리를 쓸어 정리한 뒤 천천히 조용하게 이야기합니다.

연희: 전 애인이면. 올 자격이 충분하지.

하아. 이게 무슨 신박한 논리인가.

나: 야, 너 이전 애인들 다 불렀어? 엑스들 사진 다 같이 찍으면 기분 좋을 것 같아?

연희: 진짜 이럴 거야? 오빠가 유일한 전 애인이라고! 이 삐꾸야!

나: …….

아. 진담이었구나.

진짜 내가 왔으면 하는 마음이구나.

연희: ……오빠도 오는 게 좋을걸? 나도 오빠가 오는 것이 좋고.

이 마약 같은 가시나…….

나의 병신 같은 시절을 왜 떠올리게 만드니. 너한테 제일 창피한 모습 많이 보였지. 너한테 제대로 찌질한 남자가 어떤 건지 알려 주었지. 수없이 싸우고, 헤어지고, 다시 붙고, 질척거리고, 울고, 애걸복걸. 부끄럽고 한심했던 이십 대의 나를 제일 잘 아는 사람. 그래서 나중엔 더 헤어지고 싶었던 사람. 그러고 보면, 젊고 어리고 찌질하고 부끄러웠던 시절에 얘가 같이 있었구나. 아니, 함께 있어 주었던 건가.

헤어질 때 서로 정리를 잘 해버리는 바람에, 마지막에는 서로 질려서 "제발 좀 그만하자!"라며 갈라서면서도 안타까운 것이 하나도 없던 까닭인지 전 애인을 보고 마음이 복잡하지는 않았습니다. 다만 주변 사람들이 하도 많이 겹쳐서 입에 오르내리는 것이 싫었을 뿐.

연희: 꼭 와. 안 오면 전화할 거야. 알았지? 대기실까진 안 와도 되니까 나랑 눈 마주치고 가. 꼭!

나: 알았다. 그래, 밥까지 먹을게. 카펫 앞에서 너 행진할 때 꽃가루도 뿌릴게.

연희: 오버 좀 하지 마. 나 갈게!

청첩장을 한 손에 든 채 회전문을 밀고 나가 저 멀리 총총히 사라지는 전 여친을 끝까지 눈으로 배웅했습니다. 아마도, 제가 본인 결혼식에 나타나야 자기 마음이 정리된다고 생각했는지도. 그리고, 저 역시 손뼉이라도 쳐줘야 마음 한쪽을 잘 정리할 수 있을 거라고 생각했는지도 모르겠습니다.

그래. 가자. 어깨 펴고. 당당하게. 신부와 눈 마주치고 축하해 주자.

결국 저는 결혼식장에 참석했고, 그날 저의 의지와 결심을 비참하게 만들 만큼 거대한 사건이 일어나고 말았습니다. 우려가 현실이 된 순간이었습니다.

친구 1: 세상에. 저 미친 새끼…… 진짜 왔어.

그 말에 제가 손에 든 청첩장을 흔들어 보이자…….

친구 2: 설마 연희가 준거냐? 청첩장을 준 신부도…… 하아. 진짜 할 말이 없다.

친구 3: 너, 식 중간에 연희한테 막 뛰어들고 그럴 거 아니지? 막…… 손 휘저으면서. 이거 무효! 이럴 거 아니지?

친구 2: 야. 누가 쟤 옆에 딱 붙어 앉아라. 어디 구석에 앉아. 신부 근처로 못 가게 하고.

친구 1: 어. 쟤 뛰어들면 내가 다리 걸 거야. 이거 전설로 남겠다. 야아.

나: 야 됐어. 됐어. 나 조용히 밥만 먹고 갈 거야. 너네가 이러니까 더 웃겨. 하지 마 응?

낄낄거리는 동기들을 뒤로하고 축의금을 내러 접수대로 가는데, 아……. 전 여친의 부모님과 눈이 마주치고 말았습니다.

여길 왜? 무슨 일로? 하는 뜨악한 표정. 그리고 어색한 웃음.

여친 엄마: 어…… 오랜만이네. 잘 지내지?

나: 안녕하시지요? 어머님 오늘 참 고우시네요. 한복 색깔도 너무 아름답고요.

여친 아빠: 밥 먹고 가라. 그냥 가지 말고. 응?

나: 네, 그럼. 들어가 보겠습니다.

그리고 뒤돌아서는데 뒤에서 말소리가 들립니다. 오랜만에 봤는데 멀끔해졌네. 쟤가 말은 참 예쁘게 잘해. 연희가 불렀나. 설마…….

하아. 나도 오기 싫었다. 연희가 오라고 했다고. 나도 오기 싫었다고! 그렇게 항변하고 싶었지만 이럴 때 말을 하면 할수록 손해인 것 같아 구석진 자리에 앉아 후배에게 같이 밥이라도 먹어달라고 사정했습니다.

하지만 전 생각보다 무감한 사람입니다. 그렇기에 무덤덤한 얼굴로 결혼식 내내 딴생각하면서 식을 구경할 생각이었습니다. 신랑 잘생겼네. 나보다 키도 훨씬 크고…… 부자인가. 여기서 결혼하려면 엄청 비싸겠네. 인당 십만 원은 우습게 넘는 식사 같은데, 하긴 연희네가 부자니까. 차도 안 가져왔겠다 와인이나 마시자……. 온갖 생각들을 하고 있는데, 막상 신랑에 대해 들은 바가 없어 옆에 있던 후배를 손가락으로 찔러봤습니다.

나: 야. 너 연희가 신랑 데리고 나와서 소개시킬 때 있었지? 뭐 하는 사람이라더냐?

후배: 변호사라던데요. 우리 학교 나왔다는데.

나: 그으래? 선배야 그럼?

후배: 형이랑 학번은 같은 거 같은데요. 자세한 건 저도 잘…… 그날 늦어서…….

이야기하며 주위를 둘러보니 아슬아슬하게 알 만한, 하지만 아는 척하기는 좀 그런 사람들이 제법 보였습니다.

이럴 때일수록 조용히 있어야지……. 몸을 사릴 생각을 하고 있을 무렵, 하객과 사진 촬영 요청이 있었고 동아리 친구들이 우르르 나가며 절 끌고 나가길래 "야. 나 마지막 예의를 차리게 해줘……."라고 말하며 사정을 하고 나서야 겨우 자리에 앉을 수 있었습니다.

잔에 채워진 와인을 들이켜며 주위를 둘러보는데 저 멀리서 친구들에게 축하를 받고 있는 신부가 보였습니다. 그녀는 여기저기 한참 두리번거리더니 저와 눈이 마주쳤습니다.

'박연희. 잘 살아라.'

입 모양만으로 신부에게 축하를 보냈고 신부는 고개를 끄덕끄덕하며 눈빛으로 인사를 했습니다. 저 끄덕끄덕에 많은 것이 담겼지요.

'와 줘서 정말 고마워. 덕분에 잘 정리했어. 우리 각자 잘 살자. 용기 내서.'

'야. 난 잘 살아. 걱정 마. 난 널 옛날에 정리했어…….'

예쁘긴 예쁘네 하면서 하염없이 상념에 잠겨 있는데, 신부가 울먹이려고 하는 것 같아 황급히 시선을 돌렸습니다. 그리고 그때, 어수선한 저 건너편 자리에서 안 책임님을 발견했습니다.

아니, 왜 안 책임님이 여기에. 연희 친구인가. 아닌데, 연희보다 네 살은 많은데. 우리 학교 나왔나? 아닌데. 뭐지? 친척인가?

생각을 한참 하는데 따지고 보니 회사 밖에서 회사 일이 아닌 일로 본 것은 이번이 처음이었습니다. 회사의 드레스 코드가 자유로워서 VIP 보고나 외부 미팅이 아니면 정장으로 차려입고 오는 일이 웬만하면 없는데, 오늘 안 책임님은 정말 달라 보였습니다. 신부가 예쁘다는 생각은 어디로 가 버리고 안 책임님을 뚫어져라 바라봤습니다. 오늘 정말 예쁘게 입고 왔네, 하고 속으로 감탄사를 연발하면서요.

하지만 자리가 너무 멀고 제 주위에선 계속 선배다 후배다 인사를 하는 통에 정신이 없어 쉽사리 다가갈 타이밍을 잡지 못했습니다. 게다가 제게 여유가 생길 때마다 안 책임님이 분주해 보여 몇 번이고 일어서려다 앉았습니다. 결국 이러다 아무래도 식이 끝나겠다 싶어 안 책임님의 자리로 성큼 가서 인사를 건넸습니다.

나: 안 책임님!

안: 아니. 여긴 웬일이에요!

나: 저 신부랑 같은 동아리였어요.

안: 아- 그렇구나-. 연희랑 잘 아는 사이구나! 전 연희 언니랑 친구예요. 진짜 친해요. 엄마랑도 당연히 잘 알고.

순간 안면이 있는 신부의 언니와 눈인사를 했고, 신부 언니 역시 '네가 왜 여길…….'이란 눈빛을 보냈습니다. '저도 오고 싶지 않았어요.'라는 말을 눈빛으로 보내고 있는데……. 옆에 앉은 안 책임님의 아이가 짜증 내기 시작합니다.

집에 언제 가냐. 누구 언니 온다면서 왜 안 오냐. 난 주스 먹어야겠다. 난 주스 주세요. 케이크 딴 거 없어요? 으앙- 엄마 언제가-.

그러다 결국 애가 주스를 엎었고 아무래도 안 책임님과 더 이상 대화를 이어가는 건 무리일 것 같아 눈인사를 하곤 바로 자리로 돌아왔습니다. 그리곤 후식을 뚝딱 해치운 뒤, 뒤풀이 한다는 동아리 선후배들을 밀쳐내고 식장을 빠져나왔습니다. 네. 이 사람들에겐 제가 좋은 저녁 안주가 되겠지요. 전 이제 동아리의 전설 중의 전설로 남을 게 분명합니다. 전 여친 결혼식에 나타난 전 남친으로…….

식장을 어떻게 빠져나오긴 했으나 주말 오후라 집에 가기엔 너무 이른 감이 있었습니다. 어디 서점에서 책이나 좀 살까 생각을 하며 지하철역을 향해 천천히 걸을 옮기는데 안 책임님에게서 메시지가 왔습니다.

[책임님. 혹시 집에 가셨어요? 아니면 따로 모임 가셨을지도 모르겠네요. 인사도 제대로 못 했어요.]

[아니에요. 아직 호텔 근처예요. 방황 중입니다.]

[운전 중 아니죠? 그럼. 저 커피 좀 사다 주실래요.]

이 사람은 왜 자꾸 뭘 사다 달라는 걸까.

[네? 커피 사 드리는 건 문제가 아닌데……. 어디로 배달해 드려요?]

[나 여기 호텔 주차장인데, 애가 차 타자마자 잠들어서요. 사실, 애가 난리를 피워서 밥도 제대로 못 먹고 커피도 못 마셨어요. 따뜻한 라떼 큰 거로 샷도 좀 추가해서…… 부탁합니다-.]

달랑 하나만 사서 갖다 달라는 건가. 아니면 같이 마시자는 건가. 헷갈렸지만 일단 두 잔을 사서 캐리어에 넣고 다시 호텔로 돌아가 주차장으로 내려간 뒤 안 책임님의 차를 찾았습니다.

안: 아니-. 애 좀 집에서 재우고 식장에 왔어야 했는데, 예식 시간이 너무 애매해서요. 휴, 잠을 못 자고 온 탓인지 애가 엄청 짜증을 내네요. 다행히 카시트에 앉히자마자 시동도 걸기 전에 잠들었어요. 세상에…….

나: 아이고 힘드셨겠네요. 일단 커피 여기-.

안: 시간 되면, 옆에 좀 앉으실래요. 책임님 것도 사 왔죠?

나: 네. 다행히.

회사 밖에서 보는 건 명동에서 나들이 아닌 나들이를 하게 된 걸 빼곤 처음이었습니다. 우리의 관계는 철저하게 회사 안에서만 이루어졌고 암묵적인 룰에 의해서 저녁이나 주말에 메시지만 매우 제한적으로 보낼 뿐 따로 전화하는 일은 없었기 때문입니다.

그러고 보니, 우린 오피스에서만 의미가 생기는. 오피스 친구. 아니 오피스 와이프인가. 아니……. 어찌 보면 누나 동생 같기도 하고…… 그럼 오피스 누나인가…….

안: 혹시…… 연희랑 사귀었었어요?

너무 한 번에 훅, 들어와서 당황스럽습니다.

나: 헛…… 어떻게 아셨어요. 언니가 이야기하던가요?
안: 아니 주희가 이야기는 안 했는데. 주희 얼굴에 다 쓰여 있더라고요. 저놈이 왜 왔지. 미쳤나? 하는 게.

무서운 사람. 전 그제야 동아리 친구들에게도 못한 이야기를 주절주절 늘어놓았습니다. 우린 이렇게 사귀었던 사람이고, 이렇게 헤어졌었고, 일주일 전 회사로 쳐들어와서 나에게 꼭 와야 한다고 하고 갔노라고.

안: 잘 오셨네요. 연희에게 큰 선물 하셨네요. 무슨 감정인지 알 것도 같고.
나: 저도 잘했다고 생각해요. 덕분에 이렇게 회사 밖에서 안 책임님도 만났으니까요.

저도 한 번 훅- 들어가며 생각을 떠보았지만 별 동요가 없습니다.

안: 아까 스테이크 어땠어요? 아유 반도 못 먹고. 아까워라.

스테이크 못 먹었다고 "아유!" 하며 안타까워하는 모습에 귀엽다는 생각이 들었습니다. 스테이크를 시작으로 우리는 조용히 차 안에서 이야기를 시작했습니다. 마주 보며 이야기하는 것이 아닌 제한된 공간에서 나란히 앉아 이야기하는 건 많은 차이가 있습니다. 왜냐하면 이야기를 하려면 시선을 일부러 돌려야 하니까요.

오늘따라 치마가 짧네. 운전석에 앉으니 스타킹도 막 보이고. 무릎 위로 많이 올라간 것도 아닌데 살짝 그 진짜 아무것도 아닌 거에 가슴이 뛰고 설레고. 일전에 떠올린 AV 배우는 이미 잊어버렸습니다. 아무리 모니터로 나신을 본들 지금의 이 작은 설렘에 비할 바가 아닙니다. 그리고 이 설렘 때문일까요. 갑자기 용기가 샘솟았습니다. 회사가 아닌 밖일 때, 평소와 다른 분위기일 때 조금 더 나아가 보자고.

나: 저기…… 안 책임님. 남편 이야기는 한 적이 없으시네요. 따로 지내신다는 말씀만 하시고.

안: 아. 우리 남편. 휴, 저도 모르게 꼬박꼬박 '우리'라는 말을 앞에 붙이고 있네요…….

나: 불편하시면 안 하셔도 됩니다. 지금까지 한 번도 말씀하신 적이 없어서…….

안: 음…… 그냥 어디부터 말을 해야 할지 잘 몰라서요. 남편 이야기는 잘 안 하고 다니니까요.

그때 아이가 부스럭부스럭 깨는 듯했고 곧 이야기는 끊기고 말았습니다. 안 책임님은 차가 움직여야 애가 계속 잘 것 같다면서 시간 괜찮으면 저 보고 집까지 좀 같이 가 달라고 부탁했습니다.

나: 저는 좋아요. 시간 많아요. 부산도 갈 수 있어요!

안: 하하, 마음 같아선 가고 싶네요. 근데 우리 집이 여기서 너무 가까워서 안타깝다. 막 고속도로도 타고 그러면 좋을 텐데!

운전 중에는 라디오를 틀었기에 특별한 이야기를 하지 않았습니다. 그냥 마치 오랫동안 데이트 했던 커플처럼 편안하게 적막을 즐기며 도시의 도로를 달렸습니다. 사실, 도심이라 달리진 못하고 가다 서다를 반복했지만 전 신호 대기를 하는 순간조차도 좋았습니다.

겨울 햇살은 싹을 틔우고 잎을 파랗게 만들진 않아도 차창을 넘어 남녀의 마음을 데우기엔 충분한 온기였습니다. 우리는 훈훈한 기운으로 오랜만에 많은 대화를 했습니다.

좀. 오래 걸렸으면 좋겠다.

길이 제발 더 막혔으면 좋겠다.

아이가 계속 잤으면 좋겠다.

그렇게 얼마나 되뇌었을까요. 어느 순간 익숙한 아파트 입구가 눈에 띄었습니다. 지난번엔 제가 운전하고 아이와 책임님이 뒤에 타서 왔는데, 이번에는 아이가 뒤에서 곤히 자고 책임님과 제가 둘이 나란히 앉은 채 오게 되었습니다.

안: 지하철역 앞까지 데려다 드렸어야 했는데. 아이고, 아무 생각 없이 와 버렸네요.

나: 아니에요. 저는 걸어가는 게 더 좋아요. 춥지도 않은데요 뭐.

안: 그래도요. 걷기 불편한 구두 아닌가 싶어서요. 그러고 보니 애가 오래 자네요. 너무 오래 자면 밤에 안 자는데. 이제 애가 자라서 둘러업고 못 올라가니 깨워야…….

나: 제가 안아서 올릴까요? 저 아이 잘 안는데…….

부모님과 살았을 적에는 형네 조카가 집에서 함께 지내 안고 놀아 준 적이 많아 아이가 어렵게 느껴지진 않았습니다.

안: 흐흣, 아니에요. 그건 그렇고. 지금껏 손 책임님께 진 빚이 많은데 회사에서 커피만 사고 그럴 뿐이네요.

지난번에 그걸로 충분합니다.

문득 계단에서의 일이 떠올랐고 저도 모르게 몸이 흥분했습니다. 겨우겨우 진정을 시킨 뒤 아무렇지 않은 듯이 입을 열었습니다.

나: 뭘요. 바쁘시니까 그렇죠.

안: 오늘 막 커피도 배달시키고.

뭔가 의미 없는 핑퐁이 오갑니다. 고맙습니다. 아니에요. 어떡하죠. 괜찮습니다…… 의 반복. 그러자 안 책임님은 핑퐁을 정리합니다.

안: 언제 우리 집에 한번 오세요. 제가 밥 해 드릴게요.

나: 네??? 집에요? 밥이요?

엄청난 제안입니다. 밖에서 밥 먹자는 것도 큰일인데 집으로까지.

안: 나 음식 잘하는데. 언제가 될지 모르지만 한번 부를게요.

나: 아이고 음식까지야……. 밖에서 먹어도 되는데…….

안: 뭔가 밥 먹이고 싶어서 그래요. 따뜻한 거로. 겨울이니까.

우리 집에 한번 오세요.

우리 집에 한번 오세요.

우리 집에 한번 오세요.

이거 그린 라이트인가……. 라면 먹고 가요, 같은 건가? 그런데-.

밥 먹이고 싶어서 그래요.

밥 먹이고 싶어서 그래요.

이건 또 뭐지. 아, 이건 고단수다. 집에 초대할 이유를 분명하게 해서, 어떻게든 집으로 오게 만들려고 하는 건가.

/

어느덧 11월이 지나고 12월이 되었습니다. 연말의 어수선한 분위기를 뒤로하고 어머님이 다시 입원을 하시는 바람에 음주를 자제하며 조용하게 하루하루를 보내고 있었습니다.

안 책임님은 지난 집 초대 건 이후로 아무런 말도 없었습니다. 가끔 “아이고 미안해요. 바빠서.”라고 할 법도 한데 아예 이야기가 없어 혼자 몸이 달기만 합니다. 그렇다고 “밥 언제 해주실 거예요?”라고 먼저 물어볼 수도 없고, 애만 끓고 있는…….

그즈음 미국에서 유학 중인 베프급 여사친인 인혜가 잠시 한국에 왔다며 연락해 와서 만났습니다. 그녀는 과 친구로 그동안 연애 감정 1g도 없이 서로의 연애사까지 다 알고 있는, 주위에서 쟤네 저러다가 사귈 거 같다고 할 정도로 오랫동안 친하게 지내 온 친구입니다.

나: 사람 만나느라 바쁠 텐데 나한테 시간도 내주고 고맙다. 야.

인혜: 그냥 조용히 있다 가고 싶은데 잘못 연락하면 여러 명 같이 봐야 하고 그래서. 그냥 너랑 몇몇만 만나고 갈 거야.

나: 거의 끝나가지? 이제 박사 논문 디펜스할 거라면서 이렇게 와도 되는 거야?

인혜: 논문도 다 썼고 거의 지도 교수랑 이야기도 됐고…… 사실 계약서 사인하러 왔어.

나: 얼. 무슨 계약서?

인혜: 나 이번에 회사로 입사하게 됐어. 사실 이 회사에서 그동안 내 생활비 주고 있었는데. 이제 좀 오라면서 오퍼 줬어.

그녀는 한 회사가 유학 생활 초기에 학비와 생활비를 주는 조건으로 입사를 제안했고, 그동안 고민하다가 이번에 아예 들어오기로 마음먹었다고 했습니다.

인혜: 난 그냥 한국이 좋아. 어차피 교수하긴 영 글러 먹은 거 같고. 그냥 회사 가야지 뭐. 너 지내는 이야기 좀 해보자. 연애 안 해?

얼마 전까지만 해도 직장을 가네 마네 하더니 이제 자신의 이야기는 충분히 정리가 됐다며 황급히 연애로 화제를 돌립니다. 그리고 저는 기다렸다는 듯 안 책임님의 이야기를 했습니다. 안아 주고 그랬던 이야기는 그 감정을 설명하기가 어려워서 생략하고, 만나는 건지 안 만나는 건지 모를 애매한 관계라고만 이야기했습니다.

인혜: 헐. 유부녀라니. 이혼할 거 같다고? 이 자식 용기 있네.

나: 야, 근데 좋아하는 거 맞긴 한 건가. 잘 모르겠다.

인혜: 말은 놨어? 연상과의 관계에서 시작은 누나 빼고 이름 부르는 건데. 회사에서는 뭐라 부르고? 밖에서는?

나: 그냥 책임님…….

인혜: 아 뭐야. 사귀는 것도 아니네- 연인 사이에 책임님이 뭐야. 호칭부터 어떻게 정리를 하던 해야지. 손은 잡아? 너만 좋아하는 거 아니야?

나: 아니 손 안 잡아 봤…….

인혜: 뭐? 손도 안 잡아? 그럼 너 혼자 좋아하는 거네! 일단 몸이 친해져야지! 일단 분위기 만들어야겠네. 어떻게든 분위기 만들어서 자빠트리고 같이 누워야…….

아니, 얘가 무슨 희한한 얘기를.

나: 야! 네가 아무리 여사친이라도 눕네, 자빠지네 뭐 그런 소릴 내가 너한테 들어야겠냐. 응?

인혜: 난 여자로서 현실적인 이야기를 해주는 거야.

나: 하이고, 됐다. 네가 여자니 조언이라도 들을까 했더니. 하긴 너한테 조언을 들어서 잘 되었으면 지금까지 연애도 몇 번이나 하고 결혼도 했겠지. 됐어.

인혜: 딱 보니 엄청 좋아하는 것도 아니고만 뭐…….

도저히 키스까지 했다는 말은 할 수 없었고, 이야기는 자연스럽게 넘어가 버리고 말았습니다.

연말 시즌이었음에도 집안 사정 때문에 술 한잔 먹지 않고 버텼지만 오랜만에 친한 친구를 만난 탓이었는지 그날은 꽤 많은 술을 먹고 말았습니다. 인혜를 겨우 먼저 택시에 태워 보내고 저도 택시를 잡으려고 했지만 도무지 잡히지가 않았습니다. 결국 포기한 저는 비틀거리며 영하 10도의 거리를 걸어가기 시작했습니다.

“에이 씨. 개떡같이 춥네.” 이렇게 막 욕을 해대며, 거리에 침을 뱉으며 절 아는 사람이 보면 창피할 짓거리를 해댑니다. 그래. 쌍욕도 비틀거릴 때 해야 제맛이지.

안 책임님, 보고 싶어요…….

회사에서 말고 밖에서.

손도 잡고 싶고 그래요. 엉엉-. 왜 안 불러요. 집에 오라며…….

왜, 나는.

당신이 부탁하지 않으면, 당신이 말하지 않으면.

한 걸음도 못 가는 걸까요.

용기 내서 만나자고, 용기 내서 손잡고, 용기 내서 우리의 감정은 무엇이냐고 왜 묻지 못하는 걸까요.

사실, 저는 그 답을 알고 있습니다. 아이가 있는 여자로서 당신의 불안하고 방어적인 마음과 당신에게 쉽게 손 내밀지 못하는 나의 치사함 때문이라는 것을요.

그리고, 어느새 연말의 끝자락을 향하고 있었습니다.

/

금요일 밤 친구와 함께 술을 퍼마셔 놓고 주말 내내 뒹굴거리며 쓰러져 있을 요량으로 알람도 꺼두고 잤는데 일어나 보니 오전 여덟 시였습니다. 생각보다 정신도 말짱하고 속도 그리 나쁘지 않았습니다. 심지어 창밖의 새소리마저 청명합니다.

어제 집에 올 때만 해도 이미 속이 엉망이어서 토요일 내내 술병으로 뒹굴뒹굴하겠다며 제대로 씻지도 않고 대충 옷만 갈아입은 채 침대에서 이불만 둘둘 말아 껴안고 누웠는데 출근을 할 수 있을 정도로 말짱합니다. 술 마시고 집에 걸어온 것도 기억하고, 어디 전화하거나 문자 보내거나 하지 않았다는 것도 정확히 기억납니다.

아, 다행이다. 과거 전 여친들에게 술 먹고 전화하는 만행을 많이 저질렀는데, 정말 다행이라고 생각합니다. 나이를 헛먹지는 않았습니다. 안 책임님에게도 전화 안 했습니다. 문자도 안 했습니다!

하루 종일 잡아 놓은 약속도 없었고 부모님 집에도 갈 일이 없었습니다. 크리스마스가 가까운 연말의 주말치고는 너무 할 일이 없고 조용해서 오히려 너무 생경했던 날이었습니다. 침대 위 이불을 말끔히 펴고 세수를 하고 TV를 켜고 의미 없이 채널을 돌리다가 열한 시가 가까워졌을 때, 사우나 생각이 간절해져서 동네 사우나에 갔습니다. 면도도 안 하고, 머리도 헝클어진 채로요. 이를 닦았는지도 기억이 나질 않습니다.

어째 평소에 잘만 굴러다니던 에코백이나 주머니 가방도 안 보여 주방에서 겨우 어느 빵집 종이백을 찾아내 갈아입을 속옷과 양말만 던져 넣은 뒤, 걸어서 십오 분 정도 걸리는 두 블록 너머 떨어진 사우나를 향해 느긋하게 나섰습니다.

도시는 조용했고 몇몇 상점들만 막 열고 주말의 장사를 시작하려 하고 있었습니다. 어제의 방황과는 이상하리만치 차분하고 조용한 오전. 사우나에 도착해 키를 받아 들고 딱히 할 일이 없어 양말만 벗고는 평상에 앉아 신문을 읽기 시작했습니다. 그것도 일간 신문과 스포츠 신문 하나씩 천천히 정독을 하고는 옷을 로커에 벗어 던져 놓고 탕으로 들어갔습니다. 냉탕, 온탕, 열탕. 습식 사우나, 건식 사우나. 수압 마사지, 족욕. 온도별로 기능별로 별의별 곳을 맨몸으로 돌아다니며 조용한 사우나에서 시간 가는 줄 모르게 보냈습니다.

아무 생각이 없다. 아무 생각도 안 하고 싶다. 아. 지금이 너무 좋다.

조용한 사우나에서 망중한을 즐기다가 배가 고파져 탕에서 나와 라면이나 좀 먹을까 하여 사우나에 딸린 식당으로 가서 주문하고 옷을 천천히 입으며 TV에 다시금 시선을 주었습니다. 한쪽에서는 재방송 드라마가, 한쪽에서는 뉴스가 흘러나옵니다. 대충 한 귀로 흘려들으며 전화를 확인하려던 순간…….

부재중 1통.

[책임님.]

그리고 수분 후에 온 또 다른 문자.

[전화 안 받으시네요. 바쁘신가요…….]

……!

아……. 전화와 메시지가 온 지 벌써 한 시간이 훌쩍 지나 있었습니다. 주말에 무슨 일이지? 주말에 전화가 온 건 처음인데. 정말 급한 일인가? 아, 뭐지.

지금까지 안 책임님에게서 전화와 메시지가 같이 온 경우는 크게 두 가지였습니다. 제가 안 책임님이 필요하다고 연락하고 답이 왔을 때. 안 책임님이 제게 부탁할 것이 있을 때.

혹시 이번에는 후자일 것…… 인가?

주말에 메시지를 보낸 적도 거의 없었고 거기에 전화까지 한 적은 기억이 나지 않을 정도입니다. 그리고 문자를 쓸 때는 저렇게 말줄임표를 많이 쓰지 않는데 좀 이상했습니다.

우선 옷을 챙겨 입다 말고 속옷 바람에 전화부터 하기로 합니다.

나: 안 책임님! 전화하셨네요. 죄송해요. 이제야 콜백했어요.
안: ……아…… 저기…… 바쁘세요?

"바쁘세요?"라는 이 한마디를 할 때까지 한참을 머뭇거렸습니다.

그때랑 비슷하다. 부탁인가?

나: 아니요! 아니요! 안 바빠요! 제가 토요일 낮에 뭐가 바쁘겠어요!
안: ……음 ……저기.

계속 머뭇거립니다. 얼마나 어려운 부탁이길래.

나: 말씀하세요. 괜찮아요. 진짜!

약간의 정적이 흐르고…….

안: 저랑…… 잠시 시간 좀 보내 주실래요? 집이세요?
나: ……! 네. 저, 음. 헛……. 아니, 집은 아닌데. 아…… 저기. 어디세요? 어디서 만나면 되나요?

갑자기 허둥지둥 몸동작이 커지고 복잡한 마음이 그대로 드러나 이상한 말이 막 뒤섞여 나옵니다. 머릿속으로 어떡하면 될지 회로를 돌리는데 두뇌 회전이 잘 안 됩니다.

안: 저…… 지금 양재 근처인데요. 그냥…… 있어요.

나: 네? 지금? 양재요? 혹시 애랑 같이 계세요? 차 가지고 갈까요?
안: 혼자 있고. 그냥…… 어…… 차는 잘 모르겠어요…… 그냥…… 와 주시면 고마울 것 같아요.

목소리도 평소와 다릅니다. 안 책임님이 이렇게 앞뒤 없이 말하는 사람이 아닌데…….

나: 금방 갈게요! 기다리세요! 가면서 다시 전화할게요!
안: 네. 고마워요.
나: 금방 갈게요! 진짜 금방!

말은 금방이라고 던졌는데……. 농구화. 트레이닝복. 패딩 점퍼. 지갑엔 삼만 원. 카드 두 장. 속옷 넣은 쇼핑백. 집에 가야 하나? 너무 동네 모드인 옷인데. 그나마 여름이 아니길 다행이다. 하마터면 쪼리 신고 나올 뻔했는데 다행히 농구화였습니다.

차를 가지고 가는 게 편하지 않을까? 이 추운 겨울날에 밖에 걸어 다니게 하고 싶지 않은데. 생각이 막 뒤엉키며 판단이 잘 안 되었습니다. 연말일뿐더러 주말인데 강남에 차를 왜 가지고 가. 아니, 그래도 차가 필요할 수도 있어. 일단 추운 날이잖아. 그리고 둘이 만나는데……. 집까지 뛰어갔다 오면 그래도 시간 차이가 많이 안 나지 않을까. 아니야, 차가 문제가 아니라 옷이 문제인데. 집까지 택시를 탈까.

의식의 흐름대로 머릿속이 갈팡질팡하던 그 순간. 식당 배식구에서 누군가 외치는 소리가 들렸습니다.

"라면 나왔어요!"

지금 이 중요한 순간에 라면이라니. 라면이라니!

일단 바지만 입고 식당으로 향했습니다.

나: 아줌마. 제가 이걸 먹을 시간이 없는데요. 이거 그냥 아무나 드

시게 하세요.

아줌마: 아우. 그래도 돈은 내야지!

나: 아. 그럼요!

다시 뛰어 점퍼에서 지갑을 가져와 돈을 급하게 냈습니다.

아줌마: 아우. 이걸 누가 먹어. 그래도 먹고 가지-. 라면 먹는데 젊은 사람이 먹으면 오 분도 안 걸리는데.

나: 그러게요. 빨리 먹으면 일 분만에도 먹는데…….

어쨌거나 이게 문제가 아닙니다. 아무렇게나 벗어놓았던 옷을 급히 챙겨 입었습니다. 마음이 급해서인지 팔이 잘 안 들어갑니다. 그리고 여전히 생각들이 정리되지 않고 있습니다. 일단 가야겠다. 집에 뛰어갔다 나와도 이삼십 분은 더 걸려…….

헐레벌떡 짐을 챙기고 락커를 닫는데……. 아뿔싸. 속옷이 들은 쇼핑백은 어찌할 것인가…….

'손 책임님 오셨어요? 그 손에 들고 오신 건 뭐예요?'

'아…… 입던 팬티랑…… 저기…….'

'팬티를 왜 들고 오셨어요?'

아, 이러면 안 되겠다. 이건 그냥 버려야겠다. 입던 팬티를 여자 만나는데 들고 나간다니 안 될 말이지…….

쇼핑백 채로 파우더룸에 있는 쓰레기통에 던져 넣었습니다. 급하게 머리를 말렸는데 왁스도 뭐도 없어서 한참을 두리번거리다 마침 왁스를 바르고 있는 아저씨에게 손톱만큼 얻어 바르고, 냄새가 나쁘지 않아 스킨도 얻어 발랐습니다. 물론 그 와중에 "오우, 오늘 스타일 좋으십니다."라는 한마디도 잊지 않았습니다.

아! 이 닦아야 하는데. 여자를 만나는데. 이는 닦아야지. 그럼, 그럼. 급히 카운터로 뛰어가 칫솔 하나를 사서 또 아까 그 왁스 빌린 아저씨에게 치약까지 얻어 차인표 모드로 거칠게 이를 닦기 시작했습니다. 마음이 급합니다. 지하 주차장에서 저를 급히 부르던 때가 생각나 더 급해졌습니다.

뭔가…… 내가 진짜 필요한가 보다. 내가 필요하다는데 옷이 무슨……. 집에는 안 간다. 바로 양재로.

하늘이 돕는지 나가자마자 기가 막힌 타이밍으로 택시를 잡아탈 수 있었고 양재까지 내달렸습니다. 토요일 오후 두 시의 양재대로(경부 고속 도로 양재IC) 남부순환로 일대는 기본적으로 피해 가는 곳인데 저는 그 한가운데를 혈혈단신으로 개인택시와 함께 돌파해 내고 있었습니다.

나: 아저씨. 많이 막힐까요?

기사: 어우. 여기 공사 시작하고 나서는 뭐 맨날 이렇지. 여긴 주중이나 주말이나 맨날 똑같잖아요. 지금 시간엔 여긴 뛰어가는 게 빠를 때도 있는데.

나: 그래도 어떻게 안 될까요?

기사: 에이. 양재역에 언제까지 가야 하는데요?

나: 그냥 빨리요. 죄송해요. 어떻게든 빨리 가 주세요.

전성기의 루이스 피구 같은 택시 기사님의 신들린 끼어들기, 2002년 모드 이영표의 오버래핑을 보는 듯한 우측 버스 전용 차로로 파고들기, 그리고 추신수의 선구안에 비견될 만한 차선 선택에 힘입어 저는 예상보다 빨리 양재역에 도착할 수 있었습니다. 정말 팁 좀 더 드리고 싶을 정도로 고마운 기사님.

그리고 뛰어가는 길에 문자로 안 책임님이 계신 곳을 물었습니다.

[책임님. 저 가고 있는데 어디 계세요? 양재역 가까운 곳인가요?]

[어…… 역에서 조금 걸어왔는데 정확하게 얼마나 걸어와야 하는지 모르겠어요. 그냥 여기 커피숍 이름 보낼게요.]

저는 급히 안 책임님이 있다는 커피숍을 향해 뛰어가 문을 열고 들어섰습니다. 두리번두리번 한참을 찾다가 구석의 창가 자리에서 안 책임님을 발견했습니다.

아…….

작고 초라함. 그리고 가엾음.

늘 안 책임님을 보면서 화려하진 않아도 단아하고 침착하고 당당한 사람이라고 생각했는데. 지금은 완전히 다른, 아니 달라진 사람이 너무 작은 모습으로, 불쌍한 모습으로, 빛을 잃은 모습으로 커피 머그컵 하나만 두 손으로 잡은 채 창밖을 멍하니 보고 있었습니다.

커피숍 안은 제법 따뜻했습니다. 하지만 안 책임님의 모습은 한겨울 빙판길 위에 성냥불 온기를 의지하며 버티고 있는 성냥팔이 소녀 같습니다. 그저 힘겹게 앉아 있는 듯했습니다. 실내임에도 코트를 그대로 입고 있었고 목도리는 단정하게 둘렀으나 그 목도리 때문인지 더욱 움츠러들어 보였습니다. 날씨보다 더 탁한 회색빛의 니트. 귀걸이도 안 하고 화장기도 없이 머리끈으로 정리만 해둔 머리. 무엇보다도 눈이 퀭해 보여 무언가 심리적으로 매우 불안해 보였습니다.

그렇게 빛이 나며 도도한 걸음걸이마다 퍼지는 향기와 당당하게 펴진 어깨의 가슴선으로 저를 혼미하게 만들던 사람이 오늘은 왠지 작게 웅크려 비에 젖어 둥지에 숨은 새처럼 보였습니다.

도대체, 무슨 일이 있었길래…….

나: 책임님.

안 책임님 주위로 둘러싸여 있는 냉기를 겨우겨우 헤쳐내고 이름을 불렀습니다.

안: 오셨네요. 미안해요…… 주말에. 전화도 하고 그래서……. 만나자고 할 사람이 없었어요. 친구들은 다 애 엄마거나 외국에 있거나 해서……. 어……. 손 책임님밖에 없었어요. 정말. 미안해요.

나: 아니요, 전…… 좋았습니다. 전화해주셔서요. 늦게 와서 죄송해요. 그나저나 아이는…….

안: 저기…… 그게…… 음…….

평소와는 정말 다릅니다. 안 책임님은 평소에 저렇게 말을 하지 않습니다. 그러니까, '아, 저기…… 그게…… 음…….'과 같이 말을 잘 끌지 않고 분명하게 말하는 사람입니다. 하지만 오늘따라 무슨 일인지 계속 말을 주저하고 있었습니다.

안: 아이는 친정에 있고…….

아무래도 이야기가 길어질 것 같아 일단 맞은편에 앉았습니다.

안: 일이 있어서 왔는데. 일은 다 봤는데 집에는 가기 싫고, 근데 마음이 너무 힘들고…….

나: 무슨 일, 있으세요?

맞은편에 앉아 테이블의 공기를 덥혀보려 했지만 안 책임님의 주위는 여전히 싸늘하고 건조해 보였습니다. 잠시 점원에게 뜨거운 커피를 더 부어달라고 부탁하던 안 책임님은 이야기를 이어 갔습니다.

안: 이른 아침에 남편과 통화를 했어요. 저기 미국에 있는……. 제가 이야기했었나요? 남편, 미국에 있다고.

나: 네.

얼마 전, 전 여친 결혼식에서 안 책임님을 만나 같이 차에 탔을 때 남편 이야기를 조금 해준 것이 떠올랐습니다.

안: 남편, 지금 미국에 있거든요. 그리고……. 아이를 친정에 맡기고 방금 변호사를 만났어요. 친한 친구가 소개해 준 변호사인데…….

말이 두서없이 막 섞입니다. 변호사는 갑자기 왜?

나: 무슨 말씀 나누셨어요? 변호사는 왜요?

안: 흐음. 원래…… 이혼 이야기는 한참 전에 나왔지만. 사실…… 안 하길 바라는 마음이 남아 있어서 결정을 못 내리고. 그러다 오늘 갑자기 변호사를 만났어요. 토요일에 연락했는데 저 때문에 사무실에 나와 주고. 고마운 분이에요. 그분 사무실이 여기 근처여서요.

아, 이혼 이야기구나. 불안한 마음이 그대로 드러납니다.

안: 남편이랑 통화하고 뭔가 희망이 사라지는 느낌이 들어서……. 그래도 내가 매듭을 풀 수 있다고 믿는 부분이 있었는데 그게 없어져 버렸어요.

나: 변호사를 만나신 거면…… 소송하고 그러시는 건가요?

안: 소송은 안 하지 싶은데…… 재산이나 양육권 다툼이 있거나 그러진 않아서……. 아니, 거기까지 사실 생각도 못 하고 있어요. 변호사는 소송 안 할 수 있으면 하지 말라고 하고.

나: …….

점원이 다가와 이야기가 잠시 끊겼습니다. 점원은 커피를 리필해 주곤 저에게도 메뉴판을 주며 주문을 권합니다. 그 앞에서 뭘 먹을까 고르고 있는 것도 웃기고 마시고 싶은 것도 딱히 없어 그냥 메뉴를 보지도 않고 주문했습니다.

나: 저 그냥 아메리카노 한 잔 주세요.

점원: 따뜻한 거 드릴까요. 차가운 거 드릴까요.

나: 따뜻한 거요.

점원: 저희가 프로모션으로 쿠키나 케이크 주문하시면 바로 주문 가능한 음료 쿠폰 한 장 드리고 있습니다!

아. 그냥 빨리 가세요. 이야기가 끊겼어요.

나: 아니, 아니요. 그냥 커피만 주세요. 커피만.

서둘러 점원을 보내고 끊긴 이야기를 이어갔습니다.

나: 그래서요?

안: 얼마 전에 정말 크게 싸우고 나서 마음이 상하곤 이제 정말 원래대로는 못 돌아가겠다는 생각이 들었어요. 그리고 며칠 전, 한국 시각으로 금요일 밤에 통화하자고만 서로 정해 놓고 남편 전화를 기다렸고요. 저는 너무 중요한 이야기를 하게 되는 거니까 어떻게 이야기를 해야 할지 정말 몇 날 며칠을 고민하고 했는데…….

나: 통화를 밤새 하셨어요?

안: 아니요…… 흠. 전화가 안 와서 계속 기다리다가 결국 새벽이 다 되어 통화를 했는데 아침이 되어서도 못 잤어요. 따로 산 지도 좀 되었고 이혼에 대해 머릿속으로 충분히 그렸다고 생각

해서 전 차분하고 이성적으로 대할 수 있을 거라고 생각했지만……. 남편이 너무 건성으로 이야기를 해요. 늦게 전화한 것도 무슨 일이 있어서라는데 골프 치고 온 것 같더라고요. 너무…… 밉고 속상하고……. 겨우 정신을 부여잡고 대화를 시작했는데 너무 건조하게 처음부터 변호사 이야기가 나오고 그러니 마음에 막 상처가 되고. 너무 힘드네요.

나: …….

안 책임님은 커피를 한 모금 마신 뒤 다시 이야기를 이었습니다.

안: 어떻게 사람이 그럴 수 있는지. 속상한 마음에 전화를 끊었는데 순간 정신을 차려서 뭔가 해야겠다는 생각이 들었어요. 황망한데 뭔가는 해야 한다는 마음만 있고, 뭘 해야 할진 몰라서 일단 아침부터 변호사에게 급히 전화해서 만나고 나니 너무 기분이 안 좋네요. 인생이 갑자기 엉망이 된 거 같아요.

이럴 땐 뭐라고 해주어야 할까요. 아, 힘드시겠어요. 이런 말을 하면 위로가 되는 걸까요. 뭐라고 해줄 말이 없으니 그저 안타까운 눈으로 안 책임님만 가만히 볼 뿐이었습니다.

안: 미안해요. 손 책임님 앞에서 이런 이야기 늘어놓아서…….

나: 아니에요. 얘기해 주셔서 고마워요. 전…… 진짜…….

안: 남편에 대한 감정은 정말 옛날에 다 날아가 버리고 책임감으로 살았는데. 누구는 결혼 생활이란 게 원래 이런 거라고도 하지만…… 이러고 사는 게 옳은 것도 아닌 거 같고. 남편은 이미 날 버린 거 같은데 왜 나는 감정도 없이 애를 쓰나 이런 생각도 들고.

누군지 만나 본 적도 없고, 자세히 이야기하지 않아 남편이 어떤 사람인지 알 수는 없었지만 막연한 적의가 생겼습니다. 당신 참 나쁜 사람이군요. 밤새 전화를 기다리게 해 놓고는 한다는 말이 이혼이라니.

안 책임님은 또 한숨을 내쉬고 커피를 마십니다. 눈과 얼굴은 잠 한숨 못 잔 불안한 마음을 그대로 드러내고 있었습니다. 카페인이 교감신경을 자극하여 피곤하지만 잠은 오지 않는, 그런 상태겠지요. 불안정한 심리와 카페인으로 심장은 불안하게 뛰고, 무엇을 해도 누구를 만나도 편하지 않을 듯한. 안 책임님이 어떤 상태인지 아주아주 조금은 알 것 같았습니다.

아침도 점심도 안 먹었을 게 뻔하고. 저를 만나기 전까지 커피만 몇 잔을 먹고 있었을지 가늠도 안 됩니다. 벌써 시간은 오후 2시를 훌쩍 넘기고 있었습니다. 지금 커피숍에서 계속 커피만 마시며 이야기를 들을 것이 아니라는 생각이 들었습니다. 안 책임님의 마음이 힘들기도 하고 피곤하기도 할 테니 계속 앉아 이야기하기는 더더욱 힘들어 보였습니다.

데리고 나가자. 무엇을 하든 여기서 마냥 이야기만 한다고 위로가 되겠나. 이것이 화성에서 온 남자의 한계인가. 이야기를 들어준다고 위로가 되겠는가……. 거기까지가 생각의 최대치였습니다.

나: 배 안 고프세요? 뭐 좀 드시겠어요?

안: 배는 안 고픈데…… 어딜 가나요. 나 정말 오늘 뭐 할지 잘 모르겠어요.

빨리 생각해 내야 한다. 무엇이든 빨리.

하지만 막상 갈 곳이 쉽사리 떠오르지 않습니다. 맛집을 꿰고 있어 여긴 이 집, 무슨 메뉴엔 저 집, 바로바로 척척 나오는 사람들이 부러웠습니다. 겨우 기억에 기억을 짜내서 떠오른 한 집.

그래, 따뜻한 걸 먹이자. 이 정도면 좋은 아이디어.

나: 일단 나가요, 우리. 요 옆에 작은 일식집 우동이 맛있는데 우동 드실래요?

안: 우동……. 음…… 그래요. 아무튼 나가요. 그런데…….

그 순간 커피가 나왔습니다. 나가자고 말까지 해 놨는데…… 오늘은 시켜놓고 못 먹는 날이구나. 라면도, 커피도.

안: 아. 저기 커피는…….

버리긴 아까우니까 한 모금 후루룩 마셔버렸습니다.

나: 빨리 나가요.

의자에 걸어 놓은 패딩 점퍼에 팔을 끼워 넣고 드르륵 의자를 밀어 넣었습니다. 커피는 애초에 마시고 싶었던 것도 아니었으니 재빨리 계산하고 나왔습니다. 가려는 일식집은 멀지는 않아서 좀 춥더라도 빨리 걸으면 괜찮을 것 같았습니다.

뜨거운 국물. 봐서 우동이나 나베 같은 기름지고 따뜻한 무언가를 시켜 먹으면 속이 좀 풀리겠지. 지금 빈속에 들이켠 커피부터 좀 어떻게 해줘야겠다. 그런 생각으로 일식집에 들어섰는데…….

하이고. 아직 안 열었습니다. 원래 토요일 점심에 쉬는 음식점인가? 하필이면……. 무슨 음식점이 토요일 점심에 영업을 안 해. 낭패도 이런 낭패가. 아 어쩌지……. 난감한 얼굴을 하고 있는데 안 책임님이 말을 건넵니다.

안: 저 배 안 고파요. 괜찮아요, 우동 안 먹어도. 그보다 책임님이

배고프실 거 같은데……. 다른 거 먹으러 갈까요.

나: 아니. 저도 지금 식당 찾으러 길거리 헤맬 정도로 배고프진 않아요.

사실 배고픕니다…….

나: 저기 그럼…… 음. 영화나 연극 보실래요?

야아. 고작 생각한다는 게 영화나 연극이냐.

안: 나 저녁까진 못 있어요. 애 데리러 가야 해요.

아. 또 딸내미.

나: 영화보다 연극은……. 그래, 연극 좋겠다. 주말엔 오후에도 있어요. 지금 빨리 가면 될지도 몰라요. 연극 괜찮죠?

분명 연극이 내키지 않는데 이상하게 말로는 연극을 밀고 있습니다. 어쩌면 안 책임님을 앞에 세워 두고 계속 이야기만 들어주는 것으론 기분을 나아지게 할 자신이 없던 것 같습니다. 배가 이렇게 고픈데도 불구하고-아까 사우나에서 시키고 못 먹은 라면 생각을 한 번 더 하면서- 뭐든 하자고 할 수밖에 없었습니다.

또 한편으로는 안 책임님의 상태가 무언가를 선택하고 그럴 정신이 있는 것도 아니었습니다. 제가 그냥 제안하는 것이 안 책임님에게 위로가 되기를, 마음이 좀 나아질 수 있기를 바랄 뿐이었습니다. 마음 같아서는 롯데월드 어드벤처에 가서 놀면 기분 전환이 되지 않을까 했는데 왠지 오늘 같은 날은 줄만 내내 서다 저녁이 될 것만 같았습니다. 이렇게 피곤한 사람을 데리고 그런 곳을 가는 것이 내키지 않기도 했고요.

어디 가서 좀 재우면 좋겠는데. 잘 데 없다고 부른 것도 아닐 테고. 지금 뭘 해야 좋겠다는 생각과 결정은 마치 하이젠베르크의 불확정성의 원리*와도 같았습니다.

안: 연극이요? 아. 연극…….

역시 예상대로. 오늘 무언가를 선택하려는 의지와 판단력이 완전히 상실된 상태였습니다. 뭐든 내가 끌고 가야겠다. 뭐가 되었든. 우유부단으로 따지자면 언제나 1등이었던 저였는데, 오늘 수없이 많은 결정을 하고 있었습니다.

나: 일단 가요. 대학로 가요. 빨리.

연말에 심지어 토요일 이 시간에 한남대교를 건너 장충동 쪽으로 가는 것이 괜찮은가 싶었지만 이미 택시를 잡아탄 상태였고, 아니나 다를까 강남역도 못 가서 막히기 시작합니다. 아 모르겠다. 또 기적을 바랄 뿐. 전 택시 안에서 스마트폰을 꺼내 급히 표를 예매하기로 했습니다. 옆에 앉은 안 책임님은 오늘 같은 날 어깨에 좀 기대도 될 텐데 손을 가지런히 모은 채 창밖 너머의 강만 그저 가만히 바라봅니다.

어느새 차가 겨우 빌딩 사이를 벗어나 한남대교에 진입했고, 오후의 볕이 안 책임님의 얼굴을 덥혔습니다. 안 책임님은 햇빛을 피하지 않고 눈을 감은 채 그대로 볕을 쬐고 있었습니다. 저 햇볕에 잠시나마 안 책임님의 불안함과 쓸쓸함이 녹길 바랐습니다.

택시는 계속 달려 남산 1호 터널을 지나 남산 길을 돌아 장충동 국립극장 앞을 지나고 동대문을 거쳐 혜화동에 도착했습니다. 택시에

* 물리량을 정확하게 측정하는 것은 불가능하다는 원리. 쉽게 말해서 '자 사진 찍는다!' 하고 사진을 찍으면 항상 보던 자기 얼굴이 아니라 이상한 얼굴이 나올 수밖에 없는 것과 같다. 여기서는 뭘 할지 도저히 알 수 없다는 마음을 표현하려고 써 봄.

서 내리자마자 한기가 엄습하여 빨리 어디든 실내에 들어가고 싶어졌지만 연극 시간까지는 아직 삼사십 분 남짓 남았습니다.

나: 어디 들어가서 뭐라도 좀 드실래요?

안: 네…… 그래요.

말은 일단 던졌는데 생각나는 것이 없습니다.

나: 식사를 하기엔 시간이 좀 그렇고…… 뭐 드시고 싶은 거 없으신가요?

안: …….

물어볼수록 계속 난처한 상황이 생길 것 같아 그냥 적당히 알아서 정해 데리고 다녀야 될 것 같았습니다. 저까지 우울해하며 힘든 사람 옆에서 덩달아 심각해지면 안 될 거 같아 아무 말이나 막 합니다.

나: 이야- 개그 콘서트를 아직도 하네. 요즘에도 보는 사람들이 있으니까 대학로 공연도 하겠죠? 마로니에 공원에서 헌팅 해보셨어요? 십 년도 더 된 이야기네. 아아, 십 년이 뭐야. 월드컵 하기도 전인데.

안: …….

안 책임님은 말없이 희미한 웃음을 짓습니다. 평소 같았으면 같이 옛날이야기를 하면서 박장대소했을 텐데…….

나: 캠브리지 아세요? 모둠 안주! 4번 출구 맞나? 아닌가? 아무튼 성대 가는 길 입구에 있는 캠브리지. 거기서 미팅 많이 했는데.

왜 이십 년 전 아재 추억을 늘어놓기 시작하는 거니……. 안 책임님은 여전히 억지웃음을 짓습니다.

안: …….

나: 어. 저쪽으로 갈까요? 저기서 무엇이든 좀 먹어요.

어이없지만 우리는 딱히 창의적인 선택도 하지 못한 채 핫도그 집에서 큼지막한 핫도그를 두 개 시켜 먹었습니다. 못 먹고 나온 라면 한 그릇이 계속 아른거리며 배고팠던 저는 핫도그를 순식간에 흡입했으나 안 책임님은 한 입 먹더니 식도를 거쳐 위로 가기도 전에 입에서 다 녹아 없어지도록 한참을 씹고 있었습니다. 굳은 표정으로 겨우 한 입 베어 물은 핫도그를 가만히 들고만 있습니다.

나: 저기, 맛없으세요? 딴 거 먹을까요? 와플 같은 거 드실래요?

안: 아니에요. 그냥 안 먹히네요. 미안해요…….

배가 고픕니다. 그리고 이 심각한 분위기를 깨고 싶습니다.

나: 엇. 그럼 제가 먹어도 돼요?

제가 왜 그랬는지 잘 모르겠습니다. "제가 먹어도 돼요?"라니.

안: 제가 한 입 먹은 건데…….

나: 제가 먹을게요! 주세요!

머뭇거리는 사이 손에 들고 있던 핫도그를 빼앗아 일부러 안 책임님이 먹은 부분부터 크게 베어 물었습니다. 당신이 쓰고 있던 수저도 난 쓸 수 있고 물고 있던 빨대도 쓸 수 있다. 우리는 입도 맞추었는데 무엇이 신경 쓰이겠나.

핫도그 두 개를 뚝딱 먹고 포만감에 젖게 되었지만 아무래도 걱정이 됩니다. 이 사람 이러다 쓰러지는 거 아닌지. 두 끼 안 먹었다고 쓰러질 사람이 아니긴 하지만 아무거나 가리지 않고 잘 먹고 회사 식당 밥을 늘 맛있게 먹던 사람이 다른 모습을 보이니 아픈 건 아닌가 하는 생각도 들었습니다. 더구나 빈속에 커피만 들었을 텐데.

다시 소극장으로 발을 옮기는데 연극을 보기로 한 것이 좋지 않은 선택 같다는 생각이 들기 시작했습니다. 보기로 한 연극은 신나는 작품이라 많이 웃을 수 있다는데, 지금 분위기로 보면 모두가 박장대소할 때 우리 둘만 굳은 표정으로 앉아 있을 것만 같았습니다. 물론, 선택할 당시엔 기분 전환을 할 수도 있지 않을까 싶어 골랐지만 갑자기 저의 우유부단함이 머리를 내밀며 마음을 어지럽히기 시작했습니다.

어떡하지. 어떡하지. 속만 태우다가 쉽게 결정을 못 내리고 공연장 앞까지 걸어온 저는, 안 책임님의 표정을 보고 결단을 내렸습니다.

나: 안 책임님. 우리, 연극 보는 거 말고 다른 거 해요.

다른 것을 하자는 제안에 안 책임님은 힘주어 거부하진 않았지만 '이제 뭘?' 하는 표정으로 천천히 입을 뗐습니다.

안: ……왜요? 보고 싶은 거 아니었어요?

나: 안 책임님도 연극을 보고 싶은 건 아니었죠? 저도 사실 그래요. 그냥 기분 전환하려고 보려는 건데.

안: 사실…… 연극이 보고 싶은 건 아닌데. 달리 하고 싶은 것도 없어요.

나: 어……. 그러면.

그렇게 또 머릿속으로 어딜 가지 헤매는 순간.

안: 그리고 사실. 좀 추워요.

춥다는 말에 마음이 더 급해졌습니다. 빨리 어디든 가야했습니다. 그럼 그냥 연극을 보자고 할 뻔하다가 그런 우유부단한 말은 차마 할 수 없었습니다. 생각나는 거라곤 또 커피숍밖에 없습니다. 뭐든 빨리 생각해 내야했습니다. 그래요. 누구는 '모텔이라도 데리고 가야지! 으이구! 다 큰 어른이 왜 그래! 춥다잖아! 바보야!'라고 할지 모르지만. 저는 지금도 모텔은 아니었다고 믿어요. 정말 아니라고.

그때였습니다. 저 멀리 골목에서, 만화방 간판이 보였습니다. 만화방. 따뜻하고 편한 의자가 있는 곳. 아- 그래. 저곳이 나를 살리는구나.

나: 만화방 가요! 최근에 만화방 가 보셨어요? 완전 좋아요. 옛날처럼 담배에 찌들어 있고 그런 데 아니에요.

안: 만화방이요? 가 본 지 이십 년은 된 거 같은데…… 그래요, 그럼. 어…… 그러면 연극 표는 어떻게 해요?

나: 취소하면 되죠! 얼른 가요. 저도 너무 추워요. 아 춥다!

사실, 이미 연극 표 취소 가능 시간은 지나버렸습니다.

오늘은 정말 라면이나 커피나 다 뭐가 안 되는 날이구나. 하지만 아까워 말자……. 우유부단이라면 어디서든 순위권에 드는 저는 일부러 대담한 척, 결단력 있는 척을 합니다. 아. 모르겠다. 그래, 연극 보러 갔다가 재미없으면 중간에 나오기도 힘들어.

하지만 만화방이 있는 빌딩에 다다른 순간, 자리가 없으면 어쩌지…… 싶은 걱정이 슬며시 올라옵니다. 연말이고 토요일이고 춥고. 저녁이 되지 않은 애매한 시간이고 누구든 만화방을 생각할 수 있는 때였습니다. 다시 말해 그다지 창의적인 선택은 아닐 수도…….

그러면, 망하는 거다. 만약…… 다시 발걸음을 돌려, 또 몇 분 동안 영하의 추운 날씨를 걸어 연극을 보러 갔는데 이미 막이 올라 못 들어간다며 막고, 우리는 갈 데가 없고. 그때 고작 한다는 말이, "너무 추우니 어디 모텔이라도 잠시 들어가서 몸을 녹일까요?" 그리고 그 말에 안 책임님은 "이러려고 끌고 다녔어요?"라고 화를 내며 가버리며 우리의 관계는 끝이 나겠지…….

빌딩 현관에 들어서는 십 초도 안 되는 시간에 별 미친 상상을 하다 보니 엘리베이터가 도착했습니다. 만화방 문을 열고 들어가자 카운터 직원이 난감한 표정을 짓습니다. "커플석 이용하실 건가요? 지금 자리가 없……." 좌석 표시가 된 스크린을 살펴보더니 말을 흐립니다. 아. 낭패인가. 울고 싶어진 그때.

정말, 정말 감사하게도 교복 입은 여고생 둘이 막 자리에서 일어나 나오고 있었습니다. 야아. 정말 하늘이 날 돕는구나. 하나님 감사합니다! 정말. 교회 잘 나갈게요. 십일조도 진짜 할게요! 마음속으로 감사함이 분수처럼 솟아오르면서 카운터 알바와 이 학생들을 안아 주고 싶었습니다. 야. 너희들 진짜 예쁘다. 얼마 나왔다구? 야, 이 오빠가 내줄게. 라면이랑 커피? 과자도 먹었어? 저기, 얘네 먹은 거 계산하지 말고 제 앞으로 달아 놓으세요. 야아- 너네 또 먹고 싶은 건 없니? 핫바 하나씩 들고 나갈래……?

그렇게 마음속으로만 계산해 주고 젊은 알바의 안내에 따라 커플석에 앉았습니다. 우와- 이건 커플석이 아니라 커플 방이네. 주위의 시선이 적당히 피해질 정도의 파티션이 세워져 있어 안정된 느낌을 받을 수 있었고 깔끔하게 잘 정돈된 소파 위에 놓인 깨끗하고 푹신한 쿠션을 보는 순간 마음이 편안해졌습니다. 일단 따뜻하고 조용하고, 신발도 슬리퍼로 갈아 신어 발도 편하고, 담요도 주고. 아 잘 골랐다. 다행이다. 정말.

안 책임님도 좀 편안해하는 눈치입니다. 전 〈도박묵시록 카이지〉를 골랐고 안 책임님께 뭘 골라 줄까 생각하고 있었는데 뜻밖에도 안 책임님은 〈20세기 소년〉을 한 아름 책장에서 빼고 있었습니다. 뭔가를 보고 싶다고 느끼고 고른다는 건 어쨌든 좋은 신호입니다.

안: 나 이거 젊을 때 봤는데 완결을 봤는지 기억이 안 나요. 몇 권까지 봤는지 기억도 안 나고. 이거 완결이 나긴 난 거죠?

완결이 매우 실망스럽습니다. 안 보셔도 되는데…….

나: 아, 저도 좋아해요. 그 만화.

음료를 기본으로 시켜야 한다고 해서 주스 하나 콜라 하나를 시켜서 푹신한 소파에 앉아 다리를 스툴 위에 올리고 만화를 보기 시작합니다. 안 책임님은 어느 책의 중간부터 보다가 그다음 책을 봤다가 왔다 갔다 하는 걸 보니 어디부터 안 본 건지 기억이 잘 나지 않는 듯합니다. 핸드폰을 보기도 하고 멍하니 앉아 있기도 하는 걸 보니 만화책에 별로 집중을 못 하는 것 같습니다. 재미가 없나. 다른 걸 골라 줄까 싶다가도 보아하니 만화책을 아예 모르는 것 같지는 않습니다.

어쩌면 무엇을 보며 집중할 마음이 없는 게 아닐까 싶기도 합니다. 안 책임님은 잠시 그러다 두 발을 소파 위로 올려 옆으로 앉아 무릎에 덮었던 담요를 허리까지 덮더니…….

안: 책임님.
나: 네. 만화 재미없어요? 다른 거 추천해 드릴까요?
안: 아니요. 저기…… 어깨 좀 빌려주실래요. 저 좀 기댈게요.

……!

나: !!! 네……!

그리고 안 책임님은 자기 시작합니다.
이 사람이 내 어깨에 기대어, 자고 있다.

내가 필요하다 했고, 내 옆에 기대어 있다.

처음 안 책임님의 손을 잡아 주었던 것이 생각났고, 안 책임님이 저를 안아 주었던 것이 생각났습니다. 어깨를 안아 주려고 손을 올렸는데 안 책임님의 목과 상체가 어깨에서 아래로 스르르 내려가더니 이젠 저의 다리를 베고 누워 있습니다.

오늘 많이 괴롭고 힘들었던 사람.

지금 이 짧은 시간이라도 곤히 잘 수 있다면,

그래서 이 사람이 시름에서 조금 벗어날 수 있으면 좋겠다.

숨소리가 점점 고르게 들리고 들숨과 날숨에 가슴이 오르내립니다. 만화방의 조명은 책을 읽으라고 해둔 것이니 제법 밝아 이 빛이 안 책임님의 눈을 어지럽히면 깊이 못 잘 것 같다는 생각에 손 그늘을 만들어 주었고, 다른 한 손에 있던 만화책을 내려놓고 머리를 쓰다듬다가 가만히 얹은 채 속으로 기도 아닌 기도를 했습니다.

겨울밤을 꼬박 새운 불안한 마음으로 아침에 애를 깨워 친정에 맡기고, 가족이라는 단어가 흩어지는 말을 듣고 변호사를 만나 마음이 힘들어 나를 찾은 이에게 평화를 허락해 주십시오.

당신.

깊이, 편안하게 자길.

매사 전력을 다해 뛰며 일하고, 빈틈을 보이지 않으려 허리를 편 채 걸으며 몸과 마음에 단 한순간의 휴식도 허락하지 않으려 짧은 시간에도 운동으로 몸을 혹사하는 당신……. 지금은 아이 생각도 잊고 편히 잘 수 있었으면 좋겠다. 어떤 논리나 사유나 개념도 없는 그런 평온함이, 당신에게 허락되면 좋겠다.

정말로, 간절히.

거의 세 시간 가까이 곤히 잠들었던 안 책임님이 깨어났고, 그제야 얼굴에 혈색이 조금 도는 것도 같습니다. 때마침 옆 좌석에 새로운 사람들이 오면서 조금 소란스러워지자 부스스 일어납니다.

나: 더 주무세요.

안: 나 얼마나 잤어요. 아 벌써 시간이…… 어떡하지…….

핸드폰을 꺼내 어디론가 메시지를 한참 씁니다. 그리고 깊은 한숨. 아마도 친정집이 아니었을까. 안 책임님은 슬리퍼를 주섬주섬 신더니 카운터로 갑니다.

안: 음식은 어떻게 시키면 되나요?

알바: 주문하시면서 좌석 카드 주시고, 나가실 때 한꺼번에 정산하시면 됩니다.

그리고 다시 또 부스스한 얼굴과 함께 걸어와서는 손을 내밉니다.

안: 책임님. 좌석 카드 좀 주세요.

나: 어- 뭐 드시려고요?

안: 나 뭐 좀 먹을게요. 책임님도 뭐 드실래요?

나: 라면 하나 먹을게요. 시켜 주세요.

아, 다행이다. 음식이 먹고 싶다는 건 사람이 살아났다는 증거이니까. 그제야 저도 자리에서 일어나 졸래졸래 안 책임님 뒤를 따라갔습니다. 안 책임님은 메뉴를 죽 훑어보더니, 음식을 시킵니다.

안: 치즈라면 하나 끓여주시겠어요?

그러더니 돌아보며 제게 묻습니다.

안: 그냥 라면이요?

나: 어. 저는 만두라면.

안: 저기, 만두라면도 하나 주세요.

그리고 머리를 손으로 뒤로 쓸고 모으더니,

안: 저기, 언니 혹시. 머리 묶을 만한 거 있을까요? 그냥 노란 고무줄 같은 거라도.

알바: 아. 그냥 고무줄은 없고 제가 쓰는 거긴 한데 고무줄 머리끈 하나 드릴게요. 이거 쓰세요.

안: 정말 고마워요.

선한 사람. 세상에는 모르는 사람에게 이렇게 호의를 베풀며 마음을 데워 주는 착한 사람들이 있습니다. 안 책임님이 주문을 마치고 화장실에 가자 저는 카운터로 가서 알바에게 고마움을 표현했습니다.

나: 저기…… 머리끈 고마워요.

알바: 뭘요. 몇백 원 안 해요. 더구나 제가 쓰던 건데.

나: 혹시 뭐 드실래요. 저녁은 드셨어요? 뭐 좀 드세요. 음료라도 제 앞으로 달아 놓고.

알바: 에이. 아니에요. 여기 사장님 제가 먹는 거 뭐라 안 하셔서 괜찮아요. 정말 괜찮은데…….

당신은 참 좋은 사람이군요. 당신의 젊음에 밝은 날이 많이 있기를. 이따 나갈 때 알바에게 꼭 사례를 해야겠다고 마음먹습니다.

자리에 돌아와 앉아 조금 있자 화장실에 갔던 안 책임님이 돌아왔습니다. 머리를 묶고 나왔는데 아까와는 조금 다른 사람이 되어 있었습니다. 마침 주문한 라면이 나왔고 안 책임님은 테이블에 트레이를 놓고 앉아 왼손에 숟가락을, 오른손에 젓가락을 들고 천천히 먹기 시작했습니다. 마음이 비었고 배 속도 비어 축축한 위안이 필요할 때였습니다. 면의 기름이 국물로 스며져 나오고 녹은 치즈와 매운 스프가 강하게 결합하여 빈창자와 마음을 위로합니다. 오후 내내 긴장했던 마음이 라면으로 풀어지는 것 같아 좋았습니다.

덴마크의 공주가 라면을 먹었으면 이렇게 먹었을까. 절제된 젓가락질로 절제된 양의 라면을 입안에 넣고, 면을 끊는 일 없이 능숙하게 면발의 마지막까지 입에 넣고는 국물을 한 숟갈 떠서 천천히 소리 내지 않고 먹습니다.

어느새 조용히 라면 한 그릇을 먹고 난 안 책임님은 휴지로 입을 꾹꾹 닦더니 이제 가야겠다고 합니다. 여전히 말은 없지만, 여전히 표정은 굳어 있지만, 얼굴에 조금 생기가 도는 것 같습니다. 저도 밤에 잠을 못 자고 일어나 반나절 굶은 사람을 조금이나마 재우고-겨우 라면이긴 하지만- 밥을 먹인 거 같아 조금 마음이 편합니다. 밥은 먹인다는 마음이 이런 건가.

나가면서 카운터에서 정산을 하려 했는데 아까의 알바는 저 멀리에서 책을 정리하고 있고 다른 사람이 계산을 합니다. 아, 고맙다고 뭔가 표현을 해야 하는데……. 머리끈 값이라도 주고 싶은데……. 머뭇거리고 있는데 그 알바와 안 책임님이 눈이 마주쳤습니다. 장갑을 끼고 만화책을 든 착한 알바가 인사를 꾸벅했고 저희도 가볍게 목례를 했습니다. 연말 잘 보내세요. 고맙습니다.

만화방에서 나와 엘리베이터를 기다리는데 발밑에서 올라오는 찬바람에 금세 몸이 추워집니다.

안: 아이 데리러 친정에 가야겠어요. 갑자기 맡기고 나와서 마음이 많이 불편하네요. 평소에 잘 안 맡기는데…….

나: 어디에요? 같이 가 드릴게요.

추운 날 혼자 보내고 싶지 않았습니다.

안: 음, 네. 그냥 오늘은 좀 폐를 끼칠게요. 고마워요.

전 대답 대신에 대로변으로 나가 택시를 잡았습니다. 안 잡힐까 조금 걱정했는데 다행히 내리는 사람을 발견하고 택시를 붙잡았습니다. 오늘 같은 날은 막힐 것이 당연하지만 지하철이나 버스를 타고 싶지는 않았습니다.

라디오에서는 연말을 알리는 노래들이 나오고 디제이들은 평소보다 한 톤 높게 들뜬 분위기를 전합니다. 크리스마스 전 마지막 토요일이었습니다. 책임님의 친정은 다시 강을 건너 내려가야 했습니다. 이번에는 동호대교를 건넙니다. 아까 택시에선 등을 보인 채 겨울의 한강을 혼자 가만히 바라보며 눈을 감더니 지금은 제 어깨에 기대어 있습니다. 하지만 제 팔을 빼내서 어깨를 안아 줄까 고민하는 사이, 택시는 안 책임님의 친정 동네에 도착해버렸습니다.

그냥 안아 줄걸. 왜 고민했을까.

안: 오늘 고마웠어요. 아니, 고마운 정도가 아니라…… 뭐라 표현해야 하지. 정말 고마워요.

나: 솔직하게 말하자면…… 전화 주셔서 고마웠어요.

안: …….

안 책임님은 잠시 머뭇거렸습니다. 할 말이 있는 것 같지만 쉽게 꺼내지 않았습니다.

나: 들어가세요. 너무 춥네요.

안: 들어갈게요. 일요일 잘 쉬세요.

나: 저기…….

뭐라고 이야기해야 오늘을 잘 마무리하는 걸까요.

나: 연락, 주세요.

뭔가 하고 싶은 말. 듣고 싶은 말. 하면 안 되는 말. 해도 의미 없을 말. 그 모든 말이 모두 엉켜 결국 대화의 마지막을 희미하게 만들고 말았습니다.

안 책임님을 데려다 주고 혼자 집으로 돌아 가는 길은 추웠습니다. 어제보다 기온이 더 내려갔지만 손을 일부러 주머니에 넣지 않고 주먹을 쥔 채 걸었습니다. 어제의 비틀거림과는 다르게 두 발로 딛는 단단한 보도블록을 느끼며, 나의 감정과 나의 의지 그리고 '용기'에 대해서 생각하기 시작했습니다.

/

크리스마스.

거리를 오가는 연인은 캐럴을 배경 음악으로 미끄러운 눈길을 핑계 삼아 서로를 껴안으며 즐거운 비명을 지릅니다. 싱글로 크리스마스를 지내면 안 된다는 악착같은 생각과 이를 아예 포기하고 아예 성탄 특집 TV 편성표부터 챙기는 처연함이 공존하는 이 시기.

저에게 이번 크리스마스는-아니 저번 크리스마스도- 조용히 지나갔습니다. 제 연애는 희한하게 크리스마스를 비껴가는 경우가 많아 딱히 기억에 남는 크리스마스가 없었습니다. 크리스마스 직전에 헤어졌거나, 비교적 길게 만난 전 여친과도 크리스마스면 기가 막히게 싸우거나 헤어져 있었던 경우가 태반이었습니다.

이 해의 크리스마스도 그냥 별일 없이 보냈습니다. 크리스마스를 며칠 앞두고 데이트라 하기엔 이상하지만 데이트 이상의 감정을 나눈 일을 겪었고 내심 다른 감정으로 안 책임님을 만날 일이 있지 않을까 했습니다. 하지만 그 주말 이후로 크리스마스를 끼고 연락이 잘 안 되었습니다.

아무리 그런 일을 겪었어도 여전히 휴일에 연락하는 것은 조심스러웠습니다. 저에게 안 책임님은-정상적이진 않았지만- 분명히 가정이 있는 사람이었고, 휴일에 연락한다는 것은 굵고 분명한 어떤 선을 넘는 것 같아 주저할 수밖에 없었습니다. 그래서 제가 먼저 연락은 못 해도 안 책임님으로부터 연락이 오기를, 아니 연락 '해주기를' 기대했지만 크리스마스와 붙여 쓴 휴가 내내 연락은 없었습니다.

실망스럽지는 않았습니다. 대신 혼자 시간을 보내며 머릿속에 여러 가지 모습을 한 번쯤 그려보기도 하고 다양한 상황을 시뮬레이션 해보기도 했습니다. 내가, 안 책임님과 같이 살면 어떨까. 부모님은? 아이는? 나는? 안 책임님은? 아니, 결혼은 무슨. 일단 사귀는 것부터 좀 분명히. 아니. 결혼을 전제로 사귀어야지. 아닌가. 아-.

일단 경우의 수는.

(a) 안 책임님과 결혼 합의 -> 부모님의 반대

(b) 먼저 부모님의 승낙 -> 안 책임님의 거절

(c) 그냥 결혼을 빼고 기약 없는 연애?

(c)는 생각하기 어려워서 일단 패스. (a), (b) 둘 다 결국 안 되기는 마찬가지지만 (b)는 저만의 망신으로 끝나도 (a)는 안 책임님에게 되지도 않는 미래를 약속하는 셈이니 (b)로 얼추 상황을 그리며 가능성을 타진하기로 했습니다.

그러던 어느 날, 부모님과 교회에서 성탄절 예배를 드리고 돌아오면서 엄마에게 슬쩍 물어보았습니다. 처음부터 막 대놓고 애 있는 to-be 이혼녀라고 하면 안 되니 돌리고 돌려 엄마의 속마음을 떠보았습니다.

나: 엄마, 엄마. 혹시-. 내가 연예인이랑 사귀고 결혼한다고 하면 어쩌실 거예요?

엄마: 뭐? 혹시 연희가 연예인 한다니? 늦은 나이에 무슨 연기자를 한대. 걔가 얼굴은 예뻐도…… 서른 넘었…….

나: 엄마! 연희랑 헤어진 지가 언젠데! 아 그리고 걔 결혼했어요. 아이참. 내가 이야기 한 거 같은데…….

엄마: 걔랑 헤어졌다가 도로 만나던 게 뭐, 한두 번이냐. 난 그래서 혹시 걔가 뭐 연예인 한다고 해서 네가 난처해하나 싶었지. 근데 걔가 결혼을 했어?

나: 아유. 결혼했어, 했어. 걔는 끝!

엄마: 걔가 난 밝고 좋았는데. 아빠도 걔는 밝고 구김이 없어서 며느리로 하면 괜찮을 거 같다고도 그랬어. 너한테 이야기는 안 했지만.

나: 아 진짜. 연희 이야기는 좀!

엄마: 아이고. 알았다.

아. 대화의 시작이 잘못되었다.

나: 엄마. 그러면-. 혹시 내가 팔이 하나 없는 여자랑…… 그러니까 뭐, 사고로 크게 다친 사람이랑 결혼한다고 하면?

직구를 못 던지고, 또 한 번 엄마의 속내를 떠보았습니다.

엄마: 아이고- 네가 참도 그런 여자랑 결혼한다고 하겠다…….

나: 내가 좋아하게 될지도 모르잖아요. 그러니까 한번 엄마 머릿속으로 그려보라는 거지.

엄마: 너한테 그럴 만한 넓고 단단한 마음이 있고 세상의 풍파를 이길 신앙이 있다면야 어떤 사랑인들 못 하겠냐 아들…….

나: 내가 문제가 아니라, 엄마의 마음은 어떻겠냐니까…….

질문이 틀렸나. 아니면 묻는 방법이 틀렸나. 왜 내가 원하는 답이 안 나오는가. 마음이 급해지기만 하니 할 수 없이 직구로 정중앙에 그냥 던져버렸습니다.

나: 엄마. 그럼 혹시 내가 이혼한 여자랑 사귄다고 하면? 막 그 여자가 애도 있고 그런데 내가 결혼한다고 하면?

엄마: 뭐? 이혼한 사람? 그것도 같은 거지. 너한테 그 사람과 결혼하면서 생기는 어려움을 넘을 만한 신앙과 마음이 있냐의 문제지. 그걸 왜 엄마한테 묻고 있니.

나: 아, 아니~ 내가 마음이 어떠냐가 아니라 엄마가 어떠냐니깐!

엄마: 똑같다니까. 팔이 없건 이혼한 사람이건.

아-. 엄마는 나를 너무 잘 알고 있다. 그리고 답을 교묘히 회피하는 고단수. 엄마에겐 팔이 없는 장애나 애 있는 이혼한 사람이나 같다는 건가. 혹은, 내가 그런 사람과 같이할 만큼 큰 사람이 아니라는 건가. 장애는 너무 다른 이야기이니 넘어간다 해도 이혼이 그렇게 큰 흠결인가. 왜 엄마는 그걸 나에게 큰 풍파로 비유하는 걸까…… 이건 허락을 한다는 건가 안 한다는 건가.

엄마, 엄마. 프로게이머 임요환이라고 있는데, 엄마만 모르지 우리나라에서 제일 유명한 사람 중 하나야. 돈도 잘 버는 그 사람이 다 큰 딸도 있는 여자 배우랑 결혼을 했는데……. 세상에. 엄청 잘 살아! 운전하면서 이런 이야기를 해 볼까 했지만 자칫 마음을 다 드러내 버리고 괜히 일만 어렵게 만들까 싶어 입을 다물고 말았습니다.

결국, 본전도 못 찾고 답도 못 찾은 저는 형네 식구들 그리고 조카들과 뭉그적거리며 놀다 저녁 식사를 하고 집으로 돌아왔습니다. 오전에 교회에 가면서 안 책임님에게 '메리 크리스마스'라고 짤막한 메시지를 보냈는데 저녁이 되어서야 '메리 크리스마스. 평화가 있길 바라요'라는 답이 옵니다.

전화를 할 걸 그랬나 싶기도 합니다. 분명 달라진 것 같다고 생각했는데, 용기를 내어서 손 내밀 수 있을 것 같았는데. 주말 후에 회사에서 보지도 못했고, 크리스마스를 그냥 보냈고, 휴가도 마찬가지고. 긴 시간 동안 만나지 못하고 일주일이 그냥 흘러가 버렸습니다.

도대체 뭔가. 왜 관계가 이런 건가.

이제 더 다가가야겠다는, 뭔가 의지를 갖고 말겠다는 마음이 안 책임님과 연락이 잘 되지 않고 얼굴도 못 보고게 되자 이렇게 허무하게 사라지는 것도 부끄럽긴 했습니다. 그리고 그냥 보고 싶은 마음, 이런 일차원적이고 초보적인 감정으로 또 돌아가 버리고 말았습니다.

그저 머릿속으로, 손을 확 잡고 고백을 하며 "나만 믿고 따라오세요, 내가 애 먹여 살릴 수 있습니다……." 하는 이런 별 쇼를 펼쳤습니다. 그리고 시간은 연말을 향해 그렇게 마냥 흘러갔습니다.

/

종무식이 있는 날. 세상이 변했는지 옛날엔 강당에 모여서 사장 및 임원이 하는 아침 조회 훈화 같은 거 듣고 포상을 한 뒤 무슨 구호를 외치는-제발 이제는 이런 건 그만- 건 없어지고 오후부터 셔터 내린 뒤 외부 전화 안 받고 간단히 팀 단위로 파티를 한다고 합니다.

이래저래 수고했네. 내년엔 잘 해보세. 이런 이야기가 오가면서 와인을 따고 있는데 안 책임님에게서 메시지가 왔습니다.

[책임님. 오늘 출근하셨나요? 휴가세요?]

[회사인데요. 나오셨어요? 어젠 휴가이신 거 같던데…….]

[크리스마스 다음 날. 지난 일주일 동안 그날만 하루 나왔어요. 오늘 종무식인 것도 모르고 나왔네요……. 좀 갑작스럽긴 한데요…… 오늘 저녁에 시간 있으세요?]

항상 갑작스럽습니다.

우리의 관계는 뭔가 안정되고 예측 가능한 그런 건 없나.

아, 가만. 저녁에 시간 있냐고?

[아…… 딱히 특별한 건 없어요.]

이렇게 말은 했지만 사실 오늘 저녁에 대학 입학을 앞둔 친척 조카들을 만나 밥을 사 주기로 했습니다. 외가의 사촌 조카들인데 젊은 아저씨-대충 편의상 삼촌이라고 부르긴 하지만-라면서 따르는 애들이라 흔쾌히 밥 한번 산다 했는데 하필이면 오늘.

[연말이어서 약속 있을까 싶었는데 다행이네요. 오늘 혹시 저희 집에 오시지 않으시겠어요? 저녁밥 해드릴게요.]

집?

집!!!

[오늘이요? 오, 좋죠. 근데 집 괜찮으세요? 아이는요? 제가 막 가도 괜찮은 거예요? 요리 안 하셔도 되는데. 시켜 먹어도 되어요. 아니, 제가 뭐 사갈까요?]

예상은 했지만 진짜 오라는 말에 놀라서 메시지 하나에 질문을 밀물처럼 밀어 넣었습니다. 제가 무슨 말을 하는지도 모르고 정신이 하나도 없었습니다.

[걱정 말고 오세요. 초대할 만하니까 초대하는 거예요. 제가 지금 퇴근하긴 하는데 장도 봐야 하고 해서. 약간 늦게 괜찮으세요? 한 일곱 시 반 즈음.]

[아이구, 열 시도 열한 시도 괜찮습니다. 밤새 기다릴 수 있어요!]

저편에서 웃는 소리가 들리는 듯합니다. 하지만 그 흔한 'ㅎㅎ' 하나 없이 메시지가 이어집니다.

[못 드시는 거 혹시 있으세요?]

[철 금속류와 플라스틱은 못 먹습니다.(농담)]

전 가끔 우리의 관계가 어떤지 몰라서 농담의 정도와 수위를 잘 조절하지 못하겠습니다. 그래서인지 농담은 또 씹혔습니다.

[그러면 주소 따로 찍어 드릴게요. 이따 뵈어요. 갑자기 초대해서 미안해요.]

그제서야 저는 전화기를 내려놓고 하나둘씩 생각해봅니다.

자, 이제 머리를 돌려 하나씩 풀어보자. 조카들은……. 회사 근처에서 보기로 했으니 좀 빨리 보자고 해서 주문을 후루룩하고 미리 계산하고 나간다. 아니면 카드라도 아예 주던가. 난 꼰대가 아니므로 너희에게 딱히 할 말이 없다……. 애들도 뭐 내 이야기를 듣고 싶겠어. 아재 개그에 장단이나 맞춰주겠지. 그래, 얘네에게 음식만 시켜 주고 나오자. 조카들에게 일곱 시 약속을 여섯 시로 당기자고 하자. 모두들 콜! 간단히 해결.

그럼 다시 초대로 돌아와서. 왜 초대하는 걸까. 우리 사이가 가까워진 것에 대한 확실한 증거인가. 그럼 이제야 연락한 건 뭐지. 하긴 근데 나도 연락을 안 하긴 했다. 어찌 되었건, 우연히 만난 거, 갑자기 만난 거, 힘들게 만난 거 빼고는 가장 정상적으로 보는 약속이다!

일단, 종무식 파티가 한창 진행 중이었지만 부서 사람들과 서둘러 인사를 한 뒤 자리를 박차고 나와 백화점으로 향했습니다. 선물을 사 가야지, 선물을. 그래, 딸내미 장난감이라도 하나 사야겠다. 애한테 좋은 사람으로 기억되는 것만큼 엄마에게 점수 따는 것도 없지. 아, 딸내미가 있구나. 그럼 데이트보다 진짜 식사 초대겠네. 너무 오버하지 말자.

서둘러 도착한 백화점은 크리스마스가 지나 장식들이 사라졌지만 분위기는 그래도 여전히 살아 있었습니다. 연말의 백화점은 역시 설레는 분위기로는 최고가 아닐까 합니다. 크리스마스를 배경으로 한 영화에서도 보면 모두 백화점에서 선물을 사는 장면으로 시작하지 않던가요. 상기된 표정의 연인들, 부부들, 애들, 노인들.

하지만 저는 그들을 지나쳐 장난감 매장으로 진출하였고 곧 진열장들을 보며 쭈뼛거리고 서 있게 되었습니다. 남자 조카 애들 선물만 사 봤지 여자애들에 대해서는 전혀 감이 없었습니다. 그런 제 모습을 지켜봤는지 매장 직원이 다가와 말을 건넵니다.

직원: 찾으시는 것 따로 있으세요?

나: 따로 있진 않고요. 여자아이 선물을 사려고요.

직원: 몇 세인가요?

나: 어. 아직 유치원 안 다니고요. 다섯 살인 것 같아요. 아니 다섯 살. 네. 맞아요. 다섯 살.

나이를 겨우 계산해냈습니다.

직원: 여자애면 인형 놀이 세트죠! 딴 거 없어요~. 이거 요즘 제일 핫한 건데, 주방에 불도 켜지고 여기 고무찰흙으로 요리하는 놀이도 할 수 있고. 이것 보세요.

직원은 집채만 한 주방 놀이 겸 인형 세트를 권합니다. 저의 예상 범위를 한참 넘어갑니다.

나: 아이고- 이건 너무 큰데. 그리고 이건 인형 놀이 세트가 아니라 주방 세트잖아요.

야, 이런 거 잘 모르는 사람이라고 슬쩍 제일 비싼 걸 팔아넘기려고 하네 이 양반이.

직원: 그러면 이건 어떠세요, 화장대 있고. 이것도 아이들 좋아하는 건데. 요기 서랍도 나오고 빗 같은 거 넣는 재미가 있거든요.

결국 몇 번의 실랑이 끝에 겨우 하나를 골라내긴 했습니다.

나: 이것도 약간 크긴 크네…… 하아. 들고 갈 수 있을까요?

직원: 혹시 차로 안 오셨나요? 주소 알려 주시면 택배로 보내드립니다. 택배비는 저희가 부담해 드릴게요!

아, 아니. 택배 말고 들고 가야 하는 건데.

나: 그냥 주세요. 어떻게 들고 가 보죠, 뭐.

직원: 네, 무겁진 않으니까요. 저도 한 손으로 드는데요!

무거워서가 아닌데…….

나: 쇼핑백이라도 크고 단단한 거로 주세요.

결국 인형 놀이 세트를 결제하고 드는 급 후회. 아-. 너무 일찍 샀다. 이걸 어떻게 들고 다니지. 무겁지는 않은데 부피가 보통이 아닙니다. 포장을 다 뜯어내고 안에 인형과 부속만 꺼내서 쇼핑백에 다 넣어버리고 싶은 마음이 굴뚝이었습니다.

한참 내적 갈등을 하는 중, 안 책임님으로부터 연락이 왔습니다.

[책임님. 닭 요리 괜찮으세요? 알러지 같은 거 없으시죠?]

[아이구. 없어 못 먹죠. 근데 그럼 치킨 먹나요? 맥주 사 갈까요?]

[좋을 대로 하세요. 뭐든 다 좋아요. 일곱 시 반 약간 넘겨서 오세요. 제가 생각보다 좀 늦었어요. 주소 받으셨죠? 이따 뵈어요.]

치킨? 진짜 치킨인가? 집에서 닭 튀기고 있는 안 책임님을 상상하려니 잘 안 되었습니다. 요즘 바깥에서 파는 닭이 얼마나 맛있는데. 치킨이 웬 말. 아. 그럼 치킨이 아닌가 보다…… 라조기 같은 건가. 치킨 브레스트 샐러드? 닭가슴살 스테이크? 응? 치킨이 닭인데.

시계를 보니 조카들을 만날 시간까지 약간 남았습니다. 장난감을 안고 백화점 소파에 앉아 미적거리고 있는데 또 다른 메시지가 옵니다.

[아 참. 딸애는 친정 가 있어요.]

!!!

집에 혼자 있대!

아아. 여자가 혼자 집에 있는데 남자를 초대한다. 이걸 다섯 글자로

하면. '그린 라이트'. 한글로 '초록불'. 건너오십시오.

혼자 흥분해서 아 어쩌지 뭘 해야 하나 하면서 당황해하기 시작합니다. 나 오늘 뭐 입고 왔지. 아재 사각팬티 아닌가. 뭐 입었는지 생각이 안 나네. 갈아입긴 했나. 아 참, 오늘 아침에 샤워했지. 화장실 가서 보고 올까. 아, 속옷 매장에 가서 멋있는 거 사서 입을까. 또 입던 팬티 하나 버려야겠네. 지난 사우나 때 그랬지. 그래, 아침에 늦어도 샤워하길 잘했지. 아, 뭐 좋은 거 뿌리고 올걸. 일 층 화장품 매장 가서 뭐 좀 뿌리고 가야겠다.

근데 이 장난감, 이 커다란 거. 아- 이거 어떻게 들고 다녀. 이거 환불하던가 하고, 와인. 그래 와인 한 병 사 가자. 닭 요리엔 와인이지. 암. 분위기에도 와인이지. 이왕이면 두 병 사 가자.

혼자만의 생각에 취했다가 순간 어떤 아이가 뛰어가다 제 다리를 치는 바람에 퍼뜩 깼습니다. 아이 엄마는 아이를 나무라며 죄송하다고 하며 갔고 그제서야 정신을 차렸습니다.

정신 차려. 정신 차려.

일단, 장난감 선물은 무슨 일이 있어도 들고 가자. 이게 있어야 내가 온전히 정신 차릴 수 있게 만들 수 있겠지. 와인은? 아, 진짜 치킨이면 어쩌지. 아 몰라. 그래도 맥주는 아니다. 와인이다. 그냥 딱 한 병 되게 좋은 거로.

저는 백화점 지하 식품 코너 와인샵에 들러 평생 사 본 와인 중 가장 비싼 걸 질렀습니다. 맨날 코스□코 와인만 샀었는데, 캘리포니아 나파 와인이라는데 뭐 좋겠죠. 라벨 검색 미리 해서 안 책임님 앞에서 마치 와인 좀 아는 척할까 하다가 안 책임님이 늘 저보다 많이 아는 사람이라는 걸 깨닫고 망신을 당할 수도 있을 것 같아 참았습니다.

더불어 화장품 매장에서 향수 하나 얻어 뿌리고. 한 손에는 와인

백, 한 손에는 인형 놀이 장난감. 그런 모양새로 회사 근처 이탈리안 식당으로 향했습니다. 도착해 있던, 고등학교 졸업을 앞둔 조카들은 저를 보며 그거 선물이냐면서 "이게 뭐야ㅋㅋㅋㅋㅋ"라며 웃었고 전 너네 꺼 아니니까 닥치고 음식이나 시키라고 했습니다.

나: 야. 그냥 아무튼 선물은 너네 꺼 아니야. 빨리 주문해. 막 시켜 막. 삼촌 돈 잘 벌어.

조카1: 와, 삼촌. 우리 가격표 안 보고 막 시켜요? 뭐 먹지, 뭐 먹지.

나: 야. 뭐 면이니, 뭐 라자냐 이런 밀가루만 고르지 말고 고기 골라, 고기. 마실 것도 시키고. 너네 맥주 먹을 수 있나? 아직 안 되나?

조카들에게 이런저런 말을 하고 있었지만 사실 저는 언제 자리를 떠야 약속도 안 늦고 애들에게도 이상해 보이지 않을까 하는 생각만 하고 있었습니다.

조카1: 삼촌은 안 먹어요? 삼촌 엄청 많이 먹지 않나?

나: 어. 응 그래. 사실 배고파, 어. 난 사실 좀 일찍 가야 해서.

조카2: 에이, 삼촌 데이트하세요? 누구랑요? 엄마가 삼촌 만나면 누구 만나는지도 좀 물어보라고 했는데.

나: 너 이런 장난감 들고 데이트하는 거 봤냐.

순간 이렇게 말은 했지만, 아이 있는 여자와 데이트 할 때는 이런 것도 사기도 하고 그러더라고 속으로 이야기했습니다. 메뉴판까지 집어 먹을 기세였던 조카들은 애들이라 뭘 몰라서 그런지 아니면 삼촌 눈치를 본 건지 파스타와 피자만 골랐고 저는 거기에 새우 요리 애피타이저와 음료를 더해 주문을 했습니다.

너무 바로 일어서기는 좀 미안해서 음식이 나온 뒤 저도 음료를 조금 마셨고 이야기를 좀 하다 일어서기로 했습니다. 편의상 저를 삼촌이라 부르는 애들은 이미 수시에 붙어 수능이 끝나자마자 논 지 한참 되었다고 합니다. 전공도 좀 다르고 뭐 해줄 말도 딱히 없어서 열심히 놀아, 영어 공부는 그래도 해, 군대 가기 직전의 남자 선배는 사귀지마, 그렇다고 신입생인데 예비역하고 사귀긴 좀 그러네, 따위의 꼰대 아닌 꼰대 소리만 하며 용돈 좀 쥐여 주고 난 바빠서 이만, 입학해서 또 보자- 하고 빠르게 계산한 뒤 뛰쳐나왔습니다.

밝고 착한 애들. 부럽다. 얼마나 신날까. 난 저 때 뭐 했나 하는 감상에 젖으려 할 때 겨우 정신을 부여잡고 택시를 타 안 책임님 동네에 도착했습니다. 일곱 시 이십 분. 조금 늦게 오는 것이 좋다고 했으니 십 분 정도 더 있다 올라가는 것이 좋겠습니다.

와인과 장난감을 들고 혼자 아파트와 놀이터를 뱅뱅 도는데 또 생각이 머리를 괴롭힙니다. 그린 라이트면, 진짜 그린 라이트면 어쩔 건가. 뭐라도, 마음이라도 준비하는 것이 낫지 않나. 아니라면 뭐 실망밖에 더하나. 그럼 뭘 준비하나.

그때 저 멀리 편의점이 보입니다. 아, 이 미친 새끼. 순간 떠오른 생각에 머리를 도리도리하며 주먹으로 머리를 몇 차례 치기도 했지만 생각은 이미 멀리 있었습니다.

아니, 아니. 이건 오히려 배려하고 신경 쓰는 거 아닌가? 진짜 자게 되었을 때 그거 없으면 난처한 건 여자 아닌가?

이런 생각들을 하는 사이, 이미 편의점에 도착해 있었습니다. 전 장성한 성인이므로 당당하게 딱 콘돔 한 갑을 사서 젊은 알바에게 카드를 내밀었습니다. 아. 차마 통신사 할인 바코드는 못 꺼내겠습니다.

알바: 육천 원입니다.

나: 여기.

당당하게 카드를 내밀었으나 무언가 마음에 부끄러움이 있었습니다. 하지만 제 부끄러움이 무색할 정도로 알바는 하던 게임을 빨리 마저 할 생각에 제 얼굴은 볼 생각도 없어 보입니다.

왜. 왜 부끄럽지? 난 성인이라고!

슬며시 편의점 밖으로 나와 갑은 버리고 콘돔 세 개-많이도 들어 있네-를 카드 지갑에 구겨 넣었습니다. 불룩해진 지갑이 보기가 좀 그래서 하나만 지갑에 넣고 남은 두 개는 점퍼 안 주머니에 넣었습니다. 아. 모르겠다. 쓰면 쓰는 거고, 아니면 아닌 거고! 뭔가 기대해서가 아니라 오히려 안전하려고 그러는 거라고!

그러다 보니 저는 안 책임님 아파트 현관 앞에 도착했고, 떨리는 마음으로 세대 호출을 누릅니다. "들어오세요." 하는 목소리와 함께 문이 열리고 엘리베이터를 타고 올라가 안 책임님 집 초인종을 다시 누릅니다. 진짜 오고 말았습니다.

문이 열리고 안 책임님은 반겨줍니다. 무릎까지 오는 레깅스에 허벅지까지 내려오는 큰 박스 티를 입고 있는 안 책임님은 피트니스에서 본 것 빼고는 가장 자유로운 모습이었습니다. 몸매가 엄청 드러난 것도 아니지만 집에 입는 옷차림이 오히려 더 예뻐 보였습니다.

아아, 당신은 진짜 절 혼미하게 만드시는군요.

단정하게 정리된 신발장. 화려한 장식은 없지만 아기자기한 냄새가 조금씩 나는 현관. 거실로 들어서자 실용적이지만 그렇다고 너무 그악스러운 생활의 흔적 없이 누구에게 보여주려 한 것이 아니라 여기저기 생활의 지혜가 묻어 있는 인테리어와 가구 구성이 느껴집니다. 주부의 힘. 그리고 엄마의 힘.

혼자 사는 여친의 오피스텔에도 가보고 가족과 사는 여친의 공주방에도 가 보았습니다. 그런 곳과는 완전히 다른 냄새와 분위기였습니다. '나'만이 아니라 '내 가족'을 위해서 쓸고 닦고 정리한 흔적이 보이는 공간. 혼자 생각에 잠겨 두리번두리번하는 동안 안 책임님이 저를 다시 현실로 데리고 옵니다.

안: 점퍼 주세요. 밖에 춥죠? 이건 다 뭐예요?

나: 어, 이건.

장난감을 설명하기도 전에 안 책임님이 점퍼를 받아 들었습니다. 안 책임님이 혹시 안주머니의 지갑이나 콘돔을 볼까 봐 도로 점퍼를 빼앗으려다 뭔가 숨기는 게 더 이상해서 점퍼를 내주었습니다.

아, 지갑은 꺼내 놓을까. 혹시 써야 할 일이 생기면 점퍼를 찾는 것도 웃기는 일 아닌가……. 자꾸 머릿속으로 시뮬레이션을 하면 할수록 내 자신이 미친 사람 같아 겨우 생각을 진정시킵니다.

점퍼를 소파에 걸쳐 놓고 오자 안 책임님은 장난감을 내밀고 설명을 했습니다.

나: 크리스마스 선물을 못 해서.

안: 아이고. 애 걸 뭘 사 오세요. 아유 얼마나 좋아할까. 손님 온다고 말해 놓긴 했는데 선물 사 온 거 알면 정말 좋아하겠네요.

네. 제 이야기도 꼭 해 주세요. 딸애에게.

그렇게 말하려다 간신히 참았습니다.

나: 아이가 없어서 아쉽네요. 직접 줬으면 진짜 좋았을 텐데……, 영수증도 같이 있으니까 바꾸셔도 됩니다.

거짓말. 아쉽긴 뭐가 아쉬워. 없어서 다행이지!

거짓말이 술술 나옵니다.

안: 그런가요. 아이가 있으면 초대 못 했을지도 모르는데……. 애한테 물어보고 딴 거 갖고 싶다고 하면 바꿔도 되겠지요?

나: 어유 그럼요. 잘 모르고 사 와서요. 그렇다고 물어보기도 좀 그렇고.

안: 사실 우리 애는 여자애치고 인형은 별로 안 좋아해서…… 바꾸게 되어도 이건 손 책임님이 사 준 거라고 꼭 일러둘게요.

네, 나중에 같이 살지도 모르는 딸인데요.
그렇게 생각했다가 또 머리를 도리도리. 정신 좀 차려……. 제발.

나: 와인도 한 병 샀어요. 근데 오늘 메뉴 뭐예요? 진짜 프라이드 치킨 같은 거 먹나요?

안: 하하하. 프라이드 치킨이래. 하하하.

이렇게 박장대소하는 안 책임님을 오랜만에 봅니다.

안: 삼계탕 했어요. 진짜. 밥 해주고 싶어서. 겨울에 뭔가 따뜻한 거 해주고 싶어서.

삼계탕이라는 말에 '이건 완전히 다른 분위기인데…….'라는 생각이 들었습니다. 뭐, 방송에 많이 나오던 거 있잖아요. 프랑스 가정식이라는 코코뱅도 있고. 치킨 파마산이니 하는, 레스토랑 가면 나오는 그런 음식. 그러니까 데이트에 걸맞은. 와인 한잔하면서 예쁜 접시에 나이프와 포크로 먹는 그런 거. 근데 그런 게 아니라 삼계탕이라니.
진짜.
진짜 밥을 해주고 싶은 거였구나…….

안: 국물 색깔이 좀 희한하죠. 인삼이 없어가지고 집에 애기가 먹는 홍삼 엑기스를 넣었어요. 향은 똑같긴 한데…… 그렇게 하

기도 한다고 하네요. 맛은 안 이상해요.

냄새가 너무 좋습니다.

나: 와아. 삼계탕이라니. 음식 정말 잘하시나 봐요!

안: 사실 삼계탕은 재료만 압력솥에 넣고 불만 잘 켜고 끄면 웬만하면 망하기 어려운 음식이긴 한데. 사실, 나 음식 잘해요.

네. 또 해주세요.

안 책임님은 큰 국 대접 두 개에 국물을 넣고 찹쌀을 뜬 뒤 닭을 통째로 올려 줍니다. 찬이 없다면서 김치와 나물 한 가지, 그리고 작은 종지에 소금을 담고 그 위에 깨를 솜솜이 뿌립니다.

엄마 같다. 아니, 엄마네. 아…… 엄마 맞지. 우리 엄마가 아닐 뿐.

국자로 삼계탕을 뜨고 있는 모습을 보니 여자 친구라기보다는 누나 같다는 생각이 잠시 들었습니다. 혼자 사는 동생 잘 챙겨 먹지 못하고 다니니 밥 챙겨 먹인다고 부른 누나처럼, 비닐장갑을 끼고 닭의 일부분을 먹기 좋게 뼈를 발라내 살을 찢어내고 있는 걸 보니 더 그런 생각이 들었습니다.

그릇이 식탁에 놓이고 우리는 뭔가 데이트와는 거리가 있는 모습으로 둘이 마주 앉아 삼계탕을 먹기 시작합니다. 가운데에 뼈 그릇을 놓고 신나게 뼈를 발라내고 소금에 찍어 먹고 진한 국물도 후루룩 떠먹으며 별 대화도 없이. 하지만 특별하게 대화를 할 필요를 느끼지 않고 우리는 진지하게 집중하며 먹었습니다. 먹고 난 뼈를 수북이 같은 그릇에 쌓으며 별것도 아닌 것에 가족 같은 동질감을 느끼기도 하고 연인 같은 유대감을 느끼기도 합니다. 우리가 만난 이래로 가장 대화가 없던 순간이었지만 어쩌면 가장 가깝게 느낀, 연인을 넘어서 가족의 느낌이 들던 때가 아닌가도 합니다.

마치,

우린 오래 알아 왔고,

앞으로도 시간이 많아.

계속 그럴 거야, 라고 하는 듯한 시간이었습니다.

그리고 얼마나 시간이 흘렀을까요. 게걸스럽게 식사를 마친 뒤 안 책임님이 그릇을 옮기기 시작했습니다. 제가 물티슈를 꺼내 닦기 시작하자 안 책임님이 칭찬을 해줍니다.

안: 시키지도 않았는데, 와…… 누가 이런 걸 가르쳐 주었대요?

나: 저희 어머니가 맨날 시킨 것도 있고. 혼자 사니까요. 뭐 대단한 것도 아닌데.

사실 안 책임님께 잘 보이려고…….

안: 부부가 싸우는 건 다 이런 거래요. 진짜 사소한 거로 쌓아 놓고 시작하는 거.

나: 쌓아 놓는다는 게 무슨 말이에요?

말하고 순간. 아, 말을 받지 말걸 하는 생각이 들었습니다. 하지만 안 책임님은 굳이 설명을 해주었습니다.

안: 이렇게 사소한 거로 해주냐 안 해주냐로 싸운다고 하지만, 사실 이거 한 번 안 했다고 그러는 게 아니라 오랜 시간 안 하다가 백 번째 안 했을 때 싸우는 거예요. 그러면 왜 이제사 하라고 하냐고 할 것이고, 그 소리에 왜 이제껏 한 번도 안 했냐 하는 거고.

나: 아…….

안: 그러면서 밖에다가 그러는 거죠. 사소하게 식탁 한 번 안 닦았

다고 그걸로 싸웠다고!

'부부'라는 단어를 제 앞에서, 그리고 이런 상황에서 싸우는 이야기를 꺼내니 좀 생경합니다. 안 책임님의 상황에서 이야기하는 것도 불편할 만도 한데……. 왠지 분위기를 바꿔야 할 것 같아 화제 전환을 하기로 했습니다.

나: 와인 안 드실래요? 저거 좋은 거라던데…… 아니면 두었다 따로 드셔도 되어요.

안: 아니에요. 지금 마셔요. 근데 뭐랑 먹어야 하죠. 애 먹을 거나 있지 딱히 어른 먹을 게 생각이 안 나네요. 아! 치즈!

그러더니 저에게 와인을 열어달라고 부탁하며 냉장고에서 무려 어린이 치즈를 꺼내 돌돌 말아 칼로 썰어 냅니다. 나름 있어 보입니다. 센스 있는 여자구나. 내 눈이 틀리지 않았어.

그런데 와인 잔을 꺼내던 안 책임님이 잠시 생각에 잠겼습니다. 아마도 마지막으로 꺼낸 것이 언제인지 생각하지 않았을까 싶었습니다. 표정이 굳어지다가 이내 입을 꼭 다물며 숨을 한번 쉬더니 마른 천으로 와인 잔을 닦아 테이블에 놓았습니다. 치즈를 플레이팅 하고 잔을 세팅하니 아까보다는 훨씬 데이트하는 느낌이 납니다. 그러자 삼계탕을 먹는 동안 완전히 잊고 있었던 콘돔 생각이 다시 났습니다.

나: 아이가 오늘은 친정에 있나 봐요? 이렇게 저녁에 혼자 집에 계실 수 있는 거…… 처음 보는 거 같아요.

안: 그러네요. 집에 혼자 있는 거. 진짜 분기에 한 번 있을까 말까. 언젠가는 집에 너무 있고 싶어서 점심만 먹고 집에서 뭉그적거리려고 반차 내고 퇴근했다가 저녁에 애 데리러 도로 회사 간 적도 있어요. 어이없게도 집에서 쉬지는 않고 음악 틀어 놓

고 빨래하고 옷장 정리를 했지만…….

나: 너무 고단하신 거 아닌가요.

안: 그러게요. 언제까지 이렇게 살까 싶긴 해요. 주위에서 가사 도우미나 애 봐줄 사람 구하면 되지 않냐고 해서 생각해 본 적도 있는데- 일단 조금만 더 이렇게 살아보려고요.

나: 크리스마스 때는 뭐하셨어요? 요 근래에는 사실 회사에서도 안 보이고, 회사 시스템 보니까 연차라고 뜨기도 하던데…….

안: 나, 사실 좀 아팠어요. 많이. 우리 그때 만나고 친정집에 갔는데 너무 늦어서 그냥 자고 가기로 했거든요. 근데 그날 새벽부터 열이 엄청나게 오르고. 어지럽고 토하고.

한겨울에 밖을 끌고 다니며 극장이고 만화방이고, 게다가 먹은 건 라면. 뭔가 제가 잘못한 거 같아 마음이 순간 불편해졌습니다.

안: 밤새 버티고 버티다가 급기야 응급실에 갔는데 뇌수막염이 의심된다면서 뇌척수액 검사를 한다는 거예요.

나: 뇌수막염이요? 그거 되게 무서운 거 아닌가요.

안: 난 그날 처음 알았어요, 그 병을. 척추에 바늘을 꽂고 검사를 한다는데 너무 무서워서 의사 친구에게 전화를 했더니 달려와 줘서는 뭐 이런저런 수치를 보더니 좀 있어 보자고 했는데 위험한 정도는 아닌 것 같다고 해서 병원에 누워 있다가 왔어요.

나: 헉…… 왜 안 알리셨어요. 정말 까맣게 몰랐네요. 좀 서운하기도 하고…….

나도 모르게 서운하다는 말을 했습니다. 실제로 서운했으니까요. 아프면 연락을 해야지…….

안: 친정에 누워 있는데 연락을 해서 뭐 해달라고 할 것도 없

고……. 암튼 며칠 아프다 보니 친정에서는 일 년 내내 참다가 연말에 몸이 급기야 고장 나는 모양이라고 이모가 같이 와서 아이를 계속 봐주셨어요. 회사는 연차 내고요.

역시…… 연인이라기엔 아직 멀다. 그렇게 아파도 나에게 손 내밀지 않았으니.

안: 오늘은 회사 간다면서 나오긴 했는데 막내 이모가 친정에 아직도 계시거든요. 엄마 혼자는 애 못 보시니까. 아이는 막내 이모네 조카랑 어디 놀러 가고 오늘도 외할머니 집에서 잔대요. 그래서 급히 이렇게…….

안 책임님이 말을 흐리며 살포시 웃습니다.

나: 아…… 지금은 괜찮으세요?

안: 와, 이 와인 엄청 맛있네요! 라벨 찍어 두었다가 다음에 사 먹어야겠다.

또 환한 얼굴.
그동안 와인 잔 꺼낼 일 없었잖아요. 담에 저랑 또 먹어요.

나: ……저 근데…… 제가 막 이렇게 와도 되는 건가요?

불편한 질문.
하지만 하고 싶은 질문.
듣고 싶은 대답을 돌려 돌려 묻는 물음의 시작.

안: 아…… 글쎄요. 지금 이 타이밍에 오면 안 되는 사람은…… 남편인가.

농담인지 진담인지 몰라 웃지도 못하고 남편 이야기에 저도 모르게 긴장합니다.

안: 남편 지금 미국에 있어요.

나: 네. 그때 이야기하시긴 했어요.

안: 어떻게 연말이 되어도 크리스마스가 되어도 오질 않으니…… 근데 안 온 지 오래되었어요. 아이는 아빠랑 크리스마스를 보낸 적이 있나? 생각도 안 나네요.

가시면 되지 않냐고 물으려다가 제가 물을 말은 아닌 거 같아 그만두기로 합니다.

나: 저기. 남편 이야기 좀 해주세요. 궁금해요.

안: 일단 한 모금 마시고……. 아, 이거 너무 좋네-.

안 책임님은 빈 와인 잔을 채워달라며 내밀곤 이야기를 시작합니다.

안: 나 전에 MBA 준비했다는 이야기했었지요?

나: 네.

안: 남편을 MBA 스터디에서 만났어요. 알고 보니 우리 학교 출신이었고 주위에 같이 아는 사람도 정말 많아서 금방 친해졌는데 정말 똑똑하고 가진 게 많은 사람이었어요. 교양도 있고 음악도 좋아하고. 뭐 솔직히 이야기하자면 집안도 좋은 거 같고. 그래서 끌렸는데 되게 쉽게 사귀었어요.

나: 어떻게 쉽게 사귀게 되셨어요?

안: 내가 학교 다닐 때 동갑내기 음악가를, 그러니까 밴드에서 기타 치는 애를 사귀었는데 홍대를 전전하며 공연하고 자유롭게 사는 애였어요. 진짜 애가 착하고 순하고 너무 낭만적이고. 혹시 이 밴드 이름 들어봤어요?

안 책임님이 말해 준 밴드 이름은 어느 독일 철학자의 길고 긴 이름을 땄다고 하는데 처음 들어보는 데다 낯설어서 금세 잊어버리고 말았습니다. 아는 척을 하고 싶었지만, 그러지 않았습니다.

나: 아니요. 인디는 몇몇 밴드만 알아서…….

안: 모를 수밖에. 아무튼 세션 생활도 하고 무슨 녹음도 하면서 근근이 살았는데 어느새 내가 취직하고 얘 뒷바라지를 하는 거예요 세상에. 방세도 내주고 얘 엄마 아프다기에 병원비도 내주고.

나: 헤에- 병원비까지.

안: 되게 미안해하긴 했는데, 암튼 능력이 안 되는데 문제는 효자였어. 미래도 안 보이고 나도 지치고 해서 결국 여차여차하다 헤어지고 나서 한동안 그냥 잘 지냈어요.

나: 아…….

안: 그러다 미국 가고 싶은 생각이 들어서 시작한 유학 준비에서 남편을 딱 만났는데. 전 남친이랑 완전 반대 성향의 남자.

나: 반대급부로 사귀신 건가요?

안: 반대급부라. 그런 건지도 모르겠네요. 난 원래 따뜻한 사람을 좋아했는데, 사람이 너무 똑똑하고 교양있고 절제되어 있고, 이상하게도 따뜻한 사람 아니었는데 옛날과는 다르게 그런 사람이 이상하게 끌리더라고요. 그리고 나 시험공부 하는 거 많이 도와주고 그러다 사귀었어요.

나: 누가 사귀자고 하셨어요?

안: 몰라요. 그런 것도 없었어. 자주 만나고 공부도 같이하다 보니 어느새 그냥 사귀는가 보다 한 거 같아요. 아마 그 사람에게도

내가 자신이 생각하는 여자 친구상에 들어왔나 보죠.

나: 제가 할 말은 아니지만…… 낭만은 없네요.

안: 맞아. 그게 문제였나…… 뭐 변변한 데이트 없이, 기복 없이. 아무튼 시험 보고 또 점수가 그럭저럭 나와서 에세이 쓰고 학교에 원서 쓸 즈음, 유학을 가기 전 결혼을 하네 가서 일 년 후에 하네 어쩌네 이야기하고 있는데.

안 책임님이 또 한 잔을 호로록 마시며 잔을 비우기에 제가 급히 와인을 채웠습니다.

안: 우리 엄마가 폐암이래요.

나: 폐암이요?

암이라는 말에 순간 마음이 덜컹했습니다. 하지만 안 책임님은 동요 없이 말을 이어나갑니다.

안: 일단 들어봐요. 그땐 세상 끝나는 줄 알았는데, 발견도 빨리했고 치료도 잘되어서 덕분에 지금도 잘 살아 계세요. 약도 먹고 엄청 관리받아야 하지만.

나: 다행이네요.

안: 아버지는 대학생 때 이미 돌아가셨는데, 엄마도 죽으면 어쩌나 하고 마음이 급해졌어요. 난 엄마 치료하느라 지원은 포기했고, 남친은 합격했는데 막 결혼을 조르는 거지. 미국 가기 전에 결혼하자고.

아, 홀어머니셨구나.
안 책임님은 치즈를 집어 먹더니 이야기를 이어나갔습니다.

안: 너무 급하다. 못하겠다고 남친이 그러면 할 수 없다고 생각하

고 있었는데, 덜컥 하자고 하네요. 그래서.

나: 그래서?

긴 한숨이 이어집니다. 안 책임님은 맨손으로 얼굴을 세수하듯 비비고 나더니 대답합니다.

안: 결혼했죠.

안 책임님은 참으로 이상한 결혼이었다고 회고했습니다. 자긴 엄마 때문에 못 떠나고 남편은 미국으로 가는 게 당연했는데 기약 없는 미래 앞에서 쫓기듯 한 결혼이었다고. 그리고 막상 하자고 한 건 자기지만 결혼이 이렇게 쉽네? 하면서 이렇게 해도 되는 건가? 수없이 자문했다고 합니다.

게다가 그 뒤에 이어진 이야기는 더 기가 막혔습니다. 인생 단 한 번의 로망으로 가득 채우는 신혼여행도 준비를 많이 못해 대충 다녀오고, 남편이 혼자 살던 아파트에 허겁지겁 들어가 짧은 신혼 생활 후 남편 혼자 유학을 떠나게 되었고, 안 책임님은 엄마가 혼자 있는 게 불안해서 결국 남게 되었다고 합니다.

나: 방학이 있잖아요. 방학 때 한국에 안 오셨어요?

안: MBA는 여름 인턴이 반이에요. 어떤 직장에서 여름 인턴을 하고 그 회사에서 정규직 오퍼를 받느냐에 따라 성패의 반이 달리더라고요.

나: 그럼 내내 미국에만?

원거리 연애도 아닌 원거리 부부. 주말부부는 주위에 많이 있지만 결혼하자마자 바로 헤어질 부부라니.

안: 그래서 인턴 끝내고 다음 학기 시작하기 직전 2주를 논다길래

그때 내가 휴가 몽땅 써서 미국에 날아갔죠. 그땐 그래도 괜찮았어요. 1년 만에 봐서 너무 행복했고, 그리고…… 나중에 한국 와서 보니 애가 생겼고.

나: 아…….

안: 계획한 건 아니었지만 또 생기면 좋다고 생각했는데. 문제는 저만 그렇게 생각했나 봐요. 남편은 애 생겼다고 하니까 생각보다 너무 당황한 모습을 보여서 속상했었어요. 심지어 좋은 시기가 아니라며 지우고 싶어 하기까지 했으니까요.

안 책임님은 휴가를 모두 소진해가며 미국과 한국을 드나들었고, 아이를 낳을 때 즈음 미국에 좀 길게 머물기로 결정하며 출산 휴가와 육아 휴직까지 모두 쓰며 뒤늦게 부부처럼 생활하기 시작했다고 합니다.

안: 타이밍이 좋지 않았어요. 남편은 졸업 전에 직장 문제를 두고 너무 바빴고 저는 가족도 친구도 없이 도움이 필요했고. 애를 어떻게 낳긴 했는데 교회 사람들 도움 없었으면 죽었을 거 같아요. 정말 말 그대로 죽었을지도 몰라요. 별로 친하지도 않았는데 미국 병원에 미역국도 해서 날라 주고…… 고마운 사람들.

나: 애 낳을 때 남편이 옆에 있긴 했나요?

안: 다행히도 낳는 날은 옆에 있었어요. 근데 정말 딱 낳는 날만 같이 있고, 그 다음날부터 또 바쁘고. 난 우울하고. 이해하려고 했는데 힘들고.

나: 저런…….

안: 남편은 MBA 자부심이 찌를 듯하고, 자기가 나온 학교를 너무 사랑하고, 미국도 정말 사랑하고. 아버지 따라서 중1 때 미국

에 1년 있었대요. 근데 그 이후로 언제 다시 미국 가나 꿈만 꾸고 산 거지. 그리고 미국에서 좋은 학교 나와 좋은 직장에서 화려하게 살 미래가 있었는데.

나: 그런데요?

한 모금에 잔을 또 비웠습니다.

안: 그 사람의 미래에 나랑 애가 없었나 봐요. 남편에게는 파티와 골프와 네트워킹이 너무 중요했는데 그중 하나도 난 같이 할 수가 없었어요. 매일매일 누굴 만나러 나가고 주말이면 파티에 가고 틈만 나면 골프 치러 가고. 오늘은 누굴 만났는데 어디 그룹 가문의 3세인데 사람이 참 괜찮네. 친하게 지내야겠네. 이런 말만 하고……. 그 뒤로 내가 혼자서는 애를 도저히 못 키우겠어서 백일 좀 넘은 애를 둘러업은 채 비행기를 타고 한국으로 왔는데 그 뒤로 한국에 거의 안 왔어요.

남편이 취직에 성공한 미국 회사는 누구나 선망하는 좋은 회사였습니다. 하지만 안 책임님은 미국에서 외롭게 아이만 키우며 우울해지기 시작했고 한국에 있는 엄마가 걱정되어 아이를 데리고 귀국해서 바로 복직을 하고 지금까지 악전고투를 해 왔던 것이었습니다. 아픈 엄마는 육아에 도움을 줄 수 없었고 남편과 멀어지니 시댁에 아이를 의탁할 수도 없었다고 했습니다. 남편은 그 몇 년 동안 비자를 갱신하러 한국에 단 한 번 온 것이 전부.

안: 그래도 시댁은 좋은 분들이에요. 아이도 너무 예뻐하시고. 이 아파트도 시어머니 명의이긴 한데 한국 들어왔을 때 살게 해 주셨어요. 이혼하면 나가라고 할까 걱정이 되긴 하는데 무엇보다 당신 아들이 잘못해서 나에게 미안하다고 생각하시는 것

같아 시댁 생각하면 마음이 힘들거나 그러진 않아요.

미혼 입장인지라 시댁 이야기에 공감은 잘 안 가 뭔가 이해 가는 표정만 지을 뿐입니다. 안 책임님은 제가 단 한 잔을 마시는 동안 혼자 석 잔째 비우고 있었습니다.

나: 와인 더 드실래요? 근데 생각해 보니 술 드시는 거 처음 보네요.

안: 나 생각해 보니 올해 처음 먹는 건가 싶네요. 근 일 년을 한 번도 안 먹었다니. 그러고 보니 애랑 둘이만 있는데 혹시 술 먹었다가 운전이라도 못하게 되면 안 되니까 참 긴장하며 살았네요. 그동안.

남편 이야기에 어려운 결혼 생활 이야기에 딱히 맞장구를 치기도, 욕을 해주기도 뭐하여 그냥 근근이 듣고 빈 잔을 채워주다 보니 병은 이제 바닥을 보이기 시작했습니다.

안 책임님 얼굴이 조금 빨개지는 걸 보니 저는 또 머리가 혼미해집니다. 자꾸 가슴에 눈이 가고 얼굴이 화끈거립니다. 레깅스에 어렴풋이 보이는 속옷 라인까지 절 자극하기 시작합니다. 갑자기, 흥분과 이를 억누르는 긴장이 싸우면서 땀이 납니다.

안: 땀을 많이 흘리시네요. 술 되게 센 줄 알았는데. 이걸로 좀 닦아요.

안 책임님은 애기들이 쓰는 가재 손수건을 건네주었습니다. 조카들이 애기일 때 집에서 굴러다니는 걸 본 뒤로 이런 가재 수건은 처음 봅니다.

나: 아. 네. 좀…… 덥네요.

안: 더워요? 문 좀 잠깐 열까요?

나: 네. 잠깐만…….

하지만 안 책임님이 환기를 위해 창문 쪽으로 가면서 던진 말이 절 정말 혼란스럽게 했습니다.

안: 옷…… 위에라도 좀 편한 거 갈아입으실래요?

나: 네?

안: 남편 옷이 좀 있을 텐데…… 와서 골라보세요. 땀 식으면 감기 걸릴 텐데.

나: 옷이요? 여기서요?

순간 온갖 음란한 영화 장면들이 스쳐 지나갔습니다. 옷을 갈아입으라고 하는 건. 너무 상투적인 설정이 아닌가. 마음속에서 흥분과 기대, 그리고 절제와 냉정이 한데 뒤엉켜 싸우기 시작합니다. 저는, 천성이 음란한지 옷 갈아입으란 말이 자꾸 이상하게 들립니다.

안 책임님. 그러지 마세요……. 아니, 그러세요. 아니. 내가 뭐라는 거야……. 대답도 하지 못하고 목과 등에 땀이 흥건한 채 졸래졸래 옷방으로 따라갑니다. 근데 안방으로 갈 줄 알았는데……. '아빠 여름 1'이라고 써 있는 정리용 큰 박스 서랍과 그 옆에 '아빠 가을 1' 박스를 꺼내더니 반팔 티와 카디건을 각각의 박스에서 꺼냅니다. 아. 셔츠와 가벼운 카디건을 같이 꺼내주는 센스. 그런데 셔츠에 남편이 나왔다는 미국에 명문 사립대 비즈니스 스쿨 이름이 크게 박혀 있습니다.

안: 남편은 진짜 학교를 엄청 사랑하는데, 잠깐 와서 머물 때 입더니 정작 이 옷은 놓고 가더라고요. 이혼하면 걸레로 써버릴까 생각도 해요. 흐흣. 여긴 난방을 약하게 해서 좀 추우니까. 바로 옆에 여기 방에서 갈아입으세요.

나: 안방에서요? 앗. 저기…….

말을 잇지 못하고 제가 머뭇하는 사이 안 책임님은 저를 안방 문을 열고 밀어 넣었습니다. 그리고 문을 콕 닫아버렸습니다. 홀로 방에 남겨져 주위를 둘러보니 침대 위에는 이불이 단정하게 정리되어 있고 화장대는 생각보다 단출합니다. 침실에서 책을 읽는지 읽다 만 책이 두어 권 침대 옆 협탁에 있고 그 옆에 노트도 있습니다. 옷 한 벌 널브러짐 없고, 머리카락 하나 흘림 없는 깨끗함.

옷을 갈아입으며 침실에 홀로 있자 저는 또 상상의 나래를 펼칩니다. 혹시 자꾸 신호를 보내는데 내가 못 알아채는 건가. 어느 여자가 외간 남자에게 옷 갈아입으라고 옷을 주며 침실을 내어줄 수 있는 걸까. 머리가 복잡합니다. 그린 라이트는 이제 깜빡이기 시작합니다.

빨리 건너가야 하나. 안 책임님은 이래저래 돌려 말하는 사람이 아니지만, 그래도 같이 자자는 말을 덜컥 할 수는 없는 거니까……. 내가 확 끌어 볼까. 그러길 원할 수도 있지 않나. 현명한 사람이니까 아니면 아니라고 말해 주겠지. 난 그럼 정중하게 사과하면 되는 거다.

아. 콘돔. 지갑을 바보같이 점퍼에 같이 넣어버렸다. 점퍼에 있는 콘돔은 어쩌지. 마루에 나가서 점퍼 주머니에서 콘돔을 꺼내 바지 주머니에 넣고. 그 다음에 침실을 다시 구경시켜 달라고 하고…… 이러면 되나.

네, 저는 진짜 이런 생각을 하고 있었습니다. 어이없게도 상대에 대한 믿음이, 이 사람은 현명하니까 아니면 아닐 거라고 말해 줄 것이라는 믿음이 이상한 용기를 만들었습니다. 하다 못해 화장대를 보며 코털 삐져나온 거 없나 보고 닭고기가 이에 끼진 않았는지 확인합니다. 아. 나란 인간은 진짜…….

일단 성큼 문을 열고 나가 소파 옆에 걸려 있는 점퍼 안주머니에서 전화기를 찾는 척 콘돔을 주머니에 넣었습니다. 심지어, 나중에 뜯기 편하라고 조금 뜯어두기도 했습니다.

아, 내가 싫다.

식탁의 노란 불빛에 비치는 레깅스 안의 탄탄한 하체와 얇은 셔츠 너머의 가슴선이 절 흥분시킵니다. 뒤로 묶은 머리에 뒷목덜미가 그렇게 예쁠 수가 없습니다. 네. 감히 이런 말 쓰기 그렇지만, 경박하고 식상하고 진부한 표현이지만. 그녀는 그야말로 섹시했습니다. 쿵쿵거리는 소리가 들린다고 해도 이상하지 않을 정도로 심장 박동수가 러닝머신에서 최대 속도로 뛴 것처럼 한껏 올라가 있을 때……. 정적을 깨는, 안 책임님에게 걸려온 전화.

수화기 너머에서 "엄마-." 하는 소리가 들리니 딸아이인가 봅니다.

안: 응, 엄마야. 이모랑 뭐했쪄? 재미있었어? 엄마 방금 밥 먹었어. 응? 아 그랬어? 응응, 우리 딸 잘했어.

흥분이 조금 가라앉습니다.

역시 애 엄마.

여자이지만, 엄마였구나.

엄마.

안 책임님은 입모양으로 '잠깐만요. 미안.'이라고 합니다. 저 역시 입모양으로 '괜찮아요'라고 말했습니다. 안 책임님이 통화를 하는 사이 통화 소리를 한 귀로 들으며 집안을 둘러봅니다. 책장에 꽂혀 있는 책들. 단정하게 접혀 정리된 옷들. 약 먹기. 뭐 사기. 관리비 이체 통장 바꾸기 등등 냉장고에 붙어 있는 포스트잇. 무슨 무슨 주스 레시피. 남편과 아이와 찍은 사진들-남편 사진이 아직도 있네. 잘생기긴 했구나. 멋있다. 아 근데 나쁜 놈이랬지-. 가지런히 쌓아 놓은 어린이 책들. 책상 위 스크래치 패드에 써 있는 짧은 성경 구절. 그리고 '힘내자!'라고 힘주어 써 놓은 낙서들. 지금 우리 집 거실에는 게임기가 널브러져 있고 커피 테이블에는 보다만 잡지와 게임 컨트롤러, TV 리모컨이 아무렇게나 던져 있고 침대 이불은 돌돌 말려 있을 것인데.

안 책임님은 부엌에서 아이랑 통화하면서 냉장고에서 큼지막한 사과 두 개를 꺼내 서걱서걱 깎기 시작합니다. 더없이 아름다운 뒤태이지만, 내가 상상할 수 있는 가장 음란한 장면을 몇 분 전까지 머릿속으로 그렸지만, 지금 여기서는 용기가 나지 않을 것 같습니다.

적어도, 이 집에서는 안 될 것 같습니다. 아빠는 없지만 가정의 향기가 나는, 엄마의 손과 노력이 묻어 있는 이 집에서는. 안 될 것 같습니다. 아니, 솔직히 말하자면 이 집이 문제가 아니라 전 그때 현실을 마주했던 것 같습니다.

진짜 이 사람과 결혼할 수 있나.

책임질 수 있나.

연애 말고 지금 이 가정을 내가 품을 수 있나.

그냥 연애만 하다가 적당한 때에 젊은 다른 여자를 만나 결혼하게 되는 시나리오가 되는 게 아닐까. 엄마 말대로 나에게 그만큼의 용기와 사랑이 있나. 집안 풍경이 아무래도 저에게 잠깐의 충격을 주었던 것 같습니다. 어쩌면 안 책임님과 저와의 간극이 아닐까 싶었습니다. 아마도 그 까닭에 우리의 관계는 회사에서만 이루어지고 거기서 나와 각자의 일상으로 돌아가면 차이가 한없이 벌어졌던 것 아닐까요. 그런 생각을 하니 냉정과 절제가 흥분과 기대를 이겼고 한껏 피가 몰려 있던 아랫도리가 가라앉았습니다.

그 후로 안 책임님과 식탁에 앉아 사과 두 개를 깎아 먹고, 홍차 티백 하나를 나눠 마시며 야구 이야기와 영화 이야기 따위를 하다가, 안 책임님 친정에서 전화가 한 번 더 오고 짧은 통화가 끝나자 저는 결국 시간이 늦었다 하며 자리에서 일어섰습니다.

안: 아까 입던 옷 두고 가세요. 제가 빨아서 드릴게요.

나: 무슨 말씀을. 집에서 막 남자 옷이 나오고 그러면 좀 그렇지 않겠어요?

안: 나오긴 뭘 나와요. 집에서 세탁기와 건조기 돌리는데.

나: 지금 입고 있는 거 제가 집에 들고 가서 빨게요.

안: 그럼 어디 넣어서 드릴게요. 지금 입은 옷은 마음에 드시면 가지셔도 되어요. 옷도 딱 맞네. 남편이 와서 찾을 거 같진 않네요. 있는지 기억도 못 할 거고. 제가 버렸다 해도 할 말도 없을 텐데.

안 책임님은 제가 아까 벗어 둔 옷을 종이 백에 넣어 주었습니다.

나: 옷은 좋은데 제가 갖기엔 좀……. 아무튼, 오늘 잘 먹었습니다. 뭔가 진짜 누나가 해주는 밥 같았어요.

순간, 이거 실수한 건가 아닌가 헛갈립니다.

그래. 당신은 오피스 시스터. 우리는 오피스 남매 아닌가.

그게 진짜 우리 관계가 아닐까. 술 마시고 모텔 가고 그러는 오피스 어페어가 아니라 집에 불러다가 밥 해주는 오피스 시스터.

점퍼를 입으며 주머니에 들은 콘돔은 아예 잊어버렸습니다.

나: 나오지 마세요. 추운데…….

안: 요 앞까지만 바래다 드릴게요.

황급히 옷을 챙겨 입고 둘이 현관을 나섭니다. 엘리베이터에서 만난 이웃과 안 책임님이 눈인사를 나누었지만 안 책임님은 딱히 신경쓰지 않는 눈치입니다.

안: 찬 공기에 와인 기운이 확 깨네요. 차 가지고 오셨어요? 와인 조금 드셨잖아요.

나: 아니요. 지하철 타고 왔어요. 얼른 들어가세요. 오늘 밤은 모처럼 혼자 주무시겠네요.

괜히 의미심장한 말을 던져봅니다.

안: 아, 그런가. 영화라도 하나 결제해서 볼까. 완결까지 못 보고 지나가 버린 옛날 드라마 있는데 그거 좀 볼까. 오늘 무척 아까운 날이네요. 진짜.

네. 아까운 날입니다. 저로서는 진짜 아까운 날.

솔직히 근데 저도 잘 모르겠습니다.

1층 입구에 도착해 몇 걸음 걸어 나옵니다. 바람은 안 불지만 그래도 겨울밤은 겨울밤. 공기가 찹니다.

나: 얼른 들어가세요. 내년에나 뵙겠네요.

안: 네. 올해 수고하셨어요. 자서전을 쓰면 올해 쓸거리가 많을 것 같네요.

나: 저도요.

안 책임님에 대해서 저도 꼭 쓰려고요.

그런데 그때 안 책임님이 돌연 손을 내밀었고 저는 가볍게 손을 잡았습니다. 순간, 정적이 흐릅니다.

안: 저기…… 음…… 미안해요. 해줄 수 있는 것이 이 정도네요.

원래 뭘 해주시려고 한 건데요……. 그렇게 묻고 싶었지만 욕구를 간신히 참아내고 대답합니다.

나: 아니요. 저야말로. 해줄 수 있는 거라곤 이런 거밖에 없네요.

그저 잡은 손에 힘을 조금 더하여 악수를 했습니다.

그러자 안 책임님이 몸을 기울여 절 가볍게 안았습니다.

아아– 또 그 샴푸 냄새. 몸 내음.

영하 5도의 겨울이 갑자기 봄으로 바뀌던 순간.

안: 용기가 없어 미안합니다.

……왜.

왜.

당신이 용기가 없는 건데요.

내가 없는 거지.

내가 해줄 수 있는 게 없는 건데요.

내가 미안합니다.

정말 미안합니다.

아파트 유리 현관 너머로 엘리베이터를 타는 안 책임님을 보며 씁쓸히 발걸음을 돌립니다. 그리고 아까 들렀던 편의점에 들어가 물 한 병과 담배 한 갑, 라이터 하나를 샀습니다. 알바는 아까 콘돔 산 아저씨인 걸 아는지 모르는지 역시 무심하게 계산합니다.

편의점 앞에서 담배 두 개비를 피우고 물을 마신 뒤 주머니에 있던 반쯤 찢은 부끄러운 콘돔을 페트병과 함께 버렸습니다. 남은 담배도 안 피울 거 같아 버렸습니다. 집으로 돌아가는 길. 일부러 한 정거장을 지나쳐 내린 다음, 멀리멀리 돌아 집에 느릿느릿 도착했습니다.

대충 옷을 던져두고 얼굴과 손과 발만 씻고 PC를 켜 비디오 폴더에 들어간 다음, 안 책임님과 비슷하다고 생각했던 일본 배우의 AV를 찾아 지웠습니다. 처음 만났던 날, 닮았다며 상상한 그 나신들을 더 이상 부끄러워서 볼 수 없었고 다른 남자와 있는 건 더 볼 수 없었고 해괴한 동작과 신음 소리는 더더욱 볼 수가 없었습니다.

깨끗하게 지우고. 휴지통까지 비우고. 잠이 오지 않아 플스를 켜서 축구 게임 두어 판을 한 뒤, TV를 끄지도 않고 안 책임님 집에서 얻어 입은 티셔츠를 입고 소파에 쓰러져 잤습니다. 밤새 하다 만 게임 소리가 작은 거실을 채우고 있었습니다.

2장

불확정성의 원리

우린, 대체 어떤 사이인 걸까요.
오피스 와이프? 오피스 누나?

그 겨울은 참 길었습니다. 전 겨울이 해가 짧아서 힘듭니다. 암만 일찍 퇴근해도 해가 져 있으면 일찍 집에 가는 것 같지 않아서입니다. 벌써 하루가 끝났다는 생각이 들고요. 반대로 저녁을 먹으러 갈 때 해가 떠 있으면 아직 하루가 안 끝났다는 생각과 함께 회사에 있어도 좀 마음이 나은 것 같습니다. 그래서 저에겐 겨울이 좀 힘듭니다.

그 겨울 동안, 안 책임님과 저는 우리 사이에 있는 분명한 선을 발견한 기분이었습니다. 마치 옆에 큰 강이 있어 이 선을 넘으면 엄청 위험하다고 알려 주는 안전선 같은. 전에는 서로 멀리 있다가 어딘가에서 서로가 있다는 것만 알고 발걸음을 옮겼지만 정작 어디에 있는지는 몰라 한참을 헤맸습니다. 그리고 겨우 어디 있는지 알아내고 다가갔을 땐 건널 수 없는 강과 선을 발견했습니다.

초대를 받아서 간 날, 그 선을 발견하고 결정적으로 깨달은 것 같습니다. 이 선을 넘고 나면 저 큰 강을 건너야 한다는. 그것도 아주 험난한. 어쩌면 안 책임님도 저처럼 같은 것을 발견하지 않았을까요. 그래서, 용기란 말을 쓰지 않았을까요.

우리는 그 선을 넘지 않은 채 강을 바라보며 가만히 서서 겨울을 지냈습니다. 전처럼 간간이 함께 점심을 먹고, 아주 드물게 커피를 마셨으며, 일상적으로 메시지를 보내고 지냈습니다. 달라진 것이 있다면 진짜 그 선을 알고 딱 거기에 서 있는 느낌이었습니다.

하루는 사무실에서 야근하고 있는데 안 책임님이 다급하게 자기 자리에 노트북을 좀 가져다 달라고 전화가 왔습니다.

나: 노트북이요? 자리에 가서 책임님 노트북 그냥 들고 가도 돼요?

안: 원래 반출 신청은 되어 있어서 보안 데스크에는 노트북에 붙어 있는 바코드만 보여주면 돼요. 그리고 책임님 이름으로 보안 담당자에게 확인 받으면 되고요.

나: 부서 사람들이 저 보고 놀라지 않을까요? 도둑이다! 하면서.

안: 제 옆 사람에게 이야기해 놓을게요. 아직 회사에 있는 거 같아요.

나: 아유, 근데 노트북은 갑자기 왜요?

안: 급히 나오느라 마무리 못 한 게 있는데 빨리 필요하다고 미국 법인에서 난리여서 아무래도 집에서 좀 해야겠어요. 제 옆 사람에게 미리 이야기해 둘게요. 가방 채로 싸 놓으라고.

그 말에 자리로 갔더니 옆 사람이 무심하게 "손 책임님이시죠?"라고 묻곤 노트북 가방을 건네줍니다. 그대로 그걸 들고 퇴근해 안 책임님에게 가져다주면 되었습니다. 이제는 익숙한 아파트.

현관문 앞에 도착하자 문이 빼꼼 열렸지만 저는 들어가겠다는 기대와 의지도 없었고, 안 책임님 역시 "지금 애기가 있어요." 하면서 "정말 고마워요-."라는 말만 하고 문이 딱 닫혔습니다.

그래, 기대하고 뭐 그러지 말자고 하지만, 어느새 진짜 오피스 누나가 되어버린 거 같아서 기분이 이상했습니다. 그날은 문 앞에서 노트북 가방만 주고 후딱 나오긴 했지만 그 뒤로도 밤에 심부름으로 두어 번 방문하게 되었습니다. 한번은 근방에 일이 있어 갔다가 그냥 생각났다며 안 책임님에게 메시지를 보냈더니 난데없이 애기 먹을 우유가 떨어졌답니다.

[우유요? 뭐 사면 돼요? 그냥 흰 우유?]

[요 앞 마트에서 유기농으로 500mL짜리 하나만. 저지방 말고.]

[브랜드는 상관없이? 가격 상관없죠?]

[되도록이면 □□ 우유로. 가격은 늘 같아요. 그리고 우리 애기는 진짜 조금 먹어서 그냥 좋은 거 사려고.]

우유를 사 들고 가서 또 문으로 넘겨주고 가려고 했더니 이번에는 들어오라고 합니다.

안: 잠깐 들어와서 주스라도 마시고 갈래요?

나: 네? 지금 들어가도 돼요? 오늘 애 없어요?

안: 애 지금 방에서 자요. 벌써 잠든 지 좀 되어서 꽤 깊게 잘 거예요. 잠깐 뭐라도 마시고 가요.

이건, 진짜 주스 마시고 가라는 말.

그녀의 말에는 아무런 에누리가 없습니다. 저 역시 그 말 그대로 받아들입니다. 그래서 어떤 기대나 착각도 없이 들어가서 주스를 얻어 마시고 몇 마디 대화를 나누고 나옵니다. 지난 연말의 초대 이후로 어색함도 없지만, 더 이상의 아슬아슬한 선 넘기도 없습니다.

우리는 어쩌면…….

진짜 오피스 누이동생이 되어버린 모양입니다.

막 심부름도 시키고 주스도 얻어 먹는.

어느 날.

지인이 후배 여자를 소개해 주기로 하여 약속을 잡고 퇴근 후에 만나기로 하였습니다. 셔츠도 좋은 것으로 입고 평소엔 주로 렌즈를 꼈지만 그날은 안경도 꼈습니다. 회사 책상에 넣어둔 좋은 향수도 뿌리고 사무실을 나서서 회사 로비로 내려가는 순간. 역시 퇴근길이었던 안 책임님을 만났습니다.

안: 엇, 손 책임님. 오늘 안경도 끼셨네요. 안경 낀 거 혹시 내가 처음 보나? 오늘 되게 뭔가 샤방하고 귀염귀염하고 그래요.

나: 아-. 안경이야 가끔 회사에 끼고 왔는걸요. 퇴근하세요?

안: 네. 약속 있나 보네요. 오늘 뭔가 꾸민 티가 단단히 나는데.

나: 하하. 네.

안: 자세히는 안 물어볼게요. 나중에 이야기해주세요-. 아무튼 오늘 되게 멋져 보여요.

오늘 누구 만나요? 여자 만나요? 이런 식으로 물어봤으면 뭐라고 대답했을까. 아마 눈치 빠른 안 책임님은 아셨겠지요. 그래서 저렇게 이야기했을 겁니다. 어떤 마음이었을까요. 진짜 제가 멋져 보였던 걸까요. 절 배려한다고 저렇게 에둘러서 이야기한 걸까요.

갈길을 가야 하는데 안 책임님이 지나간 자리엔 또 절 혼미하게 하는 그 향기가 남아 발이 떨어지지 않습니다. 분자의 확산에 따라 그 냄새가 없어질 때까지 마지막 냄새의 한 줌까지도 코로 모으고 말겠다는 의지로 그 자리를 떠나지 않고 서 있었습니다. 같은 온도에서 기체 분자의 운동에너지는 기체의 종류에 상관없이 동일하다고 그레이엄*이 그랬다지만. 아닙니다. 틀렸습니다. 안 책임님의 향기는 달라요.

당신을 잊을 수 있을까.

이건, 단순히 샴푸 냄새가 아니다.

당신의 냄새.

당신에게서만 나고, 나만 맡을 수 있는 것일지도 모르겠다.

한참을 그런 생각에서 헤매고 있다가 겨우 빠져나와 약속 장소로 발걸음을 옮겼습니다. 소개받은 사람은 다섯 살이나 어리고 밝은 처자였습니다. 옷 태가 빛이 나고 피부가 하얗고 삶이 마냥 즐겁고 재미있는 젊은 아가씨. 중산층에서 태어나 좋은 학교를 나와 좋은 직장에서 괜찮은 봉급을 받으며 저축도 적당히 하고, 부모 생활비나 학자금 대출의 압박 없이 해외여행을 가고 친구들과 쇼핑도 다니며 삶에 고민이 없는 여자. 심지어 부모님도 아직 현직에 계셔 부모님의 사회적 위치와 재력이 살아 있는 사람. 신상 러닝화를 신고 요즘 유행하는 여자들이 참가하는 마라톤 대회에 나가고, 해외 팝스타가 오면 지체 없이 십만 원이 넘는 티켓을 사서 가는. 그냥 인생이 마냥 즐거운 여자.

여자는 만난 지 얼마나 되었다고 주문한 음식이 나올 때 벌써 호칭을 정리하자고 합니다.

소개팅녀: 누구 씨, 누구 씨라고 계속 부르시는 게 편하세요?

나: 그러면 뭐라고 불러요?

소개팅녀: 전 오빠라고 부를래요. 누구 씨 이런 거 전 싫어요. 회사 같은 느낌 들잖아요. 저한테도 그냥 이름 부르세요.

* 영국의 화학자 토마스 그레이엄(Thomas Graham)이 1931년에 발견한 '같은 온도와 압력에서 두 기체의 확산 속도의 비는 두 기체의 분자량의 제곱근에 비례한다.'는 법칙. 쉽게 말해 같은 무게라면 어떤 기체는 막 빨리 움직이고 어떤 건 느리고 그런 거 없지만 안 책임님의 향기는 천천히 그대로 머물러 있었다는 말이다.

낯가림이라고는 1g도 없는 사람.

나: 어. 갑자기 오빠 소리 들으려니 되게 이상하네요. 근데 이름 부르려면 말도 놓아야 하는데.

소개팅녀: 그럼요! 말도 놓으셔야지! 그래야 나도 편하죠!

나: 난 좀 천천히 할래요. 난 낯을 많이 가려서…… 편한 대로 부르세요 대신.

초면에 오빠 호칭을 허하였더니 오빠, 오빠 하고 종알종알하면서 다음에 뭐 먹으러 가자느니 어디 가 봤냐느니 아직 신청도 하지 않은 애프터를 벌써 그리고 있습니다.

내가 마음에 들었나. 아직은 잘 모르지만 예쁘고, 집안 좋고, 마냥 밝고, 학벌 좋고, 구김 없고, 외동딸에, 우리 엄마가 딱 좋아할 스타일인데. 마다할 이유가 없는 여자인데. 심지어 차도 좋던데.

아빠가 사 준 거라고 하며 자랑도 숨김도 없이 막 태워 준다는 걸 겨우 마다했습니다. 생각 없이 자랑까지 하는 걸 보면 속에 꼬인 것도 없는 사람 같았습니다. 사실 그 순간 속으로는 안 책임님도 이렇게 밝고 젊고 싱그러운 때가 있었을 텐데, 이렇게 젊었을 때의 안 책임님을 만났으면 얼마나 좋았을까 하는 상상을 하고 있었습니다.

여자와 적당히 좋은 말을 하며 헤어지고 소개한 지인에게 감사 전화를 한 다음 조금 고민을 하다가 그냥 정중하게 애프터 신청을 했습니다. 그랬더니 이 젊고 종알종알 밝은 처자는.

[오빠 엄청 귀엽네요 ㅋㅋ 난 아까 애프터 약속 이미 한 줄 알았는데 ㅋㅋ]

모르겠다. 그냥 만나 보자. 사귀자고 한 것도 아닌데.

그렇게 생각한 뒤 소개팅 중에 안 책임님에게서 온 문자를 이제야 확인합니다.

[책임님 오늘 되게 멋있네요. 설렐 정도로 :)]

왠지 짠하고 마음이 아픕니다.

괜히.

/

봄이 되었습니다.

패딩 점퍼와 코트를 세탁소에 맡길까, 좀 더 입을까, 추위가 아직 남았나 고민하는 달이 되었습니다. 회사에서는 또 조직을 바꾸니 새로운 사업을 시작하니 그런 이야기들이 나오는 시즌이었습니다.

작년에 새로 만난 부서장과는 어느 정도 적응을 했고 큰 마찰 없이 잘 지내고 있었는데, 하루는 부서장이 면담을 하자고 하더니 커피 한잔하자며 사무실 밖으로 불러냅니다.

부서장: 손책. 야, 너 전에 GMAT 준비하더니 이제 안 하냐?

나: 헉- 어떻게 아셨어요?

부서장: 야, 그런 건 회사 모르게 알아서 하는 거 기본 아니야?

아니, 어떻게 알았지. 나만 모르고 모두 알고 있었나.

부서장: 아무튼, 요즘은 공부 안 하는 거 아는데…… 너 회사 생활에 승부 한번 걸어볼래?

나: 아. 무슨 일을 시키시려고…….

보통 이럴 땐 어려운 일, 힘든 일 시키려고 하던데.

부서장: 너 이름 걸고 과제 빌드 하나 해 볼래? 내년 하반기 목표로 북미에서 파트너사랑 같이 사업하려고 하는데, 비공개로 팀 만들어서 경쟁시킨다고 전략팀에서 몇몇 부서에만 연락이 왔거든.

나: 경쟁이요? 선정되면 어떻게 되는데요?

부서장: 예산 주고 인력 주고 비즈니스 만드는 거지. 너 옛날에 TF 가던 거랑 차원이 달라. 이건 처음부터 아예 할 생각으로 시작하는 거야. 너 이름도 딱 걸리고. 그리고 과제 구상만 하는데 몇억 태운대. 이런 지원이 어디 있냐. 어디 다른 데 갖다주고 그런 거 아니야.

나: 제 이름 걸고요? 그럼 제가 메인 프로덕트 오너 하고 그러는 건가요? 제가 할 깜냥이 되는 건지 잘…….

부서장: 야. 되니까 해 보라는 거지. 3분기에 이사회에 보고하고 그때 결정한대. 너 연차에 딱이야. 이거 되면 바로 북미 주재원에, 주재원 끝나면 회사에서 보내주는 MBA하고 임원 트랙이야. 다 이런 거로 시작해. 자기 이름 걸고 성공하는 거로.

아이고- 그놈의 MBA.

나: 아니, 그렇게 좋은 걸 그럼 수석님이 하시지 왜 저에게…….

부서장: 야! 내가 수석에 부서장인데 이거 할 연차가 한참 지났잖아! 그리고 널 예뻐하니까 추천하는 거 아니야. 바보야! 부서에 열 명이 넘는데 너한테 하라고 하는 건 다 이유가 있는 거 아니야. 내가 밀어주겠다는데. 좀 알아들어라!

누군가에게 인정받는 것. 회사에서 인정받으며 잘나가는 것. 선망의 대상이 되는 것. 부러움을 받는 것. 평소 딱히 승진에 목을 매거나 임원을 부러워해 본 적이 없는데 이상하게 바로 위 부서장이 내가 널 인정하니까 추천한다, 해봐라 하니까 조금 마음이 두근거립니다. 맨날 회사 생활 개떡 같다고 동기들과 욕하고 다녔는데 흠-. 난 너희들과 달라. 인정받는다고. 우스운 자부심마저 생깁니다.

일단 안 책임님에게 메시지로 알리기로 했습니다.

[책임님. 책임님. 저기 전략팀에서 하는 과제 공모하라고 추천받았는데요. 저 이거 하는 거 어떠세요? 하는 거 맞는 건가요?]

[아무한테나 오는 기회 아니잖아요. 멋지게 해 보세요. 응원할게요.]

응원할게요.

그 말에 복잡한 마음이 듭니다.

마음을 가만히 들여다보니 제가 기대한 상황은,

'그거 되면 많이 바쁜 거 아니에요? 잘 못 보는 거 아니에요?'

'그러게요. 그래도 잘되면 좋지 않을까요.'

'과제 선정되면 미국 가야 하는 거 아니에요? 못 보는 건가요?'

이런 이야기를 기대하고 있었습니다.

대체 왜 난 계속 이런 생각만 하고 있는 건가. 이미 선이 그어져 있다니까. 난 못 넘겠다니까…….

다음날, 부서장에게 하겠다고 호기롭게 이야기하고 일주일 동안 여기저기서 아는 똑똑한 후배 사원들에게 제안하여 남자 넷, 여자 둘과 같이 과제 준비를 하기로 했고 인사팀과 부서의 허락을 받았습니다. 후배 한두 명 지도는 해 봤어도 이렇게 큰 조직을 이끄는 건 회사에서 처음입니다.

같이 모여서 생각해오던 것을 설명하고 몇몇 아이디어와 방향을 제안했는데 다들 눈이 반짝거립니다. 의욕이 넘치고 좋은 그림만 그려지는 분위기가 저와 과제원들을 감싸고 있습니다.

이 정도라면 잘 해낼 수 있을 것 같다.

여기에, 만약 안 책임님이 있었더라면 얼마나 좋았을까.

문득 지난 TF가 생각났습니다. 참 많이 배웠었는데. 행복했었는데.

하지만 이젠 혼자 해야 합니다. 과제원을 모아 놓고 몇 가지 후보 아이템은 이미 나와 있었지만 아이디에이션Ideation 한다며 과제비에서 돈을 떼어 쥐여 주고는 반나절 동안 놀다 오라고 부탁했습니다. 물론, 과거에 TF에서 수석님이 있어 보이게 이야기했던 것처럼, 이게 어떤 방법론인지 미리 공부해서 써먹는 것도 잊지 않았습니다.

PC방에서 놀다 와도 좋으니 뭐라도 회사 밖에서 머리 식히고 아무거나 건져 와서 이야기 나누어 보자고 하니 과제원들은 미세먼지에 별걸 다 시킨다며 투덜거리면서 나섰고, TF룸이 조용해지자 저도 회사 빌딩을 나와 명동으로 향했습니다.

이것은, 안 책임님을 처음 만났던 지난 여름날을 혼자 기념하는 것.

똑같은 가게.

똑같은 커피집.

똑같은 주전부리 트럭들을 둘러보며 추억했습니다. 그 여름날, 커피를 마시며 환해졌던 안 책임님을 다시 떠올리며.

이것으로 내 마음을, 그 시간을, 이 관계를 정리해 보자고. 지난 10개월 행복했었노라고. 그리고 이 일에 집중하며 나를 태워서 당신을 잊어보겠다고 생각했습니다.

처음으로 이름을 걸고 해 보니 무엇 하나 허투루 할 수가 없었습니다. 누구에게 물어볼 수도, 책임을 지울 수도 없었습니다. 저희 부서에서도 몇 오고 다른 부서에서도 과제를 위해 함께 한 사람들인데 같이 성공해 보자는 믿음을 리더로서 주기란 쉽지 않았습니다. 모두의 생각이 부딪혀 정리하기 힘들 때도 있었고, 나이 어린 과제원을 꾸짖는 일도 필요했습니다.

문제는 너무 어려웠고 원하는 자료는 항상 부족했습니다. 매일 야근을 했고 주말에도 일을 싸 들고 집에 가게 되었습니다. 힘들 때면 미국 캘리포니아에 비즈니스 클래스를 타고 출장을 가는 상상을 했습니다. "상무님!" 하면서 절 누군가 부르는 장면을 그려보기도 했습니다. 성공 가도를 달리는 젊고 똑똑한 임원. 여기저기서 들리는 말들. 야, 저 사람이 이번에 상무 된 누구누구래. 아 정말? 엄청 젊네. 능력 있나 봐. 아아 멋있다.

……이런 걸 상상하고 있었다니, 부끄러웠지만요.

그리고, 미안하게도 젊고 밝은 종알종알 소개팅 아가씨와는 몇 번의 메시지와 전화에 제대로 답을 하지 못해 연락이 매우 뜸해지고 말았습니다.

사실 그동안 제 인생에 큰 도전이 없었습니다. 뭐, 수능을 보고 대학에 가고 취직하는 걸 도전이라 하진 않으니까요. 도전이 두려워서 딱 그만큼의 노력만 하고 살았고 운이 좋았고 배경도 도와주었습니다. 남들이 좋다고 하는 학교에 들어갔고, 감사하게도 학자금 대출에 허덕이지도 않았고, 백수 생활 기간도 거의 없이 어렵지 않게 취직했습니다. 그래서 그 정도로 노력하고도 적당히 잘 살 수 있었습니다.

고시준비도 하다가 금방 내려놨고 MBA도 순전히 안 책임님 때문에 시작한 거였으니까요. 삼십 줄의 인생에서 처음으로 스스로 악착같이 해 보는 느낌이었습니다. 시간을 쪼개어 썼고 해당 분야 공부에 매달리고 과제원들 관리하느라 감정 노동도 보통이 아니었습니다. 이렇게 공부하고 노력했으면. 진즉 뭐라도 되었을걸. 인생이란 먼저 철드는 사람이 성공하는 거구나.

그러다 보니 안 책임님과는 제대로 못 만났습니다. 중간에 간간이 잘되어 가냐는 응원과 안부의 메시지를 받았고 저는 고맙다는 말 외에 딱히 특별한 안부를 묻지 않았습니다. 일부러 더 일에 집중했고, 일부러 빛나는 미래를 상상했습니다. 애써 그 희망찬 미래에 안 책임님을 넣지 않았습니다. 그래서일까요.

그렇게.

잊히는 듯했습니다.

주어진 일로 다섯 달을 불꽃같이 보내고 맞이한 늦여름.

주말에 엄마가 외출했다가 넘어지면서 무릎을 크게 다치시고 입원과 수술로 인해 집안 분위기가 갑자기 침체되었습니다. 이제 아직 노인이라 부르기엔 젊다고 생각한 엄마였는데 긴 재활이 필요할 것 같다는 의사의 말과 전처럼 걸을 수 없을지도 모른다는 생각에 엄마를 포함한 식구 모두가 매우 우울해졌습니다.

늘 아버지와 간병인의 도움이 필요했고 엄마 역시 도움 없이는 걷기 힘들다는 생각에 매우 우울해했습니다. 무슨 큰 병에 걸린 것은 아니었지만 이상하게 가족 모두 그 사실을 무겁게 받아들였습니다.

몇 달을 꿈처럼 일하면서 지내다가 뭔가 한 대 얻어맞아 잠시 깨어난 기분이었습니다. 우울해지지 않으려고 애썼는데 여간 마음이 쓰이는 것이 큰 짐을 하나 얹은 것 같았습니다. 조금만 더하면 끝날 과제기에 애써 마음을 부여잡고 감정을 쥐어짜며 일에 매달릴 수밖에 없었습니다. 그리고 그간 쿠킹해 왔던 과제를 전략팀과 조율하며 보고할 날을 잡던 어느 날. 부서장이 난데없이 과제룸에 찾아왔습니다.

부서장: 잘 되냐? 그새 엄청 삭았네. 한 다섯 살은 늙은 거 같다.

나: 수석님. 무슨 말씀을 그리 하세요. 하하하. 요즘에 보고 날짜 잡으면서 자료 정리해요. 전략팀에서 파이널 버전 검토하고 그래요.

부서장: 사실 말이야.

부서장은 과제 룸에 있는 다른 과제원들 눈치를 보더니 잠시 나가자고 합니다. 그리고 커피 기계에서 커피를 내리며 조용히, 어렵사리 말을 꺼내었습니다.

부서장: 전략팀에서 연락이 왔는데, 조 차장 알지? 이번 경쟁 과제 담당. 그 사람이 나랑 미팅을 같이하자고 해서.

나: 아니, 왜 저한테 연락을 안 하고. 맨날 연락하던 사람이 왜 그러신대요?

부서장: 어. 뭐 나 통해서 할 말이 있나 보지 뭐. 이따 오후에 네 시 정도 일정 괜찮지?

나: 네 뭐……. 저야.

부서장이 이야기하던 조 차장이란 사람이야 늘 만나던 과제 담당 전략팀 소속이라 별생각이 없었는데, 부서장 통해서 연락해 오니 좀 의아하기는 했습니다. 어찌되었든, 만나자고 한 시간에 맞춰 회의실에 들어가자 어쩐지 분위기가 좀 무거웠습니다. 조 차장이란 사람 외에도 또 한 명이 와 있었습니다.

부서장: 어. 손책. 뭐, 많이 뵙던 분들이지? 소개할 필요 없지?

나: 네. 안녕하세요. 전략팀 사람들에게 자료 수정할 거 있으면 저에게 직접 말씀하셔도 되는데…….

조 차장: 아- 예, 예. 수고 참 많으십니다. 과제도 참신하고 준비도 잘 되는 것 같습니다. 이쪽은 김수련 과장입니다.

김 과장: 네. 이번에 위에서 기대가 크시더라고요. 중간 시니어급에게 과제를 주니까 아이디어 좋고 실행력 있다고요.

나: 네……. 오늘 미팅 아젠다는 뭔가요? 이렇게 갑작스럽게 저희 부서장까지 배석하시고…….

그러자 조 차장이 부서장의 눈치를 봅니다.

부서장: 어- 저기, 손책. 너 과제랑 겹치는 과제가 있대. 너무 똑같다는데…… 너 유럽 파트너십 쪽에 나상훈 책임이라고 알아? 같이 일한 적 있어?

나: 아. 알죠. 알긴 아는데, 얼마나 똑같길래요?

불안한 마음이 듭니다.

조 차장: 손 책임님. 처음에 여섯 개 팀이 시작했고 중간에 두 개 과제가 여러 가지 문제로 중단되었어요.

나: 네. 그건 들어서 알고 있습니다.

조 차장: 지금 네 개 과제가 파이널에 있는데 위선에서 두 개만 추려서 보고 올리라고 하셔서요.

나: 근데 나 책임은 왜요?

나상훈 책임이라면 같은 TF 멤버였습니다. TF 종료 후에는 딱히 만난 적도 없습니다.

조 차장: 지금 네 개 과제 중 하나가 손 책임님 과제랑 너무 똑같아서 하나 정리하면 좋겠습니다. 그게 나 책임님 과제라서요.

똑같다고? 왜? 어째서? 근데 왜 나한테 그걸 이야기하는데? 황당한 나머지 말문이 막혀 가만히 있자 김수련 과장이라는 사람이 설명을 이어갔습니다.

김 과장: 손 책임님. 정말 죄송한데 나 책임님 쪽이 과제 제안도 빨랐고 자료 보내온 것도 빨랐습니다. 그쪽은 여덟 명이 붙어 있어 팀도 좀 큽니다. 개발도 인하우스로 다 하더라고요. 잘하는 개발자를 뽑았는지……. 그리고 결정적으로 비즈니스 모델 빌딩 단계가 책임님 것보다 조금 더 발전되어 있기도 해요.

나: 그럼 제가 그걸 따라 했다고요? 베꼈다고 의심하시는 건가요?

제가 다소 격양된 목소리를 내자 당황한 전략팀 김 과장은 손사래를 칩니다.

김 과장: 아니요, 아니요. 손 책임님께서 그쪽 자료를 보거나 베꼈다는 말이 절대 아니고요……. 저희로서는 교통정리를 하긴 해야 하는데 이럴 땐 그냥 기준을 정하는 수밖에 없습니다.

나: 하아. 그럼 과제 접으라는 말씀이신가요? 아니, 뭔 이제 와서…… 자료 처음 보신 것도 아니면서 지금에 와서 같네, 어쩌네 말씀하시면 어떻게 하자는 겁니까? 저희랑 회의를 한두 번 하신 것도 아니면서.

순간 피가 거꾸로 솟았습니다. 얼굴이 붉어지는 것을 보고 부서장이 나서서 절 달래기 시작했습니다.

부서장: 그래도 전략팀에서 너랑 과제원들 고과는 인사팀이랑 이야기해서 따로 챙겨 준대. 그리고 돌아와서 할 일도 배려해 줄게. 나도 충분히 감안해 둘게.

부서장이 약속하기만 합니다. 아니, 같이 싸워줘야지 이 양반아. 하긴, 부서장은 과제와 큰 상관이 없지. 본인 과제도 아닌데. 아, 그래도!

김 과장: 나상훈 책임님 쪽도 미팅을 잡긴 하는데 손 책임님과 만나고 결과를 낸 후에 만날 겁니다.

나: 결과요? 무슨 결과요?

조 차장: 만약 손 책임님선에서 결정 못 하시고…… 그러니까 나 책임님 쪽과 다 만나서 이야기한 뒤 결정해 달라고 하시면 결정을 제가 못하고 더 위로 올라가게 됩니다. 그럼 좀 피곤해집니다.

아. 그러니까 난 책임 못 지겠다, 이 사태의 책임은 지기 싫으니까 좀 물러서 주라 이거구나! 아니, 피곤한 게 너네지. 나냐.

말을 마친 전략팀 사람들은 인사를 하며 무심히 회의실을 떠났고, 부서장은 절 붙잡고 설득을 합니다.

부서장: 야. 회사 생활 나처럼 이십 년 하면 더 웃긴 일도 많아. 너 이거 아무것도 아니야. 잘린 것도 아닌데. 야. 이게 만약 해고 통보였어봐. 난 입사하고 IMF 직후에 내 선배들 우루루 잘리는 거 보면서 시작했어. 이 정도는 진짜 양반이지. 그래, 그래도 네 입장에선 아쉽고 속상하지. 알아, 알지. 하자고 한 입장에서 나도 미안한데. 그냥 사회생활 이런 거라 생각하고 또 다른 일 하자. 응? 너무 실망 말고…….

그래요, 수석님. 그래도 날 위로한답시고 앉아 있는 당신이 고맙네요. 딱히 위로는 안 되지만. 고맙긴 합니다. 당신 책임은 아니니까요.

부서장: 아마 전략팀 저 둘이 온 거 보면 저 둘 다 잘못한 거지. 조 차장이 너네 과제 담당이고 이 김 과장이란 양반이 나 책임 담당인 거 같다.

나: 그런 거 같네요.

부서장: 아마 둘이 커뮤니케이션 잘못해 놓고 이제 와서 그걸 해결하려니 못하겠고. 그러니 너한테 이러는 거 같은데.

나: 하-.

부서장: 나 책임이 그 키 크고 떡대 좋은, 그 취미로 복싱한다는 그 친구지? 일은 잘한다고 들었는데 이상하게 평가는 좀 갈리더라고. 정치적이고 지나치게 전략적이라고. 일하고 나면 피곤하다고. 걔가 뭐 수 쓴 건가…….

넉 달 가까이 되는 시간이었습니다. 그 시간이 아깝다기보다는 일단 과제원들에게 할 말이 떠오르질 않았고 제 딱한 인생에 화가 났으며 나 책임이란 작자가 분명히 우리 자료를 미리 보거나 빼간 게 틀림없다는 생각이 들어 미칠듯한 분노에 휩싸였습니다.

과제 룸 자리로 돌아와 허무하게 앉아 있는데 다른 과제원들에게 할 말이 없습니다. 한숨만 쉬며 분노를 애써 삭이고 있는데 부서장이 전화를 걸어 옵니다.

부서장: 야, 그냥 나갔다 와. 아니, 그냥 퇴근해. 어디 사우나 가서 몸 좀 담가. 당구라도 치든지. 그냥 좀 나갔다 와. 내 법인 카드라도 줄까? 맛있는 거라도 먹을래?

나: 어딜 갑니까. 제가 지금…….

부서장: 야. 그럼 일할 거야? 무슨 일을 해? 내가 너네 과제원들 얼굴 보면 이야기해 줄게, 잘.

나: 제가 이야기를 해야지요. 다른 사람에게 들으면 더 기분 나쁠 것 같은데요. 혹시 마주쳐도 그냥 아무런 말도 하지 말아 주세요.

부서장의 배려는 고마웠지만 분노는 쉽게 가라앉지 않았습니다. 나 책임에게 어떻게 된 거냐 따지려고 전화했는데 받지를 않습니다. 일부러 안 받는다고 생각하자 더 분노가 치밉니다. 이 새끼들, 날 먹일려고. 왜 얘네 자료가 우리 거랑 비슷하다는 거지.

분노. 분노. 분노.

실망. 실망. 실망.

물론 몇 년 지난 지금 생각하면, 아무것도 아닌 일이지만…….

분노와 실망이 쌓인 감정에 어찌할 줄 몰라 사무실만 맴돌다 안 책임님이 떠올랐습니다. 그래. 안 책임님에게 이야기하자. 내 이 슬픈 처지를 털어놓고 위로를 받자. 지금의 이 감정을 대체 누구에게, 누구에게 말한단 말이냐.

저는 바로 안 책임님에게 메시지를 보냈습니다.

[사무실에 계세요?]

하지만 답이 없습니다. 읽었다는 표시도 한참 동안 뜨지 않습니다. 답답함에 일단 밖으로 나오니 오후 네 시. 해는 중천에 있고 사무실을 나가 술이라도 먹으려 했지만 한낮에 술 파는 데가 떠오르지도 않습니다. 뙤약볕의 매미 소리에 사실 술 생각도 없습니다. 목이 말랐지만 무엇을 마셔도 해소되지 않을 느낌이었습니다.

결정적으로 갈 데가 없었습니다. 시험 끝나고 폈던 마지막 담배가 생각이 나서 편의점에 들러 또 담배 한 갑과 라이터를 사 들고 나와 회사 빌딩 뒤로 돌아가 흡연실에서 일단 두 대를 폈습니다. 오랜만에 피우는 담배라 그런지 어질어질합니다.

하지만 역시. 별로 위로가 안 됩니다.

집에나 갈까. 지금 집에 가면 뭐하나. 오랜만에 게임이라도 할까. 아니면 야구 동영상(AV)이나 볼까. 아 참, 다 지웠지. 아이 씨. 아니면 진짜 야구를 볼까. 하필이면 오늘 잠실에 게임이 없네. 아, 날은 진짜 왜 이리 더워. 회사에 도로 들어가서 전략팀이랑 만날까. 내가 깽판 치고 그러면 감사팀에서 오고 그러나. 그러면 걔네도 손해겠지.

분노와 원망에 이어 이젠 망상까지. 한데 왜 안 책임님에게선 연락이 없냐. 그래 끝났지 뭐. 나도 연락이 없었으니까. 염치없다. 네가 뭐라고. 이제 와서 연락을 하나. 그래서 뭐 해달라고 할 건데. 안아달라고 하면 안아 주나. 몇 달씩 연락도 제대로 안 하다가……. 찌질하다. 찌질해.

나이트라도 가서 술 먹고 춤추고 원나잇 하는 그런 흥청망청함이 간절했습니다. 친구들에게 술이나 먹자고 몇몇 연락을 했지만 휴가다 뭐다 시간 되는 녀석이 하나도 없습니다. 심지어 소개팅녀까지 떠올렸다가 무슨 낯짝으로 연락하냐는 생각에, 게다가 지금 그런 밝은 사람을 만나도 기분이 나아질 것 같지 않아서 연락할 수 없었습니다.

오후 다섯 시. 급기야 회사를 나서서 근처 패밀리 레스토랑에 들어가 맥주에 나초 하나를 시켜 바에서 먹었습니다. 바텐더에게 말이라도 걸까 하는데 생각한 '바' 분위기도 아닙니다. 바텐더는 맥주를 따라 주더니 주방에 가서 요리 보조만 합니다. 아직도 해는 중천입니다. 술 취해서 흥청거리고 싶은데 왜 해도 안 지고 그러니. 결국, 결혼한 전 여친 생각까지 납니다. 미쳤다, 진짜.

안 책임님에게 또 메시지를 보냈지만 여전히 읽히지 않는 상태입니다. 여전히 화가 풀리지 않고 또 알 수 없는 배신감에 마음이 영 안 좋습니다. 안 책임님까지 연락이 안 됩니다. 내 마음이 좁은가보다…… 이러고 하염없이 바 위에 놓인 TV만 멍청히 바라보고 있는 와중에, 드디어 안 책임님으로부터 답이 왔습니다.

[아, 정말 미안해요. 이제야 확인했네요. 저 지금 나와 있어요.]

[회사로 들어오세요? 혹시, 잠깐이라도 볼 시간 되세요?]

[근데 회사에는 애만 픽업해서 바로 집에 가는데. 볼 시간이 날지 잘 모르겠어요. 죄송한데, 잠깐 기다릴 수 있어요? 금방 제가 전화할게요. 잠깐만요!]

서너 달을 거의 못 봤는데 메시지 하나에 마음이 바삐 움직이는 모습. 고마워졌습니다. 일단 레스토랑을 나섰습니다. 대로변의 뒷골목 한편에서 담배를 또 물며 생각합니다. 회사를 그만둘까. 성공을 해야 이것들 내가 복수를 하는데……. 무슨 성공을 해야 이것들이 이걸 후회하게 하지? 온갖 망상에 또 빠져 있는데 그 순간 안 책임님에게서 전화가 걸려 옵니다.

안: 책임님! 과제 결과 나왔어요? 아니면…… 그냥 연락한 거예요?

나: 과제는 완전히 안 된 건 아닌데……. 안 될 거 같아요.

2초의 정적 후, 사려 깊은 이 여자는 무언가 생각해 내었습니다.

안: 음…… 얼굴 봐야겠죠? 뭔가 이야기하고 싶은 거죠?

네. 보고 싶은 겁니다. 보고 싶은 거냐고 물어봐 주시지.

나: 네. 근데…… 시간 내기 어려…… 우시죠?

안: 나 지금 애 픽업해서 데리고 이제 집에 가는데. 혹시 한 시간

정도 후에 저희 집 쪽으로 올 수 있어요? 내가 가야 하는 것 같은데 오라고 해서 미안해요.

그래. 주스 한 잔이라도 얻어먹자. 딱하다고 뭐 미역국이라도 끓여주려나. 아, 근데 애기 자려면 한참 남은 거 아닌가. 아 모르겠다. 오라면 난 갈 뿐.

시간이 지나 해가 지려고 하고 있었습니다. 저물어가는 여름 해가 만드는 노란 빛을 보며 터덜터덜 지하철을 타고 걷고 걸어 안 책임님 댁 아파트에 도착했습니다. 패밀리 레스토랑에서 맥주 한 잔에 나초는 거의 손도 안 대었더니 조금 허기가 집니다. 피곤하고 목이 또 마릅니다. 얼굴이 내내 화끈거려서 땀도 난 까닭에 매우 불쾌했습니다. 아파트에 왔는데 기다리겠노라고 메시지를 보내자 금방 답이 옵니다. 놀이터 근처 벤치에 앉아 있으라고. 금방 나간다고.

재잘거리는 애들이 여기저기 뛰어다니고 있어 놀이터에는 못 있고 멀리 주차장을 서성거리고 있는데 안 책임님이 아파트 현관에서 뛰어나옵니다. 오랜만에 만난 안 책임님이 그렇게 반가울 수가 없습니다. 리넨 소재 흰색 블라우스에 베이지색 칠부바지. 그런데 크록스 슬리퍼, 작은 장바구니. 퇴근 후 옷도 안 갈아입고 뛰어나온 듯합니다.

당신은 뭘 신어도 여전히 예쁘고 아름다우시군요. 당신은, 언발란스한 크록스 신발마저 귀엽습니다. 아주 조금, 1mm 정도 마음이 좋아졌습니다.

나: 죄송해요. 저녁에 막 시간 내달라고 해서.

안: 아니에요. 괜찮아요. 오랜만에 보자고 해서 고마웠어요.

뭔가 데자뷔처럼 느껴졌지만 일단 대화를 이어나갑니다. 이제 보니 머리도 좀 짧아졌고 스타일이 조금 달라진 것 같습니다.

나: 어…… 머리도 자르셨네요. 머리 자르니까 되게 달라 보이네요. 어떻게 지내셨어요?

안: 머리 한 지 좀 되었는데. 우리 정말 오래 못 봤구나. 내 이야기를 하자면 너무 길고…… 또 내 이야기를 하려고 나온 건 아니니까 다음에 이야기할게요.

전 당신의 이런 현명함을 사모합니다. 어디부터 이야기할지 몰라 안부부터 묻는 제 마음을 어떻게 바로 알아보아 주는 걸까요.

안: 무슨 일 있죠?

어디부터 이야기할지 몰라 한숨만 쉬고 머뭇거립니다.

안: 아이고…… 담배 냄새. 담배도 피웠어요? 세상에.

그리고 곧 측은한 눈빛. 아, 이거 전에 봤던 눈빛인데.

나: 근데 집에 아이는 어떻게 하고…….

안: 지금 이모가 계세요. 잠깐 뭐 좀 사 온다고 하고 얼른 나왔어요. 저기 요 앞에 마트로 좀 이동하면서 이야기해요. 미안해요.

안 책임님은 작은 장바구니를 보여주며 발걸음을 옮깁니다. 해가 아직 다 지지 않은 놀이터와 주변은 몇몇 아이들과 그 부모들이 오가고 있었고 어른 남녀가 앉아서 편하게 이야기하기엔 어차피 어려운 분위기이긴 했습니다.

천천히 함께 걸으며 저는 그간의 이야기를 두서없이 막 하기 시작했습니다. 오늘 전략팀과 만난 일. 그리고 갑자기 과제 초기로 돌아가 세팅하고 시작하던 일. 사람을 모으던 일. 다시 지난 주말로 건너가서 엄마가 다치셨던 일. 서사도 없이, 인과도 없이 다소의 흥분 상태에서 주절주절 감정이 흐르는 대로 말을 합니다.

아파트 상가 지하의 동네 마트에 이르자 음악과 시끄러운 호객 방송에 이야기가 잠깐 끊깁니다. 오늘 막 들어온 고등어가 얼마네. 수박 이제 마지막이네. 지금 사면 거의 그냥 들고 가는 거라네. 국거리 고기 들여가라네. 그 난리 통에 이야기가 잘 이어지지 않습니다.

안 책임님은 되물음 없이, 추임새도 없이, 고개를 끄덕이고 눈을 맞추면서 듣기만 합니다. 그 와중에 부지런히 움직여 1mL짜리 우유, 당근 몇 개, 치즈 한 개, 카레 가루 한 봉지, 두부 한 모를 넣습니다.

안: 목마르죠? 뭐 좀 마실래요?

나: 전 그냥 녹차 하나 살게요.

안 책임님이 물을 골라 장바구니에 넣었고 계산대로 이동을 하다가 좀 더 살 것이 있는지 곰곰이 생각합니다.

안: 아. 잠깐만요. 저기 얼른 갔다 올게요.

안 책임님은 물티슈를 하나 고른 뒤 과일 코너로 돌아가 과일 담는 비닐을 두 개 뜯어 겹칩니다. 그리고 그걸 들고 생선 코너로 가더니 새 얼음 한 줌을 부탁해서 수북이 담아 오는 것이었습니다. 계산을 마친 뒤 안 책임님은 물티슈 여러 장을 북북 뽑아 얼음이 담긴 비닐에 넣고 생수를 조금 부어 넣습니다.

장을 본 지 십 분이 채 안 되는 것 같았는데 마트 밖으로 나오자 해가 거의 져 있었고 아파트의 분위기가 사뭇 달라졌습니다. 어린아이들과 엄마들은 다 들어갔고 이제 노란 학원 차와 어딘가로 가는 중고생들과 쓰레기를 버리러 나온 아줌마들만 보입니다.

이제는 분위기가 차분해져 조금은 편히 이야기할 수 있을 것 같습니다. 아까 만난 그 자리에 앉자 안 책임님은 "잠깐만요." 하더니 아까 그 얼음물 담은 비닐에서 물티슈를 꺼냅니다. 그리고 저를 향해 몸을 돌리고 눈을 좀 감으라고 하더니 얼굴을 닦아 주기 시작했습니다.

> 안: 뭔가 몸에 막 열이 있고 화도 있고 그래 보여서. 그리고 밖에 오래 있어서 그런가. 얼굴이 많이 지쳤다.

냉기를 머금은 물티슈로 이마부터 눈, 코, 볼, 귀 그리고 목을 여러 장을 써 가며 닦아 주었습니다. 시원한 그 기운에 정말 화가 조금은 가라앉는 것 같았습니다. 위로라고 하면 언제나 따뜻하고 부드러운 속성만 있는줄 알았는데 이렇게 차고 시원한 기운의 위로도 새롭게 알게 되었습니다. 안 책임님은 손을 달라고 하더니 손바닥과 손가락도 가락가락 닦기 시작합니다.

> 안: 마음 같아서는 발도 닦아 주고 싶지만, 그건 참을게요.

이것을 난 뭐라고 부를 수 있을까요. 무슨 단어가 이 마음을 표현할 수 있을까요. 따뜻함? 연민? 배려? 엄마 같음? 슬기로움?

전 끝내 이 마음을 설명할 수 있는 단어를 찾지 못했습니다. 그저 당신의 이 모든 속성에 대해 깊이 흠모할 뿐이었습니다.

> 안: 이제. 쪼오금 살아난 것 같네요. 아깐 좀 뭐랄까 꾀죄죄했는데.
> 나: 제가 뭐길래 이렇게까지 해 주시나요.

대답 대신 웃음. 미소, 그리고 나의 구원.

저는 아까보다는 훨씬 나은 마음으로 조곤조곤 이야기를 시작합니다. 마트에 들어가기 전에는 그냥 있었던 일을 두서없이 이야기하면서 내가 이 정도로 속상하다고 무턱대고 이야기했다면 지금은 제 마음을 차근차근 이야기할 수 있을 것 같았습니다.

나: 나 책임. TF에 있을 때 되게 일 잘했잖아요. 같은 팀은 아니었지만 전 좀 부러운 점이 많은 사람이었어요. 키도 크고 목소리도 크고 따르는 사람도 많은 거 같고.
안: 난 나 책임 너무 거칠어서 좀 그렇던데.

편들어 주는 건가.

나: 왜 결과물이 비슷하다는 건지 모르겠어요. 진짜 이상해요.
안: 같은 회사 다니고 그러니까 어쩌면 생각하고 있는 게 다들 비슷해져 버렸는지도 모르죠.
나: 근데, 나 책임이라는 말에 더 기분이 나빠졌어요.

같은 TF였던 나 책임에 대한 기억. 덩치 크고 똑똑하고 분명하고 남자답고 리더십 있고. 카리스마 있게 후배들을 몰고 다니며 위계와 강한 유대감으로 결과를 만들어 내는 걸로 유명했습니다. 그러니 이번 결과물도 엄청 좋을 것 같은 생각이 들었습니다. 그래서 그냥 전략팀에 들고 가서 결과물로만 놓고 판단해 달라고 하지 못했던 마음. 이건 열등감인가.

어쩌면, 진짜 일대일로 싸워서 지게 되면 짊어져야 할 창피함과 패배감이 들까 봐 싫었는데 타의에 의해 그만두게 되면 핑곗거리가 생기게 되는 거니까 마음속 깊숙이 안도했던 것이 아닐까. 젊은 시절에 뭐 해보겠다고 도전했던 것들. 끝까지 가지도 못하고 중도에 그만둔 것을 보면 다 저런 심리가 아니었을까. 건곤일척으로 붙으면 질 것 같고, 졌다는 소리를 듣기 싫어서. 그냥 내가 스스로 그만두면 적어도 진 건 아니니까.

소심한 마음. 우유부단함. 이것저것 다 가지려다 다 놓친 기억들. 바보 같은 선택들. 학교 다닐 때 내내 괴롭게 했던 열등감. 자존감 문제. 과제로 시작된 이야기가 인생 이야기로 바뀌더니 저는 점점 더 구덩이를 파고 들어갑니다.

나: 이렇게 이야기하고 보니 되게 복잡한 마음이 섞여 화가 났나 보네요. 전 나 책임이랑 전략팀에만 화가 났다고 생각했는데.

안: 그럴 수도. 내가 아는 손 책임님은 밖을 향해 화를 잘 내는 사람이 아니니까.

나: 삶이 늘 그랬던 거 같아요. 여기까지 어떻게 운이 좋아서 오긴 했는데. 중간중간을 살펴보면 끝까지 버티지 못한 끈기없음, 의지박약. 또는 능력의 모자람.

안: …….

나: 맞아요. 능력이 없어서네. 능력 없는 거. 그걸 인정하기 싫어서 이리저리 애를 썼는데 그걸 깨닫는 순간이 제일 싫은 거야. 그래서 피하고 도망가고. 그러고 나서 핑계 대고 남 탓하고. 운이 없었다고 하고.

듣고 있던 안 책임님은 손도 잡아 주고 팔도 쓸어주며 아예 자리를 펴줄 테니 여기서 퍼질러 앉아 어디까지 절망하나 보자 싶은 눈빛으로 바라보고 있었습니다. 저는 안 책임님에게 내 인생은 왜 그럴까요. 나는 왜 그럴까요. 난 왜 이렇게 사람이 이 모양일까요. 이런 말만 늘어놓고 있었습니다.

나: 처음으로 내 이름을 걸고, 그러니까 능력이 그대로 드러나는 대전에 서 있었는데 사실 자신이 없었어요. 근데 도망갈 기회가

생겼네? 그래 놓고 막 욕을 해요. 왜 불공평하게 기회를 안 주냐고! 사실 다행이라고 생각하면서. 붙으면 내 능력이 드러나니까 두려워서.

안: 누구나 그래요.

나: 아니에요. 나 진짜 별로예요. 마음도 작고.

그 말에 안 책임님이 잠시 생각을 하다 나지막이 말했습니다.

안: 손 책임님. 그렇게 별로인 사람 아닌데.

그리고 한숨을 깊이 쉬며 곰곰이 다시 생각을 하더니 시간을 확인하고 또 곰곰이 생각. 그리고 어딘가에 전화를 합니다.

안: 이모. 저 조금만 있다 갈게요. 응…… 금방 가요. 아니, 이 앞에서 누굴 갑자기 만나서. 네, 네. 혹시 졸리다고 하면 그냥 자라고 해 주시겠어요? 같이 누워 주면 금방 자요. 이모 진짜 미안해요. 응- 우유 샀어요. 카레도. 네. 네.

통화를 마친 안 책임님은 제 손을 잡고 일으킵니다.

안: 이 사람을 어쩐다…… 어디 데리고 갈 데도 없네.

집이 비는 건 고사하고 아이에 이모까지 있다는데 슬리퍼를 신고 우유와 당근이 든 장바구니까지 손에 걸고 있는 안 책임님과 갈 수 있는 데는 별로 없어 보였습니다. 하지만 안 책임님은 갑자기 제 손을 끌고 아파트 현관으로 데리고 갑니다. 어? 집에 갈 셈인가? 또 주스 주나? 삼계탕 끓여 주나? 집에 이모까지 있다면서…….

안 책임님은 엘리베이터로 절 이끌고 가더니 안 책임님 집이 있는 9층을 누릅니다. 전 의아했지만 가만히 그냥 따릅니다. 엘리베이터에서 내리자 안 책임님은 소방문을 열고 나가더니 9층과 10층 사이의 계단으로 절 데리고 올라갑니다.

계단에 발을 디디자 자동 센서가 있는지 불이 켜졌다가 걸음을 멈추자 잠시 후 꺼졌습니다. 정적과 콘크리트 건물이 만들어 내는 울림. 저 너머 어느 집에선가 아이들이 떠드는 소리. 왁자지껄한 예능 프로인지 웃음소리 가득한 TV 소리. 그리고 미세하게 엘리베이터가 움직이는 소리. 또 어디선가 멈추는 소리.

"8층입니다. 문이 열립니다."

저 까마득한 아래층 어딘가 학원에서 돌아온 아이가 자전거의 킥스탠드를 발로 팍- 차서 내린 뒤 문 앞에 대는 소리. 아파트 저 너머 대로에서 차가 지나가는 소리. 아파트 단지 내 여기저기에서 나는 작은 소리에도 민감해지고 또렷하게 들리는 공간. 그리고 그 소음들의 원천에서 완전하게 분리되고 보호되었다는 느낌.

안 책임님은 장바구니를 계단 아래에 가만히 내려놓더니 제 앞에 마주 서서 두 손을 잡습니다.

나: 어. 저기…… 여기. 이래도 괜찮은가요.

안: 우리 앞집은 며칠 전에 여행 갔고 우리 윗집은 얼마 전 이사 나가고 인테리어 공사 중. 그리고 한 집은…… 잘 몰라요. 누가 사는지도. 노부부가 사는 것 같긴 한데 만난 기억이 없어요. 아무튼, 여긴 괜찮아요. 가끔 이렇게 앉아서 밖에서 나는 소리 듣곤 그래요.

나: …….

무슨 말을 할지 몰라 머뭇거리게 됩니다.

안아 달라고 해야 하나……. 마음으로는, 안기고 싶다.

안 책임님은 숨소리가 들릴 듯한 거리에서 제 팔을 쓸어주며 가까이 눈을 마주하며 이야기합니다.

안: 멋있는 사람인데. 한구석에…… 어두운 마음이 있네. 그리고. 소심한 것이 아니라…… 음. 그러니까 마음이 작아서 그런 것이 아니라 마음이 따뜻하니까, 마음이 딱딱하지 않고 말랑하니까 그런 거예요.

무슨 논리인지 이해는 가지 않지만 그렇게 말해 주니 고맙습니다.

나: 절 그렇게 봐 주는 사람은 책임님밖에 없는 거 같아요.
안: 그럴 리가요. 누가 봐도 멋있는 사람인데.
나: …….

고마운 말이지만, 제 마음이 닫혀 있는지 그냥 듣기 좋으라고 하는 말인 것처럼 들렸습니다. 그러자 제 표정을 가만히 살피던 안 책임님은…….

안: 말로는 위로가 안 되는 모양이다. 그렇죠?

그러니 잡았던 손을 놓고 제 두 팔을 위아래로 조금 쓸어 주다가 저에게 몸을 기대고 제 목 뒤와 볼에 손을 얹습니다.

그리고…….

천천히

살며시

입을 맞추어

키스.

이것은 위로의 감정인가. 연민의 감정인가.

아니면 사랑의 감정인가.

생각은 오래 집중되지 못하고 저 멀리에서 들리는 엘리베이터 벨 소리에 신경이 분산되자 안 책임님은 얼굴에 있던 손을 목 뒤로 두르더니 조금 더 깊게 입술을 포개었습니다.

아무 걱정하지 마. 지금 이곳에서 넌 나에게만 집중하면 돼. 여기서는 우리만 생각해. 다른 것은 생각하지 마. 더없는 안정감 속에서 이런 말들이 들리는 듯 했습니다.

전 어찌할 줄 몰라 손을 떨어트려 놓거나 그저 안 책임님의 팔꿈치만 살짝 잡거나 손이 허리에 겨우 닿을락 말락 할 뿐이었습니다. 안 책임님이 팔을 두르자 몸이 더 밀착하여 여자의 가슴이 느껴지자 몸의 신경이 더욱 곤두섰습니다. 옛 첫사랑부터 안 책임님을 만나기 전까지의 모든 키스를 지울 수 있을 만큼의 강렬한 시간과 느낌. 안 책임님은 팔을 풀고 제 허리를 두르더니 절 가만히 봅니다.

안: 표정이 그대로네요.

나: 네?…… 기분이 훨씬 나은데요…….

기분이 뭘 낫긴 뭘 나은가. 기분이라니. 단어 선택이 이상합니다. 기분이란 단어에 이렇게 숭고하고 고결한 입맞춤의 가치가 갑자기 땅으로 떨어지는 것 같았지만 빈약한 저의 어휘는 좋은 말을 더 이상 찾지 못하고 있었습니다.

안: 서른이 넘으면 사람은 말을 잘 안 듣게 된다네요. 내가 아무리 당신을 좋은 사람이라고 해도 다 흘러가는 말처럼 들릴지도 몰라요…….

너무 정확한 말에 뜨끔했습니다. 전에 제게 준 당신의 키스와 포옹이 그래도 저에게 많은 위로가 되었다고 말하고 싶었습니다. 하지만, 해 준 말이 마음에 남지 못하고 다 흘러가 버린 것도 사실입니다.

나: 제가 좋은 사람이라고 인정은 잘 안 되지만 그냥 고마울 뿐이네요. 그렇게 알아 주셔서.

안: 아니, 그런 거 말고요.

전 사실 무슨 말인지 모르겠어요.

뭐가 그런 게 아니란 건지요, 안 책임님.

근원을 알 수 없는 복잡한 빛들이 머리 위에 있는 복도 창문으로 새어 들어와 난간과 계단의 일부를 비추고, 저 멀리 어딘가의 아래층에서 엘리베이터가 멈춘 뒤 누군가 내려 집으로 들어가는지 현관문이 쿵 닫히는 소리와 함께 아련히 이어지는 자동 잠금 소리가 들려옵니다. 작은 움직임으론 켜지지 않는 자동 센서등. 적당하고 고요한 어둠. 도시의 혼재된 불빛들이 희미하게 어깨와 얼굴을 살포시 비추어 주던, 그 순간.

안 책임님은 계단 위로 한 칸 올라서더니, 절 다시 끌어안아 몸을 당겼습니다. 그리고 제 팔을 잡아끌어 허리를 감게 합니다. 그 이끌림에 아주 조금, 조금 자신감을 얻어 팔에 힘을 주어 허리를 안았습니다. 그러자 안 책임님의 턱이 제 이마에 닿게 되었고 저를 완전히 감싸 안게 되었습니다. 하지만 그 시간은 그리 길지 않았습니다. 안 책임님은 팔을 풀더니 제 얼굴을 품에서 조금 떼어 냈습니다.

조금 아쉽다. 조금만 더 안아 달라고 말하려는 순간, 길지 않으나 풍성한 머리를 귀 뒤로 넘겨 목선을 드러내더니 바지 속으로 넣은 블라우스를 밖으로 빼내었습니다. 그리고……. 제 손목을 잡아 등 뒤의 블라우스 속으로 밀어 넣었습니다.

갑자기, 너무나도 갑자기 벌어진 일.

갑자기 밀고 들어온 손으로 느껴지는 등의 부드러운 맨살.

미세한 솜털.

부드럽고 촉촉한 피부.

가만히 손을 등에 얹어 조금씩 손으로 느껴지는 감각을 간절하게 느끼려 눈을 감고 있는데 손끝에 매끈한 섬유가 만져졌고 저도 모르게 움찔했습니다. 닿으면 안 될 것을 만진 것 같아 천천히 움직이던 손이 가만히 멈추자 안 책임님이 뭐라고 속삭입니다. 하지만 잘 들리지 않았습니다. 이 세상에 있을까 싶은 이런 향기과 함께 공감각적으로 느껴지던 피부의 감촉이 너무 꿈같아서, 놓치지 않으려 집중하며 너무 흥분한 나머지 아무것도 들리지 않았습니다.

제가 너무 흥분해서 지금 아무것도 들리지 않습니다……. 그렇게 되묻기도 그래서 그냥 가만히 두 손은 등을 만지며 머리는 어깨 위에 그대로 기대어 있는데, 안 책임님은 자신의 입술을 제 귀에 더 가까이 하더니 나직하고 분명하게 이야기했습니다.

안: 풀어요.

!!!!!

제가 잘못 들은 것 같기도 하고, 자신이 없어 풀지는 못하고, 다시 손만 조심스레 가만히 브래지어 끈에 올려놓았는데 안 책임님이 다시 이야기합니다.

안: 풀 줄…… 알죠? 내가 풀지 않아도 되죠?

심장이 쿵쾅쿵쾅 비명을 지를 듯 터져 나오는 가운데, 아무것도 아닌 내가 여신과도 같은 당신의 가슴에, 우리가 처음 볼 때 이후로 그렇게 흠모해 오던, 하지만 감히 불순한 마음을 떠올리기도 어려운 당신의 몸에 내가 이렇게 닿다니. 몸속에 있던 피와 호르몬과 백혈구와 혈소판들이 전력을 다해 혈관을 질주하고 심장을 오가며 몸에 퍼져 있는 혈관에 새로운 피를 전력을 다하며 펌프질을 해 댔고 그 덕에 저는 살아 있음을 느낍니다.

이건 진짜군요.

내 삶이 진짜이군요.

지금 내가 살아 있군요.

터질 것 같은 맥박이, 그 소리마저 놓치지 않으려 애쓰는 저를, 당신의 피부를, 몸 내음을 느끼고 기억하는 저를 증명해 주는군요.

진짜여서 감사합니다.

이 세상이.

지금 내 앞에 있는 당신이.

당신을 느끼는 내가.

진짜여서 감사합니다.

저는 조심스럽게 더듬거리며 브래지어를 풀고 등을 조금 쓰다듬었습니다. 올림픽 결승에 선 긴장감과 흥분이 아마 이 정도일까. 안 책임님은 다시 제 눈을 한참 가만히 보더니 맑고 깊은 눈으로 말했습니다.

> 안: 정말 위로가 되었으면 좋겠어요. 지금 이 순간뿐 아니라. 당신의 인생이. 그 다친 옛날의 마음들이.

안 책임님은 제 오른손을 잡아끌어 블라우스의 앞을 조금 올려 그 안에 넣었습니다. 그리고 자신의 손을 제 손 위에 얹어 감싸 쥐더니 배의 맨살을 쓸고 올라가 속옷을 밀어내고 가슴 위에 올려놓았습니다.

그리고 다시 입맞춤.

난, 지금. 당신을 위해 무엇이든 하겠다. 정말로 내 인생을. 걸 수 있을 것 같다. 예수님께서 세상 사람들을 죄로부터 구원하셨다면, 지금 안 책임님은 저의 이 비루하고 보잘것없는 인생을, 제 손을 잡아끌어 자신의 몸 위에 얹어 구원해 냈습니다.

손가락 위로 느껴지는 가슴 끝의 부드럽되 단단한 감촉.

조금 손에 힘을 주자 쥐어지는 질량의 느낌.

가슴에서 떨어지지 않도록 제 손 위에 단단히 얹혀 있는 당신의 손.

몸의 모든 교감신경을 통해 부신수질에서 아드레날린이 폭발적으로 방출됩니다. 뇌에서 시작되는 모든 신경의 말단들이 무엇이라도 할 수 있다고 외치는 느낌.

전 그때, 십수 년 전에 고등학교 물리 II 시간에 배웠던 아인슈타인의 일반 상대성 이론*을 바로 이해해 냈습니다. 우리 사이에 강한 중력이 작용하여 시간을 왜곡시켰고 우리의 시공간은 그때 분명 다르게 만들어졌습니다. 우리의 시간은 분명 느렸습니다.

그리고, 얼마나 시간이 지났는지 모르겠습니다. 입술이 조심스레 떨어지고, 안 책임님이 쥔 손에 힘이 풀리자 저도 슬며시 가슴에서 손을 내렸습니다. 안 책임님은 제 머리를 한번 쓸어주고 잠시 후 뒤로 돌아서더니 입을 열었습니다.

안: 이것 좀 다시 채워 줄래요? 아무 데나 적당히 걸리게 해 주세요.

이건 처음 해보는 것 같습니다. 조금 당황했지만 두 손으로 속옷의 끝을 잡아 금속이 어딘가에 겨우 걸리게 했습니다.

나: 어…… 된 것 같아요…….

안: 잠깐만 눈 감아줄래요?

* 운동 속도에 따라 시간과 공간을 상대적으로 느낀다고 아인슈타인이 주장한 이론, 매우 단순하게 이야기하자면 중력에 따라 시공간이 휘어져서 시간이 느려지거나 빨라질 수 있다는 것. 좀 더 진지하자면 밖에서 봤을 때 시간이 달라진다는 거지 본인에게는 시간이 같다는 것. 다시 말해 위에서 시간이 '느리게 갔다고 느끼는 것'은 사실은 틀린 말. 느낌적으로 시간이 왜곡되었음을 표현하기 위해 빌려 씀.

잠시 옷이 정리되는 소리가 나더니 곧 안 책임님이 말합니다.

안: 이제 눈 뜨세요.

그리고는 섬세하게 저의 옷도 정리해 줍니다.

안: 표정이 이제 변했네요.
나: 아, 네.

이럴 때는 뭐라고 해야 하는 건가요. "네, 이젠 괜찮습니다."라고 말할 수 없어 전 고개만 끄덕였습니다.

안: 긴말 안 할게요. 이제, 들어갈게요.
나: ……고맙습니다. 아니, 적당한 말이…… 떠오르질 않네요.

그때, 사랑한다고 했어야 됐던 걸까요.
그 적당한 말은 사랑이었을까요.
중간층에 선 채로 안 책임님이 소방문을 열고 집에 들어가는 걸 확인하고 한 층 더 올라가 엘리베이터를 타고 내려왔습니다. 흥분 상태라고 해야 할까 아니면 뭔가 깨어난 느낌이라고 해야 할까. 이런 걸 각성이라고 하는 건가. 아까의 분노와 실망과 인생의 자책이 모두 사라지고 그 자리에 감사, 사랑, 의지 같은 거로 채워진 분명하면서도 단단한 느낌이었습니다.
무엇이든 할 수 있을 것 같은 자신감과 충만함으로
이 시간을 허락해준 신의 은혜와 사랑에 감사했고
세상을 향해 무언가 해야겠다는 의지가 넘쳤습니다.

안 책임님을 만나고 집에 돌아와 겉옷만 벗어둔 채 컴퓨터를 켜서 회사 인트라넷에 접속한 뒤 전략팀에 메일을 썼습니다.

[충분히 입장을 이해하고 또 결정을 존중합니다. 나 책임님 과제가 잘되도록 지원하며 모든 자료는 공유하도록 하겠습니다.]

부서장님과 나 책임님, 모든 관련자들을 참조에 넣었습니다. 그 어떤 생색과 감정도 없었습니다. 그리고 무서운 속도로 관련 자료를 정리해서 가이드를 만들고 물어볼 것이 있으면 언제라도 달라고 다른 메일 하나를 더 썼습니다. 마지막으로 팀원들에게 메일을 힘들게 단어를 고르고 아껴가며 쓴 뒤 인트라넷을 껐습니다.

한 시간 동안 초 집중하여 업무를 한 셈이지만 머리가 맑았습니다. 병원에 있는 엄마에게 안부 전화를 했고 아버지에게도 따로 전화했습니다. 갑자기 부산스레 주방을 정리하고 냉장고에 오래 보관된 음식들을 비웠고 쓰레기를 버렸습니다. 집안 정리가 끝나고서야 집에서 입는 생활복으로 갈아입은 다음, 컴퓨터를 멍하게 한참 보고만 있었습니다. 그러다 문득 생각이나 얼마 전에 다 못 지우고 남은 야구 동영상 폴더를 남김없이 모두 지웠습니다.

오늘 내 평생 받을 위로를 모두 받은 듯, 이제 화면 너머의 일본 아가씨들을 통한 위로 없이도 살아갈 수 있을 것 같은 충만함에 쌓였습니다. 그리고, 안 책임님이 용기를 내어 나를 위로해 주었듯 나도 용기를 내어 그 험난한 강을 헤쳐 보기로 했습니다.

오늘 그럴 수 있다는 용기를 충분히 받았습니다. 아니, 평생을 살아갈 용기를 얻은 느낌이었습니다. 긴장이 풀리며 돌연 하루의 피로가 몰려왔지만 흐트러지지 않고 달게, 그리고 깊게, 매우 편안하게 잠들었습니다.

가을 냄새가 나기 시작하기 무섭게 백화점에는 가을 신상 옷이 걸리고 여름옷은 시즌 오프 세일에 들어가 쌓아놓고 파는 매대로 슬슬 밀리기도 합니다. 그해 일만 하다가 휴가 한 번 못 가고 가을을 맞았더니 여름을 통째로 빼앗긴 기분이 듭니다.

그 일이 있고 마치 부스터샷을 맞은 느낌으로 일주일을 살았습니다. 이런 걸 무협지나 영화에서 말하는 '각성'이라고 하는 게 아닐까 싶을 정도로 매일매일 맑은 머리와 자신감에 푹 젖어 하루를 시작했습니다. 신기하게 오전 여섯 시에 알람이 울리기도 전에 칼같이 눈이 떠졌고 스트레칭하고 맨손 운동하고 씻은 뒤 일곱 시 전에 집을 나섰습니다.

출근길, 회사의 청소 여사님과 보안 요원에게 평소보다 더 친절하게 인사했고 책상에 앉아 할 일을 가지런히 정리하며 정신이 바짝 차리는 하루하루를 보냈습니다. 얼마나 이런 긴장과 각성이 지속될지 모르겠지만, 분명한 건 그 저녁 이후로 변했다는 것입니다. 평생 처음으로 '새 사람'이 된 기분이었습니다. 마치 종교적인 구원과 체험이 이런 것인가도 싶었습니다.

저는 그렇다 치고 제일 걱정되었던 것은 같은 과제원들이었는데 결국 어찌어찌 이야기가 되어 둘은 나 책임님의 과제에 같이 합류하게 되었고 일 잘하는 한 명은 또 다른 과제로 스카우트, 나머지는 미련 없이 원래 부서로 복귀를 했습니다. 저의 부서장님이 전략팀과 인사팀에 큰소리를 몇 번 쳐 주고 저도 열심히 뛰어다닌 덕에 일 없이 붕 뜨는 잉여가 되지 않아서 다행이었습니다. 모두들 저에게 겉으로는 아쉬운 소리 한마디 안 하고 적어도 겉으로는 쿨하게 과제팀은 해

체되었습니다.

그리고 제가 '저의 일'에만 빠져 있던 그 몇 달 동안, 안 책임님에게 많은 일이 있었습니다. 제가 그 난리를 치는 동안 안 책임님은 남편의 방문, 이혼 준비, 그래도 한 번 다시 생각함, 아이 때문에 망설임, 또 남편에 대한 분노와 실망, 시댁과의 관계, 엄마의 뒷목 잡음, 재산 분할이 어떻고 양육권이 어떻고 하는 복잡함, 하기 싫지만 그렇기엔 너무 중요해서 안 할 수 없는 돈 이야기, 아이에게 설명하기 어려움 등등, 그 많은 일과 싸우고 있었고 결국 그 마지막은 법적인 이혼이었습니다. 소송과 심부름센터가 동원되는 흙탕물 같은 과정이 아니었고, 마음속으로 준비해 왔다 해도 적잖은 충격이 있을 법했습니다.

저는 안 책임님에게서 '이혼'이라는 단어를 듣고 무척 미묘한 감정에 사로잡혔습니다. 이제 도덕적인 굴레에서 벗어나 관계를 진전시켜 볼 수 있는, 다시 말해서 좀 당당하게 만날 수 있게 된 셈이고 도의적으로 본다면 어설픈 연애 혹은 불륜과는 다른 국면으로 접어든 셈입니다. 하지만 이혼했다는 짤막한 이야기만 듣고 긴 시간 여유 있게 만날 일이 생기지 않아 자세한 이야기는 못 듣고 시간이 흐르고 있었습니다.

그 와중에 회사 전략팀에 동문 선배가 있어 점심을 같이 먹게 되었는데 선배에게 자초지종을 설명하며 생각보다 마음이 괜찮다 했더니 선배는 고맙게도 자신의 팀 욕을 대신해 줍니다. "걔네도 그런 걸 당해봐야 아는데……."라면서.

회사 어딘가에서 커피를 마시며 점심시간의 끝자락을 이야기로 채우고 있는데 저 멀리서 안 책임님이 지나갑니다. 이쪽과 눈이 마주치자 선배는 안 책임님께 손을 흔듭니다.

"어~이. 안 췌-액~."

과장된 호칭으로 친밀함을 표시하는 선배. 아는 사이인가 싶은데 안 책임님이 이쪽으로 걸어오면서 인사를 제 앞에 앉은 선배에게 합니다.

안: 와아- 오랜만인데! 얼굴 탔네. 휴가 좋은데 다녀왔어? 아직도 M&A쪽 하지?

선배: 어. 스트레스 많아서 전략팀 좀 그만하고 싶은데. 너네 팀 자리 없냐? 하하. 얼굴 탄 거는 여름에 하와이 다녀왔거든. 서핑 배우겠다고 해변에서 며칠을 쇼했더니 엄청 탔네. 티 많이 나냐? 한번 보자. 다 잘 지내지? 조만간 캐치업 좀 합시다아-.

그리고 안 책임님과 저는 눈인사를 주고받습니다. 전 일부러 많은 이야기를 하지 않았습니다. 우리는 '잘 지내지?'라는 정도의 인사를 하는 사이가 아니니까요. 눈으로 많은 말을 합니다. 옆에 있던 선배는 우리의 눈인사를 보더니 저보고 안 책임님과 아는 사이냐고 합니다.

나: 아, TF 같이 했었어요. 작년에.

선배: 아. 그으래? 얼마나 했어? 분기 정도 했나? 친해? 너 혹시 재 마음에 있고 그런 거 아니지? 결혼한 거 알고 있지? 딸도 하나 있다구.

'재'라니 친구인가. 그래도 내가 선배보다 많이 알지 않을까요? 아닌가? 착각인가? 진짜 친한가?

나: 알죠. 근데 선배 어떻게 아세요? 아. 같은 학교구나! 근데, 동갑 아니시지 않아요?

재빨리 안 책임님의 학번과 선배의 동문회 기수를 머리로 계산해 보았습니다.

선배: 걔 나랑 과 동기야. 내가 재수했으니까 나이는 하나 많지만. 내가 걔랑 좀만 있으면 거의 이십 년 안 건데. 이십 년 동안 연락 안 끊기고 지내 온 거면 거의 베프에 가깝지 않겠어?

순간, '베프'라는 용어에 나보다 오랫동안 알아 왔다는 묘한 질투심이 생깁니다. 내가 좋아하긴 하나 보다. 별 질투가 다…….

나: 아, 그렇구나. 그럼 진짜 잘 아시겠네요. 저분 일도 진짜 잘하고 그래서 제가 완전 존경하거든요.

질투를 교묘히 숨기고 일부러 건조하게 이야기하면서도 선배에게서 안 책임님 이야기를 더 듣고 싶었습니다. 당신은 얼마나 알고 있나. 나보다 더 잘 알고 있나. 타인에게 안 책임님은 어떤 사람인가. 궁금해졌습니다.

선배: 어이구, 잘 알지. 베프라니까. 심지어 걔 남편님도 내 선배니까 잘 알지. 그 형이 진짜 영어도 잘하고 똑똑해서 유명했거든.

나: 어, 그럼 같은 과 선배랑 결혼한 거예요?

선배: 근데 그 둘은 학교 다닐 땐 몰랐었나 봐. 그 형은 과로 입학하고 우리는 학부로 입학했는데 그때 막 학부제로 변하는 과도기고 그래서 반도 만들어지고. 아무튼 그 선배는 우리 반 담당 선배였고 난 뭐 농구도 한두 번 하면서 좀 알긴 했는데 걔는 잘 몰랐던 거 같아. 나중에 졸업하고 한참 후에 만난 거 보면.

나: 아-.

선배: 잘생기고 키 크고. 요즘이야 진부한 옛날 말이지만 엄친아라는 말이 딱 그때 유행했는데 그 형 두고 하는 말이었으니까. 집안도 좋고, 그 형네 아버지가 고위 공무원이었을걸? 무슨 차

관이랬나? 학부 졸업하고 바로 메이저 컨설팅 펌에 가는 게 행정 고시급 이상으로 어려운 일인데 어떻게 들어가더라고.

나: 결혼 과정도 아세요?

선배: 사실 거기까진 자세히 몰라. 바빠서 그냥 사는 것만 겨우 알고 그러다 언제 결혼한다고 해서 만나 보니 결혼한다는 사람이 내가 아는 선배여서 반갑고……. 걔도 이쁘고 성격도 좋으니까 인기가 많아서 누구에게 시집을 가나 동기들은 관심 되게 많고 그랬어.

그 뒤로 이어진 선배 말에 의하면 남편이 MBA 하러 미국에 가서 좋은 데 직장을 잡아 폼나게 산다는 것까지 아는 듯합니다. "따로 사는 것이 좀 의아하긴 한데 뭐 각자 생각이 있는 거니까."라고 마무리 짓는 거 보니. 아마 어떤 상태로 지내 온 지도 모르거나 이야기하길 꺼리는 것 같습니다. 베프라는데 이혼한 것도 모르나.

그러다 선배는 좀 난처한 표정을 짓더니 저에게 당부했습니다.

선배: 야, 내가 이런 이야기 한 거 걔한테 말하지 말고. 아니, 그냥 못 들은 걸로 해. 내가 왠지 남의 가정사를 너무 자세히 이야기한 것 같다. 미안.

이혼 여부는 모르는 것 같고 남편과 따로 산다는 걸 이야기한 것이 좀 마음에 걸리는 모양입니다.

선배: 그냥 잊어버려-. 너도 근데 엄청 자세히 물어본다. 관심 있었지? 그렇지?

나: 아아- 아니에요-. 무슨.

선배: 근데, 걔가 혼자 저리 고생할 애가 아닌데. 에휴.

선배의 덧붙인 말에 안타까움을 엿볼 수 있었습니다. 저도 빨리 그간의 이야기를 들어야겠습니다. 여유 있게 시간을 내서 오래 이야기를 들을 생각으로 미루고 미루었는데, 아무래도 안 되겠습니다.

전 바로 다음 날, 점심시간을 비우고 안 책임님께 시간을 내달라고 했습니다. 무엇보다도 그날 이후 우리의 관계를 정리할 필요가 있었습니다.

[내일 점심 괜찮으세요?]

[좋아요. 안 그래도 나도 내일쯤 점심 먹자고 할 참이긴 했는데.]

[밥도 밥인데 사실, 얘기하고 싶어서요. 회사 식당 말고 나가서 드실래요?]

[그래요. 멀리는 힘들겠죠? 간단히 먹어요. 뭘 먹자고 만나는 건 아닐 테니.]

[간단히 샌드위치 먹고 커피 마셔요. 그럼.]

다음날 회사에서 조금 떨어진 샌드위치 집에서 만난 안 책임님은 긴 이야기를 조곤조곤, 마치 방학 동안 다녀온 유럽 여행 이야기를 하듯 꺼내 놓았습니다. 혹시 힘든 이야기를 할까 봐, 괜히 울고 그럴까 봐, 회사에서 조금 떨어져서 만난 것인데 그런 감정적 동요 없이 우리는 자연스럽게 이야기를 시작했습니다.

그리고 저는 무척 부끄러워졌습니다. 나 혼자 인생이 어쩌네, 힘드네, 난 왜 이럴까. 푸념을 늘어놓은 것이 너무 민망할 만큼, 며칠 전의 위로를 내가 받았던 것이 합당한가 싶을 만큼 지난여름은 안 책임님에게 무척 잔인했습니다.

저 혼자 일에 몰입하는 동안 안 책임님은 남편과 가정법원을 오가며 변호사를 만나고 그사이 심지어 3개월 숙려 기간도 거쳐 이혼 신고까지 마쳤습니다. 마지막까지 일말의 감정도 남아 있지 않는가 확인해야 했고, 언제나 어린 딸아이 때문에 결정을 내리기 어려웠습니다. 본인은 이렇게 결정을 어려워하고 매일매일 고뇌의 시간을 보내는데 왜 남편은 저리 냉정하고 남은 감정이 하나도 없는지 야속했다 합니다. 저 사람은 도대체 무엇을 기대하고 나와 결혼을 한 것일까. 혹시 내가 나쁜 사람인가. 내가 저 사람을 이상하게 만든 것인가. 내가 정말 나쁜 선택을 했던 것일까. 그리고, 아무리 그동안 아빠와 애착 없이 컸다고 하더라도 아이에게 어떻게 이혼을 설명하고 받아들일 것인가. 아이를 잘 키울 수 있을까. 그런 상념들에 괴로워했던 것 같습니다.

안 책임님은 이 많은 이야기들을 컵에 가득 들었던 얼음이 반 넘게 녹아 점점 투명해져가는 아메리카노를 빨대로 휘휘 저으며 말했습니다. 얼음을 일부러 더 녹이려는 듯, 담담하게. 마치 '어제 남편과 싸웠어. 설거지를 당최 하질 않으니…….'라는 느낌으로 너무 담담하게 이야기해서 안 책임님이 생경해 보이기까지 합니다. 울면서 이야기하거나 무척 힘들어할 줄 알았는데 그냥 사실과 경과를 풀어내듯 덤덤하게 이혼 이야기를 꺼내는 안 책임님에게 뭐라고 해야 할지 몰라 가만 듣고만 있었습니다.

안: 이혼 절차. 이런 거 잘 모르죠? 이혼한 사람도 잘 없을 테니까…….
나: 이혼한 사람이 왜 없겠어요. 제가 잘 모르고 서로 잘 이야기 안 하니까 모르는 거죠. 뭐.

순간 이혼을 했다는 주위 사람 한두 명이 떠올랐으나 제가 들은 것은 '이혼'이라는 결과였지 그 과정과 감정에 대해서는 들은 것은 하나도 없었습니다. 어느새 커피를 다 마신 안 책임님은 얼음을 꺼내 오도

독오도독 씹으며 말을 이었습니다.

안: 어쨌든 결론은 이래요. 이제 가족 관계 증명서 떼면 남편 이름은 없고 대신 이혼 기록이 남겠네요. 그거 기분 되게 이상하다고 하네요.

나: 이제 남편분과는 완전히 바이바이…… 겠죠?

안: 뭐…… 우리가 죽일 듯 싸우며 헤어진 것은 또 아니니까. 법적으로는 양육비도 받아야 하고 하니까 완전히 연락이 끊기진 않겠죠. 근데 양육비 왜 안 주냐고 연락하는 걸 그려보면 참 하고 싶지 않은 일이네요. 잘 보내주겠죠? 돈도 잘 버는 거 같은데.

아. 남편 이야기 괜히 꺼냈다…….

하지만 안 책임님은 이야기를 계속 이어갑니다.

안: 남편은 어떻게 보면 변한 게 아니라 그대로인데 결혼하고 나 혼자 기대 수준이 달라진 것 같기도 해요. 원래 그렇게 건조하고 좋게 말하면 심지어 가족에게도 쿨한 관계를 요구하는 사람이었는데 내가 좋은 면만 보고 다른 건 애써 무시하면서 결혼한 게 아닌가 해요. 그러니까 내가 잘못 알아본 것이 아닐까.

나: 자책하시는 건가요?

안: 그렇진 않아요. 사실 음-. 이혼 절차 밟으면서 처음엔 내 책임이다. 내가 못난 탓이라는 생각을 많이 해서 좀 괴로웠는데 상담받으면서 좋아지기도 했고 결정적으로…….

건조하게 말을 이어가던 안 책임님은 돌연 한숨을 쉬고 숨을 고른 뒤 다시 말을 이어나갔습니다.

안: 남편이 미국에 여자가 있는 것 같아요. 그걸 알고 괴로운 마음

에서 완전히 자유로워졌어요.

나: 엇. 진짜요? 진짜 나쁘네요!

"불륜까지!"라고 말할 뻔했는데 제가 말할 수 있는 것은 아니어서, 그리고 옳은 말도 아니어서 그냥 참았습니다. 얼마 전까지의 우리 사이도 넓은 스펙트럼으로 보면 누군가는 불륜이라고 말할 수도 있지 않은가, 그런 생각에 이르자 속이 뜨끔했습니다. 하지만 저만 뜨끔했으면 했고 안 책임님은 그렇게 생각 안 하기를 바랐습니다.

우리는 오후 업무 스케줄을 체크하며 급한 일이 없다는 것을 확인하고는 사무실까지 여기저기를 느리게 돌고 돌아 걸으며 천천히 회사로 들어가기로 했습니다. 샌드위치 가게에서 나오자 내리쬐는 햇살에 눈이 부셔 눈을 가늘게 뜨고 손으로 그림자를 만들어 서로를 마주 보며 이야기를 이어 나갔습니다.

안: 남편 욕 좀 더 할까요.

나: 네. 솔직히 남편 이야기 좀 궁금해요.

내가 안다 해도 뭘 해 줄 수는 없지만요, 라고 생각하면서도 더 듣고 싶어졌습니다.

안: 남편이란 사람은, 그 사람 소셜 네트워크에 들어가면 요즘 말로 진짜 오지고 지리는 사람이에요.

나: 크헙.

안 책임님이 평소엔 잘 안 쓰는 요즘 애들 말을 쓰자 엄청 신기합니다.

안: 뭐 인스타다 뭐 이런 거 진짜 공들여서 하는데, 뉴욕에 있는 MoMA*에 연간 회원이 되어서 말이죠. 정기적으로 가서는 고

* The Museum of Modern Art. 뉴욕 현대 미술관

흐 작품과 자기 셀프 사진을 진짜 멋있게 찍고 뭐 있게 막 말을 써요. 이 작품이 볼 때마다 어떤 영감을 주네, 네덜란드에서 본 것과는 이렇게 다르네 하면서요. 사실 아예 모르고 하는 소린 아니에요. 그쪽에 교양이 있긴 하니까요. 하지만 전 알죠. 멋있게 보이고 싶다는 그 욕망을. 자신이 가지고 있는 교양과 뉴욕에 한가운데 있는 걸 티 내고 싶어 하고.

나: 미술관에 정기적으로요? 헐.

안: 뉴욕이 좀 아트의 도시여야지. 무슨 재즈다 심포니다 엄청 열심히 쫓아다니고, 꼬박꼬박 다 사진 찍어서 올리고. 패션에 관심도 적당히 있고 옷도 잘 입고. 네트워킹 너무 좋아하고, 얼리어댑터고……. 아이폰도 제일 처음 나온 것부터 하나도 빠짐없이 다 샀을걸요. 맥북도 그렇고. 아 참, 골프 좋아하고.

나: 막 상상이 되네요. 안 봐도 있어 보이는 것들 천지일듯.

정말 전 그 이야기를 들으며 상상하고 있었습니다. 서울에서 음식 사진이나 찍고 맛집이네, 뭐 신상 옷 사서 완소템이니 하는 것과는 차원이 다른 소위 '인스타질'의 궁극을 보는 듯했습니다.

안: 어떻게 보면 시대를 잘 태어났어요. 요즘 소셜 네트워크 때문에 얼마나 티 내기 좋아요? 하트 숫자 올라가는 거 보면 유명인 수준이에요.

나: 그러게요. 전 잘 안 하는데. 뭐 보여줄 것도 없고.

친구들끼리 놀러 가서 찍은 몇몇 여행 사진이 전부인 초라하기 그지없는 제 소셜 페이지가 생각났습니다.

안: 그 수없이 많은 포스팅에 내 사진은 고사하고 아이 사진 한 장이 없어요. 그 세상에서는 엄청 댄디한 싱글남인 척. 사진이 수

백 수천인데 아빠인지 남편인지 절대 알 수 없는.

나: 와- 어떻게 그래요? 아무리 애 안 돌보는 아빠도 애기 사진은 올리던데.

안: 한번 물어본 적 있어요. 왜 가족사진은 없냐고.

나: 그랬더니?

안: 왜 올려야 하냐고. 너무 당연한 듯 반문해서 말을 잃었었어요.

나: 그런 이야기는 들었어요. 요즘 사람들이 그런 소셜 계정에서 되고 싶은 페르소나를 만들고 그거에 맞게 산다고. 그런데 애 있는 남편 아빠가 그러는 건 좀 이상하긴 하네요.

안: 백번 이해해서. 그래, 그럴 수 있어. 그렇게 생각했지만 제가 진짜 속상했던 일은.

긴 한숨. 그리고 눈 껌뻑. 잠시의 생각. 그리고 이어진 이야기.

안: MBA 졸업식에서 얼마나 사진을 많이 찍겠어요. 누구에게나 졸업식은 빛나는 순간이잖아요. 남편에게는 진짜 감동적인 순간이었겠죠. 제가 그때 만삭이어서 좀 옷 태가 안 나긴 했는데. 제 사진은 한 장도 없이 자기 독사진, 그리고 학교 친구들이랑 찍은 사진, 학교 사진만 잔뜩 올려놓고 자기 인생 최고의 순간이라고 써 놓은 거.

무슨 심리인지 이해가 잘 안 갔습니다.

안: 그때는 내가 만삭이고 사람도 많아서 정신이 하나도 없었는데, 나중에 알고 보니까 난 임신한 몸으로 이 사람 졸업식에 가서 남편과 친구들 사진만 열심히 찍어준 거죠. 내 사진은 거의 없이. 그 자리에 난 없었던 사람 같았어요. 그러고 몇 주 후에 아이가 나왔고, 또 몇 주 후에 남편이 지금 회사 오퍼에 최종

사인을 했어요. 그리고 또 글을 올렸지. 뭐랬더라. 꿈이 가까워 오고 있다고 했나. 아니, 세상에. 아빠가 되었는데. 그 이야기는 하나도 없어! 애가 태어났는데!

나: 뭐 소셜 네트워크는 그렇다 치고. 실제로는 어떠셨어요?

남편의 세상에서 안 책임님은 무엇이었을까. 안 책임님이 남에게 그렇게 보여주고 싶지 않은 존재라는 것이 너무 이해가 가지 않았습니다. 도대체 그 삶은 어떤 삶인 것일까.

안: 실제로도 따뜻하진 않았지만. 나한테 그리고 아이한테 데면데면한 건 그냥 이 사람이 공부나 취직에 너무 스트레스를 많이 받거나 감동이 없는 사람인가보다 했어요. 근데 소셜 네트워크를 보고 이 사람이 되고 싶어 하는 거, 보이고 싶어 하는 것을 보고 너무 당황했던 것 같아요.

지독한 자기애. 안 책임님은 이렇게 남편을 표현했습니다. 그리고 어려운 말로 '이중생활 나르시시스트'라고 덧붙였습니다. 무언가, 만나 본 적도 없는 남편이 같은 남자로서 창피했습니다. 그렇게 보이고 싶은 마음이 약간 이해는 갔지만 대개 모두들 그렇게 보이고 싶은 선이 존재하고, 그것이 이중적인 생활로 보이거나 진실되지 않거나 가족에게 부끄럽다면 선을 넘어간 것이니까요.

이 사람은 도대체 왜 안 책임님과 결혼을 한 걸까. 이렇게 아름답고 현명한 여자를 집에 애와 내팽개쳐 놓고 자기를 위해서만 전력을 다해 사는 걸까. 그리고. 왜 안 책임님은 이런 남자와 결혼까지 한 걸까.

안: 전 소셜 네트워크에 좀 게을러서 관리 잘 못 하거든요. 그래도 그간 사진들이 조금 있긴 해서 남편 사진도 좀 지우고 글도 정리하고 남편이랑 관계도 끊으려고 오랜만에 들어갔는데 세상

에. 남편이 위스키 한 잔을 온더록스로 따라 놓고는 사진 찍어 올리면서 자기 신상에 변화가 좀 있다고 매우 슬픈 날이라고 영어로 써 놨는데 미국에 있는 친구들이 벌떼같이 뭐라 뭐라 위로하는 꼴이. 아 진짜 노트북 부수어 버리고 싶은 걸…….

이 정도로 안 책임님이 화난 걸 본 일이 없는데. 진짜 화가 났나 봅니다. 듣는 저도 화가 납니다.

안: 나한테 부끄럽지 않나? 사람이 왜 이렇게 부끄러움을 모르지? 그냥 너무 보기 싫어서 노트북을 그냥 덮었네요.

결혼 생활도 잘 모르는데 이혼 이야기를 듣는 것은 더 어렵습니다. 안 책임님도 저에게 딱히 이런 부분에 공감을 원하는 것 같지는 않았습니다. 다만 다행인 건 그 시댁이라는 분들이 안 책임님보다는 손녀를 매우 딱하게 여겨서 손녀에게 지금 살고 있는 아파트를 증여해 준다고 합니다. 나이도 너무 어리고 세금 문제도 복잡하다고 하는데 어쨌든 아이는 할머니 할아버지와는 관계가 이어질 모양입니다.

안: 우리 딸 대박이죠? 열 살도 안 되었는데 서울에, 그것도 요지에 30평 아파트가 생겼어. 우리 집에서는 이거 받지 말라고 하셨는데. 지금 살 곳도 없고, 나한테 주는 것도 아니고 아이한테 주신다는데 나보다는 애 생각해서 판단해야지 싶어서.

아파트라니, 그때만 해도 그 지역은 '우와' 정도였지만 요 몇 년 새 초급등으로 보통의 일반인으로서는 감히 쳐다도 못 보는 곳이 되고 말았습니다.

나: 오, 정말 금수저네요. 아닌가? 빌딩쯤 되어야 금수저인가.

금수저라고 말하고 나서 등이 서늘해졌습니다. 부모가 이혼했는데 금수저란 말 써도 되나. 순간의 실수에 안 책임님의 눈치를 봤지만 다행히 상관하지 않는 듯했습니다.

안: 문제는 내가 혹시 재혼을 해도 유효한 것인지…… 잘 몰라요. 그런 걸 시부모님과 이야기를 어떻게 해야 할지 잘 모르겠어요. 사실 양육비도 받기로 한 건데 이것도 복잡하고. 아이 할머니가 너무 뭐랄까. 좀 뭐라도 주시려고 하는 것 같아서 변호사를 만나서 조정하고 할 것도 없는데 내가 막 각서 같은 걸 만들어 달라고 하고 그러기가 어렵네요. 언제까지 줄 거냐. 얼마냐 줄 거냐. 문서로 만들어 달라. 막 따박따박 요구하기가 그래서.

"에이. 확실하게 해둬야죠! 이혼하는 마당에 법적으로 힘이 될 수 있게 해야지!"라고 하고 싶은데 이 역시 제가 할 말은 아닌 것 같습니다. 심지어 재혼이란 단어까지 나오는데 "그럼요!"라고 해야 하는 건지도 잘 모르겠습니다. "그저 제가 그때 같이 못 있어 주어서 미안합니다……."라는 식으로 위로와 용기를 줄 수밖에.

하지만 안 책임님의 마지막 말은 제 마음을 또 어렵게 합니다.

안: 이혼 서류 낸 지 얼마나 되었다고 재혼 이야기하는 것도 정상 같진 않고. 앞으로 어떻게 살아나갈 것인지 마음에 뭔가 정리가 필요한데 들여다볼 시간이 없네요.

재혼이란 단어가 너무 멀리 보여 잘 그려지질 않습니다. 나에겐 연애이고 결혼이지만 저 사람에게는 이혼을 하고 재혼이다. 어려운 단어도 아닌데 뭔가 TV에 나오는 드라마스러운 단어로 들렸습니다.

안 책임님과 이야기를 나누고 퇴근하는 길. 어쩌다 지하철역에서 결혼 정보회사의 작은 광고를 보게 되었습니다.

'재혼 전문 상담 환영' 옆에 *'40대 이후 높은 성혼율 자랑'*.

뒤이은 광고 문구들이 상당히 불편합니다. 저도 불편하지만 이 문구들이 불편하게 다가올 안 책임님의 마음도 불편합니다.

하지만 그래도 용기를 내야 한다. 그간 제게 다가와 준 그 사람을 생각하면 그 마음속으로 험난한 강을 건너 헤쳐 들어가 보겠다며 마음을 다잡기로 했습니다.

/

엄마는 의사의 우려와는 달리 회복이 무척 빨랐습니다. 엄마 친구들이 하도 내년에 알프스 트래킹이네, 후지산 등반이네, 하며 이상한 바람을 넣어 놓더니 진짜 환갑이 넘은 나이에 무서울 정도로 재활에 집중한 끝에 지팡이의 도움으로 어느 정도 걸을 수 있게 되셨습니다. 완전히 걷기까지는 아직 시간이 더 걸린다고 하지만 모두들 이 정도가 어딘가 싶었습니다. 이러다 진짜 알프스에 갈 것도 같았습니다.

어느 주말. 엄마가 친구들과 함께 식사를 하다 친구로부터 받을 게 있다며 차를 몰고 백화점으로 와 달라고 하십니다. 가끔 친구들끼리 옷을 돌려 입거나 어디서 사 온 먹을거리들을 나누는 경우가 있어서 그런가 보다 하고 나간 김에 친구분들에게 인사를 했는데 엄마 친구들이 절 보더니 야단들이십니다.

엄마 친구 1: 아이고 얘가 언제 이렇게 훈남이 되었어. 네 형 결혼하고 처음 보는 거지? 옛날엔 몰랐는데 어머- 회사 들어가서 돈 벌더니 멀끔해졌네.

욕인지 칭찬인지 잘 모르겠습니다.

엄마: 회사 들어간 지가 언제인데 무슨 신입 사원 이야기하듯 하고 있어. 나이가 몇인데. 무슨.
엄마 친구 2: 서른 넘었잖아? 결혼할 나이인데 만나는 사람 있어?
엄마: 없어, 없어. 아유- 있는데 숨겨놓는 건지.
나: 아우. 아니에요.

"아니에요. 없어요."라고 말하려고 했는데 차마 없다고는 말하지 못했습니다.

엄마 친구 2: 아줌마가 소개시켜 줄까? 가만있자.

엄마 친구는 그 나이대 아줌마들의 의무이자 책임이라는 자세로 엄마에게 갑자기 다른 엄친딸 이야기를 늘어놓기 시작했습니다.

엄마 친구 2: 너 내 대학교 친구 영지 알지? 그 잠실 산다는 애……. 응. 그래. 내가 이야기 되게 많이 하잖아. 그 나랑 같이 운동 다닌다는 애. 걔네 딸이 올해 서른인가 그런데 엄청 이쁘거든.
엄마: 어어- 알지 알지. 언제 나도 같이 껴서 어디 같이 놀러 간 적도 있는데. 알지. 걔가 되게 곱지 않나. 그 딸도 그런 갑네.
엄마 친구 2: 그리고 서울 어디 중학교 선생님인가 그럴걸. 응, 그래. 기간제 아니야 정교사야. 공부 잘했거든. 임용을 요즘 같은 때에 한 번에 붙었어. 진짜 싹싹하고 밝아, 애가. 사진 볼래? 내가 사진 보내라고 할까? 호호호.

아. 오래 있으면 안 되겠다. 도망가야겠다.

나: 아니에요. 말씀이라도 고마워요. 저 어디 가 있을게요. 이따 주

차장에 갈 때 알려주세요. 저 지하 4층인가에 차 있어요.

엄마 친구 2: 내가 사진 받으면 니 엄마한테 보내 놓을 테니까 봐-. 네 사진도 보내려고 하니까 잘 나온 걸로 엄마한테 좀 보내봐 응? 너 잘 생각해. 아줌마가 아무나 소개 안 시킨다니까?

결혼 적령기의 총각. 전문직은 아니어도 돈은 멀쩡히 벌 수 있는, 누구나 알 만한 직장. 사지도 멀쩡하고 집안도 딱히 빚더미에 있거나 하지 않고 학교도 남들 아는데 나왔고, 형 부부도 의사고. 이렇게 늘어놓고 보니 결혼 시장에서 그래도 아주 몰리는 스펙은 아닌가 보다 하는 우쭐한 생각과 이혼한 여자를 만났을 때 세간의 평가에 대한 생각이 동시에 몰려옵니다.

내가 미쳤다. 미쳤어. 안 책임님이 나한테 과분하면 과분했지. 그렇게 똑똑하고 이쁜 여자를. 하지만 그래도 떨칠 수 없는 것. 이혼한 여자. 그리고 애까지.

소개를 시키네 뭐네 하면서 수다에 열심인 아줌마들과 엄마의 호들갑과 웃는 얼굴에 이혼, 재혼 뭐 이런 단어는 너무 멀어 보입니다. 온갖 생각에 사로잡혀 백화점 어느 카페에서 잡지를 읽으며 시간을 죽이다가 안 책임님에게 메시지를 보내기로 했습니다.

[더운 날인데 뭐 하세요? 저 코엑스 옆 백화점에 와 있는데.]

[오! 삼성동! 나도!]

세상에. 바로 전화 통화를 시도합니다.

안: 책임님!

나: 아니, 여긴 웬일이세요. 전 지하에 있는데.

안: 엇. 나도 지하 식품 매장에 있어요. 일 있어서 왔다가 간단히 먹을 것 좀 장을 보려고 왔는데. 잠깐 볼래요?

오. 먼저 보자고 해주시다니. 감사합니다. 주말에 안 책임님을 봤던 건 그 추운 겨울날 대학로에 한 번, 결혼식에서 본 것이 전부인데.

주말에 다시 만난 안 책임님은, 정말 글로 뭔가를 생각해서 묘사하는 것은 너무 어렵고 힘이 듭니다. 검은색의 A라인 스커트와 가슴 라인이 완전히 드러나는 딱 붙는 흰색 골지 반팔 티에 아이를 한 손에 붙잡고 나타난 안 책임님은 정말 눈이 부셨습니다. 게다가 크로스 숄더백을 가슴 사이로 지나가게 매는 바람에 그 가슴을 보는 순간 또 혼미해……. 전 서둘러 정신을 차렸고 안 책임님은 아이에게 배꼽 인사를 시키며 이야기합니다.

안: 누구 좀 만나러 왔다가 주차 땜에 돈도 약간 더 써야 하고 어차피 먹을 것도 좀 사야 해서요.
나: 저 한 시간 정도 시간 남는데 저도 같이 따라다니면 안 될까요?
안: 아저씨 몇 번 봤지? 우리 잠깐 여기 장 같이 보자. 응?

부끄럼이 많은 딸애는 끄덕끄덕하고 가만히 엄마 손만 붙잡고 다닙니다. 가만히 걷는 법을 모르고 뛰어다니는 방법만 아는, 망아지들 같은 제 조카가 떠오릅니다. 백화점 식품 매장에 작은 카트를 같이 밀고 다니며 이 맥주가 어떻네, 저 만두 먹어봤는데 별로네, 광고만 요란하지 금방 망할 것 같네. 별 시덥잖은 대화를 이어나가는데 속으로 기분이 무척 이상합니다.

아마, 결혼하면 이런 모습일까. 이렇게 먹을거리를 사고 이대로 집에 같이 가서 요리하고 웃으며 먹고, 같이 TV 보고 잠자리에 들고. 이 사람과 그럴 수만 있다면 얼마나 행복할까. 이혼이고 뭐고 그냥 사람만 생각하면 얼마나 행복한가.

뇌의 반은 안 책임님과 대화하며 장을 보고, 남은 반은 이런 생각들을 하며 소소히 장본 것들을 계산 하고 나오는데……. 엄마와 엄마의 친구들을 정면으로, 정말 드라마의 한 장면처럼 백화점 군중 속의 한 가운데서 도저히 모른 척 지나갈 수 없이 너무 확실히 마주쳤습니다.

엄마: 아들! 전화를 왜 이렇게 안 받어-.

아뿔싸. 정신이 팔려서 전화가 온 줄도 몰랐……

나: 어…… 엄마. 내가 알아서 연락하지 왜 내려오셨어요.
엄마: 친구들 몇은 벌써 간다고 일어났고 얘가 뭐 산다 길래 그냥 내려왔지. 너도 여기 어디 있겠거니 해서. 전화를 받아야 네가 어디 있는지 알지. 엄마가 친구한테 뭐 받을 거 있다고 했잖아.

순간 안 책임님을 빠르게 스캔하는 엄마의 눈길. 그리고 제가 당황해 어버버하는 것을 빠르게 눈치채는 안 책임님.

안: 안녕하세요. 손 책임님 어머님이시지요? 저는 직장 동료 안□□입니다. 도움 많이 받고 있습니다.
엄마: 어머. 직장 동료시구나. 제 아들이 어디 사고는 안 치나요? 호호. 딸도 있으시네. 몇 살?

백화점 인파의 혼란 속에서 마주친 어색함. 그 어색함을 애써 회피하는 인사말들. 순간 드는 일말의 고민. 나는 여기서 상황을 회피하고 볼 것인가 아니면 과감히 내가 안 책임님을 책임질 수 있음을 보일 것인가. 내가 회피한다면. 이혼한 여자임을 엄마 앞에서 신경 쓰는 아들인 것이 너무 뻔해질 텐데……. 생각이 길어지며 또 어버버하는 순간, 상황을 빠르게 정리하는 안 책임님.

안: 책임님. 그럼 회사에서 뵈어요. 자, 어른들께 인사드려야지. 그

럼 어머님 들어가십시오-.

엄마: 네. 우리 아들 회사에서 잘 좀 부탁합니다~.

호들갑스럽지 않고 너무 살가운 척하지 않는, 절제되고 편안한 공손함으로 인사를 하고 안 책임님은 딸과 함께 멀리 사라집니다.

어? 저기 주차장 아닌데. 다시 백화점 방향인데 왜 무겁게 저걸 들고…….

엄마: 빨리 주차장 가서 짐 옮기자. 우리 차를 얘네 차 근처로 옮겨야 할 텐데 여기가 좀 복잡해서…….

나: 어, 네. 몇 층에 차 두셨어요? 제가 그리로 차를 옮길게요.

엄마 친구 3: 응. 난 지하 3층인데 나도 정확히 어딘지는 가봐야 알겠네. 차로 가서 전화하든가 메시지로 보낼게-.

그렇게 엄마 친구분은 먼저 발걸음을 옮겨 사라졌습니다. 저는 엄마를 모시고 한 층을 더 내려가 주차장으로 불편한 걸음을 재촉했습니다. 그러면서 퍼뜩 깨달았습니다.

아…… 이제 알겠다. 또 주차장에서 다시 마주치는 어색함을 피하려고 안 책임님은 일부러 백화점으로 다시 들어갔구나. 곤란해하는 나를 생각했구나. 아…… 당신의 지혜로움이란.

괜히 더 미안해졌습니다.

그리고 차에 타자마자 엄마의 질문 공격이 훅 들어옵니다.

엄마: 회사 동료? 친해? 혹시…… 옆에 애는 진짜 딸? 조카?

나: 아니에요, 엄마. 뭘 사귀긴-. 저분 결혼했어요. 물론 다시 돌아오셨지만……. 그리고 나보다 연상이야.

아. 비겁한 자식. 지금 도대체 무슨 말을 하고 있는 거냐.

엄마: 우연히 만났는데 유부녀랑 무슨 장을 같이 봐. 미쳤어! 그렇게 친해? 너 조심해라. 미혼인 애가 그러고 다니면 이상해.

나: 아! 무슨! 그리고 요즘 세상에 뭐 남녀가 유별한가요. 무거운 거 좀 들어 주고 그럴 수도 있지.

엄마: 남녀는 유별하지 않아도 유부와 아닌 거는 유별해! 얘가 미쳤어!

아닙니다. 엄마. 이혼한 사람이에요.
하지만 전 이렇게 말 하지 못했습니다.

엄마: 아 그리고 그분도 이상하네. 왜 남편 있는 사람이 젊은 남자랑 아무리 회사 동료라도 장을 같이 봐. 누가 보면 어쩌려고 그래. 아니, 누가 안 봐도.

나: 아. 엄마 쫌-.

좁은 백화점 주차장 통로를 돌고 돌며 엄마와 실랑이를 벌입니다.

엄마: 혹시 그럼. 이혼하거나 사별한 분이야? 너 너무 가까워 보여서 그래. 이상하잖아. 왜 장을 같이 봐. 대낮에.

나: 아. 좀 제발. 아니라니까. 이혼하셨대요. 그리고 진짜 그냥 만난 거예요. 무슨…….

아. 말해버렸다. 이혼.
하지만 더 이상 무슨 말을 할까 싶어 가만히 있는데 엄마 친구분의 연락으로 이야기가 끊겼고, 위치를 물어물어 차를 옮겼습니다. 하지만 다시 엄마는 집에 가는 내내 서른 중반을 향하는 아들에게 잔소리입니다.

엄마: 너 아까 엄마 친구가 소개해 준다는 사람 안 만나 볼래? 이야기 들어보니까 진짜 괜찮은 거 같던데.

나: 아이고. 내가 잘 알아서 해요.

엄마: 뭘 알아서 해. 그 아줌마 동창이라는 사람. 엄마도 아는데 집안도 아주 점잖아. 그 아빠가 어디 옛날 내무부 국장까지 하고 은퇴하셨어. 너 국장이면 얼마나 높은지 알아?

나: 아유. 무슨 언제 적 내무부야. 무슨 5공화국도 아니고. 내무부 이름 바뀐 지가 언젠데.

엄마: 아무튼 처음 행시 봐서 들어간 데가 내무부였어, 그 아빠가. 너 작은 삼촌도 그 어디냐. 그래, 지금 행안부지. 행안부에 있었어서 잘 알고 그러셔. 아무튼 점잖고 좋은 분들이야. 딸도 조신하고 참하다는데.

나: 하이고. 엄마 그만! 그만!

엄마: 너. 혹시 아까 만난 동료라는 사람 때문에 그러는 건 아니지?

나: 아니라니까-.

엄마: 그 사람이 느낌은 참 좋긴 하던데. 세상에 이혼까지 하셨네. 어째.

엄마는 갑자기 안 책임님을 떠올려 보는 것 같았습니다. 하지만 애써 그 이미지를 지우듯 절레절레 내젓고는 말을 이었습니다.

엄마: 아무튼. 너 조심해! 엄마 친구들이 다 같이 내려와서 봤으면 어쩔 뻔했어!

막 던지는 느낌인데. 맞추고 있습니다.

나: 아이고 엄마. 알아서 잘할게요. 그렇게 인기 없는 아들 아니에요.

엄마: 네 형은 너무 일찍 결혼해서 엄마를 당황시키더니 넌 왜 서

른을 훌쩍 넘겨…….

운전 내내 결혼 이야기, 여자 이야기만 했습니다. 엄마를 겨우 집에 모셔다드리고 짐을 옮겨드린 뒤, 서둘러 제 오피스텔로 차를 돌렸습니다. 집에 거의 도착했을 즈음, 안 책임님 생각이 다시 났습니다. 제 생각만 하다가 안 책임님이 어떤 마음으로 헤어졌을지 생각을 못 하고 있었습니다. 그제서야, 저의 비겁하고 어리바리한 모습이 떠올라 수없이 자책을 했습니다. 차를 세우고 한참 고민하다 결국, 안 책임님께 메시지를 보냈습니다.

[책임님. 잘 들어가셨어요? 저희 엄마 때문에 당황하셨죠?]

조금 기다려봤지만 답이 바로 오지 았았습니다. 하는 수 없이 집으로 다시 향하며 주차장으로 진입했을 때, 안 책임님으로부터 답이 왔습니다.

[아니에요. 어머님이 인상이 무척 좋으시네요.]

고민을 해보지만 어떻게 표현해야 할지 잘 모르겠습니다. 우리는 아직도 정식으로 '사귀는' 사이는 아니니까요.

[아까 제가 소개를 잘 못 시켜드려 죄송해요. 뭐라고 소개해야 할지 잘 모르겠어서…….]

[아. 괜찮아요. 뭐라고 소개하겠어요…….]

아. 저 말줄임표는 뭔가.

안 책임님은 문자에 말줄임표를 많이 쓰지 않습니다. 그렇다면 저건 "회사 동료인데 뭐라고 하겠어요."일까 "사귀는 건 아니니까 소개하기 좀 그렇겠네요."일까……. 둘 다 아닌가.

뭔가 확실히 해야 했습니다. 요즘 젊은 말로 '썸'이라고 할 수도 있겠지만 우리의 관계가 '썸'이라는 말이 주는 가벼움이나 발랄함, 젊음과는 맞지 않아 보였습니다. 정의할 수 없는 관계라는 건 그만큼 불안한 관계임을 뜻했고, 빨리 정의할 수 있는 단단한 관계로 만들어야 했습니다. 용기를 내겠다고 했는데 내가 이러면 안 된다는 마음이 강하게 들었습니다.

[주말 저녁에 좀 그럴지 모르겠는데. 혹시 시간 되세요? 역시 나오시긴 어렵죠? 나오시기 힘들면 제가 가도 될까요?]

[지금 갑자기 딸애를 어디 맡길 데는 없을 거 같고. 애가 주말엔 놀고 싶어 해서 일찍 안 자는데. 늦은 저녁에 저희 집 쪽으로 와 계실래요? 제가 전화할게요. 이런 식으로 불러서 죄송해요.]

[네. 괜찮아요. 집 앞에서 기다릴게요.]

제가 괜찮다고 말하는 것이 맞는 것인지, 집에서 잠깐 보더라도 안 책임님이 괜찮다고 하는 것에 고맙다고 해야 하는 건지 잘 모르겠지만 빨리 움직이고 싶었습니다.

다시 차를 몰고 백화점 방향으로 갔습니다. 저녁이 가까워 오자 백화점 주차장은 입구 저 멀리부터 터질 듯이 차로 넘쳤고 마음이 급한 나머지 안 되겠다 싶어 옆 블럭의 사설 주차장에 차를 대 놓고 뛰어갔습니다. 그리고 지하로 뛰어 내려가 지난겨울, 초대를 받았을 때 사가지고 갔던 와인을 겨우겨우 기억해 내서 샀습니다. 좋은 와인이기도 했지만 무언가 의미를 부여하고 싶었습니다. 한번 어떻게 해보겠다고 찌질한 생각들을 하고 거기에 또 비겁해진 나를 바꾸어 보고 싶었습니다. 그때의 나와 지금의 나는 다르니까. 나를 안아주어 용기를 주고 구원해주었으니까.

초대받았던 날을 곰곰이 생각하며 와인과 함께 먹을거리를 몇 가지 더 사고, 고민을 계속 하다가 안 먹게 된다면 그 집에 두고 오겠다는 생각으로 와인 한 병을 더 샀습니다. 그 사이, 시간이 제법 지나 있었습니다.

[저 다시 백화점 와 있는데요. 메시지 보내시면 그때 출발할게요.]

[아. 그러실래요? 애랑 저녁 먹고 있는데 잘 구슬려서 일찍 재울게요. 미안해요. 기다리게 해서.]

[아니에요. 전혀. 절대로. 네버!]

그리고 얼마 안 있어 지금 재우기 시작했다는 메시지가 왔습니다.

[아이가 낮에 좀 길게 자는 바람에 잠을 잘 못 잘지도 모르겠어요. 일단 눕히고 재워볼게요.]

[네. 전 책임님네 쪽으로 가서 기다릴게요.]

그 지난겨울. 담배와 콘돔…… 을 샀던 입구의 편의점을 지나쳐 아파트에 도착했습니다. 마음이 뛰기 시작했지만 최대한 침착하게 조금 더 기다려보다가 안 책임님께 문자를 보냈습니다.

[저 아파트 밑에 있습니다. 아이 천천히 재우세요.]

[막 자는 것 확인. 한 십 분 후에 올라오실래요? 그럼 좀 깊이 잘 것 같아요. 저도 옷 좀 갈아입고.]

예전 같으면 '옷을 갈아입는다'는 뭐 이런 말에 막 설레고 몸이 흥분될 것 같은데 오늘은 이성이 몸을 매우 잘 지배하고 있었습니다. 아까 편의점을 아무 생각 없이 지나치기도 했고, 우선 전 오늘 우리의 관계를 '정의할 수 있는 관계'로 만들고 싶었습니다.

아. 꽃이라도 샀어야 하나.

역시 이상합니다. 프러포즈도 아니고.

지금 필요한 것은 꽃이 아니라 용기와 굳건함, 믿음과 신실함.

십 분을 조금 더 넘기고 나니 이제 와도 된다는 확인 문자를 받았습니다. 엘리베이터를 타고 천천히 조심스럽게 아이를 깨우지 않으려 문 앞에서 또 메시지를 합니다.

이윽고 현관문이 조용히 열립니다. 전에도 아이가 잘 때 몇 번 들어간 적이 있어 조심스레 힘을 주어 노브를 돌린 채 현관문을 닫습니다. 발목 가까이까지 떨어지는 긴 플리츠 스커트에 여유 있는 티셔츠, 가벼운 후디. 집에서 입는 옷 느낌이지만 뭔가 아무거나 주워 입은 것 같지는 않았습니다. 아마도, 더 편한 복장으로 집에 있다가 제가 온다는 말에 이거라도 챙겨 입자고 입은 느낌.

인사 대신 와인을 들어 보이자 희미한 웃음을 담아 끄덕끄덕합니다. 가져온 먹을거리들을 접시에 옮겨 담고 마주 앉지 않은 채 90도의 각도로 옆으로 앉아 와인을 땄습니다. 다른 와인을 발견한 안 책임님은 교대로 먹어보자며 다른 하나도 땁니다.

나: 둘 다 다 따면 둘 다 먹어야 하는데……. 남겨도 되긴 하지만.

안: 그냥 둘 다 먹어요. 남기긴 좀 아까운 와인이니까.

나: 전 뭐. 한 잔 먹으나 한 병 먹으나 운전 못 하는 건 마찬가지니까.

일인당 각 한 병씩 해보겠다는 건가. 애는 어쩌고…….

불안한 건 나뿐인가.

나: 전에 저랑 와인 마시고, 혹시 처음 드시는 거예요?

안: 한 달? 두 달? 그 즈음에 부서 회식 한 번 갔었어요. 애는 이모가 데려가고. 부서에서 친한 사람이 퇴사하며 마지막 자리라고 하는데 인사하러 꼭 가야 했거든요. 그럴 만한 친구였고. 처

음엔 그냥 밥이라도 먹자 하는 마음이었는데 술이 너무 먹고 싶더라고요.

나: 그냥. 갑자기?

안: 그때가 한참 가정 법원 왔다 갔다 하고 변호사 만나고, 남편이랑 이야기하면 싸우고 차갑고 속상하고 혼자 울고…… 마음도 안 좋고 그랬는데 너무 오랜만에 먹는 거라 좀 무섭더라고요.

나: 왜요?

안: 술이 하나도 안 쓰고.

나: 술이 안 써서, 그래서 무서웠어요?

안: 무섭죠. 술이 하나도 안 쓰고, 너무 달고, 훌훌 들어가고, 음식으로 배부르기 싫고, 술로 배 채우고 싶고, 실컷 먹고, 나 업어 가라고 하고 싶고, 술 취해서 막 쌍욕하고 싶고.

마음이 아팠습니다. 옆에 있어 줘어야 하는데. 혼자. 어떻게 이겨냈을까. 그래 놓고 나 힘들다며 안아 달라고 했던 제가 너무 한심했습니다.

안: 맥주 오백 한잔을 쉬지 않고 마시고 나니 이런 무서운 생각이 딱 든 거예요. 그래서 막 갈등하고 있는데 애 생각이 났어요. 그래서 참고 참아서, 진짜 무서운 집중력과 자제력을 발휘해 맥주 한 잔을 아끼고 아껴 딱 두 잔 먹고 왔어요. 정말 소주 먹고 싶어서 혼났네.

그러면 오늘 좀 드실 수도 있겠네요. 조심하셔야. 아니, 조심 안 하셔도. 아니. 내가 또 무슨 생각을 하는 거야. 아 모르겠다.

나: 갑작스레 온다고 해서 죄송해요.

안: 아니에요. 마음이 되게 복잡했는데. 음-. 아까 메시지 받고 반갑고 좋았어요. 아니, 반갑고 좋기도 했고 뭔가 말해야 할 것 같

기도 했고.

나: 아. 제가 잘 왔네요. 그럼.

어색한 웃음을 지어 보입니다. 주말에 만나면 이렇게 좋은 것을.

안: 사실, 어떤 건지 알아요. 저에게 연락하기 주저하게 되는 거. 그래서 더 고마워요. 용기 내는 거니까.

나: 나쁜 말로 하면 들이대는 거 아닌가요.

안: 누구냐에 따라 들이대는 걸로 바뀌겠지요.

안 책임님은 농담에 웃으며 그간 못다 한 이야기를 꺼냅니다. 저는 저대로 회사 일도 꺼내고 엄마 이야기도 조금 했습니다. 안 책임님은 아이 이야기와 가족 이야기를 조금 하다가 표정이 가라앉았습니다. 그 표정 하나에 갑자기 모든 게 벅차고 버거운 존재로 보였습니다.

안: 오늘…… 사실은.

안 책임님은 코로 숨을 크게 들이쉬고 다시 내쉬더니.

안: 마음이 좋진 않네요.

네. 저 때문이지요. 제가 잘했어야. 아니 그런 상황을 안 만들도록 했어야 하는데.

나: 죄송해요. 난감하게 만들어서.

안: 아니, 아니…… 그게 아니라. 정말로 손 책임님이랑 어머님 탓하는 거 절대 아니에요.

나: 제가, 어리바리하게 말도 잘 못하고…….

안: 아니에요. 어떤 마음이었는지 알아요.

안 책임님은 와인을 한 모금 더 마시더니 또다시 한숨을 쉽니다. 어떤 마음이었는지 안다는 안 책임님의 말에 갑자기 긴 세월을 돌고 돈 끝에 마주 앉은 듯, 우리의 지난 시간들이 아득하게 느껴졌습니다.

안: 지난 몇 달간 씩씩하게 잘 버텼거든요. 그리고 앞으로도 잘 살아 보겠다고 밤마다 잠든 딸애 보면서 마음을 다졌는데……. 물론 무너지지 않고 마음 단단하게 잘 먹었다고 생각해요.

안 책임님의 한숨이 계속됩니다. 한 마디 한 마디 단어를 고르는데 힘겨워 보여 마음이 더 안 좋았습니다.

안: 두 가지. 하나는…… 어차피 지난 삼사 년간 옆에 거의 남편이 없었으니 내 생활은 똑같다 생각했는데 이혼을 하고 나니 많이 다르다는 걸 깨달은 것.

나: …….

안: 알게 모르게 시댁에 기댄 것들이 있었어요. 재정적으로도 어느 정도 그렇고. 하긴, 아이 아빠가 돈을 따로 부쳐주거나 하질 않고 있는데 시댁이 이것저것 꽤 챙겨 주고 있었다는 걸 깨달았어요. 그리고, 의외로 이혼했다고 주위에 말 꺼내는 게 너무 싫어요. 너무 힘들어요. 왜 아빠가 잘 안 보이지? 이혼했나? 그렇게 생각하는 거하고 저 집은 이혼해서 아빠가 없어, 라고 딱 실제가 되는 게 다르더라고요.

그 말에, 그럴 것 같다고 말할 뻔했습니다. 하지만 그렇지 않다고 하는 것 역시 이상하긴 마찬가지였습니다.

나: 너무 힘드실 것 같아요. 너무.

안: 근데 이건 빨리 이겨내야지요. 더 씩씩하게.

나: 다른…… 하나는요?

안: 다른 하나는…….

한숨과 함께 와인 잔에 레드 와인을 조로록 채우더니 또다시 한 모금을 합니다. 저도 그 모습에 동의와 공감의 의미로 잔을 들어 비웠습니다. 이 한숨에 에틸알코올이 어쩐지 진하게 느껴집니다. 복잡한 마음에 자꾸만 목이 탔고 안 책임님의 한 마디 한 마디는 무겁습니다.

안: 다른 하나는. 오늘 이야기하게 될 줄은 몰랐는데.

무슨 말을 하려는 걸까. 와인 잔을 가만히 보던 시선을 안 책임님의 눈으로 옮기자 안 책임님은 입술을 가볍게 깨물었다가 눈을 감더니 잠시의 침묵 뒤에 입술을 떼었습니다.

안: 내가.

안 책임님은 저를 바라보며 떨리는 소리로 천천히 말을 이어나갔습니다.

안: 손 책임님을 좋아하는 마음이 어쩌면 손 책임님을 부담스럽게 만들고 있겠다, 라는 생각.

…….

카운터 두 방을 원하지 않는 방식으로 맞고 말았습니다. 좋아한다는 말에 한 방. 그리고 부담이라는 단어에 한 방. 앞의 것도 너무 큰 한 방인데 뒤의 것을 맞고 나니 거의 쓰러질 지경입니다.

좋아한다는 고백은 내 것일 줄 알았는데. 그래서 어떻게 이야기해야 할지, 어떻게 믿음을 주어야 할지 고민이었는데. 전혀 예상하지 못한 안 책임님의 말에, 할 말을 잊었습니다.

안: 사실 얼마 전에 우리 만나고 나서…… 지금의 이 상황이 좀 이

상해도 뭔가 상황을 잘 컨트롤하고 마음을 잘 다스리면서 가면 결말이 뭐가 되든 힘들지 않은 시간일 수 있을 거 같았어요.

지금 잘 이야기해야 하는데. 좋아한다는 말을 들었는데 가만히 있으면 어떡하냐고!!!

……하지만 달리 할 말이 없어서, 아니 할 말이 너무 많아서. 정리가 안 되는 답답한 마음에 그냥 와인을 들이켰습니다…….

그리고 계속되는 안 책임님 이야기.

안: 무너지지 않고 마음을 잘 잡고 있었고 손 책임님 다시 만나서 좋았어요. 전에 저희 집 앞에 왔을 때, 정말 좋았어요.

저야말로 좋았어요. 안아줘서. 당신을 느끼게 해 주어서. 위로해 주어서. 그리고 그게 다가 아니라, 그냥 당신과 함께 있어서 진짜의 나를 느꼈어요. 그래서 좋았어요.

하지만, 그런 말을 차마 하지 못하고 있었습니다.

안: 오늘…… 되게 많은 걸 깨달았어요. 이 사람이 이 상황을 컨트롤해 낼 수 없을 수도 있겠다. 그리고 이건 이 사람의 잘못이 아니고 내가 할 수도 없는 것.

나: 아까…… 저희 엄마 만났을 때…… 말인가요?

안 책임님은 가만 끄떡입니다.

안: 내가 용기 있다고, 마음이 단단해진다고, 그냥 좋아하는 마음만 분명하다고 될 수 없겠다. 그리고, 어려운 상황을 손 책임님 탓으로 돌리기 싫었어요. 아니 돌리면 안 되죠.

마음속에서 눈물이 흐르고 있었습니다.

당신은 정말, 다 알고 있었군요.

나: 아…… 미안하다는 말 진짜 하기 싫은데……. 무슨 말을 해도 적당하지가 않네요.

너무 미안한 나머지 조금 울컥해서 목소리가 떨렸습니다.
아 진짜 무슨 말을 해야 하는 건가.
좋아한다고. 사랑한다고 그냥 외치면 될 것 같은데!
그냥, 사랑한다고 하라고!
하지만 초자아와 자아와 본능이 너무 싸우는 바람에 말이 채 나오지 않았습니다.

안: 감정이 되게 복잡해서……. 막 쏟아내서 미안해요. 그냥…… 난 진짜 열심히 살았는데. 무슨 선택을 했길래 정신을 차려보니 딸애만 옆에 있어서 매일 밤 아이를 재우고 아침에 뛰어나가느라 정신이 없고. 내 마음 돌아볼 겨를이 없고. 기댈 데가 없고. 어느새 나도 모르게 기대고 있는 사람이 있는데 너무 멀고. 줄 수 있는 것도 없고 받을 수 있는 것도 없고.

…….
안 책임님이 울기 시작했습니다.
우리가 처음으로 가까워졌다고 생각한 그날.
울고 있는 안 책임님에게 손을 가만히 내밀었던 그날.
그날처럼 다시 손 위에 제 손을 가만히 얹었다가.
의자를 옆으로 끌어 머리를 안고 어깨에 기대어 놓고
한 손으로는 어깨를 토닥이고
다른 손으로 머리를 쓸어내렸습니다.
무슨 말을 해도 말로는 위로할 수 없을 것 같은 기분.

내가 그 복잡한 마음 한가운데에 서 있는데 무슨 말로 위로를 할 수 있을까. 내가 힘들게 만든 사람인데 위로가 되긴 할까.

그리고 전, 용기를 내어.

아니. 이것이 용기인지 검은 마음인지.

그냥 본능인지. 사랑의 발로인지도 모른 채.

이마에 입을 맞추고. 한 손으로 볼과 얼굴을 가만히 쓸다가.

꺼질 듯한 촛불을 들듯 조심스럽게 턱을 받치곤

입술을 맞추었습니다.

상대의 입술과 혀가 충분히 느껴지자 두 손은 자연스럽게 어깨에서 천천히 점점 허리로 향했고 의자 끝에 걸쳐 앉은 채 무릎과 무릎 사이가 만나게 되자, 저도 모르게 허리를 더 강하게 끌어안으면서 그녀가 제 무릎 위로 올라앉게 되었습니다.

우리의 의식은 지구를 떠나 우주를 내달려 안드로메다에 도달한 것 같았습니다. 우주가 현실에 존재한다고 하지만 너무 멀어 느껴지지 않듯, 지금 이 순간 모든 것은 너무너무 멀고 오직 둘만 존재하는 것 같았으며 몸의 감각으로만 서로의 존재를 가까이 확인하였습니다. 우리가 도달할 수 있는 가장 먼 우주로 이동하여 아득한 속도로 우리의 현실과 멀어지고 싶었습니다. 백 년 전에 발견한 허블의 법칙* 이 지금 우리의 의식에서 증명되고 있었습니다.

아무런 계산도 없이, 아무런 앞선 의식의 반영도 없이, 두 손은 티셔츠 안으로 들어가 등을 어루만지고 그녀의 손도 제 등을 쓰담아줍니다. 손끝으로 만져지는 속옷의 후크를 찾아내자 드디어 의식을 찾았고, 무슨 결말이 나더라도 지금 이 순간을 후회하지 않고 어떤 대가

* 허블의 법칙(Hubble's law): 은하의 팽창 속도는 그 거리에 비례한다는 법칙. 쉽게 말하면 당시의 서로를 안았을 때 의식이 멀고 먼 우주에서 정신없이 빠르게 날아가고 있었다는 뜻.

도 치를 수 있겠다고 분명하고 또렷하게 생각한 그 순간.

이제껏 수동적으로 가만히 서 있다가 다가온 안 책임님을 어쩔 줄 몰라 하며 사모하기만 한 저에게서 처음으로 벗어나 등에 묶여 있던 속옷의 잠긴 매듭을 풀어냈습니다. 그 순간 제 몸을 부여잡은 안 책임님의 손과 다리의 근육이 긴장하고 숨결이 마구 거칠어지면서 목을 통해 나오는 소리를 싣지 않으려 애써 입을 다물고. 그 때문에 코로 들어가는 들숨이 더욱 커지고. 몸 안의 수억 개의 세포와 뉴런들이 모두 살아있다고 소리를 치고. 그 소리가 모이고 모여 자극을 주자 참기 힘든 신음이, 그리고 다시 토해내는 날숨에 정신없이 흥분되는 순간, 흥분이 임계점을 넘어 윗옷을 끌어 올리려 한 그때.

식탁 뒤, 벽 너머의 아이 방에서 작지만 이 모든 파도를 한 번에 정지시키며 잠재우는 소리가 들려왔습니다.

"엄마…… 엄마?"

순간 안 책임님과 저는 저 멀리 안드로메다에 있던 우리의 의식을, 빛의 속도로도 이백만 년이 걸릴 그 거리에 있던 우리의 시간과 공간을, 엄마를 부르는 아이의 한 마디에 이 지구로, 대한민국 서울 어느 아파트의 조용한 식탁으로 되돌려 놓을 수밖에 없었습니다.

전 당황해서 어쩔 줄을 몰라 하는 그 짧은 사이, 안 책임님은 속옷이 풀린 채 말려 올라가 들춰진 옷을 빠르게 정리하며 동시에 거실의 불을 끈 뒤 식탁 뒤의 벽으로 돌아 들어가 아이의 방문을 열며 "엄마 여기 있어- 무서운 꿈 꾸었어?"라고 말합니다.

불과 5초도 안 되는 사이, 안 책임님은 거실의 어둠만 남기고 아이 방으로 들어가 버렸고 전 갑자기 벌어진 상황에 각종 전자제품과 커튼 너머의 불빛들이 산란하게 빛나는 주방과 거실 사이에서 일단 옷을 추스르며 안 책임님의 핸드폰이 주방 싱크대 옆 충전기에 꽂혀 있는 것을 확인했습니다. 안 책임님이 어떤 메시지를 줄 수 없다는 것을 깨달은 저는 한 오분 정도 식탁에 가만히 앉아 있다가 일어섰습니다. 그리고 냉장고 옆에 놓인 포스트잇을 하나 뜯어 볼펜을 들고 조금 고민하다가, 메모를 남겼습니다.

[당신 편이 되겠습니다.]

소리가 나지 않게 차 열쇠를 조심스레 움켜쥐고 발꿈치를 들어 사뿐사뿐 걸음을 옮기며 현관문의 도어락을 풀고 조용히 문을 열어 몸을 겨우 빼낸 뒤 문을 닫았습니다. 엘리베이터를 타고 내려와 천천히 걸어 입구의 편의점, 그 문제의 편의점에서 차디찬 이온 음료를 사서 벌컥벌컥 마시며 흥분과 열을 겨우 가라앉힙니다.

아파트의 놀이터 벤치에 앉아 삼십여 분을 기다려보지만 연락이 없었고 저는 대리 기사를 불러 집으로 향했습니다. 좋아한다는 말을 들었는데 기대한 느낌이 아니었고, 저의 고백 아닌 고백이 그 사람에게 어떻게 다가갔는지도 모르겠습니다. 우리 모두 처음으로 심리적이고 육체적인 선을 갑작스레 넘었지만 오늘 밤이 지나면 우리가 넘어버린 자리-누가 보면 어른으로서는 우습기 그지없는 행위일지 모르지만-를 상기했을 때 민망해 어쩔 줄 몰라 할 수도 있는 일이었습니다. 한편으로는 감정을 확인할 수 있었고, 안 책임님도 절 좋아하는 것은 분명해졌으니 저로서는 감정 표현에 부담은 없어졌지만 상황에 대해 적잖게 부담을 느낀다는 것도 깨달았습니다.

조금 전까지의 책임지겠다던 당당함은 자꾸 밀려나고 무서움이, 비겁함이 스멀스멀 마음의 한편에서 기어 나옵니다. 애써 기어 나오는 불안함과 비겁함을 두더지 게임을 하듯 애써 밟아 내리면서 대리 기사가 운전하는 뒷자리에 앉아 눈을 감았습니다. 그리고 저도 모르게 손을 쥐고 눈을 더욱 꼭 감았습니다.

나는.

왜 이렇게 나약한 걸까요.

3장

허블의 법칙

우리가 도달할 수 있는 가장 먼 우주로
아무런 계산도 없이, 정신없이 빠르게.

전 항상 제가 더 좋아하는 연애를 해 왔다고 생각했습니다. 내가 더 좋아하는 연애, 그러니까 매달리는 연애에 항상 키가 저에게 있다고 생각-혹은 착각-을 했었습니다. 처음에는 나만 좋아하는 연애, 끌려다니는 연애들을 하다가도 나중엔 좋아하는 마음도 내 것, 헤어지는 마음도 내 것이라는 식으로 조금 자유로워지기도 했습니다. 하다못해 차여서 혼자 꺼이꺼이 울며 매달리는 마음도 제 것이니까요.

얼마 전에 결혼한 전 여친도 제가 먼저 좋아했었습니다. 다만 그 애와의 연애 패턴은, 좋아하고 헤어지고 제가 먼저 매달리다가 매몰차게 거절당하고 혼자 울고 힘들어하다가 마음을 정리했지만 난데없이 보고 싶다고 연락해온 여친에게 제가 싫다고 하고, 그러다 다시 만나고 했던 좀 이상한 연애. 하지만 또 흔히 볼 수 있는 연애였습니다. 바로 전 연애에서 이를 반복하며 비로소 '내가 더 좋아하는 연애'에서 벗어날 수 있었는데 끝은 깔끔했지만 생각보다 마음에 남은 것이 없어서 허무하기도 했습니다. 원래 연애란 이렇게 끝이 없어야 좋은 것 같기도 했지만 여전히 무엇이 옳은 것인지 알 수는 없었습니다.

안 책임님의 뜻밖의 고백. 아니, 고백이라기보다도 그냥 감정의 표현은 이 '연애 아닌 연애'의 키가 저한테 있지 않을 수도 있겠다는 생각을 하게 했습니다. 곰곰이 생각해 보니, 제가 좋아한다는 감정에만 집중했을 뿐, 안 책임님이 절 얼마나 좋아할지, 어떤 마음으로 좋아할지는 생각해 본 일이 없다는 걸 깨달았습니다.

어쩌면 그걸 너무 늦게 깨달은 것 같기도 합니다. 늘 제가 더 좋아하는 연애를 한다고 생각했으니까요. 그리고 안 책임님이 너무 빛나고 아름다운 사람이고, 결정적으로 결혼한 사람이었으니까요. 그러고 보면 저는 안 책임님에게 좋아하는 감정만 가지고 있을 뿐 딱히 준 것이 없었는데 안 책임님은 제가 필요할 때마다 당신을 저에게 주어 왔습니다. '설마 좋아하는 감정이겠어, 나를 불쌍해하는 감정이지.'라고 생각했을 뿐이니까요.

여러 생각과 생각 속 혼란의 밤을 보내고 다음 날 아침에 일어나 보니 새벽에 메시지가 와 있었습니다.

[집으로 오라 해 놓고 이렇게 가게 해서 미안해요. 애 방에 들어가면서 전화기라도 들고 들어갔어야 하는데…… 난처하게 만들어서 정말 미안해요. 잘 들어가셨어요?]

내가 듣고 싶은 말은 그게 아니라, 어제 우리가 이야기하고, 난데없이 당신이 고백하고, 내가 그걸 어떻게 받아야 할지 모르다가, 난데없이 서로 끌어안게 된 일인데. 왜 미안하다는 이야기부터 하는 것일까요. 저는 시리얼에 우유를 부으며 답을 보냈습니다.

[네. 책임님이 바로 빠져나올 수 없을 거 같아서 조용히 나왔어요. 현관문 소리 안 들렸나요? 아이가 누가 온 거 알면 싫어했을 텐데…….]

[모르는 거 같았어요. 무슨 무서운 꿈을 꾸었는지 훌쩍훌쩍 울고 잠을 계속 못 이루더라고요.]

[아. 어제 식탁에 있는 거라도 좀 치우려고 했는데 소리 날까 봐 그냥 나왔어요.]

[치우긴요. 잘하셨어요. 나가는 현관문 소리 듣고 그냥 포기하고 애 옆에 누웠어요. 또 언제 깰지 몰라서.]

[혹시 해서 밖에서 조금 기다리긴 했었어요. 다시 들어갈 수는 없을 것 같아서요.]

이 겉도는 이야기를 마무리 지어야 합니다.

[저기. 우리 할 이야기가 많은데. 언제 만날 수 있죠?]

[저, 진짜 바보 같은 이야기라는 거 아는데…….]

이제 알 것 같다. 이건 부탁이다, 또. 저 말줄임표 점 여섯 개.

[다음 주 추석 연휴 중에 저희 집에 와서 뭐 좀 도와 주실래요?]

집에서? 전구 갈아야 하나요? 컴퓨터 고치나요? 남자 불러서 도와 달라고 할 수 있는 것은 빈약한 상상력에 저런 것밖에 없었습니다.

[언제요? 추석 당일이랑 전날은 안 될 것 같고. 다른 날은 뭐 없어요.]

네. 절 갖다 쓰세요. 제발. 전 제가 뭘 해드릴 때가 이상하게 마음이 제일 좋네요. 친구들과 하루 캠핑 계획을 잡아둔 상태지만 전 이미 마음으로 그 계획을 잊는 걸 넘어 아예 지웠습니다. 지금 캠핑 따위가 문제인가요.

[그럼 연휴 마지막 전날에 저희 집에 좀 와 주실래요? 밥도 먹고 그래요, 그날.]

도와 달라는 것을 핑계로 하루 집에 놀자는 건가. 종잡을 수가 없습니다. 애는 어디 친척들과 놀러 보낼 거 같고. 집 비웠으니 밥 먹고 영화 보고 놀자는 건가. "지금 집 비었어! ㅋㅋㅋ" 라고 연락을 하던 옛날 대학 때 만난 여친 생각이 나서 실소가 나왔습니다. 서른 넘은 어른이 되어서 설마 집 비었다고 오라는 건가. 하긴. 안 책임님 상황이면 그럴 수도 있지. 우리 집은 맨날 비어 있는데…… 우리 집에 오라 할까. 아, 우리 집에 불러야겠다. 언젠가.

아까의 고민, 부담, 복잡함은 온데간데없어지고 다시 만날 생각에 좋은 마음만 남기기로 합니다. 고민해 봐야 되는 것도 없으니까요.

/

추석 연휴. 삼십 대 총각을 향한 명절 주제는 단 한 번의 예외도 없이 결혼입니다. 어딜 가도 비슷한 이야기입니다. 결혼 안 하니. 누구 소개시켜 줄까. 만나는 사람이 왜 없어. 그 나이에 혼자 살려고 하니. 에이, 요즘 마흔 가까워야 결혼한다는데. 쟤가 얼마나 신나겠어 요즘. 아니야, 결혼을 해야 안정을 찾지. 너 얼마나 버냐. 그래도 애 놔놓고 살 만한 데 아니여? 아이고- 별걸 다 물으셔 이 양반들이…….

저는 가만히 있는데 옆에서 모두들 신났습니다. 그래도 감사해요. 번듯하게 직장이라도 다니고 있으니…… 일자리도 없었으면 얼마나 괴로웠을까요. 새삼스레 감사합니다. 아예 명절에 학회 핑계 삼아 유럽으로 여행을 가버린 미혼에 마흔이 넘은 교수 사촌 누나와 유학 준비인지 취업 준비인지 고시생인지 모를, 어쨌든 결론은 백수인 사촌 동생보다는 그래도 명절에 덜 불편하니까요.

그리고 캠핑을 약속했던 친구들에게는 개욕을 먹으면서 집안일이 있다는 뻥을 치고 회비로 옛날에 면세점에서 사와 고이고이 모셔 둔 비싼 술 하나를 더해 한 친구 손에 들려 보내는 걸로 대충 때우며 안 책임님 집에 갈 수 있게 되었습니다.

[편한 옷 입고 오세요. 막 차려입고 향수 뿌리고 오지 말고. 아니 뿌려도 뭐 상관없겠다.]

[네. 그냥 아무거나 막 입을게요.]

[좀 더러워질지도 몰라요. 비싼 거나 아끼는 옷 입지 마시고.]

청소하나? 이삿짐? 하나는 확실해진 것 같습니다. 와인 마시며 분위기 내는 환경은 아니라는 거. 한낮에 맑은 정신으로 어떤 기대도 없이 가야지. 어딜 가자는 것 역시 아닌 거 같아 일부러 청바지에 적당한 면티를 입고 안 책임님의 아파트에 도착한 뒤 올라가기 전에 전화를 했습니다.

나: 저 밑에 있는데요. 지금 올라갈까요?

안: 아! 잠깐 잠깐. 올라오기 전에 상가에서 박스테이프 두 개 사다 주실래요?

나: 네. 뭐 또 없어요?

안: 어. 음-. 아, 맞다. 아, 어떡하지. 아니에요. 오세요.

나: 뭔데요. 말씀하세요.

뭔가 웃긴 말을 막 더하고 싶은데 생각이 나지 않아 고민하는 사이 메시지가 왔습니다.

[마트에 가서 단단한 박스 몇 개, 들고 올 수 있으면 대여섯 개만 얻어다 주실래요? 너무 큰 건 안 좋고. 라면 박스만 한 거요. 제가 해도

되는데 진짜 죄송해요. 이런 부탁해서.]

[에이. 뭐 박스를 만들어 오라는 것도 아닌데요. 금방 갈게요.]

이사 가나? 아주 오래전, 친구들 하숙집 이삿짐을 리어카로 옮겼던 기억이 났습니다. 박스 얻어다가 책 넣고 그 얼마 되지도 않는 짐들을 옮기며 친구들이 넌 서울 살아 좋겠다, 아니 뭐가 좋니 하던 순간들을 떠올리자 또 새삼 세월이 얼마나 지났나, 난 얼마나 어른이 되었나 하는 생각이 들었습니다.

어쨌거나 그 문제의 편의점…… 을 또 지나치고 상가로 들어가 청테이프를 산 뒤 동네 마트에 들러 박스를 좀 달라고 하자 카운터에 있는 점원은 쌓여 있는 걸 쿨하게 가리키며 알아서 양껏 들고 가라고 합니다. 하여, 안 책임님이 요청한 크기의 박스를 찾아 추렸으나 문제는 상자 각각의 크기가 달라 생각보다 들고 가기 여의치 않다는 점이었습니다. 일단 기지를 발휘해 한쪽 팔에 테이프를 넣은 봉지를 끼워 넣고 박스를 테이프로 고정해서 든 뒤 낑낑거리며 어떻게든 아파트 동까지 겨우 도착했습니다. 현관에서 호출 벨을 누르고 올라가자 안 책임님은 검은색 삼선 츄리닝에 회색 후드티를 입고 엘리베이터 앞에 마중을 나와 있었습니다.

안: 하이고. 이거 들고 오는 게 보통 일이 아니었구나. 진짜 미안해요. 내가 했어야 하는데.

나: 그러니까 제가 들고 오길 잘했죠.

안: 같이 갈걸.

'같이'.

이렇게 좋은 말이.

이 단어 하나가 마음에 부드러운 바람을 일으켰습니다.

안: 원래 이 정도까진 아니었는데. 일이 커졌어요…….

현관문을 열자마자 무언가 쌓여 있고 발 디딜 틈이 없습니다. 신발을 벗어야 할지 신고 있어야 할지 모를 정도로 엉망입니다. 하지만 안 책임님이 신발을 벗고 있는 걸 확인하고 저도 신발을 벗었습니다.

나: 아이고, 이게 무슨 일인가요. 이사하세요? 그건 아닌 거 같고.
안: 방을 하나 대대적으로 정리하는 게 목적이었는데 하다 보니 집안을 다 바꾸는 셈이 되어서…….
나: 딸애는요?
안: 친정 식구들이랑 어디 놀러 갔어요. 아침부터 애기 데려다주고 바로 시작했는데, 생각보다 일이 크네요…….

생각한 대로 뭔가 진지하게 이야기하고 로맨스를 벌일 만한 환경이 아닙니다. 세 개의 방을 비롯해 마루까지 모두 박스로 널브러져 있고 가구 위치는 바꾸다 말았고-분명 혼자 용쓰다가 포기한 느낌- 환기를 위해 창이란 창은 모두 열어 놓았으니 여기서 무슨 로맨스가 일어날 리가요.

나: 일단 전 뭘 할까요.
안: 저 장에 있는 거 다 빼서 아래로 내리는데. 제가 노란색 포스트잇 붙인 건 버리는 거. 파란색 포스트잇 붙인 건 이 박스에. 그리고 이건 여기…… 나머진 옆의 장에 통째로 옮기고.
나: 그럼 이건 완전히 비우면 돼요?
안: 그 책장은 버릴 거예요. 이따가 아파트 앞에 내놓을거고…… 그것도 도와주셔야 해요.

내심 미안한 표정입니다. 그래도 우리가 알아 온 이래, 부탁한 표정중에서 가장 여유롭습니다. 마치 '이 정도는 시킬 수 있는 사이가 되었지!'라는 표정이었습니다. 그 여유에 저도 마음이 좋았습니다.

안: 그다음에. 박스 다 차면 테이프로 감고……. 다 채우진 마세요. 다 채우면 무거워서 못 들어요.

나: 저 무거운 거 잘 들어요.

안: 너무 무거우면 박스가 못 견디고 찢어져요.

나: 아.

안: 사실, 그래서라기보다는 다치면 어떡해요.

진짜 별것 아닌 말에 또다시 부드러운 바람이 마음에 불었습니다.

안: 음, 일단 이것부터 해 줄래요? 마루부터 클리어 해야겠다.

뭔가 난리 통인 듯한데 그래도 일 시키기 편하도록 나름 정리가 잘 되어 있습니다. 일일이 하나하나 물어보지 않아도 바로 할 수 있도록, 본인도 정리 중간에 빨리 파악할 수 있도록 뭔가 많은 표시를 해 놓았습니다. 얼마 전, 집안 정리한다며 엄청 들어내고 치웠지만 혼자 버릴까 말까 우왕좌왕하면서 시간을 엄청 썼던 기억이 났습니다. 도대체 이 사람의 이런 생활력과 현명함은 어디서 온 걸까요.

일을 하다 보니 저도 모르게 이 집안의 속속을 다 알게 생겼습니다. 어떤 책을 가지고 있는지, 어디로 여행을 갔었는지, 어떤 전자 제품을 샀었는지. 무엇을 공부했고, 어떤 것에 관심이 있었고. 그리고 이곳에서 같이 있던 사람들과 어떤 추억을, 어떤 시간을 같이했는지. 그 사람의 소셜 네트워크 이상으로, 고이고이 모아온 사진첩보다 훨씬 자세하게 안 책임님의 살아온 흔적을, 그리고 현재의 모습을 너무 적나라하게 알게 되었습니다. 보통 이런 건 숨긴 채 좋은 것만 보이려고 하지 않나. 참. 특이한 사람입니다.

순간 제가 사는 오피스텔이 생각났습니다. 전 지금 절대 안 책임님을 제 오피스텔로 부르지 못할 것 같습니다. 머릿속에 떠오르는 창피한 집안 모습, 정리되지 않은 옷장, 접었는지 말았는지 애매한 옷들, 고기가 화강암이 될 수 있다는 것을 보여주는 냉장고 속 냉동 만두, 다니다 만 학원 자료들, 언젠가 한번 써먹어야겠다고 모아뒀지만 기한이 지나간 쿠폰들. 보이기 부끄러운 성인 잡지가 있어서가 아니라, 소셜 네트워크에서 보여지는 집과는 다른, 제 삶의 민낯이 적나라하게 대비될 것 같았습니다. 하지만 안 책임님은 진솔한 삶의 모습을 제게 그대로 보이고 있었습니다.

나: 갑자기 정리는 왜 하세요? 너무 대대적인 정리인데…….

안: 이 집에 처음 들어올 때 그래도 애아빠가 같이 있긴 했었어요. 물론 잠시지만. 그리고 전남편이 그동안 몇 번 왔다 갔는데 짐은 당최 가져갈 생각을 안 하더라고요. 처음에는 이 집에 미련이 있어서 그러나. 아니면 그래도 같이 살려는 마음을 못내 버리지 못했나 싶어 저도 마음이 좀 그랬는데…….

그러면서 안 책임님은 목장갑 한 켤레를 건넵니다.

안: 다칠 수도 있으니까 이것부터 끼시고.

이것도 당신의 매력. 목장갑도 준비해놓고……. 이삿짐을 직접 싸고 날라보지 않았으면 이런 걸 모를 텐데.

안: 그래서 저도 못내 정리를 하지 않고 그 자리에 뒀거든요. 그런데 이혼하고 나중에 이야기하는 거 보니 순전히 귀찮아서더라고요. 얼마 전에 이메일로 다 버린다고 했더니 그러라고.

그러면서, 테이프를 주욱- 풀어서 박스에 테이핑을 하고 밑을 단단히 합니다.

안: 하. 나 참 어이없어서. 난 또 이 집에, 우리 가족에게 미련이 남아서 물건 못 가져가는 줄 알고 괜히 마음이 그랬는데. 완전 착각. 내가 그 사람을 그리 몰랐어요.

안 책임님은 책을 꺼내 박스에 넣기 시작합니다.

안: 왜 나한테 이런 일을 시키냐고 막 화를 낼까 하다가, 그래도 아이 아빠인데 싶어서 이 정도는 내가 해주자 생각했어요. 첨엔 사람 써서 싹 다 갖다 버리려고 했는데 중요해 보이는 건 시댁에 보내고 또 내 물건도 섞여 있고 해서. 우선 분류하고 보내는 작업을 좀 해야겠더라고요.

갖다 버리기엔 아까운 물건이 제법 많아 보이지만, 버려야겠지요. 되도록이면.

안: 무엇을 버릴지, 어떻게 정리할지, 시댁에 보낼지는 내가 하겠는데. 음, 웬만하면 그냥 직접 하려고 했지만 꺼내고 버리는 일을 시작하다보니 답이 안 나와서…….

한참 책을 꺼내다 보니 벌써 박스 하나가 적당히 차 있었습니다. 저는 안 책임님의 이야기를 들으며 묵묵히 상자 뚜껑을 덮고 테이프로 포장했습니다.

나: 이거, 버리겠다고 표시한 것들을 담아둔 거예요. 한 칸에서 꺼낸 건데 박스 하나가 벌써 다 찼네. 이걸 어떻게 혼자 해요. 하이고…….

안: 그니까요. 내가 날 이렇게 몰라. 그리고, 이 참에 책임님이랑

시간도 좀 보내고 싶고…… 좀 뻔뻔하지만.

당신은 당신을 모른다고 하지만 내가 어떤 사람인지는 잘 알았군요. 부르면 좋다고 오는 나라니. 신뢰 혹은 단단함이 느껴지는 말에 또 한 번 어디선가 미풍이 불어왔습니다.

왠지 힘이 나서 책을 박스에 넣고 옮긴 뒤, 장을 들어내고 책상과 각종 가구를 옮겼습니다. 생각보다 일이 많았습니다. 나름 운동한 여자라 완력이 있어 들고 옮기는 데 힘을 잘 쓰긴 했지만 남자 한 명 정도 더 있었다면 좀 더 수월할까 싶었습니다. 하지만 지금 둘만 있는 게 좋습니다. 아니, 생각해 보니 사람 하나 써서 빨리 끝내고 둘만 조용히 있는 게 더 좋은 게 아닐까 하는 생각까지 들었습니다.

안: 일만 하니까 재미없네. 음악 하나 틀까요. 뭐 플레이 리스트 같은 거 없어요?

나: 그냥 책임님 듣는 거 같이 들어요.

안: 이럴 땐 노동요지. 노동요 뭐 있나.

스마트폰을 꺼내 이런저런 음악을 찾더니 다프트 펑크의 'Get Lucky'를 틀었습니다. 엄청 신나는 하우스 음악이 짐으로 어지러운 집안을 채우자 갑자기 영화의 한 장면, CF의 스틸컷 같다는 생각이 들었습니다.

행복함.

진짜 별것 아닌데.

영화의 장면처럼 일부러 만들어 낸 것 같은 비현실.

우리는, 이런 행복을 계속 누릴 수 있을까요.

방 하나만 정리하면 될 줄 알았는데 아이 방도, 침실도 난리입니다. 방에서 나오는 옷가지가 몇 박스인지 모르겠습니다. 개켜 놓은 옷을 보면서 아이가 입은 걸 본 적도 없는데 무척 예쁘다는 생각이 듭니다. 남자 조카들만 봐서 그런지 여자애 옷이 눈에 띕니다.

나: 이 옷들 다 버리시는 거예요?

안: 버리는 건 아니고 어디 기부해요. 거기서 팔거나 옷을 리폼하거나 어디 못사는 나라로 보낸대요. 우리나라 애가 입을지 아프리카 애가 입을지 모르지만.

아이 옷을 한아름 박스에 넣고 테이핑 하고 있는데 안 책임님이 다른 옷을 다시 한아름 들고 박스에 넣더니 갑자기 골똘히 생각합니다. 그리고 절 보고 또다시 생각을 잠시 하다가 코트 하나를 꺼내 들더니 저에게 가져옵니다.

안: 책임님. 이거 입을래요?

나: 네에? 이거 아이 아빠 옷 아니에요?

설마 전남편 옷을 나한테 주는 건 아니겠지. 아, 전에 티셔츠도 주긴 했지만.

안: 이거 캐시미어인데. 엄청 비싼 건데.

아니, 비싸도 그렇지…….

안: 내가 사 준 건데 솔직히 남편이 입었는지 아무리 생각해 봐도 기억이 안 나요. 한 번 겨우 입었을까 싶은데. 그러니까 이건

남편 것이라고 하기도 그래. 내가 산 거고 남편은 안 입은 거나 마찬가지니까. 버리기 아까워요. 한번 입어 봐요. 네?

방금 전까지 신나게 버리던 사람이었는데 이건 정말 아까워하는 것 같습니다. 에- 뭐 한번 입어나 보자. 진짜 좋아 보이긴 하네.

나: 진짜 좋은 캐시미어인가 봐요. 막 산양이 살아 돌아온 것 같네.
안: 산양이요? 아, 캐시미어가 산양털이구나- 하하하.
나: 별 드립도 아닌데 웃으면 제가 민망해요. 그건 그렇고 진짜 가볍네요, 옷이. 비싼 티가 팍팍 나네.

안 책임님은 저를 침실로 끌고 가서 거울을 보여줍니다. 그렇게까지 하긴 싫었는데 못내 끌려갑니다. 아- 그냥 대충 입네 마네 하면 될 것을.

안: 우와. 이 옷 천 불 훨씬 넘게 줬던 거 같은데. 옷 임자가 여기 있었네. 이거 나 버리기 싫은데 손 책임님이 입으면 안 돼요?
나: 헉. 그렇게 비싸요? 가족 중에 입을 사람 없어요?
안: 없어요. 혹시 있어도 이 옷은 책임님 입으려고 산 것처럼 너무 맞는데. 아, 셔츠랑 바지 같이 해서 입혀 보고 싶다.

거울과 저를 천천히 번갈아 보는 안 책임님의 눈을 보니 도저히 안 받으면 안 될 것 같았습니다. 아니. 사실은 옷이 너무 좋아서 저도 탐이 났습니다. 그리고, 안 책임님이 주는 것을 받고 싶었습니다. 남편 입으라고 산 것이라 하더라도 상관없었습니다.

안 책임님은 제가 입겠다고 하자 옷걸이에 걸어 세탁소 비닐로 덮어 쇼핑백에 조심히 넣은 뒤 주방 식탁 위에 올려두었습니다.

안: 아마 세탁 안 해도 될 거예요. 그래도 찜찜하면 세탁소 가서 한

번 드라이 돌려도 되고. 이거 갈 때 꼭 가져가요. 까먹지 말고.

안 책임님은 또 한참 옷을 접어 박스에 넣다가 이번엔 본인 옷을 정리하기 시작했습니다. 여자 옷은 압도적으로 많습니다. 하지만 안 책임님은 이미 예전에 고민이 끝난 듯 지체 없이 옷들을 박스로 넣기 시작했습니다. 그러다 안 책임님이 자켓을 하나 들곤 말을 건넵니다.

안: 으으. 이거 아깝다, 아까워. 이거 얼만지 한번 맞춰 보실래요?
나: 음- 삼십 만 원?
안: 십만 원이라고 할 줄 알았는데. 그래도 여자 옷 좀 사 보긴 했나 보네요. 정답은, 오십 만 원. 내가 어찌 이걸 다 기억하네.

오십 만 원이라고 하니 또 오십 만 원짜리 옷 같기도 합니다.

안: 한 8, 9년 정도 된 건가. 싱글일 때, 막 직장 들어가서 돈 잘 쓰고 다닐 때 생각 없이 산 건데. 그땐 진짜 돈 엄청 썼어요. 지금 손 책임님도 돈 많이 쓰려나.

안 책임님이 옷을 앞뒤로 돌려보면서 고민합니다.

안: 너무 유행이 지나서 이제 입을 수가 없네요. 그래도 어떻게 리폼해서 입어볼까? 천은 좋은데…….
나: 오십 만 원짜리 옷을 버리긴 좀 아깝네요.
안: 근데. 지금 여기서 또 아깝다고 붙잡고 있으면. 못 버릴 거예요. 입지도 못하고. 리폼할 재주도 사실 없고. 이런 옷이랑 물건이 한둘이 아닌데 오늘이 그런 날인 거 같아요. 버리는 날.

그리고 옷을 만지작거리던 손을 멈추더니 저를 보며 말을 덧붙였습니다.

안: 그리고 옛날 일 생각 안 하는 날.

안 책임님은 옷을 척척 접고 그대로 박스로 집어 넣습니다. 저희 집에도 골동품 같은 옷과 물건들이 길을 잃고 어딘가 쌓여 있지요. 저도 어지간히 못 버리는 성격인지라 여친들이 준 것들부터 좀 어떻게 해야겠다는 생각이 들었습니다. 전 여친이 선물해준 옷도 많은데…….

안 책임님은, 지난 결혼 생활을 애써 지우고 비우려는 듯 뭔가 더 오버하여 버리는 것 같았습니다. 그런 안 책임님을 바라보며, 거대한 정리의 시간에 저를 왜 불렀는지 알 수 없었습니다. 하지만 자신의 과거를 그대로 보이며 상자에 넣어 멀리 떠나보내는 안 책임님의 마음을, 저는 나중에서야 깨닫게 되었습니다.

묵묵히 정리를 하다 보니 어느덧 점심시간이 되었고 안 책임님은 밥을 시켜 먹자며 이 동네 근방에 있다는 맛집들을 나열합니다.

나: 어우, 일할 땐 중국 음식 아닌가요. 전 짜장면 사실 땡기는데.

안: 아 그럴까요. 이삿짐이나 마찬가지니까. 그리고 소주도 한잔 먹을까요?

소주? 응?

안: 아하하. 저 귀여운 벙찌는 표정. 그냥- 언젠가 영화 보는데 이삿짐 옮기고 중간에 짜장면 시켜 먹으면서 소주 한잔 먹는 게 그렇게 맛있어 보이더라고요. 그냥 한번 해보고 싶어서…….

참 별게 다 해보고 싶다.

나: 그래요. 근데 소주 먹으면 퍼져서 일 못 하고 그럴 수도 있는데.

안: 딱! 딱 한 잔씩만 먹어요. 나머진…… 모르겠다. 냉장고에 뒀다

담에 먹고.

주문한 탕수육과 짜장면이 도착하자 안 책임님이 음식을 받으러 나갑니다. 돈을 주고 받더니 안 책임님의 친절한 감사 인사말이 들려옵니다.

나: 저 이 박스만 테이핑 하고 갈게요.

안: 내가 비벼 놓을까요? 괜찮죠?

나: 제가 비벼도 되는…… 아니에요. 비벼 주세요.

해 준다고 하면 또 해 달라고 하는 것도 예의이니까요. 그리고 비벼 준다니까 기분이 좋습니다. 저는 어느덧 막 이사 온 신혼부부를 그리며 환상에 휩싸이기 시작했습니다. 배달 음식을 식탁에 차려 놓고 소주 컵에 한 잔씩 따르고 짠. 전 쓰디쓴 한 잔을 입에 털어 넣었습니다. 아뿔싸. 아껴 먹어야 하는데 버릇이. 쓴 입을 달래려 애써 탕수육을 입에 밀어 넣는데 안 책임님도 살짝 한 모금을 하며 표정을 찡그립니다. 그리고 똑같이 탕수육을 하나를 베어 물고 오물오물 씹었습니다.

나: 근데, 이 방은 꽤 공간이 비는 데 계속 서재로 쓰세요?

안: 아. 여기 누가 들어와요. 하숙 치려고.

나: 하숙이요? 대학생? 여긴 대학가도 아닌데?

안: 반은 농담이고 반은 진담. 저희 사촌 오빠네 조카딸이 대학교 2학년인데 오빠네는 집이 대전이거든요. 조카애가 작년까지 기숙사 살다가 기숙사 답답하다고 올봄부터 오피스텔을 얻어 나왔는데 그 오피스텔에서 무슨 사건이 있었나 봐요. 그래서 옮긴다 불안하다 난리를 피우다가.

안 책임님은 짜장면을 젓가락에 돌돌 말아 소리까지 내며 한입에 넣더니 말을 이었습니다.

안: 내가 그 소식 듣고 우리 집에 와 있으라 했어요. 그랬더니 오빠는 뭐 완전 고마워하지. 그 오빠도 나 되게 챙겨주며 자랐는데 저도 그 조카를 퍽 예뻐했거든요. 하숙비로 얼마 준다고 하는데 솔직히 하숙비 받는 것보다 우리 애를 일주일에 한 번 정도만 저녁에 봐 달라고 하려고요. 만약에 하숙비를 기어코 준다고 하면 내가 애를 꼬셔서 알바로 애를 보라고 하던가.

아…… 그러면. 이 집에 전 이제 못 오겠네요.

나: 잘됐네요! 조카애가 애를 볼 수 있게 되면 좋겠다.

어. 생각해 보니 그럼 저녁에 만날 수도 있겠…….

안: 미국에서는 뭐, 아이 보는 게 여자애들에게는 제일 흔한 알바니까. 이 정도면 매우 건전하고 편한 알바 아닌가. 저도 애 보는 사람 새로 구하는 것보다 조카에게 맡기는 게 훨씬 낫기도 하고. 그동안 애 보는 사람 구해 보려고 안 한 건 아닌데 어린이집 다녀와서 아줌마랑 둘이 있으라고 하고 늦게 들어가기엔 애한테 너무 미안해서요. 게다가 일주일에 하루 이틀만 봐줄 아줌마는 구하기가 쉽지 않아요. 좋은 아줌마도 잘 없고 해서 지금까지 그냥 살았네요.

안 책임님과 데이트 하는 상상을 하는데……. 나 이래도 되는 건가, 아니 우리 이래도 되는 건가. 내가 책임질 수 있는 건가. 탕수육을 씹으며 다시 집안을 한번 둘러보았습니다. 그리고 마음속으로 이 집의 공간들에 안 책임님과 아이를 대입해보았습니다.

/

소주 한 잔씩만 먹자던 다짐은 온데간데없이 전 석 잔을 먹었고 안 책임님도 "아우- 소주가 엄청 달다-." 하면서 두 잔이나 먹었습니다. 술기운으로 일하던 옛날 농활이 생각납니다. 그래, 그때 논 주인 할아버지가 그러셨지. 새참에 술 먹고 오후엔 술기운으로 일하는 거라고. 먹은 것들을 정리한 다음, 우리는 다시 일을 시작했습니다.

제일 먼저 빈 책장을 옮기기로 했는데 어차피 부서져도 될 책장이라 대충 끌어내서 엘리베이터에만 태우면 된다고 생각했지만 혼자 하기엔 쉽지는 않아 안 책임님과 같이 옮겼습니다.

결혼하면 이런 느낌일까요. 둘이 함께 힘쓰고 옮기고 청소하면서 전에는 몰랐던 다른 종류의 감정을 느꼈습니다. 이런 게 부부애인가. 뜨거운 감정으로 꼭 밤에 몸을 섞지 않아도 좋을 것 같은 느낌이 들었습니다. 남녀가 둘이 목장갑 끼고 낑낑거리며 책장을 밖으로 내가는 모습은 정말 누가 봐도 부부라고 할 만했습니다. 정말 좋아하니까 이런 느낌이 드는 걸까요. 아니면 보통의 연애 감정과 달라서 그런 걸까요. 책장 두 개를 내보내고 주차장에서 짹짹거리는 도시의 새소리를 들으며 잠깐 숨을 돌리고 있자 안 책임님은 큰 서랍 하나를 탈탈 털며 박스에 차곡차곡 쌓아 넣고 있었습니다.

안: 막 이렇게 쌓아도 되겠죠? 택배로 부치면 다 망가지려나.

나: 딱히 부서질 것 같진 않은데. 그래도 가서 뽁뽁이라도 사 올까요?

안: 음. 아니에요. 그냥 대충 빈 공간은 신문지 구겨 넣죠, 뭐. 이 정도 신경 써 주는 것도 어딘데. 다 안 갖다 버리고.

아. 전남편 물건이구나.

서랍 속에서 남편 물건을 찾아 정리하면서 무표정하게 박스에 넣는 안 책임님이 신기합니다. 전 여친 물건을 정리하는 것도 되게 신경 쓰이던데. 그동안 얼마나 마음에 풍파를 겪었으며, 얼마나 속이 썩었을지. 또 그리고 얼마나 단단해졌을 것이며, 제대로 아물긴 했을지.

나: 근데 남편 물건 보면 막 화나고 그러지 않으세요?

안: 화는 이미 낼 대로 다 냈고. 한때는 좀 슬프기도 했는데 오히려 정이 좀 쉽게 떨어졌어요. 그 사람이 가만있었으면 제가 정이 잘 안 떨어졌을 텐데, 전에 이야기했지만 소셜 네트워크 하는 거 보고 있으니 정이 너무 쉽게 떨어지더라고요. 내가 이런 인간을 좋아했다니! 하면서.

그러면서 물건들을 화풀이하듯 박스에 팍팍 구겨 넣었습니다. 네. 소셜 네트워크가 문제입니다. 문제.

안: 이젠 다 아이 때문에 힘든 거지. 마음으로는 정리했어요. 그 사람 새살림 차려도 아무렇지도 않을 거예요.

박스를 하나둘 테이핑 해 나가고 있는데 물건 하나가 눈에 유난히 들어왔습니다.

나: 엇. 농구 카드다! 이야- 이게 언제 꺼야.

안: 아. 전남편이 농구 좋아했었는데 이런 게 있는지 몰랐네요. 이런 걸 농구 카드라고 하는구나. 애도 아니고 이런 걸 여태 가지고 있었네. 혹시 책임님 가질래요?

나: 에이. 아무리 그래도 전남편 물건은 좀.

안: 다 버리려고 했다니까요.

아니 방금. '애도 아니고'라고 해 놓고 나보고 가지라고 하다니. 이걸 갖고 싶다고 이야기해야 할지 말아야 할지 헷갈렸습니다. 하지만 그러면서도 카드를 가득 채운 바인더를 넘겨 보니 갑자기 삼매경에 빠지게 되었습니다.

나: 이야 매직 존슨. 샤킬 오닐. 와아 이게 언제야. 올드 스쿨이네.

저도 한때 NBA 키드로 살았는데 전남편이란 사람은 저보다 연식도 있고 해서 세대가 좀 앞선 것 같습니다. 그래서인지 컬렉션이 더 레어해 보입니다. 마이클 조던 카드도 있고 데이비드 로빈슨 루키 카드도 있습니다. 무슨 세트를 완성한 거 같은데 91년 All-NBA 팀 세트의 면면이 엄청 화려합니다. 마이클 조던에 클라이드 드렉슬러, 칼 말론, 찰스 바클리. 야아 이건 드림팀 원이네. NBA 올드팬이라면 감탄하지 않을 수가 없는 선수들입니다.

안: 농구 좋아하시면 가져가세요. 다 가져가기 그러면 좋아하는 선수 몇 개 가져가세요. 시댁에 보낼 건데 제 생각엔 시댁에선 버릴 거 같아요. 그 집에도 뭐 이런 걸 두겠어요.

나: 어. 정말 그래도 돼요?

전남편 물건을 가져가라는 안 책임님이나, 그걸 좋다고 집어가는 저나 참……. 하지만 마이클 조던 카드 몇 장을 고르고 나서 골든 스테잇 워리어스 팬인지라 크리스 멀린, 팀 하더웨이 카드를 집어 들었습니다. 미치 리치먼드는 없네요. RUN TMC*를 완성했어야 하는데.

중간에 커피도 한 잔씩 타 먹고 라디오를 틀어 음악을 바꿔 가며 재

* RUN TMC: 1990년대 초에 NBA팀 골든 스테이트 워리어스의 공격을 이끌었던 스코어러 3인방 팀 하더웨이(Tim Hardaway), 미치 리치몬드(Mitch Richmond), 크리스 멀린(Chris Mullin) 을 가리킴. 우승권은 아니었지만 공격농구의 극한을 보여준 팀이기 때문에 많은 인기몰이를 함. 40대 이상의 올드 스쿨 NBA팬들이나 기억함.

미있게 일했습니다. 버릴 것을 100L 쓰레기봉투에 쏟아 버리고, 박스 테이핑도 마치고, 마커로 박스에 크게 분류 표기를 하고, 택배에서 픽업할 수 있게 주소를 써서 복도에 쌓아 놓고, 진공청소기와 밀대를 유난스럽게 꺼내 청소를 시작했습니다.

오후의 긴 해가 아파트를 데우고 기온이 더 올라오자 전 긴팔을 벗고 속에 입은 반팔 차림으로 청소를 했고 안 책임님 또한 땀이 너무 많이 났다면서 방에 들어가 옷을 갈아입는다는 게 탑에 헐렁한 티 한 장입니다. 그리곤 아무렇지 않게 그 차림으로 청소기를 돌립니다.

아. 왜 또 날 혼미하게 만드냐. 또다시 상상 속을 헤엄치려는 정신을 겨우 부여잡으며 물걸레 청소기를 돌려 얼추 마무리하고 마지막 쓰레기봉투를 내다 버리고 올라옵니다. 어푸어푸 세수를 하고 손을 씻은 뒤 둘이 소파에 나란히 앉자 뉘엿뉘엿 저물어가는 낙조가 마루 구석 쪽에서 길게 흘러 들어오고 일을 마무리했다는 나른함과 라디오에서 나오는 음악이 묘하게 어울립니다. 엇, 이건 〈배철수의 음악캠프〉 시그널인데…….

정말 행복했습니다. 결혼하고 집 이사하고 정리하면 딱 이런 기분이겠지. 정말 행복하다. 이런 사람과 결혼해서 살면, 세상에 아무런 질투와 시기가 없겠다. 나보다 행복한 사람이 없을 것이라고 당당히 말할 수도 있겠다. 이 사람이 옆에만 있다면.

관계에 대한 고민과 불안은 함께 하는 시간이 멀리 밀어내고 있었고, 어느새 좋은 생각과 행복만 마음에 차오르고 있었습니다. 그래, 사귀자고 그러자. '좋아하는 마음'만으로 말고 진짜 연애. 당당한 연애를 하자. 아니, 이미 사귀는 건가? 요즘 말로 아직 썸인가. 굳이 사귀자고 해야 하는 건가? 그래도 사귀는 걸 서로 정식으로 인정해야지. 이런 생각들로 한참 머리를 굴리고 있을 때였습니다.

안: 아이고. 이제 친정에 가봐야겠어요. 친정 식구들이랑 같이 저녁 먹기로 해서. 미안해요. 저녁까지 일한다고 말해 두었어야 하는데……. 같이 저녁 먹자고 해야 하는데 너무 미안해요. 짜장면 한 그릇에 이렇게 하루 종일 일을 시키고.

나: 아니에요. 저도 재미있었어요. 그리고 캐시미어 코트에 농구 카드도 생기고.

그리고, 안 책임님을 더 알게 된 것 같아요.

안: 음. 지금 같이 나갈래요? 술 먹은 거 괜찮겠죠? 한 여섯 시간은 지난 것 같긴 한데.

나: 에이 한 병씩 먹은 것도 아닌데요 뭐.

엘리베이터를 기다리면서 좀 아쉬운 생각이 듭니다. 우리, 이제 또 언제 보나요. 사귀는 거면 이제는 자꾸 보자고 연락해도 되는 거죠……. 생각 끝에 아무래도 사귀자고 해야겠다고 마음을 먹었습니다. 어차피 좋아하는 감정까지 확인한 이상, 사귀자는 말은 내가 해야겠다고 마음먹고 용기를 내 결심을 한 뒤 "우리 사귀어요."라고 말하려 하는데…….

안: 우리. 데이트해요.

데이트? 이거 참 옛날 말이다. 데이트.

나: 어, 좋죠! 데이트! 그래요. 영화도 보고 막 밥도 먹고 그래요!

안: 이제 저녁에 좀 시간도 날 수 있으니까요. 조카애 오면.

나: 아. 오늘 제가 일한 게 다 의미가 있는 셈이네요!

안: 꼭 그래서 부른 건 아니지만. 아무튼. 고마웠어요, 오늘. 맨날

고맙다는 말만 하고 사네요.

엘리베이터가 도착하자 안 책임님은 제 손을 붙잡고 들어가서 저를 안아 주었습니다. 그 짧은 순간, 갓 세수하고 얼굴에 남은 비누 냄새와 안 책임님이 지닌 고유의 향기가 또 잠시의 천국을 만들고, 그 찰나의 천국 속에서 안 책임님에게 있던 무언가가 제게 전해지는 이 상태는 슈레딩거 방정식*-배우면서 당최 이해되지 않아 시험에 나올 경우 틀리고 말거라 생각했던-으로 설명되었습니다. 단지 그 포옹으로, 심지어 키스도 없었던 안아줌으로, 금방 또 설레게 하는 당신.

지난 일 년 간. 보통의 연애 관계였으면 더 진한 스킨십으로, 사랑 고백으로, 다툼으로, 현실의 계산으로, 감정의 물살을 쉼 없이 탔을 텐데. 저는 아직도 안 책임님이 안아준 것, 손에 꼽는 몇 번의 키스만으로도 서른 훌쩍 넘은 나이임에도 설렘이 가득합니다.

때론 저만 설렘을 가지고 만남을 지속할 수 있을지 마음이 불안하기도 하지만 같이 있으면 마냥 행복하기만 합니다. 아침에만 하더라도 '오늘 사귀자고 해야겠다.'라고 생각했다가, '그때 우리 서로 안고 키스했던 건 무엇인가요?'라고 생각했다가, '저 좋아한다고 말한 건 사귀자고 하는 건가요?'라는 질문들을 안 책임님께 어떻게 풀어내야 할지 고민을 했습니다. 그리고 그런 고민들을 가득 안고 안 책임님의 집 앞까지 왔던 것 같습니다. 하지만 안 책임님이 사는 모습 그대로를, 그대로 정도가 아니라 아예 까뒤집어 일말의 부끄러움도 없이 과거와 현재를 모두 교차해서 보여줌으로 충분히 답을 해 주었습니다.

더 자주 만나야겠습니다. 불안을 잊을 수 있도록. 더 자주.

* 슈레딩거 방정식(Schrodinger equation): 양자역학적 관점에서 물질의 상태를 기술하는 방정식. 이 방정식으로 물질을 파동으로 설명하는데, 입자로 설명하기 힘든 무언가의 '전해짐'에 대한 설명으로 친 드립이다.

/

데이트.

요즘 젊은 사람들은 왠지 잘 안 쓸 것 같은 단어. 하지만 저 단어가 익숙한 옛날 사람들에겐 대체로 이제 자기 것이 아닌 단어. 우리는 비록 사귀진 않더라도 특별한 관계라고 서로 생각해 왔으나 데이트라고 불릴 만한 시간을 가져 본 적이 없었습니다. 사귀려면 좀 더 같이 하는 시간이 쌓여야 가능한 거라고 생각했지만 안 책임님의 한 걸음 덕에 우리는 드디어 사귀게 되었고 데이트를 시작했습니다.

안 책임님의 조카가 이사해 들어오고 몇 주가 지나자 안 책임님은 일주일에 적어도 한 번은 저녁 시간을 완전히 쓸 수 있게 되었습니다. 조카와 딸아이는 다행히도 합이 잘 맞았고 또 안 책임님이 시터 알바비를 과외비 이상으로 잘 챙겨 주었기에 조카로서는 마다할 이유가 없었습니다.

게다가 적응을 잘 했습니다. 안 책임님에게 신용카드를 한 장 받아다가 회사 어린이집에서 아이를 픽업할 때 택시를 타고 가는 길에 저녁도 사 먹이거나 필요한 것들을 사기에 이를 정도로 완전히 가족이 되었고 그 덕에 안 책임님은 엄청난 자유를 얻게 되었습니다. 그리고 저는 그 자유를 같이 공유하며 만끽할 생각에 설레었습니다.

안: 책임님. 이번 주 수요일 저녁에 같이 시간 보내지 않을래요?

나: 드디어. 아이에게서 해방되어 저녁을 즐기시는 건가요. 언제 저녁에 만나자고 하나 했네!

안: 사실 이야긴 안 했는데…… 지지난 주부터 일주일에 한 번씩 조카 애랑 딸이랑 저녁 시간을 보내요. 첫 주는 혹시나 하는 마

음에 집 근처 커피집에서 전화가 오진 않으려나 기다리며 혼자 책 읽고 있었고, 지난주엔 아이가 잘 있는 거 같아 나가서 친구 만났어요. 물론 멀지 않은 곳이었지만.

앗. 내가 1번일 줄 알았는데. 조금 실망. 우리 사귀는 거 아닌가? 하지만 애써 실망하지 않은 척했습니다.

나: 뭐 하실래요? 뭐 하고 싶으세요? 맛있는 거 먹을까요?

안: 음, 글쎄요. 뭘 해야 할지 잘 모르겠네요. 강남역 어때요? 강남역 가서 맛있는 거 먹어요.

에? 강남역? 하필이면 왜 강남역? 요즘 핫하고 뜨는 곳이 얼마나 많은데, 재미없게 강남역이라니. 사람만 많고 생각보다 딱히 맛집도 없고 해서 강남역에 굳이 가야 하나 싶어 최대한 완곡하게 이야기하여 다른 데를 가자고 하고 싶었습니다.

나: 하고 싶은 거 있으세요? 굳이 복잡한 강남역을. 종목만 이야기하시면 제가 어디든 맛집 찾아 놓을 수 있는데.

안: 뭐 먹고 싶은 건 없는데요, 음- 그냥 강남역 가 보고 싶어요. 좀 웃기죠? 말하고 나니까 무슨 한국 드라마 몰래 보며 강남역을 선망하는 평양의 김일성 대학교 학생 같네요.

풉. 평양 드립에 우스워서 강남역에 가기로 합니다. 까짓것 가고 싶다는데 굳이 다른 데를 갈 필요가.

나: 가요! 수요일 퇴근하고 바로. 지하철 타건 뭘 타건.

안: 신나네요. 괜히.

아무리 저녁에 강남역 가 본 지 오래된 아이 엄마라지만 '신난다'라니. 애석한 마음이 들어 뭐라도 해주고 싶은 생각이 또 들었습니다.

그리고 드디어 약속한 수요일이 되었습니다. 회사에서 같이 가게 될 줄 알았는데 뜻밖에도 강남역에서 만나자고 합니다. 회사 사람들 눈을 의식해서 그런가. 가다가 만나는 것도 우스울 텐데. 어쨌거나 요즘 핫한 데는 어딘지 미리 검색해 놓고 머릿속에 넣었습니다.

강남역 출구에 먼저 도착해서 하염없는 인파를 구경하며 기다리는데 저도 막연히 느낌이 다릅니다. 누굴 만나면 약속 장소를 먼저 정하고 거기서 만나곤 했지 이렇게 강남역 출구에서 누굴 기다려 본 게 언제인지 잘 모르겠습니다. 주변을 둘러보며 안 책임님을 기다리고 있는데 전화가 걸려옵니다.

안: 책임님 어디에요?

나: 여기가 어딘가. 11번 출구요.

안: 11번 출구? 에? 거기가 어디예요.

나: 그 시티극장 쪽으로 가는 출구 있잖아요. 한남대교 가는 길.

안: 아, 옛날 7번 출구! 어딘지 알겠다! 아니, 왜 이렇게 출구가 많아졌어-.

아. 옛날 사람. 무엇이 당신을 이리 옛날 사람으로 만들었나요. 시티극장을 알아듣고 동아극장이라고 안 해서 다행입니다.

전화를 끊은 지 얼마 되지 않아 저 아래 출구에서 뛰어 올라오는 안 책임님을 발견하고 반갑게 손을 흔들었습니다. 눈부시게 나풀거리는 원피스와 네이비색 재킷 그리고 워커를 신은 안 책임님이 총총히 뛰어 올라오고 있었습니다. 방금 퇴근한 회사원이라고 도저히 믿기지 않을 정도로, 애기 엄마라고 이야기하기 힘들 정도로 화사하게 젊고 밝아 보입니다.

나: 우와- 안 책임님과 같이 다니는 게 미안할 정도로 전 그냥 고리타분한 비즈니스 캐주얼 차림이네요. 이럴 줄 알았으면 나도 그렇게 입는건데…… 워커까지.

안: 워커? 하하하. 나 방금 밑에서 하나 샀어요. 강남역 지하에서 신발을 다 사다니.

나: 옷은요? 이러고 출근하셨어요?

안: 밑에서 갈아입었어요. 좀 주책이다 싶은데. 회사 다녀온 복장으로 다니기 싫어서 오바 좀 했어요.

나: 막. 대학생 같아요.

안: 아이고- 욕해요 사람들이. 그런 말 들으면. 내 친구들은 대학원생도 아니고 이제 교수들인데…… 아무튼 나 혼자 오바해서 이렇게 입고 나와 미안해요.

미안하긴요, 감사하죠. 이렇게 눈부시게 아름다운 사람과 함께 강남역을 활보하는데 미안할 리가.

나: 뭐 드실래요? 저녁 먹어요. 사실 저도 여기서 모임하고 그래본 적이 없어서 검색해 보고 그래야 해요.

사실 미리 검색해 두었지만 일단 물어보는 거로 시작했습니다.

안: 음. 배 많이 고픈 거 아니면 좀 둘러봐요. 그러다 맛있어 보이는 거 있으면 가요. 그래도 될까요?

약간 당황스럽습니다……. 요즘엔 사람들 안 그래요. 다 검색해요. 하지만 검색부터 할 생각을 하는 제가 재미없게 느껴집니다. 거리를 활보하다가 맛있어 보이는데 들어간다니, 참 멋진 생각이었습니다.

나: 가죠! 뭐. 강남역에 먹을 데 많은데요 뭐.

안: 이야 신난다!

신난다라니. 여행 온 사람처럼 또.

이십 대 대학생 같은 표정으로 눈을 반짝이며 강남역의 화려한 네온사인들을 보는 안 책임님은 사랑스럽기도 하고, 딱하기도 하고, 특이하기도 합니다. 특정할 수 없는 복잡한 감정에 마음이 순간 어지럽기도 했지만 함께 한남대교 방향 출구로 나와 시티극장을 향해 걸었습니다. 설레는 마음으로 옆에서 폴짝폴짝 뛰던 안 책임님이 갑자기 제게 얼굴을 돌리며 질문을 하나 합니다.

안: 책임님, 책임님. 혹시 옛날에 나이트 좀 다녔어요?

나: 어- 글쎄요……. 많이 다닌 편은 아닌 거 같은데……. 솔직히 잘 놀지 못하는 편이었어요.

안: 나도 많이 다니진 않았는데……. 단코 알아요? 단코. 여기가 단코 있던 자리인데. 7번 출구…… 이젠 11번이라고 했지. 강남역에 출구가 왜 이렇게 많아졌어. 세상에…….

또 7번 출구래. 하이고.

그리고 단코? 20세기에나 들어본 나이트 이름 아닌가.

나: 신분당선은 타보셨어요?

안: 음. 안 타봤네요. 그냥 맨날 차 가지고 다니니까.

나: 한번 타보세요. 앞에도 뒤에도 기관사가 없어요. 무인이에요.

안: 에이 농담.

나: 진짜예요. 그래서 앞에 타면 막 가는 게 보여요. 뚫려 있어서.

안: 아 진짜요? 그럼 기관사가 없나 보다! 자동 운전! 분당이나 어디 갈 일 있으면 애기 데리고 꼭 타봐야겠다!

안 책임님은 저 멀리 건너편을 보며 옛날 사람 놀이를 계속합니다.

안: 뉴욕제과 없어진 지 오래되었죠? 뉴욕제과…… 으악. 뉴욕제과래. 갑자기 딥하우스 생각난다. 딥하우스는 알아요? 손 책임님도 서울서 학교 다녀놓고 왜 이렇게 몰라요. 모르는 척하는 건가?

나: 엔비는 압니다. 엔비 아세요?

딥하우스는 또 뭔가. 난 왜 이렇게 모르지. 몇 살 차이 안 나는데 뭔가 세대 차가 엄청 나는 느낌이었습니다. 나만 현재에 살고 이 사람은 과거에 사는 느낌이라고 해야 할까.

안: 아. 저 너머가 타워레코드 자리인데-. 타워레코드는 너무 나가긴 했네요. 저 자리에 지오다노 생기고 저기서 옷도 사봤는데. 타워레코드를 추억하다니.

아악- 고만하세요. 타워레코드라니. 그건 이미 20세기에 없어졌다고요.

나: 책임님. 무슨 외국 생활 이삼십 년 한 사람 같아요. 타워레코드라니…….

안: 나 사실 강남역 몇 년 동안 한 번도 안 와 본 건 아닌데…… 이상하게 오늘은 막 신나서 이런 이야기를 하고 있네요. 나 대학생 때 강남역 4대 나이트가 있었는데 이름이 당최 기억이 안 나네. 아휴-.

전 군대 가기 전에는 나이트니 클럽이니 잘 놀 줄도 몰랐고 그저 PC방에서 스타나 할 줄 알았던 불쌍한 대학생이었습니다. 제대하고 나서야 클럽도 가보고 했거든요. PC방에서 스타나 하던, 군대 가기 전 한심한 시절이 아련했습니다. 하지만 안 책임님은 학생 때부터 되게 잘 놀고 즐기던 사람이었나 봅니다. 제가 모르는 걸 너무 많이 알고 있었습니다.

나: 안 책임님은 되게 잘 노는. 아니, 잘 나갔나 봐요. 전 옛날에 그런 애들 보면 막 부러웠는데. 전 잘 놀 줄 몰랐던 거 같아요. 그렇다고 공부를 엄청 잘한 것도 아니고……. 도대체 뭘 했나.

제 말을 듣고 있던 안 책임님은 고개를 도리도리합니다.

안: 나도 나이트 죽순이거나 그런 건 아니에요. 많이 간 건 아닌데 그때 놀았던 게 이상하게 기억에 강하게 남네요. 기껏 몇 번 가봤을까……. 옛날엔 나이트에서 막 춤도 똑같이 추고 그랬는데. 노래가 막 정해져 있어. 쿨 노래 같은 거로 막 믹스해서. 요즘엔 그렇게 안 하겠죠?

박장대소하는 안 책임님을 보며 원래 엄청 놀던 사람인가, 되게 신기하다는 생각을 했습니다.

안: 아니, 그걸 왜 몰라. 우리 같은 세대 아닌가?
나: 전 공부만 했거든요…….

머릿속으로 제 주위에 있던 잘 놀고 옷도 잘 입던 친구들, 선배들 생각이 납니다. 그런 친구들과 선배들을 선망하고 부러워하며 게임방에서 시간을 한심하게 보내던 저를 떠올렸습니다. 그렇게 찌질하던 내가 이런 사람을 만나 같이 다니는구나.

우리는 그렇게 걷고 걷다가 진짜 아무런 정보 없이 아무 이자카야에 대충 들어가 식사와 함께 맥주를 간단히 먹었습니다. 딱히 엄청난 맛집은 아니었지만 여행 온 것 같은 느낌에 뭘 먹어도 맛있는 분위기였습니다.

안: 책임님. 시부야 가 보셨어요?

나: 도쿄에 있는 시부야요? 가 보긴 했는데 기억이 안 나요. 거긴 왜요?

안: 시부야 온 것 같은 기분이 들어서. 그래서 난 시부야 왔다고 생각하고 이거 먹을래요.

튀김 조금과 나베, 그리고 맥주 두 잔을 놓고 우리는 정말 일본 여행을 온 것마냥 들떠 있었습니다.

안: 이타다끼마스!

나: 일본어도 하세요?

안: 아니, 일드도 하나 안 봤어요? 잘 먹겠습니다잖아요.

나: 네. 그건 알긴 아는데……. 일본어도 하시는 줄 알고.

안: 이거랑 하나 더 알아요. 코지소사마데시타!

순간 제가 아는 일본어 몇 개가 떠올랐지만 그것의 의미들이 생각나자 너무 부끄러워졌습니다. 네. 다 그런 영상에서 배웠지요. 혼자 상상하다가 아주 잠깐 얼굴이 화끈거렸습니다.

저녁 식사를 마친 후에도 우리는 또 한참 걸었습니다. 커피를 산 다음 강남역과 신논현역 사이를 걸었는데 생각보다 재미있었습니다. 사람 구경을 하고 건물과 간판을 보며 옛날이야기를 하고 서로의 빛나고 어리고 부끄러운 과거를 이야기했습니다. 그러고 보니 강남역에 옛날 모습이 남아 있는 것이 무엇인가 싶을 정도로 많이 변했습니다. 언젠가부터 누군가를 만나면 어디를 갈지 미리 정하고 서로 동의를 해서 '뭔가 하는 것이 분명한 데이트'를 하게 되었는데 그냥 이렇게 대책 없이, 그것도 딱히 걷기 좋은 거리라고 하기도 어려운 번화가를 사람 구경하면서 걷다 보니 어쩌면 더 데이트 같다는 생각이 들었습니다.

정말 여행 온 기분으로 뚜벅뚜벅 천천히 강남역 주변을 걷고 있는데 가만 보니 안 책임님은 모든 유인물과 판촉물을 다 받아주고 있었습니다. 심지어 왔던 길을 다시 걷게 되었을 때 똑같은 것을 두 번 받기도 했고 그러다 보니 얼마 안 있어 주머니가 수북해져 있었습니다.

나: 책임님은 다 받으시네요. 아까 저 피트니스 포스트잇은 받으셨던 건데.

안: 아. 좀 버려야겠다. 요즘엔 더 많이 나눠 주네.

나: 일부러 받으신 거죠? 필요 없어도.

안: 그냥. 내가 하나 받으면 저 사람들 집에 조금은 일찍 가겠지 하는 생각에. 무슨 대단한 연민, 동정 그런 거 아니에요. 내가 뭐라고 무슨.

그러면서 쓰레기통을 발견하자 주머니를 비워 버리다가 어느 어학원 이름이 써 있는 자 하나는 가방에 넣습니다. 자가 필요했었는데 잘됐다 하면서. 하긴 그러고 보면 안 책임님은 이런 사람들에게 항상 친절했습니다. 주차장 정산하는 사람에게도 꼭 눈을 마주치고 인사를 했고, 회사 청소하는 아줌마에게도 꾸벅 인사를 했고, 커피집 알바들에게도 커피를 받을 때마다 꼬박꼬박 고맙다고 눈 마주치며 인사를 했고, 고객센터에 전화할 때면 상담 요원이 고마워서 울지 않을까 싶을 정도로 고맙다고 해 주었습니다.

그 친절함과 배려 덕인지 안 책임님과 다닐 때는 신기하게 뭐라도 하나 더 받는 일이 종종 있었습니다. 커피집에서 점원이 쿠키를 하나 챙겨 주기도 했고 회사 식당 아줌마는 과일을 따로 담아 주기도 했습니다. 옆에서 봤을 때 그냥 오지랖이 넓은가 보다 했는데 안 책임님의 성격은 오히려 지극히 내향적이었고, 사람들 만나고 다니는 데 시간을 많이 쓰지 않았으며, 처음엔 내 옆이어서 사람들에게 더 잘하나 싶었지만 같이 시간을 조금 보내고 나니 원래 그런 사람이라는 것을 알았습니다. 혹시 내가 이 사람에게 너무 빠져 있나. 안 책임님의 이런 행동, 마음 하나하나가 너무 귀하다고 생각되었습니다. 왜 이런 귀한 마음을 가진 사람이 그렇게 힘든 일을 겪었을까.

시간은 흘러 열 시를 향하고 있었습니다. 저는 아니나 다를까 딴생각, 그러니까, 아니. 집에는 언제 가나, 집에 가기 전에 어디를 가면 안 될까, 하는 생각을 조금 해봤습니다.

나: 아 열 시가 돼 가네……. 오늘 진짜 많이 걸었네요. 안 피곤하세요?

네. 진부하고 유치합니다. "안 피곤하세요?"라니. 부끄러웠습니다.

안: 책임님. 미안해요. 아직은 애를 내가 재우긴 해야 해서 늦게까지 있기는 어렵네요.

피곤하냐고 물어보는데 미안하다고 대답하니 제가 더 미안해졌습니다.

나: 아니에요. 이렇게 같이 이 시간에 같이 시간 보내는 게 신기하네요. 같이 가요. 데려다 드릴게요.

안: 그러면 버스 같이 타실래요? 여기서 한 번에 가는 거 있는데. 아휴- 버스 탄 게 언제인가. 몇 번인지 기억도 잘 안 나네. 안

내판 좀 볼게요.

우리는 파란 버스를 타고 안 책임님네 아파트 앞 정류장에 내렸습니다. 버스에 내려 잠깐의 침묵과 함께 걷다가 가로등들이 참 예쁘다는 생각을 하고 있는데, 안 책임님이 갑자기 멈춰 서더니 저를 바라봤습니다.

안: 사실.
나: 사실?
안: 아까, 강남역에서 회사 사람을 만나면 어쩌나 생각하긴 했었어요.

저 역시 그런 생각을 안 한 건 아니지만 일단 계산 같은 건 하지 않고 담담해지기로 했으므로.

나: 아- 저도 그랬는데 뭐 어떻게 해야 할까요. 도망가나.
안: 도망가면 더 웃기지 않나요. 하하하.
나: 아니면. 도리어 그 사람에게 우리 사귀는 거 모르셨어요? 하면서 오히려 더 딱붙어 있어야 하나?

괜찮은 척, 저는 안 책임님의 손을 덥석 잡았습니다. 순간, 안 책임님이 웃습니다. 다른 한 손으로 입을 가리고 수줍게 웃는 모습이 마치 대학교 신입생들이 처음 연애하는 모습 같았습니다.

안: 그냥 그런 생각이 들어서 마음이 불편할 뻔했는데. 순간 여행 온 것 같은 거예요. 절대 아는 사람을 만나지 않을 거라는 확신이 들면서 마음이 엄청 편해졌어요.
나: 아, 그래서 시부야 이야기를 했구나.

안: 그래 놓고 사람 많은 데서는 손 안 잡길래, 신경 쓰나 싶었어요. 그러다가도 아직 손을 잡는 때가 아니라고 생각하나, 혼자 생각했네요.

나: 사실. 오늘 강남역 출구에서 지금까지 언제 손잡아야 하나 그것만 생각하고 있었어요.

안: 귀엽네요. 손잡을 생각만 하다니. 미리 좀 잡지. 하하하.

안 책임님은 환하게 웃으며 팔짱을 끼고 제 어깨에 머리를 기대었습니다. 우리는 이제 마흔을 눈앞에 두고 대학 신입생 같은 연애를 하고 있었습니다.

안: 오늘 재미있었어요. 진짜 별거 아닌데. 되게 재미있네요.

나: 다음엔 뭘 할까요?

안: 어, 뭐하지……. 연극 봐요!

나: 연극이요? 아!

순간 그 겨울, 연극을 보려다 말고 만화방에서 달게 잤던 기억이 스쳐 지나갔습니다.

안: 우리 그때 못 본 거 봐요. 꽤 오래전인데 아직도 하려나. 그리고 만화방도 또 가고, PC방도 가요. 나 포트리스 많이 했었는데. 슈탱! 슈탱 알아요? 포트리스 이제 안 되나. 아무튼!

세상에. 포트리스라니. 그거야말로 20세기 게임 아닌가.

나: 네, 그래요. 포트리스가 되었든 뭐든 해요. 혹시 스타는 안 하세요? 그때 못 본 연극 아직 하는지 꼭 찾아 볼게요.

안: 스타는 배워보려고 했는데 저한테는 어렵더라고요. 아! 나 빨리 들어가야겠다! 굿나잇!

안 책임님은 짧게 인사를 한 뒤 아파트 현관 너머로 사라졌습니다. 그리고 그때서야 아뿔싸- 키스하고 헤어졌어야 했나 싶었지만, 오늘 '연인처럼' 아니, '연인으로' 손잡고 데이트한 것만으로 충분히 진도를 나간 느낌이었습니다.

결혼을 생각하면 여전히 어떻게 해야 할지 마음 한구석에 해결되지 못한, 애써 꺼내고 싶지 않은 불편한 감정이 있긴 했지만 그냥 묻기로 했습니다. 지금 이렇게 행복하고 좋은데, 그냥 이렇게도 살 수 있지 않을까 싶은 마음 때문이었을까요.

/

일주일에 한 번은 데이트를 할 수 있을 거란 부푼 꿈이 있었지만 현실은 녹록지 않았습니다. 다음 데이트는 한 주 거르고 그다음 주에나 할 수 있었고, 또 그다음 데이트는 무려 한 달이 지나서야 할 수 있었습니다. 시간이 갈수록 회사 일로 데이트 일정을 잡기 마땅치 않았기 때문이었습니다.

여름에 야심 차게 시작한 과제가 심사도 못 받고 좌초되었지만 안 책임님 덕분에 크게 좌절하지 않고 오히려 더 의욕적으로 밝게 회사 생활을 할 수 있게 되었습니다. 처음엔 복귀하고 "재 일주일 동안 건드리면 안 돼, 당분간 그냥 놀게 해 그냥." 이러던 부서장도 "얼레. 괜찮네?" 하면서 다시 업무를 주었고, 생각보다 일상으로 잘 돌아왔습니다. 확 엎을까 하기 직전에 위로를 받고, 전략팀과 나 책임에게 오히려 잘 도와주겠다고 쓴 메일이 엉뚱하게 작용하여 저는 회사에서 생각하지도 못한 기회를 얻게 되었습니다.

전략팀에서는 일이 뭔가 잘못된 까닭에 곤란하게 되어 무척 걱정했었다고 합니다. 알고 보니 주제에 따라 전략팀에서 1차 필터링을 했어야 하는 시기가 있었는데 이를 안 하고 넘겼고, 상황을 알게 되었을 땐 일이 너무 진행된 뒤라 적잖은 마찰을 예상하고 있었다고 합니다. 그런데 제가 선뜻 일을 깔끔하게 마무리해 버리고, 심지어 전향적으로 일이 진행되자 전략팀의 윗선에서 뭔가 보상을 해 주어야겠다고 생각했나 봅니다.

따라서 전략팀의 강력한 추천으로 저는 이른바 '꿀 일'이 떨어져서 반년간 신나게 놀러 다니는 일을 하게 되었습니다. 그 일이란 세계의 유명 모바일, 전자, 통신 관련 전시회를 다니며 트렌드 보고서를 쓰고 관련 부서와 함께 파트너사를 만나 비즈니스 미팅을 엄청 많이 하는, 폼은 매우 나면서 생각보다 힘은 덜 들어가는 그런 일이 제게 와 버렸습니다! '프런티어 양성 과정'이라는 이 프로그램은 원래 공모를 통해 후보를 선정하고 최상위 고과를 계속 받아 온 고성과자를 대상으로 경영진 추천을 통해 선발되곤 하는데 선발이 전략팀 권한이었나 봅니다. 그래서 저는 큰 사고를 치지 않는 한 책임질 일 없고 회삿돈으로 신나게 비행기만 타고 다니면 되는, 회사에서 제일 편하고 즐거운 일을 반년간 하게 되었습니다.

하지만 그런 제안이 왔을 때 처음엔 신났지만 분명 어떻게 선발이 되었는지에 대한 뒷말이 나올 것 같았고, 결정적으로 안 책임님과 시간을 보내는 데 문제가 생길 것 같았습니다.

나: 책임님. 좋고 나쁜 일이 생겼어요.
안: 무슨 일인데요? 같은 일인데 좋기도 하고 나쁘기도 한 거예요?
나: 방금 메일 받았는데 전략팀에서 저를 추천해서 올해 프런티어 프로그램 대상자로 선정되었대요.

안: 그럼 좋은 일이잖아요! 저도 그거 알아요!

나: 하는 게 맞을까요?

안: 다들 못 가서 난리인데 왜 마다해요. 근데 왜 나쁜 일이에요?

솔직한 심정으로는 안 책임님이 '우리 데이트 자주 못 하는 거 아니에요? 보고 싶을 때는 어떡해요?' 같은 지극히 연애 백일 차 소녀 감성의 이야기를 하리라 생각했건만 도리어 꿀이 좔좔 흐르는 출장 아니냐며 이런 걸 왜 안 하냐고 합니다.

나: 그러게요. 꿀 일인데 제가 나쁜 일이라고 왜 생각했을까요.

당신과 데이트를 해야 해요! 그런 말을 하고 싶었지만 왠지 조금 성숙한 척하고 싶기도 했고, 실상은 한 달에 한두 번 정도의 출장이었기 때문에 전 결국 '꿀 출장 가득' 프로그램의 대상자가 되기로 결정하게 되었습니다. 아. 그리고 그 과제 공모의 결과는, 나 책임의 과제가 선정되었지만 경영진에서는 실행하기에 예산이 부족하다며 보완하라는 지시가 내려왔고, 나 책임 쪽은 여전히 과제 룸에 박혀서 또 비즈니스 모델이 어떻네 하며 머리를 붙잡고 골머리를 앓게 되었습니다. 그리고, 후에 안 책임님과 그 과제에 대한 이야기를 나누다가 어이없는 사실 하나를 발견하게 되었습니다.

안: 책임님. 혹시 전에 과제 할 때 자료 저장 어떻게 했어요?

나: 어, 사내 클라우드 썼는데요. 사실 우리 TF 할 때 계정 재활용했어요.

안: 어이구. 왜 그랬어요. 보안 과제인데.

나: 새로 결재 받기 귀찮기도 하고 거기 용량 엄청 많이 받았잖아요. 만료도 한참 남았고. 이제 거길 누가 들어가요. TF 다 끝났는데.

안: 사실. 우리 TF 같이했던 홍 선임이 몇 달 전에, 그러니까 손 책임님 과제 시작할 때 즈음에. 서버 만료 언제 되는지 기억하냐면서 자기 좀 써도 되냐고 했어요. 그래서 전 중요한 거 넣지 말라고 했어요. 접근 권한이 잘못 돼서 서로 자료 다 보이고 그럴 수 있다고.

나: 아. 그거 일부러 그렇게 했잖아요. 자료 공유하기 편하라고.

안: 나 책임도 접근 권한 있죠? 우리 공용 폴더에.

왜 자료가 비슷할 수밖에 없었는지 그제야 문제가 풀렸습니다.

나: 으앗! 그럼 나 책임이 몰래 보고 있었구나!

안: 그건 모르는 거지만. 왜 그렇게 비슷한가 아직도 의문이면 그게 답이 될지도.

하아-. 인제 와서 뭐 드잡이할 수도 없는 일. 하지만, 어떻게 생각해보면, 그 과제가 선정되었다면 전 지금까지도 과제룸에서 못 벗어나고 안 책임님과도 잘 보지 못했을 테지요. 지금 보면 도리어 잘된 일이니까요.

/

드디어 첫 출장이 결정되고 미국 샌프란시스코의 어느 전시회에 참석해서 몇몇 파트너들과 간단히 미팅을 하고 오라는 오더가 떨어졌습니다. 그동안 회사에서 출장은 일 년에 한두 번 정도는 가고 있었는데 이런 '꿀 출장'은 처음입니다. 맨날 비행기 타기 직전까지 회사에서 자료를 만들고 정리하고 있다가 노트북을 들고 급히 공항으로 뛰어가곤 했었는데 이번에는 출장 가서 저녁에 뭐 먹을지 미리 검색까지 하는 여유를 부리게 되었습니다.

출장 전날 퇴근하기 전 잠시 만난 안 책임님은 농담 반 진담 반으로 자신을 위해 사 와야 할 것을 단단히 알려주며 작은 꾸러미와 종이로 싼 봉투를 주었습니다.

나: 어. 이거 뭐예요?

안: 상비약. 그리고, 음. 이건 비행기에서 풀어 봐요.

나: 돈이에요? 나 돈 많은데.

안: 으이그. 아무튼 비행기에서 뜯어요. 미리 뜯으면 안 됨!

뭔가 대단한 것을 사 오라고 하는 줄 알았더니 너무 소소해서 전 도리어 당황했습니다.

안: 샌프란시스코 가면 유명한 캔디집 있어요. 가다 보이면 사세요. 시즈 캔디라고 있어요. 아마 여기저기 있을 거예요. 고거랑, 립글로스 하나만 사다 주세요. 면세점에서 이십 불 정도 할 거예요. 어떤 건지 자세히 메시지로 보낼게요.

나: 엥? 이십 불이요? 좀 더 비싼 거 사도 되는데.

그러자 안 책임님은 제 볼을 두 손으로 감싸며 이야기합니다.

안: 아니에요. 그거 정말 갖고 싶고 필요한 거예요. 잘 다녀와요. 건강하게 몸조심.

그리고는 저를 꼬옥 안아주었습니다. 마음이 따뜻해지면서 곧 편안함이 자리 잡았습니다. 몸조심하라는 진부한 말이 이렇게나 진심의 힘을 담고 있는 말인지 처음 알았습니다.

그리고 드디어, 꿀 출장 당일이 되었습니다.

신나게 공항으로 가서 다른 출장자들과 만나 부랴부랴 게이트로 들어갔더니 일행들은 면세품부터 찾으러 가느라 난리입니다. 전 미리 산 게 없어 면세점에서 안 책임님이 이것 하나만 사라고 부탁한 립글로스를 샀더니 원래 가격도 별로 안 비싼 데다가 할인까지 받으니 얼마 안 되어 다른 색깔로 두 개를 더 샀습니다. 첫 선물치고는 너무 작아서 민망할 지경이었습니다. 아, 이리 검소한 사람이었나.

일행들이 찾아온 면세점 쇼핑백이 한 아름인데 보아하니 태반은 화장품이나 가방 같은 것입니다. 그걸 보니 안 책임님께 뭐라도 더 사 주고 싶은데 취향을 모르니 직원에게 부탁하여 수분크림 좋은 걸로 부탁하여 사고, 계산하고 나서야 엄마 생각이 나서 황급히 하나를 더 샀습니다. 아이고 어머니. 아들 키워놔야 다 헛거예요. 네.

선물들을 챙겨 비행기에 탑승했는데 감회가 새롭습니다. 출장 갈 때마다 가서 할 미팅과 성과에 마음이 무겁고 부담이었는데 이런 출장이 나에게도 오다니. 이게 다 안 책임님 덕이야. 괜히 행복에 젖어 이륙하자마자 맥주부터 따고 볼만한 영화가 뭐 있나 리모컨을 또각또각 누르고 있는데 안 책임님이 준 봉투가 생각났고, 종이를 고이 펴서 보니 아니나 다를까 편지가 들어 있었습니다. 그냥 삼공 스프링 노트에 가지런히 쓴 편지. 여대생의 데굴데굴 굴러가는 귀여운 글씨가 아닌, 흡사 컴퓨터 폰트에 가까운, 정갈하고 미려하나 과하게 꾸미지 않게 만년필로 쓴 편지였습니다. 역시 옛날 사람. 만년필이라니.

손 책임님. 지금 비행기에 있겠죠?

비행기 뜨기 전에 뜯어본 거 아니죠? 지금 애기 막 재우고 났는데 노트가 보여 편지가 좀 쓰고 싶어졌어요. 그래서 서랍에서 만년필을 꺼내 잉크를 채워 넣었습니다. 편지를 쓴 적이 너무 오래되어 마지막이 언제인지 생각이 잘 안 나는데 오늘따라 무척

쓰고 싶네요. 당신도 이런 종이 편지를 좋아했으면 좋겠어요.

네. 정말 좋아합니다. 정말로요.
그리고 '당신'이라니. 이 말이 정말 좋았습니다.
저는 편지를 계속 읽어 내려갔습니다.

나에게 지난 오 년은 정말 힘든 나날들이었어요. 손 책임님에게 이야기 안 한 게 하나 있는데 나 우울증을 앓아서 정신과 다니며 약을 한참 먹었었어요. 사실 운동을 죽어라 한 것도 우울증 때문이고요. 몸이 안 좋으면 금방 우울해지거든요.

하지만 손 책임님 같은 사람이 옆에 있어 내 인생의 바닥에서 헤어 나올 수 있었습니다. 아니, 당신이 나를 끌어내었겠죠. 회사에서 부서지고 무너지지 않으려 전력으로 살아온 시간 동안 나도 모르는 사이, 안에선 적잖게 상하고 있었던 것 같아요.

그런데 책임님을 만나서 여기까지 왔습니다. 지금은 좋아졌고 약은 먹지 않은 지 오래되었어요. 인제 와서 이야기해서 미안해요. 난 당신이 너무 편하고 좋다는 말, 이렇게 하고 싶어요.

안 책임님이 이야기하지 않았던 작은 사실들과 저에 대한 이야기가 너무 놀라웠습니다. 그리고 행복하지만 이 행복이 나에게 합당한 것인가 하는 생각도 들었습니다. 왜, 나를 좋아하지? 연애를 하면서 한 번도 이렇게까지 귀하게 마음을 쓰는 사람을 만난 적이 없었습니다. 내가 무엇이기에 이 사람에게 이렇게 의미가 된 것일까요.

너무 놀랍고 신기한 인연에 비행기가 북태평양을 날아가는 내내 앞으로 펼쳐질 인생을 내 힘으로 잘 만들어 나갈 수 있을까 하는 걱정과 이겨내 보자는 굳은 마음으로 전 안 책임님의 편지를 꼭 쥐고 있었습니다.

4장

푸리에 급수

평화롭고 소란스런 어느 봄날,
혼재된 노을빛처럼 우리는.

날이 추워지며 11월이 되었고 우리는 또 한 살 먹을 준비를 하게 되었습니다. 집에서는 이러다 노총각 금방 된다고 좋을 때 장가를 가라며 성화였고 전 그냥 지금이 좋다고 둘러대며 현실을 애써 회피했습니다. 여기저기 들어오는 소개 자리를 겨우겨우 쳐내며 초겨울을 맞이했습니다.

우리는 '사귀는 사이'가 되었지만, 여전히 여유 있게 만나지는 못했습니다. 가끔 결정적인 순간 '아! 저 딸내미 쫌!' 하는 마음이 들기도 했지만 안 책임님에게 딸이 어떤 존재인지 잘 알고, 또 저도 그 아이가 귀엽고 사랑스러웠기 때문에 아무리 시간이 아쉬워도 딸아이에 대해서는 따로 말하지 않았습니다.

11월의 마지막 주 일요일. 올해 잡힌 마지막 출장. 그간 너무 못 만났다면서 혼자 가는 출장이면 공항에 따라 가겠다고 하길래 함께 공항버스를 탔습니다. 쉽게 못 쓰는 친정 찬스까지 쓰는 걸 보니 고맙기도 하고 미안하기도 했습니다. 나란히 공항버스에 올라타 애처럼 좋아하는 안 책임님과 붙어 앉아 초겨울의 볕을 받으며 올림픽대로와 공항 고속도로를 달렸고 어느새 공항에 도착하게 되었습니다.

나: 여길 출장이 아니라 여행으로 와야 하는데. 우리 올 수 있겠죠?
안: 그러게요…….

저 말 줄임에 '셋이라도 올 수 있으면 좋겠네요.'라는 뜻이 담겨 있을지도 모른다는 생각이 들자 아주 조금 마음이 복잡해졌지만 금세 떨쳐내었습니다. 공항은 붐비지 않아 체크인을 금방 할 수 있었고 짐을 던져 넣자 생각보다 시간이 꽤 남았지만 면세점 쇼핑은 하지 않을 거라 함께 터미널을 좀 걷기로 했습니다.

나: 이번에도 립글로스 하나 살까요? 아니면 크림이라도?
안: 아니에요. 그거 사면 오래 써요. 담에 뭐 필요하면 부탁할게요. 지금은 없어도 되어요.
나: 주위에서 보면 면세점에서 다들 화장품이네 뭐네 부탁하느라 난리인데. 뭐 좀 사주고 싶어서 그래요.

안 책임님은 저를 바라보더니 가만 웃습니다.

안: 글쎄. 지금 뭐 필요한 게 없는데. 앞으로 계속 사 줄 거잖아요. 그건 그렇고, 시간이 없어 이번에는 편지를 못 썼어요. 매번 써 주는 것이 목표였는데. 아. 게으르다.
나: 아이구. 게으르긴요. 아니에요. 무슨 말을 그리. 우리 사진 하나 찍을까요? 우리 사진 찍은 적 별로 없잖아요. 공항에서 사진 되게 잘 나오는데.

하긴 어딜 놀러 가야 사진을 찍지. 안 책임님은 소셜 네트워킹도 별로 안 해서 그런지 사진에 집착하지 않았습니다.

안: 아. 그런가? 정말 그런 거 같기도 하네요. 나이 먹으니 사진 찍자는 말도 잘 안 나오는 거 같아. 여기 근데 사진 찍기 진짜 좋은 분위기네요.

인천 공항 1터미널 출국 층은 빛이 좋아 어디서 찍어도 사진이 잘 나옵니다. 그리고 여행의 설렘, 작별하고 배웅하는 마음이 가득한 공항의 분위기는 심지어 같이 가는 것도 아닌데 마음을 들뜨게 했습니다. 어디서 찍을까 하고 A 카운터 너머에 한적한 터미널 끝을 둘러보다가 적당한 장소를 발견하고 사진을 찍으며 우리는 마치 이십 대 연인처럼 호들갑을 떨었습니다.

나: 엄청 찍었네. 비행기에서 계속 보면서 가야지!

안: 아! 사진. 사진도 좋은데.

안 책임님은 주위를 둘러보며 곰곰이 생각하더니 제 팔을 톡톡 칩니다.

안: 책임님. 전화기에 녹음기 켜서 줘봐요. 시간 있을 때 해야겠다.

나: 응? 왜요? 녹음?

안: 내 목소리 녹음해 두게. 사진도 좋지만 보고 싶으면 이거 들으라고 하려고. 그리고 책임님 목소리도 내 거에 좀 녹음해 두려고요.

목소리 녹음? 아. 이 사람 삐삐 세대구나!

저는 터미널의 끝에 있는 한적한 벤치에 앉아 안 책임님에게 핸드폰을 건네주었습니다. 비행기 출발을 알리는 파이널 콜이 방송으로 나왔지만, 안 책임님은 그 소리에도 아랑곳없이 돌아가는 길에 읽으려고 갖고 왔다는 무라카미 하루키의 책 『무라카미 라디오』를 펴서 여기저기를 넘겨보더니 어느 페이지에서 멈추었습니다.

안: 스튜디오처럼 조용하진 않지만 이런 적당한 소음도 나름 운치 있네요. 음. 이걸 읽어볼까.

음음-. 안 책임님은 목소리를 가다듬고 주위를 확인한 다음, 전화기를 들고 문장을 읽기 시작했습니다. 천천히. 한 단어. 한 단어. 한 문장. 한 문장. 조용하고 나직한 목소리. 그 고요한 음성으로 낭독되는 문장들은 왠지 모르게 어느 시절이 마무리되고 무엇인가 맞닿아 있던 것이 서서히 스쳐지나가는 것 같다는, 이유 모를 단상에 잠기게 했습니다.

그래. 당신의 매력은 목소리였어. 다른 사람들은 당신의 얼굴만, 몸매만, 가슴만 볼지도 모르지. 하지만 난 당신의 마음과 슬기로움과 목소리를 알고 있다.

진지하게 집중하며 네 페이지를 차분히 읽던 안 책임님은 녹음된 걸 조금 들어보고는 아쉬워합니다.

안: 아. 진즉 해 줄걸. 주위가 생각보다 시끄럽네. 나중에 스튜디오라도 빌려서 녹음하고 싶다.

그러더니 저에게 본인 핸드폰을 내밀었습니다. 책의 페이지를 몇 장 넘기더니 저에게 읽어 달라고 합니다. 저도 뭐라도 해주고 싶은 마음에 핸드폰과 책을 받아 읽기 시작했지만 자꾸 발음이 새고 꼬입니다. 한글로 이뤄진 책을 소리 내어 또박또박 읽는 것은 생각보다 어려웠습니다.

안: 난, 손 책임님 목소리가 좋아요. 사실 내 목소리를 녹음해 주려고 했던 것도 있지만 손 책임님 목소리를 녹음해 두고 싶었어요. 전부터 해달라고 하고 싶었는데.

나: 네? 제 목소리요? 그런 소리 별로 들어본 적 없는데.

안: 난 손 책임님 목소리 정말 좋은데. 그래서 사실 일부러 목소리 들으려고 전화한 적도 많아요.

아. 난 문자 쓰기 귀찮아서 전화한 적도 있는데. 제 목소리가 듣고 싶어 전화한다는 말에 굉장히 부끄러웠습니다. 그나저나 제 목소리가 좋다니. 녹음까지 해두려는 사람은 처음입니다. 동영상으로 누구에게 생일 축하를 보낸 적은 있어도 진짜 순수하게 목소리가 듣고 싶어 하는 사람을 위해 녹음을 하다니. 프라이버시나 유출 문제로 시끄러운 커플 동영상을 찍는 심리가 이런 건가 싶은 생각이 아주 잠깐 들었다가 그런 음란한 생각에 안 책임님을 엮는 것조차 싫어서 애써 머리를 흔들어 생각을 털어 냅니다.

안: 잉. 싫어요? 왜 갑자기 도리도리를.

나: 아. 아니에요. 머리가 갑자기 아파서.

안: 비행기 타는 사람이 머리가 아프면 어떡해요. 약이라도 하나 먹고 타야 하나…….

나: 아니에요! 아니, 아니. 그런 거 아니에요. 아. 이제 타러 가야겠다. 시간이 벌써 이렇게 됐네. 게이트 쪽으로 가요.

말도 안 되는 이상한 동영상을 떠올린 것이 무안해서 애써 자리에서 일어났습니다. 그리고 게이트를 앞에 두고 우리는 포옹했습니다. 또한 짧은 입맞춤. 이렇게 사람이 많은 곳에서도 할 수 있다니 믿기지 않습니다. 그 생경함이 오래 지속되었습니다.

안: 더 안아주고 싶지만 보내 줄게요.

나: 다녀오겠습니다. 공항 같이 와줘서 고마워요. 같이 비행기 탈 날을 상상하고 있을게요.

안: 저도 상상할게요. 신나네요.

설렘이 가득한 공항의 분위기. 여행을 준비하는 이들의 상기된 표정들. 여권을 든 채 게이트로 바삐 가방을 끌며 귀국길을 재촉하는 외국인들. 저 활주로 너머 뉘엿뉘엿 넘어가는 초겨울의 석양. 공항의 풍경들 속에서 안 책임님과 같이 있는 이 짧은 시간이 더없이 소중하게 느껴졌고 아름다운 이 시간이 손에 잡힐 것 같았습니다. 아니, 계속 내 것으로 삼을 수 있다는 믿음이 생겼습니다.

게이트 앞에서 공항 직원에게 여권과 보딩 패스 검사를 받고 탑승 구역으로 들어가기 직전. 뒤를 돌아보니 안 책임님이 열 걸음 떨어진 곳에 서서 제게 손을 흔듭니다.

나: 손 좀 계속 흔들어 주세요!

안: 네? 이렇게?

저는 얼른 카메라를 켜 그 모습을 담았습니다. 환하게 웃으며 저에게 손을 흔드는 모습. 좀 더 가까이에서 찍었으면 좋았을 것을. 내 얼굴도 함께 있었으면 좋았을 것을. 그냥 도로 뛰어가서 같이 웃고 그녀의 어깨를 안은 채 같이 셀프샷을 찍을 것을.

독일행 비행기에 몸을 싣고, 공항의 유리 천장으로 쏟아지는 볕을 받으며 눈부시게 서 있는 안 책임님의 모습이 담긴 사진을 봅니다. 안 책임님이 목소리가 담긴 녹음 파일을 끝도 없이 들으며 유라시아 대륙을 가로지르는 상공 위에서 따뜻해진 마음으로 맥주 두 캔을 후루룩 마시고 깊은 잠을 청했습니다.

/

한 달에 한두 번 정도 형 식구들이 부모님 집으로 오는데, 매번 그랬던 것처럼 이번에도 시간을 맞춰 다 같이 식사하기로 했습니다. 보통 주말로 잡히기 때문에 가끔 약속이 겹치면 가기 싫을 때도 있긴 합니다. 가봐야 조카들과 놀아 주거나 부모님의 잔소리만 듣다 오기 때문입니다. 그럼에도 아버지가 가족 모임은 꽤 엄격하게 지키는 것을 원하셔서 어지간하면 그날엔 약속을 안 만들려고 노력합니다.

12월의 어느 주말 저녁. 형과 조카들이 찾아와 여느 가족 식사 때처럼 함께 식사를 했습니다. 형수가 출장이라 자리를 비운 것. 그리고 아버지께서 약속 있으시다고 일찍 나가신 것을 빼고요. 식사를 마치고 조카들은 보드게임을 한다며 방으로 들어갔고 형은 TV를 켜고 저는 마루에 폈던 상을 접고 있었습니다.

형: 야. 너 요즘 누구 만나냐? 애 엄마가 어디 삼성동 식당에서 너랑 어떤 여자랑 밥 먹는 거 봤다는데.

나: 무슨 초딩 같은 소릴. 밥 먹으면 다 사귀나? 형도 아재 다 됐어. 밥을 먹는 거 보고 사귀냐고 하다니.

형: 내가 아니라 네 형수가 보고 한 소리라니까. 되게 예쁘고 분위기 있다고 하던데. 누구냐? 뭐 하는 분이야? 너 그래서 사람 소개시켜 준다고 해도 안 만난다고 했던 거야?

여자, 소개. 이런 이야기가 갑자기 나오자 엄마가 부엌에서 그릇과 반찬을 정리하다 멈추고 대화에 끼었습니다.

엄마: 쟤가 누굴 만난다고? 누구야? 응? 좀 이야기 좀 듣자.

나: 아이고, 아니에요. 그냥 친구예요. 친구랑 밥도 못 먹나.

엄마: 그래? 대학교 친구야? 어디서 만난 친구야? 응?

나: 아- 쫌. 엄마. 그냥 아는 친구 만나서 그냥 밥 먹었어요.

형: 야. 친구 이야기라도 해봐라. 뭐 결혼하라는 것도 아닌데. 원래 그냥 친구였는데 결혼할 나이 되면 그냥 친구 아닌 거야.

형은 별로 말이 많은 편이 아닌데 오늘따라 집요합니다.

엄마: 너 혹시 그때 백화점에서 만난 애 데리고 나온 회사 사람이니? 그 여자 되게 분위기 있고 예쁘긴 하던데. 근데 너 자꾸 엄마 이상한 생각 들게 하지 말어.

형: 어. 네 형수가 딱 이야기한 대로네. 분위기 있고 예쁘다고 했다니까. 근데 너 불륜에 휘말렸냐? 결혼한 사람이야? 너 그렇게 용기 있었어? 헐.

나: 아 진짜! 결혼한 사람 아니야! 결혼했던 사람이야.

앗. 대형 실수. 왜 난 미끼를 덥석 물고 답을 한 건가.

형: 야! 너 진짜야? 미쳤…… 뭐야 너! 멀쩡한 애가!

엄마: 뭐? 너 혹시 그때 그 동료라는 사람이 이혼했다고 했잖아. 진짜 만나는 거야? 진짜야? 너 옛날에 무슨 이혼한 여자 뭐 이런 이야기 할 때 이상하더니. 아이고…….

빨리 수습해야 한다.

나: 아! 진짜! 아니야! 회사 사람을 만났는데 그 사람이 이혼한 사람이라고! 그리고 밥 안 먹었다고!

앗. 두 가지 질문에 모두 부정을 하다 보니 꼬여버렸다. 그리고 긍정에 가까운 강한 부정까지.

엄마: 아들. 엄마가 이혼한 사람에게 편견은 없는데. 그냥 편하고 안전한 결혼해, 그런 거 하지 말고. 아빠 아시면…… 상상도 못 해.

형: 엄마. 혹시 그래도 진지하게 만나는 거면 엄마도 한번 만나봐요. 진짜 괜찮은 사람일 수도 있잖아. 재훈 엄마가 사람 좀 보는데 인상 되게 좋다고 했어.

엄마: 나도 봤다. 예쁘긴 하더라. 예쁘니까 저러고 쫓아다니겠지.

형: 엄마도 봤어? 엄마가 보기에도 괜찮아 보여?

엄마: 딸까지 있던데. 그것도 걸어 다니고 말도 하고 사리 분별도 하는 큰 애가.

나: 아. 몰라. 난 대답 안 할래.

TV에 집중하며 더 이상 대답을 안 했더니 형과 엄마도 더 이야기하지는 않았습니다. 대충 어떻게 수습하고 집으로 돌아오는데 마음이 불편합니다. 이제 이혼하고 애도 있는 여자랑 만난다는 사실을 인정할 수 밖에 없는 지경에 이른 것 같습니다.

형은 의사인데 수련의를 마치자마자 친구이자 병원 동료인 형수와 결혼을 하는 통에 마흔의 나이에 벌써 초등학생 아들을 둘씩이나 두었고, 알파걸의 상징과도 같은 형수는 애를 낳고도 엄청난 의지와 능력을 발휘해 의대 교수가 되었습니다. 형수가 그렇게 바쁜 까닭에 아예 부모님 댁 근처로 이사 와서 살게 되었는데 조카들은 할머니 할아버지 집에서 거의 키우다시피 했고, 저 역시 독립하기 전까지 조카들을 그래도 한 1/10은 키웠다고 할 만했습니다. 결국 조카들 때문에 독립해 나간 것도 있지만.

아무튼, 일찍 결혼한 것 빼고는 큰 문제 없었으며 심지어 사회적으로 아들 부부가 모두 성공했으니 부모님의 기준이 제법 높아져 버렸습니다. 대단한 명문 집안은 아니어도 아마 비슷한 중산층의 집안은 기대하고 계시겠지요. 적어도 부모님 봉양에 허리가 휘고 무슨 혼수다, 집이다, 돈 문제로 왈가왈부하며 싸우지 않을 만한 집안에서 결핍 없이 밝게 큰 사람. 예쁘고 똑똑하고 학벌 좋고 생활력 있으니 안 책임님 정도면 진짜 훌륭하지 않은가 싶었습니다. 다만, 나이가 나보다 많다는 것, 이혼을 한 것, 애가 있다는 것이 조금 흠이 될지 모르지만.

아. 그러고 보니 안 책임님 집안에 대해서는 잘 모르는구나. 생각보다 모르는 게 아직도 너무 많았습니다.

달력이 몇 장 남지 않은 12월. 작년의 이맘때를 생각하면 일 년이란 세월 동안 얼마나 많은 일이 일어났나 싶었습니다. 지금 생각해보면 일기를 좀 써둘걸. 하다못해 혼자 보는 블로그 같은 거라도 해서 좀 끄적거리기라도 해뒀으면 좋았을 것 같습니다.

크리스마스에 시간을 같이 보낼 수 있을 것이란 기대와는 달리 안 책임님은 친정 쪽 식구들과 연말까지 휴가를 몰아 써서 긴 여행을 떠났고, 저도 친구 한 명과 짧게 일본 여행을 다녀왔습니다. 총각이지만 아저씨 둘이 비행기 타고 나란히 여행을 간다는 게 사실 이상할 것도 없었지만 썩 그림이 좋아 보이진 않았습니다. 미주나 유럽으로 갔으면 게이 커플이라고 했을 겁니다.

경제적으로 딱히 힘들지 않은 삼십 대 남자 둘이 풍족하게 여행 다니며 맛있는 것도 먹고 재미는 있었습니다. 의견 충돌로 싸우는 일은 없었지만, 분위기는 여간 별로라 다시는 남자 둘이 여행하지 말자고 돌아오는 비행기에서 의견을 모았습니다. 아, 나중엔 괜스레 짜증이 나서 같이 사진도 안 찍었습니다. 이렇게 좋은 데 와 놓고 왜 내가 너랑 같이 찍냐, 독사진을 찍어야지 하면서요. 물론 친구도 이 의견에 동의하며 여행 후반부터는 사진을 찍을 일도 없었고 아예 따로 다니기도 했습니다. 처음부터 그럴 것을.

교토에서는 편지쓰기를 좋아하는 안 책임님이 생각나서 일본 종이로 된 편지지 여러 장과 얼굴 기름 찍어내는 미용 종이 같은 것을 샀습니다. 같이 있던 친구는 별 희한한 걸 산다며 핀잔을 주었지만 전 안 책임님이 좋아할 만한 선물이라고 생각했고 아니나 다를까 매우 좋아했습니다.

안: 이런 거 좋아하는지 어떻게 알았어요?
나: 좋아할 거 같았어요. 딱. 뭐 쓰는 거 좋아하시잖아요.
안: 무슨 장인이 만든 종이인가 봐요. 느낌이 엄청 좋네. 진짜 좋은 만년필이나 붓으로 써야 할 것 같아요. 내가 나중에 여기에 편지 써 줄게요.
나: 그래 달라고 산 건 아니지만. 이건 아이 갖다주세요.
안: 꺄아. 이거 딸 안 주고 내가 가지고 싶다. 크크.

이렇게 귀여운 것이! 하면서 아이에게 줄 고양이 인형을 너무 좋아했습니다. 그 모습을 보며 이 사람에 대해 내가 잘 안다는 느낌이 들어 기분이 좋았습니다.

어느덧 또 해가 바뀌고 우리는 한 살을 더 먹었습니다. 여전히 데이트를 자주 하지 못했어도 퇴근 후 집 앞에서 조금씩 보는 것은 훨씬 자유로워졌습니다. 안 책임님이 조금 일찍 퇴근하고 제가 조금 늦게 퇴근하여 집 앞으로 가면 아이가 금방 잘 시간이었고 조카가 집에 있기 때문에 한두 시간 정도는 만날 수 있었습니다. 안 책임님이 조카에게 고모 운동 좀 하러 나갈게, 하고 밖으로 나오면 조카는 애가 깨나 안 깨나 보면 될 뿐이었고, 다행히 조카는 제법 쿨한 젊은이라 고모가 뭐 하는지 시시콜콜 관심가지며 누굴 만나는지 궁금해하지 않는 듯했습니다.

어느 날은 안 책임님네 아파트 상가의 어느 커피집에서 우리는 늦은 저녁을 보내고 있었습니다. 수다를 떠는 아줌마들과 이어폰을 꽂고 공부하는 학생들 사이에서, 길게 허락되지 않은 시간을 보내다가 불현듯 안 책임님의 옛날이야기를 좀 듣고 싶어졌습니다.

나: 옛날에 나이트 많이 다니시고 그랬어요?

안: 강남역 갔을 때 생각나서 그러죠? 아이고. 그때 나이트 이야길 괜히 했네. 아니에요. 솔직히 손에 꼽아요. 그냥 우리 세대에 워낙 상징적이어서 그런 이야기 했었지…….

나: 전 사실. 지금 생각해보면 대학 생활이 그리 화려하진 않았던 거 같아요. 솔직히 말하자면 되게 찌질했던 거 같아요.

안: 화려한 대학 생활이 뭘까. 음. 제가 화려해 보였어요? 나이트 다녀서?

나: 나이트는 아니고. 그때 집 정리할 때 사진도 보고 그랬잖아요. 너무 예쁘고 빛나서 깜짝 놀랐어요. 대학생 때의 안 책임님이.

안: 그땐 젊으니까. 피부 좋고 그러면 뭘 입어도 예뻐요. 대학생들 봐. 다 예쁘지.

나: 그냥 그래 보였어요. 잘 놀고 주위에 다양한 친구들 있고 영어도 잘하고 옷도 잘 입고 이런저런 경험도 많이 하고.

안: 에이. 사진만 보고 어떻게 알아요.

대학 생활이 나쁘진 않았지만, 이상하게 온갖 소개팅 미팅 흑역사와 금요일 밤을 늘 불태웠던 게임방 풍경이 주마등처럼 스쳐 갑니다.

나: 음. 안 책임님을 더 일찍 만나면 어땠을까 상상해본 적이 있어요. 예를 들면 한 십 년 전이면 어떨까. 십오 년 전이면 어떨까. 그러니까 대학생 때.

안: 십오 년 전이라. 음. 난 그때 꽤 재수 없는 아이였을 듯.

나: 네? 왜요?

안: 사실. 아까 손 책임님 말 듣고 조금 뜨끔했어요. 그때를 두고 화려하다는 말을 사용하긴 좀 이상한 것 같지만 뭐 대충 맥락은 비슷한 거 같아요. 막 잘나고 그런 줄 알았어요. 그렇지도 않으면서.

나: 봐요. 대충 맞잖아요.

안: 나 잘나고 예쁜 줄 알고 살던 때가 아니었을까. 물론 대놓고 그렇진 않았지만 그때 했던 생각들은 참 부끄러웠던 거 같아. 세상도 너무 몰랐고. 뭐, 스무 살 갓 넘었을 때 다 그렇지 싶기도 하고.

나: 전, 진짜 찌질했던 거 같아요. 지금이야 돈도 벌고 하니 옷도 잘 입으려 하지만 그땐 정말 후지게 입고 다녔고. 집도 좀 힘든 때라 돈 쓰는 것도 너무 힘들었고. 과외도 두 개씩 하고…….

지금이야 살만해졌지만 IMF가 생각나지 않을 수 없었습니다. 누구에게는 태어나기 전 이야기. 누구에게는 아직도 현재 진행형인 이야기. 누구에게는 인생을 바꾼, 아니 인생이 바뀐 이야기. IMF.

안: 책임님. 진짜 찌질했다는 말 엄청 많이 쓰는 것 같아요. 도대체 얼마나 찌질했길래 그래요? 난 그 말 싫은데.

나: IMF 후에 집이 좀 어려워졌어요. 아버지가 다니시던 회사가 어떻게 잘 버텼는데 삼촌 보증을 섰다가 집안이 휘청거렸거든요. 이사하고 엄마는 갑자기 학습지 방문교사를 하면서 생활비 벌고. 대학은 어떻게 들어가긴 했는데 돈이 없으니까 너무 움츠러들었던 거 같아요. 근데 생각해 보면 주위 친구들도 다 돈이 없었는데 왜 나만 유독 그랬을까…… 싶고. 내가 그냥 사람이 별론가 봐요.

말은 그렇게 했지만 거짓말이었습니다. 제 주변 사람들 모두 돈이 없진 않았습니다. 돈 잘 쓰고 옷 잘 입고 다니는 친구들이 있었고 그저 그 친구들에게 괜한 열등감이 있었던 것 같습니다. 회상을 하다 보니 체크 남방으로 점철된 제 대학생 패션이 생각났고 같이 어디 놀러가면 괜히 주눅 들던 기억도 떠올랐습니다.

안: 에-. 뭐 그럴 수 있지. 그걸로 뭐 찌질하다고 해요.

나: 연애도 돈 아깝다고 생각했던 거 같아요. 우스운 건, 또 그래도 여자 친구는 사귀고 싶기도 하고. 근데 연애를 시작하면 돈이 또 너무 많이 드는 거예요. 그냥 친구들이랑 PC방에서 게임이나 하면서 노는 게 돈이 덜 들고 더 재미있게 노는 것 같고.

안: 연애에 뭐 꼭 돈이 많이 드는 건 아니잖아요.

나: 몰라요. 난 많이 들던데. 그래서 돈 쓰는 연애가 되게 부담되었어요.

안: 연희랑 대학생 때 만난 거 아니에요? 연희네 엄청 잘사는데.

나: 뭐 사귄 건 맞지만 제 괜한 열등감에 연애를 더 힘들게 한 것 같아요. 걔가 나 돈 없다고 뭐라고 한 적 한 번도 없었는데. 자격지심에 못나게 군것도 있고. 아, 그때를 떠올리니 얼굴이 막

화끈거린다.

안 책임님은 또 곰곰이 생각하는 표정입니다.

안: 난 그때의 내가 너무 한심해서. 지금의 내가 좋아요. 지금의 상황은 물론 마음에 안 들지만……. 성숙한 내가 훨씬 좋아요. 아마 그때의 나를 손 책임님이 만났다면 되게 싫어했을 거예요.

나: 에이. 안 그랬을 거 같아요. 감히 쳐다보지도 못하고 멀리서 흠모하고 살았겠죠.

그건 어느 정도 사실이었습니다. 제가 집 정리 때 본 사진 속 안 책임님의 젊은 시절은 너무 빛나고 화려해서 학번 차이를 감안하더라도 저는 감히 좋아하지도 못했을 사람 같았습니다. 심지어 어느 외국에서 외국인들과 찍은 사진이 있었는데 무슨 유학 박람회 소개 책자 같은 느낌이었습니다. 행복하고 희망차고 화려하고.

나: 반대로 그때의 저는 보이지도 않으셨을 거 같아요. 옛날에 학과에서 제일 옷 못 입고 스타일 엉망이고 게임이나 좋아하는 애를 상상하시면 대충 맞을 거예요.

굳이 생각나는 비유를 하자면, 영화 〈건축학 개론〉에서의 이제훈 같은 애가 저였고, 예쁘고 화려한 수지나 유연석 같은 위치가 제가 생각한 안 책임님과 상상 속에서의 같이 다니던 그때의 친구들 아니었을까요.

안: 손 책임님이 옛날에도 지금 그대로라면. 난 좋아했을 거 같아요. 만날 수만 있다면. 발견할 수만 있었다면.

에. 거짓말. 아니, 전제가 틀렸어요. 만날 수도 없고 발견되지 않았을 거라니까요. 제가 눈에 보일 리가. 전 옛날에 진짜 찌질했다니까요.

안: 이야기 안 한 거 하나 있는데.

나: 어. 뭔데요?

안: 사실 우리가 TF 하기 전에, 꽤 한참 전에 이미 손 책임님을 전 알고 있었어요. 몰랐죠?

에? 나를? 그 전에 이미?

나: 그 전에 우리가 만난 적이 있나요? 어, 난 전혀 모르겠는데. 저는 안 책임님 팀 쪽이랑 일을 해 본 적도 없는데.

안: 모르겠죠. 대화를 한 건 아니니까…….

회사에서건 회사 밖에서건 교육이나 혹은 무슨 모임에서건 제가 안 책임님과 있었다면 모를 리가 없었습니다. 이런 사람을 발견 못 할 리가. 하지만, 안 책임님은 뒤이어 놀라운 이야기를 꺼냈습니다.

안: 우리가 TF 하기 몇 개월 전에 일인데. 회사 어린이집 앞에 그러니까 건물 맞은편에 샌드위치 가게 있잖아요. 언젠가 거기에 애랑 이른 아침에 들러 샌드위치 한 조각 먹이고 등원하려고 했는데 다른 애들하고 엄마들도 있었어요. 거기 일찍 열어서 아침에 엄마들이 어린이집 다니는 애들 뭐 먹인 뒤 등원시키고 그래요. 길 막힌다고 엄청 일찍 나와서는 너무 일찍부터 또 애랑 헤어지기 그러니까 거기서 조금이라도 시간 보내다 들여보내고 출근하는 엄마들 많거든요. 어딘지 알죠?

나: 아…… 요즘은 잘 안 가긴 하는데 한때 거기로 출근 도장 찍은 때가 있었죠.

당시에 새벽에 무슨 스터디를 한다고 아침에 일찍 나와 거기서 아침을 먹곤 했던 기억이 났습니다. 물론 예쁜 알바가 있었다는 사실은 부정하고 싶진 않습니다.

안: 언젠가. 주문하고 기다리고 있는데 잘 모르는 어린애 하나가 의자 위로 올라가서 장난을 쳤어요. 그 애 엄마는 다른 엄마들이랑 이야기하느라 인지하지 못하고 있는 듯하더라고요. 애를 잘 봐야 하는데 애는 등 뒤쪽에 있고.

나: 어이고- 그러다 떨어질 텐데.

안: 그러다 떨어질 텐데? 허 참. 들어봐요. 자기 이야기구만. 저도 다른 사람이랑 이야기하고 있었고 저희 애도 챙기면서 틈틈이 곁눈으로 그 애를 보는데…….

전 안 책임님이 왜 샌드위치 집 이야기를 하면서 다른 애 얘기를 하는지 도무지 종잡을 수가 없었습니다.

안: 그 옆 테이블에 손 책임님이 커피랑 샌드위치 먹으면서 있었어요. 그 애를 가만히 보면서.

나: 네? 제가요? 근데요?

아주 조금 기억이 날 듯도 한 풍경.

안: 전 엄마라서 그런가, 그 눈빛을 알죠. 짜증 나서 그러는 건지 걱정돼서 그러는 건지. 그때 손 책임님이 먹던 샌드위치를 놓고 그 애만 가만히 봤어요. 귀에 꽂혀 있는 이어폰을 빼놓고.

나: 음. 기억에 전혀…….

안: 살짝 일어서려고 하길래 저는 처음엔 엄마한테 주의를 주려고 그러는 줄 알았어요. 근데 애 엄마가 글쎄, 아이가 그러고 있는 걸 전혀 모른 채 정신이 딴 데 팔려 있더라고요. 애 엄마가 가

방에서 뭐를 찾는데, 그 와중에도 이야기를 하면서 말이예요. 그 상황에서 손 책임님은 살짝 의자에 걸터앉아서 애를 가만히 보다가.

나: 보다가?

안: 아니나 다를까 갑자기 의자가 기울어지면서 그 애가 넘어지는데 손 책임님이 후다닥 번개같이! 딱 애를 잡아채서 아무 일도 없었다는 듯이 태연하게 애를 도로 앉혀 놓는 거예요.

아. 그랬던 것 같기도 하다. 근데 안 책임님의 재구성이 너무 멋있어서(?) 제가 아닌 거 같기도 했습니다. 내가 그렇게 멋있었을 리가.

안: 애 엄마는 전혀 눈치를 못 챘는데. 손 책임님이 아무렇지도 않게 애를 잡아서 앉힌 뒤 안전한 것 같아 보이자 도로 샌드위치를 먹기 시작하는 거 있죠. 완. 전. 쿨하게.

안 책임님은 '쿨하게'라는 말에 힘을 엄청 주었습니다.

안: 전 그게 되게 멋있어 보였어요. 참 좋은 사람이다, 라고 생각했었거든요. 누군지도 모른 채. 우리 회사 사람인가 보다 정도.

나: 에이. 그거 하나로 누군가를 좋아하면 너무 우연스러운데.

병원 일로 바쁜 형과 형수 덕에 조카는 저희 집에서 자랐고 엄마가 급한 일로 또 나가면 제가 혼자 돌본 적이 더러 있었습니다. 유치원 선생님처럼 귀여운 말투를 쓰면서 놀진 않았어도 애들을 안전하게 보는 건 습관이 좀 들어 있긴 했습니다. 그냥 습관적으로 애가 위험해 보여서 그랬을 텐데 그게 뭐가 멋있다고.

안: 어찌 보면 별것 아닌데. 그 얼굴이 그렇게 기억에 남더라고요. 그래서 손 책임님을 회사에서 보고 아, 그때 그 사람이다 싶었죠.

나: 아. 뭔가 억울하다. 왜 난 모르고.

안: 뭐가 억울해요. 하나 더 있어요. 아무튼 그리고 나서 한참 후, 어느 날 출근하는데 그날따라 애기도 너무 힘들게 하고 몸도 너무 안 좋아서 진짜 몸을 억지로 질질 끌면서 속으론 욕을 막 하며 출근했거든요. 차를 주차하는데 눈물이 좀 났던 거 같아요. 힘든데 막 짜증까지 나고, 뭐 아마 속상한 일도 있었나 봐요. 아무튼 그렇게 주차장에서 엘리베이터를 겨우겨우 타러 가는데 저기 앞에 손 책임님이 걸어가는 거예요.

나: 제가 그렇게 멋있어 보였나요. 멀리서도 보이고.

안: 아무튼. 아무튼 들어봐요. 한참 뒤에서 힘들게 발걸음을 질질 끌며 따라가고 있는데, 자동문 열리고 들어가면 엄청 무거운 유리문이 나오잖아요. 그 문을 책임님이 딱 잡고 절 기다리는 거예요. 바로 뒤에 있던 것도 아닌데. 적어도 열 걸음은 뒤에 있었는데.

나: 전 자주 그러긴 해요. 아마 근데 안 책임님이 너무 예뻐서 문 잡아 주고 싶은 여자여서 그럴…….

안: 몸이 엄청 힘들어서 사실 문을 밀기도 힘들 정도였는데. 세상에. 그렇게 고맙고 따뜻할 수가.

안 책임님은 절 보며 눈을 껌뻑껌뻑 합니다. 이런 것도 키 크고 잘생긴 남자가 해야 멋있어 보인다는데 왜 제가 좋았던 걸까요.

안: 제가 사실 TF에 뽑혔을 때 너무 타이밍이 안 좋아서 진짜 회사 그만두고 싶었을 정도로 싫었는데. 손 책임님 만나고. 아- 이런 사람이랑은 좀 같이 해보고 싶다고 생각했었어요. 그때 일들이 그렇게 기억에 남았나 봐요. 그리고 가까이서 지켜 보니

좋은 사람일 거라는 생각은 역시 맞았고.

안 책임님이 뭔가 오해하는 것 같아 전 원래 그런 사람이 아니라고 하려다가 그만두었습니다. 좋은 기억을 굳이…….

어쨌거나, 좋은 사람이라니. 진짜 좋은 사람이 되어야겠다고 다시금 생각하게 되었습니다. 그리고 이런 마음을 갖게 해준 안 책임님에게 고마운 마음이 더욱 깊어져만 가고 있었달까요.

/

겨울엔 안 책임님의 조카가 방학을 맞이하여 좀 더 아이를 맡길 수 있을 것이라 기대했었지만, 조카가 무려 한 달이나 배낭여행을 떠나면서 또 시간이 흘러가 버리고 말았습니다. 어쩌다 친정 찬스니 하는 식으로 쓰는 시간은 회사 회식에 쓰거나 급한 일을 처리할 때 날아가 버리고, 우리는 근 한 달을 또 옛날처럼 회사에서나 근근이 겨우 보고 늦은 밤에 집으로 들어가 주스나 조용히 마시고 나올 뿐이었습니다.

집에 방문했다가 애가 깨버린 경험이 있었던 탓에 애가 잠든 사이 집에 몇 번 가기도 했지만 몸에 손을 대지 않았고 안 책임님 역시도 도발하는 일 없이, 어른들의 연애치고는 이상하리만치 매우 플라토닉적이고 건전한 나날들이 계속되었습니다. 여전히 우리는 손을 잡고 포옹을 하고 입을 맞추기만 했습니다.

날씨가 갑자기 따뜻해진, 늦겨울에서 초봄으로 넘어가던 어느 날. 미세 먼지에 지친 나날들을 보내다가 어느 하루 공기가 반짝하고 좋아진 날이 생겼습니다. 늘상 운동한다고 밤에 나오는 것이 조카에게 무안했는지 그날은 겸사겸사 진짜 둘이 저녁에 만나 아파트 주위를 뛰기로 했습니다. 저는 작정하고 트레이닝복과 운동화를 챙겨 왔고, 안 책임님도 머리를 바짝 묶은 채 레깅스와 후디를 입고 나왔습니다.

아파트를 돌아 나가 한강 공원을 다녀오는 대략 십여 킬로 달리기. 워낙 잘 뛰는 사람이라 대충 한 시간을 계획하고 뛰기로 했습니다. 하지만 한 삼십 분이 지나자 숨이 벅차기 시작하면서 저의 달리기 속도가 점점 느려지고 있었고 그때 안 책임님에게 전화가 왔습니다. 안 책임님은 황급히 이어폰을 떼며 숨을 고른 뒤 전화를 받았습니다.

안: 아. 엄마네…… 미안해요. 이거 좀 받을게요.
나: 저 딱 힘든 타이밍이었어요. 쉬고 있을게요. 아이고.

전 옆에서 손으로 무릎을 짚은 채 주저앉을 곳을 찾으며 어디 편의점에서 물이나 살까 싶어 주변을 둘러봤습니다. 바로 옆에서 통화하던 안 책임님은 한두 걸음 더 걷더니 어느덧 제가 보이지 않는 곳에서 심각한 얼굴로 통화를 하고 있었습니다. 가히 좋은 내용은 아니라는 것을 어렵지 않게 알 수 있었습니다. 안 책임님은 한 손을 이마에 얹었다 목에 대었다 하며 불안한 기색이었습니다. 역시나 통화를 마치고 돌아오는데 한숨부터 내쉽니다.

나: 어…… 괜찮으세요?
안: 네. 뭐, 나이를 먹으니 이러저러 짐이 많네요.
나: 무슨 일인지 알려 주시면 안 돼요?
안: 불편하고. 보이고 싶지 않은 부끄러운 집안일 이야기.

이쯤 되면 묻지 말라는 건데. 알고 싶은 마음에, 알아야겠다는 고집에. 나 정도면, 남자친구라면 알려줄 수 있는 거 아닌가 싶어서 조금 매달려 보고 싶어졌습니다.

나: 저 정도면 좀 알려주셔도 되지 않아요? 제가 도움 될 수도 있고.

안 책임님은 질린다는 표정으로 긴 한숨 끝에 입을 뗐습니다.

안: 돈 이야기. 됐어요?

아. 돈 이야기구나. 맞다. 불편하고 부끄러운 이야기.

이렇게까지 말하는데 여기서 더 물어보지 않는 것이 좋은 건지. 그래도 매달려서 알아내고 위로라도 해주는 것이 좋은지…… 잘 모르겠습니다.

나: 아. 어. 음.

짜증이 1g 정도 섞인 반응에 뭐라 말해야 할지 몰라 머뭇거리고 바보 같은 소리만 내고 있는데 안 책임님이 다시 앞서 걷기 시작합니다.

안: 이제 좀 걸어요. 집까지 걸어가면 딱 맞겠다.

그 소리에 뛸 의욕이 사라졌습니다. 하지만 무거워진 분위기를 안 책임님이 애써 풀어냅니다.

안: 가는 길에 편의점 같은 데 보이면 우리 물이나 좀 사요. 땀이 식으면 약간 추울 것 같기도 하니 좀 빨리 걸을까요?

나: 돈. 필요, 하시대요?

애써 화제를 돌리는 걸 굳이 끌어왔습니다. 나 정도면. 나 정도면 알아도 되는 거 아닌가 하는 마음에. 남자친구에게 이런 이야기는 해줄 수 있지 않나 하는 마음에.

안: 어…….

안 책임님의 굳은 표정. 실수했단 생각이 바로 듭니다.

나: 아니. 아니에요. 집에 가요.

얻은 것 없이 우유부단함만 노출하고 말았습니다. 좀 듬직하고 기댈만한 남자친구가 되고 싶다는 생각을 하고 있는데 안 책임님이 긴 한숨과 함께 저를 딱한 표정으로 보고 어디서부터 이야기를 시작해야 할지 엉킨 실타래를 머릿속으로 한참 찾는 듯합니다.

안: 부끄러운 이야기를 기어코 묻는 심리. 또 그걸 말할까 망설이는 심리. 이런 것들은 뭘까.

발걸음은 몇 걸음 정도 바삐 걷다가 도로 느려지고 있었습니다. 안 책임님은 조심스럽게 이야기를 꺼냅니다.

안: 옛날에. 제가 아빠 돌아가셨다고 이야기했죠? 아빠가 은퇴하려고 사업을 정리하시는 중에 돌아가셨어요. 엄마가 워낙 몸이 약하셔서 빨리 은퇴하고 가정을 돌봐야겠다고 생각하신 건지. 어쨌거나 사업을 정리하시던 상태에서 아빠가 갑자기 돌아가시니까 정말 어찌해야 할지 몰랐어요. 그때가 대학교 3학년 끝난 겨울이었는데. 그 사업 정리란 게 돈이 좀 들어가야 또 돈이 나오곤 하는 건데 그걸 못해서 엄마가 엄청 고생했었어요. 난 뭐 아무것도 모르는 철부지 대학생이었고 상속이고 세금이고 그런 거 아무것도 모르던 시절이었으니까요. 아무튼, 작은삼촌이 고생하셔서 사업이 어떻게 다시 굴러가게는 되었나 봐요. 하지만 이미 집은 엉망이 되어 버렸고…… 전 그 뒤로 어떻게 되었는지 잘 몰라요.

또 안 책임님에 대해 모르고 있었던 이야기가 시작되었습니다. 전 이 사람을 얼마나 알고 좋아하는 것이며 이 사람은 또 저에게 얼마나 보여준 걸까요.

안: 그 전엔 그래도 꽤 넉넉하게 살았었어요. 학원 가고 싶을 때 못 간 적도 없고, 외국도 나가 보고…… 당시엔 그런 애들 많지 않았으니까요. 아버지가 돌아가신 다음부터는 사는 게 조금 팍팍해졌죠. 아무튼, 어찌어찌해서 학업을 마치고 취직도 하게 되었는데 인제 와서 작은삼촌과 엄마가 사업을 다시 정리하려고 하시나 봐요. 집안이 휘청거릴 정도로 엄청 큰돈이 필요한 건 아닌데 융통하기엔 어려운 정도의 액수인 것 같아요.

나: 그러면 대출?

안 책임님은 끄덕이면서 저 멀리 편의점을 찾아내 그쪽으로 향하자고 합니다.

안: 엄마는 지금 살고 있는 아파트가 이혼하고 내 이름으로 된 거로 생각했대요. 이혼 이야기 나오면서 아파트를 증여받는다고 할 때는 엄마가 되게 반대했는데 지금 와서는 도리어 담보 대출을 생각하셨던 모양이에요. 딸 이름으로 아파트 등기가 될 거라니까 왜 그랬냐고 옥신각신. 다시 이혼 전 이야기까지 나오고. 아휴. 얼굴에 흙탕물이 끼얹어지는 느낌이네요.

나: 얼마나 필요하시대요?

안: 이 이야기는 그만해요. 별로 하고 싶진 않아요.

여전히 굳은 표정. 처음으로 냉정하고 매몰찬 감정을 담은 거절. 아마도 전 제 오피스텔을 월세로 돌리고 보증금을 몽땅 빼서라도 줄 생각도 했는지 모릅니다. 충분히 그러고도 남을 마음이었습니다.

그럴 수 있다면 좋았을 겁니다. 돈이라는 단어여서 아름답지 않게 느껴지는 것일 뿐, 뭐든 주고 싶었습니다. 안 책임님도 알았으리라 생각합니다. 부탁하면 제가 뭐라도 했으리란 걸. 그걸 알기 때문에, 그냥 끊어버린 것 아니었을까. 돈이 오가는 순간, 아름다운 관계가 불편해진다는 걸 생각했을 겁니다.

조금 가라앉은 기분으로 안 책임님과 헤어지고 집에 혼자 돌아오며 마음이 편하지 않았습니다. 나와 결혼을 생각한다면, 내게 이 이야기를 했을까. 나를 그만한 사람으로 보지 않는 걸까. 혹시 집안의 돈 이야기가 치부를 건드리는 불편한 것이었을까. 그렇다면 내게도 이 문제는 불편한 것이었을까.

복잡하고 이상한 책임감, 정체를 알 수 없는 섭섭함에 사로잡혀 주차만 하고 차에서 팔짱을 낀 채 한참을 생각했습니다. 결혼을 한다면. 내가 이런 문제를 같이 끌어안고 고민하고 해결해 줄 수 있을까. 넓은 마음을 가지고 있고 능력 있는 남편이 되어 이런 문제들을 나누면 턱턱 해결해 주는 사람으로 옆에 있을 수 있을까. 아빠의 사랑을 받지 못한 채, 이제 유치원 가고 학교 갈 나이가 될 아이에게 마음 넓고 사랑 넘치는 새아빠가 될 수 있을까.

결혼해야겠다는 당위. 옆에 있어야겠다는 책임. 잘해주고 싶다는 애정. 안고 싶다는 욕망. 그리고 이 상황을 모두 감당할 수 있을까 하는 의심까지. 하지만 전 그저 복잡한 생각을 그냥 안고 겨우겨우 잠을 이룰 수밖에 없었습니다.

/

겨울에서 봄으로 흘러가는 그사이, 저는 집에서 하라는 소개들을 겨우 쳐내다가 엄마의 의심을 거두기 위해 억지로 누굴 만나기도 했습니다. 체면치레로 만난 거라 한 번 만나고 애프터 거절 의사를 확실히 전달했고 상대방도 딱히 저를 마음에 두는 것 같지는 않았습니다. 처음부터 마음을 닫은 채 만나긴 했지만 참 조신해 보이는, 소위 어른들이 좋아하는 인상의 여자였습니다. 연애 중이 아니었다면 몇 번 만나 볼만한, 그리고 안 책임님이 아니라면 몰래 좀 더 알고도 싶을 정도의 사람이었지만 안 책임님을 두고 양다리라니 감히 생각도 못 할 일이었습니다.

문제는 소개팅 사실을 안 책임님께 솔직하게 이야기하려고 했는데 기회를 놓쳐 시간이 가버리고, 불편한 사실은 시간이 흘러 제 기억 속에서조차 묻혀버린 채 어느덧 부드럽고 폭신한 봄이 찾아왔습니다.

모처럼 오랜만에 함께 보내는 저녁. 저와 안 책임님 모두 밥도 못 먹은 채 일 마무리가 늦어져 한참 늦은 저녁이 되어서야 식사만 겨우 하게 되었습니다. 배고프다고 로비에서 만나 동동거리며 회사 근처 회전 초밥집으로 뛰어가 신나게 접시를 쌓아가며 먹기 시작했습니다.

안: 아- 많이 먹었다. 아직 딸애가 초밥 먹을 줄 모르는데 초밥 먹기 시작하면 밥값 많이 들겠죠?

나: 하하. 책임님만큼 먹으면 많이 들겠죠.

안: 싼 것만 먹으라고 해야겠다. 막 초록 접시, 노란 접시 이런 것만. 하하.

나: 그러면 초록 접시만 열 개 먹고 막 그러면 어떻게 해요.

전에 사귀던 애들은 제가 이런 이상한 드립 치면 막 화내고 그랬는데, 안 책임님은 다 받아줍니다. 저는 겨울 내내 일도 좀 바빴고 맨날 반쪽짜리 데이트만 하는 것 같아 봄이 온 기념으로 시간을 내달라고 졸랐습니다.

나: 이렇게 만나는 것도 좋긴 한데. 주중에는 늘 다른 일로 방해받고 그래서 생각보다 잘 못 보는 거 같아요. 언제 주말에 어디 드라이브라도 안 가실래요?

안: 아. 내가 하려던 말인데! 조카가 요즘 시험 기간이라 어떨지 모르겠는데. 아니, 시험이 언제랬지. 대학생들 중간고사가 언제죠? 아무튼 나도 애기 좀 맡기고 주말 시간을 쓰고 싶긴 했어요. 우리 어디 갈까요?

나: 청평이나 양평 쪽으로 드라이브 갈까요?

안: 차로 미어터지지 않을까요? 엄청 일찍 가야 할 거 같은데.

나: 음. 인천 공항 근처 해변에 가본 사람들이 아쉬운 대로 괜찮다고 하더라고요, 가깝기도 하고. 바다는 뭐 꼭 여름이나 겨울에만 가야 하는 건 아니니까. 저녁은 송도에서 먹고. 어때요?

좋은 제안에 바로 스마트폰을 꺼내 검색하고 사진을 살펴봅니다. 사람들이 올린 블로그 글, 후기, 기사들을 서로 찾고 같이 보던 중 어쩌다가 제가 찾은 후기 글이 볼 게 많아 제 화면을 가운데 두고 같이 보다 돌연 메시지 팝업이 뜨고 말았습니다.

[야. 지난번에 너 형수가 소개해 준다는 여자 안 만날래? 같은 병원 펠로우라는데 엄마가 마음이 급한지 나한테 전화도 하고 그래서. 재훈 엄마가 소개 압박에 자꾸 난처해하는 거 같다. 얼마나 엄마가 형수한테 이야기했으면 이러겠냐.]

그리고 이 메시지는 안 책임님이 고스란히 보게 되어 버렸습니다. 황급히 팝업을 닫는다는 것이 당황한 나머지 엉뚱한 곳을 손가락으로 터치했고 도리어 팝업이 열리며 메시지 전체 창이 열리고 말았습니다. 서둘러 홈 버튼을 눌러 앱을 종료시켰지만 상황은 더 어색해져

버렸습니다.

이럴 때, 어떻게 해야 하나. 소개. 여자. 소개. 여자. 그리고 엄마. 저 단어들이 명확하게 딱딱 박혀있는 메시지. 일단 변명으로 시작할까. 아니면 "잠깐만요." 하고 답장을 보내는 척 혹은 전화하는 척 같이 보고 있던 핸드폰을 들고 밖으로 나갈까. 아니면 "아하하!" 웃으며 뜨거운 녹차를 새로 부어 원샷할까. 그것도 아니면 셰프에게 "여기 마구로 뱃살이요!" 하면서 다 먹은 마당에 음식을 새로 주문하며 화제 전환을 해볼까. 아니다. 뭘 해도 아니다. 지금은, 상대방의 말과 반응을 기다릴 때다. 뭘 해도 내가 먼저 하면 망한다.

안 책임님을 슬쩍 보자 안 책임님도 당황하여 어떻게 반응해야 할지 고민하고 있던 것 같습니다. 불편한 마음을 애써 숨겨야 할지 드러내야 할지 고민하고 있었던 것일까요. 안 책임님은 컵에 뜨거운 물을 더 담아 녹차 티백을 위아래로 담갔다 꺼냈습니다. 하지만 그 티백은 벌써 두어 번은 우려먹은 것이었습니다. 우려낼 만큼 우려낸지라 맹물에 가까울 텐데 안 책임님은 티백을 손끝으로 잡고 담그기를 계속하고 있었습니다. 그러더니 그 맹물에 가까운 녹차를 한 모금 호로록 소리 내어 마시곤 절 빤히 봅니다.

뭐라고 해야 제가 반응을 할 텐데 저만 가만 바라보고 있었습니다. 역시 보통 사람이 아닙니다. 난처한 상황. 평정을 잃어버린 감정. 먼저 말하는 사람이, 먼저 당황스러운 감정을 내보이는 사람이 지는 게임입니다. 잠시 어색한 침묵이 흐르고, 적당한 소음이 뒤엉킬 무렵, 몇 모금의 녹차로 마음을 간신히 추스른 뒤 조심스럽게 한 마디를 꺼내었습니다.

나: 어디 갈지는 제가 찾아볼게요. 대충 인천이나 송도 쪽 좋지 않을까요? 아까 본 글에서도…….

안: 네. 그래요. 어디든. 시간 내서 가는 것이 중요하지 어디냐는 덜 중요하니까…….

우리는 점원을 불러 접시를 카운트 해달라고 부탁했고 계산을 한 후 뭔가 약간 긴장된 분위기로 초밥집을 나섰습니다. 해결되지 않은 감정과 사건. 어떻게 해야 할까요. 화낼 일은 아니지만 서운할 만한 일. 누구의 잘못도 아니지만 누군가는 미안하다 해야 하는 일.

어색한 상태로 회사 주차장으로 내려가 안 책임님의 차에 같이 탔습니다. 무거운 분위기를 깨고 싶었지만, 막상 말을 걸면 오히려 그 무거움에 짓눌릴까 말을 아끼며 차에 올랐습니다. 하지만 계속되는 침묵에 어색함을 견디기 어려웠습니다. 차라리 화를 내거나 뭐라고 말을 하면 좋을 텐데 굳은 얼굴을 내내 유지하는 안 책임님을 보며 전 조금 화가 났던 것 같습니다.

나: 어. 저 여기서 내려 주세요. 지하철 탈게요.

안: 네? 여기요? 요 앞 출구?

보통 집 앞까지 같이 가든지 최대한 아파트 입구와 가까운 출구에 내리는데 오늘은 큰 사거리를 건너기 전에 위치한 출구에서 내려달라고 했습니다.

나: 전화할게요!

저는 그 말을 외치고 문을 탁 닫은 채 지하철역 출구로 쏙 들어가 버렸습니다. 불과 5초도 안 되는 시간 동안 바보 같은 짓을 해버리고 말았습니다. 미쳤다. 내가 미친 거 같다. 뭔가 단단히 잘못한 것 같습니다. 왜 그렇게 쪽팔리고 속 좁은 행동을 했을까. 보통 차에서 내려 "혼자 갈게."라고 하는 건 여자 쪽이 하는 거 아니었나. 지금 일이 벌어진 건 내 핸드폰, 메시지를 보낸 건 우리 가족. 서운하자면 안 책임님이 서운할 수 있는 상황인데 내가 왜 그런 걸까.

순간 엄청난 후회와 함께 도로 출구 쪽으로 뛰어 올라가 안 책임님의 차를 찾았지만 이미 멀리 가고 없었습니다. 전화를 해도 안 책임님은 받지 않았습니다. 조급한 마음에 집까지 뛰어갈까 고민을 하다가 꼴이 더 이상해질 것 같아 이러지도 저러지도 못한 채 지하철을 타지 않고 개찰구 앞만 빙빙 돌았습니다.

아아. 난 왜 이다지도 병신 같은가. 자책에 머리를 쥐어뜯으며 고민을 하다가 메시지 앱을 열어 몇 번을 적고 지우고 적고 지우고. 그러다 결국 한다는 소리가…….

[책임님. 혹시, 화나셨나요?]

하지만 안 책임님은 답은커녕 확인도 안 합니다.

[아까. 메시지 보셨어요? 그거. 그냥 엄마랑 형이랑 제가 말하지도 않았…….]

네. 말이 길어지고 있습니다. 전형적인 변명. 하지만 이건 미안하다고 해도 이상하고, 그냥 아무렇지도 않게 지나가기엔 석연찮았고, 메시지를 썼다 지웠다 반복하면 할수록 제가 더 싫어졌습니다. 안 책임님이 뭐라 하지 않는 이상 저도 할 말이 없다 싶어 메시지를 보내지 못하고 그냥 지하철을 타고 집으로 돌아오고 말았습니다.

불편한 마음에 밤늦게까지 뒤척이다 간신히 잠들었지만, 새벽 한 기에 콜록 기침이 나오더니 눈이 떠졌습니다. 옷이라도 하나 걸쳐 입고 다시 자려고 일어났는데 답장이 와 있었습니다.

[전화도 하고 메시지도 보낸 걸 한참 있다 봤어요. 전화기를 차에

두고 그냥 집에 올라가 버리는 바람에 답도 못 하고 있었어요.]

보낸 시간을 보니 새벽 1시 30분. 지금 시간은 5시.

[서운한 마음이 안 든 건 아닌데. 그건 책임님 잘못이 아니니까. 책임님한테 어찌하라는 거 아니에요. 애처럼 화낸 것처럼 보였다면 미안해요. 제가 혼자 생각하고 해결할게요. 주말에 어디 갈지 그리고 맛있는 데 찾아 주세요.]

그리고 조금 시차를 두고 온 문자.

[굿나잇.]

차라리 화를 냈으면 더 나았을 것도 같습니다. 제 행동을 나무라거나 속이 좁다고 막 욕을 했다면 차라리 편했을 것 같습니다. 답을 보내려다가 할 말이 떠오르지 않아 저 또한 "굿나잇" 하고 짧게 보내놓고 너무 건조해 보여 이모티콘 하나를 덧붙여 보냈습니다.

[=)]

새벽 다섯 시. 오피스텔 앞 도로는 차 하나 없다가 저 멀리 오토바이 한 대가 쌩하니 지나가더니 첫차인 듯한 시내버스가 요란한 엔진음과 함께 멀어집니다. 불편한 마음에 잠이 오지 않아 한참을 뒤척이다 급기야 일어나 커피를 끓였습니다. 컴퓨터를 켜서 아무 의미 없는 웹서핑을 한 후 가만히 창밖을 멍하게 보다가 형에게 고맙지만 일단 만나지 않겠다는 메시지를 하나 보내두고 침대에 도로 누워 몇 바퀴를 이리저리 구르다가 결국 이른 아침에 개운하지 않은 몸으로 집을 나섰습니다.

/

드디어, 드라이브 가기로 한 주말이 되었습니다. 어이없게도 우리는 지난 추석 이후 처음으로-하루 종일 짐 정리하며 일을 한 이후로-근 반년 만에 하루를 온전히 함께하는 시간을 갖게 되었습니다. 친정에 애를 맡기기로 했는데 여의치 않았는지 조카가 보기로 했고 조카의 친구 중에 애를 잘 보고 좋아하는 애가 집에 오기로 했습니다. 아이도 이제 일일이 옆에서 지켜봐야 하는 나이는 지났으니 아주 걱정되지는 않나 봅니다. 안 책임님은 조카에게 먹고 싶은 거 마음껏 먹으라고 신용카드를 주며 오래오래 봐달라는, 그러니까 저녁까지 잘 챙겨먹으라는 암시를 주었습니다.

며칠 전의 불편한 감정은 막상 안 책임님을 만났더니 생각보다 쉽게 잊혔습니다. 가라앉은 건지, 없어진 것인지, 애써 무시한 것인지 잘 모르겠지만 선글라스를 끼고 때때로 선루프도 연 채 우리는 신나게 고속도로를 달리고 봄 해변을 걷기도 하며 맛있는 걸 먹을 생각으로 인천 공항 고속도로로 차를 몰았습니다. 안 책임님은 얼마 전에 데이터 무제한 요금제로 바꾸었다며 차 안에서 여러 가지 음악을 검색한 뒤 막 틀어주기 시작합니다.

안: 이 노래 알아요? 크으- 이거 내가 중학교 때 나온 건데 지금 들으니 되게 촌스럽네.

나: 아이구, 알죠 알죠. 이거 알이에프(R.ef) 아닌가요? 난 춤도 기억나는데.

안: 그 춤이 그땐 괜찮았는데 지금 보니까 엄청 촌스럽구나. 크크.

우리는 서태지와 노이즈의 노래를 틀어놓고 90년대를 추억하며 드라이브를 즐겼습니다. 작년 출장길에 안 책임님이 공항까지 배웅해준 것이 기억났습니다. 다음에는 공항에 출장 말고 여행으로 같이 오자고 했는데 말이 씨가 되었는지 금세 현실로 이루어졌습니다. 음. 오늘 어디 쉬다 갈 곳 없을까. 아, 내가 무슨 생각을. 아니지, 여행을 하다 보면 그럴 수도 있지. 그럼. 이쯤 되면 안 책임님도 생각하겠지. 모텔 같은 곳은 송도에 있는 좋은 호텔에 스리슬쩍 가자고 할까. 차라리 우리 집에 가자고 할까. 아, 청소 좀 잘할 걸. 맨날 한다고 해 놓고.

이런 생각들을 하다 보니 우리는 어느덧 공항을 지나 영종도 옆의 해변가에 도착했습니다. 바람은 아직 세지만 4월의 바람은 겨울과 확실히 다릅니다. 바다 위로 부는 이 바람에도 중국에서 불어오는 흙먼지, 금속 먼지가 있겠지만 어쩐지 알 수 없는 포근함이 있어 도시에서 느껴지는 건조함과는 차원이 다른 봄 느낌을 주었습니다.

비치 샌들을 가져왔어야 하는데……. 해변을 걷자고 해놓고 준비를 안 한 우리의 무지를 탓하며 맨발로 썰물의 백사장을 걷자 발이 제법 차갑습니다. 우리는 손을 잡고 걷다가 허리를 안고 걸었습니다. 백사장은 엄청 넓은데 사람이 거의 없어서 우리는 간간이 키스도 하고 안 책임님을 번쩍 들어 빙빙 도는 유치한 놀이도 하며 여느 평범한 커플처럼 시간을 보냈습니다. 처음으로 시간에 쫓기지 않고, 주위의 시선을 신경 쓰지 않고 연인으로서 완전한 자유를 즐겼습니다. 누구에겐 너무나도 당연하고 자연스러운 연애가 누구에겐 이렇게 간절하고 그립고 절실할 줄이야.

바다를 걷다가 유명한 곳이라고 하는 곳에서 해산물 요리를 먹고 전망 좋은 카페를 찾아 책을 좀 읽기로 하며 푹신한 소파에 앉아 커피를 시켜 놓고 서로 기대어 앉았습니다. 안 책임님은 읽을 책을 준비해

왔고 저는 까먹고 가져오지 않아 카페에 비치된 책을 좀 보다가 핸드폰도 보고 그러던 와중. 이 시간이 얼마나 자주, 그리고 언제까지 계속될 수 있을까 하는 생각이 들었습니다. 이런 연애가 애틋하고 좋긴 한데 우리는 나이를 계속 먹고 있고 시간은 우리를 기다려 주지 않을 것 같았습니다. 나이를 먹을수록 삶도 더욱 무거워질 테니까요.

이건 나의 용기 문제인가 아니면 현실의 문제인가. 지난 반년 여간 계속 지겹도록 반복되는 물음에 대해 골똘해집니다. 그러다가도 책을 읽고 있는 안 책임님을 보니 이런 생각들은 사라지고 어쩌면 이렇게 사랑스러운 사람이 있을 수 있을까 싶기만 합니다.

어깨에 있던 손으로 안 책임님의 머리카락을 가만히 귀 뒤로 넘겨주고 어깨 아래로 떨어트려 허리까지 내렸습니다. 허리를 안던 손으로 등과 배를 쓰다듬다가 두 손으로 아예 안기 시작했고 안 책임님의 머리를 가지런히 옆으로 밀어 뒷목에 키스를 하고 어깨에 기대었습니다. 칸막이가 제법 높은 구석 자리라 해도 다른 사람이 있는 카페에서 이러는 절 밀어내지 않고 있으니 저도 모르게 이상한 용기가 생겨 가슴에 손을 슬쩍 대기도 하며 스킨십의 강도를 높여가던 중……. 안 책임님의 전화가 울렸습니다.

분위기는 깨졌지만 저는 안고 있던 손을 풀지 않았고 안 책임님은 어, 웬일이지 하면서 전화를 들었습니다. 조카였습니다. "얘가 문자를 하면 했지 전화를 할 애가 아닌데 왜 전화를 했지?"라는 안 책임님의 말에는 불안이 묻어 있었습니다.

안: 응. 지연아…….

전화를 받은 안 책임님의 표정이 급하게 바뀌었습니다. 수화기 너머에서 들려오는, 알 수 없지만 다급한 소리.

안: 어! 뭐라고? 어디서? 어!

안 책임님의 표정이 완전히 얼어붙었고 저는 안았던 손과 팔을 풀고 허리를 세워 바로 앉았습니다. 따뜻한 봄 바다의 전경이 갑자기 차갑게 변하는 순간.

안: 계속 울어? 어…… 그래. 지연아, 잘 들어. 괜찮아. 애가 우는 건 오히려 괜찮은 거야. 울음 그치고 나서 토하거나 불러도 반응이 없는지 지켜봐. 축 처지거나 그러지 않으면 돼.

아. 아이가 다쳤다.

안: 고모가 일단 가는데 좀 걸릴 거야. 응. 한 시간쯤. 빨리 갈게. 병원에 데리고 가. 차 주인한테 병원으로 가라고 해. 지금 당장. 영동 세브란스 병원으로 가. 어딘지 알지? 집에서 안 멀어. 거기 고모 친구 있어. 전화해 놓을 거야. 일단 경비 아저씨에게 도움을 부탁해. 지혈을 해야 할 텐데. 고모가 여기저기 전화할게. 네가 감당할 수 없을 거 같으면 119로 전화해. 일단 지혈부터 해. 경비실에 구급약이나 비슷한 거라도 있을 거야.

안 책임님은 엄청난 자제력과 냉정함으로 조카를 안심시키고 할 일을 알려 주고 있었습니다.

안: 아니면 친구에게 잠깐 애하고 있으라고 하고 너가 집에 뛰어 올라가든지. 아, 아니다. 상가 약국으로 가. 그게 더 빠르겠다. 약사 아줌마가 잘 도와줄 거야. 넌 빨리 뛰어가고 차 주인 바꿔 줘. 잠깐! 잠깐!

또 한 손으로 이마를 만집니다. 긴장한 기색이 역력한데 조카를 책망하는 말 하나 없이 목소리는 무척이나 차분합니다.

안: 지연아. 잘 들어. 괜찮은 거야. 알았지? 당황하지 말고. 애가 울면 괜찮은 거야. 자. 이제 차 주인 좀 바꿔 줄래?

사고를 낸 차 주인과 통화를 하는데 놀랍도록 냉정합니다. 누가 잘못했네, 운전을 어떻게 했네, 그런 말 하나 없이 긴말하지 않고 병원으로 갈 것과 차 주인 번호만 빠르게 묻고 끊었습니다. 그리고 전화를 끊은 안 책임님은 서둘러 가방을 챙기며 일어났습니다.

안: 애가 다쳤대요. 빨리 가야겠어요.
나: 어디 가요? 많이 다쳤나요?

황급히 일어서 계산한 다음 차로 뛰어갑니다.

안: 조카가 데리고 나가서 자전거를 같이 탔는데 차랑 부딪히면서 크게 넘어졌대요. 어디에 부딪혔는지 피가 많이 나나 봐요. 머리에서도 피가 나는 모양이에요. 피가 너무 많이 나서 조카애가 패닉인 거 같아요. 어디 부러진 건지, 머리는 괜찮은 건지…… 아, 어떡하지.

안 책임님은 뛰어가면서 여기저기 전화를 했습니다. 의사라는 친구에게, 목격자라는 경비에게, 이어서 친정엄마에게까지. 그리고 전화를 끊더니 차 주인과 조카와 메시지를 주고받습니다. 아무래도 많이 다친 모양입니다.

인천 공항 고속도로를 내달리는데 안 책임님은 여기저기 전화하고 받고 메시지를 보내느라 정신이 없습니다. 때때로 두 손으로 얼굴을 감싸 쥐고 아무 말도 안 하고 있다가 전화가 오면 또 전화를 받고 전화를 하고. 또 얼굴을 감싸 쥐고 있다가 전화하고. 어떤 생각을 하고 있는 걸까요. 애가 다치는 순간 엄마는 데이트를 하고 있었고 남자는 엄마의 몸에 손을 대고 있었고. 아마 전화가 안 왔다면 좀 더 진한 스킨십을 했을 거란 생각에 미치니 안 책임님이 더 자책하고 있을 것 같았습니다. 이 상황에서 무슨 위로를 할 수 있을까요?

저는 무거운 침묵 속에서 면허를 딴 이후로 가장 빠르게, 이렇게 운전해 본 적이 있을까 싶을 정도로 고속도로를 내달렸습니다.

/

파란 하늘 아래 개나리와 벚꽃을 즐겨야 할 봄이 엉망이 되었습니다. 황사와 미세 먼지가 기승을 부렸고 누런 무언가가 하늘을 덮은 위성 사진을 보면서 모두 옆 나라를 욕하기에 바쁩니다.

안 책임님의 딸은 병원에서 봄을 보냈습니다. 어린이집을 다녔으니 학교 느낌과는 달랐을지 모르지만 어린 나이에 친구도 없고 놀 것도 별로 없는 병원에 한 계절을 머문다는 것은 꽤 괴로운 일임이 틀림없었겠지요. 딸아이가 병원에 입원한 동안 안 책임님은 연차를 또 털어 넣어-데이트에 안 써먹고!- 병원에 머물려고 했으나 부서와 회사의 배려로 일주일에 이틀만 반나절 출근하고 나머지를 모두 재택근무 형식으로 근태 처리되었습니다.

처음엔 회사에서 저런 식으로 배려를 다 해주네 싶었는데 알고 보니 안 책임님은 노트북을 들고 와서 병원에서 진짜 원격 '업무'를 하고 있었습니다. 적당히 해도 누가 뭐라고 하지 않고 백업이 잘 될 일을 전화와 메신저로 업무 지시를 하거나 받으며 북새통의 정신없는 병원에서 화상으로 미팅까지 들어가고 있었습니다. 이쯤 되자, 오히려 안 책임님의 부서원들이 걱정을 하며 안 책임님이 업무 관련 전화를 못 하게끔 말리는 지경까지 이르렀습니다.

안 책임님의 가족들은 잠깐 병원에 있었을 뿐, 간병은 오로지 그녀 혼자만의 몫이었습니다. 아이가 너무 어려서 낯선 간병인을 쓸 수 없었겠지요. 친정 엄마도 병자였고 이모에게 간병을 부탁하기엔 거리가 너무 멀었습니다. 형제자매 없는 안 책임님은 이때 또 지독한 외로움을 느꼈을 것이 분명합니다.

아이가 다친 날, 안 책임님을 병원에 내려주고 혹시 도움이 될까 싶어 주차를 한 뒤 응급실에 조금 머물렀지만 도움은 안 되고 오히려 방해만 되는 것 같았습니다. 그래서 그날 저녁에 그냥 집으로 돌아온 후 몇 번의 메시지만 주고받고 다음 날이 되어서야 전화를 할 수 있었습니다.

나: 괜찮아요? 딸아이는요. 그리고 안 책임님은요.

안: 네. 괜찮아요. 이 정도면…… 괜찮은 거지. 애들은 빨리 낫는대요. 상처는 다 꿰매었고 큰 수술이 필요한 중상은 아니니까.

나: 이따 갈 때 뭐 좀 사다 드릴까요? 아이가 먹을 거나 뭐든.

안: 글쎄요. 뭐 생각 나는 게 딱히 없네요. 안 사 오셔도 되어요. 병원에서 식사는 어찌 다 해결이 되니까.

나: 병원에서 세 끼 거의 다 드시죠? 난 병원 밥 맛이 없던데.

안: 네. 맛이 없어요. 근데 뭘 먹어도 맛이 있겠어요. 뭐 안 사 오셔도 돼요.

저런 대답이 올 줄 알았습니다. 그래서 일부러 퇴근길에 백화점 식품 매장에 들렀습니다. 요즘은 맛있고 비싸고 양 적은 별의별 것들을 팝니다. 이름을 읽기도 힘든, 무슨 파리에서 왔다는 프랑스 제과 매장에서 정말 제가 먹을 거라면 눈곱만치 살까 말까 싶은 마카롱을 여섯 개에 무려 이만 사천 원을 쓰고 젤라또 아이스크림과 콜드브루 더치 커피, 그리고 작고 비싼 쿠키 따위를 샀습니다.

내가 안 책임님을 좋아하긴 하는가 보다. 평생을 편히 사 먹어 본 적 없는 것들을 덥석덥석 사는 걸 보니. 물론 이런 거 한 번 못 사볼 월급은 아니었지만 가격이 좀 아찔하긴 합니다. 한입 먹고 없어질 것들. 뭐 어차피 모든 음식이 다 먹고 없어질 거 아닌가. 그래도 두 손에 뭐라도 드니 마음이 든든해졌습니다. 요즘 잘나간다는 디저트와 커피로 안 책임님의 기분을 달랠 수 있다면 좋겠다는 마음으로 가볍게 병원으로 출발했습니다.

외래 진료가 끝난 조용한 병원. 대부분의 방문도 끝났을 만한 늦은 저녁. 감지 못한 머리에 모자를 눌러 쓰고 피로에 절은 푸석한 얼굴을 애써 감춘 안 책임님이 나타날까 싶었지만 다행히도 그렇지는 않았습니다. 건조하고 화장기 없는 얼굴이었지만, 지치고 고단해 보이지는 않았습니다. 얼굴은 약간의 윤기를 유지해내고 있었고 수수하고 단정한 옷차림은 무언가 '나는 엄마'라고 강하게 이야기하고 있는 것 같았습니다. 지쳐 보이지만 역시 무너지지 않는 사람. 단단함을 잃지 않는 사람. 만나면 막 저에게 와락 안겨서 울고 뭐 그럴 줄 알았는데 안 책임님은 희미하게 웃으며 담담하게 저를 맞이했습니다. 혹시 아이를 만나서 인사라도 할까 생각했는데 역시 무리. 심지어 도착한 시간은 이미 애가 잠든 시간이라 아이 병동이 있는 층의 한쪽 휴게 공간에 놓인 벤치에 앉아 안 책임님과 이야기를 시작했습니다.

병동 끝자락의 마련된 휴게실. 무심히 틀어진 TV와 초점 잃은 눈으로 그걸 보는 몇몇 보호자. 가라앉은 병원 분위기와는 괴리가 너무 큰 TV 속 예능 프로그램. 어지러운 자막과 과장된 연예인들의 몸짓,

박장대소. 모자를 눌러쓰고 구석에서 핸드폰에 집중하는 어떤 엄마. 복도를 바삐 움직이는 간호사와 당직 의사. 저 멀리 어딘가 병상에서 잠을 못 자고 우는 어린 환자.

안: 이거 엄청 비싸던데. 이런 걸 다 사 오셨네…….

나: 네. 좀 비싸더라고요. 카드 긁고 나서 알았어요. 한 박스에 사천 원이 아니라 한 개에 사천 원이란 사실을. 근데 이미 포장하고 있는 걸 무를 수가.

농담이었지만 안 책임님은 미소를 지으며 포장을 뜯었습니다.

안: 하나 먹어 볼까요? 우리 같이 하나 먹어요.

작은 마카롱 하나를 들더니 냄새를 한번 맡아보고는 진짜 조금 베어 오물오물 먹습니다. 씹는 것인지 녹여 먹는 것인지 모를 정도로 한참을 오물거리더니 사 온 커피를 컵에 따라 한 모금 먹습니다.

안: 옛날에. 한 십몇 년 되었나. 대학교 2학년 때니까. 아휴, 그게 몇 년도야. 유럽 여행을 갔는데 파리 드골 공항에 마카롱 집이 있는 거예요. 유명한 거라고 해서 하나 사서 먹는데. 파리에서도 비싸긴 하더라고요. 얼마인지 기억은 잘 안 나지만. 아무튼.

안 책임님은 또 한 입 진짜 작게 베어 먹고, 또 오물오물합니다.

안: 딱 한입 먹었는데 무슨 장미 향이 막 나는 거예요. 내가 막 베르사유 궁전에 와 있는 거 같아. 그때가 여행 마지막 날이었거든요. 일정이 꼬여서 파리에 며칠 못 있고 마지막엔 돈도 잃어버려서 쇼핑도 못 하고 지갑 찾느라 시간만 버리고. 아무튼 속상한 마음에 한국으로 돌아가는 비행기를 타기 직전에 마카롱

을 딱 하나 먹은 거였는데.

또다시 한 입. 그리고 커피 한 모금.

안: 그게 나에게 파리 여행의 완성이었어요. 이걸로 파리는 됐어! 더 안 봐도 괜찮아! 그런 느낌이요. 한동안 파리 관련된 영상 보거나 이야기를 들으면 그때 먹은 마카롱이, 딱 한 입 베어 물었을 때의 느낌이 막 살아나요. 근데 이거 그때랑 맛이 비슷해요.

나: 그건지도 몰라요. 파리에서 왔다고 선전하던데.

안: 진짜요? 솔직히 맛이 기억날 리는 없는데 그때 먹었던 느낌이 진짜 기억의 저어기 구석에서 여기로 딱! 전달됐어요.

비싸게 사 온 걸 잘 먹어 주고 또 그것에 의미 부여를 하는 것만큼 고마운 건 없습니다.

안: 아무것도 사 오지 말랬는데…… 마법 같은 걸 사 오셨네요. 지금 이 병원에서 잠깐 탈출. 아니, 탈출 정도가 아니지. 시간 여행을 했는데. 심지어 파리를 갔다 왔네. 에펠탑이 보이고 라 데팡스가 보여요. 진짜.

데이트를 하고 있는 와중에 애가 다쳤으니 혹시 자책하고 있나 싶어 마음이 어떤가 물어보고 싶은데 그런 깊은 대화로 쉽게 분위기가 옮겨지지 않습니다. 무엇보다 주위에 사람도 조금 있었고 TV 소리에 좀 부산스러운 감도 있었습니다.

나: 잠은 거의 여기서 자는 거죠? 안 불편하세요?

안: 보호자 침대가 있긴 한데 불편하긴 해요. 6인실에 있다가 2인실로 옮기면 좀 편하고 그럴 줄 알았는데 2인실이라고 해서 딱히 편한 점은 없네요. 잠자리 불편한 건 똑같고. 6인실일 때는

잠시 자리를 비울 때 옆 사람이 잠깐 봐주기도 하고, 먹을 것도 나눠 먹곤 했었거든요.

나: 그렇군요. 24시간 병원에서 지내시는 거예요?

안: 아니요. 엄마가 오면 집에 가서 씻기도 하고 옷도 챙기고 뭐 일도 보고 그래요. 그래 봤자 몇 시간이지만.

나: 너무 고단할 거 같은데…….

안: 그래도 여기 있으면. 우리 애는 진짜 아픈 것도 아니야. 우리 애는 그래도 퇴원 날짜도 대충 정해져 있고. 뭐 밥도 잘 먹고 그러잖아요. 가끔 휠체어 밀고 산책 다니면 아픈 애들이 너무 많아서 마음이 아파요. 언제 병원을 벗어날지 모르는 애들 부모 마음은 어떨지 상상도 못 할 거 같아요.

우리는 잠깐 TV로 시선을 옮겨 요즘은 쟤가 뜨네, 요즘은 뭐가 재미있다더라, 오히려 병원 오니까 멍하게 TV라도 보네, 그래도 유재석이 건재하네, 이런 이야기를 잠깐 하다가 안 책임님에게 전화가 걸려 와서 대화가 끊겼습니다. 네. 네. 이십 분 정도요? 네. 제가 로비로 내려갈게요. 아마 미리 정해놓은 약속을 확인하는 통화인 듯합니다.

안: 책임님. 저 손님이 와요. 오래 못 봐서 미안해요.

나: 아. 아이 친할머니께서 오시나 봐요? 어머님이라고 하시는 걸 보니…….

'어머님'이라 하는 말에 전남편 시댁임을 직감했고 이혼 후에도 여전히 어머님이라 부르는 것이 놀라웠습니다. 원래 다들 그러는지는 잘 모르겠습니다. 이혼도 했는데 어머님이라 부르나. 하긴 드라마 보면 그렇게 하는 것도 같고. 사모님, 여사님이라고 할 수는 없으니까.

안: 아, 네. 아이 할머니가 애한테 끔찍하시거든요. 오지 말라고 할

수도 없고 낮에는 혹시 우리 가족들이랑 마주칠까 싶어서 일부러 저녁에 오신다는 거 같고. 애는 어차피 자는데.

안 책임님은 손에 들고 있던 남은 마카롱을 입에 넣은 뒤 손가락에 묻은 가루를 털어 냈습니다.

안: 책임님. 병원에는 가족들이 자주 와서 책임님 오셔도 제가 잘 못 만날지도 몰라요. 음…… 그냥 터놓고 이야기하자면. 가족들에게 요즘 누구 만난다고 하기 어려울 것 같아서요. 특히 요즘 같은 때는요. 그래도 오늘 와 주셔서 고마워요. 그리고 마카롱 너무 고마워요. 잠깐 동안 되게 행복했어요.

그러면서 안 책임님은 얇은 종이에 싼 마카롱 하나를 싼 뒤 제 주머니에 쏙 넣어 주었습니다.

안: 비싸다고 하나도 안 먹었죠? 가면서 하나 드세요. 보통 이런 건 정작 사 온 사람이 못 먹더라. 비싼 거일수록 아깝고 귀한 거니까 자기가 먹어야지. 이거 꼭 먹어요.

아이 친할머니에 대해, 이혼 후 전남편 식구들과의 관계에 대해 물어보고 싶었지만 자리가 적절하지 않은 것 같아 그냥 말없이 발걸음을 옮기기로 했습니다. 안 책임님은 짧은 만남에 배웅을 해주고 싶었는지 엘리베이터 앞까지 따라옵니다. 그리고 회사 이야기를 잠깐 꺼내더니 힘든 내색을 살짝 보입니다. 그 모습에 저는 살짝 나무랐습니다.

나: 자꾸 여기서 회사 일하고 그러지 마세요. 무슨 회사가 구멍가게도 아니고. 책임님 없어도 잘 굴러가요.

안: 연차 안 쓰고 이 정도로 배려해 주는데 일해야죠. 이렇게 긴급하게 재택근무 가능하게 해 준 거. 알고 보니까 전무 결재까지

올라갔다던데.

나: 그래도요. 평소에 일 못하던 사람도 아니잖아요. 아무도 뭐라 안 해요. 혼자 애 키우는 거 많이들 아시잖아요.

안: 주위에 아빠의 육아 도움 거의 없이 애 혼자 키우다시피 하는 엄마들 있으니까. 나도 그냥 그렇게 키우면 되겠다 싶었는데. 이런 일이 생기면 되게 버겁네요. 이러다 확 내가 넘어지지 않을까, 조마조마해요. 빨리 애가 조금이라도 크길 바라며 버티고 기다리는 수밖에.

공감하고 싶어도 딱히 해 줄 말이 없는 육아 이야기. 그래서 이것이 할 수 있는 말의 전부. 엘리베이터를 타면서까지도 전 무언가 감동적인 말을 찾지 못한 채 자칫 영혼 없이 들릴지도 모르는 말을 하고 있었습니다.

나: 힘드시겠어요.

안: 고마워요. 그렇게 말해줘서요.

전 지금도 잘 모르겠습니다. 이런 이야기라도, 들으면 위로가 되는 걸까요? 이걸 해결해 주려면 일을 하지 않아도 금전으로 다 커버 가능한 재력, 든든한 남편 정도는 돼야 해결할 수 있는 거 아닐까요.

'든든한 남편'. 전 이 단어를 계속 속으로 되뇌이며 엘리베이터에서 잠깐 안 책임님의 손을 잡았습니다.

나: 마음은 괜찮으세요?

안: 솔직히 말해서.

안 책임님은 깊은 한숨과 함께 고개를 떨어트리고 매끈한 엘리베이터 바닥에 신발코를 연신 쳤습니다.

안: 아이 엄마가 남자랑 데이트하러 멀리 나간 와중에 애가 다쳤는데, 괜찮을 리가요. 책임님 앞에서 막 이런 말 해서 미안해요. 책임님 탓하는 거 아니라는 거 알죠?

앞뒤 다 잘라먹고 드라마 대사 같은 질문을 했지만 콩떡같이 알아먹어 고맙습니다. 하지만 내 탓도 아니고 당신 탓도 아니라고, 그 누구의 탓도 아니라고 말하지 못했습니다.

안: 사실 애는 늘 다칠 수 있는 건데. 그냥 이 정도로 다쳐서 다행이라고 끝나지 않고 마음이 계속 불편해요. 아무도 나한테 넌 뭐 하고 있었냐고 묻지 않았는데 내가 어떻게 해야 했을까. 지금은 어떻게 해야 할까. 그런 생각을 안 할 수가…….

순간, 엘리베이터가 로비에 도착했고 자연스럽게 잡고 있었던 손이 떨어졌습니다. 헤어지면서 한번 안아주고 싶어 타이밍만 보고 있었는데 로비로 들어서는 코너를 돌자마자 저 멀리 노년의 여성이 회전문을 열고 들어오는 것이 보입니다. 그러자 안 책임님이 황급히 거리를 둡니다. 저도 상황을 직감하고 아무 일도 없는 것처럼 다른 방향으로 성큼성큼 앞서 걸어 나갔습니다.

멀리 떨어져야 할 것 같아 주차장으로 가는 길로 향했지만 호기심에 걸음을 멈추고 로비 구석에서 조금 지켜보고 싶어졌습니다. 인사도 못 하고 헤어진 것이 못내 아쉬워서, 안 책임님도 혹시 저처럼 아쉬워하지 않을까 싶어 멀리에서 좀 앉아 있어 보기로 했습니다.

키가 자그마하지만 단아한 가방을 들고 고급스런 숄을 두르고 나타난 세련된 차림의 할머니는 안 책임님을 보고 손을 잡아주더니 어깨와 팔을 쓰다듬으며 로비에 서서 한참을 이야기합니다. 무슨 이야기를 했을까요. 때때로 고개를 숙이고 이야기하는 걸 보면 자책하는 듯, 면목 없다는 듯한 말을 하는 것 같았습니다. 아니, 왜. 이혼한 시댁에 왜. 이제 남 아닌가. 남. 보통 이혼한 시댁과의 관계가 저럴 것 같지 않은데 신기했습니다.

안 책임님은 이야기를 좀 더 나누다가 엘리베이터로 향하는 걸 보니 아마 아이를 보러 올라가는 듯합니다. 집에 가려다가 왠지 더 기다리고 싶어졌습니다. 그리고 끝내 물어보고 싶었습니다. 무슨 이야기 하셨어요? 시댁이랑 어떻게 잘 지내세요? 전남편도 지금 이 상황에 대해 아시나요?

길지 않은 시간이 지나자 할머니와 함께 안 책임님이 내려오고 또 로비에서 잠시 이야기를 나눕니다. 그러다 할머니가 가방에서 봉투를 꺼내어 안 책임님에게 쥐여 주는데 안 책임님이 손을 내저으며 사양하다 몇 번을 옥신각신하고 결국은 꾸벅 인사하더니 받습니다. 아마 아이 치료비에 보태라고 줬겠지요. 할머니의 고상함과 부유함으로 보았을 때 적잖은 돈일 것 같았습니다.

할머니는 안 책임님을 안아 주고 등을 두드려 준 다음, 출구로 발걸음을 옮겼습니다. 안 책임님이 따라나서려 하자 빨리 돌아가라는 듯 팔을 한참 내저었습니다. 그리고 꾸벅 인사하는 안 책임님. 할머니를 배웅한 뒤 안 책임님은 다시 엘리베이터로 걸음을 옮깁니다. 저는 안 책임님께 뛰어가고 싶었지만 안 책임님의 표정이 밝지 않았고, 몰래 엿본 것 같은 인상을 주기 싫어 그냥 집으로 발걸음을 옮겼습니다.

괜한 질투심. 적어도 전남편보다는 안 책임님을 이해하고 있다고 생각했는데 시댁의 출현에 갑작스러운 벽을 느꼈습니다. 내가 공유할 수 없는 영역. 넘을 수 없는 선이 아니라 이건 아예 모르는 영역. 돌연 마음이 매우 불편해졌습니다. 우리 만남이 불륜도 아닐진대 왜 그리 신경 쓰고 밖에서 내외하는 사이여야 하는지. 왜 다른 사람에게 말할 수 없는 사이인지. 왜 나는 그런 연애를 하고 있는 것인지.

이 모든 것이 '결혼'을 하기 전까지는 해결되기 어려울 거라는 결론을 내리고 다디단 마카롱을 커피도 없이 으적으적 먹으며 집으로 돌아왔습니다. 질투심. 소외감. 에이 씨. 모르겠다. 어우 달어. 집에 우유라도 하나 사 놓을걸. 맥주 캔 하나를 따서 들이켰지만 단맛이 입안에 남아 있습니다. 비싼 거라 그런가 맛이 오래 가네…….

봄의 끝 무렵. 주위에서 결혼 소식이 매주 들려오고, 부모님도 주말이면 지인분들의 자녀 결혼식을 다니시느라 무척 바쁘신 모양입니다. 집안에서는 "자리 들어올 때 만나! 지가 노총각 될 줄 모르고 저러네."라며 여자 소개 파상 공세가 계속되었습니다. 대충 일이 바쁘다고 핑계를 대거나 "나 지금 돈 모은다니까? 엄마! 결혼하면 나 집 해줄 수 있어? 어디 먼 데 말고 서울. 빌라 말고 아파트." 따위의 농담 반 진담 반 하는 소리로 소개 자리를 피해 왔습니다.

안 책임님네는 아이가 퇴원하면서 조카 애의 엄마. 즉 사촌 올케언니가 올라와서 잠시 같이 있게 되었습니다. 아이가 다친 것을 조카에게 책임을 돌리지는 않았지만, 조카는 자신이 애를 보다가 생긴 일에 도의적 책임을 느끼고 있었고 애가 다친 이후로 애 보는 걸 좀 부담스러워하는 것 같았습니다. 그래서 새 학기에 애를 챙긴답시고 올케언니가 올라와서 애를 잠시 돌봐 주기로 했다고 합니다.

올케언니가 있어서 처음엔 좀 불편할 거라 생각했는데 안 책임님은 밥도 해 주고, 집에 가면 맞아 주는 사람이 있어서 오히려 좋은 듯

했습니다. 애를 대학생 될 때까지 둘이나 키운 큰 언니가 집에 있어 주니 마음도 안정되는 것 같고, 같이 지내며 친해져 보니 알던 것보다 훨씬 좋은 사람이라 언니가 생긴 기분이라나요. 올케면 되게 불편한 관계인 줄만 알았는데 옛날부터 가깝게 지냈다니 신기했습니다. 그것도 사촌 올케언니인데. 더군다나 아이도 숙모를 잘 따른다고 하니 다행이었습니다. 숙모 입장에서도 이 일을 빌미로 짧게나마 애기도 좀 보면서 서울에 머무는 것이 좋다고 했답니다.

마음에 금이 가 불안한 상태가 되지 않을까 했던 걱정은, 적어도 제가 보기엔 오히려 전보다 안정되어 보이는 상태로 변해 있었습니다. 꽃구경이라도 가자는 말은 또 말로만 오가는 중에 꽃이 막 피기 시작했습니다. 그에 알 수 없는 조바심이 나기 시작했습니다. 만난 지 꽤 오랜 시간이 지났고 우리는 어른이며 이제 조금 있으면 안 책임님은 마흔이 되고 저도 마흔이 가까워지고 있고. 금쪽같이 좋은 이 시기에. 젊은 애들 썸만도 못한 반쪽짜리 데이트를 하며 손잡고 플라토닉스러운 뽀뽀만 하고 이래서 결혼은 언제 하나…….

하긴 하나? 아무리 서른이 넘어 만났어도, 그리고 나이 차가 많이 나는 것은 아니었어도 안 책임님이 가끔 연상이라는 걸 깨닫습니다. 실제로 누나 같을 때도 없지 않아 제가 막 앞으로 우리 어떻게 하면 좋겠다, 어찌하자, 이런 말을 꺼내지 못했습니다. 결정적으로 제가 그렇게 앞서가며 손 붙잡고 이끌어 가는 성격도 아니어서 이 지경(?)에 이르게 되었습니다.

집에서 끊임없이 들려오는 결혼과 소개 이야기를 겨우겨우 막아내며 지내던 어느 봄날. 열흘이나 되는 긴 출장을 앞두고 저녁이라도 꼭 먹자고 했지만 안 책임님의 일이 늦어지면서 식사다운 식사를 못 하게 생겼습니다. 출장 준비가 마무리되어 갈 즈음, 안 책임님에게서 메시지가 왔습니다.

[이제 끝나요. 진짜 미안. 아유- 화상 회의 좀 저녁에 잡지 말아야지 진짜. 늘 이게 뭐야.]

[저도 대충 마무리했어요. 지금 밑에서 볼까요? 내려갈게요.]

[출장 짐도 싸야 하잖아요. 어떡해. 멀리 나가지 말고 간단히 먹어요, 우리.]

[네. 샌드위치로 괜찮으세요? 저도 멀리 가기 귀찮은데.]

[좋아요. 사실 뭐 집어먹었더니 딱히 배고프진 않고. 그냥 회사 앞 어디서 보지 뭐. 지금 밑에서 봐요.]

올케언니가 안 책임님의 차로 딸애를 어린이집에서 픽업했기 때문에 회사 근처 커피집에서 샌드위치와 빵 몇 조각을 간단히 먹은 뒤 제가 안 책임님을 차로 데려다주기로 했습니다. 오늘은 아이로부터 자유로워졌지만 공항에 아침부터 부산스레 나가야 하니 길게 같이 있긴 힘들 것 같았습니다.

황사와 건조한 공기로 지친 땅을 봄비가 부슬부슬 내리며 어르던 저녁. 커피집에서 나와 와이퍼에 쓸려 내려가는 빗물을 가만히 보며 많은 대화 없이 안 책임님의 아파트에 들어섰습니다. 건물 옆 편 주차장에 차를 대 놓고 일단 시동을 끄고 앉아 있자니 내일 출장 갈 생각은 잊어버린 채 분위기가 너무 아까워서 이야기를 좀 하다 가기로 했습니다.

안: 아유- 오늘 같은 날 일찍부터 만났다면 좋았을 것을. 분위기도 딱 좋은데.

나: 그러게요. 어디라도 갔으면 좋았을걸.

네. 어딘지는 모르지만.

안: 그러게요. 외국이랑 화상 회의하면 왜 우리가 맨날 외국 시간에 맞추는지 몰라. 유럽 애들이 좀 맞춰주면 안 되나?

나: 생각해 보니 그러네. 왜 우리가 저녁까지 사무실에 있는 건 당연한 건지. 지들은 안 되고.

굵어지는 빗방울에 안락한 느낌마저 듭니다.

안: 정종 같은 거 따뜻하게 데워 먹고 그러고 싶은 저녁이네요. 비도 부슬부슬 내리고.

분위기가 부드러워지는 것 같아 갑작스런 회심의 한마디를 던지기로 했습니다. 마치 제대로 반응도 못 하고 덥석 대답을 유도하듯.

나: 저희 집에 안 가실래요?

안: 네?

놀라 눈이 커진 안 책임님에게 저는 한 마디 더 확인합니다.

나: 지금이라도. 더 늦게 들어가도 되면.

안: 집에요? 출장 짐 다 쌌어요?

나: 에-. 출장 한두 번 가는 것도 아니고. 짐은 이삼십 분이면 금방 싸는걸요. 그리고 내일 낮 비행기여서 오전에 회사 안 오고 공항으로 바로 가요. 딱히 챙길 일도 없고.

안: 아…….

아아. 고민한다! 고민! 하지만…….

안: 진짜 그러고 싶은데. 너무 갑작스레 늦긴 좀 그러네요. 올케언니에게 좀 눈치 보여요.

실망. 좀 졸라 볼까 하는데 안 책임님이 말을 잇습니다.

안: 미안해요. 대책 없이 확 가보고도 싶긴 한데. 저지르기가 어렵네.

그럼 가면 되잖아요! 하지만 제 마음을 아는지 모르는지 안 책임님은 돌연 화제를 바꿉니다.

안: 조카 애도 여름에 또 어디 외국 간다고 해서 이젠 아예 입주 아줌마를 쓸까 생각도 하고 있어요. 그런데 이제 애가 다 큰 마당에 입주 아줌마는 아닌가 싶기도 하고. 복잡하네요. 누구는 다 컸으니까 오히려 챙길 게 많으니 쓰라고 하는 사람도 있고.

나: …….

안: 돈도 돈이지만. 가뜩이나 아빠도 없는데 가족도 아닌 다른 사람을 들이는 것이 좀 그래서.

제가 거들어 주기 힘든 아이 이야기. 육아 이야기가 조금 오고 간 후 저는 다시 다른 제안을 합니다.

나: 이제 주말에 시간 잘 못 내시겠죠? 그냥 아이 데리고 공원 한번 같이 가실래요?

에라 모르겠다. 그냥 애까지 같이 데이트하자.

안: 아. 가능한 건지 잘 모르겠다. 정말 한번 같이 가볼까.

그리고 웃음 뒤 따라오는 약간의 한숨. 우리는 유리창에 떨어지는 빗방울만 보며 잠시 침묵하다가, 조용히 손을 잡았습니다.

나: 가끔. 고등학생 연애 같다는 생각이 들어요.

안: 왜요?

그리고 곧 알겠다는 듯 끄덕입니다.

안: 아, 하긴. 무슨 말인지 알겠다.

나: 매번 부모님 눈치 보는 것도 그렇고, 없는 시간 쪼개서 막상 나가려니 또 자유롭지 않은 뭐 그런…….

고등학교 때 연애도 못 해봤으면서 고등학생 연애라니.

안: 그러네요. 고등학생 연애 같네. 밥도 맨날 빵이나 샌드위치나 먹고. 아니, 고등학생보다 못하지. 저녁에나 이런 연애 하니까.

안 책임님은 복잡한 생각이 담겨 있는 희미한 웃음을 짓습니다. 미소라고 하기엔 그렇게 밝지 않고, 무표정이라고 하기엔 색깔이 있는. 쓸쓸하진 않지만 깊은 생각에서 나오는 감정이라 무어라 말하기 힘든 희미한 웃음.

나: 솔직히 고등학교 때 연애 못 해봤는데. 고등학생 연애라고 하니까 좀 웃기네요. 좋아하는 여자애가 있었는데 고백도 제대로 못 했어요.

안: 그래서 그냥 흐지부지되었어요? 아님 계속 좋아했어요?

나: 대학 가서도 좋아했는데 신입생 되자마자 멋진 학교 선배와 사귀더라고요. 뭐, 남자애들이 할 수 있는 게 있나요. 술 먹고 한탄이나 하면서 찌질했죠.

안: 에…….

원한 건 아닌데 또 신세 한탄으로 넘어갔습니다. 이런 말을 꺼내려고 한 건 아닌데.

안: 근데 책임님은 왜 스스로 맨날 찌질하다고 해요?

나: 어. 몰라요. 그냥 제 젊은 날을 생각하면 그런 단어가 제일 먼저 떠올라요.

안: 지금도 그래요?

나: 어. 그런가. 아니요. 아, 잘 모르겠다.

네. 사실은 찌질해요. 당신에게 믿음을 주지도 못하고, 스스로도 믿지 못하고. 그 때문일까요. 저도 모르게 대화 내내 이상한 대답만 늘어놓았습니다.

안: 안 찌질해요! 뭐가 찌질해요!

나: 어. 아니. 그게.

제가 답을 잘하지 못하고 있자 안 책임님이 슬며시 몸을 제 쪽으로 돌리더니 한 손으로 제 다리를 쓰다듬었습니다. 그러자 그동안 참고 밀린 리비도가 반응하며 베이지 면바지 아래가 솟아오르고 말았습니다. 부끄럽다는 생각이 조금 들었다가 한편으론 연인 사이에 부끄러울 게 뭐가 있냐는 생각도 들었습니다. 젊고 건강한 성인이면 당연한 반응이니까요. 안 책임님의 손이 얼굴에 닿고 몸이 기울어 가까이 다가오자 또다시 그 복잡한 향기가 확 다가옵니다. 오랫동안 목말랐던 느낌. 지난 이 년간 한 사람을 흠모하게 만들었던, 나를 안아주고 위로해 왔던 그 향기와 몸 내음.

안: 당신. 진짜 그런 사람 아니에요. 그런 말, 이제 안 쓰면 좋겠다.

저도 모르게 운전석으로 넘어와 달라는 신호로 좌석을 뒤로 밀자 안 책임님이 얇은 긴 카디건을 벗어 시트에 떨어트리고 조수석에서 넘어와 제 다리 위에 비스듬히 앉았습니다.

제 오른팔에 안 책임님의 무릎과 허벅지가 닿아 왼팔로 몸을 안고 있었고 안 책임님은 옆으로 저에게 완전히 기대어 있는 상태로 한참을 서로의 몸을 안아주고 숨소리를 들었습니다. 분위기를 깨서라도 뒷좌석으로 옮겨야 하나, 하는 생각을 하면서 불편한 자세로 입을 맞추고 계속 옷 위로 어루만지고 있던 그때.

여름 장마 같았던 비. 꽃잎이 빗방울에 차창에 붙고. 가로등 아래 나무에 가려 닿지 않는 구석의 주차장. 서로가 내뿜는 입김과 열기가 쉴 새 없이 비를 맞는 차가운 창과 만나 이슬점 이하로 수증기가 냉각되어 이슬로 맺혔을 때. 비로, 어둠으로, 빗소리로, 차창에 가득 서린 김으로 차 밖의 세상과 단절되었다고 느꼈을 때.

오른손이 블라우스 속을 타고 들어가 속옷 후크를 풀고 사랑과 평화와 위로 외에 아무런 공격적인 속성도 가지고 있지 않은 가슴에 닿아 우리를 다시 몇만 광년 떨어진 백색 왜성과 블랙홀로 이루어진 저 멀리 우주로 데려다주었습니다.

분리된 시공간을 경험하자 리비도는 용기를 얻었고 손은 허리 아래로 내려가 힙에 닿아 허벅지를 쓸며 옆으로 타고 들어가 다리와 다리 사이, 가장 민감한 곳에 닿았습니다.

손의 느낌이 두꺼운 청바지 너머의 피부와 살과 뼈에 닿는 걸까. 청바지 재봉선 위로 움직이는 손가락들이 애정의 느낌으로 전달되는 건가. 침대에서 맨살이 닿은 것만큼 서로를 느끼려 애를 쓰고 민감하게 서로를 느낀다고 생각했을 때. 손이 애가 타도록 바지 위로 허벅지 안과 밖을 타고 다니자 거친 숨소리 속에서 귀에 닿는 한 마디.

안: 이럴 줄 알았으면. 치마를 입고 올걸.

어떻게 이 사람은 말 한마디로 나의 뇌와 중추신경에서 타고 나온 말초신경까지 이렇게 자극할 수 있는 걸까. 그 말 한마디에 전두엽에서 백만 볼트의 전기가 흘렀던 것 같습니다. 그 전기로 인지 감각과 실행 기억이 엄청난 대담함을 만들었고 그 대담함은 팔로 전달되어 손이 바지의 단추로 향해 애타게 풀어냅니다. 하지만 지퍼를 내리려고 했을 때 제 손은 황급히 제지당했고, 그럼에도 불구하고 아까 전두엽에서 번쩍했던 전기에 방출된 도파민에 미쳐버린 손이 바지 속으로 집요하게 들어가 속옷에 닿자 또다시 제지당합니다.

안: 미안. 여기서 옷을 벗을 수는 없을 것 같아요. 정말 미안.

진지하고 분명한 신호. 여기서 밀고 들어가면 폭력과 다를 바 없었습니다. 멈추어야 할 때였습니다. 나의 이성이 여기까지라고, 흥분한 신경들을 애써 가라앉힙니다. 무안해진 우리 둘은 잠시의 침묵 속에서 백색 왜성과 블랙홀 사이 또 다른 초신성을 찾아 헤매고. 안 책임님은 좌석을 뒤로 젖히더니 저의 무릎 위에 다리를 벌리고 무릎을 접고 앉아 저를 안으며 다시 입을 맞추었습니다.

사실, 아실지 모르겠지만 차에서 무엇을 한다는 건 매우 불편한 일입니다. 특히 운전석에서는. 솔직한 심정으로는 몸을 돌려 내 위에 포개어 앉아 달라고. 뒤에서 안고 싶다고. 당신 힙에 내 아래가 맞닿았으면 좋겠다고, 당신을 뒤에서 안아 가슴을 느끼고 싶다고 이야기하고 싶었는데 그런 음란한 요구는 차마 입이 떨어지지 않았습니다. 다행이였습니다. 제 이성은 잘 참아내었습니다.

무언가 편하고 안정적이면서 자극을 나눌 수 있는 자세를 찾으려던 안 책임님은 이내 포기하고 제 위에 가만히 안기게 되었습니다. 그 좁은 운전석에서 그냥 말없이. 한참을 누워 있지도, 앉아 있지도 않은 상태로. 풀어진 단추들, 헝클어진 옷매무새, 흥분에 불쾌한지도 모를 땀, 눅눅한 공기, 말려 올라간 슬리브와 블라우스 사이로 보이는 살.

이러한 것들을 가만히 바라보며 저 멀리 우주를 떠돌던 우리의 시공간을 서서히 지구로 돌리고 있었습니다.

오히려 극단으로 달려 터트려버렸다면 순식간에 허무함이 몰려왔을 수도 있었을 텐데 기분은 우주선을 타고 날아 여전히 우주를 순항하며 천천히 지구로 귀환하는 듯한 기분이 들었습니다. 행복감. 누가 보면 별거 아닌 스킨십에 깊은 동질감. 오래된 연민. 따뜻한 위로. 꿈을 꾸는 듯한 안정감이 들었습니다. 계속 이렇게 우주를 날아다니면 좋겠다고 생각했습니다.

안: 몇 시예요?

나: 한 열 시? 열한 시?

안: 세상에. 아이고. 가야겠다.

안 책임님이 몸을 다시 조수석으로 옮기는 동안 제가 빠르게 옷을 정리했고 우리의 의식은 완전히 지구로 돌아왔습니다.

안: 정리 좀 하게 잠깐 밖에 있어 줄래요? 미안해요. 조금 부끄러워서.

나: 어. 네, 그래요.

몸을 추스르며 수습한 뒤 뒷자리에 있던 우산을 피고 문밖으로 나왔니다. 기분이 정말 이상했습니다. 연애하면서 여자들과 스킨십도 진하게 하고 자기도 해 보았지만 이런 알 수 없는 기분은 무엇 때문일까요. 하염없이 오는 비 때문이었을까요. 그래서 정신을 차릴 수 없는 것일까요. 전 또다시 다른 사람이 된 느낌이 들었습니다.

잠시 후 안 책임님이 차 밖으로 작은 가방을 들고 밖으로 나오자 우산 하나를 나란히 쓰고 아파트 현관까지 걸었습니다. 둘 다 땀이 많이 났고 몸에 아직 열기가 있어 추운 줄 몰랐지만 감기에 걸리기 쉬운 상태였습니다.

나: 땀이 엄청 났네요. 감기 걸리겠어요.

안: 그러게요. 비 맞은 것처럼 땀이 났네. 몰래 싹 들어가야겠다.

땀에 젖은 머리와 얼굴. 그리고 애써 정리했지만 헝클어진 옷매무새. 갑자기 작년 여름부터 만나온 순간들이 스쳐 지나가면서 안 책임님의 말대로 더 이상 찌질한 사람이 되지 않겠다는, 대륙으로 밀려오는 쓰나미 같은 거대한 다짐을 했습니다. 그리고 찌질한 감정의 구렁텅이에서 건져내 준 더없이 아름답고 소중한 이 사람과 꼭 같이 살아야겠다는 마음에 갑자기 용기가 충만해졌습니다. 우산으로 떨어지는 빗소리에 취했을까요. 저는 우주인 듯 꿈인 듯 깨어나지 못한 채 현관까지 몇 걸음 남겨 둔 상황에서 다짐과 마음에 떠밀려 갑자기 말을 꺼내었습니다.

나: 우리.

돌아보는 얼굴. 타오르는 용기.

나: 결혼해요.

쿵.

저도 모르게 이 무거운 말을 꿈에 취해 던지고 말았습니다.

멈춘 발걸음. 아파트 현관의 밝은 노란 불빛 아래 보이던 떨어지는 빗방울. 좁디좁은 우산을 안 책임님 쪽으로 두고 있었기에 제 어깨는 비로 범벅이었고 안 책임님 역시 한쪽 어깨가 젖어 속옷 끈마저 보이는 그 풍경 속에서 한마디를 더 했습니다.

나: 결혼해 주세요.

안 책임님은 이 두 마디를 듣고 표정의 변화 없이 잠시 앞만 가만히 주시하다가 제 쪽을 돌아봅니다. 그리고 빗방울인지 눈물인지 눈에 무언가 맺히고 그것이 얼굴을 타고 흘러내렸을 때. 불안하게 떨리는 목소리가 빗소리 사이로 희미하게 들려옵니다.

안: 지금…….

원망, 불안, 상실, 허무.
왜 얼굴에 이 모든 것들이 그 순간에 다 보였을까.

안: 지금. 말하지 않았으면 했는데. 왜. 하필 지금…….

초신성과 백색 왜성 따위 속에서 지구로 귀환하던 우주선은 갑자기 지구를 향해 무서운 속도로 불타며 돌진하던 어떤 혜성과 부딪혀 산산조각이 나버리며 저는 꿈에서 깨어났습니다. 나 무슨 말을 한 건가. 잘못한 건가. 예기치 못한 사이 안 책임님은 우산 밖으로 나와 비를 맞으며 빠르게 현관으로 들어가 버렸고 전 현관 앞에서 우두커니 한참을 멍하게 서 있었습니다.

왜? 왜 화를 낸 거지? 도대체 왜?

사라진 안 책임님을 불러 세우지도 못하고 한참을 서 있다가 차로 들어와 곰곰이 생각했습니다. 메시지를 보내야 하나? 뭐라고 하지? 미안하다고? 왜? 결혼하자고 해서 미안해? 아니잖아? 지금 이야기해서? 프러포즈를 이따위로 해서? 안 책임님은 프러포즈를 이렇게 했다고 화낼 사람이 아니다. 어떤 여자들처럼 꿈같은 프러포즈를 바란 탓이 아니다. 그냥 뭔가 감정선이 안 맞는데 나 혼자 헛소리한 것인가……. 나만 우주 속에 있었나. 그 다짐들은 모두 서툰 것이었나?

이런 생각이 들자 더 혼란스러웠습니다. 객관적으로 봤을 때 결혼하자는 말을 듣고 싶은 건 오히려 안 책임님 아닌가. 그럼 내 잘못은 아닌 거 아닌가. 늘 결혼하자고 용기 내야 했던 것은 나였고 그걸 듣고 싶어 하는 사람은 안 책임님이라고 생각했던 건 착각이었나?

한참을 안 책임님 집 창문과 전화기만 망연자실 바라보다 깊은 피로감에 차에서 잠이 들었습니다. 그러다 비가 잦아들고 시간도 가늠되지 않는 새벽에 잠시 잠에서 깨어나 안 책임님으로부터 아무런 연락도 없었다는 것을 확인하곤 굉장한 두통과 몸살에 떠밀려 겨우 집으로 돌아왔습니다. 그리곤 몰아치는 탈력감에 대충 젖은 옷만 갈아입은 채 약통을 뒤져 약 두 알을 입에 털어 넣고 아픈 머리를 부여잡고 끙끙거리며 다시 깊은 잠이 들었습니다.

/

다음날. 몇 시인지도 모르고, 두통은 여전했습니다. 밤새 곰을 업고 다닌 듯 몸이 무거운 아침. 아침? 아침은 맞나? 아. 망했다. 전화기는 언제부터 배터리가 다해 꺼져 있었는지도 모르겠고 부엌의 시계를 찾아보니 오전 10시.

오후 1시 30분 비행기인데. 지금 나가도 겨우 탈까 말까 한데. 출장 짐이야 대단한 것이 아니니 부지런히 싸면 못할 것도 없었지만 너무 엉망인 상태인 데다 정신 차리기가 어려웠습니다. 우선 급하게 전화기를 충전하기 시작했고 캐리어 가방을 열어 부랴부랴 옷과 각종 생활용품을 던져 넣었습니다. 서랍에서 급히 여권과 지갑 등을 챙기고 커피 한잔을 빨리 내려 마셔서 카페인으로 뇌를 억지로 깨웁니다. 옷을 입으며 애써 평정을 찾으려 노력했지만 여전히 몸이 무겁고 머리가 아팠습니다.

그래, 뭐 없으면 현지에서 사면 되겠지. 프랑스는 선진국이니까. 일어난 지 25분 만에 짐가방을 챙겨 들고 오피스텔을 뛰어나가 택시를 탄 뒤 가까운 공항버스 정류장으로 갔습니다. 여권이랑 전화기, 지갑만 있으면 돼. 나머지는 어떻게든 다 해결돼. 여권, 전화기, 지갑. 자- 다시. 지갑, 전화기, 여권. 택시 안에서 하나하나 확인하는데 정류장 쪽에 도착하자마자 막 도착한 공항버스를 발견했습니다.

나: 기사님, 기사님. 진짜 죄송한데 버스 앞으로 버스 앞으로!

기사: 에헤이. 나 그럼 벌금 물어요.

나: 제가 내드릴게요! 제발!

택시 기사는 투덜거리면서도 버스가 절대 출발하지 못할 기가 막힌 각도에 차를 세웠고 버스 기사는 막 짐칸을 닫으며 운전석에 오르던 순간이었습니다. 해냈다. 탈 수 있다. 됐어! 마치 첩보 영화와 진상 짓을 넘나들며 겨우 잡아탄 공항버스에서 10% 남짓 남은 배터리로 모바일 체크인을 미리 합니다. 잘하면 늦지 않고 비행기를 탈 수 있겠다는 생각하는데 그 순간 정말 해결하기 힘든, 빼놓고 온 물건이 생각나고 말았습니다.

노트북. 아 진짜!!! 집에 갈 수는 없다. 이렇게 된 이상 그냥 인천행이다. 버스는 이미 올림픽대로를 타서 어디 설 곳도 없었습니다. 현지에서 어떻게든 되겠지……. 일단 공항에 도착하여 짐도 못 부친 상태로 보딩 패스를 받아 보안 구역에 들어와 보니 전화기는 이미 사망해 있었습니다. 결국 머리를 쥐어뜯고야 맙니다. 이번 출장은 망했다. 고생길이 훤하구나. 열흘 짜리 출장 준비를 이런 식으로 하다니. 출장 많이 다녔다고 전날 짐도 안 싸 놓더니 이게 무슨 난리냐. 한참을 자책하면서도 안 책임님 생각이 떠오릅니다. 왜 이 사람은 연락이 없나.

하지만 그 생각과 동시에 전화기가 꺼져 있다는 걸 다시금 깨달았습니다. 언제부터 꺼져 있었는지도 알 수 없었습니다. 아. 어떻게든 연락하고 가야 하는데. 이대로 비행기 타면 안 되는데. 비행기 타기 직전에 잠깐이라도 휴대폰을 충전하려고 가방을 뒤져봤지만 설상가상으로 충전기도, 케이블도 보이지 않았습니다. 아무래도 집에 놓고 온 듯했습니다. 밀려오는 초조함에 게이트 앞에서 성격 좋아 보이는 아저씨의 핸드폰을 빌려 안 책임님에게 전화를 했습니다.

그러나 안 책임님은 받지 않았고 저는 여전히 아픈 머리와 무거운 몸을 이끌고 비행기를 탈 수밖에 없었습니다. 이렇게 불편하고 불안한 마음으로 비행기 탄 것도 처음입니다. 안 책임님 걱정에, 노트북도 없이 출장지 법인과 파트너에 가서 처리할 업무 걱정에, 비행기에서 마음이 영 안 좋아 잠이 오지 않았습니다. 밥을 먹는 둥 마는 둥 잘 들어오지도 않는 영화를 보다 말다 반복하다가 피곤만 가득 얻은 채 비행기는 어느새 파리 드골 공항에 도착했습니다.

출장지인 파리에 내린 시각은 오후 여섯 시였습니다. 내리자마자 공항 내에 위치한 전화기 가게에 들러서 SIM 카드와 충전기를 샀습니다. 저녁 약속이 있었는데 기적처럼 약속 장소는 기억해 낸 까닭에 정신없이 택시를 타고 바로 이동할 수 있었습니다.

파리의 법인 주재원들과 함께 서유럽의 주요 파트너라는 사람들을 만났지만 도저히 웃으며 대화할 몸과 마음이 아니어서 대충대충 대화를 이어나갔습니다. 영어를 하는지 무슨 말을 하는지, 프랑스 음식인지 어디 음식인지도 모를 정도로 몸이 안 좋아서 호텔로 들어가고 싶다는 티를 노골적으로 낸 덕분에 빨리 벗어날 수 있었습니다. 어차피 내일부터 두어 차례 정식 미팅을 가질 사람들이니 이 정도로 끝낼 수 있어서 다행이었습니다.

쓰러질듯 예약한 호텔로 겨우 들어와 휴대폰을 충전을 했지만 잘 되지 않았습니다. 아 진짜. 왜 이러니……. 호텔 로비 비즈니스룸의 공용 컴퓨터를 켜봤지만 생각보다 할 수 있는 것이 많지 않았습니다. 결국 호텔 전화로 주재원에게 회사 인트라넷에 접속할 수 있는 노트북을 빌려 달라고 부탁했습니다.

하지만 회사 메일과 메신저를 통해 안 책임님과 개인적인 이야기를 하고 싶지는 않았습니다. 안 책임님 이메일을 알고는 있었지만 소셜에 연계된 계정이라 자주 확인을 하는지 알 수는 없었습니다. 게다가 전화기가 꺼져서 이메일로 겨우 연락을 하는 것도 너무 구차해 보이고, 전화하기엔 시간이 안 맞고, 그렇다고 잘 도착했다며 회사 메신저로 이야기하기도 그래서 아무것도 하지 못하고 있었습니다. 어쨌든 일단 전화기만 켜지면 뭐든 할 수 있지 않을까 싶어 결국 도로 밖으로 나와 충전기를 또 하나 샀습니다.

문제는, 또 충전이 안 됩니다. 하아. 전화기가 고장 난 것 같습니다. 비에 젖은 것이 문제였나. 아니, 비 좀 맞았다고 충전이 안 되나. 마음이 다급해집니다. 하지만 파리에서 휴대폰을 급히 수리할 수 있는 곳을 찾을 자신도 없었고 그럴 시간이 있을지도 알 수 없었습니다.

전화기를 던져버리고 싶은 충동을 애써 억제하며 여전히 아픈 머리에 약을 또 먹었는데 아뿔싸. 저녁에 먹었던 와인 몇 잔이 생각났습니다. 술 먹고 약 먹지 말랬는데……. 그것 때문인지 기분 탓인지 머리가 더 아픕니다. 어디 병원에 가서 마늘주사 같은 거 맞고 죽은 듯이 자고 싶다. 근데 파리에 그런 게 있나? 다 포기하고 싶은 마음에, 호텔 로비의 비즈니스룸으로 내려가 안 책임님에게 뭐라고 한 마디라도 보내보려던 생각을 구겨 넣어버리고 물만 따뜻하게 끓여 마신 뒤 억지로 잠을 청했습니다.

/

죽은 듯이 자고 일어나 가장 먼저 든 생각은, '며칠 전으로 돌아갔으면 좋겠다.'였습니다. 이번 출장은 유난히 힘들었습니다. 회사에서 이번 전시회를 통해 파트너들과 많이 만나고 인맥을 쌓아 오라고 미팅을 여러 개 잡아뒀고 현지 법인과 이를 준비했어야 하는데 노트북을 안 가져오는 바람에 여러 가지로 꼬이고 말았습니다. 현지 직원은 웬 바보 같은 본사 직원이 왔냐는 식으로 저를 대했고 할 말이 없는 저는 하나하나 자료를 본사에 다시 요청하는, 그야말로 생쇼를 할 수밖에 없었습니다. 또한 뭐 하나 할 때마다 노트북을 빌리는 것도 고역이었습니다.

나: 고 책임님. 죄송한데요. 같이 보고했던 프랑스 통신 사업자 차년도 전략 보고 자료 좀 보내주실래요?

고 책임: 책임님이 출장 전 가지고 있던 게 마지막 버전일 텐데요?

나: 저, 노트북이 없어요. 메일로 보내 주세요.

고 책임: 세상에. 잃어버렸어요? 법인에 빨리 알려야 하는 거 아니에요? 보안 자료는 어쩌려고.

나: 아니요, 아예 안 가져왔어요. 집에 잘 있어요.

고 책임: 헐. 나머지 일정은 어쩌려고. 관련 자료들 그냥 한꺼번에 쏠게요.

나: 고맙습니다. 막 중간에 또 뭐 요청하고 그럴지도 몰라요. 그때마다 좀 보내주세요…….

초반 며칠 동안 계속 이런 식이었습니다. 다행히 대형 사고로 이어지지는 않았지만 깔끔하게 할 수 있는 일을 노트북 없이 하려니 고되었습니다. 출장 내내 불면과 두통에 시달려 몸이 무거웠고 매일 돌아갈 날만 세고 있었습니다. 무엇보다도 안 책임님에게 연락하는 것이 쉽지 않았습니다. 결국 현지에서 스마트폰을 급히 하나 샀지만 그야말로 임시방편이었고, 제가 혼자 쓸 수 있는 노트북은 며칠이 지나서야 구할 수 있었습니다. 차라리 처음에 눈 딱 감고 살 걸 그랬습니다.

메시지 PC 버전을 깔고, 힘들고 힘든 몇 겹의 인증을 거치고, '도대체 이걸 어떻게 다른 나라에서 해킹을 한다는 거야?'라는 생각을 하며 로그인을 해내고 나서야 소셜 세상으로 들어갈 수 있었습니다. 그리고 고민에 고민을 한 뒤 안 책임님께 메시지를 보냈습니다.

[저 잘 도착했어요. 우여곡절이 있어서 연락이 늦고 말았네요.]

뭐라고 써도 구차하다. 정말 구차하다.

한국 시간은 낮인데 답이 없습니다. 읽었다는 표시도 없습니다.

또 고민, 고민. 그러다가 다시 메시지를 보냈습니다.

[떠나는 전날, 갑작스러운 말을 해서 미안해요.]

'근데 왜 미안한 건지 모르겠어요.'와 '화 많이 나셨어요?'를 붙이고 싶었는데 경험상 여자들이 들으면 안 좋아할 말인 것 같았습니다. 안 책임님 또한 안 좋아할 거 같아서 차마 붙이진 못했습니다. 그래도 화났냐고는 물어보고 싶었습니다. 하지만 반면에 걱정되는 것도 사실이었습니다. '내가 왜 화났는지 몰라요?'라고 올까 봐.

하지만 몇 시간이 지나도 여전히 답이 없었고, 저는 다시 메시지를 보내고 말았습니다.

[뭐라고 아무 말이라도 답 좀 해주세요. 살아 있으면.]

하아. 나이 삼십이 넘어서도 이런 말을 할 줄이야. 그러나 안 책임님에게선 여전히 답이 오지 않았습니다. 다음날도 그 다음날도 마찬가지였습니다.

그사이 저는 이전의 출장과는 달리 낮에도 긴장하고 밤에는 자료를 만들어 가며 한국과의 연락들로 쉴 틈이 없었습니다. '꿀 출장 프로그램'이라는 세간의 인식이 무색할 정도로 하루하루 피곤했습니다. 여전히 안 책임님에게선 연락이 없었고, 조금 잘못한 것도 같았지만 왜 화가 난 것인지 알 수가 없었으며, 여전히 머리는 아팠습니다.

그렇게 닷새가 지나 엿새가 되었을 때였습니다. 안 책임님으로부터 드디어 메시지가 왔습니다.

[돌아와서 이야기해요. 연락 못 한 거 미안해요.]

나는 걱정하고 괴로워하는 마음을 한가득 짊어진 채 너무 무거워 쓰러질 지경인데. 달랑 저 한 마디라니. 답 메시지에 안도감이 들 줄 알았는데 서운한 감정이 조금 들었습니다. 분명하고 꼬이지 않으며 슬기롭고 현명해서 좋아했던 사람인데 지금의 안 책임님은 도무지 종잡을 수 없는 사람이었습니다.

시차와 두통 때문에 불면의 밤은 계속되었고 보통 외국에 나가서도 무슨 음식이든지 잘 먹는 편이었는데 이번에는 입맛이 없어 끼니마다-프랑스인데!- 음식을 남겼습니다. 하루 종일 영어로 이야기하느라 정신을 차릴 수 없었고, 하루가 끝나면 내가 무슨 말을 했는지도 모르겠는데 들은 말과 한 말에 대해 저녁 내내 정리해야 했습니다.

그리고 하필 이럴 때, 안 책임님은 절 괴롭게 하고 있었습니다.

왜?

대체 무엇 때문인가요.

/

21세기의 봄은 비가 촉촉하게 내릴 때를 빼고는, 꽤 괴로운 계절로 변해버렸습니다. 어딜 가나 먼지 이야기는 빠지지를 않았고 아이들은 놀이터에서 자취를 감추었습니다. 사람들은 마스크를 쓰고 하늘과 비슷한 잿빛 표정을 한 채 지나갑니다. 그해도 매일 잿빛 하늘이 계속되던, 잔인했던 봄이었습니다.

출장은 겨우겨우 사고만 안 내는 수준으로 끝이 났습니다. 계약을 따내고 물건을 팔고 하는 위치는 아니었지만 그래도 '성과'란 것이 보여지는 출장들이 있는데, 이번 출장은 정말 잘 만나고 왔다는 것밖에 할 말이 없을 정도로 고생에 비해 별 것이 없었습니다. 심지어 누굴 만났는지 기억도 안 날 정도로 집중되지 않았고 상대방도 허둥지둥하는 저를 별로 신뢰하지 않고 있다는 눈치를 보일 정도였으니까요.

서울로 돌아가기 전 파리에서의 마지막 저녁이 되자, 출장 결과에 대해서는 깨끗이 잊기로 하고 돌아가서 안 책임님에게 어떻게 해야 할지, 뭐라 이야기할지 생각했습니다. 혹시 선물이라도 사면 어색한 분위기라도 좀 나아질까 하는 마음에 거리로 나가 온갖 명품관들이 들어서 있는 샹젤리제 거리를 걸으며 가방이라도 살까 기웃거렸지만 안 책임님의 취향을 알기가 쉽지 않았고, 또 결정적으로 비싼 가방 선물을 한다고 기분이나 생각이 바뀔 사람이 아니라는 것을 너무 잘 알고 있었습니다. 겨우겨우 쭈뼛거리며 들어간 어디 명품샵에서 작은 카드 지갑을 하나 만지작거리다 결국 아무것도 못 사고 호텔로 돌아와 고민만 하다 아침 일찍 공항으로 나섰습니다.

출장에서 돌아와 바로 만날까 생각했지만 비행기에서 곰곰이 다시 생각해 보니 만난다고 뭐 달리 할 수 있는 것이 없었습니다. 결혼하자고 한 걸 미안해하는 것도 이상했고, “결혼하자고 해서 미안해요, 결혼 안 해도 돼요!”라고 말할 순 없었습니다. 스킨십을 하고 난 후에 프러포즈한 것이 잘못된 것이라면 다시 프러포즈를 해야 옳겠지만, 지금 분위기에서 반지를 들고 찾아갈 용기가 나지 않았습니다.

무엇보다도 왜 그리 화가 났는지, 아니 화가 난 것이 맞는지도 모르고 있는 상태였습니다. 공항에서 내내 그런 생각에서 벗어나지 못하고 비행기를 타러 게이트로 이동하던 중 예쁘게 진열된 마카롱이 눈에 띄었습니다.

아. 혹시 그 마카롱인가. 얼마나 오래된 곳인지. 언제부터 그곳에 있는 가게인지. 그리고 마카롱 파는 곳이 공항에서 이곳이 유일한지 알 수 없었지만 저는 왠지 이 집이 안 책임님이 대학생 때 여행 와서 먹었다는 그곳이라고 확신했고 바로 그 자리에서 몇 개 포장을 부탁한 뒤 저도 하나를 더 사서 먹어봤습니다.

아…… 이 느낌이구나. 이게 파리의 느낌이구나. 정신없이 회사와 미팅 장소, 호텔만 오가며 냄새도 제대로 맡아보지 못한 파리. 눈으로만 겨우 본 에펠탑과 개선문이 달고 은은한 장미 향으로 응축되어 뇌의 어딘가 깊이 남았습니다. 안 책임님도 이런 느낌으로 비행기를 탔겠구나. 이 이야기를 꼭 해야겠다. 당신이 먹은 그 마카롱을 나도 먹었고, 당신이 느낀 것을 똑같이 느꼈다고. 오르세 미술관, 퐁피두 센터는 못 갔지만 마카롱을 먹어 보니 이게 파리겠구나 충분히 상상하고 느낄 수 있었다고.

하지만 비행기에서는 여전히 생각 정리가 되지 않아 메모지에 이리저리 낙서를 하며 다시 고백을 하네 마네 화살표를 수없이 그리다가 세차게 그어 까맣게 다 지워 버렸습니다. 그리고 자리에서 일어나 크루들이 쉬는 캐빈 뒤편으로 가 승무원에게 맥주 두 캔을 받아 단숨에 꿀꺽꿀꺽 마신 뒤 자는 것도 안 자는 것도 아닌 상태로 인천에 도착하게 되었습니다.

도착한 건 이른 아침이었습니다. 짐을 찾고 서울에 오자마자 핸드폰 수리를 맡겼습니다. 충전 보드에 문제가 있었고 당일 오후에 찾을 수 있다는 말에 안도하고 집으로 돌아와 컴퓨터를 급하게 켜고 메시지 창을 열었지만 커서만 껌뻑껌뻑댈 뿐, 할 말이 떠오르지 않아 일단 복귀했다는 안내와 함께 자세한 건 보고서로 제출하겠다고 회사에 연락했습니다. 또 다른 메시지 창을 열어봤지만 여전히 안 책임님에게 뭐라고 메시지를 보내야 할지 잘 모르겠습니다.

아. 모르겠다. 모르겠다. 다시 집을 나와 핸드폰 서비스 센터로 찾아가 조금 기다린 뒤 수리가 된 전화기를 찾아 돌아왔습니다. 그리고 겨우겨우 한 마디를 써냈습니다.

[돌아왔습니다. 전화기 때문에 연락이 잘 안 되어서 미안해요.]

그리고 머리를 여러 번 쓸고 긁적이며 고민 끝에 메시지를 하나 더 보냈습니다.

[전화기는 고쳤어요.]

뒤에 몇 문장을 더 썼다가 지웠다가 별 쇼를 하다 그냥 저 두 마디만 보냈습니다. 생각보다 답은 금방 왔습니다.

[괜찮아요. 건강하게 잘 왔죠?]

괜찮아요? 뭐가 괜찮아요? 누가 괜찮아요? 연락이 잘 안 되었어도 괜찮다는 건가? 마음이 괜찮다는 건가? 묘하게 화나는 마음을 겨우 억누릅니다. 일단 만나자고 해야겠습니다.

[조금 있다가 저녁에 볼 수 있나요? 그렇게 헤어져서 마음이 불편한데.]

하지만 안 책임님에게서 답이 오지 않습니다. 그냥 전화를 확 할까. 너무 내가 조심스럽나. 아, 공항에 내려서 전화를 짠 하고 했어야 됐는데 전화기 때문에 모든 것이 엉망이 되어버렸습니다.

그렇게 십 분여가 지났을까요. 안 책임님에게서 답이 왔습니다.

[미안해요. 지금 회의 중이라서요. 오늘은 좀 어려워요.]

그러면 언제 만나면 되냐고 쓰고 있는데 덧붙여서 오는 답장.

[주말 지나고 봐요. 얼른 시차 적응하길 바라요.]

평소와 뭔가 다른 말투. 너무 짧고. 너무 서먹하고. 어디 비집고 들어갈 곳 없이 단단한 느낌. 이미 문이 쾅 닫혀 두드릴 데도 없어 보인다는 기분이 들었습니다.

그 기분에 밤이 되어서도 잠이 안 옵니다. 비행기에서도 자지 못한 탓에 몸은 천근만근이어서 침대에 쓰러져는 있는데 잠이 전혀 올 생각이 없습니다. 소뇌에서는 너무 피곤하니 손과 발과 몸에게 그냥 누워만 있으라고 하는 것 같습니다만 대뇌는 제가 잠들기를 거부합니다. 냉장고에는 맥주 한 캔도 없어 슬리퍼를 끌고 1층 편의점에 내려가 몇 캔을 사 들고 올라와 TV를 켜 놓고 맥주를 깠습니다.

1번부터 채널을 돌려가면서 볼만한 게 나오면 한 모금을 마시고 또 돌리다가 〈무한도전〉이나 〈런닝맨〉 같은 재방이 나오면 또 한 모금. 심지어 오래된 시트콤인 〈거침없이 하이킥〉도 멍하게 보다가 한 모금. 국회 TV에서 재방송하는 〈전원일기〉, 오랜만에 응삼이와 일용 엄니를 보기도 하고 뭐 저런 것까지 중계해 주나 싶은 아마추어 당구, 볼링, 낚시부터 트로트 가요제, 영어 회화 강좌, 방송 통신 대학, 공인중개사 자격증 강의까지. 계속 무의미하게 채널을 바꿨습니다.

200번이 넘어가니 무슨 지방자치 방송에 노인전문 채널, 일본 NHK가 나오는데 어디 온천 탐방을 하길래 관심 있게 보다가 진짜 온천물만 나와서 실망하고……. 정말 의미 없이 채널을 변경하다 보니 어느새 맥주 세 캔을 비웠고 채널 600번 대의 음악을 틀어 둔 채, 몇 시인지도 모르고 그제서야 겨우 잠이 들 수 있었습니다.

/

회사에 복귀하여 사람들과 인사를 나누고 누가 봐도 빈손으로 올 수 없어 대충 산 선물, 그다지 신경 쓰고 싶지 않다는 티가 물씬 나는 -출국 터미널 면세점에서 산- 초콜릿을 잘게 조각내 테이블 한가운데 던져 놓았습니다. 현지에서 미팅하는 대로 보고서를 써서 메일로 보내두었지만 돌아와서 전체 보고는 따로 상세히 해야 했기 때문에 빨리 털어 버리고 싶은 마음에 자리에 앉아 슬라이드부터 만들기 시작했지만 엄청 일하기 싫었습니다.

보통 때 같으면 거짓말을 최대한 안 하는 범위 내에서 있어 보이게 썼겠지만, 딱히 성과랄 게 없어서 더 그랬는지 이번 출장 보고서는 유난히 쓰기가 싫었습니다. 내용은 이미 있으니까 구성만 하면 되는데 머리도 잘 안 돌아가고 이상하게 아까부터 담배 생각이 난데없이 납니다. 깨작깨작 마우스질만 하다가 괜히 그간 못 본 야구 하이라이트를 보질 않나, 쓸데없이 인터넷 커뮤니티나 들어가서 온갖 쓸데없는 짤방들이나 드립들을 읽으면서 집중하면 한 두어 시간이면 끝낼 일을 열 시간을 넘게 끌며 황당하게도 출장 후 복귀한 날부터 야근을 하고야 말았습니다.

그날따라 여기저기서 회사 메신저로 업무 관련 문의가 무척 많았는데 그중에는 안 책임님 부서 사람도 있었습니다. 그래서인지 메신저 창에 안 책임님 부서가 팝업으로 뜰 때마다 마음이 덜컥했습니다. 전화해볼까. 메시지 보내볼까. 회사인데 얼굴이라도 잠깐 보여 주지. 머리는 아프고 집중은 안 되고. 나이 서른에 이게 무슨 상황인가. 대학교 때 여자 친구에게 이별 통보를 받고 생쇼를 하다가 처절한 학점을 받음과 동시에 신속히 군대로 직행했던 때가 생각났습니다. 나이 서른이 넘어도 이렇게 헤맬 줄은 정말 몰랐습니다.

저녁이 되자 여독이 덜 풀렸는지 피로가 극도로 쏟아졌고, 겨우겨우 보고서를 만들어 전송해 놓고는 나머지는 대충 말로 때우리라 생각하며 쓸쓸한 퇴근을 했습니다. 한참 위 팀장인 전무급까지 올라가는 보고서라 평소라면 두 번, 세 번 확인했을 텐데 오탈자 확인 한 번을 안 하고 제출해버렸습니다. 모든 것이 귀찮고 피곤했습니다.

집에 돌아와 씻는 둥 마는 둥 침대에 누웠지만 피곤함에 오히려 각성된 상태가 지속되어 쉽사리 잠이 들지 않았고, 잠을 자는 둥 마는 둥 한 끝에 아무런 의지와 의욕 없이 겨우겨우 일어나 출근했습니다.

다음 날 역시 집중하지 못하고 전화하는 척 나가서 핸드폰이나 보다 들어오기를 몇 차례. 어제 보낸 보고서에 피드백이 달린 것도 읽는 둥 마는 둥 했습니다. 웬만해서는 회사에서 딴짓은 잘 안 하는데 하루 종일 딴짓만 했습니다. 안 책임님을 만나고 싶기도 하고 피하고 싶기도 한 복잡한 마음, 그 어느 쪽으로도 갈피를 잡지 못했습니다. 만나면 뭐라고 해야 하나. 그러다가도 일단 만나기만 하면 뭐든 되지 않겠나 하는 생각에 안 책임님이 일하는 층으로 찾아가 서성였다가 돌아오기도 했습니다. 그러다 보니 시간이 지날수록 피하고 싶은 마음이 들기도 하여, 안 책임님을 식당에서 마주칠까 싶어 일부러 느지막한 시간에 가서 혼자 빨리 식사를 하고 올라오기도 했습니다.

오후에는 밖에 나가 담배를 사서 피우고 애써 마음을 진정시키고서야 회사에 들어와 겨우겨우 일을 마무리 지었고, 다음 날인 금요일은 도저히 일할 수가 없을 것 같아 아프다는 핑계로 급하게 연차를 내버리고 말았습니다. 어차피 휴가도 냈겠다 술이나 진탕 먹고 쓰러져 자고 일어나면 좀 낫겠지 싶어 메시지를 돌리던 중, 유학을 마치고 한국으로 들어와 회사에 취직한 인혜와 또 다른 대학 동기 남자 한 명과 연락이 닿았습니다.

다들 사는 것이 쉽지 않은지 만나자마자 사는 게 어쩌네, 요즘 회사가 개떡 같네, 결혼을 하네 마네, 하며 푸념 가득한 이야기가 오갑니다. 안 책임님과의 이야기를 좀 털어놓고 싶은 마음에 친구들을 만나자고 한 건데, 그냥 서로의 피상적인 신세 한탄과 탄식만 오가니 도저히 그 길고 복잡한 이야기를 꺼낼 수가 없었습니다. 더군다나 남자 동기 녀석이 결혼 준비 중에 양가 부모 간에 마찰로 결혼이 엎어지며 막 헤어진 상태라고 고백하면서 공교롭게도 그 친구의 한탄과 나머지 둘의 위로로 술자리의 분위기가 무르익고 말았습니다.

결국 제 이야기를 할 기회는 완전히 날아가 버렸고 그 친구만 혼자 술을 들이붓더니 인혜와 저만 말짱한 정신으로 그 이야기를 듣는 모양새가 되었습니다. 그러다가 결혼이 엎어진 친구가 먼저 취해 횡설

수설하자 식당에서 나와 택시를 잡았고, 그 친구를 밀어 넣은 택시가 사라지자 인혜가 제게 넌지시 말을 건넸습니다.

인혜: 야. 너 무슨 할 이야기가 있어서 만나자고 한 거 아니야?

나: 아. 뭐. 그냥.

인혜: 걔가 엎어진 결혼 이야기를 하는 바람에 이리된 것 같은데. 어디 가서 한잔 더 먹을래?

나: 여자랑 단둘이 열한 시에 술을 먹자고? 야. 나 엄청 위험해. 저녁도 아니고 우리 둘이 그동안 이렇게 말도 안 되는 시간에 술 먹기 시작한 적은 없…….

인혜랑 단둘이 술 먹어 본 적이 없는 것도 아닌데 속마음을 들킨 것처럼 괜히 오바를 했습니다.

근데 얘가 나 좋아하나? 왜 술을 먹자고 하지.

인혜: 너 이상한 오바를 한다. 우리가 단둘이 술 먹은 적이 얼마나 많은데 너 왜 그러냐? 네가 이야기 좀 하고 싶어 하는 것 같아 그러지. 얘기하고 싶은 게 있어서 부른 거 아니야? 술 더 먹기 뭐하면 커피 같은 거 마실래? 이 시간에 열려 있는 곳이 있을까 싶긴 하다만. 뭐, 피곤하면 그냥 가든지.

나: 어. 그럴까? 또 그냥 간다니까 섭섭하네.

둘이 골목을 방황하다가 자정 넘어서도 열려 있다는 바인지 커피집인지 모를 곳을 찾아서 자리를 잡았습니다. 주스와 차 따위를 시켜 놓고 소파에 앉아 있으려니 갑자기 어깨에 곰 세 마리가 올라앉은 느낌이 나면서 눈이 감깁니다. 인혜가 절 앉혀 놓고 한참을 뭔가 이야기하는데 자꾸 눈이 감기고 갑자기 취기도 올라오면서 잘 안 들립니다.

인혜: 너 옛날에 좋아한다는 회사 사람. 아직 만나?
나: 어. 만나. 아니. 근데, 지금은 안 만나.
인혜: 무슨 소리야. 만난다는 거야, 안 만난다는 거야?

말이 꼬이고 잘 들리지가 않습니다.

나: 어. 내가 무슨 소리를 하는 거지. 그 사람이 진짜 예쁘거든. 정말 슬기롭고 현명한 사람인데. 내가 참 별로야. 결혼하자고 했는데…….
인혜: 결혼? 진짜? 프러포즈했어?
나: 아니. 그게 고백이긴 한데 프러포즈는 또 아니고. 근데 지금은 또 도망 다녀. 웃기지. 근데 그 사람도 날 피해. 이게 뭐야. 야. 나 십 분만 잘게. 나 깨워줘. 미안.

대충 이렇게 말한 것 같았는데 저도 모르게 중언부언하다가 소파에 머리가 닿더니 눈이 감겼습니다. 출장을 떠난 후로 이렇게 맹렬히 몰려오는 잠기운은 처음이었습니다. 아세트 알데히드의 위력인지 천근으로 겹겹이 쌓인 근 열흘 동안의 피로감에 짓눌려 쓰러져 자기 시작했습니다. 옆에서 인혜가 저를 부르는 소리가 아득히 들렸고 향수 냄새가 갑자기 훅 느껴지며 '아- 인혜가 날 붙잡고 일으키는구나.'라는 생각에 어딘가 기대고 싶어졌습니다. 그리고 그대로 정신은 아득히 멀어졌고 인혜에게 절 맡기며 지금 당장 멸치잡이 어선에 실려 가더라도 아무것도 모를 것처럼 잠으로 빨려 들어가게 되었습니다.

다음날. 눈이 떠졌다기보단 정신이 먼저 들었습니다. 침대의 감촉이 조금 낯설었습니다. 엇. 우리 집 아닌가. 어, 나 인혜랑 잔 건가. 손을 뻗어 쓸어내리자 익숙하면서도 동시에 낯선 패브릭이 느껴졌습니다. 아, 이를 어떻게 수습하지. 제발. 제발. 제발. 이런 식이면 안 돼.

겨우겨우 눈을 뜨자 TV, 컴퓨터, 책상이 어렴풋이 보이고. 어, 내 TV인데. 다행히 익숙한 풍경. 아. 우리 집이다. 옆에는 아무도 없다. 옷도 잘 입고 있다. 안도의 한숨이 나옵니다. 속이 조금 쓰렸지만 숙취가 심한 것 같지는 않았습니다. 참을 수 없을 만큼 배가 고팠고 마라톤을 뛴 것처럼 몸에 힘이 하나도 남아 있지 않았습니다. 열흘이 넘는 시간 동안 못 잔 잠을 한 번에 몰아 잔 모양이었습니다.

핸드폰을 꺼내 보자 정오가 가까운 시간. 오래도 잤네……. 다행이다. 회사 안 가도 되어서. 겨우 정신을 차리고 몸을 일으켜 대충 고양이 세수를 한 뒤 인혜에게 메시지를 보냈습니다.

[인혜야. 나 지금 일어나 보니까 집인데 나 집에 어떻게 온 거니. 나 너랑 앉아 있던 것까지만 기억나는데.]

그러자 인혜에게서 바로 답이 옵니다.

[어제 술 많이 안 먹은 거 같은데 왜 그리 기억을 못 해.]

기억을 못 해? 나 실수했나? 저는 다급히 메시지를 보냈습니다.

[무언가 너한테 단단히 민폐를 끼친 건 분명한데. 혹시 너한테 무슨 헛소리를 했다던지…….]
[너 나한테 무슨 소리 했는지 진짜 몰라? 세상에.]

어. 불안하다.

[어. 아니. 야, 내가 뭐라고 했는데.]
[나 오랫동안 좋아했다고. 결혼하자고 :)]

갑자기 하늘이 하얗게 변했다가 인혜가 곧이어 보낸 춤추는 이모티콘에 사태를 파악했습니다.

[야! 진짜.]

눈앞에 없으니 농담인지 알 수 있을 리가.

[^^사실 니가 고백해도 별로 설렐 것 같지는 않지만. 너무 정색하니까 약간 섭섭할 정도네.]
[하아. 널 2% 정도 좋아해. 됐냐.]
[어. 그 정도면 괜찮아. 난 널 1.5% 정도 좋아하니까 내가 이겼어.]

인혜 말에 의하면 커피숍이 닫을 때까지 저는 기절한 것처럼 잠이 들었는데 인혜가 겨우 깨워 택시를 태웠다고 합니다. 하지만 태우자마자 정신을 거의 잃기에 안 되겠다 싶어 같이 탔다고 합니다. 그러다 집 앞에 택시가 서자 제가 갑자기 잠이 깼는지 혼자 몸을 일으키며 "안녕." 하더니 문을 열고 가더랍니다.

[너가 갑자기 문을 딱 열고 나가는데 어째 폼이 집까지 못 가고 계단에서 쓰러져 잘 거 같아서 따라 내렸지.]
[어. 너 그럼 집에도 들어왔냐.]
[아니. 난 남자 집에 잘 안 가. 크크. 너 그때 술 깬 거 아니지? 계속 헛소리를 하던데.]
[어. 그런 모양이다. 아 진짜 기억이 안 난다. 내가 단단히 민폐를 끼치긴 했구나. 야. 너 뭐 필요한 거 없냐. 다음 출장 때 면세점에서 사다 줄게. 비싼 것도 괜찮아…….]
[어. 진짜? 나 진짜 이야기한다? 출장 갈 때 되면 이야기해. 내가 물건 딱 찍어 줄게.]

집에 혼자 들어왔으니 일단 인혜랑 잔 건 아니었고, 헛소리했다는 건 민망해서 묻고 싶지도 않았습니다. 커피숍에서 마주 앉았을 때 안 책임님 이야기를 묻길래 상담이라도 받아 볼까 했었지만 안 하길 잘한 것 같습니다. 인혜와는 좀 희한한 관계인데 친했지만 이성으로 생각해 본 적은 없었고 인혜 또한 마찬가지였습니다. 우리가 사귀면 망하는 결혼이라는 농담을 서로 할 정도였습니다. 하지만 인혜가 유학을 갔다 오고 나이가 들었으니 예전처럼 편하게 농담할 수는 없었습니다. 일부러 가볍게 이야기를 하더라도 진지하게 들을 수 있었고 분명 한탄을 한답시고 헛소리를 했을 테고 바보짓을 했을 것이 확실합니다. 술까지 먹었으니 더 위험할 뻔했습니다.

전화기를 내려놓고 냉장고를 뒤지니 생면 우동이 나와서 물을 올리고 면과 파인지 먼지인지 모를 건더기들도 함께 넣고 끓인 뒤 후루룩 먹고 허기를 달랬습니다. 입에 쫄깃한 우동사리가 씹히고, 기름지되 적당히 짜고 따뜻한 간장 국물이 속에 들어가자 잠에 취했던 신경과 근육들이 이제야 깨어나는 느낌입니다. 충만한 느낌에 심취하며 먹다 보니 사발 그릇의 바닥이 나타나기 시작합니다. 이젠 좀 정신을 차릴 수 있을 것 같았습니다.

그리고 그때 인혜에게서 다시 메시지가 왔습니다.

[어제의 네 헛소리를 종합해 보면, 지금은 연락이 잘 안 되고, 잠깐 시간 갖고 생각하자는 뭐 그런 상태라는 거지?]

도대체 내가 뭐라고 한 거야.

하지만 기억을 떠올리기도 전에 장문의 메시지가 또 왔습니다.

[이건 꼭 여자로서가 아니라 그냥 일반적인 연애로 보면, 보통 시간을 갖자는 건 헤어질 말을 찾는 거 아닌가? 너 그런 말 들어본 적 있어? 아아. 시간을 갖고 천천히 생각해 보니 오빠만 한 남자가 없는

거 같아. 내가 더 잘해 줄게. 야. 이런 건 없어. 보통 시간을 갖고 그 후에 헤어지지.]

그 말에, 비행기에서 들고 온 땅콩을 오도독 먹다가 뒤통수를 한 대 맞는 것 같았습니다. 지금의 이런 시간이 길어지면 길어질수록 결론은 한 방향이었습니다. 보통 시간을 갖자거나 시간이 필요하니 조금 떨어져 있자고 한 뒤, 한참 시간이 흘러 다시 만나보면 '역시 헤어지는 것이 좋겠어.', '곰곰이 생각해봤는데 우리 모두에게 이게 좋아. 그러니 널 놓아 줄게.' 이런 말들을 결국 듣게 되었다는 걸 기억해 냈습니다. 저 또한 널 위해 놓아 줄게 따위의 되지도 않는 말을 옛날 여자친구에게 한 적이 있었습니다.

이런 결론에 이르자 갑자기 마음이 급해졌습니다. 주말 지나서가 아니라 지금, 빨리 만나야 한다. 무슨 말을 할지는 모르지만 마음이 굳어지기 전에 헤어지자는 말을 안 하도록 설득하고 마음을 돌려야 한다. 지금 빨리.

하지만 아직도 무엇을 미안해야 하는지, 어떻게 이야기해야 하는지, 머리를 굴려 보아도 안 책임님의 마음을 알지 못하니 아무것도 나오지 않았습니다. 그냥 무턱대고 회사를 가볼까 하다가 휴가를 쓰고 회사 건물에서 부서 사람이라도 만나면 뭐라 설명할 길이 없어 결국 퇴근 시간에 맞추어 집 앞으로 가기로 마음먹었습니다.

갑자기 정신이 번쩍 들며 부산스레 움직이기 시작했습니다. 씻고 면도하고 아무렇게나 던져 놓은 옷들을 치웠습니다. 전화기를 다시 충전기에 꽂아 두며 안 책임님에게 메시지를 보낼까 고민하다가 집 앞에 가서 보내기로 했습니다. 기다리고 있다는데 나와 주겠지. "주말 지나고 보자고 했잖아요!"라고 화낼 것 같지는 않았습니다. 그렇게 믿고 싶었습니다.

/

정말이지 서른 넘어서도 집 앞에 찾아가 매달리고 기다리고 하는 이런 연애를 할 줄은 상상도 못 했습니다. 결혼하자고 한마디 했다고 상황이 이렇게 급변할 줄이야. 물론 결혼이 보통 쉽게 할 이야기는 아니지만 그래도 이렇게 될 줄은 꿈에도 몰랐습니다. 파리 드골 공항에서 사 온 마카롱은 출장 다녀온 이후 냉장고 속에서 외롭게 고이 놓여 있었습니다. 지금! 지금 나가야 한다! 빨리!

다섯 시 정도에 집을 나섰지만 해가 중천입니다. 해가 제법 길어졌습니다. 오늘따라 공기도 나쁘지 않습니다. 마스크를 쓴 사람들이 여기저기 있지만 하늘이 좀 파래 보이니 분위기가 낫습니다. 지하철을 타고 안 책임님네 동네에 도착하여 아파트를 향해 걷다가 꽃집이 보여 꽃을 몇 송이 샀습니다. 바보 같긴 했지만, 여자에겐 꽃은 항상 옳다는 말을 어디서 주워들은 적이 있어 어차피 할 말도 없는 이상 상대를 어이없게 피식 웃게 만들어 마치 아무 일도 없던 양 예전으로 돌아가는 것도 좋을 것 같아 작은 봄꽃들로 다발을 꾸렸습니다.

싱그러운 꽃다발을 들자 걱정이 좀 물러서고 무한한 자신감과 거칠고 힘찬 야성이 마음속에서 춤을 춥니다. 프러포즈 타이밍이 문제였다면 제정신으로 다시 프러포즈하면 되고, 그게 아니라면 무엇이든 용서를 구하며 미안하다고 하면 된다는 모종의 심리적 자신감과 함께 발걸음이 가벼워졌습니다.

아파트 앞에 도착하자 다섯 시 삼십 분. 나 지금 아파트 앞에 있노라고 문자를 보내면 최소한 퇴근길에 무시하며 들어가지는 않겠지. 아. 맞다. 애 데리고 오는 날이면 어쩌지. 금요일이니까 그럴 수도 있는데. 아 몰라. 그런 거 계산하고 그럴 처지가 아니다. 꽃까지 산 마당에. 꽃다발을 굳게 쥐고 있으려니 마치 전장에 나서는 장수가 칼을 뽑은 기분이 들었습니다.

오랜만에 미세먼지 농도가 '맑음'으로 뜬 봄날의 아파트 놀이터는 애들로 북새통이었습니다. 노란색 태권도 학원 승합차에서 애들이 내리며 태권도복을 입은 사범에게 거수경례를 합니다. 아이들은 차가 떠나기 무섭게 놀이터로 뛰어가 놀기 시작하고 한 무리의 아이 엄마들은 유모차를 놀이터 한편에 놓아둔 채 커피를 들고 담소 중입니다. 그리고 그 옆을 꽃다발 들고 지나가는 아저씨라니.

이 풍경은 예상치 못한 변수였습니다. 차분하고 고요한 분위기에서 꽃다발을 건네주고 서로 피식 웃고 뭐 그런 분위기를 그렸지만 마치 시골에서 외국 사람을 신기하게 쳐다보듯 호기심을 가득 품은 눈으로 저를 바라보는 시선들이 느껴졌습니다. 어디선가 '아유, 저 사람 봐. 저 나이에도 꽃다발 들고 기다리네. 이십 년 전에 학교 앞에서 보던 풍경 같아. 큭큭.' 하는 소리가 바람을 타고 들려오는 것도 같습니다. 이래저래 놀이터 옆에 서 있기가 난처해지니 아파트를 빙빙 돌며 사람의 왕래가 덜한 곳을 찾을 수밖에 없었고, 결국 조바심에 메시지를 보냈습니다.

[저. 집 근처인데요. 퇴근 언제 하세요? 시간 좀 내주세요. 잠깐 보고 이야기 좀 해요.]

혹시 시간 되세요? 시간 괜찮으면 시간 내주시면 안 될까요? 뭐 이런 소극적인 문장을 썼다 지웠다 하다가, 순간 자신 있게 썼습니다. 시간 좀 내주세요. 우리가 만약 서로 이름을 부르는 사이이고 다른 연인처럼 호칭도 진즉 정리했으면 이런 일이 없을 텐데…….

하지만 십 분이 지나도 확인했다는 표시가 안 뜹니다. 아직도 회의

하나. 운전 중인가. 하긴 알림 올 때마다 핸드폰을 기를 쓰고 보는 성격도 아니니 운전 중이면 못 볼 수도 있겠다. 기다리자, 차분하게.

지은 지 이십 년은 족히 넘었을 아파트 단지의 나무들은 제법 뿌리를 내렸는지 가지마다 봄꽃이 풍성합니다. 맨날 밤에 와서 잘 몰랐던 건지 아니면 사는 곳과 회사가 모두 도심지여서인지 이런 아파트의 조경이 때때로 마치 외국에 온 듯 생경하게 느껴집니다. 한 손에 꽃다발을, 다른 손에 마카롱 포장 백을 달랑달랑 들고 아파트의 가로수를 뱅뱅 돌면서 저 멀리 아파트 입구나 주차장을 힐끗 보며 시간을 죽이고 있던 중 메시지가 왔습니다.

[여기 오셨다고요? 나 지금 집에 없는데.]

[퇴근 아직 안 하셨어요? 기다릴 수 있어요.]

그리고 불안한 침묵. 1초, 2초, 3초…… 10초. 왠지 모르게 저 멀리서 익숙한 한숨 소리가 들려오는 듯한 착각이 들었습니다.

[오늘 저 연차 냈어요. 애기랑 나와 있는데…….]

아아- 그래. 원래 나이 들어서 이런 건 사전에 말 없이 하는 게 아니라고 했다.

[멀리 계세요? 저 기다릴 수 있는데.]

자꾸 반복되는 기다릴 수 있다는 말. 이 말은 하지 말걸. 여지없이 매달리는 모습. 안타까운 모습. 그리고 딱한 모습. 안 책임님에게 제가 어떻게 보일지 생각하니 괴로웠습니다.

[잠깐만요. 금방 연락할게요.]

그래도 내치진 않는다. 왜 왔냐고 화난 것 같지는 않다. 다만 제가 그녀를 난처하게 만든 건 확실했습니다. 또다시 가로수를 뱅뱅 돌며 난 왜 이럴까, 왜 이럴까 자책을 하던 중 드디어 메시지가 왔습니다.

[한 이십 분 기다릴 수 있어요? 근처에 가서 전화할게요.]

[아 정말요? 기다릴게요.]

과거에 이렇게 기다리고 차였던 순간이 주마등처럼 지나갔습니다. 옛날이랑 느낌이 묘하게 비슷하네. 과거에 내가 찼던 여자 친구도 이별 전에 이런 느낌이었을까. 불쌍하고 딱하고…….

이런저런 상념에 잠겨 있는데 생각보다 빨리 전화가 왔습니다.

안: 책임님. 어디 계세요?

나: 집 앞. 아니 바로 앞은 아니고 옆 동의 뒤편 주차장이요. 벚꽃 막 있는 곳.

안: 혹시 개나리가 나란히 펴 있는 길인가요? 바깥쪽 길인가?

주위를 둘러봤지만 개나리는 없었습니다.

나: 개나리는 없는데요.

안: 아. 개나리가 다 져서 없겠구나. 그러면, 후문 아세요? 후문 쪽으로 좀 걸어 오실래요? 제가 그 근처에서 이제 들어가요.

나: 어. 차로 오시는 게 아니에요? 후문이면. 뭐 물어물어 가 볼게요. 알 것 같아요.

전화를 끊음과 동시에 후문을 가리키는 화살 표시를 발견했고 길을 따라가면 후문이 나올 것 같습니다. 길을 따라 후문 방향으로 가고 있는데 아파트 후문으로 막 들어오는 안 책임님을 발견했습니다.

근데. 어? 자전거? MTB 자전거 뒤에 어린이 안장을 매달고 트레이닝 반바지에 후드, 그리고 고글에 자전거 헬멧을 쓴 안 책임님이 제 앞으로 다가옵니다. 가까이에서 마주 본 상태로 전 자전거를 보고, 안 책임님은 꽃을 보며 몇 초간 정적이 흘렀습니다. 그리고 입을 열자 서로의 말이 부딪힙니다.

나: 자전…….

안: 그 꽃…….

저 멀리서 들려오는 자동차의 경적 소리. 그리고 난데없는 까마귀 소리. 그리고 또 몇 초 후. 기나긴 한숨.

안: 먼저 이야기하세요.

나: 자전거는 언제부터 타셨어요? 전에 갔을 때 자전거 못 봤었는데. 우리 그렇게 오래 못 본 것은 아닌데…….

안: 얼마 전에 옆 아파트에 사는 아는 언니가 외국으로 나가면서 자기 타던 거라면서 자전거를 주고 갔어요. 되게 좋은 건데 팔기는 귀찮다며 헬멧까지 같이 커피 한 잔에 넘겼는데 몇 번 장보러 타보니까 탈만 하더라고요.

고급 MTB에 뒤에 달린 어린이 안장이 무척 낯설었습니다.

나: 안장은 따로 다신 거예요?

안: 나만 타는 것보다 애기 좀 태우고 다녀 보려고 동네 자전거 가게 가서 달았어요. 동네 자전거 가게 가니까 아줌마들 타기 좋은 거 바구니 달린 거 많던데. 아무튼 그러다가 오늘 처음 한강에 나가 봤어요.

나: 그러면 오늘 회사 안 가신 거예요?

안: 응. 모처럼 날이 좋아서. 어제 막 연차 냈어요.

나: 그럼 애기는 어디에?

안: 조카도 어디서 자전거 하나 빌려 왔더라고요. 그래서 같이 나가서 타고 조카랑 애기랑 근처에서 저녁 먹고 있어요. 저만 집에 잠깐 갔다 온다고 하고 지금 책임님 보러 온 거고.

자전거에 대해서 아주 잘 아는 건 아니지만 고급스런 프레임과 부품들의 브랜드를 보니 딱 봐도 이른바 마구 타는 저가형 생활 자전거는 아니란 걸 알 수 있었습니다. 한 손으로 막 들어 옮기는 걸 봐서는 카본 같은 가볍고 비싼 프레임 같았고 기어나 페달, 브레이크의 브랜드와 등급을 보아 하니 전문가의 손길이 느껴져 누군가 살 때 도움을 주었나 하는 생각이 들었습니다. 그리고 순간 제가 모르는 안 책임님을 발견한 것 같아 잠깐 마음이 안 좋았습니다.

나: 자전거 좋아 보이네요. 저도 같이 타요. 저 부모님 집에 썩고 있는 자전거 있는데. 아주 좋은 건 아니지만요.

전 생뚱맞게 자전거 이야기를 꺼냈습니다. 한때 자전거 좀 잘 타보려고 동호회 가입하고 중고 로드 하나 사서 시작했는데, 아저씨들이 하도 장비 자랑해서 짜증 났네, 그래서 뭐 업그레이드하네 뭐하네 하는 이야기를 혼자 떠들면서 속으로는 그냥 대강 이런 이야기만 하다가 다음에 자전거 데이트하자며 꽃만 딱 주고 좋은 분위기로 헤어졌으면 하는 마음이 들었습니다. 이렇게 얼렁뚱땅 웃으며 넘어갈 수 있지 않을까 하는 기대가 제 머리에 맴돌고 있는데 빤히 절 보는 안 책임님을 보고 말문이 막혔습니다.

안: 자전거 이야기는 그만. 우리 자전거 타려고 만난 거 아니잖아요.

안 책임님은 안장에서는 내렸지만 아까부터 자전거의 프레임 탑튜브를 다리 사이에 낀 채 서 있었습니다.

나: 자전거 어디 세워놓기라도 하지. 불편하지 않으세요?

안: 자전거 스탠드가 없어요. 안 그래도 애기 안장 달 때 같이 달았어야 하는데. 좋은 자전거들은 이런 스탠드가 원래 없다는 걸 처음 알았네요. 오늘도 사실 애기 태우는데 스탠드가 없으니까 혼자서는 애기를 뒤에 못 태우겠더라고요. 그래서 조카 애 보고 좀 나오라고 한 거예요. 자전거 어디 팔아 버릴까 봐요. 오늘 애기랑 타보니 내가 탈 만한 자전거가 아닌 거 같아서.

헬멧에 고글까지 쓰고 이야기하는 것이 아무래도 이상했는지 안 책임님은 헬멧을 벗어 자전거에 걸어 두고 고글을 벗은 뒤 입에 물며 눌려 있는 머리를 정리했습니다. 이 상황에서도 이 모습에 또 심쿵합니다. 땀이 송송 맺힌 이마에, 머리를 정리하여 드러난 목덜미, 그리고 머리끈으로 정리된 머리칼이 살짝 불어온 봄바람에 찰랑거렸습니다. 결국 안 책임님은 자전거를 나무에 기대어 놓고 제 앞에 다시 섰습니다.

안: 책임님은 참. 뭐랄까 순수한 데가 있어요. 누군 순진하다고 할지도 모르지만. 좀 다른 뉘앙스인데…… 지금 이 상황에 꽃을 가져올 생각을 다 하다니.

그리곤 깊은 한숨을 또 쉽니다. 걱정되게 아까부터 왜 자꾸 한숨을 쉬고 그러지. 또다시 조금 긴 침묵이 흘렀습니다. 달리 할 이야기가 생각이 나질 않다가 문득 손에 들고 있던 마카롱을 발견했습니다.

나: 이거. 드골 공항에서 샀어요. 혹시 이거 맞아요?

안: 맞다니 뭐가요?

종이백을 받아 들고 안을 살펴본 안 책임님은 웃음 1/4, 슬픔 3/4

의 묘한 표정을 지었습니다. 그러더니 그 표정으로 아무 말도 안 하고 마카롱을 한참 봤습니다.

나: 저도 하나 먹어봤는데 안 책임님이 한 말이 어떤 건지 딱 이해했어요. 이번 출장, 너무 힘들고 마음이 내내 안 좋아서 여기가 파리인지 광화문인지 어딘지도 모르고 시간을 보냈는데 돌아오는 비행기를 타기 직전에 공항에서 사서 딱 먹어 보곤 아-이 느낌이구나 했어요.

그러자 웃음의 1/4이, 1/8로, 1/16로 변하면서 0이 되어 없어졌고 결국 슬픈 표정만 남고 말았습니다.

나: 솔직히, 어떻게 해야 할지 잘 몰라서……. 그때 생뚱맞게 프러포즈한 거 미안해요.

안: ……그건. 책임님 탓이 아니라 제 탓이에요.

안 책임님 탓이네 뭐네 하는 어려운 말 대신 차라리 제가 못생겼다, 키가 작다, 뭐 돈이 없어 보인다, 이러면 더 편하다고요!

안: 책임님. 우리 이렇게 만나는 거 언제까지 계속될 수 있겠어요? 소위 말해서. 요즘 회사에서 많이 쓰고 좋아하는 말로 '지속 가능' 할까요? 생각해 보신 적 있으세요?

나: 그러니까. 우리 결혼해요!

왠지 자꾸 이런 말밖에 할 수가 없었습니다. 결혼하면 되는 거 아닌가. '지속 가능'하도록.

전 안 책임님께 꽃을 내밀었습니다. 마음으로는 칼을 뽑겠다고 꽃을 내밀었는데, 바늘을 뽑은 것 같은 느낌이 들었습니다. 안 책임님은 이에 고개를 내저으며 꽃을 받지 않은 채 말을 이었습니다.

안: 마음 가는 대로 결혼하자고 한 게 아니라 혹시 마음을 더 가게 하려고 결혼하자고 하는 거 아니에요?

나: 아니에요!

안 책임님이 괴롭다는 듯, 한 손을 이마에 대고 머리를 쓸다가 목을 잡은 채 겨우 말을 이어갔습니다.

안: 솔직히 이런 연애. 난 좋았어요. 나로서는 최선의 연애니까. 어느 남자가 날 이렇게 이해해주며, 지금 아니면 언제 이 정도의 연애를 할 수 있겠나 싶었는데.

나: 결혼하면 계속 같이 할 수 있는 거잖아요. 아니, 지속 가능한 연애가 아니라면서요. 결혼 아니고서 지속 가능할 수 있어요?

안: 그래서 결혼 할 수 있겠냐고요! 할 수 없는데 하겠다고 막 던진 거잖아요!

나: 그럼 프러포즈를 어떻게 다 차려 놓고 해요! 던지는 거지!

오랜만에 맑은 저녁 하늘에 뉘엿뉘엿 노을이 지고. 아파트 안의 도로에는 아이들 태권도, 축구, 영어 학원 차가 끊임없이 오가며 애들을 태우고 내리고. 그 옆에 엄마들은 참새 같은 아이들을 데리고 바삐 집에 들어가 저녁 식사를 재촉하고. 저 옆에 빈 주차 공간에는 초등학생들이 나와서 줄넘기를 휙휙 넘으며 숫자를 세고 뒤로뛰기, 꺾기, 쌩쌩이 등을 하며 몇 개를 했네 하면서 깔깔거리고. 무표정한 중고생들이 교복인지 체육복인지를 입고 양말에 슬리퍼를 끌며 귀에 이어폰을 꽂은 채 학원으로 퉁명스레 걸어가고. 누가 시켰는지 고소하고 탐스러운 탕수육의 복잡한 돼지기름과 양파 냄새를 은은히 풍기며 옆을 지나가는 철가방 오토바이.

봄바람이 물결처럼 우리를 휘어 감자, 몇 안 남은 개나리 꽃잎이 휘

날리며 머리 위에서 벚꽃이 떨어지고. 놀이터에서 재잘거리는 아이들. 후진 경고음과 함께 주차하는 자동차. 땅과 줄이 만나며 내는 줄넘기 마찰음. 그에 맞추어 하나둘셋 세며 박수 치며 깔깔거리는 여자 아이들. 그리고 그 한가운데에서 옥신각신하는 연인 아닌 연인.

멀끔히 차려입고 꽃을 내미는 남자. 후드티에 트레이닝 팬츠를 입은 채 자전거를 옆에 세워두고 난감해하는 여자.

안: 책임님. 여기까지인 것 같아요. 즉흥적으로 이야기하는 거 아니에요. 오래 생각하고 많이 고민했어요.

무릎을 꿇으라고 하면 꿇을 수도 있겠다는 심정. 하지만 꿇어서 될 것이 아닌 것 같다는 이성.

안: 정말 고마웠어요. 좋은 시간 보내게 해줘서.

너무 희극적이다. 이별의 풍경은 원래 밤비가 쏟아지고 처절하게 그 비를 맞으며 이별의 감상에 젖거나, 적막 속에 남겨져서 쓸쓸히 지나쳐가는 이의 뒷모습을 보는 것 아닌가. 그래야 비극이 아니던가. 하지만. 왜. 어떻게. 우린 지금 이 평화롭고 소란스런 봄날의 병아리 같은 풍경의 한가운데에서 이별을 이야기하는 걸까. 코미디 영화 같다.

나: 너무. 허무하네요.

안: 허무하지 않아요.

나: 이러면 안 되는데.

안: 다른 해 줄 말이 없어서 미안해요. 난 손 책임님에게도 이게 좋다고 생각해요. 아니, 이게 좋다고 믿어요.

제가 말없이 가만히 서 있자 안 책임님은 "갈게요."라며 마카롱이 담긴 쇼핑백을 자전거 손잡이에 걸고 기대 놓은 자전거를 일으킵니다. 저는 그런 안 책임님에게 가만히 꽃을 내밀었습니다. 그러자 긴 한숨과 딱한 눈빛이 흘러나옵니다.

안: 우리 애가 좋아하겠다. 색깔이 어쩜 이리 예쁠까.

그리고 잠시 깨무는 입술.

안: 고마워요. 갈게요.

한 손에는 꽃, 다른 한 손에는 자전거 핸들을 잡고 작은 마카롱 종이백과 헬멧이 걸린 자전거를 돌돌돌 끌고 가는 안 책임님의 뒷모습을 보고 있는데…… 별 감정이 들지 않았습니다.

지금의 풍경이 이별에 집중할 수 없는 분위기여서인지, 아니면 언제부턴가 그냥 이렇게 될 거 같았다는 느낌 때문이었는지 원래 이별이 실감이 안 나는 것인지. 전 그냥 황망히 눈을 껌뻑이며 주위의 아이들과 학원 버스와 줄넘기가 돌아가는 모습과 지나쳐가는 오토바이를, 그리고 저물어가는 노을을 보고 있었습니다.

/

얼마나 그러고 있었을까요. 아파트 가로등이 넌지시 켜지자 터벅터벅 지하철 두 정거장 되는 거리를 정처없이 걸었습니다. 그러다 보니 해가 완전히 졌고, 뭘 할까 혼자 밥이라도 먹을까 방황을 했지만 아무리 찾아도 혼자 밥을 먹을 만한 곳이 보이지 않았습니다. 문득 집 생각이 나서 엄마에게 전화를 했고, 엄마는 난데없이 평일에 그것도 금요일 저녁에 오겠다는 둘째 아들에 반색하며 불고기를 구워 주신다고 했습니다.

터벅터벅 길을 돌고 돌아 부모님 집에 도착하여 현관문을 열자, 풍성한 음식 냄새가 저를 맞이하고 있었습니다.

엄마: 아빠는 갑자기 늦게 오신다고 해서 불고기 해 놓고 혼자 먹어야 하나 했다.

나: 오늘따라 집이 엄청 조용하네.

엄마: 노인 둘이 사는 집이 조용하지 그럼.

나: 아니, 그냥 오늘따라 더.

엄마: 출장 다녀왔다더니 음식이 안 맞았냐. 왜 이렇게 말랐어.

나: 요즘 살 빼려고 다들 난리인데. 마르면 좋지 뭐. 나 자고 갈게요.

어머니는 어쩐 일인지 여자가 어쩌네 결혼이 어쩌네 하는 이야기를 한마디도 안 하셨고 저는 조카들 이야기나 친척들 근황만 조용히 들었습니다. 그날따라 배가 고팠는지 아니면 근 열흘 넘게 없었던 입맛이 돌아왔는지 밥을 두 공기나 비웠습니다.

식사를 마친 후 예전에 쓰던 방, 지금은 거의 창고로 쓰는 방에 들어와 옷장에서 대학 때 입었던 옷을 꺼내 갈아입고 안 책임님을 알기 훨씬 전의 일을 생각했습니다. 갑자기 그때와는 다른, 어른이 된 자신을 발견한 것 같았습니다. 찌질했던 나, 한심했던 나. 이런 내가 1~2년 사이에 성장했구나.

아버지는 꽤 늦은 시각에 집에 들어오셨고 아버지와 맥주 한 캔씩 소소하게 마셨습니다. 밤이 깊어지자 아버지와 엄마는 피곤하시다며 방으로 들어가셨고 마루에 혼자 남아 소리를 낮춘 뒤 한참 TV를 돌려 보았습니다. 홈쇼핑에서 LA갈비를 파는데 어찌나 쇼호스트들이 이야기를 잘하는지 저녁으로 고기를 먹었음에도 꽤 먹음직스럽게 보였습니다. 살 생각이 1도 없었지만 멍하니 그대로 보고 있을 정도였습니다. 모델로 나온 3인 가족이 식탁에 앉아, 아빠는 전기 그릴에 갈비를 굽고 엄마는 갈비를 잘라 호호 불어 아이 숟가락 위에 얹어 줍니다. 아이는 흰 쌀밥 위에 얹어진 고기를 한입에 넣고는 세상에 없는 행복한 표정을 짓습니다.

그리고 엄마, 아빠, 아들 호호호. "자, 이런 행복한 가정에 LA 양념 갈비 한 세트 들여가세요!"라고 외치는 쇼 호스트의 멘트. 저런 가정이 특별해 보이진 않지만, 생각보다 저런 가정을 만드는 것은 얼마나 어려운지. 세 식구가 저녁 식탁에 앉아 하하 웃으며 고기를 구워 먹는 행복이 만들어지기까지 얼마나 많은 우연과 희생과 행운이 따라야 하는 건지. 나는 그 우연과 희생과 행운의 수혜자가 될 수 있을까. 안 책임님은 왜 그렇지 못했을까. 생각이 여기까지 미치자, 채널 돌리기를 멈추고 방으로 돌아와 잠자리에 들었습니다.

이별을 하면 완전 나락으로 떨어져 다른 세상이 되어버릴 줄 알았는데 전 여전히 이 세상에서 살고 있었습니다.

다만, 그냥 안 책임님만 없어졌을 뿐이었습니다.

다음 날 아침.

일어나니 아버지께서는 신문을 보고 계셨고 어머님께서는 화분에 물을 주고 계셨습니다.

나: 엄마. 내 자전거 열쇠 혹시 어디 있는지 아세요? 없어졌으면 절단기로 끊어야 할 텐데.

엄마: 그게 열쇠였냐, 번호키가 아니고? 그 자전거 굴러가기나 하니. 안 그래도 네 형이 애들이랑 탄다고 물어보긴 하더만. 열쇠 어디 신발장 서랍에 봐라. 열쇠는 다 거기에 있으니까. 거기 없으면 없는 거야.

아빠: 야. 그거 좀 가져가든지 해라. 안 그래도 전화해서 말하려고 했는데. 복도에 계속 있는데 가끔 소방법인가 뭐 때문에 관리 사무소에서 치워야 한다는 거 아들 거라고 금방 가져간다고 그냥 버티고 둔 거니 좀 어떻게 해라.

나: 오늘 가져갈게요. 바람이 있을까 모르겠네.

아빠: 관리 사무소 가면 펌프 빌려 주더라. 아마 경비 초소에 가도 있을 거야.

신발장 서랍을 뒤지니 귀신같이 열쇠가 딱 있었고 아침밥을 먹고 가라는 엄마의 성화에 못 이겨 차려 놓은 과일 몇 쪽과 떡 조각 등을 먹은 뒤 자전거를 타고 집을 나섰습니다. 여기저기 자전거를 타고 쏘다녔던 것 같습니다. 다녔던 중・고등학교도 가보고 학원가도 돌아보았습니다. 집에 가는 길을 일부러 빙빙 돌아 한강 변까지 돌다가 집 근처 사우나에 갔습니다.

그 겨울 이후로 처음인 사우나에서 냉탕과 온탕을 오가며 한참 몸을 담그고 땀을 빼며 생각했습니다. 난 여전히 이 세상에 살고 있다. 마치 2년 전 그 겨울에 그 사우나에서 있었던 그때처럼. 안 책임님과 가까워지기 전 그때처럼 지내면 된다. 그냥 아무 일도 없던 것처럼.

거기까지 생각이 미치자 사우나에서 나와 라면을 시키고 몸을 적당히 닦은 다음, 옷을 챙겨 입고 천천히 TV를 보고 이후 신문까지 보면서 천천히 라면을 먹었습니다. 그 겨울에 못 먹었던 라면까지 먹듯. 국물까지 후루룩. 모두.

다시 집으로 돌아오자 할 일이 없었습니다. 플레이스테이션을 켜서 이 게임 저 게임을 해봐도 영 재미가 없었습니다. 또 TV를 켜서 어젯밤과 마찬가지로 1번부터 채널 순례를 시작했으나 마음이 허한 나머지 TV 예능 프로들에서 흘러나오는 웃는 소리가 듣기 싫었습니다.

맥주를 마시고 몸이 나른해지자, 난데없이 야구 동영상 생각이 나서 PC를 켰는데 이미 다 지워서 소장하는 게 없었습니다. 바보 같습니다. 야구 동영상이나 찾고 앉아 있다니. 어떻게 찾아야 할지 막막해 몇몇 기억나는 주소를 찾아 넣어 봤는데 다 'Warning'이 떠서 실소가 나왔고 허무해졌습니다. 인터넷 커뮤니티를 뒤져도 동영상 품번만 추천해줄 뿐 어디서 볼 방법을 알려주지 않았습니다. 그래. 세상이 이래야지. 음란물을 편하게, 아무나 막 불법으로 볼 수 있으면 되나. 야구 동영상을 싹 지웠던 그 순간이 기억나 헛웃음이 나왔습니다. 내가 뭐라고 그런 걸 다 지웠는지. 과거에 지운 나. 보고 싶어서 또 찾고 있는 지금의 나. 모두 한심하게 느껴졌습니다.

잘 헤어져야 하는데, 잘 헤어지지 못하면 남을 텐데. 언젠가 보고 싶고. 그래서 괴로울지도 모르는데. 아니면 미워질 수도 있는데. 왜 그랬냐며 미울 수도 있는데.

우리는.

잘 헤어진 걸까요.

5장

슈레딩거 방정식

어딘가 깊숙한 곳에서 전해져 오는
은은한 향기와 반짝임들.

제법 나이를 먹어서 그런 걸까요. 그래도 이불 킥 수십 번에 배운 건 있다고 동요 없이 사는 법을 알게 된 걸까요. 실연당한 뒤 비운의 왕자 놀이도 나이 서른까지만 하는 걸까요. 아니면 마음이 그냥 무뎌진 걸까요. 일상으로 빠르게 돌아왔다는 표현을 할 것도 없이, 매일 만나고 하루에 한 시간씩 전화하던 사이도 아니니 겉에서 보기엔 별 변화가 없는 것 같기도 합니다.

안 책임님을 만나기 전, 만나는 동안, 그리고 지금. 별반 다른 게 없는 것처럼 느껴지기도 합니다. 전이나 지금이나 주말이면 어차피 할 일이 없었고, 소소한 것 하나하나 메신저나 전화로 주고받으며 킥킥거리던 소소함은 우리 사이엔 원래 없었습니다.

다만, 그래도 변화라면. 주차장 관리인부터 청소 아줌마, 편의점 알바생 모두에게 웃고 깍듯하게 인사하던 안 책임님을 닮아 저 또한 어느새 그러고 있던 것. 지하철 출구로 나와 광고물을 나누어 주는 것을 안 책임님처럼 꼬박꼬박 다 받고 있던 것. 책 좋아하는 안 책임님에게 잘 보이려고 책을 사고 읽기 시작한 것이 어느새 버릇이 된 것. 애를 안고 동동거리며 출근하고 또 픽업 시간에 쫓겨 뛰어나가는 엄마 아빠 직원들을 보면 마음이 짠한 것. 그것이 변화라면 변화.

원래도 시간을 따로 맞추지 않으면 마주치기가 힘들었지만 안 책임님의 부서가 높은 층으로 이사 가면서 우리는 아예 다른 엘리베이터를 타게 되었고 그 후로 진짜 보기가 힘들어졌습니다. 점심시간에 피트니스에 가도 안 책임님이 보이지 않았고 식당에서도 여간 마주치기가 쉽지 않았습니다.

여름이 되자 저는 소개팅 전선에 다시 나서기 시작했습니다. 나이가 들수록 상대 여자의 스펙이 점점 좋아지는 이상한 현상(?)이 나타났습니다. 물론 말도 안 되게 어린 여자를 만날 수는 없었고 그걸 원하지도 않았지만, 저보다 서너 살만 어려도 사회에서 제법 꿋꿋하게 잘 살아나가는 사람들을 만날 수 있었습니다. 옛날엔 네댓 살 차이면 "저 도둑놈!" 이랬는데 서른이 넘고 나니 별 차이가 나지 않는 또래처럼 느껴졌습니다.

그 와중에 TV에 나오는 사람처럼 여리여리하게 마른 여자를 만났는데 목소리가 개미 같고 먹는 것도 개미 같은 모습에 씩씩하고 건강한 안 책임님이 생각났고, 로스쿨 나온 변호사라고 하는 똑 부러지는 여자도 만났는데 식당의 서버나 알바들에게 뭔가 매정하고 친절하지 않은 모습을 보며 또 안 책임님이 생각났습니다. 똑똑하고 예쁘고 집안 좋다는 사람을 여럿 만났지만 영 마음이 가지 않았습니다. 물론 그 사람들도 저를 딱히 좋아하는 것 같지 않았습니다. 하지만 이렇게 소개팅을 할 때 빼고 저는 안 책임님을 빠르게 잊어가고 있었습니다.

한번은 물건을 정리하려 했지만 딱히 주고받은 게 많지 않아 정리할 것도 없었습니다. 신발 상자 하나를 비워 안 책임님께 받은 소소한 것들을 넣으려 했는데 자필 편지들이 거의 전부였습니다. 그러다 안 책임님이 준 책을 보고 정리할 마음이 사라졌습니다. 하나같이 본인이 다 읽고 나서 표지 뒤에 자신의 이름과 날짜만 딱 적어 저에게 준 책들이었습니다. 일일이 편지를 쓰거나 복잡하게 무슨 의미를 부여하지 않고 그저 자신의 이름만.

그러다 보니 그냥 원래 내 책이었던 것처럼 가지고 있고 싶어졌습니다. 그 사람에 대한 기억은 애써 지우더라도 지금의 나를 만든 흔적들은 버리고 싶지 않았습니다. 어쩐지 이 책들은 내 것 같고 다시 읽어도 마음이 아프지 않았습니다.

와이셔츠와 얼떨결에 안 책임님 집에서 입고 나온 티셔츠 역시 아무 생각 없이 입게 되었습니다. 그냥 원래 내 옷인 것처럼. 언제부터 내 옷인지 기억도 안 나는 것처럼. 버리고 싶지 않았고 계속 입고 싶어졌습니다. 그 사람 덕에 내가 이렇게 성장한 걸까. 왜 이렇게 버리기가 싫지. 안 책임님은 어떨까. 내가 사 준 화장품들을 아직도 쓰고 있나. 아이는 주방놀이 장난감을 아직도 잘 가지고 놀까. 만난 날은 긴데 준 것이 별로 없다. 그 사람도 정리할 것이 딱히 없다고 생각할까. 내가 그 사람의 삶을 조금은 바꾸었을까. 그런데, 그게 무슨 상관이니. 떠올리고, 마음 쓰고, 생각하지 말자.

그 와중에 어머니 친구의 소개로 결국 중학교 교사를 한다는 세 살 아래의 여자를 만났습니다. 참하고 씩씩하고 생각도 바르고, 무엇보다도 망아지 같다는 중학생들과 하루를 보내는 사람인데도 저를 만났을 때 힘들다, 애들이 너무한다며 징징거리는 법이 없었습니다. 눈이 번쩍할 정도로, 눈길이 따라갈 정도로 예쁘진 않았어도 늘 웃고 밝은 매력이 있는 사람이었습니다.

저는 관계에 목말랐는지 만난 후로 매일 전화하고, 메시지 세례를 붓고, 열흘 새에 두어 번을 더 만나자 금방 흔히 말하는 썸, 그러니까 누가 사귀자고 말만 꺼내면 금방 사귈 수도 있는 관계까지 진전이 되었습니다. 마치 이것이 전형적인 젊은 사람들의 연애인 양, 저는 자주 같이 시간을 보내며 빠른 속도로 이 사람을 알아 나갔습니다.

하루는 소개해 준 아줌마가 직접 연락하여 잘 만나냐고 물어보기에 그럭저럭 잘 만난다고 했더니 놀라운 이야기를 해 주었습니다.

엄마 친구: 잘 만났어? 한 번만 만나고 그러지 않았지? 여러 번 만났지?

나: 네. 몇 번 더 만났어요. 일이 바빠서 아주 자주는 못 봐요.

거짓말입니다. 일주일에 한 번도 안 빠지고 만난 적도 많았습니다.

엄마 친구: 진이 걔 이쁘지? 내가 그 엄마랑 잘 안다고 했잖아. 걔가 부족한 거 없이 잘 컸어, 아주. 그렇다고 되바라지지도 않고. 네 엄마한테 꼬치꼬치 이야기 안 할 테니까 잘 되고 있으면 나한테 이야기해. 뭐 걔네 집안 궁금한 거 있으면 물어 보고. 응?

나: 네. 아줌마. 그냥 제가 알아서 할게요.

엄마 친구: 그리고 느 엄마한테는 이야기 안 했는데. 혹시 진이가 이야기 안 하든? 뭐 집 있다고.

나: 무슨 집이요?

엄마 친구: 하긴 그걸 자기 입으로 이야기하는 것도 웃기지. 그 애 이름으로 잠실에 재건축 아파트 있어. 그 집이 옛날에 걔네 살던 데인데 어떻게 진이 이름으로 일찍 증여를 했는가 보더라. 거기 재건축 연한 한참 넘겨서 기다리기만 하면 무조건 될 거야.

아. 그 아파트. 환승 지하철역이 바로 앞에. 한강이 바로 뒤에. 재건

축해서 50층으로 올리네 어쩌네. 이런 이야기들이 나오면서 시세가 이미 천정부지로 부동산에 관심이 없어도 모를 수가 없는 아파트.

엄마 친구: 진이한테 내가 이야기했다고 하지 마! 너 뭐 확인해 본다고 물어보고 그러지 마라. 나 우습게 되니까. 그냥 알고만 있어. 그리고 엄마한테도 이야기 안 할 테니까 너도 그냥 알고만 있어. 그 집에서 아는 거 달갑지 않아 할 수도 있으니까.

현실적이고, 현실적이고, 현실적이게도. 그리고 창피하고 속물적인 마음으로 그 점이 매우 마음에 들었습니다. 근데 중학교 교사에 어마어마한 아파트까지 있는 여자가 왜 저를 만나는지 알 수 없었습니다. 아직 서른 초반이라 결혼에 몰리는 나이도 아니었는데. 내가 모르는 집안의 비밀이 있나.

만난 지 이 주가 지나자 다음에 만나면 사귀자는 말을 하겠다고 마음을 먹게 되었습니다. 아직 모르는 점이 많았지만 요즘엔 그렇게 사귀고 알아 나가는 게 또 어른들 연애의 트렌드라고 하니 말을 언제 어떻게 꺼낼까 하는 생각을 굴리고 있었습니다.

사귀기 전 단계일 뿐 겉모습으로는 매우 자연스럽고 전형적인 젊은이들의 연애. 이토록 연애가 쉬운 거였나 싶을 정도로 마찰도 벽도 없이 순조롭게 흘러갔습니다. 반대에 저항하는 결혼, 궁핍한 결혼, 복잡하고 힘든 과거와 싸우는 결혼, 둘만 손 붙잡고 세상과 싸우는 결혼이 아니라 축복받고 넉넉하고 안정적인 결혼을 할 수 있을 것 같은 느낌. 결혼해서 알콩달콩 애 없이 자유로운 신혼을 보내고 아이를 가지면 온 세상의 축복을 받는 그런 결혼을 저는 생각하고 있었습니다.

/

여름날의 어느 저녁, 썸녀가 된 진이 씨와 같이 연극을 보러 가기 위해 무라도 자를 수 있을 만큼 날카롭기 그지없는 칼퇴근을 하고 엘리베이터에서 내려 뛰어나가는 순간, 안 책임님을 마주쳤습니다. 소녀처럼 자른 귀밑머리 단발. 옷소매 속에서 나긋하게 뻗은 하얀 손목. 곧은 허리와 꼿꼿한 목. 그 아래로 도도하게 굴곡지며 떨어지는 여전히 아름다운 가슴과 몸매. 그리고 또, 샴푸인지 향수인지 몸 내음인지 복잡하게 저를 휘감는 향기. 한동안 잊고 살았던 그 모습과 냄새. 인사로 어떤 말을 건네야 할지 5초 고민하다가 말을 꺼냈습니다.

나: 머리 자르셨네요. 엄청 짧게. 중학생 같아요.

중학생 같다는 말은 하지 말걸. 이건 칭찬도, 드립도 아니고 뭐냐.

안: 누군 몽실 언니 같다던데. 몽실 언니 알아요?

우리는 오랜만에 만나놓고 왜 또 이런 대화를 하고 있는 걸까요.

나: 아 몽실 언니…… 알긴 아는데. 그건 그렇고. 잘 지내고 있어요? 통 얼굴을 못 보네요. 요즘 운동 안 오세요? 피트니스에서도 본 적이 없네요.

안: 아. 지난달부터 운동 쉬고 있어요. 요즘 점심시간에 조용히 커피 내려놓고 그냥 자리에서 책 읽어요. 밥도 식당에서 싸 와서 자리에서 먹는 경우도 많고.

나: 아…….

분노, 절망, 그리움, 야속함. 순간, 이 모든 것들이 섞인 복잡한 감정들이 기차 창밖으로 지나가는 전봇대처럼 휙 스쳐갔습니다. 사실

전 잘 지내고 있었는데도, 이 정도면 정말 잘 지내고 있었는데도 어이없게도 그런 감정이 올라왔습니다.

안: 오늘 차려입었네요. 그 사이 옷도 산 모양이네. 처음 보는 옷이네요.

처음 보는 옷이라니. 이 말에 너무 마음이 복잡해졌습니다. 아. 진짜 야속하다. 왜 이리 아무렇지도 않은가, 이 사람은. 차라리 굳은 얼굴로 말을 했더라면 나았을까.

나: 아. 그런가요. 저…….

안: 미안. 저 빨리 올라가서 챙겨 나와야 해요. 애 데리고 어디 갈 데가 있어서. 책임님도 어디 가려고 한 거죠? 그럼 갈게요.

제가 대답할 새도 없이 막 도착한 엘리베이터에 후다닥 뛰어 들어갑니다. 서둘러 가는 모습에 다소 맥이 빠져 걸음이 늦어집니다. 약속에 늦으면 밥도 먹고 연극도 보려 했던 계획이 틀어져 겨우 연극만 보게 될 텐데, 하는 생각이 들었지만 저는 어느새 서두르고 싶어지지 않아졌습니다. 아, 그냥 대충 아무거나 먹고 보자고 해야겠다.

전, 안 책임님이 안부라도 묻고 빈말일지라도 한번은 보자고 할 줄 알았습니다. 차였다고 생각했기에 제가 먼저 보자고 말할 수는 없었으니까요. 회사를 나서는 내내 이 생각에 사로잡혀 결국 약속 시간보다 약간 늦게 되었고, 마음이 좋지 않아서인지 데이트도 딱히 좋지 않았습니다. 저녁 식사는 대충 적당한 수제 버거 가게에서 콜라와 햄버거를 먹었는데 생각보다 너무 맛이 없었고 부랴부랴 뛰어가서 본 연극은 유치했습니다. 진이 씨 역시 음식도, 연극도 별로인 눈치였습니다. 하지만 딱히 짜증을 내거나 재미없는 티를 내지 않아 괜히 미안하기도 하고 고맙기도 했습니다.

와인이나 맥주 한잔 먹고 헤어지려고 했는데 내일 수업이 이른 아침부터여서 티 난다고, 술 먹으면 금방 애들이 안다고 와인은 다음에 하자고 합니다. 사실 오늘의 은연중 계획은 연극 보고 난 뒤 사귀자고 말하려고 했었는데 어쩐지 저도 미루고 싶어졌습니다. 사귀고 싶지 않다기보다는 그 고백이 흥분과 기대에 넘치는 것이었으면 했는데 이미 그런 기분은 아까 안 책임님을 만나면서 모두 헝클어지고 말았기 때문이었습니다. 하지만 어쩌다 보니 이후에도 사귀자는 말은 계속 할 기회가 없었고 그냥 우리는 '암묵적'으로 사귀는 것이 아닐까 하는 사이가 되어버리고 만 것 같았습니다.

/

순수한 데이트 시간으로 따지자면 안 책임님과 일 년은 지냈어야 할 시간을 썸녀와는 몇 주도 되지 않아 쉽게 채워 버린 어느날. 일전에 만나 민폐를 끼쳤던 인혜에게서 연락이 왔습니다. 우리 회사가 인혜네 회사의 클라이언트가 되었다며 당분간 와서 거의 상주해 있을 거라고 합니다.

인혜: 너네 회사 식당 밥 괜찮지? 나 거의 한 달 동안 주 4일은 너희 회사에 있을 텐데 나랑 같이 밥 좀 먹어줘.

나: 어우. 밥이야 뭐 어렵지 않지.

인혜: 연애는 어떻게 되어가? 나도 회사에서 볼 수 있는 거야?

나: 누구?

인혜: 어이구. 헤어졌네. 헤어졌어.

나: 아…….

그리고 인혜가 대뜸 꺼내는 말에 당혹스러워졌습니다.

인혜: 안 아쉬워? 괜찮아? 그렇게 좋아했다며.

나: 야. 내가 그때 도대체 어디까지 이야기한 거야?

인혜: 니가 횡설수설해서 사실 잘 몰라. 근데 지금껏 그렇게까지 좋아한 여자는 처음인 것 같아서.

대낮에 갑자기 이런 이야기를 꺼내자 어떻게 대화를 이어나가야 할지 잘 모르겠습니다.

나: 야. 이따. 이따 이야기해. 왜 갑자기 회사에서 그걸 이야기해야 하냐. 나 지금 누가 불러서. 이따가! 안녕! 끊는다!

왜 이런 이야기를 갑자기. 급히 대화를 마무리하며 한참 일에 집중하며 잊고 있었는데 인혜에게서 밤에 또 전화가 왔습니다.

인혜: 너 막 이야기하고 싶지. 그렇지? 빨리 이야기해.

나: 노처녀에게 연애 상담을 하다니. 아 진짜.

인혜: 유부녀들은 애 키우느라 애들 이야기만 하지, 연애 이야기는 피곤해서 못해.

나: 어. 나 요즘 만나는 여자가 있는데 말이야.

저는 안 책임님 이야기가 아닌 이제 시작한 연애 이야기를 했는데 인혜는 왠지 심드렁했습니다. 재미없다고, 이런 꽁냥꽁냥한 연애에 자기가 말해줄 거리가 하나도 없다고 했습니다.

인혜: 야. 이거 말고. 그분. 회사 분.

나: 너 진짜 웃긴다. 왜 자꾸 옛날 여자 이야기를 하라고 해!

하지만 매달리는 청에 못이기는 척, 결국 안 책임님 이야기를 시작했습니다. 제정신으로, 진지하게. 하지만 과거의 이야기이므로 다소 건조하게. 처음으로 누군가에게 안 책임님 이야기를 처음부터 끝까지 한 것 같았습니다. 나도 모르게 주절주절. 어떤 일이 있었고 어떤 마음이었고 어떤 감정이었고. 위로와 위안. 연민과 공감. 진지하게 듣던 친구는 정리를 한답시고 이야기를 시작했습니다.

인혜: 그분. 너 좋아하네. 아직도 좋아하는 거 같아. 싫어하면 그렇게 헤어지지 않아.

나: 야, 그럼 뭐야. 난 왜 차인 거야!

인혜는 안 책임님에게 빙의해 설명한다면서 여자의 심리 이야기를 해주는데 이해할 수 있을 것 같으면서도 이해가 가지 않았습니다. 전 계속 되물었고 그 친구는 급기야…….

인혜: 어휴. 그냥 이게 너의 장점인 것 같다. 이렇게 모르고도 어떻게 연애씩이나 했어. 그냥 그렇게 순수하게 좋아하고 그래라.

나: 이미 헤어졌다니까.

순수하긴 뭐가 순수하니. 서울 노른자 중에서도 최고 입지라는 곳의 재건축 아파트 있는 여자에게 넘어갔다니까, 나 지금.

얼떨결에 인혜에게 이야기를 털어놓으면서 조금은 마음이 편해졌지만 여전히 왜 헤어지게 되었는지는 이해되지 않았고 시원하게 정리되지 못한 마음이 계속 남아 있었습니다.

그냥, 이렇게 시간이 가려나 보다. 깨끗이 털어 낸 것도 아니고, 바닥에 닿은 것도 아니고. 마음도 상황도 그대로. 그냥 인생이 이렇지. 뭐. 이러다 잊고 그러는 거지.

그렇게 생각하며 다시 흘려보낼 수밖에 없었습니다.

/

글로벌 프런티어 뭐시기 하면서 이름이 엄청 거창했던, 신나게 출장 다니라고 만든 반년짜리 프로그램이 거의 끝나갑니다. 6개월을 계획했는데 일이 제법 몰리면서 생각보다 길어져 8개월 정도 하게 되었고 스케줄상 이제 두 번만 더 가면 끝입니다. 원래 꿀 출장 프로그램이라고 알려졌는데 생각보다 일을 많이 하게 되었고 또 그 덕에 이러저러한 성과도 좀 내게 되어서 나쁘지만은 않았습니다.

또한 이번 출장은 썸녀 진이 씨와 만나고 첫 출장인 까닭에 좀 생색을 내고 싶었습니다. 뭐든 사다 줄 테니 부탁하라고 하자 이 아가씨는 해맑게 호텔 면세점에 쇼핑을 가자고 합니다. 쉽게 만날 약속하고 그대로 실행합니다. 이렇게 쉽고 자연스러운 연애인 것을…….

출장을 떠나기 전 주말에 면세점에서 가방과 벨트, 그리고 화장품 등 이것저것 쇼핑을 했는데 부모님 것도 골라주는 센스에 조금 놀랐습니다. 처음엔 부모님이 뭐 사 오는 걸 안 좋아하셔서 그동안 사다 드린 것이 없으니 괜찮다고 했지만 이 아가씨는 막무가내로 선물 싫어하는 어른이 어디 있냐며 어머니, 아버지 것을 하나씩 골랐습니다.

진이: 나이 든 분들 은근히 서운해하세요. 분명히 부모님들은 뭐 사 오지 마라 그러셨겠지만.

나: 어. 어떻게 아셨어요? 우리 엄마는 늘 뭐 좀 사 올까요? 하면 됐다- 네 거나 사라 그러셔서. 그래서 그동안 뭐 사다 드린 게 없었어요.

진이: 아들 둘 엄마라서 그러신가. 서운하시진 않았을 수도 있지만 드리면 확실히 좋아하실 거라니까요? 속으로라도. 아무튼 150% 좋아하실 테니 사세요. 이 정도면 비싸지도 않고만.

생각해 보니 그간 즉흥적으로 한두 개 샀을 뿐 뭐 하나 제대로 사드린 적이 없었고 당분간 이런 잦은 출장이 없을 수도 있으니 하나 사드려도 괜찮을 것 같았습니다. 어느새 진이 씨는 화장품과 선글라스와 홍삼을 골라 본인 카드로 계산하려고 하고 있었고, 그걸 겨우 말려 제 카드로 결제했습니다. 나한테 잘 보이려고 하나. 왜 우리 부모님 것을 자기가 사려고 하지…….

썸녀 선생님은 엄마가 딱 좋아할 스타일이었습니다. 아마 엄마가 이 광경을 봤다면 당장 결혼하라고 하실 게 분명합니다. 내가 뭐길래 왜 이렇게 나를 좋아해 주는 걸까. 가만 바라보고 있자, 이 밝디밝은 아가씨는 외국 가는 게 그리 부러운 모양입니다.

진이: 아우, 우리는 뭐 일로 외국 나갈 일이 없으니 답답해요. 영어과는 연수라도 있는데 난 국어니까 뭐 그런 것도 없고.

나: 일로 나가는 게 뭐 좋은가요. 놀러 가야 제일 좋지.

진이: 그래도 난 시골 처녀 기질이 있는지 어쩌다가 비행기 타면 괜히 신나요.

나: 서울 출신 아니세요? 방학 때 여행 가시면 되잖아요. 많이 안 다녔어요? 선생님들 여행 많이 다니신다는데.

진이: 그러게요. 근데 뭐 연수받고 그러다 보면 막상 가려고 해도 잘 못가요. 그리고 나이 먹으니까 같이 갈 사람도 없고……. 전엔 동료 쌤들이랑 좀 가고 그랬는데 이젠 팀이 잘 안 만들어져요. 또 혼자 가자니 심심하고 그러네요.

네, 다음에 같이 가요. 그렇게 말하고 싶었는데 입이 떼지지 않아 그저 웃고 말았습니다. 어디선가, 누구에겐가 하고 싶었던 말. 아니, 했던 말 같은데. 기억이 날 듯. 안 날 듯…… 합니다.

/

이번 출장은 미국 서부에서 하는 큰 전시회였는데 회사에서 별로 신경 쓰지 않았다가 경영진에서 무슨 결정이 있었는지 갑자기 인력과 돈을 들여 몇 가지 회사 아이템에 제법 힘을 주어 전시하기로 해서 저 말고도 제법 가는 사람이 많이 생긴 모양이었습니다. 두어 달 전부터 출장자 메일링 리스트가 생기고 이런저런 할 일이 생기고 준비할 것도 많아지면서 바쁘게 메일이 오갔습니다. 게다가 VIP급 임원도 여러 명 간다고 해서 의전까지 신경 쓸 것이 많았습니다. 그에 따라 저도 몇몇 일을 갑자기 떠맡았고 준비를 하느라 출장 가기 전에 제법 바쁜 나날을 보내고 있었습니다.

그리고, 마지막 미국 출장이라 마음도 좀 여느 때와 달랐던 출장 전날. 회사의 출장 예약 담당이 다급하게 전화를 걸어 왔습니다.

담당: 책임님. 정말 죄송한 일이 생겼어요.

나: 네? 저 출장 못 가나요?

담당: 아니. 그건 아닌데. 제가 다른 분과 헛갈려서 예약을 캔슬했거든요. 깨닫고 허겁지겁 다시 예약했는데 좌석을 잃어서.

나: 아니, 발권까지 한 거 아니었어요?

담당: 그게…… 아무튼 제 잘못이에요. 죄송해요. 직항은 자리가 없고 경유 편 타셔야 해요. 시간도 좀 달라요.

나: 미국 서부를 경유 편을 타고 가라고요?

담당: 진짜 죄송해요. 대신에 좌석은 추가 요금 넣고 클래스 높여서 제일 좋은 걸로 해달라고 했어요. 물론 이코노미지만…….

나: 하아. 알겠습니다. 여정이나 빨리 이메일로 보내주세요. 어쨌든 LA로 가는 거죠? 저 배 타고 가는 거 아니죠?

담당: 그럴 리가요. 정말 죄송합니다. 제가 능력이 되면 어떻게 비즈니스라도 예약해 드리고 싶은 심정인데 또 그럴 수도 없고.

나: 저희 팀 상무님이랑 다른 분들은요?

담당: 예정대로 가세요. 출장 준비팀에서 책임님만 혼자 다른 비행기 타실 것 같아요.

멀쩡한 직항을 두고 경유 편을 타는 것은 시간적으로나 편리함으로나 정말 많은 손해입니다. 직항 비행기를 원래 같이 탔어야 하는 사람들은 그 소식을 듣고 모두 제게 위로를 건넸지만 실상 저는 쾌재를 불렀습니다. 임원과 동석하지도 않고, 아침 비행기에서 여유로운 오후 비행기로 바뀌었으니 이를 마다할 이유가 없었습니다.

아무리 시대가 변해 옛날 회사 같지 않다지만 부서 임원이 동승하게 되면 아무래도 눈치도 보이고 혼자 못 움직이게 될 것이 뻔했습니다. 요즘엔 이 정도는 아니지만, 옛날에는 임원보다 짐이 늦게 나오면 안 된다며 짐도 못 부치게 했고 모두 비행기에 핸드캐리로 들고 타게 했다는 이야기도 있었으니까요. 최근 몇 번의 출장이 모두 불편한 임원 동승에 오전 비행기여서 정신이 없었는데, 이번엔 오후 비행기여서 모처럼 여유 있게 공항에 갈 수 있게 되었습니다.

그리고 출장 당일.

아침에 여유 있게 일어난 나머지 무려 출발 시간 세 시간 전에 공항에 도착하고 말았습니다. 전화기, 여권, 지갑. 그리고 노트북에 전화기 충전기까지! 완전한 출장 준비. 어떤 예상치 못한 사고가 나도 다 대응해 낼 수 있을 것만 같은, 더 이상 완벽할 수가 없는 출장 가방을 쌌습니다. 면세점도 구경하고 커피도 여유 있게 한잔 마시고 책도 좀 읽고 공항에서 사진도 찍고 SNS에도 올리고 할 생각에 마음이 이렇게 가벼울 수가 없습니다.

공항 체크인 카운터에 여권을 내밀고 짐을 올려놓자 항공사 직원은 수속을 시작합니다.

직원: 샌프란시스코(SFO) 거쳐서 엘에이(LAX) 가십니까?

나: 네.

직원: 일행분이 있으신가요?

나: 없습니다. 혼자예요.

직원: 비자나 ESTA(전자 여행 허가) 있으시고요?

나: 네. ESTA 만료 안 되었습니다.

직원은 컴퓨터를 두드리고 펜으로 종이에 몇 가지 체크를 하더니 곧, 엄청난 이야기를 저에게 해 주었습니다.

직원: 오늘 샌프란시스코행 이코노미석이 만석인데요. 프레스티지석으로 올려드리겠습니다. 괜찮으시겠습니까?

나: 네? 정말요? 왜요? 와. 진짜!

좌석 업그레이드라니. 안 괜찮을 수가 없잖아요! 헐. 샌프란시스코행은 늘 사람이 많아서 맨날 괴롭게 다녔는데 이런 횡재라니.

직원: 이코노미 중에서 티켓 클래스가 가장 높은 걸 사셨고요. 그리고 올해 탑승 횟수가 꽤 많으시네요.

나: 아, 그게 회사에서 급히 사 주는 바람에. 출장이 많긴 했어요.

캬아. 신나게 출장 다닌 보람이 여기서. 좌석을 고르고 제 짐에는 자랑스럽게 비즈니스석 태그가 붙습니다. 네. 저 짐은 이코노미석의 짐보다 먼저 나오게 되겠지요. 아. 자랑스럽다.

출장 다니면서 일본 갈 때, 베트남 갈 때 한 번씩 비즈니스로 업그레이드되고 그 후로는 한 번도 행운을 얻지 못했는데 무려 미주 노선에 횡재를 얻게 되었습니다. 아마도 급히 예약하면서 상대적으로 비싼 클래스 티켓을 발권하게 되었고 그래서 업그레이드가 쉽게 된 모양입니다.

기쁜 마음에 썸녀에게 비즈니스석 타게 되었다고 저도 모르게 촌스런 티를 내며 메시지를 보내자 '오빠 축하해요 ㅋㅋㅋ'라는 답이 날아왔고 꼭 라면을 시켜 먹어 보겠노라고 말했습니다. 삼만 피트 상공에서 먹는, 북어 넣고 끓였다는 그 라면. 비행기 수십 번 탔지만 태평양을 건너며 이렇게 잠을 쭉 잘 수 있을 정도로 긴 비행의 비즈니스석 체험은 처음이라 좀 신났습니다. 네. 촌스러워도 할 수 없었습니다. 비즈니스 클래스라니까요. 그리고 전 원래 촌스러우니까요.

신난 마음으로 후딱 탑승 구역으로 들어가서 부모님 것, 제 것, 썸녀 것, 그리고 인혜 것까지 바리바리 한가득인 면세품을 광속으로 찾아 라운지로 갔습니다. 원래 업그레이드 좌석은 라운지에 못 들어가지만 이럴 줄 알고 라운지 들어가는 신용카드도 만들어 두었지요. 전 비즈니스석 타고 가는 사람입니다. 티를 내고 싶어 여권에 보딩 패스를 살짝 보이게 껴둔 채 테이블에 올려놓은 뒤, 와인이나 온갖 먹을거리들을 신나게 먹었습니다. 게걸스럽게 먹으면 비즈니스석 타는 사람으로서 체통이 서지 않을 수도 있었으나 그런 건 상관 안 하기로 했습니다.

라운지에서 나와 게이트로 이동하면서 면세점에 또 들러 썸녀에게 줄 선물을 따로 샀습니다. 가방처럼 확실하게 센 걸 사서 사귀자고 할 때 써먹을까 하다가 제가 여자 취향을 잘 맞추지 못한다는 사실을 깨닫고 적당히 고급지고 소소한 카드 지갑 하나를 샀습니다. 카드 지갑을 보니 과거의 기억이 머릿속을 스쳤지만 순식간에 털어냈습니다. 노트북만 든 백팩과 면세품 비닐백을 들고 게이트 근처를 서성거리다가 탑승을 알리는 파이널 콜에 게이트를 향해 얼른 일어섭니다. 왜냐하면 프레스티지석은 이코노미석보다 먼저 타니까요(사실 모닝캄 회원이라 원래 먼저 타긴 하지만 남들 앞에서 다른 보딩패스를 티 내야 하므로). 희망차고 신나는 음악으로 채워진 Travel Mix를 듣다가 귀에 꽂은 이어폰을 빼고 게이트 앞으로 이동해서 줄을 서려던 순간이었습니다. 저 멀리, 바삐 움직이는 그 수많은 인파 속에서 누군가에게 시선이 꽂히며 정신이 번쩍 들었습니다.

안 책임님이었습니다.

왜 여길? 왜?

왜 여기서 안 책임님이 나와?

황당함에 줄에서 이탈하여 저를 향해 오고 있는 안 책임님을 가만히 보았습니다. 혹시…… 출장 가나? 안 책임님은 어둡고 굳은 표정으로 수트케이스를 돌돌돌 끌며 급한 종종걸음으로 옵니다. 수트케이스 손잡이에 달려 있는 목 베개가 처연해 보입니다. 발목 위로 떨어지는 베이지 슬랙스 면바지 차림에 흰색 반팔 오버사이즈 와이셔츠. 옷은 밝게 입었는데 표정은 너무 어둡고 말 붙이기도 어려울 지경이었습니다. 하지만 시선이 어디에 있는지 꽤 가까이에 왔는데도 저를 발견하지 못하고 있었습니다.

안 책임님은 게이트를 찾으며 먼 시선으로 두리번거리다 보딩 패스를 다시 확인하고 게이트 표식을 번갈아 보다가 제 바로 앞에서 멈춰서야 절 발견하며 화들짝 놀랐습니다.

안: 어머, 깜짝이야.

나: 어디 가세요? 혹시 출장? LA? 아니면 샌프란시스코 가세요?

안: LA요. 여기 웬일이에요?

나: 출장 가니까 여기 있죠. 설마 안 책임님도 샌프란시스코에서 가는 여정이세요?

안: 네. 같은 비행기인 모양이네요. 그럼 전시회 출장이에요?

옛날 같으면 출장 일정을 다 알 텐데. 이렇게 남 일처럼 이야기하니까 너무 이상했습니다.

나: 저야 옛날에 가기로 되어 있던 건데……. 안 책임님은 무슨 일로? 가는 팀 명단에서 이름 못 봤는데.

안: 어쩌다 보니 급히 가게 됐어요. 근데 만석이라고 해서 직항이 없다더라고요.

근데 표정이 여전히 어둡고 말하는 것이 힘겨워 보입니다. 이러고 비행기를 탈 수 있나. 어디 아픈가.

나: 어디 아프세요? 표정이 진짜 안 좋은데.

안: 그러게요. 상태가 정말 안 좋네요.

말문이 막힙니다. 말을 많이 하고 싶지 않은 것 같았고 서 있는 것도 힘겨워 보였습니다. 누가 보더라도 '나 빨리 어딘가 앉아서 쉬고 싶어요.'라고 온 얼굴에 쓰여 있었습니다. 보아하니 공항에 부랴부랴 늦게 도착한 것 같고 짐 부치는 시간도 놓쳐 겨우 체크인만 한 채 헐레벌떡 게이트로 온 것 같습니다. 다행히 짐은 가벼워서 기내로 들고 들어올 수 있었지만 매사 준비를 잘하는 사람이라 의외였습니다.

순간 제 손에 바리바리 든 면세점 쇼핑백들과 안 책임님의 작은 여행 가방이 너무 대비되어 왠지 모르게 부끄러움을 느끼고 뒤로 숨겼지만 안 책임님은 신경도 안 쓰는 듯했습니다.

서로 좌석을 확인하며 같이 가자고 말하긴 어색한 사이이니 그러자고 할 순 없을 것 같아 흘끗 보딩 패스를 보니 당연하지만 이코노미입니다. 이코노미석 탑승은 이미 시작되었고 어느새 줄이 길어져 있었습니다. 안 책임님과 서 있다 보니 비즈니스 승객 탑승은 애초에 끝난 상태고, 사이가 어색하다고 해서 일부러 먼저 가라고 할 수도 없으니 그냥 나란히 섰습니다.

줄은 여전히 깁니다. 이코노미가 만석이라더니 아마 평소처럼 가축 수송의 느낌이 나겠지요. 대학교 방학이 시작하는 때인지 대학생들이 제법 많았습니다. 젊고 소란스러운 무리들이 여기저기 보였고 무슨 연수인지 프로그램인지, 한 무리의 대학생들이 같은 반팔 셔츠를 맞추어 입은 채 탑승 줄에서까지 서로 사진을 찍으며 그 짧은 순간을 공유하고 환하게 웃습니다.

그 소란스러움 속에서 안 책임님은 적잖게 피곤한 모습, 아니 그보다 진짜 아픈 사람 같았습니다. 이런 모습은 옛날, 그 겨울날에 양재역 가정법원 앞에서 보고 처음이었습니다. 여간해서는 아프다고 말하는 법이 없었는데 이 정도로 티가 날 정도면, 정말 아픈 것이었습니다. 저는 시선을 어디에 두어야 할지 몰라 그냥 핸드폰만 보고 있었고 안 책임님은 힘겹게 선 채 가끔 손을 이마에 짚으며 줄어드는 줄에 맞추어 발걸음을 천천히 옮기고 있었습니다.

저는 힐끗 안 책임님의 눈치를 살피며 아픈 것은 확실한데 어디가 아프냐고, 약은 먹었냐고 물어보지도 못하고 있었습니다. 진짜 아파 보이는데. 그 몸으로 어떻게 비행기를 타며, 미국에서는 어떻게 있으려고 하고, 일은 어쩌려고 하나. 전 고민에, 고민에, 고민을 더한 끝에 안 책임님에게 잠깐만 뭐 좀 물어 보러 간다고 하고 줄에서 이탈하여 포디움으로 갔습니다.

나: 저 뭐 물어볼 것이 있는데요.

직원: 네, 말씀하십시오.

나: 제가 프레스티지석 티켓을 가지고 있는데 다른 사람에게 이 좌석을 양보할 수 있나요? 그러니까 이코노미 좌석과 바꿀 수 있나요?

직원: 아. 이코노미석을 가진 일행분과 바꾸시겠다는 거지요?

나: 네.

직원: 네. 가능합니다. 탑승 수속은 본인이 하시고 비행기 탑승하실 때 바꾸시면 됩니다.

나: 아- 그럼 승무원에게 따로 알려줘야 하나요?

직원: 두 분이 좌석 찍혀 있는 티켓만 바꾸시면 상관없습니다. 다만, 이코노미석에 계신 분께서 프레스티지석으로 이동하실 수는 없습니다. 이동이 금지되어 있습니다.

나: 아. 한 번 바꾸면 비행 중에는 못 바꾼다는 뜻이지요?

직원: 네. 맞습니다.

나: 네. 감사합니다.

줄로 돌아왔지만 안 책임님은 여전히 무표정입니다. 잠시 후 지상 요원에게 여권과 보딩 패스를 보여준 뒤 비행기로 이동하였고, 여행 가방이라도 대신 끌어줄까 하다가 괜히 실랑이할까 싶어 그대로 보딩 브리지를 건너 비행기 문 앞까지 왔습니다. 그리고 프레스티지석과 일반석이 나뉘기 직전, 저는 제 티켓을 바라보며 좌석을 확인하는 척 안 책임님께 물었습니다.

나: 책임님 좌석 어디에요?

안: 아. 어디더라. 잠깐만요. 사십 몇 번인가 그랬는데.

여권 사이에 낀 티켓을 살펴보는 순간, 저는 안 책임님의 보딩 패스를 낚아챘습니다.

나: A열이면. 아이구, 창가 자리네. 나 창가 자리 좋아하는데.

그리고 잽싸게 제 티켓을 안 책임님 여권 사이에 끼워 넣었습니다.

안: 뭐예요! 왜 그래요!

나: 맛있는 거 저 대신 많이 드세요. 샌프란시스코 공항에 뵈어요. 씨유쑨!

설명 없이, 어떠한 기대도 없이. 단 일말의 생색도 없이. 뒤도 안 돌아보고 이코노미석 문으로 뛰어 들어왔습니다. 여기까지 쫓아 들어와서 도로 자기 거 내놓으라고 안 하겠지? 그런 생각을 하며 좌석을 찾아갔더니 외국인으로 보이는 부부가 중간과 복도 자리를 차지하고 있었습니다. 뭔가 험난한 여정이 예상되었지만 익스큐즈미- 하면서 부부를 일으켜 창가 자리로 쏙 들어갔습니다.

그래, 이번 여행은 바깥 구경이나 하자. 구름 사진도 찍고. 전 재빠르게 '밤에 라면 꼭 시켜 드세요!'라는 메시지를 안 책임님에게 보내고 얼른 비행기 모드로 바꾸어 버렸습니다. 도로 바꿔요. 고마워요. 필요 없어요. 저한테 안 그러셔도 돼요……. 뭐가 되었든 이런 식의 어떤 답도 듣고 싶지 않았습니다.

나를 '좋은 사람'이라고 해 주었던, 나를 알아보아 주었던, 나를 이 세상에서 의미 있는 사람으로 생각하게 만들었던 그 사람과 같이 보냈던 시간에게 보내는 나의 마지막 선물.

예정대로 LA 직항을 탔으면 처음으로 에어버스 A380을 타보았겠지만 계획이 틀어지면서 지난 반년간 신나게 타왔던 보잉 777이 택싱하며 활주로를 가로질러 저의 충만한 마음을 품고 초여름 하늘로 날아올랐습니다. 이렇게 아름답고 부드러운 이륙이라니. 전 기계과 출신이 아니지만 항공 역학의 아버지라는 조지 케일리가 만들어낸 최대 양력을 위한 날개 설계의 개념*을 이번 이륙으로 이해하게 되었습니다.

디스플레이에는 북쪽을 향해 가는 항로를 표시하고 있지만 항로와는 달리 비행기는 동쪽으로 계속 가고 있었습니다. 날이 맑아 구름 한 점이 없어 한강과 저 아래 올림픽 주경기장, 설악산이 다 보입니다. 오랜만에 창가 자리 좋네.

국적을 짐작하기 힘들었던 부부는 처음엔 시끄럽게 이야기를 나누다가 이륙한 지 한 시간도 안 되어 깊은 잠이 들었습니다. 어깨가 넓은 아저씨 덕에 그리 편하진 않았지만, 창가 쪽으로 몸을 기대니 그렇게 좁진 않았습니다. 다음 출장은 중국이니 이렇게 긴 비행은 출장으로는 없을 것 같습니다.

잠시 일에 관련된 자료를 좀 보다가 그냥 접어 두고 이 비행을 좀 차분하게 보내기로 했습니다. 책을 펴고 미리 다운받아 두었던 옥상달빛과 이승환, 윤상의 노래들을 틀었습니다. 그리고 안 책임님을 떠올렸습니다. 안 책임님을 마주친 일이 설레거나 당황스럽거나 분노가 일거나 하지 않았고 오히려 선물로 좌석을 양보하게 되어 마음이 아주 좋았습니다. 그리고 비즈니스석의 와인이라 상상하며 이코노미석 와인을 들이켜자 불편해서 차마 돌아보지 못했던 마음속 응어리를 풀었다는 느낌이 들었습니다. 긴장이 풀리고 잠이 쏟아집니다. 동쪽을 향해 지구가 자전하는 방향을 따라 날아가던 비행기는 짧은 낮을 만들었고, 저는 창문 가리개를 아래로 내린 뒤 이어폰을 꽂고 책을 테이블에 올려둔 채 깊은 잠에 빠졌습니다. 그리고, 그때 이승환의

* 조지 케일리(George Cayley)는 인간이 새처럼 날기 위해서는 파닥거리는 날개가 필요하다는 개념에서 벗어나 처음으로 활공비행을 성공시켰다. 여기서 양력의 개념이 탄생하는데 비행기가 활주로를 맹렬하게 달리는 것이 다 이런 양력을 만들기 위함. 양력이 비행기를 띄우는 순간 안 책임님을 위한 마음이 같이 동하게 되었음을 표현.

'완벽한 추억'이 흘러나왔습니다.

세상에서 제일 행복했던 그는.

완벽한 추억 모둘 가지게 되겠지.

참 고마웠다고 참 사랑했다고 참 잘한 거라고.*

이 정도면 잘 헤어진 것 같다는 생각이 그제서야 들었던 것 같습니다.

/

비행기가 도착지에 가까워지며 성층권에서 대류권으로 내려오고, 구름 아래로 하강하며 지표의 풍경이 보이기 시작합니다. 승무원들은 기내의 가림창을 모두 열기 시작하고 기장이 도착지의 날씨나 시간을 알려 주는 안내 방송을 합니다. 그리고 음악을 틀어 승객들의 잠을 깨우고 분위기를 환기시키지요. 저는 이 분위기를 참 좋아합니다. 도착하는 곳이 집이건 외지건 잘 도착했다는 안도감, 여행 중이라면 기대감, 집이면 편안함이 한데 섞여 마음을 동하게 합니다.

비행 내내 혼자 감상에 젖어 2000년대 가요 감성에 충만한 이승환이나 토이 노래들을 들으며 이제 안 책임님을 보낼 수 있다고, 난 이제 괜찮다고 널 멀리서 지켜보며 응원하겠다고 속으로 울고 웃으며 누가 들으면 손발이 오그라들 만한 10시간의 비행을 마쳤습니다.

착륙 후 비행기에서 내려 입국 수속을 하러 가는 통로에는 사람들이 부산하게 움직이고 있었습니다. 그 가운데 수트케이스를 옆에 두고 안 책임님이 서 있었습니다. 어느새 후디와 트레이닝복 차림으로 바뀌어 있었고 운동화에 안경까지 쓰고 있습니다. 표정은 훨씬 나아

* 이승환, 완벽한 추억, 2010.

보입니다. 얼굴에 생기가 돌고 딛고 서 있는 폼이 예전의 힘 있는 안 책임님으로 돌아와 있었습니다.

나: 잘 쉬셨어요? 맛있는 거 주던가요?

안: ……고마워요.

깊고 맑은 눈이 반짝입니다. 엄청 복잡한 마음을 담은 저 눈에 그동안 빠져 살았던 것이 기억났습니다.

나: 다행이네요. 인천에서는 쓰러질 듯했는데.

안: 맞아요. 아까는 너무 아파서 진짜 쓰러지는 줄 알았어요. 원래 잘 안 아픈데 갑자기 아파서 당황했네요.

나: 라면 드셨어요? 내가 라면 먹으라고 그랬는데.

'라면'이란 단어에 안 책임님이 입을 가리고 웃습니다. 그 웃음에 순간 저 멀리 안드로메다로 보내버리며 아득했던 시간들이 태양계 안으로 들어왔습니다.

안: 사실…… 열 시간 비행 중에 한 일곱 시간은 잤어요. 식사도 내리기 전에 주는 거 하나만 겨우 먹는 둥 마는 둥.

나: 으악. 내내 잤다고요?

아니. 비즈니스 클래스에서 잠만 자다 오다니.

안: 덕분에 정말 잘 잤어요. 비행기 타기 전날 잠도 거의 못 자고 아침부터 소화도 너무 안 되고. 아침에 먹은 거 다 토하고. 생리 마지막 날인데 몸은 엄청 무겁고. 회사에 하루 늦게 출발하겠다고 할까 고민하다가 진짜 공항에 억지로 왔어요.

나: 아이고.

안: 비행기 타자마자 편한 옷으로 갈아입고 물 달라고 해서 약 먹고 비행기 뜨기도 전에 안대 쓴 다음, 난 밥 안 먹는다고 승무원에게 이야기하고 누웠더니 그대로 꿀잠.

얼마나 꿀잠을 잤길래 열 시간 새에 얼굴에서 윤기가 나나. 사람이 완전히 변했습니다.

안: 정말 미안하고 고마워요. 비즈니스 클래스 티켓을 산 건 아니죠? 회사가 사 줄 리는 없고. 혹시 산 거면 어떡해……. 아니면 마일리지 쓴 거예요? 혹시 그동안 아끼고 아낀 마일리지 쓴 거 아니에요?

나: 혹시 티켓 산 거면 뭐 해 줄 건데요. 비즈니스 클래스는 와인 리스트도 따로 있던데. 흑.

안: 손 책임님은 비즈니스 클래스 앞으로 많이 탈 거예요. 지겹도록. 그리되기를 바라줄게요.

두 손을 잡고 기도하는 시늉을 하며 눈을 반짝이는 안 책임님을 보고 있노라니 좌석 양보하기를 정말 잘한 것 같습니다. 저는 손짓으로 움직이자고 재촉했습니다. 빨리 입국 수속을 하고 짐을 찾아 다시 부친 뒤 편하게 이야기하고 싶어졌습니다.

비행기를 탈 때만 해도 대화를 이끌어 나가기 어려울 정도로 분위기가 무거웠는데 어느새 우리는 다시 나란히 걷고 있었습니다. 입국 심사를 위한 줄에도 나란히 서 있었습니다.

나: 근데 어디 가세요? LA에 누구 만나러 가세요?

안: 출장 간다니까요. 전시회. 아까 출장 간다고 이야기했고만.

나: 응? 아까 출장이라고 안 했잖아요. 내가 출장이라고 했지. 그리고 출장자 명단에도 없었는데.

안: 아까 출장이라고 했어요. 뭘 들은 거야…… 아무튼. 사정은 복잡한데 아무튼 가요. 가는 거 결정된 지 며칠 안 되어서 그럴지도.

기분이 묘합니다. 같이 출장을 간다니. 한참 만날 때 같이 출장 갈 일은 없을지, 없다면 어떻게 일을 만들어 볼 순 없을지 상상해 본 적이 있었는데 헤어지고 나서 진짜 가게 되다니. 그것도 같은 비행기에 단둘이. 생각할수록 묘합니다.

우리는 입국 심사를 간단히 거치고 미국은 경유지에서 짐을 찾아야 하기 때문에 짐을 찾아 다시 보냈습니다. 샌프란시스코에서 LA까지는 겨우 한 시간 반 비행이지만 공항에서 세 시간을 놀다 가게 생겼습니다. 그러다 보니 자연스럽게, 누가 이야기하지 않았지만 그냥 같이 있게 되어버렸습니다.

안: 나. 배고픈데 뭐 같이 먹지 않을래요? 샌드위치나 햄버거라도.

나: 네. 뭐라도 먹어요. 근데 진짜 별로 안 먹었나 보네. 난 기내식 싹싹 다 먹었는데…….

안: 처음에는 자느라. 그리고 잠 깨서는 소화 안 될까 봐 조금 먹다 말았는데 지금 엄청 배고파요. 이제 먹어도 될 거 같다.

나: 저는 그냥 뭐 마실게요. 어디든 가요.

살아나긴 살아난 모양입니다. 비즈니스 클래스 음식을 마다하다가 비행기 내려서는 배고프다고 하다니. 순간, 옆에 서서 같이 걸어가는데 또 그 은은한 향기가 저를 휘감습니다. 아, 혼미해지면 안 돼. 정신 차려, 정신 차려. 하지만 안드로메다에서 태양계 안으로 끌어왔던 시간이 결국 그 향기에 지구 앞까지 오고 말았습니다.

우리는 국제선 터미널에서 나와 다른 터미널로 이동하는 공항 내

터미널 간 열차를 탔습니다. 어느새 안 책임님의 짐은 제가 끌고 다니고 있었고 손을 잡지 않은 것 빼고는 헤어지기 전으로 돌아간 것과 비슷했습니다. 그리고 다시 터미널에서 복잡한 공항 검색을 거치고 다시 탑승 구역으로 들어와서야 샌드위치 가게를 찾아 들어왔습니다. 벌써 진이 다 빠집니다. 이러니까 다들 직항 타려고 하지. 걍 한 시간 반을 버렸네. 비즈니스를 못 타서…… 는 아니고 오랜 비행이 그래도 불편했는지 조금 피곤합니다. 한국이면 그래. 잘 때지. 지금.

뭐든 먹자고 해서 바로 보이는 샌드위치 가게로 들어갔습니다. 미국에서 샌드위치 주문하는 건 생각보다 어려운데-뭐 골라야 하는 게 많으니까요- 점원 앞에서 익숙하게 영어로 주문하는 안 책임님을 또 넋 놓고 보고 있으려니 마음이 참 싱숭생숭합니다. 아, 이 매력적인 사람. 하지만 내 것이 아닌 사람. 근데 왜 이렇게 익숙하게 또 같이 있는 건가. 그렇다고 해서 "우리 왜 같이 있어요? 다시 만날 것도 아닌데!"라고 할 수는 없는 일이었고, 그렇게 하고 싶지도 않았습니다. 불편하지만 또 꼭 불편하지는 않은, 지금 이대로 한 걸음도 나아가지 않고 또 물러나지 않았으면 좋겠다고 생각할 뿐이었습니다.

배고프지는 않았지만 저도 어쩌다 보니 샌드위치를 주문해서 아이스티 두 잔을 들고 둘이 좁게 앉을 수 있는 테이블에 마주 앉았습니다. 테이블이 너무 작아서 안 책임님 얼굴을 코앞에 두었고 그 덕분에 주변이 아무리 시끄러워도 이야기에 집중할 수 있었습니다. 하지만 샌드위치를 맛있게 먹는 안 책임님을 두고 소화 안 되는 말을 하고 싶지는 않았습니다.

어떻게 지내셨어요. 전 잘 지내요. 머리는 언제 자르셨어요. 이 머리 좀 이상해요? 아니요. 우리 딸도 이 머리 이상하대요. 에휴. 그래서 기분 나쁠 때 머리 하러 가면 안 된다는데. 나도 파마 좀 할까 봐요.

맞아, 나도 그 생각했는데. 파마 한번 하세요. 그래도 책임님 스타일 좀 바뀌셨네요. 내용은 없지만 불편한 맥락의 이야기들. 그동안 서로의 부재를 변한 외모로 확인했습니다. 너무 깊은 이야기는 피하고 싶었습니다.

나: 저 이 출장 끝나고 2주 후에 중국 가면 이 프로그램 끝이에요.

안: 와아, 벌써 그렇게 되었나.

나: 원래 반년인데 두 달을 더했으니까. 진짜 많이 다니긴 했네요.

안: 이제 뭐 해요, 그럼? 부서 복귀하나? 부서장이 일 시키려고 벼르고 있겠네.

나: 그렇지 않을까요? 뭐 달리 생각 나는 게 없어서.

마지막 샌드위치 한 조각을 입에 쏙 넣고 아이스티를 얼음만 남기고 빨대로 쪼로록 소리를 내면서 빨아들였습니다.

안: 파트너십 쪽 일 재미있지 않아요? 회사들 만나고 다니고. 새로운 거 찾고. 앞으로 그쪽으로 해보세요. 파트너십 팀장도 되게 좋은 분이던데.

나: 처음에는 재미있었는데 생각보다 피곤해요. 전 어쩌면 조용히 책상 일이 맞는 것 같기도 하고.

안: 근데 지금 하시는 거 엘리트 양성 프로그램이잖아요. 그래서 막 일 시킨 거 아닌가? 앞으로 미국 주재원 보내고 그렇지 않을까? 글로벌 MBA니 이런 거 보내 주고 나중에 막 임원 시켜 주고 그런 거잖아요.

나: 에이. 아니에요. 저 그런 급 아닌 거 알면서.

안 책임님이 MBA 이야기를 꺼내니 마음 한편이 쿵 합니다. 저 먼 기억 어딘가에 생생히 살아 있는 느낌들. 그 기억을 상기하자 각성제라도 맞은 듯 아드레날린이 확 돌면서 피곤이 싹 가십니다. 안 책임님은 제 머릿속에서 그때의 기억이 한 번 돌고 갔다는 걸 몰랐겠지요. 제 뇌에선 그때 저를 안아주던 그 풍경이 떠오르며 신경들을 자극하고 있었습니다. 하지만 안 책임님은 사이드로 시킨 샐러드를 맛있게 먹고만 있었습니다. 불편한 이야기는 말자. 이제 와서 그 밤에 왜 그랬냐고 이야기한들 무슨 의미가 있으며 내가 이해는 할 수 있겠는가.

어떻게 지내냐는 이야기는 옆으로 치워 놓은 채, 회사 이야기를 조금 하고 세상 돌아가는 이야기 조금 하다가 다음 비행기 시간이 되자 다시 비행기를 타러 갔습니다. 사귈 때도 서너 시간을 내내 같이 있던 적이 그렇게 많지 않은데 정작 헤어지고 나서야 이런 시간이 주어지는 아이러니에 마음이 불편합니다. 더구나 만리타국에서 누구의 시선으로부터 불편할 것 없는, 사회로부터 완벽한 타인으로 존재하는 이곳에서 정작 우리는 연인이 아니었습니다. 하지만 옛날에 이런 시간이 주어졌던들 지금 무엇이 바뀌었을까요.

경유 편은 둘 다 이코노미였지만 좌석이 좀 떨어져 있었고 굳이 서로 붙어 앉으려고 하진 않아서 따로 가게 되었습니다. 저는 좌석에서 책을 보는 둥 마는 둥 하다 그대로 짧은 잠이 들었습니다. 공항에 도착하니 안 책임님은 그새 또 옷을 갈아입었습니다. 트레이닝 복에서 인천공항에서 입고 있었던 옷으로 바뀌어 있었습니다. 간단히 화장도 좀 한 모양입니다.

세계에서 제일 바쁜 공항 중 하나라는, 복잡하디 복잡한 LA 공항의 짐 찾는 곳으로 가니 캐러셀이 벌써 돌며 짐을 토해냅니다. 안 책임님은 짐을 부치지 않았지만 그래도 옆에 있어 주었습니다. 그런데 한참을 지나도 제 짐은 안 나왔고 결국 마지막 짐까지 빠진 캐러셀이 멈추자 저와 안 책임님만 덩그러니 남았습니다. 이런 적은 처음이어서 당황스러웠습니다.

나: 아…… 짐이 안 왔나 봐요. 혹시 누가 들고 갔나…….

안: 우리가 나오고 나서 돌기 시작했는데. 그런 것 같진 않아요.

나: 내 가방 그렇게 평범하지 않은데. 샌프란시스코 공항에서 뭐가 잘못된 모양인가.

안: 저기 항공사 카운터 가서 이야기해 보세요. 최소한 딴 비행기에 태운 건지 안 태운 건지라도 알아야 하지 않겠어요?

나: 아…… 머리 아프네…….

항공사 카운터 터벅터벅 걸어가긴 했지만 어이없게도 짐이 안 왔다는 낭패감 이전에 안 책임님 앞에서 영어를 쓰기가 싫었습니다. 그냥 짐이 안 왔어, 어딨어, 하면 되는 거니까 어려운 것도 아니어서 그럭저럭 영어로 할 수 있을 것 같긴 했는데 괜히 안 책임님이 신경 쓰였습니다. 하지만 결국 직원에게 짐이 없다고 말하게 되었고, 직원은 카운터에서 짐 드랍 할 때 받은 태그를 보여 달라고 합니다.

어…… 태그가 없다. 여권에 껴 두었는데. 몇 페이지 되지도 않는 여권을 추르륵 뒤지고 허둥지둥 주머니에 가방에 난리법석을 피우기 시작했습니다. 백인 아줌마 직원은 그 모습을 한심한 듯, 하지만 익숙한 듯 쳐다보고 있었고 저는 당황하여 찾은 곳을 또 찾고 뒤지고를 반복했습니다. 갑자기 땀이 납니다.

나: 아. 어디 갔지.

직원: 보딩 패스에 붙어 있는지 봐 봐. 아니면 여권에.

나: 따로 종이에 붙여서 준 기억이 나는데.

안: 같이 찾아 줘요?

나: 아니에요. 제가 찾을게요.

생각의 타래를 풀고 풀러 시간을 돌려 보니, 인천에서 비행기 타기 직전에 안 책임님에게 황급히 보딩 패스를 안겨 주고 박력 있게 뒤도 안 돌아 보고 간다는 게, 너무 박력 있게 간 나머지 그사이에 뭔가 흘린 것 같습니다. 멋있게 보이려고 안 하던 걸 하면 이런 사달이.

직원: 클레임 태그 없으면 안 돼. 그거 꼭 있어야 돼. 그거 없으면 너 짐 어디 있는지 몰라.

나: 아. 티켓이랑 같이 껴 둔 것 같은데…….

안: 보딩 패스에 붙어 있나?

제가 아까 주었던 티켓을 보지만 없습니다. 순간 안 책임님도 뭔가 깨달은 듯합니다. 제가 티켓을 성급하게. 그러니까 멋있는 척을 해보려고 휙 줬던 자리에 흘린 것이 분명하다는 것을 생각한 것 같습니다. 그리고 자신에게도 뭔가 책임이 있지 않나 싶었는지 나서서 직원에게 영어를 거리낌 없이 쏟아냈습니다.

분명히 샌프란시스코 공항에서 찾아서 다시 잘 부쳤다. 우리 여기 한두 번 온 줄 아니. 태그 없으면 어려운 것 나도 알아. 그래도 트래킹 되지 않니. 좀 해줘. 응? 우리 짐 없으면 안 돼. 없어도 찾을 수 있잖아. 응? 나 네가 할 수 있는 거 알아. 우리 서울에서 열다섯 시간 전에 떠난 거 알아? 오. 그건 그렇고 너 오늘 착용한 목걸이 예쁘다…….

들어 보면 딱 적당한 레벨의 부탁과 적당한 레벨의 권리에 대한 요구. 그리고 영혼 없지만 그냥 미국 애들끼리 보통 하는 칭찬. 직원은 한숨을 팍 쉬더니 "오케이. 근데 원래 안돼……."라고 하고 보딩 패스를 달라고 합니다. 그리고 한두 군데 전화를 하더니 컴퓨터에 이것저것 입력을 하고 제 짐의 위치를 찾은 듯합니다.

직원: 네 짐은 라스베가스에 있어. 미안.

나: 아니, 왜 거기에 있어! 내 짐에 LAX라고 딱 쓰여 있는 태그를 달았는데!

직원: 미안. SFO에서 실수한 것 같아. 너 호텔 주소 적어 주면 보내 줄게. 아마 내일은 가겠지.

미국인 특유의 '미안해. 근데 내가 해 줄 수 있는 건 여기까지. 네가 뭐라고 해도 방법이 없어.'라는 느낌으로 어깨를 으쓱.

짐은 안 오고 노트북만 달랑 있는 백팩에 면세점 쇼핑백을 든 꼴이 참 말이 아닙니다. 회사 일행이라도 있었으면 난처했을 뻔했겠지만 만약 직항으로 왔으면 짐이 엉뚱한 데로 가지 않았을 테니 이럴 일도 없었겠지요. 저는 그냥 오케이…… 하면서 한숨을 쉬고 호텔 주소와 제 이메일, 전화번호를 적고 떠나려고 하는데 안 책임님이 또 나서더니 직원을 붙잡고 말을 계속합니다.

안: 내일은 오는 거 맞아? 라스베가스에서 바로 페덱스 같은 걸로 다시 이리로 부치면 오늘 밤에도 오는 거 아니야? 제일 빠른 걸로 부친다고 약속해 줄 수 있어? 담당자 전화번호 줘. 800으로 시작하는 대표번호 말고. 한 번에 연결되는 거. 딱 여기 LA 공항 오피스로 연결되는 거.

그리고 제게 현지에서 받은 전화번호를 다시 확인해보라고 합니다.

안: 책임님. 전화되나 확인도 해 봐요. 심 카드 껴도 안 되는 때 있잖아요. 지금, 지금. 심 카드 다시 사면 번호 바뀌잖아요. 아까 전화도 해 봤나? 음. 오케이. 되네. 그럼 이걸로 적어도 되겠다.

그러더니 다시 직원에게 묻습니다.

안: 오버나이트 키트 같은 거 없어? 당장 씻고 뭐 갈아입는 거 그런 거 있지 않아? 이 사람 어쩌라고. 세수도 못 하고 열다섯 시간 왔다고. 그리고 오늘 이 사람 뭐 사야 하잖아. 바우처 같은 거 있잖아. 돈 얼마 쓸 수 있는 거. 그거 줘. 몇십 불이라도 줘. 보상금 말고. 보상금은 따로 신청할 거야. 지금 옷 사야 해. 이 사람 꼴 좀 봐. 땀 나고 막…….

쉴 새 없이 쏟아내는 영어에 넋 놓고 보고 있는 저도 참 웃깁니다. 주위에 영어 잘하는 사람 천지이고 심지어 원어민도 많은데 안 책임님의 영어는 그냥 넋 놓고 듣고 싶습니다.

직원은 결국 안 책임님의 성화에 사무실로 들어가 어메니티들이 담겨진 키트를 가지고 나옵니다. 저는 이것저것 쓰고 서명한 다음 불쌍한 몰골로 자동차를 렌트하러 갑니다. 한 시간도 넘게 공항에 묶여 있었던 것 같습니다.

안: 아휴. 왜 짐이 없어졌대……. 그나저나 꼭 달라고 해야 이런 걸 준다니까.

안 책임님과 같이 여행 다니면 정말 편할 것 같습니다. 저라면 짐이 오겠거니 하고 그냥 택시 타고 호텔에 갔겠죠. 내일 어떡하지 하면서.

나: 뭐 어쩌겠어요. 내가 비행기에 직접 실을 수도 없는 일이고. 어떻게 하루 버텨보죠, 뭐. 그건 그렇고 호텔 어디세요? 차는 어떻게 해요?

안: 나 렌터카 예약했어요. 호텔은 A□□인데.

나: 엇. 거긴 어디지. 회사 사람들 다 B□□이던데. 왜 혼자 거기 계세요?

안: 회사에서 해준 건데. 난 따로인가 보죠, 뭐. 책임님도 렌트했죠? 같이 차 찾으러 가요.

갑자기 정신이 아득해졌습니다. 아. 면허증.

나: 국제 운전 면허증이 수트케이스에 있어요.
안: 아니, 왜 그걸 거기에 넣어요!
나: 최근에 만료일이 지난 게 어제야 생각나서 갑자기 만들고 어쩌다 보니 짐 싸다가 잘 넣는다고 하는 게 거기에 넣어 버렸네요.
안: 어휴…….

그리고 특유의 또 뭔가 곰곰이 생각하는 표정. 반짝이는 눈. 결국 꺼내놓는 결단.

안: 캘리포니아는 국제운전면허증 어차피 안 통해요. 한국 면허증은 있어요?
나: 네, 지갑에…….
안: 그걸로 빌려요. 캘리포니아 경찰은 어차피 국제 면허증은 보지도 않아요. 렌터카 회사에 한번 이야기해 봐요. 될 거 같은데.
나: 국제운전면허증도 없이 미국에서 운전을 한다고요? 그게 돼요?
안: 될 거예요. 믿어 봐요!

저는 반신반의하면서 렌터카 픽업하는 곳으로 갔습니다. 카운터에서 면허증을 달라는 직원의 말에 국제 면허증은 없고 이거요 하면서 한국 면허증을 줬더니 여기가 생일이야? 응. 응. 이러고 나서 진짜 몇몇 정보만 확인하고 진짜 국제 면허증 없이 차를 빌려 주었습니다! 헐. 와, 진짜. 안 책임님만 따라다니면 다 해결할 수 있을 것만 같은 느낌. 안 책임님은 여행지에서 길을 잃고 표류하는 나를 구해준 여신과도 같았습니다.

그러나 렌터카 회사에서 차를 찾고 나니 또 뭘 해야 할지 모르겠습니다. 반년 동안 열 몇 번을 해외를 다녔는데 갑자기 해외 처음 나가본 바보가 된 느낌입니다. 이상하게 안 책임님이 옆에 있으니까 더 바보가 되는 것 같았고, 평강공주만 따라다니면 되지 않을까 하는 생각이 들었습니다. 뭐라고 할 말이 없어서, 그럼 여기서 헤어지나? 내일 전시장에서 봐요? 저녁 먹어요? 차라도 한잔하자고 해야 하나? 머릿속에서 이런저런 생각이 스치고 있던 중.

안: 짐 속에 뭐 있었어요? 최악의 경우 내일도 짐이 안 왔을 때 문제 되는 거 없어요?

나: 노트북 같은 건 여기에 있고. 일단 구두가 거기 있고 옷이랑. 뭐 있더라…….

안: 공항에서 받은 키트 꺼내 봐요. 뭐 있나.

항공사에서 준 키트를 보니 세면도구랑 반팔 티셔츠 따위가 들어있었습니다.

안: 아무 도움도 안 되겠네. 비누, 샴푸, 칫솔 같은 건 호텔에도 있는 건데. 면도기 이거 쓸 만한 거예요?

나: 뭐 그냥 하루는 쓰겠는데. 옷이 문제긴 하네요.

안: 되도록 그냥 다 사세요. 내일 이거 입고 전시장 갈 수는 없지 않아요? 내일부터 미팅 있고 그러지 않아요? 미국에서 제일 싼 게 옷인데.

나: 아. 그럼. 어디로 가야 하나.

안: 호텔 근처 어디 쇼핑몰이나. 모르겠으면 월마트. 아니, 월마트는 말고 타겟 이런 데 검색해보세요.

렌터카 오피스의 북적이는 분위기에서 저는 검색하느라 진땀을 흘리고 있었습니다. 땀이 나고 피곤이 몰려오고 뭔가 합리적이고 효율적인 사고가 잘 안 됩니다. 급기야 저는 아무것도 할 수 없음을 인정하고 말았습니다.

나: 책임님. 같이 가주세요. 그리고 어디 가야 할지 잘 모르겠어요.

최대한 불쌍한 얼굴을 짓자, 안 책임님은 으이그 이 딱한 사람을 어떡하지 하는 표정으로 한숨 끝에 답을 했습니다.

안: 전화기 줘 봐요.

구글 맵에서 이것저것 검색해 넣더니 주소 하나를 보여줍니다.

안: 여기 찍고 가요. 늦으면 퇴근길 러시아워라 길 막혀요. LA 근방이 얼마나 난리인데. 빨리 가요, 빨리. 나도 여기 찍고 갈게요.

차라리 차가 하나였으면 좋을 텐데 따로 가려니 복잡했습니다. 아무튼 안 책임님이 찍어준 주소로 차를 몰고 공항을 빠져나갔습니다. 안 책임님 아니었으면 공항에서 바보처럼 인터넷만 검색하며 어찌할 줄 모르고 있을 뻔했습니다.

마트에 도착하자 안 책임님은 저에게 생각나는 대로 필요한 거나 짐 가방에 있던 걸 불러 보라고 합니다. 그리고 전화기에 하나하나 다 받아 적고는 제 팔을 붙잡으며 카트를 끌고 마트 안으로 들어가기 시작합니다. "빨리 가요, 빨리."라면서. 이 넓은 마트를 안 책임님은 와 본 것일까요. 살 것이 많지는 않았지만 후다닥 필요한 물건을 담더니 맥주도 집고 물도 큰 페트병으로 두 개 삽니다.

안: 호텔에 물 돈 주고 사 먹기 아까우니까. 그리고 맥주는 나 먹을 거예요. 나 사 줄 거죠? 손 책임님도 맥주 좀 살래요? 그냥 여섯 개짜리 팩 같이 하나 사요. 아니, 한 팩씩 각자 살까. 여기에 며칠 있을 거니까.

안 책임님은 리스트를 하나하나 살펴봅니다.

안: 속옷이랑, 양말이랑. 그리고…… 어. 다 산 거 같고. 전화기 충전기는 있어요? 오케이. 렌즈 세척액은? 봐봐. 없잖아요. 그거도 하나 사고. 선크림은? 안 가져왔다고? 아니 미국에 오면서 햇볕 어떻게 할라고. 잘됐네. 하나 사요.

그리고 주차장에서 근처 옷가게로 이동하여 이 브랜드가 옷 좋고 싸다면서 셔츠와 바지 하나를 사랍니다. 저는 아내 따라 쇼핑하듯 별 저항 없이 졸래졸래 따라다니며 어느새 안 책임님이 골라 주는 셔츠와 면바지를 몇 개 입어 보고 있었습니다.

안: 임시로 사는 거지만 그래도 제대로 된 거 사요. 대충 사지 말고. 응. 이거 예쁘다. 면티도 좀 사고. 라지 입으면 되겠죠? 약간 스키니하게 입혀 볼까.

저보다도 훨씬 적극적입니다. 혹시 이리 시간을 쓰는 것에 제가 미안해할까 봐 그러는 것인지. 아니면 오히려 자리를 양보한 것에서 이 일이 시작된 것이라 생각하고 미안한 마음에 이러는 것인지 모르겠습니다.

나: 안 책임님도 뭐 사실래요? 셔츠라도 하나 대 보세요. 제가 선물할게요.

안: 아니에요. 내 옷 사러 온 거 아닌데, 왜. 손 책임님 것만 빨리 사고 나갑시다. 피팅룸 가서 이 바지만 빨리 입어 보고 나가요. 아 참. 잘 땐 뭐 입을 거예요?

나: 그냥 저…….

안: 벗고 자려면 그냥 가고.

나: 클럽 팬츠라도 하나 살래요? 잠깐.

진짜 부부 같다. 여행 온 것도 아니고 정말 어디 미국에서 사는 부부 같다. 이렇게 생필품 쇼핑을 하고 바로 입을 옷 하나 사고. 입은 거 봐 주면서 좀 길다, 접어야겠다 이야기해 주고. 기분이 너무 묘한데 안 책임님은 아는 듯 모르는 듯 절 이리저리 끌고 다니더니 쇼핑을 마쳤습니다.

안: 호텔 들어가서 체크인하고 지금 입은 옷은 바로 빨래 맡겨요. 그리고 나중에 항공사에 빨래한 거 청구하면 다 주더라고요. 짐이란 게 오면 다행인데 혹시 모르니까…….

나: 안 책임님 아니었으면 바보처럼 어디 전화만 하고 있고 지금도 공항에서 어쩌지, 어쩌지 이러고 있었을 거 같아요.

안: 출장 처음 온 사람도 아니고 미국 많이 와 본 사람이 왜 그래요. 하도 막막해해서 깜짝 놀랐네.

그러게요. 저도 이상해요. 그런데 문득 궁금해졌습니다.

나: 어떻게 그렇게 여길 잘 아세요? 아까 그 마트는 몇 번 와본 사람처럼 한 번에 다 찾아내고.

순간, 3초 침묵. 아. 왠지 알겠다.

안: 살았었으니까.

나: 아…….

아, 그래. 미국 생활. 별로 행복하지 않았었다는 안 책임님의 미국 생활. 데이트할 때 생각보다 미국 이야기를 많이 하지 않았다는 것을 기억해 냈습니다. 우울증의 시작이었다는 미국 생활. 남들은 그렇게 가고 싶어 한다는 미국을 그렇게 싫어하게 만들었다는 옛날의 미국 생활. 하지만 정작 우리는 지금 미국에 같이 있습니다.

어색한 침묵이 약간 흐르자 이야기를 더 이상 그리로는 진행하고 싶지 않아 화제를 돌렸습니다.

나: 서부 법인 총괄 VP(상무)가 이번 출장팀 밥 산다고 하는데 안 가세요? 장소 정해졌다고 아까 공항에서 전화기 켜니 메시지 오던데.

안: 난 명단에도 없을 텐데요. 저 나타나면 저 사람은 누구야? 왜 전시 준비팀에 없었어? 막 그럴 거예요. 안 갈래요. 손 책임님 가세요. 내일이 전시인데 술 많이는 안 먹을 거예요. 요즘 같은 때에는 특히.

나: 막 술 먹고 고기 굽는 한식당 아니래요. 그리고 운전하는데요, 뭐. 무슨 엄청 좋은 스테이크집이라는데. 하긴 예약한다고 인원 체크하긴 하더라.

안: 난 욕조에 따뜻한 물 받아 놓고 맥주 마시고 호텔 방에서 뒹굴뒹굴거리면서 TV 볼 거예요. 그거 하고 싶어서 출장 왔어요. 노트북에 영화도 넣어 왔는데. 그래서 아까 마트에서 맥주부터 샀잖아요.

도대체 어떻게 오게 되었는지. 애는 누가 보는지. 출장 와서 무슨 일 하는지. 일부러 아무것도 묻지 않았습니다. 언제나 회사 일에 전력을 다하던 사람. 아이 봐야 한다는 핑계로 일말의 빈틈도 보이지 않은 사람. 올 만하니까 왔겠지.

안 책임님과 나란히 고속도로를 타고 짧게 이동하다 제 차가 먼저 고속도로를 빠져나왔습니다. 그리고 호텔에 도착해 체크인을 하고 바로 저녁 식사 자리로 이동해 회사 사람들을 만났습니다. 짐이 안 와서 고생한 이야기를 무용담을 하듯 늘어놓으며 즐겁게 식사했고 모르던 사람들과도 인사를 했습니다. 전시 때문에 며칠 전에 온 사람도 있고 어제 온 사람도 있었습니다. 안 책임님 팀에서는 온 사람이 없었습니다. 저녁 식사를 마치고 룸으로 돌아와 긴 하루를 마무리하며 씻고 난 뒤, 아까 샀던 맥주를 따서 마시며 안 책임님께 메시지를 보내두었습니다.

[오늘 덕분에 이렇게 호텔 방에 새 옷 입고 누워 있습니다.]

그리고 한참 뒤, 불을 끄고 다시 눕자 메시지가 날아왔습니다.

[Good night. Sleep tight.]

좋은 밤. 푹 자요.

/

아침에 일어나 항공사에 전화해서 제 짐이 어떻게 되고 있는지 확인하고 호텔에서 간단한 아침을 먹었습니다. 비즈니스 출장이라 하더라도 미국 서부이니 포멀한 옷이 아닌 면바지 스니커즈 정도는 이해되는 것 같아 별 고민 없이 입고 나섰습니다. 이른 아침에 일어나 썸녀 아가씨에게 전화한다는 것이 정신이 없어 간단히 안부 메시지만 남겼습니다. 잘 도착했다는, 그리고 덧붙여 비즈니스 클래스는 타지 못했다고 썼다가 지웠습니다. 왜 못 타게 되었는지 설명할 자신이 없었습니다.

 호텔 로비에서 같이 태우고 가기로 한 몇몇 회사 사람을 만나 함께 전시장으로 갔습니다. 처음엔 이런 출장을 다니는 것이 설레었는데 많이 다니니 이젠 느낌이 없습니다. 배부른 소리지요. 어쨌거나 전시회 등록을 마치고 익숙하게 스케줄을 확인했습니다.

 오전엔 전시회 기조연설을 듣고 낮에는 재빨리 이동하며 오후에 이른바 고위 임원이 올 때 다닐 곳을 미리 찍어 달라는 부탁을 받아 후다닥 다녔습니다. 중간에는 간단히 사람들을 만나 인사를 하기도 하며 제법 분주한 출장 첫날을 시작했습니다.

 아침부터 안 책임님을 찾아 두리번거렸지만 보이지 않았습니다. 어차피 할 일이 많아 혼자 다니는 것이 그리 외롭진 않았지만 안 책임님이 문득 보고 싶었습니다. 왜 하필이면 출장을 같이 오게 되었고 이렇게 엮인 걸까. 보고 싶은 마음에 약간의 불편한 마음이 섞여 있었습니다. 아침에 썸녀에게 메시지를 보낸 후부터 못내 불편한 감정에 안 책임님을 마냥 보고 싶어 할 수도 없었습니다.

 이래저래 부지런히 다니며 간단히 기록하고 사진 찍으며 VIP 수행진에게 필요한 내용을 보내고 오후가 되자 시차 때문인지 피곤함이 몰려왔습니다. 주최 측에서 주는 커피를 들고 전시장 구석 벤치에서 퍼져 앉아 있으려니 몸을 일으킬 수가 없습니다. 그때 메시지가 하나 날아왔습니다.

 [많이 보셨어요? 이번에도 참관하러 온 거죠? 파트너 쪽 일도 하세요? 미팅 많이 있나?]

저는 자세를 어느새 고쳐 앉아 답장을 합니다.

[네. 하긴 하는데 오늘은 간단히 인사만 했고 내일 미팅 잡혔어요. 일단 오늘은 임원들 볼 곳 미리 좀 찍어달라고 해서 겸사겸사해서 훑어봤어요. 벌써 피곤하네요. 어디 계세요?]

[2층 EAST라고 되어 있는 곳. 잠깐 보실래요?]

[네, 그리로 갈게요.]

가벼운 단화에 어제와 같은 바지, 다소 발랄한 블라우스 그리고 노트북 백팩. 한국 사람들은 이런 곳에도 꼬박꼬박 정장 입고 많이 오는데 이렇게 가벼운 차림으로 나타나니 무슨 교포 같아 보입니다.

나: 왔다 갔다 하면 한 번은 마주칠 줄 알았는데.

안: 워낙 넓으니까. 나 사실 오전엔 호텔에서 뭉그적거리고 점심부터 와 있었어요.

나: 무슨 일로 오신 거예요? 전시팀도 아니고 커뮤니케이션도 아니고. 참관인 거예요?

안: 굳이 이야기하자면 임원 대타 참관. 나 근데 여기서 한 십 분만 뭐 좀 할게요.

곁눈질로 노트북 화면을 보니 회사 일입니다. 문서 몇 개를 보고 메일 두어 개를 쓰더니 "에잉 모르겠다." 하고 덮어버립니다.

안: 갑자기 온 거라 백업을 제대로 안 하고 와서 걱정이네요. 민폐네…….

나: 에이. 회사는 안 책임님 없어도 잘 돌아간다니까 그러시네. 와서는 그럼 관람만 하시면 돼요?

안: 보고서 써야죠. 우리 팀에 관련된 거 중심으로 보겠지, 뭐. 그

나저나 짐은 왔어요?
나: 오후에 호텔로 갖다 준다 했으니 지금 왔겠네요.

안 본 데 있으면 같이 다니자는 말이 차마 안 떨어집니다. 저녁 약속도 말이 안 나옵니다. 헤어진 마당에 같이 있고 싶다는 감정이 한심하기도 했고 썸녀에게 아침에 너무 무심하게 메시지를 보낸 것이 자못 마음에 걸렸습니다. 그리고 자꾸 이야기하다가는 다시 만나자는 말을 하게 될 것 같았고 거절당하는 상상도 벌써 하고 있었습니다.

그렇게 오후 시간을 보내고 저녁 무렵. 첫날을 정리하고 회사 사람들끼리 저녁을 먹네 마네 이러고 있을 때 본사에서 전략팀의 모 선임이 보고서 좀 써서 급히 보내달라는 요청 문자를 보내왔습니다.

[손 책임님. 전시회 어떠십니까. 키노트(기조연설)랑 주요 전시 보고서 써서 한국 시간으로 오늘까지 보내주실 수 있을까요?]

잠시 할 말을 잃었지만 귀찮은 마음을 꾹꾹 눌러 담아 답을 씁니다.

[아니, 무슨 요청을 지금 해요. 보통 전시 끝내고 한꺼번에 보냈는데 왜 갑자기 그래요. 보통 키노트 같은 건 법인이나 본사에서 알아서 정리하고 그랬더만. 다 유튜브에도 있고.]

[진짜 죄송해요. 내일 마케팅전략 보고에 전시회에서 나온 거랑 함께 올린다고 해서요. 실제 간 사람이 쓴 것을 기반으로 해야 하나봐요.]

[아, 그럼 미리 말을 하던가. 지금 어떻게 보내요. 벌써 여기 오후 다 갔는데.]

[지금 한국시간으로는 아직 이른 아침이니까……. 저녁에 좀 써주시면 안 될까요. 갑자기 요청해서 정말 정말 죄송합니다…….]

시계를 보니 어찌 대충 쓰면 쓸 수도 있을 것도 같아 거절하지 못하고 결국 쓴다고 하고 말았습니다. 분명 위에서 저에게 부탁하라고 하며 "지금! 당장!" 뭐 이랬겠죠. 과거 이렇게 상사의 명령에 눌려 겨우 겨우 여기저기 빌고 빌며 부탁을 하던 제가 투영되니 못내 나쁘게 대할 수가 없었습니다.

[아- 몰라. 난 막 써서 보낼 거니까 알아서 컬러링해요. 난 시간 없다고 했음!]

[넵 넵. 건강히 계시다 오세요! 감사합니다!]

메시지로 까칠하게 하긴 했는데 이 친구도 시간이 많지 않아 보이니 얼른 써서 보내야 하긴 했습니다. 회삿돈으로 오긴 왔으니 하긴 해야겠는데 귀찮기도 하고 막막하기도 합니다. 아까 VIP 쪽에 전달한 메모에 살을 붙이면 되겠다 하고 있는데 또 메시지가 옵니다.

[책임님. 여기 지금 오전 아홉 시인데요. 열두 시까지 가능할까요. 진짜 죄송해요. 오후에 패키징해서 서면으로 먼저 올린다고 해서.]

[그렇게 요청하는 게 어딨어요! 여기 상황이 어떤지도 모르고.]

[진짜 죄송해요. ㅜㅜ]

[난 몰라. 진짜 하는 데까지만 해서 보낼 거예요. 내용 부실하면 알아서 빼던지.]

이걸 세 시간 안에 쓰라고……. 솔직히 쓰라면 못 쓸 것도 없는데 갑자기 쓰라니까 좀 짜증이 납니다. 그러다가 안 책임님 생각이 났습니다. 안 책임님도 보고서 써 놓은 게 있을 텐데. 좀 도와달라고 해야겠다……. 며칠 전이었다면 생각도 못 할 일이었는데 여기에 와서 도로 가까워졌다는 생각에 혹은 착각에, 창피한 줄도 모르고 별의별 부탁을 다 하고 있었습니다. 밥 먹자는 말은 못 해도 이런 건 왠지 부탁할 수 있을 것 같았습니다.

[책임님. 전시 보고서 좀 쓴 거 있으세요?]

안 책임님께 문자를 보내자, 바로 답이 옵니다.

[대충. 텍스트로만 있고 정리는 안 되어 있는데. 왜요? 필요해요?]

[혹시 공유 좀 해주실 수 있어요? 전략팀에서 갑자기 써서 저녁까지 달라는데 제가 써 놓은 게 별로 없어서…….]

[그쪽은 왜 일 처리가 그 모양이래. 그거 안 봐도 누군가 중간에서 책임님에게 미리 부탁하는 걸 까먹은 거다. 에휴. 저도 정리는 안 해놔서 바로 보낼 건 없어요. 그럼 어디 만날 데 없나?]

[어디 인터넷 되는 데서 뵈어요. 커피숍이나. 여기 전시장 안이면 더 좋은데.]

[1층에 비즈니스룸이 있던데 거기서 15분 후에 봐요. 씨유순!]

흔쾌히 도와주겠다는 안 책임님이 백만 원군 같았습니다.

둘이 만나 테이블에 노트북을 나란히 펴 놓고 저는 눈만 껌뻑이고 있는데 안 책임님은 앉자마자 일사천리로 일을 시작합니다.

안: 대충 프레임은 잡아 놓았나요? 무슨 말 쓸지.

나: 머릿속에 와꾸는 만들어 놓긴 했는데…….

안: 에이. 와꾸는 나쁜, 아니 아무튼 별로 쓸 필요 없는 일본말이래요. 쓰지 마세요. 프레임. 이것도 영어지만 아무튼.

중간중간 전화기를 보며 메시지를 보내는 걸 보니 원래 약속이 있던 것 같습니다. 미안하다는 말도 못 하고 그냥 가라고 해야 하나 고민하는데 안 책임님이 너무 몰입해서 일을 하고 있으니 그냥 그대로 있게 됩니다. 그 모습을 보다 보니 너무 옆에 붙게 되고, 어깨가 부딪히고 팔이 닿습니다. 눈길이 블라우스 사이로 자꾸 가면서 옛날에 있었던 스킨십들이 자꾸 생각납니다. 옛날에 이렇게 출장을 같이 왔다면 아마…… 같이 잤겠지? 일 생각은 안 하고 자꾸 별의별 생각과 옛날 기억에 몰입하게 되는 것 같아 일부러 조금 떨어져 앉았습니다.

정신 차려. 정신 차려라. 제발. 무슨 상상을 하는 거니.

얼음 컵에 담긴 콜라를 들이켜고 정신 차리고 나니 폭풍처럼 써 내려가는 안 책임님이 대단해 보였습니다. 저도 명색이 과장급인데 이렇게 옆에서 도제식으로 배우듯 앉아 있는 것도 부끄러웠지만 그걸 따질 게 아니었습니다.

나: 키노트는 어떻게 해요? 저 써 놓은 게 있긴 한데. 이걸로 될지 모르겠네요.

안: 음. 아무리 잘 들었어도 우리보다 더 잘 들은 사람이 있을 거예요. 이건 기사를 참조해서 우리가 살을 붙이는 게 나을 거 같아요. 미국 언론에서 다 취재해 갔으니까 누군가는 썼겠지. 요즘 또 블로거들이 얼마나 속도전으로 난리인데. 검색하면 다 나와요. 아 참 사진 찍은 거 있으면 이쪽으로 옮겨 주세요.

영문 기사를 쓱 읽으면서 종이에 몇 가지 키워드를 적어 놓고 컴퓨터로 옮겨와 일필휘지로 써 내려가는 게 마치 고대 중국 전쟁터에서 장수가 무쌍을 벌이는 듯합니다. 이렇게 일하는 걸 찍어서 유튜브에 올려도 사람들이 충분히 보겠다는 생각이 들 정도였습니다. 어릴 때 동네 오락실에서 형들 오락하는 걸 보듯 넋 놓고 바라보고 있는데 안 책임님이 동네 오락 고수 형이 필살기 커맨드를 알려주듯 말합니다.

안: 자. 봐요. 이런 건 그냥 안 쓰고 어노테이팅Annotating해서 쓸게요. 그래야 내 의견과 스피커 말이 구분되지. 디자인적으로도 보기 깔끔하고. 글자 크기는 함부로 바꾸지 말아요. 서식 복잡하

게 하지 말고 그냥 탭만 넣어서……. 이탤릭도 넣고. 확실하게 인용했다고 표시를 넣은 다음.

근 세 시간 동안 마치 춤을 추는 듯한 고수의 아름다운 무쌍 난무를 감상하고 마무리를 하는데 또 묘한 감상에 젖게 되었습니다. 처음 TF에서 만나 안 책임님 옆자리에서 일할 때가 어찌 보면 가장 좋은 때가 아니었나 싶었습니다. 매일 보고 바로 옆에서 이렇게 가까이 어깨를 대며 일하고 이야기를 하고.

그때로. 그때로라도 돌아갈 수 있다면. 아니, 그냥 이렇게 누나로라도 남아서 같이 있을 수 있으면. 밖에서는 못 봐도 오피스에서라도 누나로 남아서 같이 있어 준다면. 결혼이 안 된다면, 연인이 안 된다면 오피스 남매라도 어떻게 안 될까. 그냥 보고만 살아도 괜찮지 않을까.

안: 책임님 메일로 보냈어요. 이름도 넣어 두었으니까 그냥 재전송해 버려요. 뭐 복잡하게 더 쓸 생각하지 말고. 난 여기에서 우리 팀 버전으로 수정할 테니까. 어차피 난 다른 내용도 좀 넣어야 하고. 귀찮긴 했지만 나도 덕분에 한 번에 털었네.

나: 책임님.

안: 왜요? 저녁 사게? 고맙지만 나 약속 있어요. 미안.

나: 아니 그것도 그렇고…….

안: ???

제가 선뜻 말을 꺼내지 못하고 있자, 안 책임님의 눈이 동그래집니다. 지금 잘 이야기해야 하는데, 말이 잘 안 만들어집니다.

나: 우리. 다시 만날 수 없으면.

안 : …….

나: 누나 동생으로라도 안 되나요? 아니, 그냥 친구처럼.

순간 안 책임님의 표정이 매우 안 좋습니다. 아- 또 뭔가 잘못한 거 같습니다. 역시, 말하지 말 것을.

안: 참…… 답하기 어려운 이야기를 하시네요.

나: 아니, 왜 어려…….

질문을 하려는 순간, 안 책임님이 한숨을 쉬고 노트북을 덮더니 전화기와 노트를 챙겨 가방에 거칠게 쓸어 넣고 일어섭니다.

안: 미안. 먼저 갈게요.

갑자기 안 책임님이 등을 돌리고 나가버립니다. 그런데 안 책임님의 손이 눈에 가 있었습니다. 어. 혹시 울고 있나? 또 화났나? 아. 또 어색해지고 말았다. 예전까지는 아니어도 어제 그리고 오늘 뭔가 다시 돌아온 것 같아서 좋았는데. 제가 욕심을 부린 것일까 싶었습니다. 허망한 마음에 저 역시 노트북을 챙기고 일어서며 안 책임님께 메시지를 하나 보냈습니다.

[또 제가 이상한 말을 한 것 같네요. 미안해요.]

비 내리던 날 밤이 오버랩되며 또 내가 뭘 잘못했나 생각하다 짜증이 확 났습니다. 아유. 됐다. 됐어. 내가 뭘 바라고 자꾸 감정을 이어보려고 하나. 메시지에 대한 답은 역시 없었고, 저는 씁쓸한 마음으로 저녁 식사를 위해 먼저 전시장을 빠져나간 회사 사람들에게 연락해서 식사 장소를 알아냈지만 너무 멀기도 했고 귀찮아 그냥 대충 때우자 싶어 근처 보이는 식당에서 피자 한 판 사 들고 호텔에 들어가서 마트에서 사 두었던 맥주랑 저녁을 때웠습니다. 저녁을 먹고는 휴스턴까지 갔다가 낮에 배달되어 온 짐들을 정리하고 농구를 잠깐 보다 잠을 청하기로 했습니다.

그래. 아닌 거야. 아닌 건 아닌 거야. 이렇게 아닌 거에 실마리라도 잡아보려고 애쓰는 마음을 발견하곤 이젠 잊어야겠다고 생각했습니다. 저 사람이 저렇게 아니라는데. 그렇다고 내가 붙잡을 수 있는 것도 아닌데 왜 난 이렇게 눈만 껌뻑이며 가지도 오지도 못한 채 서 있나.

/

출장 둘째 날 아침. 썸녀 선생님과 드디어 통화를 했습니다. 저는 아침부터 한참 분주했는데 썸녀는 학교에서 힘든 일이 있다며 이야기를 시작하는 통에 가라앉은 분위기를 맞춰 주느라 힘들었습니다.

비즈니스석 이야기는 묻지도 않길래 저도 딱히 이야기하지 않았습니다. 하긴. 일등석도 아니고 뭐 그리 대단한 거라고. 겨우겨우 썸녀를 달래봤지만 호텔 로비에서 회사 사람들을 만나 차로 이동하면서까지 전화는 계속되었고 운전석에 앉고 나서야 겨우 전화를 끊을 수 있었습니다. 응. 이제 가야겠다. 미안. 이따 전화할게요. 굿나잇. 뭔가 영혼 없는 인사인 것 같아 마음이 좀 그랬지만 지금 여기 분위기 때문에 마음을 더 쓸 수가 없었습니다.

전시 둘째 날은 제법 바빴습니다. 회사 사람들과 함께 파트너 미팅을 여러 개 잡아 비즈니스 미팅룸에서 오전 내내 빽빽하게 시간을 보냈고 모든 것을 영어로 말하고 쓰느라 정신이 없었습니다. 미팅 사이에 잠시 시간이 비어서 몇몇이 담배 좀 피우러 나간다고 하길래 이참에 모두 바람 쐬러 나가기로 했습니다.

다 같이 나가는 길, 전시장 문 앞에서 안 책임님과 마주치게 되었습니다. 어제 일로 도로 어색해져 버리기도 했고 뒤늦게 호텔 방에서 이불을 차봐야 다 지난 일. 안 책임님도 회사 사람들과 되도록 안 만나며 출장 일정을 보내고 싶어 하는 것 같아 굳이 이름을 불러 세우지 않고 그냥 눈만 마주치고 지나치려 하는 순간, 같이 미팅을 진행하던 파트너십 팀원 중 한 명인 은지 씨가 안 책임님을 불렀습니다.

은지: 선배님! 여기 여기! 책임님! 꺄악! 여기 웬일이세요!

안: 어! 은지 씨. 출장 왔구나- 잘 지냈어? 오랜만이네. 여전히 이쁘네, 우리 은지.

우리 은지, 하는 걸 보니 되게 친한 혹은 친했던 사이인가 봅니다. 뛰어가서 와락 안기는데 난리도 아닙니다.

은지: 회사에선 못 만나다가 여기서 보네요. 어떻게 지내셨어요. 중간에 전 미국에 있느라 회사를 비우고 해서 통 연락도 못 하고…….

안: 아. 미국 갔었구나. 지금 무슨 팀이랬지? 출장 온 거 보니까 파트너십 쪽인가?

안 책임님도 은지 씨 머리를 쓰다듬으며 흐뭇한 표정을 짓습니다. 엄청 반가운 모양입니다.

나: 어. 두 분 어떻게 아세요?

은지: 저 신입 때 제 사수셨어요. 완전 아무것도 모르는 강아지를 사람으로 만들어 주셨죠. 그때 배운 거로 지금 버티고 살아요.

은지 씨와는 출장 와서 알게 되었는데 이제 하루 같이 일해 본 사이임에도 유능한 사람이라는 걸 알 수 있었습니다. 안 책임님이 이런 사람의 사수였다는 사실이 놀랍기도 하고 난 정말 모르는 게 너무 많았구나 싶었습니다.

저와 일행은 앞서 걷고 안 책임님과 은지 씨는 뒤에서 한참 이야기를 하며 따라오는 동안, 두 사람이 하는 이야기를 얼핏 들으며 여러 가지를 유추할 수 있었습니다. 안 책임님은 은지 씨에게 단순한 사수 이상의 멘토였고 근 2년을 옆에 끼고 가르쳐서 팀의 에이스로 만들었던 것 같습니다. 그리고 그 후, 은지 씨는 팀을 옮기며 단기 연수 프로그램으로 미국에 다녀온 모양입니다.

은지 씨는 처음엔 회사 이야기를 하더니 나중에는 남친과 결혼을 하네마네 종알종알 이야기하고 안 책임님은 "응. 그래. 그렇구나!"라며 무슨 큰 어른이 어린애 이야기를 듣듯 반응합니다. 그러다 어마어마하게 넓은 주차장에 들어서자 안 책임님은 인사를 하며 떠나고 일행 중 누군가가 담배를 차에 두고 왔다며 발걸음을 돌렸습니다.

저와 은지 씨는 캘리포니아 하늘이 역시 좋네- 하면서 사진을 찍으며 이야기를 나누고 있는데, 어디선가 악! 하는 외마디 비명이 들려왔습니다. 놀라서 뛰어가자 한 명이 코를 움켜쥐고 쓰러져 있었고 조수석 문이 반쯤 열려 있었습니다. 다급하게 살피며 이야기를 들어 보니 문을 열다가 전화기가 떨어져 주워 들던 찰나에 안에 있던 사람이 문을 세게 확 열어버렸고 그 문으로 인해 코를 다친 모양입니다.

코에서 피가 줄줄 흐르자 굉장히 당황스러웠습니다. 단순히 밤새고 무리해서 나오는 코피가 아니라 누가 봐도 꽤 큰 외상인 듯했습니다. 다친 사람이 생각보다 너무 아파했고 티슈와 손수건으로 일단 피를 막고 있었지만 휴지로 돌돌 말아 막을 수 있는 수준이 아니었습니다. 갑작스러운 사고에 병원을 가야 하네 어쩌네 우왕좌왕하고 있는데 저 멀리 안 책임님이 뛰어오는 것이 보였습니다.

안: 누가 다치셨어요?

은지: 차 문에 얼굴을 부딪히셨대요.

일어나지도 못하고 얼굴을 감싸 쥐고 주저앉아 있는 사람을 살펴봅니다. 피가 손과 팔을 타고 흐를 지경이 되었습니다.

안: 어머. 많이 다치셨어요? 피가 많이 나네……. 병원 가야 할 거 같은데.

나: 얼전트 케어Urgent Care 가면 되지 않을까요. ER(응급실) 가야 하나?

은지: 코뼈 상한 거면 어떡해요. 혹시 이는 괜찮으세요?

다친 사람: 모르겠어요. 코부터 그 아래 다 아파요.

다른 회사 사람: 상한 정도가 아닌데. 이건.

말을 안 시키는 것이 좋겠다고 생각하고 있는데 다친 사람은 피범벅이 된 코와 입으로 말을 이어가고 있었습니다.

다친 사람: 응급실 가면 돈 많이 드는 거 아니에요? 미국 응급실 가느니 비행기 타고 한국 간다는데.

아픈 사람이 돈 걱정을 하다니 이런 딱한 경우가. 아, 그럴 수도 있겠구나. 여긴 미국이니까.

다친 사람: 아아. 근데 진짜 아파요.

안: 아니에요. 지금 다친 마당에 돈 걱정을 왜 하세요. 회사는 보험 없이 출장 안 보내요. 잠깐만요.

안 책임님은 갑자기 911로 전화를 해서 또 막 설명을 합니다.

안: 지금 다친 사람이 옆에 있어. 차 문에 부딪혔는데 코가 상했어. 피가 많이 나. 응. 그래. 응급실 가야 하지? 응. 오케이. 의식도 있고 말도 해. 아니, 주행하는 차가 아니라 서 있는 차에. 근데

너무 아프대. 피가 계속 나. 여기서 제일 가까운 응급실 어디야. 응. 우리 앰뷸런스는 없어도 돼. 차 있어.

그러더니 옆 사람에게 다급히 말합니다.

안: 내가 부르는 주소 좀 적어 주세요. 빨리.

주소를 불러주던 안 책임님은 다시 영어로 통화를 합니다.

안: 우리는 어떻게 해야 해? 그냥 피 막으면 돼? 손수건이랑 티슈가 있긴 해. 응. 그래. 고마워.

안 책임님이 급하게 통화하는 동안 나머지 일행들은 무슨 미드의 한 장면을 보듯 넋을 빼고 바라보고 있었습니다. 선글라스를 쓰고 불어오는 바람에 단발의 머리칼을 날리며 다친 사람 옆에서 한쪽 무릎을 세우고 앉아 다급하게 영어를 하는 모습은 너무 아이러니하게도 미국에서, 주위에서 영어만 들리는 나라에서, 미국인이 아닌 한국인의 영어임에도 멋지고 유창하여 감상에 빠지게 했습니다.

안 책임님이 통화를 끝내자 모두들 정신을 차리고 다친 사람을 겨우 부축해 차에 태워서 병원에 데리고 가려는데 마치 안 책임님이 같이 가줘야 하는 듯한 분위기에 제가 제지했습니다. 같은 부서 사람이 데리고 가야 하는 거 아니냐고, 영어 다들 웬만큼 하는데 굳이 안 책임님까지 가야 하냐고. 그렇게 우긴 끝에 다치게 한 가해자가 다친 사람을 데리고 급히 운전해서 떠나게 되었습니다.

이상한 마음. 누구든 안 책임님과 도움을 주고받으며 가까워지는 게 싫은 마음. 이 빛나는 사람이 알려져서 모두가 사모하는 대상이 되는 것이 싫은 마음. 이런 마음들이 순간 들었습니다.

은지 씨는 법인의 주재원에게 전화로 사고를 알렸고 주재원은 자기가 병원을 방문해 알아서 처리하겠노라고 했습니다. 소동은 일단 마무리되었지만 우리는 다음 미팅 시간에 조금 늦어지게 되어 전시장의 미팅룸으로 서둘러 뛰어 들어갔고, 안 책임님은 그사이 주차장 어딘가의 자신의 차로 사라졌습니다.

저는 미팅 내내 계속 딴생각이 들었습니다. 이 감정을 정리하지 못하면 한 발짝도 못 나갈 것 같다는. 나랑은 이미 틀렸지만 아까워서 그러는 건지, 이런 감정이 당연한 건지. 그런 생각을 하다 어느새 찌질하지만 나 말고 다른 사람이랑 가까운 게 너무 싫다고 속으로 외치고 있었습니다.

비즈니스 좌석을 양보하면서 마음을 정리했다고 생각했는데 정작 출장지에 와서 계속 엮이고 있는 걸 보니, 그리고 그에 따라 감정이 또 요동치는 걸 보니 계속 뭔가 남아 있는 것 같습니다. 정리했다고 생각했는데. 심지어 어제 그 헛소리까지 했는데.

왜! 뭐가 남은 거야!

혼란스러운 마음을 애써 누르다 보니 어느새 미팅은 모두 끝나 있었습니다. 병원에 같이 간 사람에게 처치를 잘 받았다는 연락을 받아 모두 안도하게 되었고, 이에 몇몇은 관람하러 나갔지만 저는 왠지 미팅룸에서 널브러져 앉아 쉬고 싶었습니다.

회사 사람 1: 한 선임 그 정도라 다행이네. 이까지 몽땅 다 나갔으면 어쩔 뻔했나. 주 책임이 왜 그리 문을 세게 열어서. 감정 실었나.

은지: 무슨 소릴 그렇게 하세요. 주 책임님 진짜 당황해하시던데.

회사 사람 2: 근데 아까 그 안 책임님이란 분. 어느 팀이셔? 영어 엄청 잘하던데 교포 같지는 않고. 나 아까 무슨 첩보 영화 장면 같았다니까. CIA 요원이 총격 중에 부상자 발생했다고 본부에 알리는 그런 장면이 떠올랐어. 그 난리 중에.

회사 사람 1: 헐. 진짜 나도 미드 한 장면 생각했는데. 그런 분이 회사에 다 있네. 결혼은 하셨나. 아. 이런 거 조심해야 하지.

은지: 결혼한 분이에요. 애도 있어요!

가만히 듣고만 있는데. 칭찬에 가까운 말인데. 그리고 사실, 상관도 없는데. 왜 저는 화가 날까요.

어느새 저녁이 되어 있었고 업무가 남은 사람은 일을 하고 더러는 쇼핑을 하러 떠났습니다. 저는 호텔에 차를 둔 다음 근처 도시에 직장을 잡은 친구와 연락이 닿아서 간단히 저녁을 먹기로 했습니다. 오랜만의 만남이라 반가움 때문이었는지 무슨 마음인지 저는 생각보다 꽤 많은 술을 먹고 호텔 방에 오자마자 썸녀 아가씨에게 연락하는 것을 또 잊어버리고 그냥 자버리고 말았습니다.

/

전시 마지막 날.

두 건 있었던 미팅이 모두 취소되면서 하루를 모두 제 마음대로 쓸 수 있는 행운이 생겼습니다. 보고서도 이미 보냈겠다. 담당 임원은 이미 한국에 갔겠다. 오랜만에 '꿀 출장'의 면모를 즐길 시간이 왔습니다. 느긋하게 전시를 둘러보고, 중간에 맛있는 것도 먹으러 나가고, 고생하는 전시팀 일도 조금 도와주며 보냈지만 안 책임님은 여전히 보이지 않았습니다.

저는 출장지에서 하루를 더 보내는 일정이라 모레 한국으로 출발하지만 안 책임님은 다른 출장팀처럼 내일 출발할 가능성이 높기 때문에 이야기라도 해서 뭔가 매듭을 지으려면 기회는 오늘밖에 없었습니다. 이대로 한국에 가면 영영 불편한 관계, 영영 불편한 기분이 될 것만 같았습니다. 누나라도, 친구라도 되어 주세요, 이걸로 마지막 인상을 남기고 싶지 않았습니다. 이 말이 이 사람과의 마지막이라면 이런 최악도 없었습니다.

늦은 오후가 되자 전시도 슬슬 파장 분위기가 되었고 몇몇 부스는 미리 짐을 싸기 시작합니다. 일이 먼저 끝난 팀들은 삼삼오오 모여 출장 마지막 날의 저녁과 밤을 어떻게 보낼까 고민들을 합니다. 벌써 쇼핑하러 도망간 무리도 있다고 하고 할리우드에 구경을 가네 어쩌네 이야기가 오갑니다.

회사 사람 1: 손 책은 어디 안 가요? 우리 쪽은 다 마무리되어서 쇼핑하러 지금 아울렛 간다는데 같이 안 갈래요? 손 책 차도 있으니 같이 가면 좋은데.

나: 전 쇼핑 안 좋아해요.

은지: 저희 패서디나*에 어디 되게 좋은 식당 간대요. 그리고 저녁 먹고 구경도 좀 하다 온다는데 같이 안 가실래요?

나: 저녁에 그쪽 가는 길 죽어라고 막힐 텐데. 구글 맵이라도 미리 찍어보세요.

신경이 온통 안 책임님에게 가 있으니 어디 가자는 제안에 가자는 말이 나오지 않았습니다.

은지: 책임님. 저희 팀분들은 야구 보러 간다는 파하고 저녁 식사파가 갈렸는데 전 사실 어디도 가기 싫긴 해요. 책임님은 어디

* Pasadena, California.

안 가세요? 미국 너무 많이 오셔서 별 느낌이 없으신가.

나: 아- 오늘 야구 하는 날이에요? 스케줄 확인하셨으려나? 메이저리그 보러 가세요. 재미있을 텐데.

은지: 다저스 경기 아니고 애너하임 경기래요. 류현진도 안 나오고.

나: 마이크 트라웃* 보러 가면 되겠네!

은지: 누군지 잘 몰라요……. 암튼 어디 가세요?

나: 메이저리그에서 지금 제일 잘하는 선수예요! 얼마나 멋진데. 나중에 한국 가서 마이크 트라웃 봤다고 자랑하면 장난 아닐 텐데. 나라면 거기 가겠다!

은지: 그럼 책임님도 야구 보러 가요! 저도 갈게요!

아, 이 아가씨 왜 자꾸 나한테 붙으려 하지. 아마도 제가 출장을 자주 다니는 사람이니 재미있게 보낼 거라 생각한 모양입니다. 아니면 다른 사람들과 비교해 상대적으로 덜 아재스럽다고 생각했나. 사실 야구나 좀 볼까 하는 생각도 들긴 했습니다. 하지만 안 책임님과 매듭을 짓고 싶었습니다. 주위가 조용해지면 연락을 해 보고 밤에라도 좀 보자고 할 요량이었지만, 사람들에게는 누굴 기다린다고 하기도 뭣해서 말도 안 되는 걸 반농담조로 던졌습니다.

나: 어…… 난 별 보러 가려고요!

이렇게 던지면 큭- 웃으며 에이, 무슨 여기까지 와서 별을 봐요- 이럴 줄 알았던 서른 남짓의 젊은 아가씨는 갑자기 반색합니다.

은지: 헐 대박. 어떻게 그런 생각을 하세요?

* 마이크 트라웃(Mike Trout). 로스앤젤레스 에인절스(LA Angels)에서 활약하는 메이저리그 외야수. 현역 최고일 뿐만 아니라 역대급으로 리그를 폭격하고 있는 선수. 간단히 말해서 제일 인기 많은 선수 중 한 명.

어. 아닌데. 농담으로 받아야 하는 건데.

은지: 우아. 책임님 너무 멋있다. 출장 와서 기껏 LA는 역시 한식이지! 하면서 한식집 가서 고기 굽고 소주 먹는 아재들 사이에서 이런 제안이 나올 줄이야!

나: 에이, 요즘 누가 그래요. 저 위 부장님들이나 한식집 가지…….

은지: 아무튼, 아무튼. 저 좀 데리고 가세요. 책임님. 제발요! 할리우드 같은 데는 다 가봤고 딱히 먹고 싶은 것도 없고.

아. 농담이라고 할 타이밍을 이미 놓쳐버렸습니다. 이미 은지 씨 머리 위에는 북극성을 중심으로 북반구의 별들이 펼쳐져 있었습니다.

나: 에이. 단둘이 어떻게 가요. 요즘 시절엔 말 나오고 그래요. 그것도 출장 와서.

그래. 차마 둘이 가고 싶다고 들이대진 않겠지.

은지: 그럼 누구랑 같이 가면 되죠! 별 보러 간다면 다들 진짜 좋아할 텐데. 책임님 차 빌리셨다고 했죠? 그럼 몇 명 모이면 저희도 같이 가요. 네?

아. 이게 아닌데. 그냥 던진 말인데. 어떡하지. 물론 별 보는 거 좋고 실제로도 별 보러 간 적도 있지만 막 던진 말에 이렇게 반응할 줄은 몰랐습니다. 이제 와서 혼자 가겠다거나 농담이라고 할 수도 없게 되었습니다. 은지 씨는 혼자 신나서 "어머 별을 보러 간대 우왕~." 이러면서 여기저기 메시지를 보내다가 아예 톡방을 거하게 만들어 출장팀의 여럿을 초대해 놓고 함께 가자고 하는 모양입니다.

은지: 조치훈 선임이랑. 김선영 책임님 아세요? 둘이 간대요. 그리

고 아마 전시팀 사람 중에 일찍 철수한 사람들도 갈 수도 있을 거 같은데. 너무 많이 가면 그런가? 그 사람들 차도 있으니까 상관없죠?

나: 여기서 빛 없는 데 찾으려면 도시에서 꽤 떨어져서 멀리 가야 할 텐데. 괜찮아요? 두 시간 넘게 가야 할지도 모르는데. 내일 비행기 타는 사람들 부담될 텐데.

은지: 전 상관없어요. 오후 비행기인데요, 뭐. 늦게 일어나도 호텔 체크아웃 전에만 일어나면 되니까.

이제는 갈 수밖에 없게 되었습니다. 은지 씨는 혼자 신나서 여기저기 전화해보더니 갑자기 묻습니다.

은지: 책임님. 근데 안 책임님은 어떻게 아세요? 안 책임님도 가자고 하면 갈까요?

안 책임님? 어…… 잘 모르겠다. 어떻게 답을 해야 하지.

나: 어……. TF 함께 했었어요.

은지: 안 책임님. 진짜 감성적인 분이라 가자고 하면 100%인데. 별이라니 딱이네. 딱이야. 안 책임님은 바로 콜이라는데 한 표 던집니다. 근데 약속 있을지도 모르겠다. 에이. 그러면 너무 아쉬운데.

에라. 모르겠다. 지금 상황에서는 어떻게 해도 단둘이 보는 것은 물 건너간 듯합니다.

나: 한번 물어봐요, 가는지. 아! 누구누구 가는지 이야기해 주고. 혹시 불편한 사람 있을지도 모르잖아.

은지: 오. 센스 있으시군요! 아- 신난다! 킥킥.

은지 씨는 안 책임님에게 메시지를 보내더니 "좀 있다 알려 주신대요!" 하고는 일을 마무리한뒤 가방을 챙겨 온다면서 총총 사라졌습니다. 별 보는 장소는 구글신이 친절히 알려줘서 별로 어렵지 않게 근처로 찾을 수 있었는데 문제는 안 책임님이었습니다. 만약에 간다면 처신을 어떻게 해야 할 것이며 혹시 실수하거나 말이라도 잘못하면 주위의 오해를 사기 좋은 상황이었습니다. 하지만 어떻게든 되겠지. 가자고 하면 가는 대로 좋고. 안 간다면, 모르겠다. 별 보고 얼른 날아와야 하나.

남은 일이 마무리되고 가기로 한 인원들이 주차장으로 모였습니다. 시간상 호텔에는 들르기 어려워서 바로 두 시간 거리에 있는 주립공원을 가기로 했습니다. 안 책임님을 마지막으로 저까지 여덟 명이 별을 보러 가기로 했고, 차는 석 대가 모였습니다.

다들 모이면서 "어우, 손 책임님 낭만 있다. 그런 데를 갈 생각을 어떻게 해?"라던지 "크으. 이런 건 남자친구랑 가야 하는뎅……." 이런 소리들을 하며 사람들을 기다렸고, 저는 저대로 "사실 나도 당신들이랑 같이 가고 싶지는 않아요."라고 응수하며 함께 기다렸습니다.

안 책임님과 다른 한 사람이 사정상 늦게 되어 차 한 대가 기다리기로 하고 제 차와 다른 한 대가 먼저 출발하기로 했습니다. 도시를 빠져나가는데 길이 막힐 것 같아 되는대로 먼저 움직이기로 했습니다. 피크닉 블랭킷이라도 하나 사야 펼쳐놓고 누워 별을 감상할 수 있으니 중간에 춥다는 사람 재킷도 살 겸 아웃도어 용품점에 들르기로 했고, 가는 길 중간에 고속도로변의 햄버거집에서 일단 모여 뒤에 오는 팀도 기다릴 겸 저녁을 먹기로 했습니다.

갈 곳의 주소를 공유하고 저와 은지 씨 그리고 이 선임이라는 남자 선임과 함께 먼저 출발하기로 합니다. 이 밝디밝은 서른 살의 여자는 한참을 종알종알 뒤에서 떠듭니다.

은지: 손 책임님. 임원 양성 프로그램 그 뭐지, 글로벌 프런티어인가. 그걸로 다니시는 거죠? 그렇죠? 완전 엘리트네. 우어- 되게 멋있다.

나: 아. 그런 거 아니에요. 그냥 얼떨결에 프로그램 들어가서 온 거예요. 은지 씨가 보기에도 내가 그런 급은 아닌 것 같지 않나. 그런 사람들은 딱 빛이 난다는데.

이 선임: 저희 팀에 작년에 이 프로그램 하시고 바로 주재원으로 가는 분 있던데. 책임님은 주재원 안 가세요?

나: 아. 아니라니까- 그리고 뭐 그렇더라도 임원이 뭐 부러워요? 난 아주 부럽진 않던데요.

이 선임: 그래도 전 시켜 주면 할 거 같은데요.

은지: 안 책임님 같은 분이 딱 임원 감 아니에요? 완전 초 에이스 아닌가. 내가 본 회사 사람 중 제일 뛰어난데. 그냥 짬밥 쌓여서 잘하는 게 아니라 뭐 맡으면 다 해결하고 막……. 애기만 아니면 진즉 엘리트 코스일 텐데. 아무리 회사 어린이집 잘해 놔도 엄마는 아이 키우며 일하기 힘든 거 같아요.

안 책임님 이야기가 나오자 딱히 할 말이 없었습니다. 아는 척을 하기에도 그렇고. 또 아니라고 할 수도 없고.

나: 네. 일 잘 하시더라구요. 똑 부러지게. 주위 사람도 편하게 일하게 만드시고요.

이 선임: 그래도 엄마 선임 책임들도 보면 다들 야근도 하고 그러시던데. 저희 부서장도 워킹맘인데 제일 늦게 가요. 맨날.

나: 안 책임님은 애 봐주는 사람이 없대요. 그래서 야근 거의 못 한다던데.

은지: 그러니까 이래서 여자가 올라가기 힘들다니까요.

이 선임: 야근을 해야만 회사에서 올라가는 건 아니지만. 야근까지 해야 해결되는 일은 있는 거 같아요. 맞죠? 책임님? 근데 책임님 안 책임님이랑 되게 친하신가 봐요!

나: 요즘 세상에 무슨 야근 해야 승진을 해요.

은지: 시간이 늘 제한되어 있으니까 그만큼 퍼포먼스가 한계가 있는 거고…… 그런 거 아닌가요? 근데 안 책임님이랑 무슨 TF 하신 거예요?

그때 차에 틀어 놓았던 음악이 바뀌었고 저는 황급히 화제를 음악으로 돌렸습니다. 이거 내가 좋아하는 노래인데, 누구 공연 갔을 때 누가 게스트로 나와서 이걸 불렀네, 무슨 음악 프로에서도 누가 불러 가지고 뜨고 그랬는데 하면서 분위기를 환기시켰습니다.

도시를 빠져나가는 경계 즈음에서 옷가게를 겸한 아웃도어 용품점을 들러 필요한 물건들을 사며 작은 쇼핑을 하고, 한 시간쯤 더 운전해 모이기로 약속한 햄버거 집에서 간단한 저녁을 주문했을 때, 뒤따라온 차들이 도착했습니다.

다들 진짜 여행 온 것 같다며 신나 했고 야구 보러 가려고 했다가 차가 있다는 죄로 끌려온 누구는 "야구는 TV로 봐야죠."라면서 어느새 같이 분위기를 띄우고 있었습니다. 저는 가게 문을 밀고 들어온 안 책임님과 그냥 눈인사만 하고 멀리 떨어진 테이블에서 햄버거나 감자 프라이 따위를 집어 먹으며 저녁을 때웠습니다. 술 한 잔 없이 서로 콜라 잔을 부딪치며 출장 마무리를 축하한 뒤 서둘러 차에 오르고 지는 해를 뒤로하며 다시 운전을 시작했습니다.

다들 지는 노을이 예쁘다며 한두 번씩 차에서 내려 사진을 찍기도 하다가 공원에 도착하게 되었고, 해는 완전히 지평선 아래로 내려가 하늘엔 붉은빛의 흔적만 남아 있던 그때. 멀리 차에서 내린 안 책임님이 저를 향해 조금 웃었습니다. 불편할 줄 알았는데 눈인사라도 해서 다행이었습니다. 아. 진짜 불편하면 안 왔겠구나…….

주위가 곧 꽤 어두워져 공원 입구 주차장에 돗자리를 몇 개 깔았고 다들 앉지도 않고 어설프게 서 있었습니다. 그 모습에 제가 별은 누워서 봐야 진짜인데 하며 먼저 벌렁 눕자 은지 씨를 포함한 젊은 친구들이 따라서 눕습니다. 그러자 저는 일어나 다른 사람에게 누워보라고 하며 자리를 양보한 다음, 웃기지도 않은 별자리 설명을 시작했습니다. 물론 앱스토어에 좋은 별자리 앱이 많이 있다는 말은 안 하고 저만 몰래 봤습니다.

옛날 대학교 1학년 때인가. 여름방학에 농활을 갔는데 밤에 은하수가 깔린 밤하늘 아래에서 어떤 형이 별자리를 설명하면서 별자리 탄생 이야기를 곁들이자 여자애들이 탄성을 지르며 멋있다고 난리였던 기억이 어렴풋이 났습니다.

나: 자. 모두들 북극성 찾아봅시다. 잘 모르겠어? 다들 도시 사람이긴 한가보다.

아, 물론 저도 도시 사람이긴 합니다만.

나: 그러면 북두칠성. 아. 그래 저건 쉽지. 국자 모양……. 그러니까요. 진짜 보인다니까? 그 머리끝 방향으로 한 다섯 배 움직여 봐요. 엄청 밝은 거 보이나? 그게 북극성!

다들 좋아합니다. 오. 분위기가 넘어왔습니다.

나: 그리고 그 반대 방향으로 더 가봅시다. 더블유 보이나, 더블유? 그게 카시오페이아. 동방신기의 그 카시오페이아가 이거라니까! 아, 배운 사람들이 그것도 몰라……. 다들 지구과학 배우셨잖아요.

다들 와아- 합니다. "북두칠성은 그림에나 있는 줄 알았는데 진짜 있네!" 같은 이야기들을 하기도 하고 누구는 뜬금없이 별을 보며 근무했던 군 생활 이야기도 합니다. 그 뒤로도 작은곰자리니 페르세우스니 안드로메다니 말을 이어갔지만 아는 게 더 없어서 그냥 대충 마무리했습니다. 그나저나 사람들이 이렇게 좋아할 줄 몰랐는데 너무 좋아해서 데리고 오길 잘했다는 생각도 들고 저 역시도 생각 없이 시작한 작은 여행에 별을 보고 있으니 좋았습니다.

몇몇은 갖고 온 디카나 폰카로 찍어보려고 애쓰며 SNS에 올리니 뭐니 하고 있던 중, 주머니에 손을 넣고 사람들 주변을 걷고 있는데 어느덧 안 책임님이 제 옆에 있었습니다.

안: 진짜…… 특이한 사람.

나: 제가요?

안: 별것 아닌데. 마법 같은 순간이 있어요.

나: 네?

안: 그냥……. 그냥 내가 그렇게 느껴요. 좋은 시간 갖게 해줘서 고마워요.

나: 은지 씨가 연락했잖아요. 그리고 사실. 이거 농담으로 던진 건데 은지 씨가 진담으로 받는 바람에 일이 이렇게 커진…….

안: 그래도요.

이 짧은 대화로 어제의 뻘짓이 용서된 걸까요. 아니면 여전히 해결되지 않은 물음과 관계의 정의를 해야 하는 걸까요. 하지만 말이 길어지면 또 엄한 소리 할까 봐 그냥 아무 말 안 했습니다. 마음속에서는 생각이 똬리를 틀기 시작합니다. 사귈 때 이렇게 같이 출장 왔더라면 우리 둘만 별 보러 왔을 텐데. 헤어지고 나서 이런 기회가 생기다니. 그리고 또 뒤따르는 생각. 그러면 뭐 하나. 결국 이어지지 못할 것을. 또 이런 생각의 반복.

그 순간, 누군가 핸드폰으로 잔잔하게 음악을 틀었고 스피커 하나 없는 그냥 쌩 휴대폰 스피커로도 충분히 모두의 마음에 별 하나씩을 담게 되었습니다. 모두들 이런 시간은 인생에 흔하지 않아, 라는 표정이었습니다. 본의 아니게 사람들에게 좋은 시간을 선사하게 되었고 저도 좋았습니다. 안 책임님과 다시 이야기를 하게 되어서요.

돌아가는 길에는 은지 씨가 안 책임님과 같이 타겠다고 떼를 써서 이 선임이 밀려나고 그 둘이 제가 운전하는 차에 타게 되었습니다.

나: 차는 어디에 두셨어요? 전시장에 차 두면 안 되지 않아요?

안: 아침부터 아예 호텔에 두고 왔어요. 저녁에 다운타운 갈지도 몰라서 두고 왔는데 이렇게 됐네요.

은지: 약속 있으셨어요? 그래도 이렇게 같이 오니까 너무 좋네요. 히히.

중간에 주유소에 들러 커피나 먹을 주전부리들을 사고 기름도 채워 넣었습니다. 이때 제가 밤에는 앞자리를 비우면 안 된다고 운전자가 졸지도 모른다고 우겨서 안 책임님이 앞에, 은지 씨가 뒤에 타고 출발하게 되었습니다.

한참 어두운 길을 가는데 은지 씨는 뒷자리에서 곯아떨어진 듯합니다. 진짜 자나? 눈치를 보다가 안 책임님에게 넌지시 이야기를 꺼내려는데, 안 책임님이 갑자기 절 보더니 먼저 말을 꺼냈습니다.

안: 책임님.
나: 네에?

갑작스런 선제공격에 대응도 못 하고 어버버 하는데.

안: 누나라니. 아이고…….

아. 그 이야기구나.
작고 낮은 소리로 들릴 듯 말 듯 대화를 시작합니다.

나: 저도 왜 헛소리를 하는지 모르겠네요.
안: 손 책임님은. 진짜 현명한 여자를 만나야겠다. 하지만, 만날 거라고 생각해요.

헛소리라는 말을 이렇게 에둘러서 표현하는구나. 그런데 현명한 여자라면, 저는 안 책임님 밖에 떠오르질 않는데요.

나: 서울 돌아가면, 이제 뵐 수 있어요? 제가 막 연락해도 되나요?
안: …….
나: 옛날처럼…… 까진 아니어도. 가끔 밥 먹고. 커피도 마시고.

말을 줄이다가 침묵이 계속되자 한 마디를 덧붙였습니다.

나: 그냥. 그렇게요.

약간의 침묵. 무언가라도 말을 해야 한다는 생각이 드는 순간 안 책임님이 그 침묵을 깼습니다.

안: 내일 비행기에요?

나: 아니요. 모레요. 하루 휴가 내고 현지에서 좀 놀까 했는데 팀에서 편의를 봐 주는 건지 아니면 일이 진짜 생긴 건지 법인에서 미팅을 잡았어요. 심지어 아젠다도 잘 모르는 미팅이에요. 별 중요한 것도 아닌 거 같아요. 아무튼, 오전에 잠깐 들르기만 하면 된대요. 책임님은 내일 가세요?

안: 나는-. 음. LA는 모레 떠나요. 사실 난 휴가 붙였어요. 며칠 서부에 좀 더 있다가 가요.

나: 이렇게 오래 계셔도 돼요?

안: 애기는 어떻게 해결했고…… 수시로 전화하고 있는데 잘 지내서 다행. 사촌 오빠네 언니가 잘 봐주고 있고. 일이 문제지 뭐. 와서 전시는 잘 보지 못하고 회사 일만 계속하네요.

나: 무슨 회사 일을 그렇게 하세요 여기까지 와서. 출장자 있으면 다 업무 분담하고 그러는 거 아닌가.

안: 담당하는 게 있으니까 그렇게 되네요. 그래도 얼추 많이 마무리했어요. 나머지 기간은 진짜 좀 쉬려고요.

어쨌든 내일 여기 있다는 이야기. 마음이 조급해집니다. 어찌해야 하나. 잠깐의 침묵에 마음을 들여다보며 곰곰이 생각해봤습니다.

같이 있으면 좋은가 괴로운가? *좋다.*
기대가 계속되는가? 다시 사귀어 보려고 애를 쓰는가? *잘 모르겠다.*
저 사람은 내가 옆에 있으면 좋을까? *싫은 것 같지는 않다.*
근데 결정적일 때 왜 나를 자꾸 밀어내는가? *모르겠다.*

생각을 두어 바퀴 돌린 끝에 내일 계획 있냐고 물어보려던 찰나, 뒤에서 자고 있던 은지 씨에게 전화가 걸려 왔고 부스럭거리며 깨어난 은지 씨가 전화를 받았습니다. 다른 차에 탔던 누군가였고 어디쯤 왔네, 거의 다 왔네, 어디 들르네, 그냥 호텔로 가네 하는 이야기가 오가자 우리의 이야기는 단절되고 말았습니다.

안 책임님을 호텔에 먼저 내려주고 일행들은 바에서 한잔만 하자며 모이기로 했습니다. 저는 그냥 피곤하다며 출장팀에게 수고와 작별의 인사를 나누고 방으로 올라왔습니다. 자정이 갓 넘은 시간이었지만 운전을 해서 그런지 몸이 노곤했습니다. 대충 샤워하고 TV를 튼 뒤, 맥주 한 캔을 마시자마자 잠이 몰려왔지만 겨우 정신을 붙잡고 안 책임님에게 메시지를 보냈습니다.

[내일 계획 있으세요? 같이 시간 보내실래요? 떠나기 전에 식사라도 잠깐 할 수 있어요?]

답이 없습니다. 자나 싶어 TV를 끄고 그냥 마음을 접고 자야겠다 생각하는데 안 책임님에게서 답이 옵니다.

[캘리포니아 법인에 다녀온다면서요.]
[그건 오전에 끝날 거 같아요. 그러니까 오후에요. 어디 가세요? 일정 있으세요?]

또 잠깐의 기다림. 그냥 전화를 할까 하다가 좀 더 기다려 봤습니다. 뭔가 하고 있던 건지. 아니면 생각을 하는 건지. 아니면 잠결이었는지.

[오전에는 미술관 구경 갔다가 점심엔 친구 만나요.]

그러니까 오후에는…… 이라고 메시지를 쓰고 있는데.

[오후엔 쇼핑하려고 했는데 같이 쇼핑 다니실래요? 아니면 그냥 다

른 데 가고요. 쇼핑은 나중에 해도 되니까……]

연달아 답이 옵니다.

[디즈니랜드나 할리우드, 뭐 유니버설 스튜디오 같은 데 가보고 싶은 건 아니죠?]

딱히 살 것이 있진 않았지만. 어차피 어딜 가고 싶은 것은 아니었고 LA에 도착하자마자 짧게 쇼핑 다녔을 때 좋았던 기억이 났습니다.

[음. 쇼핑해요.]
[내일 오전에 연락해주세요. 굿나잇.]

참 다이나믹한 출장입니다. 출장의 시작에서 만나 출장의 끝에서도 이렇게 함께하게 될 줄이야. 끝을 어떻게 해야 할지도 모르는 채, 막연히 같이 시간을 보내고 싶다는 마음에서 시작한 것이 어쩌자고 이렇게 된 건지는 잘 모르겠습니다. 전 가만히 앉아서 궁금했던 것들을 풀고 바이 바이 할 생각이었는데 예상에서 한참 벗어나 쇼핑까지 같이 다니게 생겼으니 말입니다. 생각이 꼬리에 꼬리를 무는 와중에 눈꺼풀이 점점 무거워졌고 TV를 켠 채, 썸녀 아가씨를 까맣게 잊은 채 그대로 잠이 들고 말았습니다.

/

다음날. 법인으로 가서 간단히 미팅을 했고 별일 없이 넘어갔습니다. 사실 제가 없어도 되는 미팅이었고 그냥 옵서버 수준에서 한두 마디 거들고 대충 미팅 노트만 써서 한국으로 날리고 나니 점심시간이 되었습니다. 일은 모두 처리했고, 바로 안 책임님에게 연락을 합니다.

[저 끝났는데. 어디세요?]

[저 게티 미술관The Getty Center에 있는데 법인에서 꽤 멀지 않나요?]

[음. 모르겠어요. 한번 볼게요. 친구는 언제 만나세요?]

[친구는 아침에 만나서 브런치 먹었어요. 뭐라도 먹고 오세요. 난 괜찮을 거 같아요. 미안해요. 점심을 혼자 먹게 해서.]

그리고 곧이어.

[만날 만한 곳 주소 따로 보낼게요. 거기서 두 시 반 어떠세요?]

[네, 네.]

보내준 장소에 도착해 근처 피자집의 노천에서 피자 한 조각과 콜라를 시키고 앉아 있는데 문득 너무 비현실적인 느낌이 들었습니다. 외국에서, 앞으로 만날 수 없을지도 모르는 사람을 만나 시간을 보낸다. 왜인지도 모르고, 무엇을 위해서인지도 모르고, 앞으로 어떻게 되는지도 모르고, 그냥 좋아서. 그리고 이런 시간이 주어진 것에 대해 감사해하며 안 책임님을 잠잠히 기다렸습니다.

쇼핑몰에서 만난 안 책임님은 여전히 같은 바지에 위에만 반팔 셔츠 그리고 선글라스 차림으로 나타났습니다. 진짜 짐을 적게 가져온 모양인지 삼 일 동안 옷차림에 큰 변화가 없었습니다.

안: 사고 싶은 거 있어요?

나: 딱히 없긴 해요. 옷 좀 사죠, 뭐. 싸면…….

안: 나도 옷 사려고 일부러 짐도 거의 안 가지고 왔어요.

근처 커피집에서 일단 커피부터 사서 들고 다닙니다. 옷 가게도 들어가고 화장품 가게도 들어가고 중간에 팝업 스토어 같은 곳도 구경 다녔습니다. 어디 방송사에서 촬영하고 있는 걸 멀찍이서 구경도 하고 웬만하면 비싸서 못 사 먹는 고가의 초콜릿도 하나씩 사서 아끼고 아끼며 녹여 먹었습니다.

안 책임님은 중간에 원피스를 하나 사더니 훌렁 갈아입고 그 차림으로 다니기 시작했고 입었던 셔츠는 바로 쓰레기통에 넣어버렸습니다. 저도 운동화를 하나 샀는데 뭔가 안 책임님을 보고 있자니 옷을 갈아입고 기분을 완전히 바꾸는 듯한 느낌이 좋아 보여 저 역시도 바로 신고 다녔습니다. 평소의 저라면 새 걸 사서 집에 와서는 산 느낌을 계속 즐기곤 했는데 후딱 그 자리에서 신고 다니니 뭔가 다른 세상에서 다른 나로 있는 느낌이 들었습니다. 물론 신고 다니던 신발은 그리 낡지 않아 안 책임님처럼 후딱 버리진 못했지만요.

우리는 옷가지 따위를 사면서 서로의 옷 태를 봐주고 좋다, 어떻다 이야기하면서 또 연인처럼 다니고 있었습니다. 안 책임님은 휴대폰 케이스도 하나 사고 모자와 팔찌도 하나 사더니 쓰레기통이 보이자 휴대폰 케이스 포장재와 전에 쓰던 것을 후딱 버립니다.

나: 되게 뭐랄까. 눈 딱! 감고 버리시네요.

안: 이걸 버리지, 그럼 어디다 써요.

나: 전 그냥 가지고 있는 거 같아요, 멀쩡하면. 생각해 보니 어차피 버릴 건데 왜 가지고 있을까. 심지어 전화기 바꾸면 쓰지도 못하는데.

안: 나도 전에는 다 들고 이고 사는 성격이었는데. 최근 몇 년 새에 좀 변했어요. 잘 버리고 좀 가볍게 살려고 하고, 결정이 빨라진 거 같아. 애 혼자 키우면서 뭐 고민하고 질질 끌고 할 시간이 없어서 그런가.

결정이 빨라졌다. 그래서 날 보냈나. 되묻고 싶어졌습니다. 그래서 헤어진 것도 빠른 결정이었나요. 잠시 이런 생각을 하고 있는데 안 책임님은 이번엔 무슨 홈데코 샵에 절 끌고 들어갔습니다. 아아- 예쁘다, 예쁘다 하면서 무슨 패브릭이며 오브제 등을 애처럼 구경하며 다닙니다. 저렇게 좋을까.

막 이리 와서 보라며 남친 부르듯, 혹은 남편 부르듯-남편이면 이렇게 오히려 같이 안 다닐지도 모르지만- 지난 데이트와는 조금 다른 데이트를 하고 있었습니다. 우리는 왜 서울에서는 정작 그러지 못하고 지금 이 만리타국에서, 심지어 헤어져 놓고 이러고 있는 걸까. 안 책임님은 헤어지자고 해 놓고 자꾸 내 앞에 나타나고, 정작 저는 그게 또 좋아서 같이 다니고 있는 걸까요.

지금 이곳은 다른 곳이다, 나는 다른 사람이다, 이런 생각 따위를 시작하자 갑자기 용기가 생겨 안 책임님의 손을 잡고 싶었습니다. 어색한 나머지 갑자기 정색하면 어쩌나 하는 생각이 들었지만 어쩌면 저 사람도 나와 같은 생각을 하고 있지 않을까 하는 생각도 들었습니다. 다른 사람처럼 다른 세상에 사는 것처럼. 저 사람도 용기를 내고 싶어할 수도 있지 않을까.

손을 넌지시 잡는 상상을 하는 순간, 안 책임님에게 영상 전화가 걸려 왔고 딸인 모양이었습니다. 아. 잠깐만요, 하더니 멀찍이서 전화를 시작합니다. 딸- 잘 잤어? 응. 엄마는 일 끝났고 지금 놀아- 작은엄마는 뭐하시니? 응. 말 잘 들어야 해. 엄마한테 하듯이 하면 안 돼. 응. 우리 딸 착해, 착해. 통화를 끊고 돌아와서는 또, 미안하다고 합니다.

그사이, 잠깐의 용기는 사라졌지만 우리는 또 쇼핑몰의 여기저기를 다녔습니다. 중간에 안 책임님은 선크림을 제 얼굴에 직접 발라주었고 향수를 제 옷에 뿌리더니 향을 맡아 보았습니다. 예전에 강남역을 같이 다녔던 기억과 퇴근하면 소소하게 맛있는 거 먹으러 다니던 것이 생각났습니다. 그토록 못 해본 데이트 비슷한 걸 지금에서야 하고 있다니 참 아이러니한 일입니다.

무엇보다도, 안 책임님이 너무 신나 보였습니다. 처음 만났을 때 어두운 표정으로 회사를 나와 신발 한 켤레를 사고 커피를 들이켜듯 마신 뒤 명동을 활보하더니 살아나던 사람. 그리고 강남역에서 별것도 아닌 것에 신나했던 사람이 떠올랐습니다. 상황이 그때와는 완전히 달랐지만 옆에서 걷는 안 책임님만의 걸음과 표정은 비슷했습니다. 그리고 그때의 향기는 그때 이후로 저에게 일관되었던 것 같습니다. 거기에 이끌려 여기까지 왔으니까요.

쇼핑을 하다 보니 어느새 시간이 제법 지나 저녁이 가까워져 있었습니다.

나: 저녁은 어떻게 할까요. 여기서 먹을까요? 식당이 뭐 이것저것 많아 보이긴 한데.

안: 음. 뭐 먹고 싶은 거 따로 있어요?

나: 글쎄요. 피자는 빼고. 점심에 먹어서…….

안 책임님은 잠깐 생각하다가 누가 부른 듯 눈을 크게 떴습니다.

안: 어. 이거 프레츨Pretzel 굽는 냄새다!

그러고 보니 어디선가 빵 굽는 냄새가 솔솔 납니다. 안 책임님은 두리번거리며 냄새의 근원을 찾다가 무언가를 발견하고 손뼉 칩니다.

안: 아. 저기 맛있는데. 저기 가서 프레츨로 일단 허기를 달래고 저녁은 어디 좋은 데 가서 먹을래요?

나: 어우, 좋죠. 저도 여기서 저녁 먹기엔 좀 아쉽긴 했어요. 저거

냄새 엄청 좋네요.

안: 조금만 먹어요. 배고프다고 많이 먹지 말고.

우리는 냄새의 근원을 쫓아가 가게에서 프레츨 몇 개와 소다를 시키고 아케이드 쪽 자리에 앉았습니다. 그런데 앉자마자 안 책임님이 쇼핑백들만 의자에 가지런히 놓곤 다시 일어섭니다.

안: 책임님. 정말 미안한데. 잠깐 앉아계실래요? 저 잠깐 어디 좀 갔다 올게요.

나: 어. 어디요? 같이 가요.

안: 아니에요. 잠깐 드시고 계세요. 저 애기 옷 하나 사야 하는데 깜빡해서요. 금방 다녀올게요.

안 책임님은 갑자기 쇼핑꾸러미를 두고 자기 가방만 들더니 사라졌습니다. 저도 슬슬 다리도 아프기도 했고 애기 옷이야 제가 봐줄 것도 아니니 그냥 앉아서 콜라라도 마시며 좀 쉬기로 했습니다.

한 십 분이면 될 줄 알았는데 이십 분이 넘어서야 안 책임님이 말그림 브랜드의 쇼핑백을 들고 헐레벌떡 나타났습니다.

안: 아휴. 미안해요. 되게 머네.

나: 어디 다녀오셨는데요? 바로 요 코너에 돌아서 GA□□이랑 랄프□렌 있던데.

안: 랄프□렌이랑. 뭐 또 다른 거 샀어요. 어. 몇 개 남겼네. 다 먹어도 되는데.

나: 어떻게 다 먹어요. 많이 먹지 말라면서. 이거라도 좀 드세요.

잠시 우리는 말없이 콜라를 쪽쪽 마시고 저는 안 책임님이 프레츨을 집어 먹는 걸 가만히 보고 있었습니다. 이제 우리에게 이런 일은 더 이상 없겠지. 하다못해 누나 동생이 되더라도 이렇게 쇼핑하러 다닐 순 없겠지. 안 책임님은 지쳤는지 유난히 말이 없었고 저도 굳이 말을 걸고 싶지 않아 가만히 행인들을 구경하고 있었습니다. 둘 다 말이 없었지만 이상하게 기분이 편안했고 마치 가보지도 않은 신혼여행의 마지막 날 같았습니다.

하지만 이제 일상으로의 복귀. 신혼여행을 마치고 귀국해서 같이 사는 것이 아니라 이제 이 사람과는 어쩌면 바이 바이. 서울로 돌아가면 같이 있을 수 없다는 것을 알고 있었습니다. 그걸 자꾸 확인하고 물으려고 할수록 지금 있는 시간을 망칠 수밖에 없다는 것도 알고 있었습니다.

손도 못 잡지만, 옆에서 가만히 이 사람과 있는 걸로 충분히 좋다. 말을 하지 말자. 말만 하면 이 사람은 도망가는 것 같다. 그냥 오늘. 지금 이 시간이라도 같이 있자. 그걸로 충분하다. 이런 생각에 저는 계속 말없이 앉아 있었고 안 책임님이 드디어 저녁 이야기를 꺼냈습니다.

안: 손 책임님. 피자만 아니면 제가 가자는데 갈 거죠?

나: 네, 또 아무거나 괜찮아요, 라는 답은 하기 싫으니까 그냥 정해 주세요. 흙 파먹는 데라도 같이 갈게요.

흙 파먹는 데래. 크크크 하면서 한참을 웃으며 핸드폰으로 여기저기 검색을 해 봅니다.

안: 그러면, 여기 식당 어때요?

나: 네, 좋아요. 거기 별도 많고 뭐 좋아 보이네요. 숙소도 안 멀고.

안: 그럼 얼른 가요. 차가 두 대니 불편하네. 아유 이제 막히겠다.

우리는 각자의 차로 LA의 무시무시한 트래픽을 뚫고 다소 늦은 시간에 식당에 도착하게 되었습니다. 예약해야 한다는 것을 깜박하고 오는 바람에 허기진 채로 30여 분을 더 기다린 후에야 허겁지겁 식사할 수 있었습니다.

안: 이렇게 좋은 식당에서 음식을 무슨 전주비빔밥 먹듯 먹네요.
나: 아이고 순식간에 먹었네…….

말도 한마디 안 하고 애피타이저 두 개와 요리 두 개를 후루룩 먹고 났더니 오후 아홉 시. 밥을 한 시간 만에 먹었는데 헤어지기는 좀 아쉬운 마음이 듭니다. 기껏 좋은 식당에 왔는데 이렇게 허무하게 밥을 먹어 버리다니.

나: 디저트 메뉴 달라고 할까요?
안: 음- 밥만 와구와구 먹었더니 좀 허무하네요. 여기 식당 되게 분위기 있고 고급스럽긴 한데 밥을 너무 빨리 먹어 버렸네. 어떻게 할까……. 더 있고 싶긴 한데.

사실 술을 같이 먹자고 하고 싶은데 용기가 안 납니다. 또 잘못 말해서 분위기 싸해질까 봐. 원래 안 책임님이 이런 사람이 아니었는데. 내가 실수하면 완곡하게 잘 가르쳐주던 사람이었는데……. 괜히 말실수할까 조심스러워집니다.

안: 호텔에 있는 바에 가서 뭐라도 좀 마실래요? 여기서 맥주나 와인이라도 한 잔 하면 좋긴 한데 운전 해야 하니까요.

아. 내 마음을 읽었어.

나: 좋죠! 어우. 좋죠. 그럼요.

차를 어떻게 할까 하다가 택시도 있고 심지어 LA에는 대리운전도 있다니까 안 책임님이 있는 호텔에서 술을 좀 먹는다고 해도 제 숙소까지 못 갈 것 같지는 않았습니다. 무엇보다도 지금의 식당 분위기로는 음식을 허겁지겁 먹어 치우고 이야기를 더 이어 나가기가 좀 어려웠습니다.

사실, 다시 만날 수는 없더라도 왜 우리가 헤어져야 하는지 묻고 싶었습니다. 그간 하지 못한 이야기들. 나도 모르게 나와 비교하던 남편 이야기도 좀 더 해보고 싶었고, 내가 도저히 비집고 들어갈 수가 없었던 시댁 이야기도 듣고 싶었고, 관계의 예민함 때문에 하지 못한, 더 깊은 이야기들을 물어보고 싶었습니다. 조곤조곤 이야기하고 안 책임님의 대답을 나면, 그리고 나서 비행기를 타면 좋은 마무리가 될 것 같은 기분이 들었습니다.

안 책임님의 호텔에 도착해서 주차를 하고 있는데 안 책임님으로부터 전화가 걸려 왔습니다.

안: 책임님. 주차하신 뒤에 여기서 잠깐 기다려 주실래요? 아님 로비나.

나: 어. 왜요? 방에 다녀오시게요?

안: 쇼핑한 것 좀 미리 방에 올려 두고 올게요. 로비에 가 계세요. 얼른 올게요!

주차를 하고 천천히 로비로 걸어 나오며 바에 먼저 가서 자리를 잡을까 생각하던 찰나에 안 책임님은 짐을 방에 올려만 놓고 작은 에코백 같은 것만 하나 들고 로비로 곧 내려왔습니다.

안: 아이고 미안해요. 기다리게 해서.

나: 여기 바는 하나밖에 없는 거 같아요. 분위기는 대충 전형적인

호텔에 있는 뭐 그런 거 같고…… 저기 가실래요?

그런데 안 책임님이 갑자기 말을 끊고 난데없는 부탁을 합니다.

안: 책임님…… 저기. 부탁 하나만 들어주실래요?
나: 뭔데요?
안: 미국에서는 담배 어디서 사요? 호텔에서는 안 팔겠죠?

어. 담배?

나: 음. 이 호텔엔 잘 모르겠고…… 오는 길에 있던 주유소에서 팔 거 같은데요. 설마, 피우시려고요?
안: 하나만 사 주실래요? 아니, 뭐 내가 사도 되긴 하는데…….
나: 아니, 담배 셔틀을 다 시키고…….
안: 그냥. 사달라고 하고 싶어서요.

우리는 다시 차를 몰고 호텔 바로 옆에 있는 주유소에서 담배 한 갑과 라이터를 사서 다시 주차장으로 왔습니다. 담배를 줘도 되나 하는 생각이 들었지만 고등학생도 아니고 달라는데 못 줄 이유도 없어서 뜯어서 하나를 주었습니다.

나: 혹시…… 처음 피우시는 건가요?

안 책임님은 담배를 요리조리 살펴보고 살짝 냄새를 맡더니 얼굴을 찡그립니다.

안: 아니요. 근데 뭐 진짜 몇 번 안 펴봤으니까. 늘 처음 피우는 느낌인 것 같네요.
나: 언제 펴보셨는데요?
안: 대학교 처음 들어가서 어쩌다 보니 밴드에 들어갔는데 그때만

해도 밴드 들어가면 남자건 여자건 다 기본적으로 담배를 피우던 때라……. 요즘엔 안 그렇겠죠? 아무튼 결국 담배를 배운 답시고 술을 먹고 담배를 피우는데 난 안 맞나 봐요. 맨날 캑캑거리기만 하고. 목만 아프고. 밴드도 일 학년만 하고 그만 두었어요.

나: 밴드도 하셨다니 몰랐네요.

안: 키보드 쳤는데 뭐 정기 공연에서 딱 한 곡 시켜 주더라고요. 금방 재미없어져서 바이 바이. 제가 남자친구 이야기 안 했나요? 밴드에서 만났는데.

나: 아. 기타 친다던 대학 때 남자친구?

안: 밴드 할 때 사귄 건 아니고 나오고 나서 사귀었는데. 아무튼 인생에 아주 짧았던 음악 생활. 뭐 그건 그렇고. 담배는 그 이후에도 너무 힘들고 그러면 친구에게 빌려서 펴봤는데 늘 실패. 뭔가 내뿜은 연기가 흩어지는 걸 보면서 마음이 차분해지고 그래야 하는 거 아닌가. 근데 난 늘 캑캑거리고 콜록거리고.

나: 근데 오늘은 왜 피우신다는 거예요?

담배 안 피우는 사람이 담배 달라고 하면 꼭 주기 전에 몇 번을 주저하라고 하던데…….

안: 오늘. 좀 다른 사람으로. 아니, 다른 세상에서 사는 기분이어서. 그래서 피울 수 있을 거 같아서.

나: 안 줄 수가 없는 이유네요.

안: 안 줄 생각을 하다니! 내 돈으로 산 건데. 하하하.

우리는 차에 기대어 서서 한 대씩을 폈습니다. 안 책임님은 당연히 또 콜록콜록하며 피웠고 저는 그냥 연기를 넘기지 말고 빨아서 뱉어

내라고만 했습니다.

안: 아니, 누가 몰라요. 진짜 피우는 거처럼 피우려고 했지.

나: 그렇게 하는 게 뭐 가짜로 하는 건가요. 그리고 시가는 실제로 그렇게 피우기도 해요.

안: 아. 그런가. 나 그럼 하나 더 피울래요.

또 한 대를 꺼내 주고 불을 붙여 주었습니다. 어울리기도 하고, 어울리지 않기도 하고. 담배를 든 손은 어색하지만 연기를 뿜어내고 그 연기를 보고 있는 표정을 보니 원래 피우는 사람 같기도 합니다.

안: 아- 누구 영화에 나오는 사람처럼 펴보고 싶은데 생각나는 영화가 없네…….

어색하긴 하지만. 멋있어요.

나: 저도 뭐 생각나는 게 없네요. 타짜에서 김혜수가 피우던가.

안: 하하. 그런 걸 상상한 건 아닌데. 어우. 써. 고만 펴야겠다.

그러더니 담배를 아래로 불꽃이 튀도록 팍 던져 발로 비벼 끕니다.

안: 나 이거 해보고 싶었어요. LA 미안! 가요. 갑시다. 줍지 말고.

이런 거 싫어하는데 오늘은 그냥 맞장구쳐 주기로 했습니다. 주위에 아무도 없는 것 같아 저도 최대한 불량스럽게 바닥으로 꽁초를 휙 던져 발로 비벼 껐습니다. 우리는 이상한 해방감에 깔깔거리며 로비로 들어섰고 아까 봐 두었던 바로 향합니다.

나: 만족스러우신가요.

안: 매우, 매우. 너무 좋아요. 내 인생에 기록될 날.

담배로 이렇게 신나 할 줄이야. 사실 이렇게 자유로운 안 책임님을 본 적이 없었으니 오늘의 안 책임님은 아마 저에게도 그리고 본인에게도 매우 낯선 모습이었는지도 모르겠습니다.

안: 근데 입이 너무 쓰다. 뭐 빨리 마시고 싶네요.

나: 네, 뭐 빨리 마셔요.

시간이 제법 늦었는데도 테이블 자리가 없어 바텐더 앞에 위치한 곳에 둘이 나란히 앉았습니다. 저는 싱글몰트 위스키를 시켰는데 안 책임님이 저에게 물었습니다.

안: 하이볼이 뭔지 아세요?

하이볼? 하이볼 로우볼? 아……. 술 이야기를 하는구나!

나: 위스키 같은 술을 소다에 섞으면 하이볼이라고 하는 거 같던데. 맞나요?

안: 하루키 책 보면 하이볼을 마신다는 말이 나오는데 그게 뭔지 모르겠는 거야. 근데 정작 이런 바텐더에게 하이볼을 주문할 일이 없었네요. 오늘 그래서 드디어 해보려고요.

안 책임님은 바텐더에게 제일 잘하는 하이볼을 물었고 바텐더는 진에 라임과 스프라이트를 섞은 걸 주었습니다. 안 책임님은 한 모금 조심조심 마시더니 갑자기 눈을 번쩍 떴습니다.

안: 와. 이거 되게 맛있네요.

나: 무슨 칵테일을 막걸리 마시듯 드시네요. 천천히 드시…….

안 책임님은 꿀꺽꿀꺽 마시고 나서 다른 하이볼을 한 잔 더 주문해 버렸습니다. 저도 덩달아 한 잔 두 잔 먹기 시작하며 술에 대해 딱히 잘 아는 편이 아닌지라, 바텐더에게 이것저것 물어보기도 했습니다. 이건 브랜디. 이건 진. 이건 웬만하면 다른 거랑 섞어 먹지. 맛없으니까. 진은 원래 약으로 먹는 술이래. 원래 술이 다 약 아닌가요. 하하하…….

히스패닉인지, 아랍계인지, 이탈리안인지 당최 인종을 다소 가늠하기 힘든 부리부리한 눈의 바텐더는 저와 안 책임님이 이것저것 술에 대해 물어보자 신이 났는지 그냥 공짜로 시음해 보라며 이것저것 스트레이트 잔에 반을 채운 잔술을 권했고 우린 하나하나 다 받아먹었습니다. 그러다 보니 바텐더가 너무 말이 많아져서 이야기를 따라가기 힘들어졌고 저희가 웃으며 몇 번 완곡히 거절하자 눈치를 채고 조용히 자리를 비켜주었습니다.

제법 이런저런 술을 마시다 보니 머리 위 TV에서 야구 혹은 농구 중계가 끝난 모양입니다. 그사이 사람들이 많이 떠났고 테이블에 몇 팀 그리고 바에는 저 멀리 한 팀을 제외하곤 우리만 남게 되었습니다. 그리고 바로 지금이 이제껏 하고 싶었던 이야기를 드디어 할 때라는 것을 느꼈습니다.

안: 바텐더가 한국말 몰라서 좋네요.

나: 왜 모를 거라 생각하시죠. 혹시 부인이 한국 사람일지도 모르잖아요. 여기는 LA인데.

안: 아- 그렇구나.

나: 알아들어도 못 알아듣는 척하겠죠. 아니면 들어도 그냥 흘려보내던가. 그게 사람들을 상대하는 바텐더의 미덕 같은 거 아닐까요. 진짜 그런 게 있는지는 잘 모르지만.

안: 신혼여행 때도 이렇게 바 앞에 단둘이 앉아 술을 못 마셔 봤는

데…….

쓴웃음. 잠깐의 침묵. 컵을 휘휘 돌리며 얼음을 녹이는 시늉. 할 말을 어떻게 꺼내야 하나 고민에 고민. 이제 말을 꺼내도 되겠다 생각하는 순간 안 책임님이 먼저 말을 꺼냅니다.

안: 미안해요.

그 말에 왜요, 라고 묻기보다 그냥 가만히 있었습니다.

안: 뭐부터 이야기해야 할지 모르겠는데.

또 뜸 들이기. 그리고 이제는 익숙한 한숨. 그리고 깊어지는 눈.

안: 되게 마음대로인 나를 이해해 줘서 고마워요. 아니 이해했는지는 모르겠지만.

아. 무슨 소린지 모르겠다. 내가 이 사람의 무엇을 이해했었을까.

안: 내가 막 좋아해 놓고 그랬다가 돌연 도망가고……. 그런데, 난 사실 내 앞에서 되게 화내고 그럴 줄 알았거든요. 막 차갑게 대하고 되게 매정하게 굴고. 나 보란 듯 다른 여자랑 다니고. 그런데 그렇게 안 해줘서요.

보란 듯은 아니었지만 순간 머리에 썸녀 선생님이 스쳐 지나가는 바람에 괜히 헛기침을 하며 목을 가다듬었습니다. 그리고 잠시 할 말을 찾다가 한숨을 쉰 뒤 입을 뗐습니다.

나: 사실 화가 좀 나기도 했는데. 그냥 너무 황당하게 헤어져서. 결혼하자고 한 것이 그리 잘못한 말인가 복기해보느라…….
안: 내가 그 말에 그렇게 반응한 건.

그리고 깊은 한숨.

안: 이해 안 되면 이해하려고 하지 마세요. 사실 나도 말로 하려니 이해가 안 가니까. 말로 이해시킬 수 있을 거라고 생각하지 않아요. 후우.

또 한숨.

안: 나 좀 이상한 사람인가 봐요.

안 책임님은 술을 한 모금 마시더니 다시 말을 이었습니다.

안: 손 책임님이 전 되게 좋아요. 그런데 결혼할 수는 없어요. 그런데 그건 손 책임님이 더 잘 알 거 같아요. 나랑 결혼하는 거 아주 바라는 거 아니잖아요.

아니요. 진짜 결혼 생각했습니다! 하지만 그렇게 말을 못 하겠습니다. 그 순간 안 책임님은 잔을 비워내며 또 한 잔을 주문합니다.

안: 지속될 수 없는 거 아는데. 그리고 내가 뭘 해줄 수 있는 것도 아니면서 오래 만나기만 했어요. 인생의 전성기를 사는 남자한테 고등학생 같은 연애를 요구하는 것 같아 미안하기도 했고.

나: 전성기라뇨?

안: 전남편이 그런 말을 한 적이 있어요. 그 말 듣고 되게 속상했는데. 지금 책임님 나이가 전남편이 MBA 졸업했던 나이랑 비슷한 거 같아요. 그 시기에 남편이, 자기 전성기가 지금 같다는 거예요. 그래서 혹시 나를 만나서인가? 하고 어마어마한 착각을 했는데. 그 이유가 자기 나이랑 능력이 제일 빛을 낼 때가 지금이라고.

그 남편, 알면 알수록 참 희한한 사람이네. 그 인생은 도대체 어떤 인생이었을까. 인생의 시선이 모두 자신에게만 향해 있는 그 삶의 가운데는 무엇이 있는 걸까.

안: 아무튼 맥락은 그거였어요. 내 꿈을 이루려면 하고 싶은 거 해야 할 게 너무 많고 막 인생을 달려야 할 때다. 내가 지금 밤에 아기 기저귀 갈고 분유 탈 때가 아니다. 너도 너 인생을 살아라. 이런 뜻으로 하는데 너무 황당한 거예요. 애기 낳은 지 얼마 안 된 엄마한테. 세상에.

나: 참. 이상한 분이긴 했네요.

안: 그런데 최근에. 손 책임님 볼 때 그 생각 많이 했어요. 이렇게 빛나는 나이인데 나랑 연애하느라 빛이 안 나는구나. 하고 싶은 거 많고 본인이 설계한 결혼 생활이 있을 텐데. 그럴 나이인데.

딱히 할 말이 없어 그냥 듣고만 있었습니다.

안: 친구에게 이야기해 본 적이 있는데 친구가 그러는 거예요. 애 있는 이혼녀가 전도유망한 총각이랑 만나면서 막 애달프게 만들고 그러면 안 된다고. 책임질 것도 아니면서.

나: 전 제가 항상 부족하다고 생각했어요. 안 책임님과 만나기엔.

안: 아니에요. 전혀. 진심으로 난 다시는 손 책임님 같은 사람 못 만날 거라 생각해요.

아. 그 말은 하지 말지.
마음 아프게 설레고. 설레니까 마음 아프잖아요.

안: 사실은 한참 전부터 생각했는데 말을 꺼내기가 힘들었어요. 혹시 무슨 일이 생기면. 그러니까 손 책임님 어머님과 또 만나

게 된다든가 뭐 그런 일이 생기면 이 관계가 어쩔 수 없이 흔들리게 될 거 같다고 생각했어요.

나: 아니에요! 왜 그렇게…….

하지만 부정을 하고 싶지도 않았습니다. 실제로 그런 생각을 안 해 본 것도 아니고…… 아마도, 안 책임님은 그날 어머니와 단 한 번 마주친 후 여러 가지 그림을 그린 듯합니다.

안: 그런데 그런 일이 한동안 별로 일어나지 않아서 사실 또 좋기도…….

나: 그냥 그렇게 이야기를 하시지 그랬어요. 결혼 말고 우리 그냥 연애하자고. 난 결혼을 원하지 않는다고.

안: 아니에요. 그럴 수는 없어요. 이러든 저러든 끝은 안 좋을 거예요……. 그리고 좀 더 솔직히 이야기하자면. 이러다 같이 자면 못 헤어지겠다는 생각도 했었어요.

이야기가 여기까지 이어지자 할 말을 잃었습니다. 이 사람을 너무 몰랐구나. 제가 안 책임님께 물어보려던 이야기가 헝클어지고 있었습니다.

나: 그럼 누나 동생 이야기엔 왜 그러셨어요?

제 질문에 더 큰 한숨을 쉬는 안 책임님.

안: 아아. 그건 진짜…… 정말 그렇게 생각하고 그런 건 아니죠? 그냥 던진 말이죠? 그땐 진짜 화가 났…….

어. 사실 50%는 진짜였는데. 아니라고 해야겠다.

나: 그냥 던진 거예요. 다급해서. 그냥 돌아가서 어떻게 자연스럽

게 지낼 방법이 없을까 하고.

아. 창피하다. 진짜 아니구나. 하지만 말이 끊겨버렸습니다. 한 잔을 비우고 한 잔씩 더 주문. 바에는 이제 우리만 남은 지 오래. 음악만 빈 공간을 채웁니다. 그리고 조금의 침묵 후 말이 이어졌습니다.

나: 남편이랑 연락하세요?

안: 이혼하고도 생각보다 현실적으로 처리해야 할 일이 정말 많아요. 그리고 일단 아이 아빠이고 양육비도 받아야 하고…… 난 희한하게도 법적으로는 시어머니의 집에 살고 있는 셈이니까. 게다가 옛 시댁 식구들과 왕래도 계속하고요.

남편은 잘 지내요? 남편은 다른 여자 만나나요? 그런 질문 따위를 하려다가 어쩐지 그런 건 별로 중요하진 않은 것 같았습니다. 그래도 돌려 돌려 물어보고 싶어졌습니다.

나: 혹시. 남편분 만나고 가세요? 이쪽에 계세요?

안: 여기서 가깝진 않지만 어쨌든 서부에 있긴 해요. 생각 안 해본 건 아닌데. 만나서 뭐 하겠어요. 그 사람은 매우 잘 지낼 텐데 그걸 보면 내가 아- 다행이다 할까요 아니면 아이고 배 아파라 할까요. 어떤 종류의 감정이든 별로 가지고 싶지 않네요.

나: 네. 그렇겠네요.

안: 제일 불쌍한 건, 우리 딸. 그동안 그래도 제가 한국에 온 이후로 화상통화는 했는데 이혼 후에는 한 번도 안 했거든요. 근데 간간이 애가 시댁 갔을 때 제가 없으면 애 할머니가 아빠랑 통화 시켜 주나 봐요. 아빠는 딸이 그리 간절해 보이지도 않는구만. 일단 그걸 뭐라고 하진 않지만 아이에게 아빠를 잊게 하는 것이 맞는 건지도 아직 잘 모르겠어요.

어느새 바텐더가 체리와 포도를 손질한 작은 접시를 넌지시 놓고 가자 우리는 고마움의 표시로 고개를 끄덕였습니다. 잠시 분위가 고요해졌고, 안 책임님께 꼭 이것만큼은 물어봐야겠단 생각이 들었습니다.

나: 우린. 그럼 이제 앞으로 어떻게 지내면 될까요.

안: …….

한 모금. 또 한 모금.

대답 대신 안 책임님은 다른 이야기를 시작했습니다.

안: 이런 시간이 있을 줄은 정말 몰랐어요. 출장 와서 이렇게 손 책임님이랑 시간을 보낼 줄은. 그래서 더 미안해요. 사귈 때 이럴 수도 없었으면서.

나: 와서 이럴 수 있게 된 것도 놀랍지만……. 출장 오셔서 진짜 놀랐어요. 난데없이 짠 하고 나타나서요.

그 뒤로 안 책임님이 꺼낸 이야기는 너무 놀라웠습니다.

안: 저는 출장 안 가는 사람으로 되어 있는 거 아시잖아요. 애 때문에 집을 못 비우니까. 그래서 해외 업무도 다 기를 쓰고 화상이나 전화 회의로 어떻게든 하고.

나: 맞아요 그러게요.

안: 그런데 저희 팀장님이 이번 전시 안 간다고 임원 슬롯에 자기 대신 갈 사람으로 저를 올린다고 하기에 저는 당연히 에- 안 돼요 하려고 했는데…… 손 책임님이 생각났어요.

나: 제가요? 왜요?

안: 이 전시회 출장 가는 건 사실 원래 알고 있었고…… 음…… 이

해 안 가겠지만 그냥 들으세요.

속으로 '네. 그냥 이해하려고 노력 안 할게요.'라고 생각하고 있는데 안 책임님은 엄청 뜸 들이면서 한 잔을 또 비우더니 겨우겨우 이야기를 시작했습니다.

안: 국민학교 3학년 때, 반에 좋아하던 남자애가 있었는데. 반장이고 공부도 운동도 잘하고 멋있는 애였어요. 지금 보면 3학년은 그냥 애기인데. 아무튼, 뭐 어릴 때니까 좋아하는 걸 어떻게 표현해야 할지 모르고 사귄다는 것에 대한 개념도 없을 때. 한번은 미술 시간이 끝나고 아마 수채화 같은 거였겠죠. 선생님이 애들 그림 스케치북을 교실 뒤에 전시해 두셨는데 제가 제 스케치북을 걔 거 옆에 놓고 싶어서 막 몰래 옮겼어요.

나: 스케치북이요?

안: 원래 제 스케치북이 걔 스케치북에서 너무 멀리 떨어져 있었어요. 이상하게 짝도 못 해보고 자리도 너무 멀고. 그래서 그랬는지 그때 스케치북이 멀리 있는 게 막 아쉬운 거예요. 그저 내 스케치북을 걔 거 옆에 두고 싶어서 선생님 몰래 청소 시간에 옮겼는데 그냥 좋더라고요. 좋아한다고 말을 할 수는 없었지만 스케치북이라도 옆에 두니까 기분이 좋았어요.

어떤 감정인지 이해해 보려 애를 쓰며 들어보지만 정확하게 와 닿지는 않았습니다.

안: 나는 옆에 있을 수 없지만. 내 스케치북이라도 우리가 하교하고 나서 옆에 있어 주렴, 그렇게 말하는 듯이…….

나: 그 뒤로 어떻게 되었나요.

안: 내가 3학년 마치고 이사 가서 어떻게 지내는지는 전혀 몰라요.

그런데 그때의 감정이 되게 오래가더라고요. 정말 생생하게요. 신기하죠. 그때가 열 살인데…… 스케치북을 막 몰래 옮기던 기억. 애들이 알면 어쩌나. 선생님이 왜 옮겼냐고 물어보면 어쩌나 하던 조마조마함.

이런 이야기와 함께 아련한 미소만 지으며 눈을 가늘게 떴습니다.

안: 출장 가기 전에 기분이 그랬어요. 가서 같이 뭘 못 해도, 가서 쫓아다니진 못해도 그냥 같은 비행기 타고 그러면 좋겠다. 멀리서라도 그냥 같이 출장 온 것만으로도 좋겠다.

나: 같이.

안: 얼굴은 못 보더라도.

그리고, 이어진 말에 마음이 울컥하고 말았습니다.

안: 내가 좋아했던 사람이랑 어디든 같이 있으면 좋겠다…… 라고.

술 한 잔을 들이켜 마신 뒤 애써 마음을 눌렀습니다.

안: 그런데 제 비행기 예약이 늦었는지 실무진들이랑 비행기가 다른 것 같더라고요. 여정이 왔는데 직항이 아니어서 좀 당황했어요. 근데 너무 바쁘고 그래서 출장 담당자에게 물어보지도 못하고 그냥 시간이 가버렸어요. 책임님이랑 같은 비행기가 아닌 것 같고, 그래서 조금 속상한 와중에.

나: 아.

안: 거기다가, 이게 직접적으로 부서 업무로 가는 게 아니니까 출장 전날 회사에서 늦게까지 일 정리하고, 애를 두고 혼자 가려니 집에 해둬야 할 것이 너무 많아서 잠을 거의 못 자고. 그 와중에 새벽부터 생리통이 너무 심하고. 내가 어쩌자고 출장을

가려고 하나 엄청 후회를 하는데.

나: 아이고.

안: 공항버스, 진짜 울면서 탔어요. 아파서.

나: 얼마나 아팠으면. 그런데 공항에서 만난 거구나.

안: 다른 비행기라고만 막연히 생각했으니 게이트에서 만날 거라고는 전혀 생각을 못 해서. 그것도 우습지. 뭐 공항에서 마주칠 수도 있긴 하잖아요. 아무튼 그런데 게이트에서 만나게 되니 너무 놀란 거예요. 완전히 1%도 예상을 못 해서. 근데 그땐 싫었어요. 아픈 거 참느라 표정 관리도 안 되고 내 꼴이 너무 말이 아니어서…….

게이트에 나타난 안 책임님을 떠올렸습니다. 아. 그래. 그랬구나.

안: 그런데. 세상에 비즈니스석을 선물 받다니. 그것도 극적으로 문 앞에서 던지듯 주고 사라지다니.

전 그냥 희미하게 웃었습니다. 그래. 그때 무엇이라도 내가 줄 수 있어서 다행이었다.

나: 같이 있을 때 무엇 하나 제대로 선물 준 게 없더라고요. 흔한 목걸이 하나 사 준 적이 없어서. 근데 산 것도 아니고 나도 업그레이드 받은 거로 큰 선심 쓰듯 하니까 좀 민망하네요.

안: 손 책임님답다고 생각했어요. 어쩌면 이렇게 손 책임님다운 선물일까. 그런 생각을 하며 정말 따뜻하게 탔어요. 내 평생 그런 꿀잠은 처음이었을 정도로.

나: 다행이네요.

안: 비행기 타자마자 바로 옷 갈아입고, 모포를 몸에 돌돌 감아서 안대를 하고 딱 누웠는데. 정말 몸이 엄청 따뜻해지는 거예요.

마음이란 건 되게 추상적인 개념인데. 아마 그 마음이 그렇게 몸으로 전해진 건가. 생리통엔 몸 따뜻하게 하는 게 좋아서 그런 건지 진짜 아픈 게 딱 없어지고.

나: 진짜요?

안: 평생 잊을 수 없을 것 같아요. 그 따뜻함이. 그걸로 진짜 평생 살 수 있을 것만 같은 느낌이었어요.

평생이란 말에, 마음이 너무 복잡해졌습니다. 이 사람은 정말 온 마음으로 그걸 받았구나. 순간 저에게 메시지가 왔고 잠시 대화가 끊기고 말았습니다. 발신자는 회사 사람이었고 확인하지 않아 쌓여 있는 다른 메시지들도 있었습니다. 집에서 몇 개. 친구. 그리고 썸녀 선생님 것도……. 하지만 일일이 확인하지 않고 닫았습니다.

안: 이해 못 할 거라는 거 알아요. 막 책임님을 가지고 노는 것 같이 보여서 사실 그렇게 안 보이려고 더 떨어지려고 하는데 연락이 오고. 사실 그때 같이 비즈니스룸에서 보고 자료 만들고 나서 생각했거든요. 또 보면 안 되겠다. 이제 연락하지 말아야겠다. 그런데 또 보고 싶고.

나: 아, 별 보러 갔던 거.

안: 미안해요. 난 정말 미안하게 생각해요. 좋아하고 미안하고. 이 복잡한 감정을 표현할 단어가 없네. 그런데 완전히 오늘 우리끼리만 다니니까 딴 세상에 온 것 같았어요. 아니, 딴 세상이지. 막 용기가 생기고 그랬나 봐요. 밥도 같이 먹고 술도 같이 먹고.

용기. 용기가 없어 미안하다던 안 책임님이 지금 용기에 대해 이야기합니다.

안: 왜 저한테 잘해 주세요? 왜 비즈니스 좌석 주셨어요?

좋아하니까요. 아니, 좋아했으니까요. 아닌데. 그건 너무 슬픈데.

나: 너무 허무하게 끝난 거 같아서. 잘해 주고 싶어서. 잘해 주고 끝나면 좀 마음이 좋을 거 같아서요.

안: 지금은요?

나: 지금은? 지금은 어떠냐고요?

안: 지금 마음은 어떠세요?

나: 잘 모르겠어요. 복잡하네요.

어떻게 이야기해야 할지 잘 모르겠습니다. 아니, 실제로 제 마음을 잘 모르겠습니다. 헤어졌지만 이렇게 하루라도 만나서 좋아요! 이게 맞는 감정인가. 그런데 다음의 질문이 저를 더 어렵게 했습니다.

안: 지금, 저랑 있는 게 좋으신가요?

좋다고 해봐야 다시 만날 수 있을 것 같진 않아 할 말을 찾지 못하고 있자 안 책임님이 다시 묻습니다.

안: 그냥 지금만요. 복잡하게 생각하지 말고.

그냥 솔직히 이야기하는 게 좋을 것 같았습니다. 그래. 뒷일 생각할 것 없이 지금은 행복하다.

나: 네. 좋아요. 좋아서 같이 보내자고 했고 지금도 책임님이랑 있는 이 시간이 매우 기억에 남을 것 같아요.

그리고 저도 물어보고 싶었습니다.

나: 그럼. 안 책임님은요? 지금 좋으세요?

안 책임님은 고개를 끄덕끄덕하더니 머리를 쓸어 정돈한 뒤 이야기를 이어갑니다.

안: 좋아요. 솔직히 이야기하자면. 다른 세상에 있는 내가 되어서, 마치 무언가 책임에서 자유로운 것처럼, 뒤에 어떻게 될지 생각 안 하고 있는 그대로 책임님과 이야기하면서 시간을 보내고 있는 게 좋아요.

나: 다른 세상.

안: 희한하잖아요. 헤어진 남자한테……. 그것도 내가 헤어지자고 한 남자한테. 그런데 정말 좋은 사람에게…….

좋은 사람이라는 말이 또 제 마음을 쿵, 울리게 만듭니다.

안: 여긴 다른 세상이라고 생각하니까 용기가 막 났어요. 내 마음 가는 대로 해야지. 내가 좋아하니까.

안 책임님은 술잔을 가만히 보더니 남은 술을 다 마시고는 긴 한숨을 내쉰 뒤 화장실 좀 다녀오겠다 합니다. 안 책임님이 유난히 '지금'이란 단어에 힘을 주는 것을 보면 지금이 계속되지 않을 것은 분명해 보였습니다. 어찌 되었건. 다시 만날 수는 없을 것. 다만 여전히 좋아하는 마음을 확인해 버리는 바람에 혹은 들키는 바람에 어떻게든 정리하고 깨끗하게 돌아설 것. 혼자 이런 생각들을 하고 있는데. 안 책임님이 돌아왔습니다. 그리고 또 엄청 큰 한숨을 쉬더니, 아니 숨을 고르더니 가자고 합니다.

안: 이제 가요. 제법 먹었다.

나: 아. 벌써요?

좀 허무한데. 이렇게 헤어지는 건가. 아쉽다. 너무 아쉽다.
안 책임님이 지갑에서 이십 불짜리 일곱 장을 꺼냅니다.

안: 대충 이거면 될 듯. 책임님이 팁 좀 더 얹어 주세요.

그리고는 지폐를 잔 아래 두고 자리에서 일어나 제 쪽으로 다가와 두 눈을 가만히 보고 손을 내밀었습니다.

안: 손 좀 줘 보세요.
나: 손이요?
안: 손.

아. 악수하려나 보다. 그래. 쿨하게 악수하고 헤어지나. 난 키스라도 할 줄 알았는데. 좀 아쉽다. 하지만, 그래. 이것도 좋은 마무리다. 그렇게 생각하면서 한 손을 악수하듯 내밀었습니다.

안: 아니요, 두 손이요. 아이가 주세요- 하듯 내밀어 보세요.

뭔가 싶어 두 손을 내밀자 화장실에서 가져온 듯한 페이퍼 타월에 접힌 무언가를 손 위에 얹고 제 두 손을 가지런히 모으게 합니다.

안: 지금 이거 주머니에 넣으시고. 절대 지금 보지 말고. 한 이십 분 정도 후에 여기 계산하고 보세요. 지금 보면 안 돼요. 절대로! 굿나잇!
나: 어…… 에? 어…… 들어가세요 그럼. 잘 자요.

한국 가면 볼 수 있는 건가? 비행기는 언제이며 공항은 언제 가고 한국엔 언제 가는지도 모르는데? 그런 이야기는 하나도 안 했는데? 굿나잇- 하면서 헤어지긴 너무 이상한데? 이런 생각을 하던 찰나, 안 책임님은 제가 어어- 하는 사이 슉- 하고 가버렸습니다.

그럼 이거 편지인가? 편지 쓰기 좋아하는 사람이니 할 수 없는 말을 편지로 남긴 건가? 마지막으로 하고 싶은 말을 남기려고 아까 방에 잠깐 올라갔던 걸까?

궁금해 미칠 것 같았지만 굳이 이십 분이라고 한 이유가 있을 것 같아 혼자 한 잔을 더 먹으면서 기다렸습니다. 바텐더는 마지막 잔은 선물이라며 눈을 찡긋하더니 얼음에 드워스를 한 잔 주었습니다. 여자가 너무 홀연히 떠나니 아마 거절을 당했다고 생각한 모양입니다.

편지겠지. 고마웠어요, 그동안. 뭐 이런 거겠지. 그걸 화장실까지 가서 굳이 뭐에 싸서 왔나. 딱 보니 편지네. 조금 두툼하긴 하지만……. 안에 꼬깃꼬깃 뭉쳐두었나?

한 십오 분을 겨우 인내했을까요. 바텐더에게 체크 플리즈- 한 다음 계산서를 받아 지폐를 껴 놓고 잘 마셨다고 인사하며 나머지는 팁이라고 한 뒤 쿨하게 바로 라운지로 돌아 나왔습니다. 편지일까. 무엇이라 적었길래 이렇게 황급히 갔을까.

조바심이 나서 바로 펼쳐 보는 순간……. 페이퍼 타올엔 한 줌 손에 들어가기에 충분하고도 남는, 거의 끈에 가까운 검은 속옷 팬티. 그리고 '2504'라는 룸넘버가 적힌 북클릿과 그 안에 끼워진 호텔 키가 있었습니다.

!!!!!!

속옷과 호텔 키.

오펜하이머*가 만든 원자 폭탄이 제 마음속에 하나 투하되더니 쿵- 하며 폭발했습니다. 아니, 지구상에 존재하지 않는 우주의 어딘가에서 핵폭발이 있었는지 또 한 번 시간이 정지한 듯했습니다.

* 오펜하이머(J. Robert Oppenheimer): 미국의 핵물리학자. '맨해튼 프로젝트'의 심장과 같은 사람으로 2차 세계대전 당시 미국은 오펜하이머의 주도로 원자폭탄을 개발하였고 일본에 투하하는 것에 성공하였다. 말하자면 원자폭탄의 아버지. 일단 이름이 멋있지 않나.

아무리 내가 눈치가 없어도. 이건 알 수 있을 것 같다. 술이 확 깨면서 도파민이 확 올라오는 느낌과 함께 극단적인 각성의 느낌이 들었습니다. 호텔 로비를 오가는 사람들이 제가 들고 있던 검은 속옷을 보는 것 같아서 순간 주머니에 다시 구겨 넣었습니다. 나 올라가도 되는 건가? 즉흥적으로 그런 건가? 원래 생각하고 있던 걸까?

쿨하고 신사적이고 멋있게 거절하는 법에 대해서는 단 0.1%도 생각하지 않은 채 처음 만났을 때, 안아주었을 때, 입을 맞추었을 때가 모두 생각나면서 이것도 그런 건가, 라는 생각이 들었습니다. 엄청나게 복잡한 생각이 들었지만, 극도의 흥분과 도파민이고 아드레날린이고 무언가 마구 분비되는 호르몬들이 이 생각들을 넘어 걸음을 옮기게 만들었고, 엘리베이터 앞에서 기다리고 있자 안 책임님에게서 메시지가 왔습니다.

[10분 후에]

알아서 열고 들어오라는 것이구나. 아무리 잘못 해석하려 해도 달리 해석할 길이 없었습니다. 이건 용기에 해당하는 건가. 아니면 그야말로 세상에서 이야기하는, 말로만 듣던 그린 라이트인가. 아니, 그린라이트라 부를 수 있을 만한 성질의 것인가.

엘리베이터에서 내려 길고 긴 복도를 왕복하며 뱅뱅 돌았습니다. 가슴이 떨리고 애가 달아오릅니다. 얼마의 시간이 갔는지도 모른 채 방문 앞에서 메시지를 보냈습니다.

[2504호 문 앞에 있어요.]

30초 정도 기다렸지만 답이 없어, 똑똑 문을 두드리고 카드키를 꽂아 문을 열고 들어갔습니다. 들어가자 거의 동시에 트레이닝복 차림의 안 책임님이 욕실에서 나왔습니다. 예상치 못한 타이밍에 서로 놀랐지만 안 책임님은 현관에 있는 저를 맞아주었고 저는 손에 든 키를 보여주었습니다.

안: 용케 오셨네요. 안 올지도 모른다는 생각했는데.

안 책임님은 저를 끌고 들어와 문을 닫았고 잠깐의 어색한 침묵이 흘렀습니다. 그리고 다시 한 마디가 이어졌습니다.

안: 하나 더 있잖아요.

제 주머니에 페이퍼 타올로 쌓아 두었던 속옷을 주섬주섬 꺼내자 안 책임님은…….

안: 입게 주세요.

그리곤 속옷을 손에서 낚아채 가지고 갔습니다. 입는다고? 당황하던 찰나, 갑자기 안 책임님이 당황해합니다.

안: 앗…… 태그를 다 안 떼었네…….
나: 네?
안: 아. 아니에요.

무엇을 하라는 건지 몰라 멍청하게 서 있자, 안 책임님은 심하게 흥분 상태의 저를 살짝 잡았습니다.

안: 씻으시겠어요?
나: 바보 같은 말인 거 아는데……. 제가 뭐라고 말해야 하는지 잘 모르겠어요.

샤워 후라 그런지 유난히 퍼지는 향기에 또 혼미해지고 있습니다. 말은 어떻게 하고 있었지만 전 이미 이 세상 사람이 아닌 기분이었습니다. 제 말에 안 책임님은 저를 욕실로 밀어 넣었고, 저는 여자가 쓰는 여러 가지 용품들이 가지런히 놓인 부스에서 샤워를 했습니다.

나갔는데 갑자기 사라지면 어떡하지? 이제 집에 가세요, 하면 어떡하지. 그 사이에 마음이 바뀌어서 분위기 이상하면 어떡하지…… 따위의 생각들을 하다가 속옷을 건네주기 직전에 욕실에서 나왔다는 것을 생각해내고 아주 즉흥적인 건 아니라는 생각에 도달했습니다.

벗어서 준 건가? 피를 포함한 온몸의 신경 전달 물질이란 모든 물질은 이미 몸을 몇 바퀴 돈 상태였습니다. 젊은 시절 첫 경험 때도 이렇게 흥분하고 떨렸던 것 같지 않았습니다. 옷을 어떻게 입고 나가야 할지 고민하다 용케도 욕실에 가운이 걸려 있어 잠깐의 주저함과 함께 속옷만 입고 가운을 걸친 뒤 욕실을 나갔습니다. 밖에는 오늘 샀던 새 원피스로 갈아입은 안 책임님이 침대 옆 소파에 앉아 있었습니다.

안: 트레이닝복은 아무리 생각해도 아니어서…… 갈아입었어요.

원피스 어깨 사이로 보이는 검은색 끈. 아, 아까 그 속옷과 페어 세트구나, 아까 가져간 거로 갈아입었구나 싶었습니다.

심장에 대륙간 탄도탄을 맞은 느낌. 이젠 돌아갈 수가 없게 되었다.

안: 막. 생각하게 해서 미안해요. 나름 많이 고민하고 서로 덜 부끄러운 방법이 무얼까 생각한 건데.

이럴 때 예쁘다고 해야 하는 거 같은데, 입이 잘 안 떨어졌습니다.

나: 정말…….

한숨과 함께 예쁘다고 아름답다고 말하려는 찰나.

안: 티 났죠? 태그를 떼어낸다고 한 건데 조그마한 태그가 더 있었

네……. 키만 주면 무슨 뜻인지 모를 것 같아서…….

나: 아. 그럼 사신 거…….

안: 아까 쇼핑몰에서 지나가다가 속옷 가게를 보고 갑자기 용기가 생겼어요. 정말. 말 그대로 '용기'가 생겼어요. 나도 모르는 용기가. 이걸 용기라고 말하는 건지 아니면 뭐 다른 단어가 있는지 모르겠네요. 객기라고 하기엔 난 젊지 않고…….

아. 그래서 프레츨 먹을 때 나한테 잠깐 기다리라고 한 거구나.

안: 근데, 사긴 샀는데 그 용기가 막 사그라들려고 하는 거예요. 뭔가 잘못하는 거 같아서 주저했는데. 무엇보다도 부끄럽고. 헤어진 상태니까 손 책임님 마음이 어떤지도 당연히 모르겠고…… 그런데 담배를 피우고 좀 용기가 났어요. 그냥 여기 있는 나는 다른 나라고 생각하니까.

그 말에 어떤 답을 해줘야 할지 몰라 듣고만 있었습니다.

안: 근데 무언가 메시지를 전달해야 하는데. 가게에서 샀던 속옷 생각이 났어요. 확실한 거 없을까 생각하다가 어디 영화 같은 데서 본 건 있어서 사실 입던 걸 줘 보려고 했는데.

아. 알았다. 입고 있던 건 아니었구나. 그래서 티 난다고 고백한 거구나.

안: 그런데 용기랑은 상관없이 도저히 그건 부끄러워서 못 하겠더라고요. 입던 건 더러울 것 같기도 하고……. 어휴. 말하면서도 부끄럽네. 그래서 가방에서 꺼내서 마치 벗은 것처럼 준건데 급한 마음에 태그를 다 못 떼었네……. 덕분에 더 부끄럽네요.

그냥 이야기 안 했어도 되는데. 나 혼자 착각해도 되는데. 그냥.
안 책임님의 말에 조금 웃고 말았습니다.

나: 충분히 알아들은 거 맞죠? 내가 이해하고 있는 거 맞죠?

그런데 난, 지금. 어떻게 해야 하는 것인가요. 또 어색한 침묵이 흐릅니다. 그냥 모든 것이 처음인 사람 같은, 이제 웬만한 건 다 안다는 능숙하고 경험 많은 서른의 어른은 어디론가 가고 새롭고 조심스러운 청년의 느낌이 되었습니다. 침대에 걸터앉아 있던 안 책임님은 일어서서 창문 커튼을 단단히 쳤습니다.

안: 조금. 부끄럽다.

침묵을 깬 그 말에 뭘 해야 할지 생각해 내었습니다. 그리고, 부끄러워하는 사람 뒤로 다가가서 손을 잡았습니다. 손에 입을 맞추고, 가운을 벗은 뒤 원피스를 살짝 내리자 몸이 드러납니다.
나에게 지금, 세상이 무엇을 준 것일까요.
난 이제 이 세상에 무엇을 해주어야 할까요.
내가 받은 이 과분한 것을 난 어떻게 갚아 나갈 수 있는 것입니까.
스탠드의 미등을 켜 두었지만 방은 어두웠고 커튼 사이로 바깥의 빛이 어스름하게 들어왔습니다. 언젠가, 안 책임님이 아파트 계단에서 절 안아주었던 그때의 빛과 비슷하다는 생각을 하던 그때. 서서 마주 보던 안 책임님이 나직한 소리로 말했습니다.

안: 좋은 사람.

사랑한다는 말이 어울리지 않는 슬픈 순간.
입을 맞추고 몸을 안았습니다. 얼마 남지 않은 천 조각 같은 옷을 걷어내고 몸에 흐르는 한 방울의 땀도 내 것으로 만들었습니다.

마치, 바로 그 순간 하늘 위에서 초신성 폭발이 일어나
폭주하는 핵융합으로 우리의 모두가 소멸하듯.
너무 비현실적이고 일어나지 않을 것 같은 순간의 끝을 상상하며.
이 시간 뒤는 더 이상 존재하지 않을 것처럼.
그리고 그 초신성의 폭발 뒤에는
아무것도 없는 블랙홀이 될 것 같은 기분으로.
우리는 인생의 모든 것을 소진할 것처럼
서로를 안았지만 시간을 정지시키지 못한 채
밤이 지나갔습니다.
다시는 없을,
아름답지만 슬픈 시간.

/

깨어나 보니 동틀 무렵이었지만, 시간을 가늠하기 어려웠습니다. 냉장고에서 물을 꺼내 마시고 욕실에 가니 안 책임님이 제가 벗어놓은 옷을 가지런히 개어 수건 위에 올려놓았습니다. 심지어 더러운 양말까지 마치 방금 빨래한 것처럼 가지런히 개어 놓았습니다. 자동차 키와 전화기도 테이블에 다소곳이 올려져 있었습니다. 안 책임님의 손길이 닿았을 것들을 보니 먼저 일어나주길 바란 것이 아닐까 싶었습니다. 아침에 다시 얼굴을 보는 것이 어색해서만은 아니었겠지요. 그냥 이 밤으로 하나의 매듭을 짓고 싶어 하지 않을까. 아침에 일어나서 어젯밤 어땠어, 응, 좋았어, 그런 이야기를 나누고 싶어 할 사람은 아니니까.

커튼을 살짝 젖히니 곧 해가 뜰 것 같았습니다. 안 책임님은 이불을 덮고 옆으로 누운 채 잠들어 있었습니다. 호텔로 부지런히 가서 체크아웃을 해야 하니 어쨌든 나서기는 해야 했습니다. 조용히 나가는 게 맞나? 옷을 부스럭부스럭 입고 인사하고 헤어져야 하나? 같이 아침을 깨우는 커피라도 마시나? 깨워야 하나? 아니다. 지금은 아닌 것 같다. 그렇게 고민을 하다가 결국 책상 위의 호텔 메모지에 메시지를 남겼습니다.

고맙습니다. 당신이 있어서 빛나는 삶이었어요.

십 분 동안 고민했는데 제법 멋있는 글을 쓴 것 같아 만족하며 호텔 문을 조용히 닫고 나왔습니다. 일어났을 때 어떻게 아침 인사, 아니면 작별 인사를 해야 할지 모르겠지만 지금은 일단 숙소로 돌아와 체크아웃을 준비해야 했습니다.

일단 체크아웃하면서 생각하자. 숙소로 돌아와 포장할 것은 포장하고 버릴 것은 버리며-면세품들, 하아- 짐을 줄여나갔습니다. 비행기는 오후니까 시간은 있었습니다. 앗. 안 책임님 비행기는 몇 시지? 생각해 보니 LA를 오늘 떠난다고만 했고 그 외에 아는 것이 아무것도 없어 샤워하면서 메시지를 보내 두었습니다.

[책임님. 비행기 몇 시예요? 어디로 가세요?]

아. 바보같이 이런 것도 미리 알아두지 않았다니. 씻고 나왔지만 안 책임님에게선 답이 없었습니다. 책임님도 샤워하고 있나……. 짐을 챙기고 프런트에서 체크아웃을 하고 나니 배가 엄청나게 고파지고 커피 생각이 간절해져 호텔의 식당에 앉아 커피부터 마시기 시작했습니다. 엄청난 허기를 커피와 계란 요리 따위로 달래고 나니 좀 정신을 차릴 수 있을 것 같습니다.

그제야, 저 멀리 우주에서 이제 원래 살고 있던 세상으로 돌아온 듯 했습니다. 다만 엄청난 긍정으로 삶을 살아낼 수 있을 것 같은 느낌. 따뜻하게 살겠다는 다짐. 그리고, 정말 좋은 사람으로 살아야겠다는. 대단한 성공이 아닌, 빛이 나는 삶을 살아내야겠다는 생각.

그런 것들을 커피와 함께 마음속으로 음미하고 있던 중, 메시지를 읽었다는 표시가 떴지만 답이 없었습니다. 어색해서 그런가. 그래, 그럴 수 있지. 아닌데…… 그럴 사람이 아닌데. 정말 부끄러웠나. 호텔로 다시 가면 아무래도 이상하겠지. 안 책임님은 어쩌면 꼭 만나야겠다는 생각을 안 하고 있을 수 있겠다. 그렇지. 어젯밤으로 많은 것들이 끝난 거니까. 그래도 앞으로 우리 볼 수 있는지 답도 못 들었는데. 에이. 설마 얼굴은 보고 살겠지. 지금 호텔로 가서 무슨 이야기를 하겠어……. 어제 어땠어요……. 아아- 아니야, 아니야. 무슨 어떻긴 뭐가 어때. 지금 이 순간에 왜 이렇게 저급해지냐. 미쳤어. 미쳤어.

생각이 길어질 즈음, 안 책임님으로부터 긴 메시지가 왔습니다.

[책임님. 저 시애틀 가는 비행기 타러 이미 공항에 왔어요. 차도 이미 반납했고. 이제 한국 가면 우리 못 볼 거예요.]

못 본다고?

[퇴사한다고 지난달에 회사에 이야기했어요. 이번 출장 일정 후에 남은 휴가 몰아 쓴 거라 한국에 들어가면 회사는 정리하러 며칠만 출근해요. 어제 이야기하려고 했는데 못 했네요.]

응? 회사를 떠난다고?

[회사 그만두는 거 옛날부터 생각해 오던 건데 책임님 덕에 두 해 더 다닌 거예요. 그동안 정말 고마웠어요. 덕분에 제 인생에도 빛이

났어요. 잘 지내길 바랄게요.]

어. 이러면 안 되는데. 아니야. 무슨 말이야. 제가 생각한 인사가 아니었습니다. 이상한 생각이 들었습니다. 마치 지금 못 만나면 다시는 못 만날 것 같은 느낌. 작별 인사를 제대로 못 하면 헤어진 것이 아닐 것 같다는 느낌. 더불어 그 헤어짐이 잘 헤어진 것이 되지 않을 것 같다는 느낌. 저는 급히 전화를 바로 눌렀습니다.

나: 어디세요!

안: ……터미널이요.

나: 메시지로 작별 인사하는 게 어딨어요! 그것도 이제 못 본다고!

안: 말로는 잘 하지 못할 것 같아서…….

나: 비행기 몇 시인데요!

안: 막힐까 봐 일찍 왔어요. 이제 막 체크인하려고 해요. 비행기는 두 시간 뒤…….

어. 그럼 시간 있다. 빨리 가면 된다.

나: 아직 들어가면 안 돼요! 가지 마세요! 나 갈 때까지 비행기 타면 안 돼요!

전화를 급히 끊고 바로 짐을 차에 던진 후, 공항으로 차를 몰았습니다. 제 숙소는 공항에서 더 멀었기 때문에 제법 시간이 걸린 데다가 막히기까지 해서 조바심이 났습니다. 무슨 의미인지. 왠지 모르게 눈물이 고였습니다. 헤어진 건 이미 옛날 일이고 어젯밤으로 많은 것들이 정리가 되었는데, 헤어졌을 때도 눈물이 안 났는데, 다시는 같이 못 있을 거라는 걸 이미 알고 있었는데, 왜 이제야 눈물이 나는지.

렌터카에 기름을 채울 시간도 없어 모자란 기름은 그냥 돈으로 때

우기로 하고, 흠이 없나 확인도 못 하고 차를 구겨 넣듯 반납한 후 렌터카 회사 버스를 타고 바로 터미널로 뛰었습니다. 한 시간 남았다. 된다. 볼 수 있다. 면세점에서 산 물건들을 가방에 넣는다고 넣었는데도 자리가 모자라 손에 들었는데 뛰는 데 너무 방해가 되었습니다. 진심으로 갖다 버리고 싶었고 손에 쥐어진 것들을 생각하니 참 한심했습니다. 이깟 면세품들! 부끄러워 죽고 싶었습니다.

급히 터미널에 도착해서 전화를 하려던 찰나, 저 멀리에서 안 책임님을 발견해냈습니다. 안 책임님은 어젯밤에 입었던 원피스에 얇은 카디건을 입고 있었습니다.

안: 세상에. 뛰어왔네. 땀 봐…….

나: 헉헉헉…… 안 늦었죠? 으아.

너무 숨이 차서 말이 잘 안 나왔습니다. 무릎에 손을 대고 한참 숨을 고르는데 안 책임님이 어깨에 손을 대고 괜찮은지 물어봅니다.

안: 어디서부터 뛴 거예요. 괜찮아요? 책임님 비행기 한참 뒤 아니에요? 뭐 하러 빨리 왔어요.

나: 인사도 안 하고!

안: …….

나: 회사 그만둔다면서요. 진짜예요? 그만두면서 뭔 출장을 와요!

영문을 알 수 없었습니다. 이번 달을 마지막으로 그만둘 거면 부서나 지원팀에서 알았을 테고 출장 결재가 떨어질 리가 없는데…….

안: 그만둘 거니까……. 그러니까 출장왔…… 죠.

무슨 말인지. 그만둔다는 사람이 출장을 왜.

안: 마지막으로 보려고요.

나: 나를요?

안: 팀장님이 보내줬다는 건 반은 진짜고 반은 거짓말이에요. 팀장님한테 보내 달라고 제가 부탁했어요. 팀장님이 참관을 가는 일정을 고민하길래 날 보내 달라고 막 떼썼어요. 사실 팀장님이 개인적으로 옛날부터 알던 분이라 그동안 많이 뒤에서 챙겨줬는데 이번엔 정말 거하게 사고 쳤어요.

나: 어떻게요?

안: 나 퇴사하니까 마지막으로 나갔다 오겠다고. 이 정도는 선물로 하나 해달라고 했더니 팀장님도 회사 돌아가는 걸 보니 자기 올해 임원 마지막인 거 같으니까 자기도 사고 쳐보겠다고 보내준 거예요. 물론 퇴사하는 사람 출장 보내려니 말도 안 되는 무리수가 막 뒤따랐지만…….

안 책임님의 이야기를 듣는 사이, 가쁜 숨이 점점 고르게 되고 그제야 허리를 펼 수 있게 되었습니다.

안: 퇴사 직전이라 업무 인계하고 매뉴얼 만든다고 여기 와서 제대로 참관은 못 하고 계속 노트북만 붙잡고 있었어요. 그래서 책임님 보기에 그렇게 일만 하는 걸로 보였겠네요.

나: 왜요? 왜 그렇게 무리를 했어요?

이렇게까지 오려고 한 이유가 도대체……. 안 책임님은 제 질문에 희미한 미소를 짓더니 깊고 맑은 눈을 깜빡이며 대답했습니다.

안: 어제 이야기했잖아요. 같이 있으려고.

이 말은 안 듣는 것이 좋았습니다. 내가 무엇이기에. 어떤 사람이길래. 이 여자는 나랑 같이 있겠다는 이유로. 그것도 멀리서 볼까 말까 하는 여행에 무리에 무리를 더하면서 애써서 오려고 했던 걸까요. 그것도 헤어진 사람을……

나: 이제…… 못 보잖아요.

안: 결혼하면 꼭 알려 주세요. 좋은 사람 만나실 거예요. 좋은 사람은 좋은 사람 만나게 되어 있어요.

난 당신이 옆에 있었기 때문에 좋은 사람이 될 수 있었던 것 같아요. 당신 없이 내가 무슨 좋은 사람이 될 수 있겠나요.

나: 안 책임님이 절 좋은 사람으로 만드셨어요.

안: 아니에요. 원래 좋은 사람이었어요. 그냥 내가 발견한 거예요. 아니, 누가 봐도 좋은 사람이에요.

착잡한 마음에 한참을 가만 바라보고 있으려니 안 책임님이 말을 꺼냅니다.

안: 이제, 들어갈게요. 보안 검색 시간이 얼마나 걸릴지 모르니까……

내 생애.
이런 사람은 없었다.
다시는 못 만날 것이다.

나: 안 책임님 같은 사람은 세상에 없는 거 같아요.

안 책임님은 희미하게 미소를 지으며 한걸음 가까이 다가와 마지막으로 향기를 전했습니다.

안: 나 같은 사람은…… 그러면 나게요?

그리고 손을 내밉니다.

그리고 우리는 악수를 했습니다.

키스보다도 더 애절한 악수.

그리고 헤어지면서 손이 결국 떨어지고.

안 책임님은, 수트케이스를 끌고 보안 구역을 향해 걸어갑니다.

줄을 서서 직원에게 여권을 보여주더니 검색 구역 안으로 들어가기 직전, 뒤를 돌아봤습니다. 내가 그 자리에서 기다리고 있었음을 확인했다는 듯, 자신 역시도 마지막으로 나를 바라봤다는 것을 기억하려는 듯 고개를 끄덕이고 시야에서 사라졌습니다.

그리고 동시에,

내 인생의 빛나던 챕터가 함께 끝이 났습니다.

인생의 이전 챕터에서 해결되지 못한, 성장기에 겪었던 자존감과 결핍의 문제들을 모두 풀어내고 그제서야 다음 챕터로 넘어간 것 같았습니다.

그녀, 안 책임님이.

제 인생에 반짝이는 시간을

만들어 주었습니다.

오/피/스
누/나/ 이/야/기

WHEN I SHINE UP LIKE A STAR
ON SUMMER DAYS

\+ Epilogue

Epilogue

시간은 약이라지만 기억은 힘입니다. 세월이 흐르면 아픔이 잊혀지지만, 그만큼 반짝이던 기억도 힘이 빠지면서 빛이 바랍니다.

시간이 흐르고, 저는 대학 친구와 결혼을 했습니다. 순탄한 과정이었고 무엇 하나 어려움이 없었습니다. 똑똑하고 능력 있는 여자였고 집안의 반대도 없었습니다. 전 회사에서 능력을 인정받은 건지 운이 좋은 건지 성과를 계속 낼 수 있었고, 더 많은 기회와 그에 따른 많은 책임이 주어졌고 인정받음이라는 중독에 빠져 열심히 일하며 살았습니다. 그렇게, 삶이 흘러갔습니다.

오랜만에 다시 북미 관련 일을 맡게 되어 LA로 출장을 가게 되었습니다. 일전에 갔던 전시회에서, 또 옛날과 비슷하게 미국의 여러 회사와 줄줄이 미팅을 갖고, 협력을 약속하고, 악수하고, 밥도 먹고, 차도 마시고, 소소한 선물도 주고받고, 미국식으로 허그도 하고, 친한 척도 하고, 보고서를 쓰고, 칭찬받고. 전보다 훨씬 익숙하게 일을 처리했습니다. 출국일을 하루 남긴 채, 진한 피로감에 지쳐 일정을 마치고 언제 호텔로 돌아가나 기다리고 있었습니다. 빨리 일행에게서 벗어나 호텔 욕조에 물을 받고 음악이나 들으면서 쉴 생각을 하고 있었는데 회사 사람 누군가가 아는 척을 합니다.

이 선임: 책임님! 저 혹시 기억하세요? 오픈이노베이션팀 이주한입니다. 그, 재작년 전시 때 뵈었었는데…….

나: 아! 이 선임! 맞다! 기억하죠-. 사흘 내내 몰랐네. 원래 그쪽 팀이었나? 옛날엔 북미 세일즈 아니었나? 기억이 잘 안 나네.

이 선임: 아. 작년에 팀을 옮겼어요. 저 그때 은지 선임이랑 같이 차 태워 주셔서 별 보러 가고 그랬었는데.

나: 아. 그걸 다 기억하네. 그러게요. 벌써 이 년이나 지났네요.

아. 그때 멤버였구나. 엄청 어린 친구로 기억했는데 이제 그렇지도 않네. 이 선임과 이야기를 하고 있자, 그 옆에 있던 공 책임이란 분이 갑자기 이야기에 끼어들었습니다.

공 책임: 헐. 별을 봤어요? 출장 와서? 무슨 전설이나 동화 같은 이야기네. 다들 마지막 날엔 코리아타운이나 할리우드나 쇼핑가는 거 아니었어?

이 선임: 그러니까요! 손 책임님이 무리를 이끌고 한두 시간 떨어진 데로 가서 떨궈놓고 막 별자리 설명도 하고 그랬어요. 다들 완전 감동. 진짜 좋았는데.

공 책임: 아 진짜? 대박. 손 책임. 우리도 가자. 어디로 가면 돼? 나 좀 데리고 가요. 나 결혼한 지 너무 오래되어서 그런 감성적이고 추억 만들고 그런 거 너무 하고 싶단 말이야. 다들 쇼핑 간다고 무슨 아울렛에 간다는데 이 저녁에 그런 거 별로 관심도

없고…… 거기 안 가고 별 보는 데 따라가면 안 될까?

아니. 전 별을 보겠다는 이야기를 하나도 안 했는데 이미 기정사실화되어 있었습니다.

나: 아유, 무슨 별이에요. 이제 그런…….

이제 그런 거 안 해요. 그냥 저는 매우 재미없고 딱딱하고 가열찬 생활인이랍니다, 라고 말하고 싶었습니다.

이 선임: 무슨 주립 공원 같은 데 아니었어요? 저 너무 또 가고 싶은데. 그리고 가자고 하면 그때처럼 갈 사람 한 무리인데. 또 갈 생각 없으세요? 어떻게 어딘지라도 좀 알려주세요.

공 책임: 손 책. 우리 별 보러 가자! 재미있겠다! 오늘 날씨도 완전 좋잖아!

나: 하아…….

그러자 옆에 사람들이 웅성웅성. 어? 별? 나도 가자. 그때 별 보러 갔다는 사람이 손 책이구나! 나도 들었지! 야아 멋지네. 가자, 가자. 야구는 KBO지 무슨 MLB야. 야구 안 볼래……. 그리고 그 순간 어디선가 그 옛날의 은지 씨가 튀어나왔습니다.

은지: 꺄악! 책임님! 오신지 몰랐어요!

나: 아. 은지 씨도 왔네.

별로 많지도 않은 출장팀인데 제 일만 조용히 했더니 누구누구 있는지도 모르고 있었습니다.

은지: 오신지 정말 몰랐어요! 지금 주한 선임님이 메시지 보내서 알았어요! 아유- 글쎄 야구를 또 보러 갈 뻔했지 뭐예요!

나: 그냥 야구 보러 가지…….

은지: 별 보러 가요- 네? 또 데리고 가 주세요…….

전 너무 피곤해서 아까부터 호텔로 돌아가는 길에 맥주와 타코 같은 멕시코 음식을 사 들고 룸으로 들어가 TV나 틀어 놓고 먹으면서 밤을 편히 보낼 생각만 하고 있었습니다. 그런데 분위기가 이러니 도저히 안 갈 수 없는 지경에 이르렀습니다.

나: 하이고. 갑시다. 가요. 난 그냥 데리고만 갈 테니까 은지 씨나 주한 선임이 알아서 사람들 모으고 라이드 정하고 해요. 난 그런 거 할 힘이 읍다.

결국. 단호하게 끊지 못하고 또 회사 사람들을 줄줄이 데리고 별자리를 보러 LA에서 100km 정도 떨어진 주립 공원으로 향해 차를 몰았습니다. 전에 별을 보러 갔을 때 얼마나 좋았는지에 대해 은지 씨와 주한 선임이 종알거리며 떠드는 바람에 사람들이 엄청난 기대를 가져 결국 차 석 대가 줄줄이 따라오고야 말았습니다. 그래도 같은 루트로 한 번 가봤다고, 전보다는 훨씬 힘들지 않게 갈 수 있었습니다. 하지만 피로하기도 했고 전보다는 덜 신이 나는지 도착해서는 적당히 사람들을 풀어놓기만 했습니다.

나: 멀리 가지 마세요. 우리 딱 한 시간만 보고 갑시다. 내일 비행기 타야 해요. 너무 오래 놀면 안 돼요.

이런 이야기만 한 뒤 저는 가만히 주위를 걷기만 했습니다. 은지 씨는 경험자라고 또 사람들에게 블랭킷 깔고 누워라, 그래야 진짜다, 음악도 좀 틀어라, 하면서 여전히 참새처럼 종알종알하고 폰 카메라로 별을 찍어보려 애쓰더니 또 어디 소셜에 업로드하며 신나 했습니다.

여전히 사람들 좋아하는구나. 귀찮아도 데리고 오길 잘했다. 하지만 빨리 호텔 돌아갔으면 좋겠다. 그런 생각을 하다 보니 한 시간이 흘러 있었고, 돌아가는 길에 주유소에 들러 기름을 넣은 뒤 맥주나 밤참거리를 사는데 은지 씨가 제 차에 홀랑 탔습니다.

은지: 저, 이 차 타도 되죠? 책임님이랑 저, 같은 호텔이던데.

나: 어. 그래요. 뭐. 차에 탄 사람들 다 저랑 같은 호텔이긴 하니까.

은지: 제가 커피 사드릴까요? 졸지 마시라고.

나: 커피는 오늘 너무 많이 먹었고. 은지 씨가 조수석에 앉아 깨어 있어 주세요. 다른 둘은 차만 타면 바로 자는 사람들이더만. 무슨 출장 마지막 날에 시차 핑계나 대면서.

은지: 어. 그럼 저 앞에 탈게요!

사실 피곤해서 돌아가는 길이 걱정이었고, 아니나 다를까 내내 계속 하품만 하며 운전을 하고 있었는데 은지 씨는 말이 많으니 잘된 일인지도 모르겠다고 생각했습니다.

그리고 역시나, 출발하자마자 무섭게 엔진소리를 자장가 삼아 뒤에 앉은 둘은 무섭게 잠에 들었고 가로등 하나 없는 미국의 인터스테이트(고속도로)를 전조등만 의지해 외롭게 달리기 시작했습니다.

은지: 음악이라도 틀까요?

나: 어, 뭐 아무거나 틀어주세요. 라디오나 틀어볼까.

은지: 제 거 연결할까요? 제 플레이리스트 틀게요. 제가 음악 진짜 골라 듣거든요.

제목을 모르는 일렉트로니카가 나오고 은지 씨는 분위기상 안 맞는다고 생각하는지 몇 개의 음악을 넘기다가 대화를 하기 시작했습니다.

은지: 책임님. 안 책임님 기억하시죠?

이게 누구의 이름인가. 누구라고요……? 순간 할 말을 잊었습니다. 그 사람을 지금 왜? 뇌 속에서 어마어마한 전기 신호가 온몸으로 전해졌지만 애써 태연한 척했습니다.

은지: 계속 연락하고 그러세요?

나: 아니요.

순간 너무 단호하게 대답해버려 너무 티가 났나 걱정이 되었습니다.

은지: 오늘 아까 별 보는데 안 선배님 생각이 났어요. 안 책임님이 학교 선배시거든요. 같이 학교를 다니진 않았지만…… 제가 진짜 좋아하는 분인데. 제가 이야기했었나요? 저랑 친했다고.

혹시 우리의 이야기를 알고 있나 조금 긴장이 되었지만 은지 씨는 자신의 이야기만 계속 이어나갔습니다.

은지: 나중에 둘 중에 누군가 회사를 나가게 되어서 회사 밖의 관계가 되면 제가 언니라고 부르려고 했거든요. 아- 진짜 안 책임님 같은 언니 있으면 진짜 좋을 텐데.

네. 맞아요. 저도 한때 누나라도 되어 달라고 헛소리를 했었죠.

은지: 근데 정작 안 책임님이 회사 그만두시고는 연락이 잘 안 되시더라고요. 딱 재작년 LA 출장 때 보고 그 후로 못 봤어요. 퇴직하시면서 그냥 전화 통화만 한 거 있죠. 한국에 없나. 주위에 연락 닿는 사람도 잘 없고. 책임님은 연락 안 하세요?

안 하는 건지 못 하는 건지. 대답하기 어려운 질문입니다.

나: 네. 저도 그냥 그만둔다는 것까지만 알고 그 뒤로 잘 모르네요.

은지: 아까 그 공원에서 사진 찍고 장소를 태깅했는데 안 책임님 이랑 옛날에 찍은 사진이 같이 뜨더라고요. 진짜 예쁘시죠? 나도 나이 마흔 되어서 이런 모습이면 좋겠다.

사진을 보여주는데, 순간 멍해지면서 차가 차선을 넘어 휘청거릴 뻔했습니다. 애써 잊고 살았던 아름다운 사람. 순간 그 향기와 몸 내음이 코 안쪽의 깊숙한 곳, 후각 신경과 뇌 어딘가의 기억 해마가 닿은 곳에서 발현되었지만, 그 향기의 기억이 지속되기는 어려웠습니다. 아무리 냄새의 기억이 시각이나 청각과 다르다고는 하지만, 어쩌면 이렇게 기억하기가 힘든가. 향기의 존재만 기억이 날 뿐, 그 실체는 사라지고 없었습니다.

보고 싶었습니다.

하지만, 이젠 정말 멀어진 사람.

어쩌면 나의 세상에 존재하지 않는 사람.

/

호텔로 돌아와 사람에게 내일 아침 늦지 말자며 시간 약속을 하고 헤어졌습니다. 호텔 카운터에 물어볼 것이 있어 발걸음을 옮기는데 로비에 붙어 있는 작은 바가 보였습니다. 시간이 꽤 늦어 로비에도 체크인하러 오는 사람이 드물었고 바에도 손님이 거의 없었습니다. 저는 한 손에 맥주와 주유소 편의점에서 산 과자가 든 봉지를 달랑달랑 들고, 바 카운터 테이블에 앉았습니다. 싱글몰트 위스키를 시키자 바텐더는 위스키 병을 기울여 술을 따르다가, 옆 의자에 올려놓은 비닐에 담은 캔 맥주를 보더니 말을 겁니다.

바텐더: 이런 날엔 맥주보단 위스키지.

나: 어. 그렇지. 맥주보다는 위스키를 마시고 싶어서.

바텐더: 너 한국에서 왔지? 한국에서는 위스키랑 맥주랑 섞어서 셰이크 칵테일을 만든다며?

나: 어. 어떻게 알았니.

바텐더: 여기 한국 손님 간간이 오는데 그걸 시키는 사람이 가끔 있어. 폭탄주라고 하던데. 이름이 참 멋지지.

나: 아- 난 그냥 줘.

바텐더: 혹시 맥주 먹고 싶으면 네가 가지고 온 거 먹게 해줄게.

바텐더의 선심에 갑자기 무언가 떠올랐습니다.

나: 난, 하이볼로 줄래?

바텐더: 오. 너 하이볼을 좋아하는구나?

나: 아니, 사실 난 그냥 얼음에 먹는 거 좋아하는데 하이볼 좋아하던 여자가 있었거든.

바텐더는 조용히 하이볼을 만들어 주고는 고개를 끄덕하며 내주었습니다. 한참을 마시지 않고 가만히 잔을 보기만 하며 로비와 바의 조명, 그리고 TV만 무심히 바라봤습니다.

많은 일이 있었고 삶이 변해버렸습니다. 난, 잘살고 있나. 갑자기 몰려오는 생각에 맨손으로 얼굴을 비비다가 한숨을 쉬고, 단숨에 하이볼 위스키를 마셔버렸습니다. 시간이 얼마나 흘렀을까요. 조용히 흐르는 음악과 바텐더를 뒤로하고 주머니를 뒤져 이십 불짜리 한 장을 잔 아래 두고 엘리베이터를 타고 올라왔습니다. 샤워를 하고 TV

를 켜니 스포츠 채널에서는 오늘의 야구 결과들을 리캡하며 하이라이트를 보여줍니다. 한참 업된 스포츠 아나운서와 특유의 미국식 웃음으로 무장된 해설자들의 음성들이 한쪽 귀로 흘러나가며 그냥 배경음악처럼 들립니다.

건조한 마음으로 서랍에 넣어 둔 옷들과 여기저기서 산 것, 받은 것들을 짐 가방에 넣었고, 또 맥주를 들이켰고, 알코올이 노곤한 몸 구석구석에 퍼지면서 출장의 긴장을 풀어내려 노력했지만 순간 외로워졌습니다. 나이를 먹는다는 건 무언가 배우는 것이고 배우는 걸 기억해야 성장하는 법인데. 저는 안 책임님을 만나며 얻었던 기억들을 어느새 너무 많이 잃어버리고 말았습니다. 세상살이가 너무 거칠어서 그런지, 내가 그렇게 강하지 못했는지, 반짝이던 기억들에 잔 생채기가 나며 더 이상 빛이 나지 않게 되었고 좋은 사람이 되겠다는 다짐도 저 멀리 안드로메다에나 존재하는 약속이 되어 버렸습니다.

왜. 결혼까지 한 사람이. 갑자기 옛날 사람을 떠올리고는 외로워하고 있는 걸까요. 애써 상념을 지우며 남은 맥주를 털어 넣고 마음을 더 굳게, 딱딱하게, 건조하게 만든 다음 회사에 간단히 업무 보고 메일을 쓴 뒤 오지 않는 잠을 억지로 꾸역꾸역 청하며, 울타리를 넘어가는 양을 천 마리도 넘게 센 끝에 잠이 들었습니다.

/

또 출장. 또 출장.

어떤 이는 출장을 너무 보내서 문제. 어떤 이는 너무 국내에서만 굴려서 문제. 기업의 생리란, 모두가 고르게 기회와 자원을 배분받는 것이 아니라 없는 사람은 계속 소외되고 많은 사람은 계속 소모되는 것. 어느 순간부터 저는 기계처럼 일을 하고 있었고, 집안에서 남편의 존재감이 약해졌으며, 약해져서 기계가 된 건지, 기계가 되어서 약해진 건지도 모르게 살았습니다. 저도 모르게 우울하다는 감정을 갖고 살았고 그런 감정을 자각하게 되면 그냥 애써 누르고 일에 더 집중하고 살았습니다. 회사에서만 살아 있는 것 같았고, 퇴근을 하면 매우 괴로웠습니다.

어느 날, 여느 때와 같이 한숨을 내쉬며 퇴근하던 길. 갑자기 심리상담 센터 간판을 발견했습니다. 고민도 저항도, 그렇다고 큰 결심도 없이 빌딩 3층에 위치한 안락해 보이는 사무실의 현관문을 밀고 들어갔습니다. 예약 없이 왔다는 말에, 아마도 퇴근을 고민했던 것 같은 상담 선생님은 들고 온 검사지 봉투마저도 옆으로 밀어놓고 일단 앉아서 이야기를 들어보자며 저를 상담실 의자에 앉혔습니다.

그렇게, 저는 마음의 병을 스스로 인정하며 심리 상담을 시작했습니다. 많은 이야기를 했지만 딱히 나아지는 것 같지는 않았습니다. 일단 너무 바빠서 상담 시간을 잘 지키지 못하는 경우가 많았고 결국 상담을 중단하기로 하면서 상담 선생님은 마지막 처방으로 글쓰기를 해보라는 제안을 했습니다.

그 말이 기억에 남아 뭐든 마음에 있는 것을 쓰고 표현해보려고 밤에 자기 전 컴퓨터에 워드를 띄워 놓아 보았지만 껌뻑이는 커서만 한참 볼 뿐이었습니다. 글쓰기는 생각보다 많은 시간과 집중력을 필요로 했고 제겐 그렇게 자유롭고 편한 시간이 허락되지 않았습니다. 그래도 취미 생활을 가져 봐라, 운동을 해 봐라, 같은 식상한 제안이 아니었기 때문인지 오래 기억에 남아 있었습니다.

회사는 대대적으로 조직개편의 소용돌이에 휩쓸리면서 조직이 쪼개지고 합쳐진 끝에 저는 꽤 여러 명을 밑에 둔 조직장이 되어버렸고, 그중에 여기저기서 일 잘한다고 하는 후배 사원들을 데리고 오는 데 성공했습니다. 그중에 한 명이 은지 씨였고 그 은지 씨와 양 책임이라는 부서원을 데리고 뉴욕 출장을 가게 되었습니다. 테크나 모바일 서비스와 관련 있는 회사이다 보니 관련 기업이 몰려 있는 실리콘 밸리나 텍사스 같은 곳을 많이 가봤지만 출장으로 뉴욕은 처음 가게 되었습니다. 여느 출장처럼 공항에서 만나기로 하고 전 공항에 도착해 은지 씨와 같이 가는 양 책임에게 메시지를 보냈습니다.

[어디들이신가요. 난 막 도착해서 항공사 체크인 카운터인데.]

[책임님! 전 면세품 찾을 게 좀 있어서 아예 탑승 구역으로 먼저 들어왔습니다. 양 책임님 밖에 계시지 않나요?]

[전 방금 체크인 마쳤는데. 어디 계세요?]

[다들 일찍 왔네. 저도 짐 부치고 체크인할게요. 양 책임 도로 카운터로 오시든지.]

다행히 카운터 줄이 길지 않아 여권을 내밀며 금방 짐을 벨트 위에 올려놓은 순간, 양 책임이 저 멀리서 저를 발견하고 헐레벌떡 옵니다.

양 책임: 책임님! 제 짐도 같이 부쳐 주시면 안 될까요?

나: 왜 아까 안 부치고?

양 책임: 찾는 데 시간 걸릴까 봐 그랬죠. 근데 은지 씨도 짐 부치고 책임님도 다 부치시는데 보니까 저만 안 보냈네요.

양 책임은 같은 직급이어도 아직 서로 잘 모르는 데다 연차가 높고 파트장인 제가 어려운지 제 눈치를 과도하게 본 것 같습니다. 괜히 짐 늦게 나오면 한 소리 들을까 싶었거나 짐이 가벼우면 안 부치는 줄 알았는지도 모르지요. 아무튼, 저는 제 짐과 양 책임 짐을 카운터에 올려놓으며 여권을 직원에게 내밀었습니다.

직원: 뉴욕 JFK 공항까지 가시는 거 맞으십니까?
나: 네.
직원: 비자나 ESTA 있으시고요?
나: 네. ESTA 있어요.

직원은 컴퓨터를 살펴보며 빠르게 자판을 두드리더니 저에게 웃으며 말했습니다.

직원: 좌석을 승급해 드리려고 하는데요. 괜찮으시겠습니까?
나: 어. 그럼 비즈니스 클래스로요? 어우. 좋죠. 그럼.
양 책임: 오. 대박. 책임님 비즈니스 타고 가시네요! 전 암만 비행기 타도 한 번도 업그레이드 안 되던데!

전 사실 별 느낌이 없었는데 옆에 있는 사람들이 더 호들갑입니다.

나: 양 책임. 제가 좌석 드릴 테니 제 거 타고 갈래요?
양 책임: 에이- 어떻게 그래요.
나: 그래도 돼요. 해봤어요.

순간, 옛날의 기억이 아주 조금 뇌 어딘가에서 밀고 올라왔지만 애써 눌렀습니다.

양 책임: 에이. 비즈니스석이랑 이코노미석을 어떻게 바꿔요.
나: 에헤이, 내가 진짜 해봤다니까. 양 책임 키도 큰데 편하게 가요.
양 책임: 만약 된다고 해도 제가 어떻게 책임님 비즈니스석을 타고 가요.

그러다가 수속을 마치고 보안 검색을 통과하여 면세품을 찾아온 은지 씨와 만났습니다.

양 책임: 손 책임님 비즈니스 타고 가신대요!

은지: 헐. 어떻게 책임님만 딱 업그레이드가 돼요? 항공사에서도 어떻게 딱 우리 중에서 제일 높은 부서장인지 아는 건가?

나: 내가 일 년에 타고 다니는 게 몇십만 마일이 넘을 텐데…… 그래서 해 주는 거 아닐까.

은지: 아우 좋겠다. 라면 드세요. 꼭.

나: 은지 씨가 타고 갈래?

은지: 아유. 됐습니다. 나중에 다른 데서 무슨 소리를 들으려고.

나: 은지 씨 어디 아픈 데 없어? 바꿔 줄게.

은지: 아이고. 됐다니까요. 컨디션도 완전 좋아요.

결국 일행과 떨어져 저는 비즈니스석에 앉았고 뉴욕까지 무려 14시간의 비행 동안 밥도 다 챙겨 먹고, 와인도 있는 대로 다 마셔 보고, 라면도 끓여다 먹었으며, 다리도 쭉 뻗은 채 영화도 세 편 보고, 비행기에서 주는 페이셜 스프레이에 크림까지 모두 챙겨서 내렸습니다. 편했고, 음식은 맛있었고, 대접받는 것 같아 좋았지만.

여전히 공허했습니다.

밤에 인천에서 출발한 비행기는 한 번도 태양을 보지 못한 채, 뉴욕에 도착했습니다. 뉴욕 또한 밤인지라 어떤 일정 없이 우리는 모두 바로 호텔로 들어가 잤고, 다음 날 아침부터 바쁘게 움직였습니다. 늘 그렇듯, 평범한 출장 일정처럼 다른 회사와 함께 워크숍이네, 미팅이네, 정신없이 하루하루를 보내다가 사흘째 되던 날. 한 회사에서 비행기에 문제가 생겨 아예 뉴욕에 못 왔다며 펑크를 내는 바람에 우리는 갑자기 하루가 선물처럼 공으로 생겼습니다.

은지: 책임님. 책임님. 우리 하루 놀아요. 네? 우리끼리 뭐 정리 미팅 같은 거 꼭 해야 해요?

양 책임: 에이. 그래도 어떻게 막 놀아요. 우리끼리 내일 할 거 또 준비하고 이따 점심이나 맛있는 거 먹으러 좋은 데 가죠.

나: 음. 좀 아깝긴 하다. 이거 완전 놀기 좋은 기회인데.

은지: 그쵸, 그쵸. 우리 뭐 먼 데 가지 말고 맨하탄 가서 엠파이어 스테이트 빌딩 올라가고 밥 근사한 데서 먹고 센트럴파크도 좀 걷다 와요. 네?

양 책임: 이거 나중에 문제 되고 그런 거 아니에요? 출장 일정에 노는 거 막 감사팀이 알고 그러면 어떡해요.

나: 우리가 중대한 부정을 저질렀으면 모를까. 이 정도도 안 되나.

저도 그동안 출장 와서 급하게 너무 일만 하고 다닌 지라 갑작스럽게 주어진 빈 시간이 반가웠습니다.

나: 영 찝찝하면 이렇게 합시다. 오후 늦게 법인에 가거나 어디 그냥 호텔 근처에서. 아니, 호텔 꼭 안 가도 되겠다. 뭐 아무 데나. 우리끼리 정리해서 일하는 거로 공식적으로 해 놓고. 오전이랑 낮까지만 놉시다.

그간 출장 와서 너무 달리기만 했는지, 옆에서 은지 씨 같은 사람이 막 놀자고 하자 저도 모르게 장단을 맞추어 주고 싶었습니다.

우리는 엠파이어 스테이트 빌딩에 올라가서 뉴욕의 마천루들을 구경하게 되었고 그동안 출장 와서 지나치게 일만 했는데 은지 씨 같은 사람과 출장을 오니 분위기가 갑자기 달라지는 것을 느낄 수 있었습니다. 은지 씨는 전망대에서 부지런히 셀카도 찍고 경치도 찍다가 우리 모두를 모으더니 다른 관광객에게 부탁해서는 같이 사진을 찍었습니다.

은지: 손 책임님, 계정 좀 알려주세요. 태깅하려니 못 찾겠네요. 영문 이름이 틀린가.

나: 나 계정이 살아 있나 모르겠네. 있긴 있을 텐데. 근데 요즘 소셜 잘 안 해서…….

은지: 아유. 요즘 같은 세상에. 그러니 순식간에 아재 되고 그러죠!

나: 그러게요. 근데 뭐 누구 소식을 듣고 그러고 싶지도 않아서.

그러고 보니 최근 1~2년 동안 심각하게 고립되어 살았습니다. 소셜네트워크를 이용하면 따로 연락을 주고받지 않아도 다들 뭐 하고 사는지 알 정도는 될 텐데, 저는 제 소식을 전하기는커녕 다른 사람의 소식도 모르고 살았습니다. 겨우 메신저 앱 정도만 유지한 채로 살았으니, 아마 연락이 뜸한 친구의 부고 정도는 숱하게 놓쳤을 것이 분명합니다.

전망대에서 내려오면서 은지 씨는 빠르게 맛집을 검색하고 후기들을 읽으며 식당을 고르다가 걸어갈지 택시를 탈지 고민합니다. 그사이 양 책임은 기념품 좀 산다며 1층의 기념품 가게로 뛰어갔습니다. 제법 더운 여름날인지라 은지 씨에게 먼 데 아니어도 걷지 말고 그냥 택시 타자고 말하려는 순간, 메시지가 하나 날아왔습니다.

[책임님, 지금 뉴욕이에요?]

발신인을 확인하자, 세상에…….

안 책임님.

심장이 쿵쾅쿵쾅거립니다.

에어컨이 풀가동되고 있어 차고 건조한 실내였지만 갑자기 등에 땀이 나기 시작했습니다. 혹시 여기 있나? 주위를 두리번거려도 봅니다.

[네. 어떻게 아셨어요?]

[다 아는 수가 있죠. 우리 볼 수 있어요?]

본다고? 어떻게? 어디서? 언제? 왜? 뭘 타고?

육하원칙에서 '누구를?'만 빠진 나머지 다섯 가지의 물음이 머리를 어지럽혔습니다. 어떻게 답을 써야 할지 몰라 망설이고 있는데, 그 겹겹의 물음들을 한 번에 정리하려는 듯 안 책임님이 폭풍같이 메시지를 보내왔습니다.

[오후에 볼 수 있어요?]

그동안 시간의 간극이, 마음의 거리가 얼마나 먼데. 다짜고짜 보자고 하는 마음은 도대체 어디서 오는 것인가. 우물쭈물 계산할 새가 없어 급히 일단 답부터 했습니다.

[어…… 네. 시간은 어떻게 나긴 할 거 같은데. 책임님도 뉴욕에 계세요?]

[아니요. 운전 가능하면 차 빨리 렌트해서 보스턴 쪽으로 와 줄 수 있어요? 사실 여긴 보스턴은 아니지만 뉴욕에서 두 시간 정도 운전해서 볼 수 있는 데로 정할게요.]

두 시간이나? 도대체 어디에 있길래 나보고 두 시간이나 운전해서 오라는 건지.

[책임님은 어디세요?]

[여기 멀어요. 나는 뉴욕에서 북쪽으로 네 시간 반 와야 해요. 보스

턴에서도 두 시간은 가야 해요. 어쨌든 딱 중간을 찾아볼게요. 나도 지금 뛰어나갈게요.]

그리고 마지막으로 너무나도 안 책임님다운 말을 더했습니다.

[자. 그럼 올 수 있어요?]

무서운 추진력. 그것보다 내가 불편해하거나 마음이 어떨까 하는 고민 없이 그대로 들이대는 저 자신감. 아니, 나를 너무 잘 아는 나머지 분명히 올 거라는 저 믿음.

[저도 뛰어가 볼게요. 맨하탄에 어디 렌트하는 곳 찾아서 뛰어 볼게요. 그럼 주소 주세요.]

[나도 가면서 볼 수 있는 곳을 검색해 볼게요. 일단 렌트하러 가요, 빨리. 내 전화번호도 찍어 둘게요.]

그때 양 책임이 돌아왔고, 은지 씨는 저와 양 책임에게 방금 예약 성공했다면서 어떤 스테이크 레스토랑의 링크를 보냈습니다.

은지: 여기 완전 비싸긴 한데. 팁까지 하면 인당 팔십 불은 나올 거 같은데. 괜찮으시죠? 우리 비싸고 좋은 데 가자고 하셨잖아요.

양 책임: 오 스테이크! 감동, 감동. 여기 가요! 나도 여기 이름 들어본 데인데 신난다!

두 사람이 애처럼 좋아하는데 마음이 여간 복잡하지 않았습니다.

나: 저기. 내가 진짜 진짜 미안한데. 급한 일이 생겼어.

양 책임: 어? 회사에서 뭐 급한 연락 왔어요? 아니면 그쪽에서 비행기 도로 탔대요? 그럼 같이 만나야죠! 아. 좋다 말았네.

나: 아니, 그게 아니고. 그냥 개인적인 일.

은지: 아유. 그럼 어떡하지. 책임님 없이 어떻게 해요.

나: 내가 법카 줄 테니까 둘이 먹으면 안 될까? 아니면 법카로 먹는 거 혹시 문제 될 거 같아 불편하면 내 개인카드도 줄게. 응?

양 책임: 아니. 그게 문제는 아닌데…… 미안하기도 하고. 좀.

나: 아니야, 아니야. 내가 미안하지. 이건 법카고. 이건 내 개인카드고. 알아서 해. 응? 뭘로 해도 내가 알아서 다 처리할게. 빠이! 나 빨리 갈게!

양 책임: 그럼 오후엔 어떻게 해요?

나: 둘이 그냥 커피 한잔 놓고 먼저 시작해. 내일 미팅 아젠다 대충 정리하고. 아니, 정리 따로 할 거 없나……. 어. 그냥 놀아도 돼. 그래. 놀아 놀아. 내가 알아서 할게요. 나 많이 안 늦을 거야! 진짜 미안! 혼또니 고멘!!!

은지 씨에게 지갑에서 카드 두 장을 빼 그냥 떠 안겨 주고 어리둥절한 표정의 두 사람을 남겨 둔 채 스마트폰 맵으로 렌터카 회사를 찾아서 전력으로 뛰기 시작했습니다. 무엇이 이런 용기를 내도록 만들었을까. 나는 어떻게 이 결심을 설명할 수 있을까.

검색 결과 1km 여섯 블록 조금 넘은 곳에 렌터카 회사가 있었고 6월 초여름에 노트북이 들은 숄더백을 들고 뛰기 적당하진 않은 비즈니스 캐주얼 차림으로 무단 횡단을 막 해가며-맨하탄은 현지인이고 여행객이고 모두가 무단 횡단을 아무렇지도 않게 하니까- 숨이 찬 줄도 모르고 땀이 나는 것도 상관없이 관광객과 홈리스와 비둘기들을 헤치며 맨하탄을 질주했습니다.

기쁘거나 설레거나 멈춰 있는 추억이 떠오르는 것이 아닌 그냥 그 이름으로. 그저 봐야겠다는 어떤 형용할 수 없는 마음으로 터져 나갈 듯한 숨을 겨우 참아내며 여섯 블록을 순식간에 주파해 내기에 이르렸습니다.

렌터카 사무실에 도착해 숨도 고르지 못한 상황에서 직원을 들들 볶아 아무거나 가져갈 수 있는 차를 빨리 받았습니다. 혹시나 하고 국제 면허증을 챙겨 가방에 넣어 오길 정말 다행이었습니다. 뉴욕 출장에는 애초에 운전할 일이 없어서 안 들고 오려 했는데 짐을 싸면서 그냥 관성적으로 넣고 온 게 이렇게 신의 한 수가 될 줄이야.

차를 받음과 동시에 안 책임님에게서 어딘지 가늠할 수 없는 주소가 도착했고 일단 내비게이션에 입력했습니다. 그리고 차를 무서워하긴커녕 경적이라도 울리면 한 대 칠 듯이 쳐다보는 관광객인지 뉴요커인지 모를 사람들과, 한국 택시는 동방예의지국으로 만들어버리는 뉴욕의 옐로우캡들. 저런 차가 도시 한가운데 다녀도 되나 싶을 엄청난 크기의 트럭들과 경쟁하며 일방통행과 공사 구간으로 가득한 맨하탄을 서울에서 갈고 닦은 싸가지 없는 운전으로 돌파해내는 데 성공했습니다!

다운타운에서 벗어나 인터스테이트 하이웨이에 진입하자 그제야 숨을 고를 수 있었고 정신을 좀 차릴 수 있었습니다. 내가 미친 거야. 그 메시지 하나에 정신을 못 차리고 지금 사고를 쳤구나. 이거 완전 출장 중 근무지 이탈이네. 그것도 부서장이란 사람이.

갑자기 불안하고 답답해지는 마음에 음악을 틀었지만 마음이 좀처럼 진정되지 않아 창문을 열었습니다. 바람이 들어오면서 갑자기 머릿속, 비강의 저 구석, 뇌 속의 후각 감각세포와 중추신경 사이 어딘가의 깊숙한 곳에서 다시 그 향기가, 은은한 냄새가 떠올랐습니다.

그러자, 마음이 아주 조금 놓였습니다.

/

하트퍼드, 코네티컷.

안 책임님이 준 주소는 생전 처음 듣는 도시였습니다. 당최 어딘지 몰랐지만 내비게이션에 주소를 찍자 예상 시간으로 두 시간이 약간 넘게 나왔고, 도시를 빠져나와 운전이 조금 편해지자 안 책임님이 준 전화번호로 바로 전화를 했습니다.

나: 안 책임님! 저 지금 차 빌렸어요! 두 시간 걸린대요!

안: 아. 다행이다. 혹시 뉴욕에서 못 나와서 내가 뉴욕까지 달려가야 하나 했네.

안 책임님 목소리. 도대체 얼마 만에 듣는 것인가.

나: 저 엄청 큰 사고 치는 거예요. 출장지를 무단 이탈하는.

안: 책임님 소리 엄청 오랜만이네. 고마워요. 근데 괜찮을 거예요. 진짜 사고만 나지 않으면.

나: 몰라요. 무슨 일 나면 책임지세요.

전화기 너머로 들리는 흐흣- 하는 웃는 소리에 예전 모습이 떠올랐습니다.

안: 안전 운전하세요. 밥 안 먹었죠? 지금 찍은 주소, 식당 주소거든요. 우리 밥 먹어요.

나: 거의 다 가면 다시 전화할게요.

오랜만의 전화치고는 너무 내용이 없다 싶어 말을 덧붙였습니다.

나: 목소리 들으니까 좋네요.

안: 네. 얼굴 보면 더 좋을 거예요.

잘 지냈냐, 어떻게 지냈냐는 건 묻지 않고 전화를 끊었습니다. 만나서 물어보고 싶어서, 어떤 모습인지 보고 싶어서. 애써 통화를 짧게 했습니다. 불안한 마음이 조금 진정되면서 평온을 찾게 되었고 은지 씨에게 전화를 걸었습니다.

나: 은지 씨. 밥 먹고 있어요?

은지: 피가 줄줄 흐르는 초 미디엄 레어 필레미뇽 스테이크인데.

나: 내 것까지 많이 먹어요.

은지: 우리 한낮에 와인도 하나 시켰어요. 부서장이 법카까지 주었겠다. 우리 막 맘대로 할 건데…… 괜찮으시죠? 문제 생기면 다 막아 주실 거죠?

소심한 양 책임을 끌고 가서 고기를 시키고야 말았을 은지 씨가 고마웠습니다. 안 책임님이 괜찮을 거라고 한 말이 생각나서 저도 모르게 아무런 문제가 없을 거라고 믿게 되었습니다. 그 사람은 더 이상 회사 사람도 아닌데. 누가 누구의 말을 믿고 있는 건지.

나: 괜찮아. 괜찮을 거예요. 정말. 이게 무슨 문제야- 카드깡 하는 것도 아니고. 맥주도 와인도 시켜 먹고. 양 책임 고기 좋아하니까 두 개 시켜 먹으라 그래요. 응?

은지: 저도 두 개 시켜 먹을 거예요. 근데 진짜 무슨 일이세요? 갑자기 JFK공항에서 한국 가는 비행기 타고 그러신 거 아니죠?

나: 응. 저기, 누굴 갑자기 보게 되었는데. 아무튼 그렇게 됐어. 양 책임한테도 회사 가서는 이거 이야기하지 말라고 부탁 좀 하고. 내가 언제 올지 모르니까 그냥 둘이서 놀든지 회의하든지. 자유의 여신상이나 어디 MoMA 같은 미술관이라도 가든

지…….

은지: 피치 못할 일이신 거 같으니까 그냥 더 안 물어볼게요. 올 때 다시 연락 주세요. 저녁 같이 드실 건지 아닌지. 혹시 내일 오시는 건 아니죠?

내일? 응? 밤을 보내고 온다고? 너무 갑자기 들어온 질문에 답을 못 하고 있는데 똑똑한 은지 씨는 알아서 정리를 합니다.

은지: 어디 계시든 저는 잘 모르는 걸로 하고 전 오늘 책임님 안 찾을게요. 내일 아침에도 호텔 로비에서 모이지 않고 미팅 장소로 바로 오시는 걸로 알고 있을 테니까 저희끼리 미리 정리하고 있을게요. 그럼 전 스테이크가 식으니까 이만!

은지 씨. 당신도 현명한 여자구나.

아, 맞아. 현명한 누구한테 배웠다고 했지.

오래된 미국 동쪽 해안가를 따라 쭉 펼쳐진 고속도로는 제법 많은 도시를 지나쳤습니다. 중서부의 대평원은 아니더라도 이렇게 멍 때리며 오랜 시간 운전하는 것이 오랜만이라 순간 기분이 좋아졌고, 흙먼지를 일으키며 갈라져 있던 마음에 물이 대어지듯 마음이 촉촉해지면서 저도 모르게 지난 일들을 하나둘 떠올렸습니다.

안 책임님과 마지막으로 악수하며 헤어진 것, 그리고 지금의 아내와 교제를 시작한 것, 고백하고 그냥 서로 당연한 것처럼 결혼이 순조롭게 이뤄진 것. 그리고 그 뒤로 일어난 어려움들. 유산으로 시작된 아내의 우울증. 장인어른의 갑작스러운 사고사. 형 부부의 불화. 아버지의 건강 악화.

강한 사람이라고 생각했던 아내는 순식간에 구겨진 종잇장 같은 삶을 살기 시작했고 그 옆에서 저는 구겨지지 않기 위해 안간힘을 썼습니다. 급기야 겉보기에는 아무 일 없는 듯하지만 속은 엉망이 되어버린 결혼 생활이 되었고 주위에서 일어나는 일에 하나하나 깊이 감정 이입하다가는 견뎌 낼 수가 없겠다 싶어 돌처럼 살았습니다.

저는 어느새, 아무리 적셔도 말랑해지지 않는 시멘트 같은 마음을 가진 사람이 되어 있었습니다. 그래야, 살아갈 수 있었습니다. 친구들이 "잘 지내냐?" 혹은 "결혼 생활 좋지?"라며 물어봐도 그저 "응. 좋지. 어."라는 말밖에 못 했습니다. 겉도는 대화만 가득한 만남은 마음에 아무런 충족을 주지 못했습니다. 점점 지인들과 멀어지고 더욱 고립되어 살아갔습니다. 순식간에 변한 삶 앞에서 할 수 있는 거라곤 그냥 버티고, 버티고, 버티면 좋아지겠지 하는 생각뿐이었습니다.

아내도 옛날의 튼튼하고 강한 사람으로 돌아오고, 처가도 충격에서 회복하고, 조카들이 대학에 가면 혹시 별거 중인 형수와 형도 다시 사이가 좋아지고, 집안 분위기도 좋아지고……. 그게 언제일까. 내가 어찌할 수 없으니. 그냥 버티고 참고 기다려야 한다. 그때까지 구겨지지 않겠다. 그런 생각을 하며 버텨왔습니다.

살아온 시간들을 떠올리자 순간 울컥하며 눈에 눈물이 고여 자꾸 시야를 방해하기 시작했습니다. 그리고 저도 모르게 엉엉 울기 시작했습니다. 안 책임님은 옆에 없었지만 마치 들으라는 듯, 힘든 나 좀 안아달라는 듯 막 울었습니다.

마치, 당신과 헤어진 뒤로 모든 것이 엉망이 되어버렸다고. 복잡하고 어렵고 이해하기 힘든 이유는 모두 치워버리고. 그냥 당신과 헤어져서 이렇게 된 거라고. 누구 탓을 하면 마음이 조금 낫다는 듯, 쉽게 합리화를 해버렸습니다. 그제야 눈물이 멈추었고 눈물을 닦느라 결국 고속도로 출구를 놓쳐 약속 장소에 예상보다 십 분 정도 늦게 도착하게 되었습니다.

식당 앞에 차를 대놓고 혹시 운 것이 티 나는지 거울을 살펴보며 차에서 내리는데 그 순간 SUV 한 대가 부드럽게 미끄러지듯 들어오면서 창문이 내려지고 팔이 쓱 나오더니 손을 흔들며 미소 짓는 안 책임님의 얼굴이 드러났습니다.

변한 듯 변하지 않은 듯 여전히 예쁘구나. 이 사람은.

안 책임님은 미국 소도시에 사는 사람의 전형적인 편한 복장으로 짧은 반바지와 반팔 티를 입고 선글라스를 낀 채 차에서 내리더니 돌연 저를 와락 안았습니다. 이건 순전히 미국식 '인사'에 가까운 포옹. 저도 어색하게 따라서 안았습니다.

안: 고마워요. 무리한 거 알아요. 진짜 고마워요.

나: 제가 충분히 무리라도 해서 올 거라는 거 알고 계셨죠?

안: 네.

나: 들어가요. 저 배고파요.

은지 씨가 보내온, 조금 전에 양 책임과 시켜 먹었다는 10oz짜리 필레미뇽 스테이크 사진이 어른거렸습니다. 저도 스테이크 먹어야겠습니다.

안: 그래요. 저도 이 동네 잘 몰라서 그냥 미국식 식당 적당한 데 골랐어요. 내가 오늘 소 한 마리라도 사 줄 테니 다 먹고 가요. 빨리 주문부터 해요.

오는 길에 안 책임님이 예약을 했나 봅니다. 이름을 이야기하자 자리를 안내받았고 좌석에 앉자마자 음료 주문을 받으러 온 서버에게 음료는 건너뛰고 메뉴판부터 달라고 한 다음 정말 스테이크를 시켰고, 안 책임님과 같이 애피타이저 이것저것을 막 주문했습니다. 주문을 받은 서버가 자리를 피해 주자 안 책임님은 두 팔을 식탁에 괴어 제 쪽으로 몸을 기울이더니 대화를 시작했습니다.

안: 어떻게 지냈어요?

나: 나이 먹고 그냥저냥 지냈죠, 뭐. 저도 모르게 일만 죽어라고 하고 있네요.

안: 할 줄 알고, 잘하고, 또 하겠다니 시키겠지. 그새 많이 말랐네.

나: 진짜요? 살은 별로 안 빠졌는데.

안: 얼굴이 뾰족해졌어요. 힘든가 보다.

내가 힘들게 지내는 거. 정말 알고 있을까. 아니면 그냥 인사치레하는 말일까. 사람들은 잘 모릅니다. 심지어 결혼하니까 좋아 보인다고 하는 사람까지 있었습니다. 기를 쓰고 티를 안 내고 살아왔으니까요.

나: 책임님은 좋아 보이네요. 미국이 잘 맞나 봐요.

안: 아니. 난 한국이 더 좋아요. 근데 여긴 차리고 나가지 않아도 되는 건 좋네요. 일주일 내내 화장도 거의 안 하고. 하하.

나: 책임님 계신 곳은 어디예요? 여기서 얼마나 더 가야 하는 거예요?

안: 하노버라는 뉴햄프셔에 있는 도시인데. 안 들어 봤어요? 책임님은 알 거 같은데.

하노버는 독일에 있는 도시 아닌가? 아. 잠깐. 어디서 들어봤는데. 왜 이렇게 귀에 익지. 철자가 어떻게 되더라. 가 본 적이 있을 리가 없는 곳인데.

안: 에이. 다트머스 대학 있는 데잖아요. MBA 준비한 사람이니까 기억할 줄 알았는데.

아. 맞다. 그래 아이비리그 학교지. MBA 준비하는 사람이라면 다 알만한 곳. 한때 가고 싶은 학교였는데. 원서도 못 내긴 했지만.

나: 그러네요. 다트머스 대학교. 그러면 거기서 뭐 하세요? 안 책임님 공부 시작하셨어요?

안: 아니에요. 일해요. 쥐꼬리만 한 봉급 받는, 어떻게 이름만 연구원 자리 얻어서.

나: 역시 능력자는 다르시네요. 미국에서 일도 하고.

도대체 미국에 왜 가게 되었는지 어떻게 여기까지 오게 된 것인지 물어보고 싶었는데 이야기가 쉽게 그리로 옮겨가질 않습니다. 그리고 그런 긴 이야기를 들을 시간이 있을지도 잘 모르겠습니다.

안: 회사는 어때요? 요즘 무슨 일 해요? 은지랑 같이 일해요?

나: 그건 어떻게 아세요? 그러고 보니 저 뉴욕 온 건 어떻게 아신 거예요?

안: 아. 은지가 엠파이어 스테이트 빌딩에서 찍은 사진을 소셜에 올렸길래 보니까 책임님이 거기에 딱. 나도 몰랐는데 은지가 나랑 친구 관계더라고요.

사실 안 책임님은 그동안 소셜 네트워크와 담을 쌓고 살아왔는데 미국에 오고 나서 보니 사람들과 연락하기가 쉽지 않고 너무 단절된 채 살 수는 없을 것 같아, 가끔 접속해서 사람들이 잘 사는지만 보고 자기 소식은 따로 전하지는 않는다고 했습니다.

안: 올린 시간을 보니 딱 지금이더라고요. 뉴욕에 있고, 맨하탄에서 사진 찍고 있는 거 보니 지금 일 안 하고 있구나! 그래서 앞뒤 안 재고 바로 메시지 보낸 거예요. 용케 메신저는 살아있네.

참 놀라운 사람. 400km 넘게 떨어진 곳에 있는 사람을 보러 그곳에 있는 것을 확인하자마자 보자고 하고, 답을 듣자마자 뛰어나오는 사람. 이렇게 귀한 사람을 내가 잘 알아보긴 했던 거구나.

나: 오늘 미팅이 있었는데 애틀란타에서 오기로 한 팀이 못 온다고 이른 아침에 연락 왔어요. 갑자기 뉴욕에서 하루가 생겨버리니까 뭘 해야 할지 모르고 있었는데. 이런 기적이 생겼네요.

전 이걸 '기적'이라고 말했습니다. 그리고 그 '기적'은 불과 몇 시간만에 일어났습니다.

안: 그러네. 기적이다. 오늘 아침에 아이 학교 보낼 때만해도 이렇게 되리라고 상상도 못 했는데.

나: 애가 학교 다녀요? 아…… 이제 그렇겠구나. 미국 학교 일찍 끝나지 않아요?

안: 애 보는 사람 고용했어요. 뭐 혼자 복작복작하기는 그때나 지금이나 마찬가지이지만.

음식이 나왔고 저는 중간에 선홍빛 선이 잘 드러난 미디엄 스테이크를 허겁지겁 먹었습니다. 안 책임님도 같이 먹긴 했지만 왠지 모르게 거의 그냥 제가 먹는 걸 가만히 보기만 했습니다.

도심에서 조금 벗어난 조용하고 깔끔한 식당. 볕이 잘 드는 창가 자리. 점심시간이 지나 손님이 빠져나간 조용한 오후. 평화로운, 너무나 평화로운 시간. 나에게 이런 평화로운 시간이 주어진 마지막이 언제였더라.

안: 고기를 무슨 며칠 굶은 곰처럼 먹네. 그렇게 배고팠어요?

나: 은지 씨랑 같이 출장 온 다른 부서 사람이 스테이크집 가자는

거 뿌리치고 왔거든요. 아침도 거의 안 먹었는데…….

안: 난 옛날에. 손 책임님이랑 밥 먹는 게 좋았는데 언젠가 곰곰이 생각해 보니까 먹는 모습이 되게 보기 좋더라고요. 일단 되게 맛있게 먹고 또 뭐랄까…… 음식 주셔서 감사합니다! 하나님! 하는 느낌이라고 해야 하나. 그래서 음식 해주는 사람은 참 좋을 것 같다는 생각한 적 있는 거 같네요.

옛날이야기를 들으면 가슴이 좀 아플 줄 알았는데 불행인지 다행인지 생각만큼 마음이 쓰리거나 하지는 않았습니다. 그리고 우리는 어느새, 옛날로 돌아간 것처럼 그 오랜 시간의 공백이 무색하게 이야기를 시작했습니다.

지금은 헤어졌지만, 전에 사랑했던 사람으로부터 잘 지내냐는 질문을 들으면 무엇이라 답할 수 있을까요. "잘 지내."라고 건조하게 이야기해야 할까요. 아니면, "너랑 헤어져서 잘 못 지내고 있어. 하지만 너의 행복을 빌어 줄게."라고 2000년대 유행가급 비운의 왕자 놀이를 해야 할까요.

전 도저히 후자라고 말할 수 없어서 그냥 잘 지낸다고 해버렸습니다. 제가 잘 지내지 못하는 것이 안 책임님의 잘못도 아니고 또 잘 지내지 못한다고 하면 왠지 안 책임님의 기대를 저버리는 것 같아 차마 힘들다는 이야기를 할 수가 없었습니다. 하지만 한편으로는 내가 그렇게 말하지 않아도 제 상태를 좀 알아주었으면 좋겠다는 생각을 했습니다. 옛날의 그 시간들은 안 책임님의 위로와 배려에서 시작한 것이었으니까요.

안: 결혼 생활은 어때요. 아내분과는 잘 지내요?

나: 어. 음…….

역시나 답이 바로 안 나옵니다.

나: 잘 지내요.

그 순간, 서버가 와서 다 먹은 접시를 가지고 가며 디저트 메뉴를 놓고 갔습니다. 잠시 정적이 흘렀습니다. 그리고 오랜만에 보는, 깊고 맑은, 나를 향한 저 딱한 눈빛.

안: 잘 지낸다고 말하기 어려운 거죠?

그리고 오랜만에 듣는, 말하기 전에 붙이는 한숨.

안: 잘 지냈으면 좋겠다.

이제는 제가 물을 차례였습니다.

나: 지금도 딸애랑 둘만 지내세요?

요즘엔 누구 만나세요? 결혼은 하셨어요? 아니면 다시 전남편이랑 합치셨나요? 위 질문을 모두 아우르는 사실 되게 비겁한 질문. 그 질문에 안 책임님은 미소인지 미소 아닌지 모를 웃음을 지었습니다.

안: 나 이미 미국에서는 성이 바뀌었어요. 같이 살아요. 딸과 남편.

누구인지 궁금하지만. 궁금하지 않다. 어떻게 만났을까 알고 싶지만. 알고 싶지 않다. 왜 나는 아니었나 묻고 싶지만, 도대체 무슨 의미가 있나. 나의 불편한 마음을 안 책임님은 눈치챈 것 같습니다. 후식은 알아서 시킬게요 하더니 서버를 불러 파이와 커피를 주문했습니다. 순간, 저는 너무나도 좁은 마음에. 만나지 않았더라면 좋았을 것 같다는 생각이 들었습니다. 그리고 동시에, 이런 생각을 한 제가 너무 싫고 한심했습니다.

안 책임님이 잘 지내지 못했어야 내 마음이 좋은 건가? 나를 선택하지 않은 당신이 잘못한 거라고 말하고 싶은 건가? 나랑 만났으면 행복했을 텐데, 라고 말할 수 있는 건가. 우리 둘 다 못 지내고 그때를 후회하며 같이 자책해야 지금의 이 만남이 의미가 있는 것일까?

하지만, 저를 둘러싼 상황과 저의 우울함에 안 책임님을 대입하고 나서 저는 그 생각을 깨끗하게 지웠습니다. 내가 애초에 별로인 사람이고, 우리 집안도 지금 행복하지 않고. 그러므로 저 사람이 나와 함께인들 저 사람까지 불행했을 것이다. 저 사람의 기억에서 난 좋은 사람으로 남는 것이 나았다. 나와 결혼해서 같이 살았더라면, 내가 얼마나 찌질한 사람인지 얼마나 별로인지 바닥이 결국 드러나고 말았을 거다. 그러니까. 좋은 사람으로 남는 것이 나았다.

혼자 한참을 생각하다가 안 책임님이 다시 화제를 돌리자 겨우 이야기에 집중할 수 있었었습니다. 우리는 은지 씨를 포함한 회사 이야기를 했고 저는 사람들의 근황을 전했으며, 부서장이 된 일이나 안 책임님의 미국에서 사는 이야기를 나눴습니다. 그렇게 가벼운 이야기 속에서 시간이 조금 흐르고, 안 책임님이 시계를 보고 이야기를 정리하더니 가방에서 책을 한 권을 꺼냈습니다.

안: 선물할 게 있어요.
나: 아. 난 뭐 준비한 게 없는데.
안: 대단한 건 아니지만. 나로서는 대단한 것.

그리고 꺼낸 책은, 무라카미 하루키의 『무라카미 라디오』. 그때, 공항에서 읽었던 책이었습니다.

안: 선물 중에서 제일 안 좋은 게 나한테는 의미 있는데 상대방에게는 의미가 없는 거래요. 주는 사람은 너무 소중한 거라며 생색내는데, 받는 사람은 하나도 안 고마운.

책을 펴서 보니 표지 뒤 첫 페이지에 이렇게 쓰여 있었습니다.

2002. 10.
2015. 11.

제가 가만 바라보고 있자 안 책임님이 말을 이었습니다.

안: 날짜는 옛날에 적어 둔 거고. 그다음에 내 이름을 쓰려고 했는데. 결혼한 사람에게 다른 여자가 이름을 써서 책 주는 건 너무한 일인 거 같아서. 첫 번째 날짜는 내가 이 책을 산 날이고. 두 번째 날은 이 책이 의미를 갖게 된 날.

공항에서 책을 읽어 주었던 날이었습니다.

나: 이거 왜 저에게 주세요?
안: 가방에 넣고 오면서 주는 게 맞는지 고민했었는데. 만나서 이야기하고 나니 더 주고 싶어졌어요. 나에겐 너무 의미가 있는데…….
나: 깨끗이 정리하는 의미인가요?

정말 그런 의미인가? 결혼한다고 나랑 가지고 있던 추억과 깨끗하게 바이바이? 그럼 스스로 버리든지 해서 정리하지. 이제 와서 전 남친에게 받은 선물을 돌려주는 그런 심보 아닌가.

괜히 속상하고 섭섭해져 표정이 조금 변했는데 안 책임님이 황급히 말을 이었습니다.

안: 아니 아니. 이런 오해를 살 줄 알았어……. 나, 책임님이 무슨 생각을 하는지 알아요. 미안해요. 복잡한 선물이긴 하다. 무슨 의미냐면.

안 책임님이 무언가 이야기할 때 하던 버릇이 나옵니다. 안 책임님은 말머리를 꺼낸 뒤 나직한 한숨을 쉬었습니다.

안: 난 손 책임님이 진짜 좋은 사람이라 생각해요. 내가 사람 잘 보거든요. 물론 내 평생 제일 중요한 첫 결혼에 선택을 완전히 잘못하는 바람에 이렇게 말하는 것이 너무 우습지만…….

네. 순간 웃음이 나올 뻔했다고 말하고 싶었습니다. 사람을 잘 보았지요. 네.

안: 그냥. 막 집을 나서는데. 느낌에 잘 지내지 못하고 있을 수도 있겠다는 생각이 들었거든요. 그래서 책장에서 이 책을 뽑아 가지고 나왔어요. 한국에서 여기 오면서 책들을 고르고 골라서 스무 권 정도만 들고 온 것 중 하나인데. 이 책을 읽어 주던 책임님이 떠올랐어요. 이 책 읽어 주고 나서 비행기 타러 가면서 밝은 표정으로 나한테 사진 찍으며 손을 흔들던 거.

아. 생각났다. 그때. 그 풍경.
공항 유리 벽으로 쏟아져 들어오던 겨울 볕. 사진을 찍으려 손을 흔들며 전화기를 들자 같이 손을 흔들어 주던 안 책임님.

안: 정말 교만하게도. 이런 말 하는 나로서도 참 부끄럽게도.

안 책임님은 한참 뜸을 들이며 말을 고르고 있었습니다.

안: 당신이 좋은 사람이라고 했던 걸 기억하라고. 나이 들고 세상

힘들어 주위에서 이런 말 해주는 일 없어도. 내가 말해서가 아니라……. 당신이 좋은 사람이라는 걸, 기억했으면 좋겠다고.

심장이 쿵. 그 단어가 다시 나왔습니다…….

안: 난 결혼은 실패했어도, 손 책임님이 좋은 사람이라는 걸 알아본 건 확실히 맞아요.

나: …….

안: 힘들어도, 잊지 않았으면 해요.

그 말에 어떻게 답해야 할지 몰랐습니다. 눈물이 조금 나오려 하는 것 같아 애써 참고 그저 가만히 듣고만 있었습니다.

안: 아내가 있는 사람을, 어떤 상태인지도 모르고 심지어 멀리까지 막 불러내어 놓고 이런 선물, 뭔가 되게 쿨하지 못한 느낌이긴 한데. 난 쿨한 거 싫어요. 우리가 쿨하게 헤어졌다고 생각하지 않아요.

아. 이제 이 사람의 마음을 알겠다.

나: 좋은 단어를 못 찾겠네요. 우리는 따뜻하게 헤어진 걸까요?

그러자 또 희미한 웃음을 지었습니다.

안: 세상에. 따뜻하게 헤어지다니.

나: 쿨한 건 아니잖아요.

안: 뭐. 그렇게 이야기할 수도 있겠다. 나름 나에게 중요한 책이라 아깝긴 한데 내가 좋아하는 걸 주는 거니까. 그리고 책임님이 세 페이지 읽어 줬잖아요. 파일 아직 가지고 있어요.

나: 저도 읽어 주신 거 가지고 있어요.

그때, 안 책임님의 전화기로 메시지가 왔고 이제 헤어져야 할 때라는 것을 저는 알았습니다. 우리는 주차장으로 걸어 나와 안 책임님 차 앞에 섰습니다. 높고 파랗고 맑은 미국 하늘 아래서 해는 서쪽을 향해 기울고 있었고 마치 이 시간을 위해 꾸민 것과 같은 고요가 우리를 휘감고 있었습니다.

나: 우리 또 언제 봐요?

안: 글쎄요. 올해 겨울 올림픽 했으니까. 다음 겨울 올림픽 할 때쯤?

나: 어떻게요?

안: 어떻게든 보게 되어요. 누가 보려고만 하면.

정말 그럴까. 이렇게 우연에 행운이 겹쳐야 볼 수 있는 것 아닌가.

안: 아까 하려다가 안 한 이야기가 있는데.

나: 뭔데요?

안: 책임님이 가지고 있는 좋은 건데, 스스로는 모르는 거 두 가지.

나: 어. 전에 말해 준 적이 있나요?

안: 하나는 말했어요. 목소리. 그리고 다른 하나는.

나: 다른 하나는?

안 책임님은 차 문을 열고 백팩을 안쪽으로 던져 놓은 뒤 저를 향해 돌아보며 이야기합니다.

안: 책임님. 글 쓰세요.

글? 어떤 글?

안: 무엇이 되었든. 글 쓰세요. 난 책임님 글 되게 좋아했어요. 많이 써주지 않아서 아쉬웠지만.

그리고, 제 앞에 서서 가만히 팔을 잡아 주었습니다.

안: 당신이 잘 지내야…….

안 책임님의 몸이 앞으로 기울어지고, 다시 말이 이어졌습니다.

안: 내가 잘 지내요.

안 책임님은 제 어깨를 짚으며 뒤꿈치를 올리더니 이마에 키스를 하였습니다. 그 순간, 이제까지 저를 혼미하게 만들어 다른 세상으로 데려다준 그 몸 내음과 향기가 이전과 완전히 다르게 다가왔습니다. 그토록 강렬하게 기억에 남아 저를 끌어당겼던 향기가 이제 마지막으로 제게 남긴 저 말과 함께 추상화되어 마음에 깊이 남았습니다.

잘 지내야 한다. 내가 잘 지내야 한다.

안 책임님은 그 말을 남긴 채 아까와 만났을 때처럼 윈도우를 내리고 손을 흔들며 주차장을 빠져나갔고 소도시의 조용한 식당의 주차장에 혼자 남겨진 저는 그 향기와 그 말들을 다시 곱씹어 보았습니다. 렌트한 차에 기대선 채 주머니에 손을 넣고 안 책임님이 지나간 길을 가만히 봤습니다.

함부로 자기 연민에 빠지지 말고, 좋은 사람이 되려고 더 노력하자. 정말. 좋은 사람이 되어서 살자.

그간 나를 우울하게 만들었던 마음의 생채기들이 한 번에 아문 느낌. 그리고, 말 한마디에 앞으로 어떤 마음의 핍박을 받더라도 견디어 내고 감싸 안아 줄 수 있을 것 같은 느낌이 들었습니다.

덕분에 안 책임님과 헤어지고 다시 뉴욕으로 돌아오는 두 시간 동안 또다시 인생에 다시 오기 힘든 각성과 함께 최근 힘들었던 인생을 직시할 수 있었고 앞으로 살아갈 인생을 그리며 단단히 다짐했습니다.

맨하탄이 가까워졌을 때 은지 씨와 양 책임에게 저녁을 같이 먹자고 연락했고, 우리는 아무 일도 없던 것처럼 식사를 하고 일 이야기를 했으며 호텔로 들어가는 길에 엽서 두 장과 우표를 사서 한 장은 아내에게 한 장은 부모님에게 썼고, 나머지 출장 일정을 잘 마치고 이틀 후에 한국으로 오는 비행기를 탔습니다.

서울을 향하는 비행기가 캐나다를 넘어 북극의 어딘가를 지나치며 아무 생명체도 보이지 않는 춥고 어두운 곳을 외롭게 날고 있을 때. 첫 식사가 끝나고 캐빈의 불이 꺼지며 사람들이 하나둘 담요를 끌어안고 인상을 쓰며 불편한 잠을 청할 때. 뒤편 갤리에서 승무원에게 얻어온 와인 한 잔을 두고 머리 위에 노란 불빛을 킨 채 안 책임님이 준 책을 읽기 시작했습니다.

그리고, 지난날 안 책임님이 읽어 주었던 에피소드에 이르자 책을 덮고 조용히 생각에 잠겼습니다. 와인을 마저 다 비운 후, 노트북을 켜고 글을 쓰기 시작했습니다.

어차피 택도 없을 신춘문예나 어린 시절 싸이월드에나 올릴 만한 자의식 과잉의 글 말고. 어떤 세계관을 만들어 상상의 나래를 글로 어렵게 옮기는 판타지도 아닌. 선과 악에 대해 말하며 인간의 본성이 드러나는 그런 불편한 것 말고, 그냥 담담한 내 이야기.

나에게 선물처럼 다가온 시간과 기억에 대해서 쓰기 시작했습니다. 대단한 미사여구 없이, 내 것이 아닌 다른 사람의 문체를 흉내 내지 않고 진솔하게, 덤덤히.

'저는 서른을 훌쩍 지나 나이 마흔을 향해 달리는 직장인입니다.'

Writer's Letter

작가의 말

각자의 다른 기억들이 교차하여 같은 종류의 비슷한 감정을 불러 일으킨다는 것.
그리고, 그때 빛을 발하는 그 어떤 것.

이 이야기는 사랑 이야기입니다. 짝사랑의 고통, 아슬아슬한 썸, 영화 같은 고백, 꽁냥꽁냥한 연애, 그리고 낙엽이 지는 가을의 이별 또는 남은 사람만 초라해지는 겨울의 이별이 일반적인 사랑의 공식이라고 한다면 이 이야기는 적당한 템포의 연애도 없이 어디가 시작이고 끝인지 알 수 없는 이야기인 동시에, 온기를 내내 유지하는 여름 같은 이별에 대해 말합니다.

도심 속으로 매일 출근하여 점심시간이면 조금의 볕을 찾아 나오던 한 직장인이 어느 날 마음속에 쓰지 않으면 견딜 수 없는 무언가가 생겨 거칠게 인터넷에 써내려 갔던 글이었습니다. 저는 그 이후로 몇백 통의 메일을 받아 오고 있습니다. 이루어지지 못한 애절한 사랑 이야기를 길고 길게 풀어놓기도 하시고, 거의 닿았으나 끝내 스쳐 지나가 버리고 만 인연에 대해 털어놓기도 하셨습니다. 이 글을 통해 마음 깊은 곳에 자리하던 십수 년 전의 기억과 감정에 가닿게 되었고, 형언할 수 없는 마음에 힘들게 작가의 이메일을 찾아 그 빛과 반짝이던 감정에 대해 공유해 주신 것이 아니었을까 싶습니다.

저는 가장 내밀하고 개인적인 기억에 대해 썼을 뿐인데 각자의 다른 기억들이 교차하여 같은 종류의 비슷한 감정을 불러 일으키게 되었습니다. 이것이 진부한 단어로 '공감'이라고 하는 것인가 봅니다. 저는 지금도 이 글이 많은 사람들에게 여운을 주고, 그것이 또 다른 사람에게 가닿는 일을 만들어 내고 있는 것에 대해 마냥 신기하고 놀랍지만 이런 연유로 어떤 특별한 이야기를 썼다고 생각하지 않습니다. 독자분들이 제 이야기를 특별하게 여겨 주시고 좋아해 주신 덕분이라고 생각합니다.

시간이 흐르면 삶은 대체로 단단하고 질겨집니다. 당연하게도 우리는 열심히 살아서 튼튼한 일상을 만들어 갑니다. 이 단단한 일상 속에서 저에게 생긴 작은 틈으로 과거를 들여다보고 글을 썼습니다. 정말 많은 분들이 의외로 이 글을 통해 긴 소설을 '처음' 읽었다고 고백하셨는데, 세상에는 정말 멋진 이야기들이 가득하고 또 이걸 활자로 멋지게 풀어낸 작가들과 편집자들이 있습니다. 이 이야기들은 딱딱한 일상을 부드럽게 만들고 호흡할 수 있는 틈을 마련해 준다고 믿습니다. 웹소설, 장르 소설, 무엇으로 시작하건 이 거대하고 풍성한 세계에 사람들이 더 많이 들어왔으면 좋겠습니다. 그래서 우리의 마음이, 기억이 더 공감받았으면 좋겠습니다.

'라파엘 팔메이로'는 쿠바 출신의 메이저리그 야구선수입니다. 멋진 스윙으로 굉장한 기록을 남겼으며 약물 복용으로 불명예스럽게 은퇴했습니다. 이 글이 시작된 야구 커뮤니티에서는 저의 닉네임인 '팔메이로'와 이 글을 두고 '부드러운 스윙'과 '약빨'에 비견된다고들 하셨지요. 이 글은 많은 사람들의 응원을 통해, 그리고 능력 있는 편집자들과 매니저들의 도움과 작가의 이름으로 종이책까지 냈습니다.

음반에 프로듀서가 있다면 책에는 편집자가 있다는 사실을 깨닫게 해 주신 강슬기 편집자님. 많은 사람들에게 읽히고 보이고 세상에 많은 공감을 만들 수 있게 이끌어 주신 네이버 웹툰의 이희윤, 김현주 님. 거칠고 성긴 글이 정제되어 웹소설 플랫폼에서 읽히도록 해주신 박재연, 장지희, 조은별 님. 마지막으로 대단한 혜안으로 저에게 과감하게 작가 타이틀을 부여해 주신 네이버 웹툰 김준구 대표님께 심심한 감사의 말씀을 드립니다.

또 작가의 말을 쓸 기회가 분명 생기리라는 믿음으로, 하고 싶은 말을 한 줌 넣어 두겠습니다. 너무 힘을 들여 쓰면 마지막 같은 느낌이 듭니다.

팔메이로 드림

오피스 누나 이야기

1판 1쇄 발행 2021년 10월 31일
1판 2쇄 발행 2021년 11월 30일

지은이 팔메이로
펴낸이 최재호
펴낸곳 주식회사 에이템포미디어

편집 디자인 snow* **디자인** Ad del edit
교정·교열 에이템포미디어 출판부

등록번호 2019년 2월 27일 제 2019-000012호
주소 경기도 부천시 조마루로385번길 92, 726호
전화 070-4100-0600

전자우편 atempo_media@naver.com
블로그 atempomedia.com
인스타그램 @atempomedia_books
트위터 @atempomedia

ISBN 979-11-6428-613-3